DU MÊME AUTEUR

Aux Éditions Gallimard

EVA DORT

PLUS HAUT QUE LA MER

Du monde entier

FRANCESCA MELANDRI

TOUS, SAUF MOI

roman

Traduit de l'italien
par Danièle Valin

nrf

GALLIMARD

Titre original :

SANGUE GIUSTO

À la mémoire d'Ato Channe,
Ato Derebe Teferi Ingida et Massimo Rendina
– résistants

The circumstance of superior beauty is thought worthy attention in the propagation of our horses, dogs and other domestic animals. Why not in that of man ?

THOMAS JEFFERSON

0

2012

Aujourd'hui Attilio Profeti est mort et son horoscope dit : « La journée qui vous attend est belle et agréable. »

En effet, papa : quoi de mieux que de t'éteindre dans ton lit à quatre-vingt-dix-sept ans, après avoir gagné le concours ?

« Des occasions se présenteront, en particulier dans la vie sociale. »

Ça aussi c'est vrai : nous sommes nombreux ici pour te saluer.

« Acceptez une invitation pour la soirée, vous ferez une rencontre intéressante. »

Mais ça non, je n'y crois pas. Toi non plus, tu n'as jamais espéré rencontrer Quelqu'un, après.

Je sais seulement une chose : tu ne peux pas revenir ici, parmi nous les vivants. Celui qui meurt est un réfugié, un demandeur d'asile. Il a reçu un Refus pour le reste de l'éternité.

Tu ne reverras plus ta maison. Toi aussi, maintenant, tu es *sorti*.

1

2010

La plus haute des collines fatales de Rome, l'Esquilin, sent le kebab, le kimchi, le masala dosa. Ses immeubles ont des plafonds hauts mais pas toujours l'ascenseur. Celui-ci, par exemple, n'en a pas. Ilaria est habituée aux six étages à faire à pied, l'exercice auquel ils la forcent ne lui pèse pas, en fait elle aime presque ça. Mais aujourd'hui, elle monte en tapant dans les marches et chaque pas a l'air d'un juron. Une forte odeur de curry, dense comme un sillage, entre par la fenêtre qui donne sur la cour. Elle se répand dans la cage d'escalier et saisit Ilaria sans pour autant la distraire de sa colère. Mais elle lui fait froncer le nez.

Souvent en fin d'après-midi, le souffle de la mer, à laquelle Rome tourne le dos même si elle en est très proche en réalité, passe par-dessus les immeubles de banlieue des spéculateurs, survole les quartiers du centre le long du fleuve et se glisse tout droit par les fenêtres d'Ilaria au dernier étage. Dans ces moments-là, son petit appartement est envahi par une sorte de nostalgie : d'immensités, d'horizons, de routes océaniques – de choses de ce genre. Elle a mis plusieurs années à comprendre qu'il s'agit de l'iode de la brise de mer. Celle d'Ostie bien sûr, mais une mer malgré tout. Souvent pourtant, même l'air de la Tyrrhénienne ne parvient pas à dissiper les épices envahissantes des cuisines de l'Esquilin. Régulièrement, à chaque heure de la journée, il pénètre dans la cour animée aussi large que le pâté de maisons formé de plus d'une douzaine d'immeubles. Il y a des années, Ilaria a eu de la fièvre pendant plusieurs jours à cause d'un virus intestinal et la nourriture la dégoûtait ; pour calmer les nausées provoquées par ces odeurs, elle avait dû boucher les fenêtres avec du ruban adhésif. D'ailleurs, à chacun sa propre pollution sensorielle : à San Lorenzo et dans le Trastevere, le vacarme des pubs empêche les gens de dormir la nuit, en comparaison elle ne s'en sort pas si mal. Elle habite ici depuis trop longtemps désormais pour ne pas savoir qu'il est inutile de chercher à se protéger de ces exhalaisons. Elle peut seulement donner un nom de parfum à chaque mauvaise odeur : voilà une belle vaporisation d'*Eau de Maghreb* ; tiens, un nuage d'*Obsession d'Inde* ; ah, l'intéressant bouquet – chou fermenté et ail cru – du si rare *Korea Extrême.*

Seul le crépuscule de la fin août éclaire faiblement l'escalier : depuis des semaines, malgré les incessantes réclamations, le gérant ne fait pas remplacer les ampoules. Mais l'obscurité ne calme pas l'irritation d'Ilaria tandis qu'elle affronte les marches.

Il y a quelques heures, alors qu'elle faisait des courses dans le centre pour la rentrée scolaire, une dépanneuse municipale a emporté sa voiture. Elle n'était pas en stationnement interdit, elle n'occupait pas une place pour handicapés et elle n'était pas en double file. Mais demain, de ce côté-ci du Tibre, passera le cortège du colonel Muammar Kadhafi, en visite officielle. Et on sait bien que les voitures des dictateurs ne peuvent pas rouler vite près de celles garées par le commun des mortels, même si elles laissent libre une chaussée de plus de dix mètres. Le maire de Rome a donc ordonné aux agents de police d'enlever les voitures le long du Tibre. C'est-à-dire une des rares zones de parking disponibles dans le centre historique. Après avoir fait ses courses, Ilaria a trouvé à la place de sa vieille Panda un vide entouré d'un ruban de plastique rouge et blanc.

Sa première réaction a été de douter. Elle ne se souvenait peut-être pas bien de l'endroit où elle avait laissé sa voiture ?

Dernièrement, ça lui arrive de plus en plus souvent. Elle passe des quarts d'heure entiers à chercher sa Panda parce que sa mémoire de quadragénaire avancée n'a pas enregistré la dernière place où elle s'est garée. Du temps frustrant et perdu qui assombrit toujours son humeur, comme si on lui versait dans la tête un seau de peinture noire. L'angoisse monte quand elle pense à la dégradation de ses neurones mais aussi du reste de son corps. Temps qui passe, mortalité, Ilaria explore ces thèmes avec une inquiétude taraudante et confuse chaque fois qu'elle déambule ainsi sur les trottoirs. Néanmoins, retrouver sa voiture chasse toujours immédiatement ces pensées. Remplacées, ou peut-être seulement couvertes, par l'incessant babillage mental du quotidien. Il n'est pas sain de donner plus qu'un espace volé à la peur des peurs ; et Ilaria n'est pas malsaine.

Mais cet après-midi, elle a vu qu'elle n'était pas la seule à fixer d'un regard vide le bord désert de la rue. D'autres personnes, à pied par la force des choses, parcouraient de long en large l'inquiétante beauté du quai du Tibre, dégagé de tout véhicule. Elles semblaient hésitantes, sous le choc, comme des survivants de l'Apocalypse qui vient juste d'effacer la civilisation – ou du moins leurs voitures. Des gens qui, comme elle, cherchaient vainement.

Un jeune homme dans les vingt-cinq ans – l'air d'un étudiant attardé, une famille derrière lui qui ne le presse pas, de bonnes lectures – avait compris avant tout le monde la tuile qui leur tombait sur la tête. Il s'est approché d'Ilaria et lui a montré une minuscule feuille A4, à moitié recouverte par les feuilles d'un platane, portant une écriture manuscrite : INTERDICTION FORMELLE DE STATIONNER DE 18 H LE 28/08/2010 À 12 H LE 29/08/2010 – SOUS PEINE DE MISE EN FOURRIÈRE.

Ilaria l'a contemplée l'air pensive. « Je ne l'ai pas vue quand je me suis garée.

— Moi non plus, a dit le jeune homme. D'après moi, on l'a cachée exprès. Ça rapporte bien ces amendes.

— Mais quels connards !

— Eh ! C'est sûr. »

Ilaria a dû prendre les transports en commun pour rentrer chez elle.

Et demain, elle devra aller récupérer sa petite Panda, sans parler de l'amende exorbitante qu'elle aura à payer. Tandis qu'elle monte l'escalier, elle ne cesse de penser à l'odyssée qui l'attend. Un urbaniste sadique a placé la fourrière dans un coin de banlieue éloigné. Y aller en taxi coûte une fortune. En bus, on perd une demi-journée. Le seul moyen raisonnable pour s'y rendre, c'est la voiture, mais, en l'occurrence, la sienne lui a été confisquée. En réalité, Ilaria aurait une quatrième option : se faire accompagner. Par Piero, par exemple, qui depuis près de trente ans attend de lui faire profiter de ses privilèges, comme son auto bleue de sous-secrétaire. Et Lavinia viendrait la chercher demain matin sans même qu'elle le lui demande. Ce n'est pas qu'Ilaria ait écarté l'idée de solliciter de l'aide : elle ne lui est pas venue à l'esprit.

Aujourd'hui, elle envie sa mère. Marella vit à Rome depuis plus d'un demi-siècle, et pourtant elle n'a jamais cessé d'appeler Milan « ma ville ». Elle n'essaie même pas de cacher le mépris, détaché et glacial comme un iceberg à la dérive, qu'elle nourrit pour la capitale. Ilaria aimerait arriver à ressentir la même chose elle aussi, mais elle sait que c'est impossible : elle est née à Rome, elle. Dans des moments comme celui-ci, elle n'éprouve que de la haine pour la Ville éternelle. Elle se rend compte pourtant que c'est un sentiment d'amants trahis ou, pire encore, d'esclaves.

C'est pour ça qu'elle monte à présent l'escalier la tête basse, furieuse comme un taureau pendant la corrida. Au premier étage, elle passe devant la porte du dortoir des Bangladais. Au deuxième, devant celle du bed & breakfast illégal. Au troisième, devant le ruban rouge et or qui souhaite bonne chance – la famille chinoise, sa grande alliée dans la bataille pour l'installation de l'ascenseur. Au quatrième étage, elle est accueillie par une voix granuleuse.

« Ciao, Ilà. »

Par la porte entrouverte sur le palier, elle voit se détacher une tête un peu floue, comme sculptée dans de la pierre ponce. Ilaria est sûre que la vieille locataire reconnaît chaque pas qui monte ces marches.

« Ciao, Lina », répond-elle d'un ton aimable mais sans ralentir. Elle dépasse sa porte entrebâillée et continue vers la cinquième et avant-dernière volée de marches. Mais Lina ne referme pas la porte.

« Il y a un Noir qui t'attend », dit-elle.

Ilaria s'arrête sur le palier et se retourne.

« Qu'est-ce que tu as dit ?

— Un Africain. Tout noir. Il dit qu'il cherche ton frère. Je ne savais pas si je devais lui dire à quel étage vous étiez, mais entre-temps il était déjà monté.

— Ah ! Ce doit être un ami d'Attilio. Merci, Lina.

— Eh, Ilà, surtout, s'il t'embête n'hésite pas à crier. Mon neveu dîne ici, il viendra te donner un coup de main s'il le faut.

— Ne t'inquiète pas. Bon appétit à toi et à ton neveu aussi... »

Ilaria se remet à monter, mais lentement et la tête relevée. Quand elle arrive au bout de la dernière volée, elle voit le visiteur, assis sur l'avant-dernière marche. Il n'attend même pas qu'elle arrive pour lui adresser la parole.

« Pardon. Ciao. C'est ici qu'habite Attilio Profeti ? »

Dans la pénombre, la première chose qu'Ilaria remarque, c'est la couleur de sa peau, identique à celle des vieilles portes en bois des deux côtés du palier. Ses lèvres violacées. Ses jambes longues et fines comme des pailles. Le maillot d'un célèbre joueur de série A.

Il doit avoir vingt-cinq ans, peut-être moins.

« Qui es-tu ? lui demande-t-elle.

— Je cherche Attilio Profeti. »

Ilaria désigne l'appartement de son frère, en face du sien.

« Il habite là.

— Il est toujours vivant ?

— Bien sûr qu'il est vivant !

— Il a mangé un corbeau ! »

Ilaria plisse le front.

Il lui explique, didactique et souriant : « Il est très vieux, alors. »

L'œil droit du jeune homme est légèrement plus fermé que l'autre, jaunâtre et sillonné de capillaires. Mais son regard est une ligne droite sans bavures. Il lui fait penser à ces enfants absorbés par un jeu, ou à certaines personnes âgées en bonne santé qui ne parlent ni trop ni trop peu. Ilaria n'a jamais vu ça chez un Italien aussi jeune.

« Mon frère a trente ans. L'Attilio Profeti dont tu parles est mon père et il n'habite pas ici. Mais qui es-tu ?

— Je m'appelle Shimeta Ietmgeta Attilaprofeti.

— Quoi ?

— Shimeta Ietmgeta Attilaprofeti. »

Ilaria penche la tête de côté. Quatre rides horizontales se forment sur son front.

« Écoute, si tu veux te moquer de moi…

— Non. C'est pas ça que je veux. »

Son italien est presque sans accent mais les t ont une sonorité creuse, comme celle d'un tambour.

Ilaria rassemble les quelques miettes de patience dont elle dispose encore à la fin de cette journée pourrie.

« J'ai compris. Tu as vu le nom sur l'interphone. Je ne comprends pas comment tu as eu l'idée de monter toutes ces marches. Allez. Maintenant, va-t'en.

— Je m'appelle Shimeta Ietmgeta Attilaprofeti, répète-t-il patiemment, sans se vexer. Si Attilio Profeti est ton père, alors tu es ma tante. »

Ilaria écarquille les yeux, ce qui la fait paraître soudain beaucoup plus jeune. Elle éclate de rire.

« Ta tante ! » Le rire soulève ses maigres épaules. « Je n'arrive pas à le croire. Ta tante ! » Elle souffle par le nez avec force, hoche la tête, puis se ressaisit, mais une ombre de sourire reste sur son visage. « Tu sais que je ne la connaissais pas encore celle-là ? Qu'est-ce que c'est, une nouvelle technique ? Et pourtant, j'en ai déjà vu pas mal dans ce quartier. D'accord, ça va, tu as gagné. » Elle se met à fouiller dans son petit sac et prend son portefeuille. « Tu m'as fait rire et aujourd'hui, crois-moi, ce n'était pas facile. Tiens. » Elle lui tend un billet de cinq euros. « Tu les as bien gagnés. »

Pas un seul muscle du visage du jeune homme n'a bougé quand elle s'est mise à rire. Et maintenant, il ne lève pas la main pour prendre le billet. Mais il fouille lui aussi dans une de ses poches et en sort un papier d'identité.

« Tu n'as pas compris », dit-il en le lui tendant, tout en se relevant. Il est un peu moins grand qu'il n'en avait l'air, mais plus maigre. « C'est mon vrai nom. »

Elle le prend. C'est une carte d'identité. La couverture est de couleur vert olive. Sous l'inscription ÉTHIOPIE sont imprimés également six gracieux caractères, tout en courbes, des traits obliques et des petites queues. Ilaria l'ouvre. Là aussi, tout est écrit dans deux alphabets. Dans celui en latin, on peut lire : SHIMETA IETMGETA ATTILAPROFETI.

Ilaria est une de ces femmes minces qui portent leur âge bien et mal. Bien, grâce à ses membres souples et fins. Mal, parce que la peau d'une femme de quarante ans sur des membres souples et fins lui donne un air d'adolescente vieillie. Et depuis quelques années, est apparue sur son visage une légère mais permanente ombre d'incertitude qui, comme on le sait, appartient à la vieillesse.

Quand elle était jeune, les grands yeux d'Ilaria, ses cheveux acajou et ses traits réguliers lui ont permis de bénéficier, même brièvement, de l'agréable et rassurante qualification de « jolie fille ». Une image qu'elle n'avait jamais cherché à entretenir. Au contraire, arrivée au seuil de l'âge mûr, elle éprouve un certain soulagement à avoir été épargnée par la malédiction de la grande beauté qui, d'une façon ou d'une autre, a frappé tous les hommes de sa famille. Elle sait qu'en tant que femme sa vie en aurait été conditionnée, voire étouffée. Sans parler du désolant spectacle des femmes de son âge qui ne pensent qu'à célébrer le triste enterrement – vulgaire ou douloureux – de la perfection de la jeunesse. En outre, Ilaria est une de ces personnes peu ambitieuses sur le plan social, mais beaucoup plus sur le plan existentiel ; bref, elle veut être appréciée ou carrément aimée non pour son apparence mais pour ce qu'elle est *vraiment*. Elle a donc souvent connu la solitude. Et elle s'est retrouvée souvent seule pour affronter des moments difficiles – tels que celui-ci.

Elle n'a pas peur. Elle n'imagine pas que ce garçon puisse lui faire du mal. Elle ne se met pas instinctivement à crier, comme le lui a proposé Lina, pour qu'elle accoure avec son neveu. Simplement, ce document exotique qu'elle tient entre ses mains a créé un vide en elle, une sorte d'absence : l'effacement – momentané mais total – de tout lien de cause à effet entre perceptions et pensées.

Elle est encore ainsi, pétrifiée, quand le jeune homme lance son bras vers elle avec la rapidité fulgurante d'un rapace. Elle porte une main à son visage dans un geste de défense instinctive, mais il se borne à reprendre sa pièce d'identité et la remet dans sa poche.

« Attilio Profeti sait qui je suis. Demande-le-lui. C'est mon grand-père. »

Les doigts d'Ilaria serrés autour du billet de cinq euros commencent à la démanger. De l'autre main, elle se couvre les yeux et revoit le regard clair de son père. Elle voudrait être avec lui et l'entendre dire qu'il y a des choses qu'elle doit savoir, bien sûr, mais qu'aujourd'hui ce n'est pas comme l'autre fois, elle n'aura pas à réécrire entièrement sa propre biographie.

« Oh non, pense-t-elle, ça recommence. »

Quatre-vingt-quinze ans de métabolisme, de respirations et de reproduction cellulaire, de coups de fusil dans les bois et d'heures de bureau, de sexe, de peur, de parties de poker, de divorces et de trajets en voiture, de guerres et de réunions d'entreprise ont réduit le corps d'Attilio Profeti à un tas de ruines. Ses poignets et ses chevilles sont couverts d'hématomes noirs ; chaque heure qui passe, sa circulation ralentit un peu plus et un jour elle s'arrêtera. Le tissu spongieux de ses poumons ne parvient plus à emmagasiner tout l'oxygène nécessaire ; près du fauteuil inclinable est placée une bombonne d'où il inhale l'air pur avec flegme comme d'un narguilé. Son cœur fonctionne par inertie, mais plus essoufflé qu'une vieille chaudière. Le corps d'Attilio Profeti est une maison frappée dans le mille par la bombe de l'extrême vieillesse : murs, cloisons, faux plafonds – rien n'a été épargné. Seuls ses yeux ressemblent à un service en porcelaine bleue miraculeusement intact, accroché à un mur quasi démoli. Les iris sont bien dessinés, les sclérotiques bien blanches, l'humeur vitrée encore transparente. L'approche de la centaine lui a redonné le regard de ses trois ans : net, sans secrets, désarmant dans sa douceur.

C'est presque l'heure du dîner. La télé est allumée, mais nul ne prête attention aux personnes sur l'écran – très sérieuses, très agitées – qui gagnent ou perdent des sommes considérables sans véritable raison. Anita, jeune même à soixante-dix ans, toujours jeune, jeune pour l'éternité, traverse la pièce un arrosoir à la main. Attilio la suit du regard. Attention à ne pas la perdre de vue ; qui sait ce qui arriverait. Elle ouvre la porte-fenêtre et l'air chaud du mois d'août se mêle à l'air froid de la clim. Elle verse l'eau sur les plantes aromatiques le long de la balustrade : thym, basilic, sauge, marjolaine. Les yeux clairs de son mari accompagnent chacun de ses mouvements. Face au coucher de soleil, le corps d'Anita est une harmonieuse forme noire. Attilio sait, même s'il ne se souvient pas comment, qu'il lui est attaché.

« … beba.

— Que dis-tu, mon amour ? » Anita répond sans se retourner.

Attilio continue à fixer cette silhouette élancée, noire sur le rose implacable du ciel de Rome.

« Abeba… »

Les dernières gouttes de l'arrosoir pleuvent sur la marjolaine. Anita se tourne et lui sourit.

« Laisse-moi deviner, tu veux que je t'appelle "baby" moi aussi ? »

Attilio ne lui rend pas son sourire. Son regard est de nouveau perdu.

« Mon lance-flammes s'est éteint », dit-il.

Elle éclate de rire : « Oh, mon amour… ! Encore cette histoire ? »

Elle pose l'arrosoir sur le balcon et court vers lui. Elle entoure sa tête de ses bras avec une indulgence maternelle, mais son visage qu'elle tient plus haut que celui de son mari est secoué d'un rire silencieux et clandestin. « Lance-flammes ! »

Attilio ouvre encore plus grands les yeux et reste figé, sans s'abandonner à son étreinte.

« Il ne marche plus. »

Dans un effort de self-control, Anita cesse de rire. Elle baisse la tête, le regarde dans les yeux, caresse son visage.

« Calme-toi, mon trésor. Moi je t'aime, même si ton lance-flammes est désormais au repos… Je t'aimerai toujours. Tu le sais, n'est-ce pas ? »

Elle arrange ses cheveux comme à un enfant, prend la télécommande et la tend vers la grande télé. « Allez, regardons ce qui se passe dans le monde. »

Sur l'écran apparaissent les images d'un enterrement officiel. Des dizaines de représentants de l'autorité en grand deuil envahissent l'oppressant baroque d'une grande église.

« Qui est mort ? »

La voix d'Attilio a soudain perdu son bredouillement, son regard s'est dégagé de sa brume. Tout d'un coup, il est là, présent.

« Attends que j'écoute…, dit Anita. Ah oui : Francesco Cossiga.

— Le président ?

— Ex. Il y a longtemps qu'il ne l'était plus.

— Quel âge avait-il ?
— Donc, voyons… Il est écrit qu'il était de 28. Alors…
— Treize. »
Anita se tourne vers lui, perplexe.
« Quoi ? »
Les yeux bleus d'Attilio sont joyeux comme ceux d'un petit garçon.
« De moins que moi. » Il pointe le doigt avec grande satisfaction vers les images de l'enterrement. « Mais lui il est mort. Moi je suis vivant. »
Anita lui fait une caresse. « Oui, mon amour. Tu es vivant. C'est merveilleux. »
Les actualités continuent. Une journaliste, aux yeux couleur de glace et à la veste assortie, lit sur le prompteur : « Le conflit politique s'étend aussi au financement régional de 180 000 euros, avec un engagement de dépense en deux annualités, alloués en février 2010 pour l'achèvement du parc Radimonte d'Affile, commune de montagne dans la province de Rome. L'opposition a dénoncé le détournement des fonds pour la création d'un mausolée consacré à Rodolfo Graziani… »
Plus personne n'écoute la journaliste : Anita est allée à la cuisine, Attilio s'est endormi dans son fauteuil.

Le jeune Attilio Profeti n'aime pas gaspiller sa salive. Il a déjà du mal à se faire entendre en dominant le vent. Quand il explique, il s'adresse à ceux qui regardent la mer uniquement avec leurs yeux, car il sait bien que ceux qui pointent dessus un engin électronique n'écoutent pas un seul mot. En général, après le repérage, il n'a même pas le temps d'approcher la *Chance* que déjà une forêt de bras munis de portables, caméras vidéo et tablettes s'est déjà dressée. Une levée de boucliers électroniques, peut-être pour se défendre contre la prodigieuse merveille d'un cachalot de deux tonnes et de huit mètres de long, qui souffle, lève sa nageoire caudale, fait briller au soleil sa peau d'acier.

Puis il y a ceux qui à la fin veulent une réduction parce que le rorqual est resté trop loin ou que les cabrioles des dauphins n'étaient pas assez spectaculaires, peut-être parce qu'ils n'ont pas dansé des claquettes comme dans les dessins animés. Ce sont en général des pères qui passent toute l'excursion à accabler leur malheureuse famille de leurs connaissances sur les manœuvres d'un bateau à voile, en gênant sans arrêt le travail d'Attilio. Il gagnerait sûrement de l'argent en écrivant un livre sur les expressions de la navigation à la voile dites au petit bonheur par ses passagers, en commençant par « borde la grand-voile ». Ils croient ainsi restaurer leur autorité sur leur progéniture adolescente qui, en réalité, nourrit déjà un sévère mais juste mépris pour eux. À ceux-là, Attilio fait payer non seulement le plein tarif plus la TVA, mais aussi une vague taxe sur le carburant, nom de code pour le supplément « remboursement pour self-control observé pour ne pas te jeter à la mer, espèce d'idiot ».

Heureusement que de temps en temps les Déesses de l'Été montent à bord. Évidemment, à elles, il leur fait toujours une réduction. Ensuite, si la journée se passe bien, après l'excursion il peut offrir un aperçu de ses dons, pas seulement culinaires, bercés par la *Chance* amarrée.

« Quel beau travail, quelle vie de rêve ! » s'exclament les gens quand Attilio raconte comment il gagne sa vie. Oui, il sait qu'il a de la chance. Beaucoup. Certaines aubes en début de saison, par exemple. Quand l'air sent la pluie et que le vent vous saisit par ses coups de cravache si froids. Ces jours-là, ne montent à bord que ceux qui s'intéressent vraiment aux cétacés. Des passagers avec lesquels il partage encore des moments de rêve ; une nageoire caudale qui claque sur la vague longue ; un groupe de dauphins qui joue avec le sillage de la *Chance* au coucher du soleil ; l'œil vénérable d'un cachalot à quelques mètres de la poupe qui étudie, intelligent et abyssal, les humains.

Depuis quelques années cependant, à la fin du mois d'août comme à présent, il lui arrive de penser que bien des passagers de la haute saison apprendraient plus de choses et seraient plus émus en regardant un beau documentaire dans leur canapé. Aujourd'hui encore, il a failli se disputer. Il y avait trois couples de parents avec deux enfants chacun. Un des pères s'en est pris à lui parce que le mistral l'avait contraint à écourter l'excursion – pas de beaucoup, d'un peu plus d'une heure. Quand Attilio a annoncé sa décision de faire demi-tour, l'autre s'est mis à hurler qu'il avait payé pour une journée entière. La mer ne cessait de grossir, le plus petit de ses fils avait mal au cœur et il était déjà verdâtre.

« Mon amour, Gianluca se sent mal... », a murmuré son épouse avec un regard bovin, et le mari a répondu : « Tais-toi, crétine ! » Puis, à Attilio : « C'est moi qui paie cette excursion, donc c'est moi qui décide si on part ou si on reste. »

Attilio n'a pas fait un *plissé*, pour reprendre l'expression d'une certaine Déesse de Milan avec laquelle il était sorti récemment : « Comme vous voulez. Mon bateau et moi nous rentrons au port, mais si vous avez l'intention de rester ici, je vous prête ça. » Et il lui a montré une des bouées. « Mais vous devrez me la rendre ensuite. »

Le fils aîné d'un des deux autres couples a éclaté de rire. Son père l'a fait taire. Ensuite, plus personne n'a bronché et, moins d'une heure après, la *Chance* était à son mouillage.

Ils sont tous descendus à présent et Attilio a lavé à grands seaux d'eau le vomi de ce pauvre garçon au destin de salaud tout tracé. Il a enfilé son blouson pour se protéger du vent presque automnal et, comme chaque fin d'après-midi, il s'est assis dans le cockpit pour profiter de sa solitude. Le soleil est bas dans le ciel, mais ce n'est pas encore l'heure de dîner, il a un peu de temps avant de se mettre à nettoyer le poisson. Il le préparera sans hâte, sans citron, presque sans sel. Aujourd'hui il est seul et il n'a pas besoin de l'enrober de fines herbes ou de sauces comme l'aiment les Déesses. Un bar tout juste pêché, un filet d'huile d'olive, c'est ça le bonheur. Il se contente du bruit familier et discret des voix des bateaux voisins, du tintement des haubans, du léger bercement de la *Chance* dans le bel abri que ce port du Ponant offre contre le mistral. Dans ces moments de paix en fin de journée, Attilio le sait, encore mieux que lorsqu'une Déesse allongée à l'avant se prélasse au soleil : oui, il a de la chance.

Il a un peu plus de trente ans. La fleur de l'âge, comme on dit. Il suffit de le regarder pour comprendre qu'il est le fils de deux belles personnes. Il a pris les traits de ses parents dont la présence physique ne passait pas inaperçue quand ils étaient jeunes : le nez droit et les membres longs d'Attilio Profeti senior, les lèvres bien dessinées et les yeux de biche d'Anita. C'est la seule raison, il en est conscient, pour laquelle même ces Déesses, qui pourraient dépenser en un seul jour ce qu'il gagne en un mois, le considèrent de la même catégorie – du moins dans le championnat du sexe. Ce n'est pas son charme d'amateur de cétacés. Ce n'est pas son *allure* artificielle de navigateur solitaire. Rien de tout cela ne suffirait si Attilio avait un aspect ordinaire. La raison essentielle, souvent la seule pour laquelle elles acceptent de passer la nuit dans sa cabine au lieu de retourner vers les deux-mâts en teck deux fois plus longs que la *Chance* ou les villas familiales, c'est qu'elles le reconnaissent comme un de leurs pairs dans la plus injuste, la plus arbitraire mais aussi la plus éternelle et indiscutable des aristocraties : celle de la beauté.

Attilio sait qu'il ne peut attribuer cet heureux mélange génétique à un quelconque mérite, mais seulement – encore ! – à la chance. Aucun de ses demi-frères, ni même Ilaria, n'en est doté de la même manière. Le charme de Federico a quelque chose d'inachevé, comme sa vie. Emilio a bâti toute une carrière sur son aspect agréable mais, peut-être à cause de cela, il en est trop conscient pour le porter avec légèreté. La constante autoévaluation esthétique de l'acteur, habitué à se voir à travers le regard du public ou d'une caméra de télé (« Aujourd'hui j'ai des valises sous les yeux »), sabote chez Emilio cette façon de vivre simplement sa propre virilité qu'Attilio, lui, possède. C'est peut-être pour ça que leur père a reporté sur lui, son plus jeune fils, une tendresse qu'il n'a jamais manifestée envers les deux plus grands. Avec eux, il a toujours affecté un certain détachement, pour ne pas dire carrément un certain ennui, les confiant aux soins de leur mère. En revanche, il a reporté sur Attilio, né dans la clandestinité avec Anita, la tendresse qu'il n'éprouvait que pour Ilaria auparavant. Comme s'il avait reconnu en lui le véritable héritier de cette prestance masculine sereinement sûre de l'admiration des autres, impossible à enseigner à ceux qui ne l'ont pas. Bien sûr, cette mise en miroir est rendue possible par le fait qu'à la naissance de ce dernier fils Attilio Profeti senior avait plutôt l'âge d'être grand-père. Comme ces vieux champions qui, après avoir tout gagné, retirent un ultime prestige à passer leur première médaille au cou des nouveaux talents. Et en effet, le vieil Attilio Profeti a donné à ce fils tardif son propre nom de baptême, comme un trophée.

Attilio sort son portable de sa poche et le rallume. Il doit vérifier s'il y a des annulations pour l'excursion de demain. Ou des demandes de confirmation, à cause du mistral qui s'est levé aujourd'hui. Mais la météo dit que le vent sera retombé avant le lendemain matin.

L'écran s'éclaire et l'appareil vibre aussitôt avec une pluie de signaux sonores. Des SMS arrivent les uns après les autres, en cascade. Plus d'une douzaine : les avis d'appels reçus quand il était éteint, plus trois textos. « Oh non, pense Attilio, ils sont en train d'annuler en masse les réservations. »

En fait, les appels et les messages viennent tous d'Ilaria.

JE DOIS TE PARLER, URGENT
RAPPELLE-MOI DÈS QUE TU PEUX SVP
IL EST ARRIVÉ QUELQUE CHOSE, APPELLE-MOI

Sa demi-sœur n'est pas du genre à le harceler. Et quand ils se parlent, il n'existe pas de vieilles incompréhensions sous-jacentes, d'idées fixes réciproques, de jalousies et de disputes qui remontent au Déluge comme dans les autres fratries. Ce n'est pas un hasard s'ils sont très liés tous les deux, bien qu'ils aient douze ans d'écart et qu'ils ne soient qu'à moitié consanguins. Ilaria l'a très bien dit un jour : « Si tu veux avoir des rapports simples avec un proche, essaie de ne pas avoir plus d'un père ou d'une mère en commun. » En réalité, l'absence de conflits profonds entre Ilaria et son demi-frère peut s'expliquer par un privilège indéniable : ce sont les deux seuls enfants d'Attilio Profeti qui n'ont pas eu à faire des pieds et des mains pour recevoir son affection. Lui, parce qu'il est né très tard, elle, parce que c'est une fille.

Une telle insistance ne ressemble pas à Ilaria. Attilio la rappelle aussitôt, un peu inquiet.

Occupé. Elle est probablement en train de le rappeler : le système a dû la prévenir que le portable d'Attilio était rallumé. Au bout d'un instant, en effet, il sonne dans ses mains. Il est sur le point de dire : « Ilaria ! », mais il lit ensuite le nom qui s'affiche sur l'écran.

« Bonjour maman. »

Comment faisaient les mères italiennes quand il n'y avait pas encore l'option de rappel automatique au redémarrage du portable des fils lointains ?

« Bonjour mon trésor. » La voix encore œstrogénique de belle femme qui sait qu'elle ne fait pas ses soixante-dix ans. « Avant tu étais éteint, ensuite tu étais occupé.

— J'étais en train de t'appeler. »

Attilio sent qu'Anita sourit à l'autre bout de la ligne. Elle sait bien que c'est un mensonge. Lui sait qu'elle le sait. Mais il sait aussi que ça lui fait plaisir que son fils ait pensé à le dire.

Elle le questionne sur sa journée. Il lui raconte les choses anodines qu'on peut raconter à une mère.

« Tu sais la dernière de papa ? dit-elle ensuite. Il s'est mis à m'appeler "baby".

— *Baby* ?

— Oui. Depuis quelques jours.

— Il ne t'a jamais appelée comme ça.

— Non, justement. Je le laisse peut-être trop devant ces séries américaines. Là, on l'entend sans arrêt. Baby par-ci, baby par-là.

— Mais il n'écoute même pas la télé !

— Ce n'est pas vrai. On ne dirait pas, mais il suit les histoires. L'autre jour, devant une scène de mariage il a dit : "L'amour triomphe." Et c'était vrai : ces deux-là en avaient vu de toutes les couleurs avant d'arriver à se marier. »

Attilio est habitué à l'entêtement avec lequel sa mère nie la différence d'âge d'un quart de siècle entre elle et son mari.

« Allez maman. Papa ne comprend plus rien et il ne sait plus ce qu'il dit. Ça s'appelle la démence sénile. Il faut te rendre à l'évidence. »

Anita se met à ricaner comme une gamine de douze ans surprise par sa mère en train d'essayer un de ses soutiens-gorge. « Je sais ce qu'il a encore en tête, ton père. Aujourd'hui, il m'a dit que…

— Maman. » Attilio la coupe d'un ton ferme, puis il dit bien distinctement : « Ça ne m'intéresse pas.

— Mais tu vas voir comme c'est drôle…

— Non. Je te l'ai dit combien de fois ? Je ne veux rien savoir de ces choses intimes entre papa et toi. »

Anita connaît depuis toujours les avantages qu'on tire à cultiver une inébranlable docilité : les beaux-pères vous épargnent, si ce n'est les caresses désagréables, du moins les coups ; les maris des autres, même après des lustres de clandestinité humiliante, finissent par vous épouser ; et les enfants s'en veulent d'avoir élevé la voix.

« Très bien, mon trésor, dit-elle alors avec indulgence, sans avoir l'air vexée. Comme tu veux. Tu as raison. »

Ça marche : Attilio se sent aussitôt coupable. Mais il n'a pas l'intention de le lui montrer. « Écoute, maman, je dois te laisser. J'ai des coups de fil à passer.

— Très bien, mon trésor, répète-t-elle. Bisous. Papa t'embrasse lui aussi. »

« Oui, tu parles, pense Attilio en raccrochant, papa ne sait même plus qui je suis maintenant. » Puis il appelle Ilaria. Elle répond à la première sonnerie, soulagée et agitée. Elle lui raconte ce qui s'est passé : le garçon africain sur le palier, ce nom absurde, les papiers éthiopiens.

« Il dit que notre père est son grand-père. Je ne sais quoi penser. »

La première réaction d'Attilio est : « Quoi… ? » La deuxième : « Mais il est noir ?

— Non, il est blond aux yeux bleus…, dit Ilaria, exaspérée. Attilio, c'est un Africain !

— Mais noir-noir ou noir façon de parler ?

— Quel rapport ? Ce n'est pas la question.

— La question est : comment est-il arrivé sur notre palier ?

— Il dit qu'il a googlé "Attilio Profeti" dans un cybercafé. Les pages blanches de Rome donnaient deux adresses. Il a commencé par la tienne. Il aurait pu se présenter chez notre père…

— Ah ! Je les vois d'ici ! Lui qui dit : "Grand-père, embrasse ton petit-fils !" et papa qui lui propose une fabuleuse affaire immobilière…

— Je me demande comment tu peux plaisanter. » Ilaria baisse la voix. « Écoute, je ne peux pas tellement te parler maintenant, il est là dans l'autre pièce.

— Quoi ? Tu l'as fait entrer !

— Qu'est-ce que je pouvais faire, je le laissais sur le palier jusqu'à ce que j'arrive à te parler ?

— Tu es folle ! Tu es seule chez toi avec lui ?

— Calme-toi. Si tu voyais comme il est maigre, tu t'inquiéterais plus pour lui que pour moi. Écoute Attilio, ce garçon s'appelle comme papa. Comme toi. »

Depuis qu'il est au téléphone avec Ilaria, Attilio n'a pas quitté des yeux le cockpit en fibre de verre blanche de la *Chance.*

« Mais quand est-ce qu'il est allé en Éthiopie, papa ?

— Je ne sais pas. J'étais en train de rassembler mes souvenirs. Je me suis rappelé deux choses. La première, c'est un voyage en Afrique qu'il a fait quand j'avais vingt ans peut-être ; tu étais trop petit et tu ne peux pas t'en souvenir. Je me rappelle seulement que c'était pour son travail. Pour Casati, comme d'habitude. Mais je ne sais pas s'il est allé en Éthiopie. Je venais juste de partir pour aller vivre seule et honnêtement je me fichais bien de la vie de mes parents. Puis, il y a eu une autre fois, quand j'étais plus petite. Papa vivait encore avec nous, personne ne connaissait ton existence. Oncle Otello a parlé de l'Éthiopie et papa a fait une tête que je ne lui avais jamais vue.

— Quelle tête ?

— Comme si on l'avait poussé et qu'il allait tomber dans un puits. Lui qui se montrait toujours si solide. Ça m'a tellement frappée que je m'en souviens encore. Mais à moi, papa ne m'a jamais rien raconté, ni sur l'Éthiopie ni sur l'Afrique. Oncle Otello oui, je sais qu'il s'est battu à El-Alamein. Papa, je sais seulement qu'il a été résistant.

— Tu vois bien ? C'est une histoire inventée. Cette carte d'identité est fausse et ce type veut seulement te rouler. Fais-le tout de suite sortir de chez toi.

— Attilio. Réfléchis. Tu crois que quelqu'un se fait faire des faux papiers avec un nom improbable…

— Moi je n'ai pas un nom improbable.

— Ok. Avec un nom peu commun, avec la bonne idée d'aller arnaquer ceux qui s'appellent comme ça, et seulement ceux-là. C'est-à-dire deux personnes dans toute l'Italie. Allez. Ça ne tient pas. Ce garçon est bien celui qu'il dit être. »

Attilio reste silencieux, son portable collé à son oreille. Il fixe ses pieds nus. Il remue les doigts comme pour vérifier que ce sont bien les siens.

« Mais… Si notre père est son grand-père, alors nous avons un autre frère.

— Nous l'avions. Il dit qu'il est mort. Je t'en prie, Attilio, viens tout de suite à Rome. »

Attilio lève les yeux. La lumière de fin d'été rebondit sur les maisons aux couleurs pastel qui entourent le port. Les mouettes voltigent au-dessus du quai avec leurs cris désagréables. Du yacht voisin se répand une délicieuse odeur de friture. Attilio voit, sent, renifle, mais rien n'est réel. Pas même sa propre voix, tandis qu'il demande à Ilaria : « L'Éthiopie est à quelle distance de l'Afrique du Sud ?

— Ta géographie se limite aux mondiaux de foot, hein ? Elle est dans la Corne de l'Afrique, espèce d'ignorant. »

Dans une petite ville à quelques kilomètres du port de plaisance où se trouve la *Chance* est né et habite un sénateur du parti de Silvio Berlusconi. Il y a deux ans, il a demandé à son gouvernement de consacrer une somme à six zéros pour rendre accessible aux avions de ligne le minuscule aéroport militaire voisin. Bien que l'aéroport de Gênes ne soit qu'à moins de soixante kilomètres et celui de Nice encore plus près, l'opération a été réalisée. Depuis, Alitalia effectue deux vols par jour entre Rome et la petite ville. Ce qui a permis une nette amélioration de la qualité de vie affective du sénateur : souvent, maintenant, quand la durée des séances au Sénat le permet, il peut rentrer dîner en famille. Que les autres places restent plus ou moins désertes, sur presque tous les vols, tous les jours de l'année, ne semble pas tracasser le ministre des Transports qui a octroyé le financement. Entièrement public, *ça va sans dire*[1].

Quand Ilaria vient passer quelques jours avec Attilio sur la *Chance*, elle ne prend jamais ce vol. Même si elle ne dispose que du week-end, même si le lundi suivant elle doit être à l'école à la première heure, même si, en réservant à temps, le vol lui coûterait moins cher que le train. Elle se refuse à donner à cet aéroport sa caution de passagère.

Attilio n'a pas ce genre de problèmes. Lui ne raisonne pas

1. En français dans le texte.

comme sa sœur. L'argent pour cette liaison aérienne avec Rome a été volé aux citoyens pour des intérêts privés ? C'est possible. Mais l'aéroport existe, il est à dix kilomètres du port où il amarre désormais son bateau, et alors quel mal y a-t-il à l'utiliser ? Surtout : à qui cela profiterait s'il ne le faisait pas ?

« Nous sommes en Italie, a-t-il dit à Ilaria il y a quelque temps. Tu ne veux plus être une consommatrice complice des marchés publics qui favorisent perfidement les privés ? Bien, madame. Mais alors plus de téléphone, plus d'autoroutes, encore moins la télé. Prends Fiat, notre glorieuse industrie nationale. Elle est différente d'après toi ? Bien sûr que non. Tu le sais mieux que moi : des aides publiques à gogo, des profits strictement privés. Pour être cohérente, il te faudrait mettre ta Panda au rancart. C'est ça notre pays : un réseau d'intérêts et de privilèges. Rien d'autre. Ou tu restes en dehors de tout, ou il est inutile de faire la morale. »

Ilaria suit le raisonnement de ce frère de trente ans dont la sépare plus d'une demi-génération. Elle le partage, même si c'est avec amertume. Ou du moins, elle n'a pas d'arguments convaincants à lui opposer. Pour elle, la chose la plus navrante de toute l'affaire de l'aéroport ce n'est pas l'arrogance du pouvoir, la certitude de l'impunité, la culture devenue un système de fraude privée aux dépens du bien collectif, mais que très peu de gens aient pris la peine de protester.

Elle est donc bien consciente qu'elle ne peut guère s'ériger en maître avec Attilio. Elle n'a pas le droit de l'accuser lui et ceux de son âge d'être une génération cynique, égoïste et superficielle. La sienne n'est pas meilleure. La génération précédente, celle-là oui, avait été différente : elle s'est sans doute aussi autodétruite dans les excès et les fureurs des années soixante-dix, mais eux, du moins, quand ils ont vu les injustices du monde ils se sont mis à faire de la politique. Alors que face aux injustices du monde, la génération d'Ilaria s'est mise en thérapie.

Et pendant ce temps, on élisait et réélisait Silvio Berlusconi.

Quoi qu'il en soit, Ilaria n'a jamais pris le vol du sénateur. Mais maintenant, à quelques heures de son coup de fil, elle est obligée d'en apprécier l'existence. Sans le petit aéroport qui relie la Riviera du Ponant à Rome, Attilio ne serait pas déjà arrivé ici à l'Esquilin.

2

2008

Nous sommes en 2008 et il y a à peine plus d'un an que le jeune homme est *sorti*. Depuis trois ans, le sang a coulé dans les rues d'Addis-Abeba, les gens ont recommencé à disparaître, les mères ont été battues par les soldats à qui elles demandaient des nouvelles de leurs fils. Les vieux comme *ayat*[1] Abeba se sont frappé le front en gémissant : « Non, encore, non ! »

À présent, le jeune homme est enfermé dans cette boîte faite de rien. Ici, on attend et on ne vit pas, survivre c'est déjà trop dire. Le summum du bonheur c'est d'avoir six carreaux sur le sol, le désespoir c'est d'en avoir trois. Ainsi passent les semaines et les mois. Et passent les années.

Avec lui, il y a les autres Brûlés, comme les Libyens appellent les Habeshas. Ils pensent les vexer, mais eux arborent ce nom comme un drapeau. Oui, nous sommes les Brûlés. Brûlés par le voyage, brûlés par le feu qui nous a dit de *sortir*. Quand deux Habeshas se rencontrent, ils lèvent leurs mains droites et les claquent fort, pour qu'elles fassent un beau bruit. Ils s'embrassent, se reconnaissent comme des frères. Parce que ici, dans cette grande salle, c'est seulement si on a beaucoup de frères qu'on ne mourra peut-être pas.

1. Grand-mère en amharique.

Il y a trois ans donc. Quelques mois avant que les *talian*[1] rendent l'obélisque volé à Axoum par les envahisseurs fascistes, faisant exulter toute l'Éthiopie. Mais les élections avaient été truquées, les gens avaient protesté et la police avait tiré dans les rues d'Addis-Abeba. L'ancien héros de la démocratie, Meles Zenawi, le libérateur de la terreur du Derg, avait commencé lui aussi à jouer le scénario des dictatures et à dire « Celui qui est contre moi est un terroriste » – version moderne d'« ennemi du peuple ». Comme une maladie jamais éradiquée en recrudescence, les taches de sang et de selles étaient réapparues sur les vêtements des torturés. Cette calamité qui fait s'évaporer les gens dans l'air : des hommes qui prennent le bus après le travail mais qui ensuite n'arrivent jamais chez eux. Disparus. Aux mères, aux épouses, il ne reste que leur absence et deux questions : « Où est-il ? » et « Comment va-t-il ? ».

« Non, encore, non ! » Comme son grand-oncle Bekele, frère d'Abeba, tué par les *talian* à Nokhra. Comme Ietmgeta qui était le fils d'Abeba, incarcéré par le Dreg. « Je t'en prie, Dieu, parle au monde, murmurait *ayat* Abeba, fais que nos petits-enfants ne connaissent pas eux aussi cette horreur. »

Shimeta et son cousin se sentaient plus frères que deux fils de la même mère. Quand ils étaient petits, ils jouaient et allaient à l'école ensemble. Adolescents, ils s'entraînaient ensemble. Ils couraient dès l'aube à Meskel Square, savourant la vitesse dans leurs mollets. C'est donc ensemble qu'ils étaient allés aux manifestations contre les manipulations électorales, mais maintenant l'un était mort et l'autre était *sorti.* Et dans cette attente imprécise de prisonnier de la grande salle, dans ce néant rempli uniquement de peur, le jeune homme ne savait plus lui-même lequel des deux il était.

Il n'avait pas tout de suite décidé de *sortir.* Même quand on avait ramené chez lui le corps de son cousin. Ou plutôt, cette masse de chair brisée qui, la veille encore, avait été son cousin.

1. Italien en amharique.

« Au moins maintenant, nous connaissons la réponse aux deux questions qu'on se posait, avait dit *ayat* Abeba. Il est dans cette maison et il est mort. » Au jeune homme, elle dit : « Essaie d'obtenir justice. »

Il n'était donc pas parti tout de suite. Il avait fait profil bas pendant un moment, sans parler à personne. Il était allé vivre quelque temps chez sœur Giovanna pour ne pas mettre en danger sa mère et *ayat* Abeba. Les autres religieuses ne lui avaient rien demandé, et elle non plus n'avait pas expliqué pourquoi ce garçon était venu dormir dans l'hôtellerie de la Maison. La pluie avait lavé le sang sur Bole Road, les roues des fourgons ne se tachaient plus de rouge. Au bout de quelques mois, le jeune homme se joignit à d'autres témoins et participa à l'élaboration d'une liste. Sœur Giovanna l'accompagnait avec la voiture des comboniennes ; si un policier les arrêtait, elle disait : « Allez chef, laisse-moi passer, nous allons soigner des malades, le Saint-Père dit qu'il t'envoie sa bénédiction. » Les policiers coptes sont superstitieux et ils ne pouvaient pas renoncer à la bénédiction papale.

L'enquête était menée par un juge courageux : Wolde-Michael Meshesha, que Dieu protège ce nom. Ils entraient dans son bureau par une porte latérale du tribunal, mais sœur Giovanna n'y mettait pas les pieds. « Moi je ne sais rien, disait-elle, je ne comprends rien à la politique, je suis de la Val Seriana, province de Bergame, Italie, tu penses comme vos histoires m'intéressent. » Et elle allait boire quelque chose dans le jardin de l'Hilton au milieu des cadres du parti et des *faranji* : des touristes américains, des coopérants européens, les premiers entrepreneurs chinois. Le jeune homme comprenait que boire ce Sprite était la plus grande aide que pouvait lui apporter sœur Giovanna, car celui qui ne sait rien ne peut trahir. Pendant ce temps, dans le bureau du juge, lui et les autres essayaient de redonner un nom à toutes les absences, aux disparus qui n'étaient plus jamais rentrés chez eux, à ceux qu'on avait vus quand on les traînait vers les fourgons de la police. Un par un :

qui était cette personne, quand avait-elle été vue pour la dernière fois, avait-elle déjà été interrogée auparavant par la police. Ce n'était pas une mince affaire, il s'agissait de centaines, peut-être de milliers de gens. Certains étaient finalement rentrés chez eux, mais pas plus de la moitié. Au bout d'un an ou presque de recherches, le juge publia une chose au nom important, un mot anglais que le reste du monde ne pourrait donc plus ignorer : un *Report*.

Le *Report* disait qu'il y avait bien eu un « massacre » – tel fut le terme utilisé. Des hommes et des adolescents avaient été battus à mort, fusillés à bout portant, étranglés. L'usage de la force par ceux qui devaient maintenir l'ordre, face aux légitimes perplexités sur le décompte des votes, avait été « excessif ». Et comme c'est ce que font les juges, dire ce qui est bien et ce qui est mal, le *Report* dit dans ses conclusions que non, le sang qui avait coulé pendant trois jours dans les rues d'Addis-Abeba – littéralement : la semelle d'une chaussure du jeune homme en avait été souillée – ce n'était pas bien.

Des exemplaires du *Report* furent distribués aux journalistes du reste du monde accourus entre-temps en Éthiopie, avec la même horreur enthousiaste dans le regard que lorsqu'ils venaient parler des famines. Mais le juge était introuvable. On l'interviewa en Angleterre où il s'était réfugié : maintenant que le *Report* était publié, dit-il, son Pays n'était plus un endroit pour lui.

Le *Report* fut un grand succès. L'observatrice officielle de l'Europe prononça des paroles importantes et chargées de sens, sûrement lourdes de conséquences : « Il est temps que l'Europe et les États-Unis se rendent compte que le régime actuel en Éthiopie réprime son peuple parce qu'il lui manque une légitimité démocratique. »

Quand il entendit ces mots, le jeune homme éprouva un sentiment de joie. Comme tous les soirs, il en parla à son cousin dans l'obscurité : « Tu vois que ta mort n'a pas été inutile ? Et moi qui pendant près d'un an n'ai pas dormi dans ma maison et qui ai revu dans des lits étrangers l'image de ton corps torturé en sachant qu'on me cherchait pour faire la même chose au mien. Mais maintenant il y a le *Report.* Les puissants de ce monde l'ont lu. Nous avons été compris. Justice sera faite et l'Éthiopie aura finalement une vraie démocratie. Ça valait le coup, mon frère. »

Ces jours-là, le jeune homme se promena dans les rues avec une journaliste danoise. Il traduisait pour elle de l'amharique à l'anglais et il lui disait surtout : « Je vous en prie, racontez ce qui se passe ici. Nous, en Éthiopie, nous ne sommes pas idiots, nous savons bien qu'en Occident vous soutenez le gouvernement de Meles parce qu'il se bat contre Al-Shabbaab en Somalie. Pour vous, quiconque se bat contre les méchants islamistes est un homme bon. Même s'il a tiré sur son propre peuple, même s'il a ressorti, comme au temps du Derg, le sorcier noir qui fait disparaître dans le néant les pères qui rentrent chez eux et qu'il transforme les jeunes en tas de chair écrasée. Mais maintenant il y a un *Report,* il y a des témoins, tout est prouvé. Le monde sait maintenant et donc il nous aidera certainement. » La journaliste prit beaucoup de notes, fut toujours gentille, apprit comment on disait « merci » en amharique et se mit à le dire à tout bout de champ : « *Amaseghenallò !* »

Un matin, alors qu'il était avec elle, un policier s'approcha de lui et murmura à son oreille : « Rappelle-toi qu'elle elle s'en va, mais que toi tu restes. » Le jeune homme ne traduisit pas la phrase à la journaliste. Mais il lui demanda : « Laisse-moi partir avec toi. » Elle regrettait beaucoup, mais non, malheureusement elle ne pouvait pas l'emmener au Danemark. Elle lui donna pourtant son adresse mail. Elle lui dit une dernière fois : « *Amaseghenallò !* » avec un sourire qui était l'orgueil de l'orthodontie occidentale. Puis, elle embarqua avec les autres journalistes sur le vol de l'Ethiopian Airlines, considérée depuis des années comme la meilleure compagnie aérienne du continent, voire le plus beau fleuron du gouvernement et de ses modernisations.

Donc, le monde sut. Le monde lut le *Report.* Il fit même des déclarations lourdes de sens. Puis, le monde passa à d'autres causes pour lesquelles éprouver de l'indignation, et en Éthiopie commença le décompte des bons et des méchants.

Que le jeune homme fût au nombre des méchants, ses élèves le comprirent aussi tout de suite. Quand il revint en classe, le lendemain du jour du départ de la journaliste, avant que le directeur l'appelle dans son bureau, ils l'accueillirent avec des visages tristes.

« *Teacher,* dirent-ils, nous n'avons plus l'autorisation d'apprendre l'anglais avec toi. »

Il y avait Iohannis, avec son regard sérieux. Tsahai, la plus intelligente de tous, même si chaque année le jeune homme devait persuader ses parents de ne pas la garder à la maison et de l'inscrire à l'école. Chelachew, qui regardait déjà les filles. Il aurait voulu tous les embrasser, mais il n'en fit rien. Un *teacher* ne peut se montrer en larmes devant ses *schoolchildren.*

« *Keep up the good work !* » dit-il seulement, et il sortit pour toujours de sa classe.

Dehors, il y avait le policier qui l'avait suivi quand il était avec la journaliste danoise, il l'attendait de l'autre côté de la rue. Il leva un bras en signe de salut, mais sans la moindre trace de sourire. « Il l'a laissé chez lui, pensa le jeune homme, dans le tiroir des couteaux. »

Au commissariat, ils commencèrent par se faire remettre tout l'argent qu'il avait gagné avec la Danoise. Le reste, les trois jours où ils le gardèrent là, il ne voulut jamais l'évoquer. Pas même à présent dans cette grande salle où les seules choses vivantes qui lui restent sont la mémoire et le désir.

Ce fut cette petite fille intelligente (« *Hello, my name is Tsahai, what is your name ?* », la première de ses élèves à le dire sans avoir honte et aussi avec un bon accent) qui courut prévenir sa mère et *ayat* Abeba : un fourgon avait emmené leur professeur à l'entrée de l'école.

« J'y vais, dit la grand-mère à sa belle-fille. Toi, tu es encore jeune et les soldats vont t'embêter. Grâce au ciel ma vieille peau ne provoque que du dégoût chez les hommes. » Elle se rendit en claudiquant dans un poste de police, puis dans un autre et dans un autre encore. On la laissa vainement attendre sur les trottoirs quelqu'un qui lui adresse la parole – comme bien des années plus tôt, quand elle cherchait le père de son fils. De temps en temps, on la soumettait à des *fetashà* insensées : que pensait-on trouver de nouveau dans son petit sac à quelques heures de la dernière perquisition, et sans qu'elle ait bougé de là ? On ne la fit jamais entrer. Le soir, elle repartait chez elle, mais elle ne dormait pas. La troisième nuit seulement, le grand âge d'*ayat* Abeba l'emporta sur les horreurs de son imagination (« Ils ont déjà tué un de mes petits-fils, que font-ils à l'autre *en ce moment précis* ? ») et elle céda au sommeil quelques minutes. Elle rêva qu'elle était encore jeune, les jambes légères, les épaules frémissantes comme des libellules, une gaieté dans le ventre. Elle dansait. Un homme, au visage connu mais dont elle n'arrivait plus à se souvenir au réveil, lui tendait un petit miroir en argent. Elle le prenait et le levait à la hauteur de ses yeux. Mais le visage reflété n'était pas le sien, c'était celui de cet homme. « Lis », lui disait-il. Une phrase était apparue sur la surface lisse du miroir. « Je ne sais pas lire », répondait-elle. « Alors donne-le à celui qui sait », disait l'homme avec un sourire.

Le lendemain, son petit-fils revint à la maison, et sur ses jambes, même si elles étaient mal assurées, exactement comme l'avait fait son fils il y avait plus de vingt ans. Il n'arrivait pas à courir, mais de toute façon aller vite sans son cousin à ses côtés lui aurait semblé sacrilège.

« Tu dois *sortir,* lui dit *ayat* Abeba. Pars tout de suite avant qu'ils changent d'idée et reviennent te chercher. »

Les yeux de sa grand-mère lui rappelaient la vieille croix en argent de l'abouna[1] usée par les baisers des fidèles le dimanche. Le jeune homme savait qu'il n'avait pas le choix. Sa vie à Addis

1. Prêtre en amharique.

était finie pour toujours. Quand *ayat* Abeba le lui dit aussi, c'était parce qu'elle avait lu dans le livre de son destin.

Il ne parla pas de sa décision à sa mère, car ce qu'on laisse échapper de sa bouche on ne le rattrape pas, même avec mille chevaux. Elle n'aurait pu retenir ses larmes, les voisines l'auraient vue et alors les bavardages de maison en maison auraient fait arriver avant lui à la frontière la nouvelle de son départ. Quelques heures avant de se mettre en route, il lui demanda de coudre un rouleau de dollars sous la fermeture éclair de son pantalon. Sa mère demanda pourquoi et alors seulement il le lui expliqua. Elle se mit à pleurer, comme le jeune homme l'avait imaginé, mais pas de douleur. C'étaient des larmes de bonheur : elle ne le reverrait jamais plus, c'est vrai, mais il resterait en vie.

Une mère heureuse de ne plus revoir son fils renonce à l'avenir : elle sait qu'il ne s'occupera pas d'elle quand elle sera vieille. Le fils qui la salue renonce au passé : *sortir* est trop difficile et trop dangereux pour se charger en plus du poids de la nostalgie.

Sa carte d'identité était déjà prête. *Ayat* Abeba la lui remit et il comprit qu'il était différent des autres. Celui qui *sort* doit avoir seulement trois choses : une adresse mail, un portable et tout l'argent qu'il peut. Les papiers, si tant est qu'on en ait, il faut les laisser derrière soi avec son ancienne vie terminée pour toujours ; trop risqué de les avoir sur soi quand on arrive à la frontière. Sur ce document pourtant il n'est pas écrit un nom quelconque, mais bien celui du père d'un père. Un lien fait de paperasseries et de tampons avec des gens inconnus, une trace d'encre, une lignée qui menait du passé au futur.

Il l'avait pris et il était parti.

Imagine que tu es en train de faire un rêve merveilleux alors que tu es perché sur les branches d'un arbre. Mais que tu dois te réveiller toutes les minutes, car il ne faut pas tomber et aussi parce que tu veux que ton rêve devienne réalité. C'est ça émigrer.

Ton objectif est un rêve de bonheur, de richesse et de santé. C'est un rêve que tu fais alors que tu n'as pas bu depuis hier, que tu ne manges pas depuis des jours, qu'un soldat te frappe la plante des pieds en criant : « *Awala ! Awala*[1] *!* » et qu'il ne s'arrêtera pas tant que tu ne lui auras pas donné un billet. Tu fais ce rêve malgré tout, parce que c'est comme un feu qui brûle et qui consume. C'est bien vrai que les Habeshas sont les Brûlés : les Arabes ne pouvaient leur donner un nom plus approprié.

Au début, la route n'est pas si dure. Elle passe près du lac Tana et des sources du Nil Bleu, puis elle monte tout droit au milieu des précipices percés de profondes cavernes, cachettes idéales pour les *shiftà*[2] de toutes les guérillas : celle d'autrefois contre les Italiens, celle plus récente contre Mengistu et son Derg de terreur, celle d'aujourd'hui contre les voyageurs à dévaliser. Toi qui n'es jamais sorti d'Addis-Abeba, tu comprends enfin les chansons qui vantent la beauté de l'Éthiopie, le Pays où Dieu veut vivre. Chaque sycomore est un monument, les roches ocre et vermillon sont les os de tes ancêtres, le ciel la main divine qui te portera en sécurité au-delà des déserts et de la mer. Tu es dans un état de muette exultation qui ne sait rien encore de la grande salle où tu es enfermé à présent, et c'est ainsi que ça doit être. Sinon tu n'aurais pas le courage, tu tomberais à genoux en pleurant d'angoisse, tu te laisserais dépouiller de désespoir. Alors que, à la frontière du Soudan, il te suffit de donner quelques billets aux gardes et tu arrives à passer. C'est si facile de laisser pour toujours l'Éthiopie resplendissante derrière toi. Les Soudanais ne sont pas méchants, peut-être parce qu'il fait trop chaud – tu découvriras que même le désert ne brûle pas autant que Khartoum. Seuls les islamistes débordent d'énergie et te hurlent en chemin : « Boutonne ta chemise ! » Là tu passes

1. Déformation du mot *amwal*, argent.
2. Rebelles.

des jours, peut-être des semaines. Tu dois te renseigner, demander, calculer. Tu ne permettras à personne de comprendre que tu gardes tes *awala* cousus dans ta fermeture éclair, mais il te faudra aussi manger et boire. Une seule mauvaise décision suffira à te faire tomber de l'arbre et alors ton rêve sera fini avant d'avoir commencé. Et surtout, tu dois trouver ton passeur.

Tu sais qu'ils sont tous pareils. Que pour eux tu es un Brûlé, un fugitif qui veut arriver là où l'on vit d'une façon impossible à imaginer ici. Et surtout, tu sais que pour eux ta vie a autant de valeur que leur téléphone avec GPS, et même bien moins, parce que sans GPS dans le désert, il n'y a tout simplement pas de vie. Mais il te faut bien en choisir un. Tu te mets ainsi entre les mains d'un passeur dont un pli de fatigue au coin des yeux ou la forme de son menton te rappelle un oncle et qui te semble moins inhumain. Tu penses : « Maintenant je traverserai le désert, si Dieu le dit. Et si ce n'est pas ce qu'Il dit, je ne veux pas le savoir maintenant. »

Le passeur appelle son associé à Addis-Abeba. L'associé d'Addis-Abeba confirme que ses parents lui ont donné la somme d'*awala* convenue. Le passeur te conduit encore un peu plus loin. Si en revanche tes parents n'ont pas payé, il te laisse là, *stranded*. Un *stranded* est comme de l'eau qui a fui d'une gourde percée : elle laisse d'abord une petite trace foncée, puis le sol l'absorbe, enfin il ne reste rien d'autre que la terre qui l'a avalée. Sable nous sommes et sable nous retournerons.

Le désert peut terrifier après coup ceux qui l'ont franchi. Mais pas ceux qui y sont encore ; ils ne pensent qu'à continuer. Survivre et continuer. Pourquoi fais-tu confiance au passeur ? Pourquoi lui fais-tu envoyer tout cet argent par ta mère, tes amis, tes connaissances, en sachant qu'il pourrait très bien se le mettre dans la poche et te laisser là ? Parce que le passeur a en main le GPS, c'est-à-dire ta vie. Toi, tu es *sorti* et tu veux poursuivre ce rêve merveilleux. Le feu te brûle et tu dois le suivre. Tu ne peux qu'aller de l'avant, bien qu'entre toi et ton rêve il n'y ait qu'un néant de sable, car ce qui était derrière toi n'existe plus.

Dieu avait parlé et ce qu'Il avait dit avait mené le jeune homme, lui qui avait été *teacher* auparavant hors du Sahara, à travers ses frontières. Qu'est-ce qu'une frontière au milieu du désert ? Une ligne invisible au-delà de laquelle il y a ceux qui te frappent, ceux qui te donnent à boire, ceux qui volent ton argent et ceux qui font un peu tout ça à la fois. Ou bien encore, là où il n'y a plus personne parce que le chauffeur a perdu la piste et alors on meurt.

Arrivé à une oasis entre le Soudan et la Libye – le jeune homme ne savait si c'était de ce côté-ci de la frontière ou de l'autre –, l'homme au GPS lui avait dit : « Ta famille n'a pas donné les *awala* qui manquent à mon associé d'Addis-Abeba, pour toi le voyage finit ici. »

« Grâce te soit rendue à Toi ! ô mon Dieu, pensa-t-il alors, pour m'avoir fait choisir cet homme. » Il savait que d'autres passeurs avaient tenu ces propos à leurs passagers au bord d'une piste dans le néant et non pas au bord d'une oasis, en leur remettant une gourde d'un demi-litre d'eau avec l'assurance de mourir.

Le jeune homme regarda l'oasis et se demanda : « Que sera le reste de mes jours ici, *stranded* pour la vie, entre la couleur de sang de l'aube, sous ces trois palmiers écorchés, à côté des carcasses de chiens desséchées par un air si brûlant qu'elles ne dégagent plus aucune odeur fétide depuis quelques heures déjà ? Quel effet cela me fera de sentir mes os devenir du sable ? » Il ne pensa ni à sa mère ni à *ayat* Abeba et pas même à son cousin, mais à Tsahai. Il espéra de tout cœur que le nouveau maître réussirait à persuader ses parents de ne pas la cantonner à des tâches ménagères et de la laisser étudier. Pour la première fois depuis qu'il était *sorti*, en pensant à cette belle fillette intelligente et désireuse d'apprendre, il sentit les larmes monter dans ses yeux. Mais il ne pleura pas, car dans le désert gaspiller l'eau est un péché mortel.

Il resta dans l'oasis pendant des semaines, peut-être des mois, il ne savait plus exactement lui-même. Il se nourrissait de restes qu'une femme compatissante lui jetait par terre de temps en temps. Puis un jour, le passeur au menton débonnaire repassa par là au cours d'une de ses allées et venues. Il montra son camion au jeune homme et lui dit : « Monte. »

Le petit-fils d'un lointain cousin de sa mère, émigré dans les années vingt aux États-Unis, avait envoyé des dollars à Addis-Abeba par un *money transfer* international. Le jeune homme comprit que le passeur avait réalisé avec lui une évaluation commerciale impeccable : il avait compris que c'était un client arrivé au bout de son argent, mais doté d'une famille qui en chercherait encore désespérément. C'est pour ça qu'il l'avait abandonné dans l'oasis sans nom et non pas le long de la piste de sable : il n'avait pas renoncé à gagner encore de l'argent sur son dos.

Le jeune homme fut sauvé du désert par un orthodontiste de Milwaukee, Wisconsin – parfois, lorsque Dieu parle, Il dit des choses un peu étranges. Mais ce que le jeune homme ne savait pas – et comme on l'a dit, heureusement pour lui – pendant qu'il quittait l'oasis sans nom, c'est qu'on peut tomber d'un néant dans un autre : d'un néant de sable au néant du désespoir.

Ici, en Libye, il y avait un horizon, il y avait même la mer. Mais ce n'est pas une vie celle de celui qui connaît uniquement l'incertitude et la peur. Dans le désert, seul l'homme muni d'un GPS connaissait la bonne direction : l'une menait à la vie, toutes les autres à une mort terrible. À Tripoli, par contre, même un enfant était capable d'indiquer la direction à prendre. Tu vois la plage ? Eh bien, c'est par là pour aller de l'autre côté de la mer. Mais ici, dans la grande salle, l'écoulement du temps avait cessé.

Même dans l'oasis sans nom, il ne s'était pas arrêté de la sorte. Là-bas, certaines nuits, quand la faim tenaillait un peu moins son estomac parce que la femme compatissante lui avait lancé un bout de viande comme on fait avec les chiens, le jeune homme, allongé sur le sable, regardait les étoiles. Il lui semblait voir leur mouvement, leur course folle à travers l'éternité. Et donc, la progression du temps. Mais pas celui de l'homme, de celui qui brûle sous le soleil et compte les jours, les semaines, les mois qui le séparent de son but. Peut-être, un temps de *stranded*, de celui qui renonce peu à peu aux désirs qui constituent sa nature humaine. Un écoulement dangereux – et ça le jeune homme le comprenait – car si parfait qu'il pouvait le rendre indifférent à sa propre mort dans ces moments-là. Mais toujours un temps : une marche cosmique, irrésistible, à laquelle tout, y compris lui-même allongé les yeux écarquillés, participait.

En revanche, à Tripoli, les phénomènes étaient à échelle normale, bariolés et humains. Il y avait des maisons, des commerces, des voitures, et même des yeux de femmes qui ne se baissaient pas. Et pourtant, on aurait dit que tout n'avait qu'un seul but, celui de briser sa détermination. Le jeune homme l'avait vite compris : quitter la Libye serait plus difficile que quitter l'oasis sans nom.

Il avait trouvé à se loger dans un appartement de banlieue. Une centaine d'Habeshas environ vivaient là, plus de douze par chambre, un seul WC au bout du couloir – un luxe incroyable en y repensant maintenant, depuis cette grande salle. Le propriétaire et ses quatre enfants habitaient au dernier étage. Ils passaient leurs journées assis sur le trottoir à fumer du haschich, à dormir, à regarder les non-Libyens occupés à travailler. Comme tous les habitants de ce Pays, ou du moins c'est ce qu'il lui semblait : sur les chantiers, dans les maisons, dans les moyens de transport, il ne voyait que des travailleurs étrangers. La nuit, les voix grasses des femmes, que le père et ses fils laissaient monter sur le toit, descendaient jusque dans les pièces de l'appartement. Alors, un feu montait entre les jambes du jeune homme et des autres Habeshas et ils imaginaient les femmes qu'ils avaient quittées ou bien les stars de cinéma. S'il avait été à Addis-Abeba, il serait allé se griser de vitesse et de rythme musculaire, mais ici c'était trop dangereux. Il y avait des mois qu'il ne courait plus !

Le jeune homme sortait le moins possible, uniquement pour manger et pour aller au cybercafé. Heureusement, la nourriture ne coûtait pas cher, avec un dinar on pouvait acheter quarante pains. Il regardait ses mails chaque fois qu'il le pouvait. Quand elle sut que le jeune homme était vivant en Libye, *ayat* Abeba bénit au nom de Dieu l'orthodontiste de Milwaukee, Wisconsin.

Le jeune homme surveillait surtout la météo. Dans l'appartement, les Habeshas brûlaient d'envie de traverser la mer, ils étaient agités par une sorte de fièvre, une maladie du corps avant d'être celle de la volonté. Migrer est un geste total mais aussi très simple : quand un être vivant ne peut survivre dans un endroit, ou il meurt ou il s'en va. Hommes, thons, cigognes, gnous au galop dans la savane : les migrations sont comme les marées, les vents, les orbites des planètes et l'accouchement, tous des phénomènes qu'il n'est pas donné d'arrêter. Et sûrement pas par la violence, même si cette illusion est répandue.

Et dans les rues de Tripoli, ce n'était pas la violence qui manquait. Le jeune homme n'allait jamais seul au marché, c'était risqué pour un Habesha. Il y avait les policiers et les bandes d'agresseurs. Et aussi un gang d'enfants de sept, huit ans qui vous encerclaient en brandissant des couteaux avec l'éternel cri de : « *Awala !* » Mais il ne fallait surtout pas se défendre, ne serait-ce qu'en les bousculant : on risquait de se faire lyncher par les adultes que la scène faisait rire. Ces enfants ne les dévalisaient pas pour manger – aucun Libyen ne manquait de nourriture. Ce n'était qu'un jeu, comme lorsqu'ils brûlaient la queue des chats ou massacraient les rats à coups de pierre. Mieux valait ça : pour les contenter il suffisait de baisser la tête d'un air vaincu et de leur donner quelques dinars. Les enfants les prenaient, crachaient sur les Habeshas impuissants et noirs, puis s'enfuyaient dans des hurlements de triomphe. La seule façon de ne pas subir ces agressions était d'aller au marché escorté d'un ami libyen. Ainsi, devant un de leurs compatriotes, les enfants disaient « *Shabab !* » d'une petite voix polie et les adultes vous laissaient tranquille. Et en effet, le jour où les policiers l'avaient pris, le jeune homme n'était pas escorté par le bon Libyen.

Il y avait une tache sombre sur le mur dans ce coin de la grande salle. « Ma tache », pensait le jeune homme. Il la voyait mieux quand c'était son tour de rester debout. Combien étaient-ils là-dedans ? Il l'ignorait. Au moins une centaine. La seule chose certaine, c'était qu'ils ne pouvaient pas tous tenir allongés ensemble, il fallait faire des roulements pour dormir. Trois carreaux, tel était l'espace accordé à chaque prisonnier. Il fallait trouver un camarade avec qui faire les roulements, un debout sur un demi-carreau, tandis que l'autre, sur cinq plus un petit bout, essayait de dormir. Son camarade s'appelait Tesfalem, il était érythréen. Leurs pays avaient récemment mis un terme à une guerre qui durait depuis des années et ils célébraient la paix dans la Corne de l'Afrique en mêlant leurs corps sur les six carreaux, comme des jumeaux dans l'utérus d'une seule mère. Ce fut ainsi qu'ils devinrent des frères.

De temps en temps, les gardiens entraient et les frappaient, parfois avec ennui et parfois avec conviction. Certains jours bénis, ils apportaient un bout de savon. L'eau suffisait pour un tiers d'entre eux environ. Au début, le jeune homme crut mourir à cause de la puanteur, mais il ne mourut pas car un être humain peut s'habituer à tout, ou presque. Au bout de quelques jours, il ne la remarquait même plus. Seules les rares fois où on le laissait aller dans la cour, il sentait son cerveau exploser sous l'effet de l'odeur pestilentielle quand il rentrait. « Je ne pourrai pas résister, pensait-il chaque fois, je vais mourir. » Pourtant, il continuait à vivre. Il apprit à fermer les yeux et à imaginer ses pieds tapant sur la terre nue, ses jambes comme deux pistons, ses coudes chassant la route derrière lui : en oubliant son corps humilié, il passait des heures à revivre le bonheur de la course avec un corps imaginaire.

Ces murs putrides se trouvaient à quelques kilomètres du centre de Tripoli, mais même l'oasis sans nom était plus proche du reste du monde que cette grande salle. En comparaison, le désert avec les GPS et les jeeps des passeurs était un nœud routier très fréquenté dans le réseau international des communications. Cette prison, en revanche, était un trou noir n'émettant aucun signal, invisible aux télescopes. Même Dieu restait sans voix sur ce qui s'y passait.

Le jeune homme avait perdu la notion du nombre de mois passés là-dedans. Sa famille ne savait plus rien de lui depuis qu'il avait été arrêté. *Où est-il ? Comment va-t-il ?* Quand sa mère était allée à l'ambassade de Libye d'Addis-Abeba pour avoir des nouvelles, un employé aux paupières lourdes lui avait dit que le nom de son fils ne figurait pas dans leurs dossiers. En réalité, il ne l'avait même pas cherché.

Aucun des prisonniers ne savait pourquoi il était là. Aucun ne savait combien de temps il resterait. Il y avait des malades qui gémissaient. D'autres se réfugiaient dans des visions personnelles inaccessibles et le jeune homme se demandait s'ils survivraient à la liberté. Certains privilégiés travaillaient gratuitement quelques heures par jour dans les maisons des gardiens. D'autres passaient leur temps à effacer leurs empreintes digitales avec l'acide des batteries de leurs portables.

« Dublin, le traité », lui avait expliqué Tesfalem, son frère de carreau : le pays européen où l'on est identifié est celui où l'on est obligé de rester. Ils voulaient tous traverser la mer et débarquer en Italie, mais personne ne voulait s'y arrêter. La plupart voulaient continuer vers l'Allemagne, l'Angleterre et surtout la Scandinavie. Et qui pourrait prouver que la première terre ferme européenne sur laquelle ils avaient posé le pied était l'Italie, si au moment du débarquement on ne pouvait pas prendre leurs empreintes digitales ? Le jeune homme était un des rares qui ne passait pas son temps à scarifier le bout de ses doigts. Qu'on prenne ses empreintes digitales en Italie, de toute façon c'était là que son voyage devait se terminer.

Tesfalem, comme tous les Érythréens de la grande salle, était un insoumis qui avait échappé à un service militaire d'une durée indéterminée pouvant aller jusqu'à vingt ans. C'était la deuxième fois qu'il essayait de s'enfuir. Quand on l'avait pris la première fois, on l'avait amené dans une prison pour déserteurs sur l'île de Nokhra, dans l'archipel des Dahlak. On les avait littéralement entassés à plus de cent, les uns sur les autres, dans le fond d'un camion qui avait embarqué sur un bac au port de Massaoua. Une demi-douzaine de prisonniers étaient morts écrasés pendant la traversée. L'île était claire et battue par le vent, la mer avait la couleur des boucles d'oreilles des femmes restées au pays qui pleuraient leurs maris. L'unique bâtiment était une prison en pierre construite un siècle plus tôt par les *talian*. Tesfalem y passa un peu moins d'un an, enfermé dans les souterrains avec près d'un millier d'autres hommes. Pendant le court trajet depuis le port, il avait vu un bateau près des côtes. Il ressemblait à ceux des stars de cinéma, il était blanc et grand comme un splendide oiseau. Des femmes européennes en bikini dansaient lentement à l'avant. Ce fut la dernière image qu'il vit du monde avant d'être mis sous terre.

Tesfalem raconta au jeune homme qu'un jour on l'avait allongé à plat ventre, les pieds et les mains attachés dans le dos. On l'avait gardé comme ça pendant deux semaines, il ne pouvait se lever qu'une fois par jour pour manger et aller aux latrines. *Hélicoptère*, c'était le nom de la position. Puis, il y avait *Jésus-Christ*, le *huit*, le *fer*, le *pneu*, des techniques de torture fiables, toutes héritées de l'époque coloniale. Tesfalem avait ainsi appris d'autres mots italiens.

Ce n'étaient pourtant pas les premiers. En Érythrée, racontait-il, on se sentait liés comme par une sorte d'affection non partagée aux anciens colons. À son tour, le jeune homme disait comment sœur Giovanna lui avait décrit son riche pays de l'autre côté de la mer, au-delà de ces murs dégoûtants. Une fois en Italie, il voulait aller dans la Val Seriana et lui envoyer une carte postale. Tesfalem acquiesçait en rapportant ce que lui avait dit son beau-frère qui vivait maintenant à Göteborg, mais qui était passé par l'Italie : « Nous, les Habeshas, nous savons beaucoup de choses sur les *talian*. Mais eux ne savent rien sur nous, même sur l'époque où ils y étaient eux aussi. »

Parfois, entre un passage à tabac des gardiens, une crampe

de diarrhée et un cauchemar dans un demi-sommeil, une paix fragile et surprenante comme une bulle de savon flottait sur la grande salle. Alors, les prisonniers parlaient de foot. De Ligues des champions, d'équipes nationales, des prochains Mondiaux qui se passeraient en Afrique et ça, malgré tout, c'était un motif de réjouissance. Les Somaliens racontaient qu'à Mogadiscio, depuis qu'Al-Shabaab était au pouvoir, les shorts étaient interdits et de toute façon on ne pouvait jouer au foot que dans les quartiers contrôlés par les clans les moins sévères. Le jeune homme repensa aux islamistes de Khartoum qui lançaient des insultes pour un bouton de chemise ouvert. Par moments, lorsqu'on parlait de Beckham, Zidane et Ronaldinho, une étincelle s'allumait dans le regard des hommes entassés, comme un reste de feu joyeux. Qui cependant s'éteignait dès que parvenaient de la cellule voisine les hurlements des femmes violées.

Le vieil Attilio Profeti marchait sur le pont Milvius, les clés de sa voiture dans la main. C'était excitant et effrayant d'être là tout seul. Depuis combien d'années ça ne lui était pas arrivé ? Aides à domicile, épouses, personnes qui le traitaient comme un handicapé, tous sans cesse dans ses pattes. Et pourtant, Attilio n'avait jamais cessé de faire le compte – important en vue du Concours – et il savait bien son âge : 2008 moins 1915, ça ne fait que quatre-vingt-treize. Il était loin d'être centenaire.

De l'autre côté du parapet, le Tibre avait la couleur de la soupe de légumes qu'on lui servait à l'hôpital après ses derniers examens. Heureusement qu'en cachette des médecins Elle lui avait apporté ses bons petits plats. Vol-au-vent, poulet à la diable, tarte aux pommes. Tous très bons, comme toujours. Mais maintenant il ne voulait pas penser du bien d'Elle ; maintenant il voulait être en colère.

Les poches des vieux sont vides. À quoi bon avoir un portefeuille sur soi quand on sort toujours accompagné ? Attilio Profeti fouilla dans ses poches et ne trouva ni papiers ni argent, seulement deux pièces de monnaie. Il marchait lentement, mais sans s'arrêter car personne ne devait remarquer qu'il ne savait pas où il allait.

En fait, ce n'était pas vrai. Il cherchait sa voiture, elle devait bien être garée quelque part. Il conduirait loin et leur donnerait une leçon à tous, surtout à ceux qui s'étaient moqués de lui. Il irait chez lui, à Lugo ; sa mère, elle, le traitait bien. Une douleur diffuse partit de son plexus solaire et il fut obligé de se rappeler à contrecœur que Viola était morte depuis des années, quand elle était beaucoup plus jeune que lui ne l'était maintenant. Mais avoir gagné le Concours contre elle ne lui donnait aucune satisfaction. Une autre mort l'avait peiné aussi, celle d'une personne bien plus jeune que lui. Mais il ne se souvenait plus précisément de qui il s'agissait.

Comme tous les dimanches, Elle était allée à l'église ce matin-là. Durant les longues années où leur couple avait été caché à la moitié de la planète, Attilio n'avait pas passé un seul jour de fête avec elle. Et même après, une fois mariés, elle avait continué à aller à la messe toute seule.

«Je te préviens ! L'Église ne tolère pas une ombre de liberté ! » Combien de fois Attilio ne lui avait-il déclamé ce vieil adage pris on ne sait où, alors qu'Elle sortait le matin des jours de fête. Mais à présent, les choses avaient changé. La Moldave Martina allait passer le dimanche dans les salons de conversation des aides à domicile (l'aile latérale de la gare Termini quand il pleuvait, piazzale dei Partigiani s'il faisait soleil) et Anita n'avait plus le courage de laisser Attilio tout seul. Ainsi aujourd'hui, comme tous les dimanches ces derniers temps, Attilio était allé avec Elle dans l'affreuse église de leur quartier. Et peu importe s'il avait accompagné le sermon de ses ronflements.

« C'était émouvant ce qu'a dit aujourd'hui don Giulio sur la vie éternelle, avait fait remarquer Anita à son mari tout en le soutenant sur les marches du parvis. Dommage que tu ne l'aies pas entendu. »

Attilio battait des paupières, comme toujours après ses courtes et bruyantes siestes. « Je l'ai très bien entendu, avait-il répondu vexé. Toujours les mêmes contes de fées.

— Ce ne sont pas des contes de fées. Ce sont les Écritures et elles offrent une grande consolation. D'autant plus que nous devons tous mourir.

— Parle pour toi ! » s'était écrié Attilio, puis il s'était plongé dans un silence hargneux. Il n'avait pas prononcé à haute voix les trois mots de la promesse qu'il s'était faite à l'âge de neuf ans. Mais il les avait retournés dans sa tête, comme trois rubis cachés dans une main fermée : « Tous, sauf moi. »

À partir de ce moment, Attilio avait été de très mauvaise humeur. À la maison, quand Elle lui avait dit d'y aller doucement avec les chocolats, il lui avait adressé un regard de haine. Et après l'avoir entendue parler au téléphone avec un cousin de Naples de son âge, c'est-à-dire exagérément jeune, il avait sifflé : « C'est pour ça que tu veux que je meure. »

Anita avait reposé le combiné, elle s'était retournée calmement et avait planté sur lui son regard comme un clou dans un mur. « Je fais semblant de ne pas avoir entendu.

— Je le sais que tu es pressée ! »

Les lèvres d'Anita s'étaient retroussées dans un demi-sourire qui n'avait pourtant pas réussi à aller jusqu'aux yeux.

« Mon amour, tu es fatigué. Maintenant, je vais de l'autre côté faire la cuisine. »

Attilio Profeti avait passé le reste de la matinée dans son fauteuil, l'estomac rongé par une rancœur dont la raison finissait par lui échapper et qui n'en devenait que plus amère. Et au bout d'un moment, pendant qu'Anita mixait bruyamment la sauce verte pour le pot-au-feu, il avait remis son manteau et son chapeau – pas ses chaussures parce que c'était trop difficile – et en pantoufles, ses clés de voiture à la main, il était sorti de chez lui.

À présent, le fleuve était derrière lui ; il l'avait traversé presque sans s'en apercevoir. Il se retrouva sur une place dotée d'une petite pelouse centrale. Une balançoire cassée pendait au bout d'une chaîne à côté d'un banc arraché – l'endroit devait avoir été conçu comme un espace pour les enfants et les personnes âgées. Mais l'herbe folle, entourée d'une grille, était inaccessible. Entre celle-ci et le bord du trottoir, s'alignaient des panneaux recouverts d'affiches, surmontés de l'inscription ÉLECTIONS POLITIQUES 2008.

La campagne électorale de ce printemps touchait à sa fin. Depuis des semaines, plusieurs fois par jour, on collait de nouvelles affiches, les unes sur les autres. Les couches de papier et de colle sur la tôle s'étaient maintenant amalgamées en une sorte de bas-relief irrégulier de papier peint. À la surface, des bouts de visages souriants : des hommes d'âge moyen, des femmes à la peau impeccable faites pour le cinéma plutôt que pour la politique, des dirigeants au regard imposant et serein. Les textes et les fonds étaient tous dans des couleurs primaires très vives. Seule une affiche se détachait des autres et Attilio Profeti, qui en soixante ans d'élections politiques de la République italienne n'avait jamais manqué à son devoir d'électeur, s'arrêta devant.

À la différence des autres, les couleurs composées dominaient dans ce poster : le profil d'un homme à la peau au teint de brique se découpait sur un fond ocre. Il avait le front ceint d'une bande de petites perles bleues et une couronne de plumes gris-blanc se dressait sur sa tête. Un pendentif à la forme étrange de petit animal écorché descendait le long de son visage. Attilio l'étudia longuement, perplexe. Oui, c'était bien une petite fourrure : de lapin, ou peut-être de marmotte.

C'était une image incompréhensible.

Attilio Profeti sentit son esprit sombrer dans les sables mouvants qui engloutissaient ses pensées de plus en plus souvent. Il regarda autour de lui, perdu, cherchant quelqu'un qui l'aiderait à comprendre ce qu'il venait de voir. Mais la place était aussi déserte qu'après une rafle et en effet le déjeuner dominical retenait en otages les habitants du quartier. Attilio baissa les yeux et vit qu'il était en pantoufles. Tout à coup resurgirent à sa conscience, comme des bulles remontées à la mémoire d'un abîme d'oubli, les photogrammes d'un film : un homme avec un couvre-chef en plumes qui danse, se frappe la bouche, lance de grands cris.

Mais oui ! Pied de Vent.

La confusion d'Attilio se dissipa instantanément. « C'est un Peau-Rouge. »

À ce moment-là seulement, il se donna la peine de lire aussi l'inscription en lettres capitales.

ILS ONT SUBI L'IMMIGRATION
ILS VIVENT MAINTENANT DANS DES RÉSERVES

En bas à droite, plus petite, à côté du symbole rond de la Ligue du Nord avec la silhouette d'un guerrier médiéval, une phrase en italique rouge mettait en garde les lecteurs : MÉFIEZ-VOUS !

Deux soirs plus tôt, Ilaria avait dû errer dans les rues de son quartier avant d'arriver à se débarrasser de sa Panda. Elle était rentrée chez elle à l'heure la plus terrible, le vendredi en fin d'après-midi, quand les places de parking se font si rares que se garer devient une sorte de jeu de chaises musicales : on ne peut se glisser dans une place que si l'on passe devant juste au moment où celui qui l'occupait s'en va. Fatiguée par les longues discussions avec ses parents, affamée, impatiente de prendre une douche, il lui avait fallu parcourir les sens uniques de l'Esquilin pendant trois quarts d'heure, avec la sensation de plus en plus forte d'être un rat de laboratoire pris au piège par un neurologue sadique. À un moment donné, elle avait commencé à se demander si elle serait condamnée à passer le reste de sa vie à tourner ainsi éternellement autour de son pâté de maisons, au nom de la science. Elle n'aurait pas été étonnée de découvrir qu'elle avait des électrodes collées sur son crâne pour étudier ses réactions cérébrales.

Aujourd'hui, dimanche, Anita l'avait invitée à déjeuner avec

Emilio et Attilio junior. Federico, son frère aîné, était de passage à Rome : une rare occasion pour Attilio Profeti de voir réunis ses quatre enfants. Ilaria avait décidé de ne pas retirer sa voiture de la place qui lui avait coûté si cher. Pour aller chez son père, elle prendrait le métro, puis elle traverserait à pied le parc de la Villa Borghèse que la verdure d'avril habillait de fête. En arrivant piazza Vittorio pour se rendre à la station de la ligne A, elle avait été saisie par une musique exotique, comme souvent le dimanche. Elle provenait de haut-parleurs sur une estrade placée au milieu du jardin, qui ressemblait à un coin du Pendjab : les femmes en *salwar kameez*, les hommes avec une longue barbe et un turban.

« Un an a déjà passé depuis la dernière fête sikh ? » s'étonna Ilaria. Elle avait gardé un bon souvenir du dernier anniversaire de Guru Nanak où elle avait mangé d'excellents *malai kofta* et du riz au safran. Mais aujourd'hui elle n'avait pas le temps, et puis elle avait déjà donné. Évolutions de dragons en papier pour le Nouvel An chinois : déjà vues. Plats au curry pendant la fête de Diwali : déjà goûtés. Produits équitables sur les stands d'Intermundia : déjà achetés. Elle ne comptait plus le nombre de fêtes ethniques auxquelles elle avait participé piazza Vittorio. Les caméras d'un journal télévisé régional étaient souvent là qui cadraient des présentatrices bien coiffées, résidant sûrement dans d'autres quartiers mais très intéressées par « cette nouvelle réalité ». Dans leurs reportages, comme dans les articles des pages romaines des quotidiens, elles utilisaient avec élan et passion civique des mots comme *tolérance*, *laboratoire*, *cohabitation*, *multiculturel*. Elles citaient le film récent sur l'orchestre qui, en fusionnant les différentes traditions musicales du quartier, avait tiré son nom de la place humbertienne. Écarquillant les yeux en direction de la caméra, elles s'écriaient : « L'Esquilin, c'est l'avenir ! »

Ilaria voyait les choses un peu différemment. Son quartier, celui où depuis plusieurs dizaines d'années elle achetait son lait au bar en face de chez elle, où elle devenait folle chaque fois qu'elle cherchait une place pour se garer, où elle échangeait deux mots avec ses voisins, où elle slalomait entre les crottes de chien sur les trottoirs, où elle n'avait rien à gagner à être élevée à l'exceptionnel rang de symbole. Les enfants auxquels elle enseignait tous les jours partageaient leurs bancs depuis le primaire avec des camarades chinois, marocains, philippins et italiens, et ils n'avaient pourtant jamais remarqué qu'ils étaient un « laboratoire de cohabitation ». En revanche, ils voyaient bien l'eau qui coulait d'un trou du toit dans le gymnase de l'école depuis l'automne dernier, de même que l'absence d'argent pour le réparer malgré les promesses de la municipalité, de l'académie et du ministère. Bref, ces propos lui faisaient la même impression que ceux, en apparence opposés mais en fait complémentaires, où le toponyme « Esquilin » était invariablement accompagné des concepts de « dégradation » ou d'« invasion étrangère ». Il lui semblait que les deux termes étaient des exagérations servant plus à soutenir des thèses préétablies qu'à la vie concrète de ses habitants. De la propagande.

Ilaria allait plonger dans la bouche de métro quand un jeune homme en chemise, pantalon et vieux chapeau d'habitant de la Rome papale lui mit dans la main une petite feuille de papier. La phrase RENDONS ROME AUX ROMAINS ! était suivie des sigles de diverses associations d'extrême droite.

Les tracts étaient distribués par une douzaine de personnes, presque toutes costumées. Un homme avec une tête de boxeur, déguisé logiquement en gladiateur ; une frêle infirmière en robe blanche avec une petite couronne en papier doré sur des boucles semblables à celles des bas-reliefs de l'Autel de la Paix ; une jeune fille habillée en paysanne du XIXe siècle à l'opulente poitrine qui débordait de sa chemise bouffante.

Un homme d'environ quarante ans supervisait la distribution des tracts et Ilaria reconnut son profil banal et aiguisé comme un panneau métallique. C'était le chef des fondamentalistes chrétiens qui des années plus tôt, tandis qu'on débattait au

Parlement de la procréation assistée, avait tapissé le quartier de sanguinolentes photos de fœtus.

« Aujourd'hui, c'est le jour de l'anniversaire de notre Saint-Père, disait l'homme à un petit auditoire de personnes âgées et de jeunes à la tête rasée. Mais à Rome, capitale de la chrétienté, royaume du Saint-Siège, on célèbre celui d'un gourou indien. Juste ici, piazza Vittorio, cœur du triangle de la chrétienté ! Quelle honte ! »

Ilaria contourna le groupe mais, en changeant de trottoir, elle tomba sur Lina.

Sa vieille voisine était engoncée dans son manteau couleur de chien mouillé qu'elle portait de septembre à juin. Elle était accompagnée de deux autres femmes plus proches comme elle de soixante-dix que de soixante ans. Leurs six chaussures crépitaient à l'unisson sur le sol des arcades, avec le rythme vibrant de personnes conscientes de leur mission. Elles serraient contre leur poitrine un stylo et un carnet.

Ilaria avait déjà vu plusieurs fois Lina et ses amies se promener dans le quartier les après-midi des jours de fête ou bien, comme aujourd'hui, après la messe du dimanche matin. Toutes étaient veuves d'agents de police et, depuis quelques années, reprenant le métier de leurs regrettés maris, elles s'étaient réunies pour surveiller l'Esquilin. Elles avaient obtenu on ne sait comment le numéro de fax du secrétariat privé du maire de Rome et elles envoyaient des listes de petites ou de grandes plaintes rigoureusement remplies à la main : à propos des trous dans le revêtement des rues, des tas d'ordures hors des bennes, des grilles d'écoulement obstruées par les feuilles. Elles n'avaient jamais reçu de réponse. Quand Lina lui en avait parlé, Ilaria s'était imaginé les feuilles de papier thermique de leurs *fax de doléances* tombant par terre dans le coin d'un bureau municipal désert. Mais ce silence officiel ne les avait jamais découragées. Au contraire : si, au bout d'un certain temps après leur signalement, la camionnette municipale arrivait pour remplacer le spot grillé d'un lampadaire, ou pour déboucher une canalisation, les trois amies s'en attribuaient le mérite, du moins en partie, sans prétention mais aussi sans fausse modestie. La vue de ces dames âgées qui prenaient des notes sur l'Esquilin, mêlant une curiosité d'exploratrices à la familiarité que l'on a avec sa propre chambre à coucher, mettait toujours Ilaria de bonne humeur.

Lina pointa son menton avec mépris en direction de ces soi-disant figurants de la romanité. « Ils n'en ont rien à faire de l'Esquilin, ceux-là, tout comme moi du pôle Sud. Ou même encore moins, tu sais Ilà, parce que moi j'aime bien les pingouins. »

Ilaria se glissa dans le métro avec un demi-sourire.

Anita était une excellente cuisinière, mais elle n'y connaissait rien en vin. Quand elle ouvrit la porte, Ilaria lui mit une bouteille dans les mains.

« Merci, ma chérie. Tu es la première, tes frères ne sont pas encore arrivés.

— Où est papa ? demanda Ilaria en regardant le fauteuil vide.

— Il s'est de nouveau échappé. » L'épouse de son père avait une voix calme. « Cette fois-ci, il a pris les clés de la voiture.

— Quoi ? Mais il ne peut pas conduire ! C'est un danger public !

— Non, en effet, je ne le laisse jamais faire en ville. Seulement sur l'autoroute. »

Ilaria plissa les yeux et se tut, lui donnant une chance d'admettre qu'il s'agissait d'une plaisanterie. Mais Anita garda le silence.

« Si je comprends bien..., éclata alors Ilaria, d'après toi, un homme de quatre-vingt-dix ans qui conduit à cent à l'heure au milieu des camions, ça te semble raisonnable ?

— Pourquoi pas ? Il suffit qu'il passe la cinquième, et après il est tranquille.

— Mais... vous êtes complètement fous tous les deux ! Ou plutôt, tu es encore pire que lui, car tu n'as même pas l'excuse du grand âge !

— Oh là là, quelle expression mélodramatique ! Ton père n'a quand même pas cent vingt ans.

— Non, en effet, seulement quatre-vingt-treize. Un gamin. »

Comme toujours quand elle était prise sur le fait, Anita lui donna raison. « Je sais, je sais. Mais que veux-tu, pour moi il le sera toujours. Comme lorsque je l'ai connu… »

« Quand tu l'as connu, ce n'était plus tout à fait un gamin », pensa Ilaria. C'était un homme de cinquante ans avec une épouse, trois enfants et un crédit pour un appartement bourgeois un peu au-dessus de ses moyens. Mais l'idée de faire prendre en compte la réalité à quelqu'un qui ne veut pas la voir, qui lui est naturellement hostile, était mission impossible avec Anita : son sourire conciliant s'ouvrait face au reproche comme un fruit mûr, mettant un terme à toute discussion. Ilaria y renonça dans un soupir d'ennui et d'inquiétude.

« Bref, qu'est-ce qu'on fait ? Je vais le chercher ?

— Du calme, ma chérie, il reviendra. Ton père revient toujours. »

C'est Federico qui le trouva : debout près d'un kiosque, il regardait la circulation d'un air perdu.

« Papa ! l'appela son fils aîné par la vitre de la voiture, après avoir demandé au taxi de s'approcher. Qu'est-ce que tu fais là ? Viens ici, monte ! »

Attilio obéit avec une docilité impassible mais sans dire bonjour. Il monta dans le taxi par la portière que Federico tenait ouverte et s'installa lourdement sur le siège.

« Toujours en balade, hein ? lui dit son fils d'un air jovial. Bravo, tu as raison. Vive la liberté ! »

Attilio regarda cet homme d'environ cinquante ans, ces yeux bleus qui lui rappelaient quelque chose, une veste claire sur un physique de sportif. Il avait des cheveux longs de touriste, décolorés par le soleil, qu'il écartait de son front avec des gestes de petite fille.

« Toi, tu es celui qui vit au Mexique. »

Federico eut un rire bref. « Exact ! Celui-là en personne. Et au Mexique j'y retourne demain. J'avais des problèmes à régler ici à Rome. D'ailleurs, à propos, tant que nous y sommes… J'ai ici une chose. »

D'un sac fait de bandes de cuir tressées, il sortit des feuilles et un stylo.

« Tu sais, tu te souviens de la garantie sur le prêt pour mon pub ? Elle est arrivée à échéance, il faut la renouveler. Demain, je dois l'apporter signée au notaire. C'est un ami, il fermera les yeux même si tu ne signes pas devant lui. Comme ça, tu n'auras pas besoin d'y aller en personne, de prendre la voiture, de trouver une place pour te garer… Si tu signes maintenant, on évitera tout ce bazar, cet *ambaradam*.

— Ne prononce pas ce mot », dit Attilio en le regardant de travers, mais il prit le stylo. Ses mains tremblaient et le mouvement du taxi l'empêchait de le poser sur la feuille.

« Attends qu'on s'arrête », dit Federico. Le taxi était arrivé devant la porte de la maison d'Anita. « Garez-vous là, s'il vous plaît. »

Quand la voiture se fut rangée, le fils posa les papiers sur son sac. Son père signa, concentré et sans un mot, les feuilles qu'il mettait devant lui, l'une après l'autre. Puis Federico l'aida à descendre du taxi, il l'accompagna jusqu'à la porte d'entrée et sonna à l'interphone. D'où sortit, au bout d'un instant, une voix métallique : « Qui est-ce ?

— Anita, c'est Federico. Papa est ici avec moi.

— Ah ! Tant mieux ! » La voix s'éloigna et s'adressa à quelqu'un dans la pièce. « On l'a retrouvé ! Il est en bas avec Federico.

— Je te le mets dans l'ascenseur, comme ça tu le remontes.

— Qu'est-ce que ça veut dire "Je te le mets" ? Et toi ? Tu ne montes pas ?

— Non, excuse-moi, je dois repartir demain. J'ai mille choses à faire.

— Mais ce repas, c'était exprès pour toi… Ça fait des années qu'on ne se retrouve plus tous ensemble.

— Sincèrement, Anita, je n'y arriverai pas, excuse-moi. La prochaine fois que je reviens, je passe vous voir pour de bon. »

Federico accompagna son père jusqu'à l'ascenseur, l'ouvrit et l'aida à entrer. Il le serra dans ses bras et lança des baisers sonores du bout des lèvres. Son père les lui rendit comme font les enfants quand ils imitent les gestes des grands sans les comprendre. Les portes en verre de l'ascenseur allaient se refermer, mais Atttilio les bloqua d'une main.

« Tu n'es pas devenu riche toi, n'est-ce pas ? » demanda-t-il à son aîné, l'air suspicieux.

Federico lui adressa un sourire joyeux. « Non papa. Riche, non. Mais rassure-toi, je vais bien. »

Puis l'ascenseur, rappelé par Anita, vola vers le cinquième étage.

Federico attendit qu'il disparaisse pour sortir. Il traversa le trottoir en direction du taxi qui attendait. Il allait ouvrir la portière quand il entendit une voix agitée croasser dans l'interphone près de la porte.

« Federico ! Federico, tu es encore là ? »

Il revint sur ses pas, approcha la bouche du tableau.

« Oui, Anita, qu'est-ce qu'il y a ?

— Papa veut te dire quelque chose.

— Oui, mais vite, le taxi m'attend avec le compteur allumé… »

Un bruit confus de combiné passé dans des mains peu assurées, puis la voix d'Attilio.

« Federico.

— Dis-moi, papa.

— Écoute. Il y avait longtemps qu'on ne s'était pas vus ?

— Non… pas tant que ça. Je suis venu vous voir l'été dernier. Il y a moins d'un an.

— Ah c'est ça. Donc tu reviens cet été ?

— Je ne pense pas que je pourrai. Peut-être l'année prochaine. Viens plutôt me voir, toi. C'est beau, tu sais, Playa del Carmen. Il y a aussi la mer.

— D'accord, je le dis à Anita. Elle aime bien voyager.

— Super, alors je vous attends. J'y vais maintenant. Au revoir.

— Au revoir.

— Ah, papa : je t'aime. »

Mais les trois derniers mots furent couverts par un sifflement très aigu et désagréable. Le combiné avait sûrement été mal raccroché.

Le taxi était reparti depuis peu quand Federico reçut un SMS d'Emilio :

> TU ES TOUJOURS LE MÊME SALAUD ! DANS UN AN PAPA NE SERA PEUT-ÊTRE PLUS LÀ. TU PROFITES QU'IL NE SOIT PLUS CAPABLE DE SE METTRE EN COLÈRE À 93 ANS.

Federico pianota sur son téléphone :

> FAIS-LUI LIRE TON SMS ET TU VERRAS S'IL N'EN EST PLUS CAPABLE. MAIS CONTRE TOI.

Quand il appuya sur « envoi » le chauffeur de taxi alluma la radio. Les matchs allaient commencer.

Le déjeuner en l'honneur de Federico sans Federico fut consommé par Attilio la tête basse, la bouche vorace et mécanique. Mais ses yeux se fermaient et il ne dit pas un mot – son exploit l'avait épuisé. Anita passa tout le repas à décrire avec force détails les recettes de ces bons petits plats, qui auraient pu rassasier deux fois plus d'invités. Ilaria, Emilio et Attilio junior l'écoutaient en silence. Aucun n'avait envie de commenter la volatile apparition – ou plutôt, la voix à l'interphone – de leur frère aîné ; mais il était difficile de trouver d'autres sujets de conversation tant que tout le monde continuait à penser à lui.

« Depuis combien de jours est-il en Italie ? Est-il allé voir sa mère ? » Ilaria ne pouvait le demander à Marella. C'était risquer de lui apprendre que son fils aîné était passé à Rome sans se manifester. Alors, sa mère n'aurait jamais cru qu'Ilaria ne l'avait pas vu, avec toutes les récriminations, silencieuses mais efficacement douloureuses, qui auraient suivi. Et lorsque avant le déjeuner Emilio avait écrit rageusement un SMS sur son portable, Ilaria n'avait eu aucun doute sur son destinataire.

Tant qu'Emilio et Federico avaient vécu sur le même continent, ils avaient passé leur existence à se faucher mutuellement tout ce qu'ils pouvaient : jouets, feutres, camarades de jeux, filles, fiancées. Ilaria était la petite sœur beaucoup plus jeune et la rivalité entre les deux frères lui était passée au-dessus de la tête (souvent au sens littéral, quand ils se lançaient des insultes et des coups de poing) sans trop la toucher. Comme toute vendetta qui se respecte, elle était infinie et impossible à pacifier par des interventions extérieures chargées de bon sens. Il était conseillé à ceux qui entraient en contact avec eux de rester en dehors. Malheureusement, plusieurs femmes, au physique agréable et avec une tendance à prendre la flatterie au sérieux, ne l'avaient compris qu'après avoir été utilisées comme champ de bataille des deux frères. Entre Federico et Emilio, c'était un corps-à-corps, une lutte perpétuelle à l'arme blanche qui parsemait le terrain de cadavres d'amis et de relations ; il n'était pas prévu de faire des prisonniers. Ce n'était sûrement pas un hasard si Emilio s'était marié et avait fait des enfants seulement quand son frère aîné avait enfin quitté l'Italie. Mais si Ilaria avait dû déclarer une vague préférence dans cette guerre, elle aurait sans doute penché pour Federico. Lui, du moins, ne s'était jamais excusé de cette rivalité, si destructrice et primitive. En revanche, Emilio tenait à faire passer ce qu'il volait à son frère aîné – comme les fiancées de Federico qu'il baisait en vitesse – pour de la légitime défense, une juste revanche pour tout ce qu'il avait dû subir. Aux yeux d'Ilaria, il apparaissait ainsi comme un indécent pleurnicheur. Quoi qu'il en soit, la furieuse attention que ces deux-là se portaient en avait laissé bien peu pour elle. C'est sans doute pour ça qu'Ilaria et son jeune demi-frère Attilio s'entendaient si bien : ils avaient trouvé tous les deux un rapport fraternel qu'ils n'avaient jamais vraiment eu.

« Tu n'as pas laissé une seule miette ! » Anita montra à son mari son assiette vide dans laquelle elle lui avait servi une grosse part de gâteau aux poires. Depuis qu'elle était à la retraite, la majeure partie de ses journées était occupée à : acheter d'énormes quantités d'aliments, les transformer en plats élaborés, reprocher à Attilio de les manger. Il réagit avec l'indifférence de l'extrême fatigue alliée à la vague satisfaction d'un petit enfant qui vient d'avoir la preuve qu'il est malgré tout un objet d'attention. Il se leva en s'appuyant à la table, chancela jusqu'à son fauteuil et se mit très vite à ronfler.

Ilaria aida Anita à débarrasser et à laver la vaisselle tandis que commençait le journal télévisé régional. Un micro devant son visage de renard, le candidat de droite à la mairie promettait de veiller à la sécurité en ces temps d'immigration et de criminalité. Il avait prononcé les derniers mots comme un ensemble, comme deux concepts unis par un lien naturel qui n'avait nul besoin de démonstration. Immigration, criminalité : deux aspects inséparables de la même menace envers les braves citoyens. Son programme proposait l'instauration de rondes municipales pour assurer une surveillance minutieuse dans toutes les rues. Ilaria se mit à penser au pas martial de Lina et de ses amies. La dernière chose dont l'Esquilin avait besoin c'était de rondes citoyennes, du moins tant qu'elles étaient là. Elle laissa échapper un petit ricanement.

Anita leva la tête au-dessus du lave-vaisselle. « Qu'est-ce qu'il y a de drôle ?

— Rien. Je pensais à certaines de mes amies. »

On interviewa ensuite le candidat du centre gauche. Pour rassurer les citoyens, il proposait la distribution d'un brassard antiviol : un appareil à mettre au poignet, capable de localiser et d'émettre un signal d'alarme, à distribuer aux femmes des banlieues et des quartiers les plus peuplés d'étrangers.

Brusquement Ilaria n'eut plus envie de rire. Quel que soit le déroulement des élections, s'il n'y avait pas d'autre choix, elle sentait qu'elle les avait déjà perdues.

Quand ce fut l'heure de partir, son père venait juste de se réveiller. L'air impuissant avec lequel il battait des paupières frappa Ilaria comme une douleur à la poitrine. Elle se pencha vers son fauteuil et l'embrassa sur les joues.

« Tu as besoin d'un peu d'argent, mon trésor ? » lui demanda Attilio Profeti. Déplaçant péniblement son buste de côté, il plongea les mains dans ses poches où il fouilla avec une lente concentration. Il en sortit deux pièces de monnaie. Avec un sourire bienveillant, il prit la main de sa fille et les y déposa.

« Tiens, de la part de ton vieux papa. »

Anita qui revenait au salon un torchon à la main lança un regard entendu à Ilaria, puis elle s'adressa à lui sur un ton si possible encore plus indulgent que d'habitude : « Ilaria n'en a pas besoin. Allez, reprends-les. »

Ilaria fit le geste de remettre les deux pièces dans la main de son père, mais il ferma le poing et le secoua l'air irrité.

« C'est mon argent. Je peux le donner à qui je veux. »

Ilaria écarta la poche de son pantalon et y replaça les pièces.

« Bien sûr. Tu as raison. Regarde, papa, on va faire comme ça. Toi, tu me les as données. Et moi, maintenant je te les prête. Tu devras me les rendre la prochaine fois, mais sache que je te réclamerai des intérêts. »

Attilio fixa sa fille l'air confus, puis lança un regard de défi à sa femme. « Heureusement que tu n'étais pas là pour me casser les pieds quand j'ai signé tout à l'heure. »

Ilaria retira la main de sa poche en plissant le front. « Signé ? Quoi donc ?

— Ces papiers, dans le taxi. Pour… comment s'appelle-t-il ? Celui du Mexique. Federico. »

Le beau sourire d'Anita avait disparu, laissant place à un visage immobile et dur ; comme une robe en soie qui dévoile en glissant la plastique d'un mannequin. Elle détacha ses mots d'un ton mécanique : « Qu'est-ce qu'il t'a fait signer ? »

Attilio Profeti haussa les épaules avec une indifférence manifeste.

« Je te l'ai dit. Des papiers.

— Quels papiers ?

— Je ne sais pas. Il dit qu'il va les apporter au notaire demain.

— Non, attendez ! s'écria Ilaria. Rassure-toi, Anita. Une signature comme ça, sans le moindre notaire pour la certifier, ce n'est pas du tout légal, tu sais.

— Un notaire peut toujours déclarer que la signature a été faite devant lui. Il existe sûrement un notaire véreux qui ne crache pas sur un dessous-de-table. » Jusque-là, Emilio était resté silencieux. À présent, il parlait avec l'amère supériorité de celui qui voit enfin révélée une désagréable vérité qu'il connaissait depuis toujours. « Et le notaire de Federico est sûrement un fumier de ce genre.

— Emilio ! » s'exclama Anita, qui pourtant n'avait guère le temps de se scandaliser. Elle fonça prendre son portable dans la cuisine et composa rageusement le numéro du fils aîné de son mari. Qui ne répondit pas.

La deuxième épouse d'Attilio Profeti continua à essayer d'appeler Federico toute la journée, et tard dans la soirée. La même chose le lendemain et le jour suivant. Il ne répondit jamais. Simplement aussi parce qu'il avait repris depuis longtemps l'avion qui le ramenait à Playa del Carmen.

Cet après-midi-là, en sortant de chez son père, Emilio proposa à Ilaria de la ramener chez elle en voiture. « Comme ça, on parlera un peu », lui dit-il.

Ilaria réprima un soupir. Pour son frère, « parler un peu » signifiait lui décrire par le menu l'état actuel de sa vie privée et professionnelle, ou bien lui demander un service ; prendre de ses nouvelles à elle n'était pas inclus dans cette expression. Ce n'est qu'une fois en voiture qu'Emilio lui dit qu'il devait d'abord se rendre quelque part.

« J'ai un truc à faire, une passe bien payée. Mais rassure-toi, ça ne prendra pas longtemps. Encore moins que pour une pipe. » Il rit quelques secondes puis s'arrêta brusquement, comme si ce rire n'avait jamais été le sien.

Ilaria éprouva une vague tristesse. Depuis des années, son frère farcissait ses phrases de vulgarités complaisantes, mais il n'avait pas toujours été comme ça. Quand il étudiait Pirandello et les tragiques grecs traduits par Cantarella à l'Académie d'art dramatique, il avait même des termes trop précieux pour un jeune de vingt ans. Mais c'était l'époque où il pensait consacrer sa vie à donner corps et voix à des répliques écrites par Beckett, Brecht et Molière et non par les scénaristes du feuilleton télévisé *Sur les collines fatales.* Maintenant il ponctuait ses phrases d'allusions au sexe oral, anal, payé ou violent.

Ilaria repensa au travail fait avec ses élèves de quatrième de l'année précédente. Depuis quelque temps déjà, elle avait remarqué avec ses collègues l'augmentation exponentielle de gros mots dans la bouche des enfants. Ils ne se contentaient plus maintenant de les employer entre eux, ils les disaient même devant les enseignants, comportement impensable il n'y avait pas si longtemps encore. Au cours du dernier semestre, elle avait décidé d'affronter le problème, mais elle ne savait pas comment. L'idée lui était venue quand, pour commenter la chance d'un de ses camarades qui s'en était bien sorti lors de son interrogation, un garçon s'écria à haute voix sans se soucier qu'elle l'entende : « Quel cul ! »

Ilaria décida que le moment était venu de donner, littéralement, plus de chair et de sang à l'histoire romaine qu'ils étaient en train de réviser.

« Tu sais ce que ça veut dire "Quel cul" ? demanda-t-elle au garçon.

— Bien sûr. Ça veut dire "Quelle chance".

— Oui, mais sais-tu pourquoi on dit ça ? Qu'est-ce que le derrière a à voir avec la bonne fortune ? Tu le sais ou bien tu répètes une expression comme un perroquet ? »

Dans la classe, où jusque-là régnait une somnolente anarchie, le silence s'était fait brusquement. Tout le monde écoutait cet échange si inattendu.

« Je ne sais pas, reconnut le garçon.

— Je vais te l'expliquer. C'est une expression qui remonte à la terrible humiliation que subirent les Romains après leur défaite en 321 avant Jésus-Christ dans les gorges de Caudium, appelées les fourches Caudines.

— Quand ils les ont fait passer sous l'arche des épées ? » demanda l'élève au premier rang qu'Ilaria avait souvent du mal à ne pas embrasser tant elle donnait l'impression qu'elle *aimait* apprendre.

« C'est ça. Dans les livres scolaires on n'en parle pas volontiers, mais en plus d'être passés sous cette arche de l'ignominie, les soldats romains furent tous sodomisés, un par un, par les vainqueurs samnites. Ceux qui avaient un anus plus grand souffrirent moins et furent donc enviés par les autres. »

Cinquante-six yeux, dont certains derrière des verres épais, presque la moitié lourdement maquillés, beaucoup entourés de boutons et d'autres imperfections cutanées, la fixaient l'air incrédule. Même les jumeaux du fond avaient levé les yeux, eux qui avaient constamment le nez dans leurs jeux électroniques en mode silencieux qu'il était inutile de confisquer car leurs parents en achetaient sans cesse de nouveaux. Personne ne soufflait mot.

Sur le même ton ascétique avec lequel elle énumérait les frontières des États pendant le cours de géographie, Ilaria compléta son explication. « C'est de là qu'est venue l'expression "avoir beaucoup de cul", synonyme d'avoir de la chance, de l'échapper belle. Désormais, quand vous le direz à quelqu'un, sachez que vous lui dites en réalité : "Mince alors, tes sphincters sont bien dilatés, tu ne sentirais rien si on te sodomisait." »

Alors, Ilaria fut prise d'une brusque inspiration et, profitant de ce moment unique d'attention générale, elle se lança dans un bref discours. Elle savait bien, dit-elle, que si elle demandait de ne pas prononcer de gros mots cela ne donnerait aucun résultat et elle avait donc décidé de permettre aux élèves d'utiliser désormais en classe toutes les expressions triviales qu'ils voulaient. Et même, elle les y encourageait. Elle ne posait qu'une seule condition : ils devraient traduire ces termes dans leur équivalent littéral, anatomique et physiologique.

Les jeunes réagirent avec un enthousiasme émerveillé et appliquèrent aussitôt les nouvelles instructions. Ce premier jour, ils se déchaînèrent. Et ils échangèrent des : « Tête de pénis », « Vas-y pour un rapport anal », « Mate un peu le joli vagin en bas dans la cour ».

Mais peu à peu les choses changèrent. Vers la fin de la semaine, le jeu avait commencé à lasser. En classe, on sentait une grande envie de se remettre à dire « Tête de nœud », « Va te faire foutre », « Mate un peu la jolie chatte en bas dans la cour », mais ce n'était plus aussi facile qu'avant. Après plusieurs jours exposés à leur sens littéral, les mots ne venaient plus si facilement à la bouche. Ilaria ne faisait aucun commentaire, elle les laissait libres, mais il était clair que la méthode semblait fonctionner. Elle commença même à se demander avec une satisfaction incrédule ce qui se passerait au bout de quelques semaines.

Dix jours environ après la leçon sur les pratiques samnites d'humiliation des vaincus, un couple se présenta à la rencontre parents-professeurs. Leur fille était une élève en surpoids qui cachait une remarquable intelligence en se remplissant la bouche de grossièretés, de petites pizzas bien grasses et de chewing-gums. Elle avait adopté avec grand plaisir les nouveaux termes autorisés et au début elle avait cassé les couilles – les testicules – de tout le monde en désignant sans arrêt toutes les parties anatomiques autour du périnée, avec des éclats de rire dignes d'un sumo. Mais depuis quelques jours, elle aussi s'était lassée de prononcer les mots « pénis », « anus » et « vagin » des dizaines de fois pendant les cours. Son langage, mais pas seulement, avait commencé à changer. Et ce matin-là, elle avait levé la main en classe. Non pas pour faire de l'esbroufe comme d'habitude, mais bien, pour la première fois en trois ans, une remarque intelligente sur le cours. Et pourtant, ses parents étaient venus protester justement ce jour-là. Tant que leur fille employait en classe des expressions qui auraient embarrassé une professionnelle du porno, ils ne s'étaient jamais montrés aux réunions de parents. Mais aujourd'hui, ils étaient venus exprimer leur indignation.

Ils lui crièrent dessus si grossièrement qu'elle apprécia d'avoir le bureau en bois entre elle et eux. Ils l'accusèrent d'employer des expressions obscènes en classe, d'enseigner la dépravation aux élèves. Ils la sommèrent de cesser. Ils la menacèrent d'une pétition à l'inspection d'académie. Ilaria les écouta en silence, consciente qu'elle devrait obéir : s'ils avaient donné suite à leurs menaces, personne – collègues, directeurs, ministère, tribunal administratif – n'aurait pris sa défense.

Alors qu'ils s'éloignaient dans le couloir, Ilaria entendit le mari dire à sa femme : « Quelle enculée ! » Ilaria traduisit intérieurement, avec une amère opiniâtreté : « Femme à qui le sexe anal a causé des fistules, des hémorroïdes ou d'autres lésions rectales. »

Maintenant qu'elle était seule en voiture avec Emilio, Ilaria eut l'idée d'appliquer à son frère les principes de cette expérience de pédagogie paradoxale. Elle pensa que c'était une bonne occasion.

« Explique-moi quelque chose, Emilio, lui demanda-t-elle. Te présenter comme une personne qui fait des fellations pour de l'argent, c'est une manière de renforcer ton estime de soi ?

— Ilà, tu m'emmerdes ! Tu es insupportable quand tu fais la prof.

— D'accord. Je me tais. Mais dis-moi en quoi consiste la fellation que tu vas faire là-haut ?

— Je dois me montrer au Motor Show[1]. Tu sais bien que mon image est très liée à la moto. »

Ilaria ne le savait pas. Elle n'avait jamais suivi *Sur les collines fatales*, la série dont son frère était le personnage principal depuis près de quinze ans.

« Je fais acte de présence, je signe des autographes, je me laisse

1. Salon Auto-moto.

prendre en photo. Tu n'imagines pas le paquet d'euros qu'on me donne pour ce quart d'heure. Moralisatrice comme tu es, je pense que tu vas te mettre en rogne si je te le dis.

— Je pense que tu as raison. Je ne veux pas le savoir. »

Emilio lui lança soudain un regard par en dessous, sombre et vulnérable, affichant une sorte de soudaine soumission. Sa voix aussi avait changé. « Écoute, Ilaria. Il y a une chose dont je voudrais te parler. »

Son portable se mit à sonner juste à ce moment-là.

Ce fut un long coup de fil auquel Ilaria ne comprit pas grand-chose, si ce n'est qu'il y avait un problème avec le tournage du lendemain et que le plan de production avait changé. Emilio conduisait d'une seule main et de l'autre tenait son portable contre son oreille. Quand il eut terminé, ils étaient déjà arrivés devant un hangar industriel pour les foires. Il se gara. Pendant les quelques secondes qu'il mit à sortir de la voiture, Ilaria assista à sa transformation. Dans l'habitacle, Emilio était un de ses trois frères : une fois dehors, sur le trottoir, c'était une star de la télé italienne.

À l'intérieur du Motor Show, les gens le reconnaissaient peu à peu et la foule se coagulait sur son passage comme un liquide multicolore. Certains demandaient une signature sur un carnet, d'autres sur leur billet d'entrée du salon, d'autres encore sur le dos de leur main. Une femme d'environ cinquante ans, moulée dans une robe fuchsia à motifs de chatons trop enfantine même pour une fille de quinze ans, donna un coup de coude en pleine figure à Ilaria pour parvenir à s'approcher. Tout le monde l'appelait : « Emilio ! Emilio ! » Et lui se retournait, récompensant ceux qui avaient prononcé son nom d'un sourire lumineux qui déclarait à la foule : « Moi, je suis un élu. Cette personne qui me salue est un inconnu, malgré tout voyez comme je lui concède ma très humaine sympathie. »

Ilaria s'était mise un peu à l'écart ; elle ne tenait pas à recevoir d'autres coups de coude. Elle observait son frère. L'attention qu'on lui portait était totale, et pourtant Emilio ne cessait de scruter la foule qu'il balayait de son regard clair pour recueillir la moindre miette d'admiration. « Il n'en aura jamais assez, pensa Ilaria. Il ne sera jamais rassasié. Sa faim ne se calmera jamais. » Elle ressentit une nouvelle pointe de mélancolie. Tout lui semblait triste là-dedans. L'homme d'âge mûr en sueur dans ses vêtements en tissu synthétique qui contemplait une moto peut-être plus chère que l'appartement où il vivait. La brune aux longues jambes nues, les fesses tendues, qui mimait un rapport anal avec une moto huit fois plus lourde qu'elle. La blonde devant les photographes qui, à cheval sur une motocross, dans un microscopique top couleur fuchsia, offrait son décolleté aux objectifs avec peu de conviction.

Le visage d'une des nombreuses jeunes filles lui était familier. Au bout d'un moment, Ilaria la reconnut : c'était la jeune en costume XIXe qui distribuait les tracts piazza Vittorio. Mais en s'approchant, elle vit que ce n'était pas elle, elle avait seulement les mêmes caractéristiques : de gros seins, une grande bouche, de grands yeux légèrement bovins. Les émissions de télé avaient imposé ce type de femme, comme une monoculture du désir masculin. Un visiteur était en train de demander à la jeune fille de se laisser photographier en train d'ouvrir la bouche de façon allusive vers un guidon. Elle acquiesça, même si son regard trahissait un doute embarrassé : devait-elle considérer cette requête comme un compliment ou comme une humiliation ?

« Une moralisatrice, voilà ce que je suis. Emilio a raison. » Se l'avouer ne chassa pas pour autant la mélancolie d'Ilaria.

« Quelle putain de circulation… », grogna Emilio quand, une fois remontés en voiture, ils se trouvèrent pris au piège dans l'embouteillage typique d'un retour de promenade dominicale.

« De quoi voulais-tu me parler ? » lui demanda Ilaria.

Le regard toujours fixé sur la route, Emilio carra sa mâchoire, avec une conscience d'acteur habitué à revoir ses propres expressions immortalisées dans les premiers plans. S'il s'était agi d'une série télé, pensa Ilaria, le sous-titre du scénario aurait été : « Le beau visage du protagoniste devient pensif. »

« Sur Mediaset, ils se lancent dans une nouvelle série, dit Emilio après une palpable hésitation. Ils cherchent le personnage principal. Ce serait une très bonne occasion pour moi. La très bonne occasion. Tu sais, Ilaria… » Sa voix était devenue plus profonde. « Je sais qu'un moment important de ma vie est arrivé et que je le mérite bien : passer de la série sentimentale à la saga familiale. »

Ilaria le regarda. « Mais qu'est-ce que tu racontes ? Mince, ou plutôt, putain qu'est-ce que tu racontes, mon frère, trop fragile pour les traits de dieu grec dont le sort t'a pourvu ? » Comme d'habitude, elle n'arrivait pas à décider si cet égocentrisme démesuré et désarmé provoquait en elle de la peine, de la colère ou de la tendresse.

« Je ne peux pas demander à papa de m'aider par l'intermédiaire de Casati, poursuivait Emilio. Tu sais qu'il l'a quitté.

— Quitté ? fit Ilaria sèchement. Ils n'étaient pas fiancés.

— Putain, Ilaria, tu es insupportable quand tu pinailles comme ça. Tu sais très bien ce que je veux dire.

— Et de toute façon, papa ne me semble plus en mesure de recommander personne.

— Non, justement. C'est pour ça que je t'en parle à toi. »

Ilaria avait très bien compris où il voulait en venir, mais elle n'avait pas l'intention de lui faciliter la tâche.

« Et qu'est-ce que j'ai à voir avec les séries ? Moi, j'enseigne au collège. Dans un quartier loin des studios de télévision ou des maisons de production.

— Allez, tu vas y arriver toute seule… »

Dans le salon de sa maison de Prati, Emilio avait une télé à écran plasma qui occupait tout un mur ; même éteint, il était plus expressif que le visage d'Ilaria maintenant.

« Ok, soupira-t-il. C'est moi qui le dis. Même si je sais que tu sais ce que je vais dire. » Il ne se tourna pas vers elle et le regard fixé sur la route, il martela : « Piero. Casati. Voilà, je l'ai dit.

— Piero ne s'occupe pas de télé.

— Piero peut s'occuper de tout ce qu'il veut, c'est un parlementaire ! »

Ilaria regardait fixement le tas de voitures coincées au milieu du carrefour. Ses mains étaient immobiles sur ses genoux, mais un désir sadique l'agitait intérieurement : remuer le couteau dans la plaie. « Si tu vas par là, il est même sous-secrétaire. »

Emilio se tourna brusquement vers elle. « Voilà, justement ! Il lui suffit d'un coup de fil. À n'importe qui. Pour n'importe quoi. »

Ilaria déglutit et garda le silence.

« Allez, Ilaria. Personne ne le saura jamais. Et tu sais que moi je n'ai jamais parlé de vous.

— Et pourquoi ce secret ? Il n'y a rien à cacher. »

Emilio haussa les sourcils avec sarcasme. Mais conscient de la situation délicate où le plaçait sa démarche, il décida de se taire.

Au cours des années, Ilaria avait soigneusement évité la fréquentation des lieux publics avec Piero, pour de nombreuses très bonnes raisons, à commencer par celles qui avaient toujours rendu si fluctuante leur relation (*Relation* : « Oui, c'est ça, lui avait dit un jour Lavinia, arrête de le nier, votre histoire me semble déjà assez compliquée pour ne pas la désigner par son nom, allez, fais-toi au moins ce plaisir »). Dans son enfance et sa prime adolescence, quand c'étaient encore les familles qui décidaient du lieu et du rythme de leurs rencontres, ce n'était pas comme ça. Mais une fois adultes, ils n'étaient même pas allés une dizaine de fois au cinéma et jamais au restaurant, du moins à Rome. Ensuite, Piero était entré en politique de cette façon-là, ou plutôt, dans ce parti avec lequel Ilaria n'arrivait pas à trouver la moindre affinité (« Moi, il me semble que tu y arrives très bien », dit Lavinia). Depuis, elle avait toujours évité de partager avec lui le reste de sa propre vie. Comment aurait-elle fait pour expliquer à ses amis que le seul corps avec lequel le sien se sentait complet était celui d'un jeune député de

Silvio Berlusconi ? Comment le présenter à ses collègues ? Des hommes et des femmes qui se levaient tous les jours à l'aube pour tenter de transmettre quelques bribes de valeur civique à des préadolescents au cerveau désarticulé par les tempêtes hormonales. Une tâche qui n'a jamais été une sinécure dans l'histoire humaine, et encore moins maintenant. Les gouvernements de Berlusconi avaient réduit l'école publique à la misère, comme pour tuer la démocratie dans l'œuf. Ilaria ne pouvait demander à ces enseignants de surmonter, ne fût-ce que par bonne éducation, leur hostilité, voire peut-être leur dégoût pour Piero Casati, député du parti de droite qui avait voulu ces lois, en le leur imposant un soir à dîner.

Ayant donc fréquenté assez peu le monde avec lui en dehors de son appartement, ou seulement dans de lointains refuges de la Belle Italie, elle avait rarement été témoin de ce qui se passe quand un représentant politique est reconnu dans la rue ou dans un bar. Lorsque ça lui était arrivé, elle avait assisté à un phénomène de véritable transformation, presque de transmutation alchimique. Des passants à l'air bien élevé et correct, des femmes au foyer avec leur sac à provisions, des facteurs en tournée avec leurs paquets, des restaurateurs : tous, en voyant le député Piero Casati sortir de sa voiture noire, se changeaient en quémandeurs sans dignité mais d'une surhumaine ténacité, déroulant en rafale une litanie de demandes de recommandations qui allaient de l'infime (le retrait d'une interdiction de stationner devant leur bureau de tabac) au plus que concret (une place dans une banque pour leur fille jeune diplômée) et au bizarre (l'introduction du nom d'un oncle à la retraite, éminent poète local lâchement ignoré par la caste des critiques, parmi les candidats au prix Nobel). Ils le faisaient sans l'ombre d'une hésitation, sans embarras, dans un impeccable exposé. Comme s'ils s'étaient préparés depuis toujours à ce moment unique et précis : c'est-à-dire celui de l'apparition au milieu d'eux, simples humains, d'un convive du banquet mystique du pouvoir.

À son grand soulagement, Ilaria avait très rarement eu l'occasion d'assister à ce phénomène. Leurs escapades à deux dans des endroits plus que discrets, parfois même à des années voire des lustres d'intervalle, le lui avaient épargné. Mais c'est à ça qu'elle pensait maintenant, tandis que son frère lui parlait. Et, à l'évocation du nom de Piero, elle voyait dans les yeux d'Emilio, si grands et si photogéniques, le même halo diffus, extasié et sacré. Celui de qui est en contact avec quelqu'un, qui à son tour est en contact avec quelqu'un d'autre, lequel a la faculté de changer la vie des gens grâce à un simple coup de fil. La même expression que celle de la femme à la robe aux chatons fuchsia de tout à l'heure, pendant qu'elle donnait des coups de coude à Ilaria pour obtenir un autographe.

Ilaria s'éclaircit la voix.

« Emilio, lui dit-elle. Tu es mon frère. Si tu tombais dans un fleuve, je me jetterais à l'eau pour te sauver.

— Merci, même si tu aurais tort. Je suis beaucoup plus gros que toi et on se noierait tous les deux.

— Et si Chiara te mettait à la porte, je t'offrirais mon canapé.

— Merci aussi pour ton encourageant optimisme sur mon mariage.

— Mais ça non. Oublie. »

Emilio crispa les doigts autour du volant. « Écoute, Ilaria, je ne te demanderai plus jamais rien de ce genre. J'oublierai pour le reste de mes jours que toi et Piero Casati vous êtes… » Une pause théâtrale, puis : « … des amis d'enfance. Juste cette fois, Ilaria. Juste cette fois. C'est une occasion trop importante.

— L'occasion de passer de la série sentimentale à la saga familiale. Bigre ! Pratiquement comme remporter un Oscar !

— Voilà. Tu ne changeras jamais. C'est bien vrai.

— Vrai quoi ?

— Que tu es une moralisatrice. Mais avec la vie des autres.

— Oui, je suis une moralisatrice, mais je le suis aussi avec ma vie. Surtout avec la mienne. »

À la circulation du retour en ville s'était ajoutée celle de la sortie de match : ils étaient maintenant à l'arrêt au milieu des tôles depuis plusieurs minutes. Ilaria fit mine d'ouvrir la portière.

« Allez, ne fais pas d'histoires. Où vas-tu ? » Emilio tenta de la retenir par un bras, mais elle se dégagea.

« À la maison.

— Tout le quai du Tibre est bloqué !

— Justement. Comme ça je sais que tôt ou tard j'arriverai chez moi. Et de toute façon nous, les moralisateurs, on aime marcher. »

Elle claqua la portière et se mit en route d'un pas nerveux entre les files de voitures prises dans l'embouteillage. Savoir que cette repartie l'avait mise en tort la rendait encore plus furieuse. Sur les chromes des ailes se reflétait le coucher du soleil violet, rouge, orange et vieil or. Piégés dans leurs voitures, les Romains se défoulaient en klaxonnant. Ailleurs, cette cacophonie aurait terrorisé et fait fuir au loin les étourneaux, mais ceux de Rome y étaient habitués. Massés en de frénétiques nuages noirs face aux magnifiques couleurs du ciel, ils bombardaient de guano les voitures bloquées. « Voilà ce qu'est devenue cette ville, pensa rageusement Ilaria, une beauté démesurée d'où pleut de la merde. »

Tout au long de cette campagne électorale, les chaînes de télévision privées du groupe Mediaset transmirent avec une fréquence lancinante une vidéo où un groupe de jeunes, debout sur l'escalier blanc du Colisée carré de l'EUR[1], mimait en playback l'hymne « *Meno male che Silvio c'è*[2] ». Les garçons avaient des joues bien rasées, les filles des jupes bien sages avec de superbes jambes de droite ; ils avaient tous des visages d'une fade perfection dignes d'une publicité pour des produits d'hygiène buccale. Derrière eux, gravée en lettres latines dans le marbre de ce som-

1. Exposition universelle de Rome, quartier au sud de Rome.

2. « Heureusement que Silvio est là », hymne de la campagne électorale de Silvio Berlusconi.

met de l'architecture fasciste, se détachait la définition des Italiens donnée par le Duce : UN PEUPLE DE POÈTES, D'ARTISTES, DE HÉROS, DE SAINTS, DE PENSEURS, DE SCIENTIFIQUES, DE NAVIGATEURS, DE MIGRANTS.

Les références explicites au culte de la personnalité de Mussolini ne desservirent nullement Silvio Berlusconi, au contraire : sa victoire aux élections de 2008 fut nette. Il devint le chef du gouvernement italien pour la quatrième fois. Ce qui eut de nombreuses conséquences prévues et d'autres aussi que personne n'aurait pu imaginer. Quelques mois plus tard, l'une de celles-ci concerna directement le jeune homme qui avait été autrefois *teacher* et qui était maintenant *sorti,* alors que, du centre vide du Sahara, un souffle bouillant pénétrait jusque dans la grande salle où il était enfermé en Libye.

Ce jour-là, le jeune homme entendit les voix des soldats libyens s'approcher dans le couloir. Comme toujours, lui et ses camarades de détention se blottirent sur leurs carreaux en se protégeant la tête. Pourtant cette fois-ci, au lieu d'entrer pour les frapper, les gardiens ouvrirent en grand la porte de la salle et s'en allèrent. Mais pas loin : on continuait à entendre leurs éclats de rire au bout du couloir.

Le jeune homme regarda fixement la porte ouverte. Ses pensées, stagnantes d'ennui, de peur, de faim et d'absence de mouvement, se mirent à s'agiter comme des mouches dans un verre. S'il faisait un pas au-delà de cette porte, serait-il frappé jusqu'au sang ? S'agissait-il d'un nouveau passe-temps sadique de leurs geôliers ? D'un prétexte supplémentaire et superflu pour les tourmenter ? Ou bien pouvaient-ils vraiment sortir ?

Personne ne bougeait dans la grande salle. Les autres prisonniers aussi étaient trop brisés dans leur corps et dans leur volonté pour arriver à prendre une décision. Les bouches étonnées étaient grandes ouvertes mais muettes, tout comme une sortie de secours par où personne ne s'enfuit.

Au bout d'un moment, les gardiens se lassèrent d'attendre.

Ils entrèrent et les mirent debout à coups de matraque. Puis, ils les poussèrent dehors comme un troupeau de porcs, de bêtes impures qui – est-il écrit – ne méritent que des coups et du mépris.

L'espace de quelques minutes, le jeune homme ne comprit rien. Autour de lui, les corps fétides des prisonniers parcouraient le couloir. Ceux qui pouvaient couraient, ceux qui ne pouvaient pas risquaient d'être piétinés, tous se cognaient contre les murs et les grilles en essayant de protéger leur tête des coups lancés au hasard. Beaucoup criaient, mais par la suite, en repensant à cette scène, le jeune homme serait incapable de se rappeler un seul bruit. Chaque son, chaque image et chaque odeur se concentra durant ces minutes en une seule perception : l'écoulement du fleuve irrépressible de corps de la prison vers la liberté. Le jeune homme n'éprouvait ni joie ni exaltation alors qu'il participait à ce flux, pas même lorsque les gardiens les dirigèrent du couloir vers une première cour, puis, à travers un passage étroit aux murs écaillés, vers une deuxième plus large, puis le long d'un mur d'enceinte deux fois plus haut qu'eux, enfin devant un portail.

Ouvert.

À ce moment-là non plus, le jeune homme n'éprouva aucune émotion. Et même quand il se retrouva dehors, dans une rue léthargique de banlieue. Il voyait passer des voitures avec de bruyants pots d'échappement troués, des charrettes tirées par des animaux, des scooters aux guidons éblouissants comme des miroirs ardents. Il voyait les couleurs des vêtements des passants, l'herbe sèche qui sortait des fissures de l'asphalte, les nuages changeants dans le ciel. Tant de stupéfiante variété de formes et de couleurs.

Le jeune homme n'arrivait pas à ouvrir son œil droit, avec lequel il ne voyait plus très bien. Quand on l'avait arrêté, alors qu'il gisait allongé au milieu de la rue, un policier libyen avait frappé son orbite d'un coup de pied. Et de temps en temps, les mois suivants, en voyant cette paupière tuméfiée et mi-close, les gardiens s'acharnaient un peu dessus pour passer le temps. En outre, après de longs mois d'immobilité, cette marche inattendue lui était pénible, comme dans les cauchemars où une force invisible paralyse les mouvements alors qu'on doit s'enfuir. Courir, la joie imaginaire qui l'avait gardé en vie, était impossible pour son corps réel. Il errait dans les rues, portant les vêtements avec lesquels il avait été arrêté et qu'il n'avait jamais pu laver pendant presque un an ; les passants s'écartaient en fronçant le nez. Mais il finit par se rendre compte d'une chose : encore une fois, il sortait vivant d'une prison. Encore une fois, sur ses jambes.

Dieu, loué soit-Il toujours, avait recommencé à parler.

Entre-temps, de l'autre côté de Tripoli, à l'instant même où le jeune homme plissait les yeux sous la trop forte lumière, au pied de la passerelle d'un avion qui venait d'atterrir de Rome, le Premier ministre fraîchement réélu effleurait de ses lèvres la main de Muammar Kadhafi. Un geste théâtral et inédit pour un leader occidental, qui suscita en Italie et en Occident une certaine perplexité, mais que la télévision libyenne qualifia de « hautement symbolique, pour la conclusion du contentieux entre les deux pays, fruit du sombre passé colonial ».

Le jeune homme ne savait rien de cette visite ; Silvio Berlusconi ne savait rien de l'existence du jeune homme et il ne l'aurait jamais prise en considération. Et pourtant, la libération imprévue de l'un avait bien été causée par la venue à Tripoli de l'autre, pour signer l'accord au nom poétique de Traité d'amitié, de partenariat et de coopération.

L'année précédente déjà, l'Italie avait aidé Kadhafi, indécent chien enragé de la politique internationale depuis des décennies, à être de nouveau admis dans la respectable assemblée des nations. Quelques années plus tôt, l'abolition de la Journée de la haine, journée du mois d'octobre dédiée par le colonel aux anciens colonisateurs, avait facilité ce rapprochement. Le gouvernement italien de l'époque – de centre gauche – avait signé avec la Libye un précédent accord sur l'immigration. Outre une généreuse attribution de fonds, il prévoyait la livraison aux Libyens de six vedettes de surveillance dont la tâche était de repousser les bateaux des migrants qui traversaient le canal de Sicile. *Refouler*, tel est le verbe technique. Alors commencèrent les *refoulements*.

Al Jazeera diffusa l'interview d'un vieil homme fragile vêtu de blanc. Il s'appelait Muhammad Omar al-Mokhtar et il était le dernier fils encore en vie du chef de la résistance pendu par les Italiens quatre-vingts ans auparavant. « Personnellement, je n'aurais jamais rencontré le chef d'un pays qui a pendu mon père, déclara-t-il, même s'il baise la main du raïs. » Mais Silvio Berlusconi avait déjà dévoilé sa rangée de dents blanches et, courbant l'échine à angle droit, il avait déjà fait claquer ses lèvres sur le dos de la main de Muammar Kadhafi. Le gaz naturel de Libye vaut bien un baisemain.

La signature historique entre les anciens occupants et l'ancienne colonie amena en Libye bon nombre de journalistes, pas seulement italiens. Certains demandèrent à vérifier les conditions des centres de rétention pour les immigrés – comme celui où s'était trouvé le jeune homme. Ils se disaient préoccupés par le fait que la Libye, comme Hitler dans les camps de concentration et les États-Unis à Guantánamo, n'ait jamais reconnu la Convention de Genève sur le statut des prisonniers. Le colonel Muammar Kadhafi ne souhaitait pas qu'on écrive des articles sur le nombre d'hommes qu'on peut entasser dans une grande salle, sur la forme et la couleur des hématomes sur leur peau, sur le nombre de femmes, détenues depuis bien plus de neuf mois, qui étaient enceintes et pourquoi. Voilà comment ce jour-là il avait ordonné aux gardiens d'ouvrir les portes et de les laisser tous partir. Et les journalistes furent conduits dans des centres où des détenus propres et repus étaient logés à trois par pièce.

Le jeune homme ne parvint à comprendre les véritables raisons de sa libération que deux ans plus tard, en reconstituant son histoire avec Ilaria et Attilio, quand son sang se révélerait à la fois bon et mauvais. Mais à présent, sur le bord de cette rue de banlieue de Tripoli, il savait seulement que son œil tuméfié éprouvait une joie plus lancinante qu'un coup de poignard. C'était la lumière du soleil.

3

2010

« Il est trop noir », murmura Attilio à Ilaria.

Le bar est resté cru dans le frigo de la *Chance* et Attilio est arrivé de Fiumicino avec une faim de loup. Sa sœur lui a préparé des pâtes en vitesse. Il est maintenant assis à la table de la cuisine, après avoir soigneusement saucé son assiette avec un morceau de pain.

Par la porte ouverte qui donne sur le bureau on entend le cliquetis d'un clavier. Il s'interrompt par moments pour laisser place à un court silence, puis on entend une petite sonnerie exubérante : la notification de l'arrivée d'un message par tchat. Alors seulement, le cliquetis reprend. Le jeune Africain est assis devant l'ordinateur d'Ilaria depuis plus d'une heure.

« Nous sommes blancs, Ilaria. Notre père est blanc. S'il avait vraiment un quart de notre sang, il serait, disons, beige. Et en fait, il est marron.

— *Beige ? Marron ?* Mais qu'est-ce que tu dis, Attilio ! Tu veux évaluer la couleur de sa peau avec un Pantone ?

— Je n'ai pas besoin d'un nuancier. Je le vois de mes propres yeux qu'il est trop foncé.

— Moi, j'ai vu de mes propres yeux une carte d'identité éthiopienne où figure le nom de mon père qui est aussi le tien. Et ça, c'est un fait.

— Ça ne prouve pas qu'il est celui qu'il dit être. Il a même les cheveux crépus comme seul un Africain peut les avoir. Mais qu'est-ce qu'il fait de l'autre côté ?

— Il consulte sa boîte mail. C'est la première chose qu'il m'a demandée, avant même de manger. »

Le jeune homme n'avait plus de diplôme, il n'avait plus de famille, il ne reverrait sa mère qu'au paradis. L'argent avec lequel il était parti était allé gonfler les poches des passeurs. Son travail d'enseignant – la classe aux murs écaillés, le chœur d'enfants qui scande *I am, you are, he she is* écrits au tableau, la petite Tsahai si intelligente – perdu pour toujours. Une seule chose n'était pas devenue inutile et sans valeur comme le reste de ce qu'il avait été, la seule qu'on n'avait pas pu lui enlever, parce qu'on peut tout voler à un Brûlé et tout lui sera en effet volé, sauf ça : son adresse mail.

Il avait gardé en mémoire cette courte suite de caractères comme une prière salvatrice à partir du moment où il était *sorti*. La spirale de l'@, au centre, ne reliait pas seulement son prénom et son nom au sigle d'un serveur, elle était devenue le pivot de son sens de soi. Quand il s'était senti mourir de soif, de nausée et de froid dans le bateau sous les innombrables étoiles de la Méditerranée, il s'était répété en silence sa propre adresse mail pour se souvenir de ne pas mourir. C'était son dernier lien avec le reste du monde, composé de gens qui ne s'exilent pas, qui travaillent, qui se marient, qui font des enfants, qui se disputent avec leurs voisins pour des motifs futiles, qui rêvent de partir en regardant leurs épouses vieillir et qui savent qu'ils ne le feront pas. Au cours de ces années, depuis qu'il était parti en saluant à peine sa mère, chaque cybercafé était le bout du dernier fil invisible qui le reliait encore à la trame d'amours et d'antipathies, de talents et d'occasions ratées des êtres humains de son pays. C'était ce qui s'était passé en Libye, avant et après sa réclusion dans la grande salle. Et aussi après, en Italie, dans les camps avec des grilles et dans ceux qui n'en avaient pas. Même dans le désert, parcouru de frontières de sable tracées à l'encre invisible de la géopolitique coloniale. Quand, au cours de ces années d'errance, sous l'effet d'étranges et divers miracles, le jeune homme s'était retrouvé avec un peu d'argent en poche, il l'avait toujours utilisé pour acheter du précieux temps de connexion. La réalité qui l'entourait à chaque instant le chassait de son identité, tel un père jetant dehors son fils après l'avoir déshérité. Se connecter était au contraire comme rouvrir la porte de sa propre demeure. Et alors, ne fût-ce que pour quelques minutes, le jeune homme rentrait chez lui.

C'était pourtant souvent une maison en flammes. Ainsi aujourd'hui : parmi les nombreux mails en retard, le jeune homme en lut un de son ancien camarade de prison en Libye, un Somalien qui même au milieu des corps entassés dans la grande salle arrivait à prier cinq fois par jour. Il lui raconte qu'il y a plusieurs mois, sur la plage couverte de déchets d'où lui-même s'était embarqué pour Lampedusa, étaient arrivés deux hommes de l'ambassade érythréenne. Ils étaient escortés par un petit peloton de policiers libyens, ceux avec un brassard vert, les pires. Les Érythréens avaient désigné une par une les têtes de leurs compatriotes qui attendaient comme tous les autres de traverser la mer. Tandis qu'ils les chargeaient dans leurs fourgons, les policiers libyens disaient d'un ton ironique : « Vous n'êtes pas contents de rentrer à la maison, dans votre si belle Érythrée ? » « Parmi ces rapatriés, il y avait aussi Tesfalem », écrit le Somalien dans son mail.

Le jeune homme regarde fixement l'écran. Voilà pourquoi depuis des mois l'adresse mail de son camarade de carreau reste muette comme une chambre vide. Il pense aux mots italiens – *hélicoptère, fer, pneu* – que Tesfalem lui a dit avoir appris sur une île entourée d'une mer émeraude, où des femmes gracieuses comme des oiseaux s'offrent à la vue des prisonniers qui vont mourir.

« Viens par ici », dit une voix, et il lève les yeux de l'écran. Le jeune homme aux yeux clairs, celui qui porte le même nom du *talian* qu'*ayat* Abeba, est apparu sur le seuil de la pièce. « Tu vas nous raconter toute ton histoire comme il faut. »

À ces mots, le jeune homme sent sa poitrine se vider. Il l'a déjà racontée deux fois, toute son histoire, sûrement comme il fallait ; mais on ne l'a pas cru, pas même quand il l'a « renforcée ». Puis il se rappelle qui est le père de ce jeune homme en train de le regarder, appuyé au cadre de la porte. « Cette fois, c'est différent », se dit-il. Il ferme le portable d'Ilaria, se lève et suit Attilio dans la cuisine.

Oui, Attilio Profeti, leur père, était son grand-père ; il a eu un fils en Éthiopie et ce fils, c'est-à-dire leur demi-frère aîné, était son père. Comment ça, *était* ? Parce qu'il est mort il y a plusieurs années, il ne s'est jamais rétabli après la prison. Quelle prison ? En Éthiopie, tu finis tôt ou tard en taule, sauf si tu es corrompu ou si tu es si pauvre que ce n'est pas la peine de te corrompre ni même de te mettre en prison parce que de toute façon tu mourras bientôt. (« Et toi, Tesfalem, tu es prisonnier ou tu es mort ? Et surtout, laquelle des deux choses dois-je te souhaiter ? ») Pourquoi n'avons-nous jamais rien su de ce fils éthiopien par notre père ? On voit bien qu'il ne vous en a jamais parlé. Oui, mais aussi pourquoi ton père, disons notre frère, ne s'est jamais manifesté ? Mais non, mon père a toujours écrit à Attilio Profeti depuis tout-petit et jusqu'au dernier jour de sa vie.

« Et notre père lui répondait ? »

Jusqu'ici Attilio posait les questions mais celle-ci vient d'Ilaria. Puis elle retient sa respiration. Que serait-il pire de savoir ? Que son père a abandonné un fils sans jamais se manifester, ou bien qu'il a gardé des rapports avec lui toute une vie sans en dire un mot à personne ? Ilaria n'en a aucune idée. Elle devrait pourtant savoir comment se comporter quand on apprend l'existence d'un nouveau frère restée secrète pendant des années ; ce n'est pas la première fois que ça lui arrive. Et à présent c'est le fils clandestin dont son père lui a révélé l'existence, il y a près de trente ans, qui interroge le nouvel arrivé dans cette complexe généalogie familiale.

« Attilio Profeti n'a jamais écrit à son fils en Éthiopie, répond le jeune homme, mais il lisait ses lettres.

— Comment le sais-tu ?

— Parce que c'est lui qui l'a fait sortir quand il a fini en prison. »

Attilio a saisi le regard qu'Ilaria a posé sur lui et l'interprète à tort comme une expression de sa propre perplexité. Il lui fait une grimace à l'insu du jeune homme : les sourcils vers le haut, les coins de la bouche vers le bas – *mais qui va croire cette histoire ?* Puis, sans remarquer qu'Ilaria a détourné les yeux, il reprend son interrogatoire. Avec calme et précision, sans hostilité mais sans indulgence non plus.

Et qui était la mère de son père, ou plutôt de leur frère, ou encore du fils de leur père ? Elle s'appelait Abeba. Mais Abeba n'est pas le nom d'une ville ? Il signifie fleur, et en effet quand elle était jeune elle était belle comme une rose.

« *Abeba* », murmure Ilaria en son for intérieur.

Et où est-elle maintenant, cette grand-mère ? Un jour, elle a dit : « Je suis fatiguée », elle ne l'avait jamais dit jusque-là, elle est tombée et elle ne s'est plus relevée ; le jeune homme le sait par un mail que lui a écrit sa mère quelques semaines après son départ. Et pourquoi as-tu fait ça ? Quoi ? Partir.

Tout devient flou pour le jeune homme qui baisse les yeux une seconde et fixe un point par terre, bien plus loin que le sol, vers le centre de la terre.

Il ne voulait pas mourir, dit-il, et encore moins finir en prison ; il avait décidé de partir avec son cousin, après le massacre des escadrons de Meles au Merkato. Qui sont-ils, des djihadistes ? Non, ceux-là sont en Somalie, qui est un autre pays. Mais vous parlez la même langue ? Non. Ok, vous n'êtes pas du même pays, vous parlez deux langues différentes, mais chez vous aussi, comme en Somalie, c'est la guerre civile. Non, ce n'est pas la guerre civile. Alors, je n'ai pas compris de quoi tu avais peur, pourquoi tu t'es enfui.

Le jeune homme soupire. Voilà, ce serait le bon moment pour « renforcer » l'histoire. Mais en fait il explique les choses telles qu'elles sont.

En Éthiopie, les journalistes sont mis en prison, quand ils ne sont pas assassinés, de même que quiconque proteste contre la corruption et les déportations dans les villages tribaux ; pourtant les Occidentaux disent que l'Éthiopie est un rempart de la démocratie. Et pourquoi le disent-ils si ce n'est pas vrai ? Parce que l'Éthiopie leur est indispensable dans la guerre contre les terroristes. Quels terroristes ? Les djihadistes somaliens. Alors tu vois bien que la Somalie a quelque chose à voir là-dedans ? Bien sûr, elle est si proche.

« Et où est ton cousin maintenant ? ("Où est Tesfalem ? Comment va-t-il ?")

— Nulle part, il a été assassiné. »

Ilaria tressaille. Au bout d'un moment elle murmure : « Mais ils sont tous morts dans cette histoire…

— Pas tous, la corrige Attilio. Notre père est encore en vie. »

Le jeune homme lui adresse un regard tranchant comme une lame de couteau.

« Moi aussi. »

Le silence qui tombe sur la pièce ressemble à celui qui suit une rafale de mitraillette.

Attilio regarde le jeune homme comme s'il cherchait des cétacés à la surface de la mer. « Tu parles très bien l'italien. Où l'as-tu appris ? »

(*Hélicoptère, fer, pneu.*) « Avec une sœur de la Val Seriana, province de Bergame. C'est près d'ici ?

— Tout dépend de ce que tu entends par près. Plus près que l'Éthiopie, mais ce n'est pas vraiment à Rome.

— Et puis je suis en Italie depuis plus d'un an et demi.

— Un an et demi ! Pourquoi tout ce temps avant de venir nous voir ? »

Le jeune homme hausse ses maigres épaules. Une ébauche de rire, ou comme pour chasser une contrariété peut-être.

Tout ce temps. De quel temps parle le fils d'Attilio Profeti ? De celui d'un citoyen italien, ou plutôt européen ? Ou de celui d'un Brûlé ? Il est évident qu'il pose cette question parce qu'il ne réalise pas à quel point ces deux temps-là sont différents. À quel point ils ne sont pas faits de la même matière, à quel point ils n'évoluent pas de la même façon. Le temps de celui qui a le droit d'appeler l'Italie « mon pays », c'est un fleuve qui coule plus ou moins régulièrement entre les digues du travail, des liens affectifs, des repas, des lits à l'abri d'un toit. Le temps de celui qui est *sorti*, en revanche, avance comme un malade mental, alternant des sauts et soubresauts avec des périodes vides de catatonie, des sursauts convulsifs avec de brusques arrêts, des stagnations privées de désir avec des crises foudroyantes de quelques minutes, ou carrément de quelques secondes, où il peut tout perdre. Comment pourront-elles le comprendre, ces deux personnes assises devant lui, qui l'observent sans animosité, mais indécises et perplexes ? Pourquoi diable devraient-elles le croire ? Il arriverait peut-être à les convaincre, se dit le jeune homme, s'il rendait compte avec une précision d'expert-comptable de chaque heure, de chaque jour, de chaque mois passé en Italie. Oui, c'est la seule façon : détailler chaque fraction de ce temps devenu fou.

« Pour nous ici, dit-il donc avec patience, les choses ne vont pas aussi vite que pour vous. » Et il commence à énumérer pour eux tous ses instants sur la longue péninsule appelée Italie. Un à un, depuis le premier, celui où il a posé les pieds sur les rochers de Lampedusa, des pieds fendillés et grisâtres pour avoir passé des jours à tremper dans le clapotis putride à l'intérieur du bateau.

Jours de passage dans le centre de premier accueil sur l'île : deux.

Minutes consacrées par les officiers de police, chargés de la première identification des débarqués, à écouter l'affirmation du garçon « Je suis le petit-fils d'un Italien » (y compris la présentation de sa carte d'identité) : deux.

Secondes consacrées par les officiers de police à lui répondre sur le sujet : zéro.

Transfert sur un navire de guerre de Lampedusa à Trapani : six heures.

Séjour dans le centre de rétention de Trapani : deux mois (avec cette subdivision des activités quotidiennes sur vingt-quatre heures : sommeil – dix heures. Repas – une heure et demie. Salle de télé – cinq heures et demie. Jeux de cartes – quatre heures. Lecture des panneaux en italien dans les couloirs – trois heures. Cours de langue italienne – zéro heure. Échanges verbaux avec le personnel civil et militaire – entre deux et trois minutes).

Audience au tribunal de première instance pour sa demande de statut de réfugié politique : zéro minute (le président de la commission qui est chargé du cas est souffrant et l'audience est reportée à une date ultérieure).

Séjour dans le centre de rétention de Trapani : cinq autres semaines (subdivision sur vingt-quatre heures des activités quotidiennes, voir plus haut).

Déposition du jeune homme devant la commission à laquelle il explique les raisons pour lesquelles il s'est enfui d'Éthiopie, y compris la mort de son cousin : six minutes.

Séjour dans le centre de Trapani en attente du verdict de la commission : quarante-deux jours (subdivision sur vingt-quatre heures des activités quotidiennes : inchangée).

Secondes mises par le jeune homme pour lire la notification – au nom officiel de Refus – qui repousse sa requête de statut de réfugié : trente-sept.

Minutes d'entretien du jeune homme avec les volontaires qui offrent une assistance juridique aux demandeurs d'asile pour le recours : vingt (« Tu as eu tort de dire les choses telles qu'elles étaient, tu aurais dû exagérer les dangers de ton retour dans ta patrie, renforcer ton cas »).

Secondes passées à traduire pour une jeune fille érythréenne – qui vient de revenir de l'hôpital où elle a avorté du fruit des violences dans les prisons libyennes – le Refus qui lui a été donné à elle aussi : quarante-cinq.

Minutes passées par la jeune fille allongée par terre, après s'être évanouie à la fin de la lecture : onze.

Laps de temps entre le moment de la réception du Refus et celui où le titulaire est dans l'obligation de quitter le pays, comme le stipule la Feuille de Route qui lui a été remise : quinze jours.

Durée du trajet dans le fourgon de police jusqu'à la gare de Trapani : trente-trois minutes.

Secondes mises par les policiers à la gare de Trapani pour informer les quatre détenteurs de la Feuille de Route – le jeune homme, la jeune Érythréenne, un Érythréen et un Somalien – sur ce qu'ils avaient à faire : deux et demie, soit le temps de prononcer les mots : « Vous pouvez y aller. »

Durée du trajet en train vers Palerme : une heure.

Minutes à pied de la gare de Palerme jusqu'à l'église désacralisée où des camarades de rétention du centre de Trapani leur ont dit qu'il pouvait trouver un hébergement : quarante-six.

Séjour du jeune homme dans l'église avec une cinquantaine d'autres migrants sans permis de séjour, statut de réfugié ou autres papiers permettant la recherche d'un travail régulier : trois jours.

Minutes de connexion sur l'ordinateur passées par le jeune homme dans l'église désacralisée pour envoyer des mails chez lui : zéro (du centre de Trapani il écrivait un mail à sa mère toutes les semaines, mais maintenant il n'a pas le courage de lui apprendre qu'à peine arrivé en Italie on l'en a déjà chassé).

Durée de la conversation avec un Italien qui offre au jeune homme et aux hôtes de l'église un travail agricole dans la région – gîte et couvert inclus – sans réclamer de papiers en règle : dix minutes (la plupart acceptent de monter dans le pick-up de l'Italien, le jeune homme non : il n'est pas venu en Italie pour travailler dans les champs, mais pour aller à Rome voir la famille Profeti, si possible avec des papiers en règle).

Durée d'une conversation avec un Somalien qui lui conseille de se rendre à Syracuse où l'on conduit maintenant les nouveaux arrivés de Lampedusa, de faire semblant d'être l'un d'entre eux et de recommencer les démarches de demande d'asile avec une nouvelle identité : une demi-heure.

Décision de suivre le conseil et de partir : immédiate.

Durée du voyage Palerme-Syracuse : huit jours (moyens de locomotion utilisés : camions, voitures de particuliers, autobus, pieds).

Jours d'attente en dehors du centre d'accueil de Syracuse jusqu'à l'arrivée d'un autocar avec une quarantaine de nouveaux débarqués de Lampedusa : trois (repas pris durant cette période : aucun).

Temps de séjour du jeune homme dans le centre de Syracuse camouflé parmi les nouveaux débarqués de Lampedusa : une semaine.

Durée de la procédure de prélèvement des empreintes digitales : deux minutes.

Laps de temps entre la prise des empreintes et le contrôle de son identité dans la base de données du ministère de l'Intérieur : une demi-heure.

Temps d'attente dans le centre de Syracuse pour la réouverture de son cas (que le jeune homme, sur le conseil des volontaires de Trapani, a « renforcé » en ajoutant des détails sanglants complètement inventés) : cinq semaines.

Transfert en fourgon, à la confirmation de la réouverture de son cas, de Syracuse au Cara de Mineo, Centre d'assistance pour les demandeurs d'asile : une heure et demie.

Heures de marche nécessaires aux hôtes du Cara de Mineo – ancien village résidentiel désaffecté pour personnel militaire américain, non desservi par les transports publics – pour atteindre l'agglomération la plus proche, où se procurer nourriture et produits de base : deux à l'aller, deux au retour.

Heures hebdomadaires consacrées dans le Cara de Mineo à des activités de formation des demandeurs d'asile en vue de leur future intégration dans la société italienne (cours d'initiation professionnelle, de langue, de droit et de règles sociales de l'État italien) : zéro.

Durée du séjour au Cara de Mineo en attente d'attribution du statut de réfugié : onze mois (durée moyenne de séjour des demandeurs d'asile : neuf mois et demi).

Durée de l'audience au cours de laquelle le juge de paix (un avocat à la retraite spécialisé en enchères judiciaires immobilières) évalue la requête du jeune homme contestant le Refus : quatre minutes.

Temps de délibération du juge de paix : une heure.

Procédure de remise au jeune homme du Refus définitif avec Feuille de Route jointe : trois minutes.

Fréquence avec laquelle on propose des travaux agricoles illégaux dans la région aux demandeurs d'asile qui sortent du tribunal de Syracuse avec leur Refus/Feuille de Route dans les mains : quotidienne.

Jours indiqués sur la Feuille de Route au bout desquels le porteur doit se trouver hors du territoire national : cinq.

Entrée en vigueur de la Feuille de Route : immédiate.

« Et alors, dit le jeune homme pour conclure, je suis venu à Rome. »

La brise nocturne n'est plus imprégnée maintenant de l'odeur de friture. L'air salin de la mer lointaine, léger mais caractéristique, entre par la fenêtre et voltige autour de la tête d'Ilaria, inutile bénédiction. La respiration de la ville endormie, monotone et régulière comme un tapis roulant, apporte à son ouïe des bruits isolés : une lointaine sirène, les gémissements de deux amants, la stridulation confuse des cigales sur les platanes de la piazza Vittorio. Elle tend l'oreille. Elle n'arrive pas à dormir.

« Je n'en crois pas un mot », a eu le temps de lui dire Attilio avant d'emmener le jeune homme dormir dans son appartement de l'autre côté du palier.

« Qu'est-ce que tu ne crois pas ? lui a-t-elle demandé.

— Qu'il soit notre neveu.

— Et son cousin mort, le Refus, les centres pour demandeurs d'asile ?

— D'accord, ces choses-là, je ne vois pas pourquoi il les inventerait.

— Moi je ne vois pas pourquoi il inventerait le reste de son histoire.

— Écoute, Ilaria, lui a dit Attilio. Maintenant, nous sommes fatigués, en pleine nuit, tout est très bizarre. Mais tu sais la vérité n'est pas difficile à connaître.

— Papa n'est pas en mesure de nous expliquer quoi que ce soit, même s'il en avait envie.

— Ça je le sais. Je pensais au test ADN.

— Pour vérifier si son sang est le bon ? Son très pur quart de race italienne ?

— Ce n'est pas ce que je voulais dire.

— Mais c'est ce que tu as dit.

— Ilaria. Moi, je suis zoologiste. Pour moi, la parenté est un fait biologique. Une donnée, simple à obtenir en réalité, bien plus facile à prouver que tant d'autres.

— Lesquelles ?

— Mais, par exemple, l'amour. »

Sang. Couleur de la peau. Cheveux lisses ou crépus. ADN. L'objectivité brutale mais désinvolte avec laquelle son frère a désigné les cellules qui composent le corps du jeune homme trouble Ilaria. *Un fait biologique.* Et pourtant, quelque chose dans ces mots la touche de près.

Ilaria repense à la façon dont son père, il y a près de trente ans, lui a révélé l'existence de ce demi-frère qui avait environ six ans à l'époque. Les mots qu'il avait choisis avaient été : « Vous n'êtes pas trois, mais quatre. » Il ne lui avait pas dit : « J'ai un fils né d'une relation clandestine. » Ni : « Je lui ai donné mon nom. » Attilio Profeti, comme à son habitude, n'avait pas parlé de lui. Mais il avait décrit à Ilaria ses frères et elle-même : c'étaient eux, maintenant, qui n'étaient plus trois mais quatre. Il lui avait dit « vous ». Et avec ce « vous », Attilio avait donné à Ilaria, à l'instant où il lui dévoilait des années de mensonges, le devoir d'élargir sa propre identité. C'est-à-dire d'accueillir au pied levé, dans l'espace de ce « nous » fraternel que pendant seize ans elle n'avait partagé qu'avec Federico et Emilio, un enfant dont elle ignorait jusque-là l'existence. Bien des années plus tard seulement, Ilaria s'était rendu compte de la grâce d'acrobate avec laquelle, même au moment où il avouait une vie de bigame, Attilio Profeti avait réussi à sauter indemne hors du cercle en flammes de la question primordiale : « Qui suis-je, moi ? » Et donc aussi de son corollaire : « De quelles actions suis-je responsable ? » Et ce faisant, il avait reporté sur Ilaria, en même temps que son bienveillant regard bleu, le poids de sa responsabilité personnelle. C'est-à-dire exactement ce que lui, une fois de plus et avec son habituelle élégance, venait d'éviter.

À présent, un jeune homme d'Addis-Abeba, ville qu'Ilaria aurait eu du mal à situer sur une mappemonde, l'a attendue sur son palier pour lui dire : « Vous n'êtes pas quatre, mais vous étiez cinq, le cinquième était mon père et, même s'il est mort aujourd'hui, cela fait de moi l'un de vous. » Un nouveau frère secret. Carrément, un nouveau neveu secret. Une nouvelle injonction à élargir les limites du « nous ». Mais Ilaria vient seulement de comprendre que dans ce « nous » primaire – les liens du sang ! L'ADN ! – il ne lui est pas facile de faire entrer ce garçon à qui la cruelle stupidité des lois italiennes vient de voler presque deux ans de vie. Pas aussi facile qu'avec son frère Attilio. Et tout ça – il ne faut pas se raconter d'histoires – parce que sa peau est couleur de vieux bois.

« Raciste ! » se dit Ilaria avec l'amertume exaltée des insomniaques. Mais elle sent aussitôt à quel point ce mot est impropre à décrire les sentiments complexes qui l'empêchent de dormir. Un raccourci. Un mot fourre-tout, dans lequel on peut mettre toute ambivalence, tout instinct primaire de différenciation, toute identité fragile, en s'épargnant ainsi la tâche, bien difficile celle-là, de les porter à sa conscience. Ses pensées rendues sombres et visqueuses par l'heure tardive, Ilaria comprend confusément quelle véritable question lui impose la présence du jeune homme. C'est d'ailleurs la même qui se cache, inexprimée et niée, derrière la majeure partie de ce que nous mettons sous l'étiquette de racisme. C'est-à-dire, non pas la question « Qui es-tu ? », mais plutôt : « Qui suis-je ? ».

De la cour monte un parfum toasté. Ilaria sait alors quelle heure il est sans regarder sa montre : toutes les nuits où ils travaillent, à deux heures et demie pile, les Bangladais du dortoir du premier étage se font un café avant d'aller décharger les camions au marché de l'Esquilin.

Demain, elle ira voir son père, décide-t-elle. Puis le sommeil la prend d'un coup, implacable et noir comme un train dans un tunnel.

4

Au début des années quatre-vingt-dix, Attilio avait franchi le cap des soixante-quinze ans, mais il en faisait facilement vingt de moins. Il avait des cheveux noirs saupoudrés de blanc uniquement sur les tempes, une allure toujours nonchalante et élégante, des iris bien dessinés comme ceux d'un petit garçon. Depuis qu'il était jeune, ses membres allongés et ses traits fins hérités de sa mère Viola prouvaient bien qu'il avait gagné le gros lot à la tombola de la génétique. Puis, l'âge avançant, le code inscrit dans son ADN s'était révélé d'une telle qualité qu'il continuait à lui assurer des jointures lubrifiées, des artères libres de dépôts graisseux, une bonne capacité pulmonaire, des bulbes pileux encore actifs sur son cuir chevelu. La chance d'Attilio Profeti n'était pas seulement arbitraire, mais aussi totalement imméritée, car il n'avait jamais consacré une minute de sa vie à se maintenir en forme – forme que son corps maintenait très bien tout seul. C'est ainsi qu'il ne s'était pas encore transformé en obstacle principal dans la réalisation de ses désirs, comme c'était le cas de bien des personnes de son âge, malgré sept décennies d'utilisation intense. Et il ne l'obligeait pas à une méticuleuse et prudente comptabilité énergétique pour ne pas arriver épuisé à la fin de la journée. Attilio continuait à bien dormir, à digérer normalement, et même, au moins tous les mois, à faire l'amour avec sa deuxième épouse, née quand il avait plus de vingt ans et qu'il était déjà père d'un fils métis. Il était donc parfaitement étranger à ces interminables examens approfondis sur les petits ennuis de santé et les médicaments pour en combattre les effets qui monopolisaient les conversations des autres hommes entre la cinquantaine et le troisième âge. Il se détournait de ces sujets avec désintérêt plus qu'avec lassitude – ils ne le concernaient pas. Quand il voyait des hommes plus jeunes que lui essoufflés au bout de quelques marches, ou essuyant la sueur des irréversibles plis de graisse de leur nuque, Attilio ne se sentait ni supérieur ni plus chanceux, mais simplement différent.

Quelques années plus tôt, Attilio avait fait l'acquisition de quatre petits appartements dans un immeuble de standing moyen entre piazza Vittorio et la gare Termini, un pour chacun de ses enfants, même pour le plus jeune, son homonyme, encore adolescent. Le quartier de l'Esquilin était au centre exact du cercle dessiné par la grande ceinture périphérique, à dix minutes du Colisée et du Forum romain. Il était aussi inscrit dans un triangle avec pour sommets les basiliques les plus sacrées et les plus monumentales après Saint-Pierre : Saint-Jean, Sainte-Croix-de-Jérusalem, Sainte-Marie-Majeure. Et pourtant, les héritières américaines qui fréquentaient les fêtes baroques de Campo Marzio, obstinément déterminées à revivre une dolce vita depuis plus de trente ans, n'auraient jamais songé à y mettre les pieds. De même que les artistes du nord de l'Europe, qui venaient languir devant l'incandescente couleur chair de la lumière romaine et continuaient à ignorer les appartements aux fenêtres lumineuses et les plafonds hauts de plus de quatre mètres, avec des loyers ridiculement bas, de l'Esquilin. Comme dans la Rome antique, quand on appelait ses habitants des *exquilini* (du mont Esquilin) pour les distinguer des *inquilini* (habitants) de la véritable Urbe : un quartier du centre historique, mais peu respectable. D'autant plus que maintenant les journaux associaient son nom à l'adjectif « invivable » de façon presque quotidienne.

Les raisons ne manquaient pas. Il était délimité au sud par la gare Termini aux baies vitrées éclaboussées de vomissures, par le manège de gamins qui se prostituaient sous les arbres de la piazza dei Cinquecento, par le néon des bars qui blêmissait les visages crispés par les tasses de café infect. La piazza Fanti, malgré le jardin de ruines romaines et l'amphithéâtre liberty de l'Aquarium romain où s'était produit Buffalo Bill en personne à la fin du XIXe siècle, était désormais connue sous le nom de « piazza Rohypnol » : un tapis de seringues éclairé par les feux des bivouacs nocturnes. Mais c'était surtout la piazza Vittorio, cœur, poumon et estomac du quartier, qui en incarnait la dégradation. Depuis des années, les déchets de la fin du marché étaient jetés sans hésitation dans le jardin central, ses merveilles et ses curiosités – des magnolias séculaires, l'*opus reticulatum* du Trophée de Marius, la Porte Magique aux symboles alchimiques – réduites à une décharge et à des toilettes publiques. Celle qui avait été une des plus belles places de la nouvelle Rome capitale grouillait maintenant de rats gros comme des petits chiens, de dealers de toute substance chimique et végétale, de putains dont, à la différence de celles du bon vieux temps (« Bouche de la vérité », « Mains de fée », « La Cochonne »), personne ne connaissait le nom : elles restaient dans les recoins de stands mal fermés le temps d'une pipe, puis elles disparaissaient, remplacées par d'autres encore plus droguées et meurtries. La nouvelle ligne de métro avait commencé elle aussi à exacerber le sentiment d'apocalypse imminent dans lequel était plongé l'Esquilin : les vibrations avaient fait s'écrouler comme des châteaux de sable plusieurs immeubles sous lesquels il passait, parfois avec des voyageurs. C'était d'ailleurs bien avec du sable qu'ils avaient été bâtis, ainsi qu'avec de la chaux de très mauvaise qualité et des briques de second choix, par des entrepreneurs crapuleux de l'époque humbertienne.

Le bâtiment où se trouvaient les quatre appartements achetés par Attilio n'était pas dans un meilleur état. La façade aux puissantes lignes piémontaises n'avait jamais été repeinte depuis sa construction qui remontait à la fin du XIXᵉ, un siècle de pollution avait changé l'ocre d'origine en marron foncé. Le heurtoir en cuivre de la porte d'entrée donnant sur la rue était incrusté d'un amalgame si dense et noir de poussière et de graisse qu'il avait l'air d'un petit pneu déformé. La cour, surmontée d'un enchevêtrement de fils d'où pendaient des slips et des draps pas toujours bien lavés, était jonchée de pinces à linge cassées, de mégots jetés par les fenêtres, de feuilles de menthe sauvage qui pointaient entre les carreaux fissurés et répandaient un étrange parfum de prairie. Bref, il fallait une impudente audace pour se lancer à l'assaut de l'Esquilin à la fin des années quatre-vingt. Attilio en avait et il fit donc une très bonne affaire.

Chacun de ses quatre enfants connus dans le monde occidental devint donc propriétaire d'un appartement. Au bout de quelques années, Emilio revendit le sien (« Moi je ne reste pas dans ce quartier ») et il en acheta un à Prati, près de la Rai et des productions télé. Federico aussi, qui plaça son argent à la banque et partit pour un long voyage en Amérique du Sud. Attilio était encore trop petit pour faire quoi que ce soit et l'appartement resta vide pendant des années, jusqu'à sa majorité. Au bout du compte, sur les quatre enfants, seuls Ilaria et lui continuèrent à vivre dans le quartier de l'Esquilin.

« C'est bien, on revoit un peu de jeunesse ! » dit Lina à Ilaria le jour où elle emménagea, tandis qu'elle lui servait un café. Elle l'avait invitée comme elle l'aurait fait avec n'importe quelle voisine, mais pleine d'une satisfaction toute particulière. Depuis que son fils avait trouvé du travail à Milan, Ilaria et ses vingt-cinq ans était la première habitante de l'immeuble à ne pas avoir le visage couvert d'un filet de rides.

Depuis ce premier après-midi, Lina l'avait invitée bien d'autres fois. Dans le petit appartement, deux étages au-dessous du sien, qui sentait le potage et le savon, les photos de son mari défunt en uniforme et de son fils employé au Nord trônaient sur le buffet. Il y régnait l'ordre excessif d'une personne qui dispose de trop de temps. Ilaria s'asseyait à la table en formica dans la petite cuisine, sa tasse de café à la main, et elle écoutait les histoires du temps merveilleux où Lina était une petite fille et l'Esquilin le nombril du monde. Du temps où, au marché de la piazza Vittorio, il n'y avait pas seulement le charcutier, le boucher, le marchand de légumes, mais aussi les manèges, les étals de bonbons et de graines de courge grillées, le vendeur de canaris, le photographe, et où on venait même de loin pour faire ses courses. Les femmes des banlieues voisines descendaient des trains régionaux du Latium avec leur argent dans leur soutien-gorge, criaient comme des chattes en accusant les commerçants de vouloir les rouler, mais remontaient ensuite dans les trains avec des paniers pleins de légumes en équilibre sur la tête et revenaient la semaine suivante.

« Il y avait même la pêche miraculeuse. Et moi je croyais que c'était le nom d'un fruit magique, comme un abricot enchanté ou la pomme ensorcelée de Blanche-Neige, et c'était en fait un petit sac avec des surprises qu'on pêchait nous-mêmes. » Et Lina, les mains serrées autour d'une canne à pêche invisible, pointait sa ligne dans la tasse d'Ilaria. « Maintenant elle est pleine de déchets, d'odeurs de pisse qui te coupent la respiration. Et, avec toutes les cochonneries qui s'y passent, c'est trop dangereux. Pas pour moi qui suis vieille et que personne ne regarde, mais toi qui es une belle fille tu ne dois pas aller sur cette place. » Elle grimaçait comme celle qui parle mal de quelqu'un qu'elle aime encore malgré tout. Elle ajouta donc avec un demi-sourire : « Mais nos légumes, ils rêveraient d'avoir les mêmes au Campo de' Fiori. »

Quelques années plus tard à peine, en 1993, le nouveau maire Francesco Rutelli promit aux Romains qu'il ferait de l'Esquilin « le beau salon de la ville ». Une expression qui évoque un service à thé, des petites vitrines pleines de souvenirs de famille, des patins aux pieds pour ne pas rayer le parquet. C'est-à-dire quelque chose d'aussi éloigné des fastes, des horreurs et des indolences légendaires de la Ville éternelle que la *bagna cauda*[1], la ponctualité ou un réseau maillé et efficace de métro. Les Romains répondirent avec l'ironique désillusion par laquelle depuis deux mille ans on accueille les promesses et les invectives de ceux qui gouvernent et, comme toujours, ils eurent raison. Quelques années seulement après l'arrivée d'Ilaria, en effet, toute la zone qui entourait la piazza Vittorio commença à se transformer, non pas en cet idéal sobre de dignité bourgeoise, mais bien en un Chinatown.

En quelques mois, ou peut-être quelques semaines, les boutiques juives de robes de mariées sous les arcades où Lina, quarante ans plus tôt, avait acheté la sienne, avec une traîne et un voile de princesse, laissèrent place à des locaux déserts. Les propriétaires regardaient d'un mauvais œil les potentiels déstockeurs avec leurs étagères couvertes de chaussures toutes identiques, comme les usines du Zhejiang où elles avaient été fabriquées.

Aussitôt circulèrent de sombres théories sur ce changement frénétique qui semblait aussi hostile aux Romains que le visage des nouveaux commerçants chinois. Ilaria entendit pour la première fois une idée qui aurait la vie dure un jour où elle se trouvait dans un magasin d'électroménager sous les arcades de la piazza Vittorio. Un écriteau CECI EST UN MAGASIN ITALIEN y était exposé au milieu des mixers, des sèche-cheveux et des micro-ondes. Le commerçant était un homme sympathique, à peine plus âgé qu'elle, qui occupait l'espace avec le dynamisme de celui qui est à l'aise dans son corps. Ilaria apprécia la tranquille compétence avec laquelle il lui expliqua les performances des machines à laver. En apprenant qu'il fallait gravir six étages pour atteindre son appartement, il parvint à gérer le problème pratique de la livraison en une seule phrase – sans évoquer le supplément pour le poids que les commerçants lui demandaient

1. Plat typique de la cuisine piémontaise.

souvent à ce moment-là – et à lui faire un compliment : « Bien sûr qu'on l'apportera chez vous, vous n'êtes pas la seule à vouloir garder la forme ! »

Quand Ilaria écrivit le nom de sa rue sur un formulaire, le vendeur fit pourtant la grimace : « Sapristi, en plein milieu des Chinois. Ça ne vous dérange pas de voir ces visages jaunes tous les matins ?

— À vrai dire, le commerçant chinois en bas de chez moi me garde mes recommandés… »

Ilaria fut contrariée d'avoir pris un ton pétulant et défensif. Le commerçant réagit avec un sourire indulgent.

« Eh, je sais, au début vous dites tous ça. C'est que vous qui venez de l'extérieur, vous ne savez pas comment ça marche ici. »

Et avec l'éloquence rodée de celui qui traite de sujets qu'il connaît bien, l'homme se mit à expliquer le complot derrière l'« invasion jaune » de l'Esquilin. Les commerçants juifs de la piazza Vittorio, selon cette théorie, s'étaient mis d'accord avec la mafia chinoise pour brader leurs immeubles après avoir acheté les hommes politiques habituels, dont l'objectif depuis toujours est de voler, puis d'humilier et de brader l'Italie ; le tout sous l'égide du tout-puissant, omniscient, omniprésent et malveillant cartel des banquiers internationaux (juifs eux aussi et en plus francs-maçons).

Le commerçant parlait derrière sa caisse au-dessus de laquelle pendaient des cartons de couleur avec les offres de la semaine. Entre-temps un client âgé s'était approché, engoncé dans un loden vert malgré la température printanière. Il répandait une odeur de moisi et avait une expression agacée et sur le qui-vive de petit animal conscient de vivre au milieu de bêtes beaucoup plus grosses. Quand il parla, ce fut d'une voix forcée par une insuffisance pulmonaire : « Les Chinois abattent les murs porteurs des établissements, dit-il. Même les murs au rez-de-chaussée, ceux qui doivent porter sept étages. » Il leva une main couverte de taches et pointa l'index vers le haut, comme pour prendre le ciel à témoin, c'est-à-dire le carton qui pendait au-dessus de sa tête avec une inscription au feutre : REMISES EXCEPTIONNELLES SUR DE NOMBREUX MODÈLES D'ASPIRATEURS !!! « Un jour, par leur faute, l'Esquilin tout entier s'écroulera ! » prophétisa-t-il, puis il sourit, satisfait de l'énormité de la destruction qui les emporterait tous, et pas seulement les vieux comme lui sur le point de mourir.

Une fois sortie du magasin, alors qu'elle rentrait chez elle et montait l'escalier, Ilaria repensa à la cruauté impuissante sur le visage du vieil homme. À sa jubilation à la pensée d'un écroulement universel. À l'impitoyable victimisation que nourrissaient les mots avec lesquels le commerçant décrivait la sombre conjuration sémite contre les honnêtes Italiens. Elle se mit à penser aux éternels ricanements de ses élèves de quatrième, pendant le cours d'histoire, quand on parlait du complot *judéo-maçonnique* évoqué par Mussolini pour diffuser la victimisation d'État fasciste. Elle se demanda s'ils l'auraient trouvé aussi drôle en y accolant un autre suffixe : « -chinois ». Ou plutôt « -jaune », si l'on voulait pousser dans les insultes raciales.

Ilaria habitait le quartier depuis plusieurs années déjà quand un ami au prénom d'un saint patron très italien et au nom chinois, avec un accent du Trastevere parce que né à Rome, mais à l'aspect tout à fait oriental, lui expliqua que derrière les fantomatiques boutiques chinoises existait une réalité beaucoup plus banale : une illégalité de plus petite envergure mais envahissante. Il s'agissait de showrooms pour les grossistes proches du périphérique – une activité commerciale qui n'était pas admise en plein centre-ville et que jamais aucun maire ne s'était pourtant donné la peine de stopper. Et bien sûr aucun commerçant italien voisin, et encore moins le marchand d'électroménager si farouchement patriotique, n'avait jamais lancé de pétitions pour obtenir davantage de contrôles fiscaux. En fait d'invasion jaune, la situation de l'Esquilin s'était stabilisée sur une typique nuance de gris, entre le légal et l'illégal, qui, bien plus que celle de l'ocre ou de l'amarante, est depuis toujours la véritable et secrète couleur de Rome.

Ce jour-là, tandis qu'Ilaria rentrait chez elle, en repensant à la phrase du commerçant « Vous qui venez de l'extérieur », elle se souvint des mots de Lina le jour où elle avait emménagé.

« Tu sais, ici c'est un quartier mélangé », avait affirmé avec orgueil la vieille propriétaire, tout en lui versant son premier café. C'était il y a cinq ans, c'est-à-dire juste avant la tornade des temps nouveaux, de la chute des Murs, des flux mondiaux irrépressibles et sans scrupules de marchandises et d'êtres humains qui brasseraient la planète et le quartier Esquilin. C'est-à-dire avant l'arrivée, mis à part les Chinois, de Bangladais, Nigérians, Sénégalais, Afghans et Marocains. « Ici, Ilà, il y a des gens qui viennent de très loin : de Frosinone, de Rieti, des Abruzzes, même des Marches. Moi aussi, pour dire, je suis née à Rome, mais les vrais Romains me considèrent comme une étrangère. Et ils ont raison, parce que mon père était de Tivoli. »

En janvier 1994, Silvio Berlusconi s'asseyait à une table entourée de drapeaux derrière une forêt de micros, placés de façon à ne pas cacher son visage malgré sa petite taille. En toile de fond, dans un décor particulièrement soigné pour la conférence de presse, un éventail de gros titres de journaux de la moitié de la planète formait une auréole au-dessus de sa tête, soulignant la nature mystique de son entrée en politique. Ses dents lançaient des éclairs blancs depuis l'écran de télé.

« Voilà un homme qui ne cache pas son ambition. » Pour Attilio Profeti, après des décennies de parlementaires qui semblaient sortis d'un reliquaire, experts en fraudes – comme tous ceux qui gardent le pouvoir des dizaines d'années sans alternance – et pourtant justiciables de façon ostentatoire, cet entrepreneur de la Brianza était une agréable nouveauté dans le paysage de la politique italienne. Et pourtant, en voyant un des hommes les plus riches d'Italie répondre aimablement aux questions des journalistes, ce goût amer avec lequel il s'était levé, quelques heures plus tôt, lui revint à la bouche.

Attilio Profeti n'avait jamais eu besoin de réveil. La mémoire des rêves, si tant est qu'il en ait eu, devenait inaccessible et de toute façon dénuée d'intérêt à l'instant où il ouvrait les yeux : il rentrait toujours sans hésitation dans la seule réalité qui lui importait, celle qui lui était extérieure. Depuis des mois, pourtant, chaque matin il se sentait pris d'un étonnement trouble, un mélange gluant de déception et de soulagement. Cette nuit-là non plus les policiers n'avaient pas frappé à sa porte. Cette aube-ci encore était passée sans que des hommes en uniforme ne l'escortent dehors. Aucun photographe, averti par les habituelles taupes du tribunal, n'avait accouru pour l'éclairer de son flash tandis que, digne et élégant malgré les menottes, il montait dans une voiture de police.

Dans l'armoire de l'entrée, le sac préparé des mois plus tôt par Anita était toujours là. Brosse à dents, pyjama, aftershave. Un survêtement acheté pour l'occasion, car on lui avait dit que les détenus rendent la vie difficile à ceux qui s'obstinent à s'habiller selon leur classe sociale, et puis de toute façon on confisque les cravates. L'édition en deux volumes de *L'homme sans qualités*, cadeau d'Ilaria pour ses soixante-quinze ans – chez lui il ne les lirait sûrement pas, mais ils pourraient lui tenir compagnie pendant les interminables heures de prison.

Et non, rien. Durant ces deux années de chambardement, depuis le début de l'enquête qu'un amateur de phrases toutes faites avait appelée l'opération « Mains propres », la broyeuse de la magistrature n'avait pas égratigné Attilio Profeti. Tant mieux, bien sûr. Mais pourquoi les autres et pas lui ? Il n'aurait pu imaginer meilleure fin pour sa carrière qu'un beau jugement au tribunal. À encadrer métaphoriquement à la place du diplôme jamais obtenu, pour que le monde sache une fois pour toutes que lui aussi, Attilio Profeti, avait fait officiellement partie de la classe dirigeante. Que sa vie active était arrivée à son terme à cause d'une arrestation, d'un procès et d'une condamnation avec sursis, et non sous l'effet de cette expression de déprimés au goût de triste restaurant où l'on sert du bouillon de poule – « à la retraite ». Finalement, vu son âge, il avait été obligé d'y aller. Anita avait été incapable de caler ses dépenses sur les entrées brusquement réduites et elle vidait souvent leur compte en banque bien avant la fin du mois. Tandis que de son côté il n'avait pas reçu le moindre avis de mise en examen ni de mandat de comparution.

La table était mise pour deux. Leur plus jeune fils, Attilio, déjeunait à l'école américaine où il devait passer l'équivalent du bac. Une lourde charge financière dont Attilio, tant qu'il travaillait, s'apercevait à peine, mais qu'il était soulagé de voir se terminer. Anita arriva avec le rôti luisant de jus. Avant de le poser sur la table, elle le passa sous le nez de son mari, comme un petit avion. Depuis vingt ans, elle lui apportait elle-même les plats et elle le servait avec une expression de petite fille obéissante qui attend un compliment. Un geste de soumission orgueilleuse (« Regarde ce que je t'ai préparé aujourd'hui ! ») qui excluait toute allusion à l'invisible femme rémunérée à qui l'on devait en réalité la préparation de ces bons petits plats, et qui attendait de manger les restes à la cuisine.

« Ça sent vraiment bon ! » fit Attilio, comme s'y attendait Anita. Mais il faisait semblant. À la différence de la vue et de l'ouïe, encore excellentes pour son âge, depuis quelques années Attilio ne percevait plus que les odeurs très fortes et très volatiles – alcool, essence, eucalyptol –, et encore presque plus. Il ne l'avait jamais dit à personne.

Seule Ilaria l'avait découvert quelques mois plus tôt, un jour où il était allé la voir à l'Esquilin. Comme à son habitude, avant de partir Attilio avait mis les mains dans les poches de son pantalon. Mais il n'y avait trouvé qu'une poignée de billets de mille lires.

« Donne-moi un stylo que je te fasse un chèque, lui avait-il dit.

— Merci papa, ce n'est pas la peine, avait répondu Ilaria avec une fermeté polie. Mon salaire me suffit largement. »

Mais Attilio avait déjà sorti son chéquier. « Attends un peu avant de le toucher. Je mets la date pour dans un mois. »

Ilaria eut une expression d'écœurement et dit : « Bah, c'est dégoûtant ! »

Son père la regarda, incrédule et vexé. Il plissa les yeux, hocha doucement la tête. « Dis-moi au juste ce qui est dégoûtant ? L'argent de ton père ou le chèque postdaté ? » Il avait une voix méprisante et tranchante de mâle italien supérieur, avec laquelle depuis toujours il avait remis à leur place épouses, maîtresses et concubines qui l'avaient agacé pour une raison quelconque. Mais il ne s'était jamais adressé ainsi à sa fille.

Ilaria resta donc plus interdite que vexée. Elle mit un moment à saisir le malentendu. « Mais non ! Qu'est-ce que tu as compris ? » Elle désigna la fenêtre par où entrait une odeur âcre de friture. « Je parlais de cette terrible puanteur.

— Quelle puanteur ? demanda Attilio déconcerté.

— Tu ne la sens pas ? De l'huile rance. » Ilaria alla fermer la fenêtre en fronçant le nez. « Ici ils font de la friture toute la journée... »

L'expression de son père se changea en un désarroi qu'Ilaria lui verrait de plus en plus souvent dans les années à venir.

« Quelle huile... ? »

Ce fut alors qu'Ilaria vit qu'Attilio Profeti avait perdu le sens de l'odorat, comme cela arrive aux personnes âgées. Ainsi, et ce n'était pas la première fois, cette fille trop observatrice devint la dépositaire d'un de ses secrets.

Quant à Anita, elle ne chercha pas à savoir. Plus Attilio avançait en âge, moins sa femme désirait prendre acte du quart de siècle qui séparait leurs dates de naissance. Et voilà que, comme d'habitude, elle lui avait donné trop de rôti. Puis elle s'était assise à côté de lui et s'était mise à manger, les yeux rivés sur Berlusconi. Depuis la télé sur le buffet, celui-ci expliquait aux journalistes, mais surtout aux Italiens, pourquoi il avait décidé d'entrer en politique.

« Nos adversaires n'ont jamais nié être le prolongement de l'idéologie marxiste en prise directe avec le passé, disait-il. Un passé que l'histoire a rejeté dans toute application pratique et qui n'a engendré que misère, mort et terreur. »

« Moi, j'ai confiance en lui, dit Anita. Quelqu'un d'aussi riche n'a pas besoin de voler. »

Attilio ressentit une de ces nombreuses pointes d'irritation provoquées par sa femme qui ponctuaient ses journées. Comme si en politique l'essentiel était de ne pas voler ! Et puis, que signifiait exactement cette expression présente dans toutes les bouches à la télé, dans les journaux, dans les dîners ? Lui, par exemple. Avait-il volé ? Non. Il avait pris, mais seulement à ceux qui lui avaient donné. À ceux qui étaient d'accord. Comme d'ailleurs était d'accord Casati, l'homme dont il était le bras droit depuis des dizaines d'années. Et Anita aussi : vivre dans cet immeuble liberty avec vue sur la Villa Borghèse ne lui déplaisait sûrement pas. Bref, ils étaient tous d'accord sur le peu de pertinence sémantique du verbe « voler ».

Cela faisait presque deux ans qu'ils défilaient tous au tribunal. C'est-à-dire tous ceux qui comptaient. Entrepreneurs, hommes politiques, officiels de parti, responsables d'organismes semi-publics : un tremblement de terre judiciaire qui, depuis février 1992, comme un fleuve débordant d'arrestations, de suicides et de révélations, avait emporté toute la classe dirigeante du pays. Les directeurs des industries italiennes les plus vénérables – Fiat, Olivetti, Ansaldo – et même, depuis quelques mois, Silvio Berlusconi lui-même. Casati avait lui aussi reçu un avis de mise en examen. Il avait été entendu en première instance et il existait à présent un dossier à son nom rempli de pages et de documents.

En revanche, Attilio Profeti, rien.

Il était soulagé bien sûr. Mais sa déception augmentait aussi de jour en jour. Une inquiétude. Il commençait à s'interroger.

Il revoyait mentalement tous ces signes qui s'étaient accumulés lentement mais régulièrement, par lesquels Casati avait imposé une distance croissante entre eux. Les cadeaux d'entreprise de Noël, autrefois de véritables cornes d'abondance

– remplies de façon spectaculaire de *cotechini*[1], de meules de parmesan, de champagnes hors de prix, des meilleures spécialités régionales d'Italie, de vins nationaux et étrangers renommés et même d'assiettes en argent massif –, s'étaient peu à peu réduits à des paniers d'osier avec un pandoro, une bouteille de mousseux bon marché et une barre de nougat. Il repensa au moment où le secrétariat de son chef et bienfaiteur, auquel il avait consacré une vie de service et de loyauté, avait commencé à lui envoyer des invitations officielles – RSVP – où il n'était pas fait mention d'Anita : en tant que seconde épouse d'un divorcé, sa présence n'était pas souhaitable lors des occasions officielles qui consacraient des négociations avec des dirigeants de la curie. Il repensait surtout à l'interview d'un homme mis en examen pour corruption (un parmi tant d'autres dont il avait oublié le nom) qu'il avait lue récemment dans le journal. Ce directeur d'une entreprise semi-publique avait raconté qu'il avait remis en personne un pot-de-vin d'un milliard de lires en liquide dans une valise. À la question du journaliste « Combien pèse un milliard de lires ? », il avait répondu : « Environ dix kilos. » Attilio avait repensé à toutes les valises, ou plutôt aux enveloppes qu'il avait prises et remises. Aucune n'avait jamais atteint les dix kilos, même de très loin. Tout au plus une centaine de grammes.

« Tu ne manges pas, mon amour ? » lui demanda Anita.

Attilio ne sembla pas l'avoir entendue. Il s'était figé, les mains inertes sur la table comme des tranches de pain, les yeux écarquillés dans le vide. Un frisson courut le long de son dos. Il avait enfin compris pourquoi on ne l'avait pas arrêté.

Il ne comptait pas assez.

Il n'avait été qu'un pion de moyenne envergure qui ne méritait même pas d'être puni. Lui qui s'était toujours considéré comme un protagoniste alors que, dans le jeu sans fin de la corruption italienne, il n'avait été qu'un sous-fifre. Un homme

1. Saucisse à cuire du nord de l'Italie.

habile et utile pour ces transactions que Casati n'entendait pas faire en personne, mais de peu ou d'aucun intérêt dans les enquêtes des juges moralisateurs. Les vraies affaires, le véritable argent, les très réels kilos d'espèces, les comptes en Suisse : tout ce qu'Edoardo Casati n'avait jamais partagé avec lui.

Il fallait pourtant reconnaître qu'il l'avait prévenu. Attilio Profeti ferma les yeux tandis qu'il se remémorait ce que Casati lui avait dit quarante ans plus tôt environ : « La confiance se donne entre pairs et nous deux, nous ne le sommes pas. » Il avait fini par comprendre : pour ceux comme Casati, pour ceux qui ont dans les veines un sang de pape, il serait toujours un fils de cheminot.

Un journaliste étranger s'était levé dans la salle de presse et demandait à Berlusconi pourquoi il en voulait autant au communisme. En Italie, n'était-ce pas le fascisme qui avait causé ruine et désolation ? Une haine soudaine obscurcit telle une éclipse le visage de l'homme le plus riche d'Italie. « Mais ce sont des choses qui datent de cinquante ans ! Vous devriez avoir honte de dire des choses pareilles ! » Le candidat au poste de Premier ministre se redressa et la lumière de son sourire s'éteignit. « Vous êtes de mauvaise foi ! C'est honteux ! »

La femme invisible était sortie de la cuisine. Elle avait un visage rond de Slave, des cheveux fins et un regard lointain ; des jambes maigres et un buste enrobé, typiques de l'hypertension. Elle se prénommait Malgorzata, mais Anita (« par facilité et non par méchanceté bien sûr ! ») l'appelait Maria, et Attilio ne l'appelait pas du tout. Elle avait deux enfants, dont un trisomique, qui vivaient avec sa mère à Lodz. Elle était titulaire d'une licence en génie mécanique et elle aimait la poésie. Personne ne savait tout ça dans la maison. D'ailleurs, personne ne lui avait jamais rien demandé.

Tandis que Berlusconi continuait à crier : « C'est une honte ! C'est une honte ! » comme s'il ne voulait plus s'arrêter, Malgorzata désigna les tranches de rôti en train de sécher dans l'assiette de son patron.

« J'emporte, monsieur ? »

Attilio ne parut pas l'avoir entendue et il continua à regarder la télé l'air pétrifié. Perplexe, Anita se tourna vers son mari qui, en réponse au message du petit écran, était en train d'éprouver l'extrême honte de ne plus compter du tout.

Ce fut à cet instant précis qu'Attilio Profeti devint un vieil homme.

Un des plus jeunes candidats du nouveau parti de centre droit fondé par Silvio Berlusconi fut Piero Casati, le fils d'Edoardo. Il venait d'avoir trente ans, quelques semaines avant Ilaria. Lors d'une des nombreuses fois où il avait essayé de lui expliquer les raisons de cette décision, ils étaient nus dans ce lit où il trouvait refuge entre un meeting et une conférence de presse, entre un débat télévisé et un dîner électoral. L'incohérence de plus en plus insupportable entre leurs choix, leurs opinions, la vie tout entière d'Ilaria et celle de Piero donnait au moment volé où ils faisaient l'amour un paroxysme d'excitation. Plus ils comprenaient qu'ils ne pourraient jamais bâtir une existence commune, plus leurs corps se cherchaient.

Il entrait dans l'appartement d'Ilaria tout essoufflé par les six étages montés en courant, il lui murmurait à l'oreille : « Te voilà enfin. » Et, sans plus de discours, il la renversait à plat ventre sur le canapé. C'est à peine s'il pensait à fermer la porte d'entrée.

Cet après-midi-là, ils étaient allongés en sueur sur le lit, les jambes entrelacées, leur respiration s'apaisant à l'unisson. Piero tenait une de ses cuisses serrée entre ses doigts écartés, avec ce droit à la possession qu'elle lui refusait sur tout le reste de sa vie. C'était une des rares fois où il n'avait pas dû se sauver tout de suite et ils avaient deux bonnes heures à passer ensemble. Un luxe empoisonné, car Ilaria eut le temps de lui rappeler tout ce qui les séparait. Elle souhaitait garder le silence et profiter de la fatigue bénéfique de l'amour, mais elle s'écria malgré elle : « Je ne m'habituerai jamais à cette grimace de charlatan ! Et personne pour expliquer d'où lui vient tout cet argent. »

Pour toute réponse, Piero l'embrassa sur le haut du crâne.

Elle tourna la tête sur l'oreiller pour le regarder dans les yeux. « Mais toi, qu'est-ce que tu as à voir avec un homme comme ça ? »

Piero eut un long soupir. Ce n'était pas ce qu'il avait envisagé pour ces deux heures si brèves et précieuses. Il tenta pourtant d'exposer ses raisons, même si ce n'était pas la première fois. « Ilaria, pendant cinquante ans ce pays a mariné dans une mélasse sans alternance. Que voulons-nous en fait tous les deux : toi tu veux que la gauche arrive au pouvoir, moi que ce soit la droite. Ça devrait être comme ça, ce serait plus sain. Et voilà, Berlusconi veut une droite moderne en Italie car ce n'est qu'avec une véritable alternance entre droite et gauche qu'il peut y avoir une réelle démocratie.

— Cet homme me fait une drôle d'impression. Comme un sourire qui exhibe un visage et non l'inverse.

— Tu préfères Andreotti, Forlani, De Mita ? La classe politique la plus indéracinable de l'Occident ?

— Penses-tu. Moi qui suis encore tout émue quand je vois la faucille et le marteau.

— Tu ne peux pas prendre la faucille et le marteau en enlevant la Stasi ou le KGB.

— Ce sont la Stasi et le KGB qui m'ont enlevé la faucille et le marteau. Ou plutôt qui me les ont volés. »

Il sourit et de ses narines sortit un léger souffle d'air qui agita les cheveux d'Ilaria sur sa nuque. Il les respira car c'était l'odeur qu'il aimait plus que toute autre au monde. « Tu es la femme la plus intelligente que je connaisse. La plus honnête dans ses intentions. Mais tu as décidé de ne voir qu'une moitié de la réalité. »

« C'est exactement ce que je pense de toi.

— Alors tu vois qu'il faut qu'on se marie ? Comme ça, nous pourrons la voir en entier.

— N'y songe même pas. Ça ne pourrait jamais marcher, tu le

sais aussi bien que moi. Et si tu continues à me le demander, il faudra qu'on arrête aussi de baiser.

— Toi et moi, nous n'arrêterons jamais de baiser. »

Quelques semaines plus tard, Piero fut élu député et prit place à la droite de l'hémicycle. Berlusconi avait gagné les élections. Pour la première fois dans l'histoire de l'Italie républicaine, un parti d'extrême droite faisait son entrée dans la coalition gouvernementale. Tout à coup, ce qui, pendant cinquante ans, avait été des grognements nostalgiques marginaux, des opinions indicibles de la part de ceux qui prétendaient à la crédibilité démocratique entra dans les déclarations des plus hautes charges institutionnelles.

Peu de temps après après son investiture, la jeune et nouvelle présidente de la Chambre fit l'éloge de toutes les bonnes choses que le fascisme avait réalisées d'après elle pour les femmes italiennes. Le président du Conseil Berlusconi ressortit de l'oubli la légende de Mussolini faisant arriver les trains à l'heure. Pour montrer qu'il était enfin devenu ouvert, démocratique, bref présentable, le secrétaire du parti d'extrême droite choisit le 25 avril, Anniversaire de la Libération de l'Italie, pour célébrer une messe qu'il définit « de réconciliation ». Arrêtons de diviser l'Italie en résistants et en chemises noires, dit-il, ceux qui se sont battus de 1943 à 1945 étaient des jeunes aux idéaux différents mais dignes du même respect. Le moment était venu de pleurer leur mort à tous de la même façon, sans trop regarder qui avait eu raison ou tort. Au fond, tous étaient des victimes – telle était sa thèse. Dommage qu'un petit groupe de membres de son parti, auquel le sens politique de l'opération avait échappé, débarqua à la cérémonie en chemise noire et fez, fit le salut romain et entonna « *Faccetta nera*[1] ».

Les vieux mots que l'on pouvait soudain prononcer à nouveau se répandirent aussi en dehors de la politique. Emilio décrocha son premier rôle d'acteur principal dans une nouvelle série

1. « Petit visage noir ».

sentimentale appelée *Sur les collines fatales.* Ilaria regarda le premier épisode parce qu'elle voulait comprendre comment les auteurs avaient eu l'idée du titre. Qu'est-ce que venaient faire ces intrigues croisées de familles traditionnelles dans un immeuble stéréotypé, de cocufiages et de répliques inoffensives, avec le discours le plus célèbre de Mussolini, celui qu'il fit au lendemain de la victoire en Éthiopie ? Quel rapport y avait-il entre les paroles martelées par le Duce devant la foule qui applaudissait sous le balcon – « Levez haut, légionnaires, les enseignes, le fer et les cœurs pour saluer, après quinze siècles, la réapparition de l'Empire sur les collines fatales de Rome ! » – et ce produit télévisé moyen/bas de gamme transmis à l'heure du pousse-café ? Rien, pensa Ilaria. Absolument rien. Personne parmi les producteurs, les metteurs en scène, les scénaristes ne s'était sans doute rendu compte du très pur pedigree fasciste de cette expression ; ou peut-être n'y avaient-ils rien vu de mal.

Quand elle en fit la remarque à Emilio, celui-ci, toujours théâtral, leva les yeux au ciel. « Mon Dieu, Ilaria, c'est incroyable ! Ce n'est que le titre d'une série télé.

— Ce n'est qu'une citation de Mussolini.

— Mais on s'en fout ! Je t'assure que tout le monde se fout de ces choses-là. Sauf toi.

— Tu as raison. Dans ce pays, les mots ne comptent plus. L'histoire ne compte plus. Ce n'est qu'une bouillie informe, résistants et fascistes tous pareils, tous victimes, aucun responsable, pas même Mussolini qui au fond n'était pas si mal, qui a fait lui aussi tant de bonnes choses. Et si tu essaies de dire qu'en réalité ça ne s'est pas vraiment passé comme ça, on te traite d'emmerdeuse.

— Ilaria, ce n'est pas moi qui te traite d'emmerdeuse. C'est toi qui l'es.

— Mais tu ne te rends pas compte à quel point ce je-m'en-foutisme est de droite ?

— Il me semble que toi non plus elle ne te dégoûte pas tant que ça, la droite. En tout cas, pas au lit. »

Ilaria sentit une bouffée brûlante monter dans sa poitrine, glisser sur son cou et embraser son visage. « Qu'est-ce que tu veux dire par là ? »

Emilio lui sourit, l'air affable. « L'autre jour, je l'ai vu sortir de ton immeuble. Il a fait semblant de ne pas me reconnaître. J'étais venu donner les clés de mon appartement à l'agence immobilière. Mais rassure-toi, je ne parlerai à personne de toi et du député de Forza Italia Piero Casati. »

Le député de Forza Italia Piero Casati. La personne qui à huit ans lui avait donné des baisers au goût de morve et de chocolat. Avec lequel elle avait découvert, jeune adulte, l'adoration mutuelle de deux corps humains. Bref, une partie d'elle-même. Mais depuis des mois, Ilaria devait éviter de penser à trop de choses quand elle voyait Piero. Le gouvernement élu par la majorité dont il faisait partie commettait une saloperie après l'autre. Et il venait juste d'être instauré. Que ne manigancerait-il pas en cinq ans de législature ? Berlusconi avait présenté un décret-loi favorisant de façon tellement indécente les condamnés pour corruption qu'il avait été rebaptisé « *salva ladri*[1] ». Les magistrats s'étaient mis en grève, un nombre considérable de citoyens avait protesté et le décret avait finalement été retiré. Et pourtant, le député Piero Casati, fidèle aux préceptes de la majorité à laquelle il appartenait, aurait voté pour si l'on était arrivé au scrutin. À cette seule pensée, Ilaria avait la nausée. Un dégoût, comme lorsque le corps veut expulser ce qu'il sent étranger. Quel lien avait-elle avec tout ça ? Quel lien avait cette éthique de l'impunité et de la fraude avec ses propres choix ? Avec tout ce en quoi elle croyait, avec son métier d'éducatrice ? Depuis que Piero avait été élu, ils faisaient l'amour en silence comme des réprouvés et il s'en allait aussitôt après, même quand il aurait pu rester. Il n'y avait aucune raison de faire les choses en cachette, ils étaient libres tous les deux, ils n'étaient pas des amants clandestins. Et pourtant, Ilaria constata à ce moment-là qu'elle avait

1. Protège-voleurs.

honte de sa relation avec lui. Comme d'une chose indécente, fausse.

« Oui, de temps en temps, Piero passe boire un café », dit-elle à Emilio. Elle avait dans la voix cette superbe amertume avec laquelle on renie les choses les plus chères. « Tu sais que nous avons grandi ensemble. »

Le visage d'Emilio s'éclaira, révélant furtivement le grand charme qu'en général, mystère de la photogénie, il ne montrait que sur les écrans télé. « C'est bien ! s'exclama-t-il radieux. C'est bien, petite sœur ! Toi aussi, tu es une hypocrite. Toi aussi, tu racontes des conneries. » Il l'étreignit dans un élan, l'embrassa sur les deux joues. « Je t'aime tant », lui dit-il, et son affection n'avait jamais été aussi sincère.

Ils étaient trop différents, dit Ilaria à Piero, ils le savaient tous les deux, même s'ils s'aimaient – un verbe qu'Ilaria, contrairement à lui, n'employait jamais ; elle ne le fit qu'à cette occasion, lui accolant l'adjectif « impossible ». Il la laissa parler sans l'interrompre, puis ils firent l'amour avec une rage inéluctable. Ensuite, elle écouta le bruit de ses pas rapides qui s'estompaient peu à peu en descendant les six étages.

Ce soir-là, en la croisant dans l'escalier et en voyant ses yeux rouges, Lina lui offrit un café sans lui poser de questions indiscrètes. Et elle se mit à lui parler d'elle quand elle était enfant et qu'elle jouait à cache-cache au milieu des décors du théâtre de l'opéra, entassés dans l'Aquarium liberty de la piazza Fanti.

« Nous nous glissions dans les sarcophages en plâtre et nous faisions semblant d'être des héroïnes qui meurent sur scène : Aïda, Tosca, Madame Butterfly… Quand j'étais petite, je pensais que celles qui meurent sur scène sont les meilleures ; mais maintenant que je suis vieille, j'ai compris qu'il faut être con pour mourir d'amour. »

Ilaria rit et la rassura : même si elle était triste, elle n'était pas aussi conne et ne le serait jamais.

Ce premier gouvernement Berlusconi tomba, la gauche

gagna les élections suivantes mais ne fit aucune des lois qui auraient pu arrêter Berlusconi et, au bout de quelques années, il revint au pouvoir. La gauche italienne continua à perdre les élections mais à remplir les rues. Des fleuves de gens, par tous les temps. Sous une pluie battante, les imposants cortèges, souvent des centaines de milliers de personnes, exhalaient une poignante odeur de tissu mouillé ; avec le soleil du printemps, ils étaient joyeux comme à une partie de campagne. Les manifestants déclaraient au micro des journalistes télé : « Nous sommes ici pour nous compter », même si le désastreux décompte des voix venait d'être fait, quelques mois plus tôt. Ils martelaient des slogans adaptés à la nouvelle époque – « *Cavalieri*, fascistes, mafieux, tous les mêmes ! » – ou plus classiques : « Fascistes, crevures, retournez dans les égouts ! » La majeure partie n'avait plus aucune certitude, incapables de se donner un nom politique, ils étaient perdus. Pourtant, ils savaient tous très clairement qui était leur ennemi et c'était de lui qu'ils tiraient leur solide identité collective : ils étaient anti-berlusconiens. Ils pensaient les pires choses des électeurs de cet ennemi, ils se sentaient différents et surtout meilleurs. Ce n'étaient pas pour eux des compatriotes aux idées politiques différentes, mais plutôt des personnes dignes de raillerie et de mépris. Des sentiments d'ailleurs cordialement partagés à leur égard par les électeurs de droite.

Piero et Ilaria ne se virent pas durant quelques années. Lui se maria, elle vécut avec un premier homme, puis un deuxième. Pendant que d'autres mains se posaient sur elle, elle mettait une grande énergie à éviter les comparaisons. Quand Piero se sépara, il vint la voir et lui dit encore une fois : « Je divorce et je t'épouse. » Encore une fois, Ilaria lui dit non. Il se remit avec sa femme et eut son premier enfant. Au bout de quelques mois, Ilaria faillit se marier avec un troisième homme, mais ensuite elle partit seule en voyage. De temps en temps, Piero la retrouvait, de temps en temps, elle disait qu'il valait mieux qu'ils ne se voient plus. Ils passaient de longues périodes loin l'un de l'autre, puis se retrouvaient toujours. Ce lien ressemblait pour Ilaria à un de ces troncs pris dans les rapides près de l'île Tibérine. Combien de fois ne les avait-elle pas observés quand elle allait se promener le long du fleuve pour calmer ses pensées. Ils flottaient en sautillant dans le remous de l'eau boueuse, semblaient se dégager un instant pour suivre le courant et ils étaient de nouveau avalés par le tourbillon où ils disparaissaient. Quand on les croyait définitivement noyés, ils réapparaissaient à l'improviste, comme des créatures vivantes, des serpents de fleuve, des monstres du Loch Ness arrivés on ne sait comment dans le Tibre. Prisonniers de l'éternel bouillonnement des rapides, ils ne cessaient de monter et de descendre, sans trêve ni voie d'issue. Seule une inondation catastrophique aurait pu les libérer.

Et telle était la relation d'Ilaria et Piero. Elle ne parvenait pas à s'écouler avec le fleuve de leurs existences, mais ils n'arrivaient pas non plus à l'arrêter. Personne parmi leurs connaissances, amis ou parents, ne fréquentait de façon aussi intime quelqu'un appartenant à l'autre moitié de l'Italie divisée. Ce lit au sixième étage était un radeau sur lequel ils faisaient un amour de naufragés : seuls, à la merci de quelque chose de beaucoup plus grand qu'eux, sans imaginer d'avenir commun.

Attilio Profeti ne reçut pas non plus d'avis de mise en examen quatre ans après le début de Tangentopoli[1], quand les magistrats parvinrent à enquêter sur la coopération internationale et en particulier sur certains marchés en Éthiopie. On créa même une commission d'enquête parlementaire sur le circuit des marchés publics concernant de grands travaux dans les pays africains dont Casati avait été le protagoniste, mais son entreprise, où Attilio avait travaillé plusieurs dizaines d'années, ne fut pas incriminée.

1. Nom donné au scandale de corruption généralisée en Italie, au début des années quatre-vingt-dix.

Edoardo Casati avait formellement passé la main à son fils aîné Giovanni, mais il continuait à prendre toutes les décisions importantes depuis le dernier étage du petit palais baroque, siège de sa société. La convocation d'un employé dans son bureau était encore perçue avec un mélange de fierté et de terreur, même par les managers les plus expérimentés, qui revenaient de ces entretiens la chemise sur mesure tachée de demi-lunes sous les aisselles. Quoi qu'il en soit, ils étaient tous beaucoup plus jeunes qu'Attilio. Seul Casati n'était pas touché par la limite d'âge ; il n'avait de comptes à rendre qu'à lui-même sur son propre vieillissement. Attilio, en réalité, était à la retraite depuis des années. Les divers effets sociaux de la sénescence, chez lui et son ancien chef, étaient une des confirmations les plus douloureuses de leur différence de revenus. Ils durent pourtant tous les deux, presque à la même période, se faire retirer la prostate.

Pour Attilio, il s'agit d'une intervention bénigne mais réalisée en urgence, dans l'attente du résultat de la biopsie. Dans un hôpital public il n'aurait pas payé, mais le délai était de onze mois. Comme aurait fait n'importe quel autre citoyen italien disposant de ses moyens financiers, il fut donc opéré dans une clinique privée.

Tandis qu'il attendait d'être préparé pour la salle d'opération, la possibilité que l'excroissance qu'on allait lui enlever soit une tumeur maligne avait paralysé son cerveau. Il ne parvenait qu'à formuler des pensées élémentaires. « Maintenant je presse le tube de dentifrice », « Maintenant je salue ma femme qui m'a apporté des journaux », « Maintenant j'allume la télé sur cette étagère ». S'aventurer mentalement hors du présent immédiat signifiait envisager la flèche du temps, et donc un avenir incertain. Il valait mieux éviter.

Quand Ilaria arriva à la clinique, son père ne s'était pas encore réveillé de l'anesthésie. Il était seul dans sa chambre, Anita était allée parler aux médecins. Ilaria avait apporté une boîte de chocolats qu'elle posa sur la table de nuit. Elle s'assit près du lit pour le regarder dormir. Ça ne lui était plus arrivé depuis qu'elle était petite, quand elle était chargée de le réveiller de sa courte sieste après le déjeuner avec un linge humide sur le visage. Il avait toujours le même profil bien dessiné, le front large, le nez droit sans être effilé. Sa bouche légèrement ouverte le faisait paraître plus vulnérable, certainement plus que l'image qu'il aurait voulu donner, surtout à elle. Ilaria détourna le regard avec une soudaine pudeur.

Les chocolats étaient de deux sortes, noirs et au lait. Ilaria ouvrit la boîte, ferma les yeux et en prit un au hasard. « S'il est noir, la biopsie sera négative, s'il est au lait… » Elle rouvrit les yeux. Le chocolat qu'elle tenait entre ses doigts était d'un marron si foncé qu'il virait au noir. Ilaria éprouva un soulagement absurde. Elle entrouvrit les lèvres et le mit tout entier dans sa bouche.

Le lendemain, Marella vint le voir. Plus de dix ans après leur divorce laborieux, la mère d'Ilaria avait décidé de s'offrir un geste classe, pour avancer dans le difficile processus de reconstruction de sa propre dignité de femme trompée. C'était une magnifique occasion. Elle resta assise dans le petit fauteuil à quelques mètres du lit où Attilio était couché, pâle et encore tout endolori, conversant avec lui de manière affable. Sujet : les vies de leurs trois enfants, et surtout de leurs petits-enfants. Au bout d'une bonne vingtaine de minutes, elle se leva :

« Tu as besoin de quelque chose avant que je m'en aille ? »

Il lui montra son verre vide. « Un peu d'eau, s'il te plaît. »

Marella alla le remplir à la salle de bains.

« Merci. Pose-le sur la table de nuit.

— Tu veux que je regonfle tes oreillers ?

— Non, merci, c'est bien comme ça.

— Quelque chose d'autre ?

— Non, sincèrement. Je suis bien.

— Bon, alors, je m'en vais. Guéris vite !

— Merci », répéta une troisième fois Attilio. Et une quatrième : « Merci d'être venue. Ça m'a fait plaisir. »

Marella sortit de la pièce, ni vite ni lentement, elle parcourut le couloir du service à pas tranquilles, prit l'ascenseur, traversa le hall de la réception, sortit dans le jardin de la villa liberty recyclée en clinique. Elle attendit d'être sur le parking pour éclater en sanglots, au moment où elle ouvrait la portière de sa voiture. Elle se laissa tomber à la place du conducteur en pleurant et vit alors l'enveloppe destinée à Attilio sur le siège voisin. Elle avait oublié de la lui donner.

De temps en temps, Marella trouvait encore dans sa boîte aux lettres quelque chose pour son ex-mari. Calendriers de cercles qu'il ne fréquentait plus depuis des lustres, vœux de fin d'année d'anciens clients, publicités. Elle les mettait tous de côté, puis chargeait le premier de ses enfants qui venait la voir de les lui apporter. Elle avait aussitôt reconnu le timbre éthiopien, même si cela faisait des années qu'il n'en arrivait plus. Mais il ne s'agissait pas d'une de ces enveloppes de mauvaise qualité qu'envoyait Carbone, le vieux camarade de régiment d'Attilio. C'était un aérogramme de papier bleu clair très fin et l'expéditeur avait aussi un nom inconnu, difficile à déchiffrer. L'adresse se composait d'une série de chiffres suivis de : « Kebelé Lideta, Addis-Abeba, Éthiopie ».

Marella retourna à la clinique les yeux rouges, laissa la lettre à la réception pour qu'on la remette à Attilio, puis, toujours les larmes aux yeux, prit le chemin du retour en se traitant d'imbécile : c'était une dame âgée aux cheveux blancs, une grand-mère, il n'était pas possible de pleurer encore ainsi pour un ex-mari. À un feu rouge, elle faillit emboutir la voiture devant elle et pila.

C'est alors qu'elle prit sa décision : « Ça suffit. Ça suffit comme ça. »

Elle ne souffrirait plus à cause de trahisons, de l'amour non reçu, de mensonges comme des taches indélébiles sur trente ans de vie commune. Assez de se laisser aller à ce deuil sans cadavre que lui avaient fait vivre quinze ans d'enterrement. Le feu passa au vert, mais Marella ne redémarra pas. Elle éprouvait la même sensation que le jour où, après l'agonie d'une colique interminable qui l'avait pliée en deux et rendue incapable de penser à autre chose, le passage d'un minuscule calcul à travers l'urètre avait fait disparaître toute douleur de façon subite et définitive. Indifférente au concert de klaxons qui s'élevait des voitures derrière elle, elle continua à fixer le feu vert, jouissant pleinement de sa souffrance disparue. Quand il passa à l'orange, elle enclencha alors une vitesse et repartit. Sa voiture eut le temps de traverser le croisement, mais celles de derrière furent de nouveau bloquées au rouge. Les automobilistes lui lancèrent des injures par leurs vitres, mais Marella, qui venait juste de cesser d'éprouver du chagrin pour elle-même après des années où elle n'avait rien fait d'autre, n'y prêta pas attention. Un demi-sourire aux lèvres, elle conduisit dans les rues de la ville, rencontrant des feux verts, des carrefours dégagés, des bus qui la laissaient passer bien qu'ayant la priorité : le monde lui témoignait son approbation parce qu'elle avait enfin transformé son douloureux amour malheureux d'épouse trahie en son opposé. Qui n'est pas de la haine, mais plutôt une indifférence sublime, presque extatique.

Quand, dans l'après-midi, le chirurgien vint lui apporter le compte rendu, la terreur qu'Attilio avait laborieusement ignorée jusque-là se déversa totalement sur lui depuis le réservoir secret où elle était cachée. Essayant de dissimuler le tremblement de sa main, il prit la feuille du laboratoire d'analyses. Son nom était écrit en haut et en dessous un mot en gras : NÉGATIF. Son cœur sauta un battement, son sang eut une décharge d'adrénaline, sa respiration se bloqua et le danger qu'il avait couru, désormais passé, arriva enfin à sa conscience. Mais la voix avec laquelle il parla fut désinvolte et aimable : « J'en étais sûr, docteur. »

Tandis que le médecin sortait de la pièce, une infirmière passa la tête par la porte. « On a laissé ça pour vous », dit-elle en lui tendant l'aérogramme.

Attilio Profeti le prit dans la main où il tenait toujours le compte rendu de la biopsie. Il le regarda fixement sans l'ouvrir jusqu'à ce que la femme ait disparu dans le couloir. Il l'avait tout de suite reconnu.

Combien d'années depuis le dernier ? Il ne savait pas exactement, mais il se souvenait bien du contenu : Ietmgeta y informait son père italien de la naissance de son fils Shimeta – son premier petit-fils. Mais il vit tout de suite que la calligraphie n'était pas la même que d'habitude.

Ce n'était pas celle d'Ietmgeta en effet. C'était celle d'un voisin qui avait écrit sous la dictée. Abeba l'informait que leur fils était mort. Il ne s'était jamais complètement remis des souffrances de son incarcération et après sa libération, dix ans plus tôt environ, il avait toujours été malade. Il avait cinquante-quatre ans.

Attilio déposa doucement la lettre au-dessus du compte rendu de la biopsie. À présent, les deux feuilles étaient l'une sur l'autre comme des suaires. La preuve écrite d'un autre concours gagné, mais cette fois-ci le vaincu était son fils. Et ça c'est un concours que personne ne voudrait gagner, pas même avec un fils métis, bâtard, abandonné. Pas même Attilio Profeti.

Dans le jardin de la clinique, la lumière filtrée par les saules devint dorée. Le soleil couchant frappa ses yeux. Il ne lui fit pas écran. Peu à peu, le crépuscule emporta avec lui les détails du monde et Attilio continua à regarder tandis que tout prenait une teinte noire.

La lumière de la pièce s'alluma sans préavis.

« J'ai parlé avec le médecin, dit Anita en entrant avec son déhanchement de star. Il m'a appris la merveilleuse nouvelle ! »

Attilio se protégea les yeux d'une main et de l'autre cacha la lettre sous son oreiller.

Sa femme l'embrassa sur le front. « Quel soulagement ! »

Attilio chercha du regard l'obscurité de l'autre côté de la fenêtre, mais il ne vit que le reflet de son propre visage éclairé. Il cacha dans son cœur son deuil de père clandestin et murmura : « Oui. Quel soulagement ! »

5

2010

L'eau glacée lui arrive aux genoux, au menton, entre dans sa bouche et son nez. Le jeune homme est sur le point de se noyer. Mais juste avant, il ouvre les yeux et voit les murs de l'appartement d'Attilio. Il sent le canapé-lit bien solide sous son dos. La terreur se retire lentement, comme le ressac à marée basse.

Aujourd'hui aussi son rêve était fait de mer, de vagues interminables. Celles qui entouraient le petit bateau avec lequel il est arrivé en Italie, rempli de gens délirant de soif et de privation de sommeil. Des hommes, des femmes, des enfants, dont un petit de six ans qui voyageait seul. Sur la plage de Misurata, éclairée par les gyrophares des policiers libyens soudoyés par les passeurs, le jeune homme avait vu le père déposer l'enfant comme une valise dans l'embarcation. Il était resté immobile sur la plage sale pendant qu'ils prenaient le large, un point de plus en plus petit face à l'effrayante immensité bleue où ils s'aventuraient. Cet homme savait que s'il avait traversé la mer avec son fils, ils risquaient d'être refoulés tous les deux. La riche et généreuse Europe accueillerait certainement l'enfant, mais seulement s'il arrivait orphelin, en tant que « mineur non accompagné ». Par la suite, dans les centres d'accueil, le jeune homme avait appris le lexique bureaucratique qui avait motivé la décision de ce père. Et il avait compris que c'était ce qu'il pouvait faire de mieux pour son fils, comme c'est le devoir de chaque parent.

Puis, pendant des jours, entre la côte libyenne et la côte italienne, il y avait eu de l'eau, rien que de l'eau, mais qu'on ne pouvait pas boire. Même dans le désert, le jeune homme ne s'était jamais senti à ce point enveloppé par le néant. Même dans la grande salle où son corps avait été entassé avec d'autres. Le peu de pain qu'il avait était devenu une bouillie salée. Il l'avait quand même mangé. Mais la fatigue était encore plus terrible que la faim et la soif. Il luttait contre elle avec désespoir, craignant que les vagues ne le propulsent dans la mer s'il s'endormait. Par moments, il sombrait dans un demi-sommeil humide, entrecoupé de rêves fugaces dont il se réveillait en sursaut, à la fois plein d'horreur et de bonheur de se savoir encore vivant. Durant un de ces sommeils instantanés au milieu de la Méditerranée, un arbre lui était apparu. Ses branches étaient chargées d'oiseaux merveilleux et il avait entendu leurs gazouillis. Maintenant qu'il est bien d'aplomb sur la terre ferme, il lui arrive le contraire, et ses nuits foisonnent de montagnes d'eau qui s'écroulent en un déluge d'éclaboussements. D'abîmes noirs sur lesquels flotte un petit bateau livré au hasard comme un « mineur non accompagné », avec son moteur en panne et son bois pourri qui s'écaille. Deux ans se sont presque écoulés depuis, mais le rêve de cette traversée obsède le jeune homme. Le naufrage, dont une vedette des gardes-côtes les avait sauvés de justesse, a lieu dans sa tête presque toutes les nuits.

Sa grand-mère Abeba lui avait appris à distinguer les rêves chargés de sens, ceux qu'il faut raconter aux vieux et aux prêtres pour se les faire expliquer, et ceux qui sont inutiles et vides comme des coquilles de noix. Le jeune homme ne voit pas le sens de ces cauchemars à répétition d'une mort d'eau à laquelle il avait échappé, même de peu. Et pourtant, ils continuent à hanter son sommeil. Pourquoi ? Ils ont peut-être tous un sens et ils reviendront tant qu'il ne les comprendra pas. Il voudrait tellement poser la question à son *ayat*.

Il regarde autour de lui. Le bureau d'Attilio avec le canapé-lit ouvert est une petite pièce aux murs couverts de photos où domine le bleu : des voiles blanches à la surface de l'eau, des cétacés qui bondissent, des femmes en bikini qui sourient, enlaçant Attilio à la barre de la *Chance*. Le matelas est moelleux, presque trop pour lui. La veille, avant d'aller se coucher, Attilio lui a demandé s'il voulait un verre d'eau pour la nuit. Il a fait son lit avec des draps propres. Ils n'étaient pas repassés, mais le jeune homme n'aurait su dire la différence. « Voilà comment dorment les Européens », pensa-t-il en allongeant les jambes sans les cogner contre celles d'un autre. Ces dernières années, quand il lui était arrivé de dormir seul, c'était uniquement jeté par terre comme un chien errant, dans l'oasis par exemple, ou bien dans des fossés à l'écart, sur les routes d'Italie le long desquelles il voyageait clandestinement. Il a aussi dormi dans un lit, mais toujours dans des chambrées pleines d'odeurs et de bruits d'autres corps fatigués en attente de papiers. C'est la première fois qu'il dort seul et dans un vrai lit depuis qu'il a quitté la maison de sa mère.

C'était il y a deux ans. Peut-être trois, il a perdu la notion du temps. Sa mère lui manque. Mais celui qui ne pourra jamais rentrer chez lui ne peut se permettre d'être nostalgique. Et c'est désormais un réfugié, un exilé, un demandeur d'asile, même s'il a en poche un Refus.

Il se lève, prend sa carte d'identité dans son pantalon et l'ouvre. Il observe la petite photo, le nom qui est écrit dessous.

« Shimeta Ietmega Attilaprofeti », lit-il doucement pour lui.

Voilà qui il est. Voilà qui il doit être.

On ne reste pas meilleures amies pendant trente-cinq ans sans avoir de très bonnes raisons de l'être, et aujourd'hui Lavinia en a fourni une autre à Ilaria. Passant outre ses protestations (« Tu as déjà assez à faire sans te taper une matinée infernale à cause de moi… »), son ancienne camarade de classe l'accompagne pour récupérer sa Panda à la fourrière. Plus qu'un geste de gentillesse, une rédemption – elle lui a évité un calvaire.

Un citoyen romain qui ne peut se permettre le coût exorbitant d'un taxi pour se rendre à la fourrière en grande banlieue devra prendre successivement trois bus aux horaires erratiques. Le temps estimé du trajet dépend de nombreux facteurs : situation générale du trafic en ville, éventuelles grèves des employés des transports publics, pannes possibles du moyen de locomotion dues à des coupures de crédits pour l'entretien, effets primaires ou secondaires du réchauffement climatique (violents orages, tornades, chutes de neige, inondations).

Le dernier bus laissera le citoyen à près d'un kilomètre du parking des véhicules saisis et il devra ensuite marcher le long de la nationale sans trottoir sur laquelle les voitures filent à une vitesse de croisière. Pas un immeuble, pas un bar ou une boutique sur cette route, rien que des complexes industriels, mais tout en avançant il aura le loisir de contempler les moutons qui paissent dans les champs ancestraux de la campagne romaine au milieu des hangars. Arrivé au parking, le citoyen se dirigera vers le poste de garde où se trouve un agent de police qui, sans répondre à son « bonjour », et tandis que le volume d'une télé portable fait vibrer sa cage en aluminium, vérifiera que le nom sur la fiche du véhicule saisi correspond à celui du citoyen (un chemin de croix supplémentaire est prévu, mais trop long et poignant pour être relaté ici, au cas où le propriétaire de la voiture serait dans l'impossibilité de venir en personne et devrait envoyer quelqu'un à sa place). Il lui remettra ensuite un bulletin de virement postal sur lequel est préimprimé le montant de la rançon – l'amende. Le précieux bulletin en main, le citoyen pensera que le pire est passé et il éprouvera un fugace moment d'euphorie. Mais, même pour les personnes d'un caractère solaire et positif, il ne dure pas plus de quelques secondes, c'est-à-dire le temps de lire la somme.

Le citoyen se rendra donc au bureau de poste voisin. Ce dernier mot ne doit pas être compris comme un adjectif de proximité spatiale mais plutôt comme un concept philosophique. Idée platonicienne, noumène : le parking des véhicules saisis n'est concrètement « voisin » que des hangars et des moutons. Cette distance, la voiture étant toujours à l'état de captivité, sera parcourue à pied par le citoyen. Une fois l'amende payée, il parcourra à nouveau le kilomètre le long de la nationale, il admirera à nouveau les moutons, agitera enfin le reçu du versement effectué devant l'agent de police toujours impassible. Celui-ci y jettera un rapide coup d'œil pour vérifier le paiement puis, regardant de nouveau le petit poste de télé, il écrasera de son index un bouton à sa droite. Et voilà que la barrière amovible qui ferme le parking se lèvera, libérant la voiture tant aimée que le citoyen, exténué et bien plus pauvre qu'avant, rejoindra malgré tout débordant de joie et ému comme Christophe Colomb quand il aperçut la terre ferme.

Telle est l'odyssée dont Lavinia l'a sauvée en lui proposant de l'emmener. C'est donc avec gratitude qu'Ilaria observe le profil de son amie qui conduit : les taches de rousseur espiègles malgré ses quarante ans passés, les anneaux de Vénus autour du cou dus à ses quatre grossesses mais surtout à son amour de la bonne chère. Elle ne cessera jamais de l'aimer.

La voiture de Lavinia est pleine de traces de ses quatre enfants – têtes de Barbie sectionnées, grains de sable, traînées de feutre sur la vitre. Elle avance au pas. La fermeture à la circulation du centre historique et de la partie nord de la ville, par laquelle Silvio Berlusconi a voulu honorer la visite de son ami, est en train de provoquer des embouteillages en chaîne jusque dans la banlieue, comme les retombées radioactives d'une bombe nucléaire. Depuis le début de la matinée, les hélicoptères de la police martèlent le ciel sans interruption.

Ilaria raconte l'apparition du jeune homme sur son palier, la découverte d'un frère supplémentaire, inconnu et à moitié africain.

« Alors, vous n'êtes pas quatre, mais cinq », lui dit Lavinia.

Voilà ce que veut dire être très proches depuis l'enfance : une parfaite connaissance mutuelle des codes de langage et des tranches de vie. Lavinia se souvient très bien de la phrase fatidique. Ce matin-là, c'était elle qui avait accompagné Ilaria aux toilettes de l'école pour qu'elle se rafraîchisse le visage. C'était l'austère mais empathique prof de philo qui l'avait priée de le faire. En voyant la jeune fille de seize ans qui ne cessait de pleurer, elle avait compris qu'il lui était arrivé quelque chose de plus grave qu'une histoire d'adolescents. Et ce fut encore Lavinia qui recueillit sa première colère quand Ilaria tentait de redonner forme à un monde qui s'était décomposé. Une colère dirigée non pas tant vers son père que vers sa mère qu'elle accusait de s'être caché la tête dans le sable pendant des années face aux preuves de plus en plus flagrantes des mensonges de son mari. « Si ça n'avait tenu qu'à elle, on aurait pu continuer longtemps comme ça ! » disait-elle avec mépris. « Elle ne voulait sans doute pas le perdre… », essayait de l'excuser Lavinia, mais Ilaria avait déjà rendu son jugement : « Celui qui ne veut pas savoir la vérité est complice et il me dégoûte. »

« Je suis curieuse de savoir ce que vous vous êtes dit jusqu'à l'arrivée de ton frère, dit Lavina au volant. Je veux dire… Comment parle-t-on avec quelqu'un qui arrive d'Éthiopie et te dit que tu es sa tante ?

— Il m'a demandé pourquoi je n'étais pas mariée. »

Lavinia jette un coup d'œil furtif à son amie.

« Mince. Droit au but. Qu'est-ce que tu lui as répondu ?

— Que je suis trop antipathique.

— Tu n'es pas antipathique, dit Lavinia. Tu es seulement une emmerdeuse planétaire.

— Justement. Je ne supporte pas les mensonges, encore moins ceux que je pourrais dire. Et ça, c'est la chose la plus antipathique au monde. Ce sont les petits mensonges qui rendent possibles les mariages. Le tien, par exemple. »

Lavinia fait la grimace. « Quelque chose me dit que je devrais me sentir insultée.

— Et quelque chose d'autre te dit au contraire que j'ai raison…

— Je corrige : pas planétaire. Galactique. Universelle. »

Toutes les deux pouffent de rire.

« Et maintenant, demande Lavinia, qu'est-ce que vous pensez faire ?

— Je n'en ai aucune idée. Il a aussi commis un délit.

— Lequel ?

— Il a donné une fausse identité au deuxième centre d'accueil. Maintenant, il peut toujours espérer avoir son permis de séjour permanent.

— Mais si c'est votre parent…

— Rien ne le prouve. Son père n'a jamais été reconnu. Par le nôtre, s'entend.

— Que disent Federico et Emilio ?

— Ils ne savent rien.

— Vous ne leur avez pas dit ?

— Je ne pense pas que depuis le Mexique Federico éprouvera de l'intérêt pour ces choses. Emilio est en Bulgarie pour une série télé et il y restera deux mois. Que peut-il faire de là-bas ? Seulement brasser de l'air, nous bombarder de coups de fil, nous infliger son stress. Avec Attilio, nous avons décidé de lui en parler quand il reviendra à Rome. »

Lavinia, les yeux rivés sur le pare-chocs de la voiture devant elle, reste un long moment silencieuse. Puis, prudemment : « Piero résoudrait ça en un instant. »

Ilaria ne répond pas.

Lavinia la regarde maintenant, les mains agrippées au volant.

« Appelle-le, Ilaria. »

Ilaria tourne les yeux vers la voiture qui roule près d'elles depuis presque un quart d'heure. À l'intérieur, un homme avec des écouteurs gesticule en hurlant. Qui sait après qui il en a.

« Il n'en est pas question. »

Une fois la Panda récupérée, Lavinia file chercher ses deux plus jeunes enfants à l'école. Ilaria vient de quitter la fourrière quand son portable sonne. Elle se gare le long d'un champ coincé entre des immeubles aux vérandas en aluminium construites illégalement ; un troupeau de moutons est en train de paître. Elle fouille dans son sac, répond. C'est son demi-frère.

« J'ai parlé avec ma mère, dit Attilio. D'après elle, rien n'est vrai. Ou bien il s'agit d'un cas d'homonymie.

— On en a déjà parlé, Attilio. Avec votre prénom… ça ne tient pas.

— De toute façon, elle n'a jamais entendu parler d'un fils africain. »

Tous les moutons sont tournés dans la même direction, la sienne. L'un d'eux est à quelques mètres du bord de la route, si près qu'Ilaria voit sa pupille noire horizontale.

« Mais tu as demandé à papa ?

— Ilaria, notre père ne sait même plus qui nous sommes, toi et moi. Alors tu penses, un fils abandonné il y a soixante-dix ans. Si tant est qu'il ait existé. »

Ilaria lève les yeux. Dans le ciel laiteux du mois d'août, un avion à la dérive aux couleurs criardes est sur le point d'atterrir à Ciampino. Les moutons dans le champ l'ignorent, comme toute chose dans l'univers qui n'est pas l'herbe qu'ils broutent et les mouvements du troupeau. Aucun d'eux n'est un Mouton Parachutiste.

« Je vais aller le voir. Peut-être qu'il arrivera au contraire à dire quelque chose.

— Je pensais qu'il n'y avait que ma mère pour nier qu'il était complètement à l'ouest. »

L'avion vole si bas qu'Ilaria parvient à distinguer deux inscriptions sous la rangée des hublots, une en arabe et une en lettres latines : AFRIQIYAH.

« Je ne nie rien. Mais personne d'autre ne peut nous dire ce qui s'est passé il y a soixante-dix ans. »

Les aisselles de Piero Casati sont deux marécages bouillants, il sent les pulsations de ses pieds gonflés dans ses chaussures, sa tête éclate. Les quatre avions en provenance de Tripoli ont enfin atterri à Ciampino, même si c'est avec deux heures de retard. Il y a un an, Muammar Kadhafi était descendu d'avion portant un uniforme couvert de galons et de glands qui semblait sorti de l'armoire de Michael Jackson et sur lequel, à côté d'un kilo de médailles et de décorations, il avait épinglé une vieille photo bordée de rouge. Elle représentait un homme âgé, frêle barbu, enveloppé du drap blanc des Bédouins, qu'un détachement de soldats menait par deux longues chaînes attachées à ses poignets. C'était le héros de la résistance anticolonialiste, Omar al-Mokhtar, juste avant d'être pendu par le gouverneur de la Cyrénaïque, Rodolfo Graziani. Piero se rappelait bien cette image décolorée et incongrue sur la poitrine du colonel. Une ostentation théâtrale et déconcertante des fautes historiques bien réelles de ses amphitryons, juste au moment où il accomplissait sa première visite, non seulement en Italie, mais dans un pays occidental. Silvio Berlusconi s'était déjà fait remarquer dans de nombreux sommets internationaux pour son absence de dignité d'homme d'État – sur les portraits officiels avec les leaders planétaires, il avait l'air d'un lycéen sur une photo de classe –, mais personne ne pouvait l'accuser de manquer de repartie. Il avait donc improvisé, avec son inimitable sourire derrière la forêt de micros sur le tapis rouge devant l'avion, et s'était lancé dans un mea culpa impromptu sur le passé colonial italien que l'ami Kadhafi avait évoqué de façon aussi sympathique et originale.

Sans doute pour éviter une nouvelle provocation de ce genre, le Premier ministre n'est pas venu à l'aéroport aujourd'hui. Il a envoyé à sa place le ministre des Affaires étrangères et un sous-secrétaire : lui, Piero Casati. Mais cette fois-ci, le colonel apparaît à la porte de l'Airbus A340 vêtu d'une simple djellaba marron sous un manteau de la même couleur. Ses traits mous, presque ceux d'une femme, mais très laide et avec une barbiche et une moustache miteuses, se contractent en sourires qui se veulent aimables. Intention gâchée par ses lunettes de gangster, nécessaires pour protéger des pupilles dilatées par le viagra et la cocaïne.

Il est accompagné de deux gardes du corps, des femmes comme toujours. Elles ont des corps massifs moulés dans des treillis, des lèvres étrangement gonflées, un double menton. Elles cachent leur regard derrière des lunettes encore plus noires que leurs cheveux et identiques à celles de leur patron. Qui l'est dans tous les sens du terme, disent les gens bien informés. Dans les cercles diplomatiques, on raconte que les fameuses amazones du colonel font partie du vaste harem d'esclaves sexuelles qu'il choisit lui-même parmi les étudiantes libyennes, avec de sombres menaces contre les parents qui envisagent de s'y opposer, pour des pratiques telles que le *bunga bunga.* « Drôle d'expression, pense Piero, jamais entendue en Italie. » Il l'a entendue à Tripoli en accompagnant Berlusconi lors de sa première visite il y a deux ans, celle du fameux baisemain. L'ambassadeur italien en Libye lui avait expliqué qu'il s'agissait d'une pratique de groupe incluant le sexe anal, de très loin le préféré de Kadhafi.

Les trois autres avions de l'Afriqiyah ont été garés à bonne distance de celui du raïs. Il en sort une douzaine de malles contenant les tenues dont il aime changer fréquemment, sa grande tente bédouine, l'armada de fonctionnaires du régime libyen et des responsables de la sécurité, l'escadron de chevaux berbères avec leurs cavaliers qui se produiront le lendemain lors des fastueuses célébrations du deuxième anniversaire du Traité d'amitié, de partenariat et de coopération. Les demandes faites par l'entourage du colonel au service du protocole italien sont également spectaculaires : planter sa tente dans le jardin de la résidence officielle du ministre des Affaires étrangères, posant d'énormes problèmes de logistique, de sécurité et de décorum ; donner le lendemain de son arrivée une leçon privée – c'est-à-dire formellement interdite aux journalistes – sur l'islam à cinq cents jeunes filles nubiles et belles, pas une de plus, pas une de moins, majeures mais ne dépassant pas les vingt-cinq ans ; une limousine blanche pour tous ses déplacements.

Piero se considère comme un serviteur de l'État. Un homme

politique qui voit loin dans le seul l'intérêt qui compte, l'intérêt national. Il faut donc supporter le grotesque pervers de ces extravagances de rock star au nom de la Realpolitik. C'est-à-dire : côtes italiennes débarrassées des migrants et accès aux gisements de gaz de la Cyrénaïque, la terre ancestrale d'Omar al-Mokhtar. Gaz que Kadhafi, même s'il a exhibé sur sa poitrine le sacrifice du héros bédouin, est bien content, depuis toujours, de vendre aux descendants des occupants fascistes. Fort heureusement pour les gazinières et les chaudières italiennes.

Piero lève les yeux. Le tarmac est couvert de caméras des journaux télévisés et de zooms des photographes. L'œil noir d'un téléobjectif est pointé sur lui et il a l'impression d'être aspiré par ce cercle de verre froid et noir. Il frissonne malgré la forte chaleur et le visage d'Ilaria lui apparaît.

« Tu es la meilleure partie de moi-même », lui avait-il dit il y a très longtemps.

« C'est pour ça que tu me caches toujours », avait-elle répondu. À l'époque, Piero avait répliqué : « C'est plutôt toi qui me caches », mais maintenant il déplace la tête – à peine, juste ce qu'il faut pour interposer le plumet d'un gendarme de la Garde d'honneur entre lui et ce téléobjectif. « Je ne veux pas qu'elle me voie au journal télévisé à côté de cet homme. »

La cérémonie terminée, le cortège de voitures bleues et de motos de police fonce toutes sirènes hurlantes vers la première étape de la journée, l'ambassade de Libye. Rien ne le ralentit. Les rues de Rome sont complètement dégagées pour la limousine blanche aux vitres teintées qui dissimulent le profil du colonel. Pour protéger son trajet, des quartiers entiers ont été isolés par des barrages routiers derrière lesquels la circulation, contrainte à d'absurdes déviations, est pire qu'une rivière en crue : sortie de son lit, elle crée des tourbillons, noyant le moindre recoin et le moindre passage. Les Romains sont prisonniers d'un magma de tôles brûlantes, mais la complexe opération atteint son objectif : l'ami personnel de Silvio Berlusconi ne rencontre pas le moindre obstacle dans ses déplacements.

En revanche, pour aller de la fourrière chez son père, Ilaria met presque deux heures. Elle est entourée d'automobilistes exaspérés qui se lancent des insultes aussi futiles que rageuses. « Ah les Italiens ! pense Ilaria épuisée quand elle arrive enfin à se garer devant chez lui. On passe notre temps à se hurler dessus, mais on n'a jamais chassé un seul homme de pouvoir indigne à coups de révolution. »

Ils descendent du ciel, blancs et légers comme des flocons de neige, mais ils bêlent comme des moutons.
Ce sont des moutons.
Un coup de feu déchire le silence.
La laine de l'un d'entre eux se teinte de rouge. S'effondrant à terre, il me regarde dans les yeux.
Je crie : « Maman… ! »

Le vieil Attilio Profeti se réveille en pleurant sans savoir pourquoi. Peut-être à cause de la couche mouillée qui le gêne.

Une femme se tient devant lui et il sait qu'il l'aime. Il glisse une main dans la poche de son survêtement et en sort un bonbon. Il le lui tend.

« Tiens, mon trésor. »

Ilaria le prend avec un sourire. « Merci. » Tandis qu'elle l'extrait du papier, elle lui demande : « Papa, tu te souviens d'Abeba ? »

Attilio Profeti remet la main dans sa poche et demande avec empressement : « Tu en veux un autre ?

— Non, merci. Quand tu étais en Éthiopie.

— Éthiopie ?

— Oui. À ton époque, on disait Abyssinie. C'était une femme.

— Ah oui ? Et maintenant où est-elle ? demande-t-il avec un détachement poli.

— Elle est morte.

— Quel âge avait-elle quand elle est morte ?

— Je ne sais pas. Environ quatre-vingts ans, je suppose.

— Plus jeune que moi, alors.

— Beaucoup plus, oui. »

Attilio lève le poing, aspire triomphalement l'air entre ses dents. Ses yeux encore beaux se plissent de satisfaction.

Ilaria doit choisir entre l'amusement ou l'indignation. Elle préfère rire avec indulgence.

« Papa ! Ce n'est pas un concours. »

Attilio la regarde, abasourdi par tant d'ignorance. « Mais bien sûr que si. »

Quand elle sort de l'immeuble où vivent Anita et Attilio Profeti, Ilaria reste assise dans sa Panda, sans mettre le contact. Elle a la tête vide, comme chaque fois qu'elle va voir son père. Comme si un peu de sa démence pénétrait en elle. Une sorte de coton grisâtre obture son cerveau. Qui sait à quoi il pense toute la journée, assis sur sa chaise, comme un nouveau-né sans défense.

Elle prend son portable pour faciliter son retour dans le monde des adultes, le monde de ceux qui raisonnent et se souviennent des noms des personnes chères. Elle compose le numéro de Marella. Plusieurs sonneries sans réponse, mais elle sait que sa mère met toujours du temps à trouver son téléphone. Elle l'imagine fouillant dans un de ses énormes sacs pendant le crescendo de *Sweet Child O' Mine* – musique installée par un des enfants d'Emilio et qu'elle ne sait plus comment retirer. Comme prévu, au bout d'une dizaine de sonneries Marella répond. Elle a un ton exaspéré, bien naturel après avoir été harcelée par la voix de fausset d'Axl Rose.

« Voilà, voilà !

— Du calme, maman, c'est moi. Il faut que je te dise quelque chose.

— Qu'y a-t-il ?

— Il s'agit de papa.

— Il est mort ?

— Bien sûr que non ! Tu crois que je te le dirais comme ça ?

— Et comment tu devrais me le dire ? En sanglotant avec

désespoir ? Il a quatre-vingt-quinze ans, il n'a plus sa tête, ne me dis pas que tu ne t'y attends pas. »

Ilaria lève les yeux au ciel, seule dans sa Panda. « Ça va, maman, arrête. »

Mais Marella ne s'arrête pas. « Je ne trouverais rien à redire s'il mourait alors que je suis encore en pleine possession de mes moyens. Les hommes ont une espérance de vie plus courte que nous les femmes, et j'ai même huit ans de moins que lui. »

Ilaria hoche la tête en riant. « Tu es terrible…

— Mais non. Depuis des dizaines d'années on me prend pour une vieille, alors qu'on dit que c'est un homme mûr et qui plaît. Maintenant que la question de l'état civil a tourné en ma faveur, laisse-moi en profiter un peu. Que s'est-il passé ?

— J'ai découvert que… » Ilaria s'interrompt. Non. Pas comme ça. Tout en parlant, elle éprouve le besoin de regarder sa mère en face. « Écoute, je viens chez toi. J'arrive tout de suite, je ne suis pas loin. »

Mais elle met plus d'une demi-heure à cause de la circulation devenue infernale.

Quand sa mère lui ouvre la porte, elle ne la salue même pas. « Je suis soulagée que tu l'aies découvert toute seule.

— Eh bien, pas vraiment toute seule…, répond Ilaria encore sur le seuil.

— Tu ne sais pas combien de fois je me suis demandé si je devais te le dire. Mais je craignais de passer pour l'épouse abandonnée qui dit du mal de son ex-mari. De toute façon, j'étais sûre que tôt ou tard quelqu'un te le dirait. Tout le monde le savait.

— Tout le monde, c'est-à-dire ? demande Ilaria perplexe tandis que sa mère la fait entrer.

— Et tu as bien fait de ne pas en parler au téléphone, dit Marella en refermant la porte derrière elle. Ça remonte à trente ans, mais on ne sait jamais. »

À présent, Ilaria est carrément perdue. « Trente ans… ? Excuse-moi, mais de quoi tu parles ?

— Des pots-de-vin que touchait ton père.

— Des pots-de-vin ?

— Mais oui, des dessous-de-table, des bakchichs, appelle ça comme tu veux. »

Ilaria s'est tue. Mais Marella n'a pas remarqué son désarroi.

« Mais tu ne dois pas le juger sévèrement. À cette époque, tout le monde faisait la même chose. Et nous en avons tous profité. Même moi tu vois : s'il n'a pas fait d'histoires pour me laisser cet appartement au moment de notre divorce, c'est parce qu'il avait les autres, donc c'est très bien comme ça. Et il n'aurait jamais pu vous en acheter un chacun avec son salaire de directeur. Tu as sûrement dû te demander d'où lui venait tout cet argent. »

Ilaria éprouve le besoin de s'appuyer contre l'élégant canapé blanc.

« Et note bien que ton père n'était pas le plus avide, ni le pire. Je te l'ai dit, c'était un système. Dessous-de-table versés et encaissés. Casati les donnait pour obtenir les marchés et il les recevait des entreprises avec lesquelles il sous-traitait. Mais dis-moi, qui t'en a parlé ? »

Ilaria regarde fixement la trame couleur de terre du grand kilim au centre du séjour. Marella lui a dit qu'elle le lui laissera en héritage. C'est une des rares choses qu'elle aura après la mort de ses parents : Anita a fait mettre à son nom presque toutes les propriétés d'Attilio Profeti, Marella a vendu la nue-propriété de cette belle maison pour pouvoir vivre ses dernières années sans rien se refuser. C'est un tapis beaucoup trop grand pour le petit appartement d'Ilaria et elle s'est toujours demandé ce qu'elle en ferait. Voilà, maintenant elle le sait : elle l'offrira à Lavinia.

« En réalité, ce n'était pas ça dont je voulais te parler. »

Marella rentre le menton comme par réaction au recul d'une arme. « Ah bon ?

— Non. Je ne savais rien de tout ce que tu me dis là. »

Avec une soudaine prudence, Marella va s'asseoir sur le canapé à côté de sa fille. Elle la dévisage. « Et de quoi alors ? »

Ilaria pousse un profond soupir. Puis elle se met à parler.

Du jeune homme sur son palier. Qui lui a dit de qui il était le fils. Du fils africain qu'Attilio a eu à vingt ans, qu'il a abandonné et auquel il a survécu.

Quand elle a terminé, l'expression de sa mère ne laisse aucun doute : c'est la première fois qu'elle entend cette histoire. Elle vient aussi de découvrir que les omissions et les mensonges sur des vies secrètes, dont Attilio Profeti a rempli les trente années de leur mariage, avaient déjà commencé le jour de leur première rencontre.

Marella hausse les sourcils. Elle hoche la tête. Elle adresse à sa fille le même sourire qu'elle offre tous les matins à son miroir, pour oublier que ce n'est pas elle qui a décidé de vieillir seule. « Comme tu peux l'imaginer, je ne suis pas complètement stupide. Disons que ça fait partie du personnage. »

Ilaria acquiesce. « Il ne t'a jamais parlé de l'Éthiopie ?

— Je savais qu'il y était allé quand il était jeune. Mais il ne m'a jamais rien raconté. Nous nous sommes connus longtemps après. Il ne m'a parlé que de son ancien compagnon d'armes resté là-bas. Il s'appelait Carbone. Ils se sont écrit pendant des années, toutes les lettres venaient d'Addis-Abeba. Je crois que ton père l'a aidé, je ne sais pas bien comment. Il est venu nous voir un jour à Bénévent et m'a rempli la cuisine de vins et de fromages… » Elles restent assises côte à côte en silence pendant un moment. « Bon. Ton père a beaucoup de défauts, mais on ne peut pas dire que ce soit un homme ennuyeux et sans surprises. Comme ce jour, il y a des années, où j'ai trouvé à la Bibliothèque nationale cet article écrit pendant la guerre…

— Quand il était résistant ?

— Il n'a jamais été résistant.

— Comment ça ? Mais si, les fascistes ont failli le fusiller !

— Je le croyais aussi, dit Marella. C'est une des premières choses qu'il m'ait dites quand nous nous sommes connus.

— Et ce n'est pas vrai ? Mon Dieu… J'ai encore autre chose à apprendre ? » Ilaria le dit avec une expression de fausse terreur, mais le trouble qu'elle ressent est bien réel. Marella lui lance un regard protecteur auquel Ilaria n'est pas habituée, puis elle lui donne une petite tape sur la cuisse.

« Allez, assez de révélations brûlantes pour aujourd'hui. Et puis, je te l'ai dit, je préfère que ce ne soit pas moi qui te raconte certaines choses. Va à la bibliothèque si tu en as envie. Cherche le nom de ton père dans le fichier papier et tu le trouveras tout de suite. C'est très facile. Il suffit de le chercher. »

Même les goélands de Rome, qui n'ont peur de rien et brutalisent sans arrêt les corneilles et les pigeons, semblent intimidés aujourd'hui. Toute la journée, les rotors des hélicoptères ont envahi l'espace sonore de leur ciel.

Le jeune homme déteste ce bruit de guerre. Il lui fait penser à des élections truquées, à des milices qui tirent sur des manifestants sans défense. Au sang sur l'asphalte de sa ville. À un homme à plat ventre, les chevilles et les poings attachés pendant des jours au soleil dans une île au milieu de la mer Rouge. *Hélicoptère.*

« Frère de carreau, Tesfalem mon ami, je te souhaite de tout mon cœur d'être déjà mort. »

Attilio est devant l'ordinateur. Qui sait quand il pourra retourner sur la *Chance*, autant avancer dans son travail de classement. Il est en train de mettre de l'ordre dans les photos de son disque dur : la nageoire caudale toute rongée d'un vieux cachalot, le petit geyser au milieu de la mer plate soufflé par un rorqual, des dauphins qui sautent à la surface de l'eau dans une aube hivernale.

« Moi, je les ai vus », dit le jeune homme.

Attilio se retourne brusquement et le voit juste derrière lui. Il s'est approché en silence. Il n'aime pas ça.

« Tu as vu qui ?

— Ceux-là. » Le jeune homme désigne l'écran.

« En Éthiopie, il y a des dauphins ? »

Si le jeune homme a remarqué le sarcasme d'Attilio, il ne le montre pas.

« En Éthiopie, il n'y a pas la mer, répond-il. Attends. »

Il fouille dans sa poche et en sort un vieux portable. La coque en plastique est à moitié écaillée et les touches sont tellement usées qu'on distingue à peine les chiffres. Il date d'une époque antérieure à l'invention de l'écran tactile et on est encore en contact avec la matière : la pression du doigt enfonce les touches sur le corps dur du portable, produisant un cliquetis d'engrenage. Après quelques manipulations, il tourne le petit écran vers Attilio. Avec un son confus – cris, clapotis de vagues, vent déformé – apparaît une étendue d'eau. Malgré la mauvaise résolution, Attilio distingue la silhouette d'un dauphin. Il saute gaiement sur la surface ensoleillée de la mer, fait une cabriole, replonge au milieu des éclaboussements. Au tout premier plan, on entrevoit le bord d'une embarcation.

« Lui, il nous a sauvés », dit le jeune homme.

Attilio le regarde, l'air interrogatif. « Lui qui ?

— Le dauphin. Il nous a guidés. Nous ne savions plus où aller, les instruments étaient tous cassés. »

Le cadrage se déplace dans le petit écran et on voit maintenant une masse indistincte de petits points noirs. Attilio met un moment à comprendre que ce sont des têtes humaines. Hommes, femmes, enfants. Entassés sur le pont d'une embarcation délabrée, presque pas de place pour respirer.

Instinctivement, Attilio fait quelques rapides calculs. Cette coque ne semble pas beaucoup plus longue que sa *Chance* et elle fait le double de largeur environ. Serrées en un tas compact comme une cargaison payée au volume, et c'est bien le cas, il estime que ce petit bateau contient à peu près une centaine de personnes.

« Combien de jours avez-vous dérivé ?

— Je ne sais pas. C'était difficile de compter. »

Attilio regarde le jeune homme, il ne sait pas quoi dire.

Dans les années quatre-vingt, lorsque les immeubles de l'Esquilin s'écroulaient parce qu'on construisait le métro et que les maisons se vendaient pour une bouchée de pain, Attilio Profeti ne fut pas le seul à saisir l'occasion, d'autres investisseurs malins en profitèrent aussi. Dans les dix ans qui suivirent, avec l'arrivée de tous ces immigrés qui devaient bien dormir quelque part, certains flairèrent la bonne affaire. Les propriétaires se mirent à louer leurs appartements à des prête-noms, presque toujours des Italiens, qui les sous-louaient au nombre croissant de marchands ambulants du Bangladesh qui affluaient en ville. Chacun d'eux payait une somme modique, mais on pouvait la multiplier par les huit ou dix lits de chaque pièce, voire par deux ou carrément trois roulements toutes les vingt-quatre heures. Certains commencèrent à se faire pas mal d'argent sur ces pauvres corps fatigués.

En ce moment, deux des nombreux Bangladais qui logent dans le dortoir illégal au premier étage, celui qui répand dans la cour les odeurs d'ail les plus horribles, sont en train de lui tenir la porte d'entrée. Ilaria n'a jamais compris combien ils étaient exactement, dans tous les lits superposés ; elle imagine seulement que ces pièces sont en infraction avec les règles d'hygiène et d'habitabilité. Mais, quand ils la croisent, ils sont toujours très gentils, et même empressés. Il y a quelque temps, lorsqu'elle s'est cassé la cheville, ils lui proposaient toujours de porter ses sacs jusqu'au sixième étage ; ils l'attendaient à chaque palier, l'encourageaient, comme un cycliste du Tour d'Italie à un col des Dolomites, pendant qu'elle montait péniblement les marches avec ses béquilles. Mais l'incessant va-et-vient de nouveaux visages dans cet appartement n'a jamais permis à Ilaria d'apprendre leurs noms. Le matin, ils travaillent presque tous au noir au marché des maraîchers, le reste de la journée, ils vendent des parapluies dans les rues de la ville. Ilaria a appris qu'ils sont plus fiables que les prévisions météo : même s'il fait soleil, s'ils sortent avec leurs tas de parapluies, cela veut dire qu'il tombera bientôt une averse sur Rome.

Quand ils reviennent trempés après des heures passées sur les trottoirs, des rangées de chaussures mises à sécher font leur apparition sur le rebord des fenêtres au premier étage.

Ilaria remercie les deux Bangladais et passe la porte. « Comment font-ils pour vivre cet été avec cette sécheresse, se demande-t-elle. On ne voit pas un nuage depuis des semaines. »

Muammar Kadhafi voulait manger une glace. C'est ce qu'il a dit aux journalistes qui l'ont pris d'assaut, fendant le mur de muscles de l'escorte policière au milieu des allées et venues des gens qui profitaient de la fraîcheur du soir. Il avait renoncé aux manteaux de Bédouins ou aux uniformes militaires avec photos de héros de la résistance anti-italienne. Pour lécher son cornet (parfums : mangue, citron et chocolat) et se promener comme un quelconque touriste dans la nuit romaine, il portait une chemise à fleurs. Derrière la piazza Navona, il a acheté pour trois cents euros de bijoux fantaisie à un vendeur ambulant tunisien.

Ilaria regarde le reportage sur le colonel, dans une version inédite de *Vacances romaines*, pendant qu'elle termine le turbot au four préparé par Attilio. Il l'a acheté chez les Rosci, la famille aux cheveux roux – père, mère et enfants – qui possède le seul étal de poissons auquel il se fie au marché de l'Esquilin. Il a invité Ilaria à dîner quand il l'a entendue monter l'escalier et elle a accepté volontiers, après une journée au milieu des pare-chocs bouillants et des fumées de pots d'échappement. Et puis, elle a été heureuse de voir son frère qui épluchait des pommes de terre avec le jeune homme, dans un silence reposant, presque familier. Comme si Attilio s'habituait peu à peu à la présence de ce soi-disant parent, arrivé de si loin.

La conférence de presse commune de Kadhafi et Berlusconi s'est déroulée l'après-midi et le reportage en retransmet un extrait. Le Premier ministre, bombant le torse devant les drapeaux italien et libyen, qualifie son hôte d'homme de grande sagesse, son ami et leader de poids mondial pour lequel il nourrit une profonde estime. Après une courte pause due à la traduction simultanée, le colonel porte la main droite à son cœur pour le remercier de ses aimables propos. Pour cette première conférence de presse, il a choisi une djellaba noire à liserés dorés du plus bel effet. Puis il se lance dans un discours qui n'était pas prévu et qui prend Berlusconi au dépourvu, à en juger par son expression. La voix atone du traducteur explique que les peuples européens courent le grand risque de devenir noirs (ce sont ses propres paroles) à cause de l'invasion des clandestins, que lui seul pourra arrêter. Et si lui n'était pas là, il faudrait qu'ils trouvent quelqu'un d'autre. Quand il termine son très long discours, il est clair que Berlusconi n'a pas l'intention de laisser le dernier mot à son hôte : il clôt la conférence de presse en déclarant que le travail de protection des frontières européennes de la part du grand leader libyen est digne de la plus profonde gratitude d'un continent tout entier – l'Europe. S'ensuit une poignée de main entre les deux dirigeants immortalisée par les photographes.

« Comme il est sérieux aujourd'hui, dit Attilio en désignant Berlusconi. Il ne rit pas, ne raconte pas de blagues, ne fait pas les cornes. »

En effet, même dans le reportage sur la visite de l'exposition de photos à l'ambassade libyenne, les fameuses dents très blanches dégainées par le Premier ministre dans les rencontres avec les grands de ce monde, de Poutine à Obama, n'ont jamais étincelé.

« C'est vrai, dit Ilaria. Il n'est pas dans son assiette. Comme s'il n'avait pas assez dormi.

— Lui, ce n'est pas un homme, dit le jeune garçon. C'est un diable. »

C'est la première fois qu'il parle depuis qu'ils se sont mis à table. Attilio et Ilaria se tournent vers lui, presque étonnés par le son de sa voix.

« Mon Dieu, dit-elle en haussant les sourcils. Je considère Berlusconi comme une calamité, mais un diable carrément…

— Tu sais qu'il parle de Kadhafi », dit Attilio.

Après le dîner, Ilaria traverse le palier et tourne la clé dans la serrure. Elle n'est pas retournée chez elle depuis que Lavinia est venue la chercher ce matin. Elle s'aperçoit qu'elle est très fatiguée. Elle est sur le point d'entrer mais s'arrête sur le seuil. De là, ni dedans ni dehors, elle regarde son petit appartement comme pour la première fois.

La clarté rougeâtre de la ville filtre par les fenêtres comme de la gelée, et les objets ont des contours estompés. Le fauteuil aux coussins colorés qui deviennent dans la pénombre des taches plus ou moins sombres ; la table en bois, héritée des grands-parents de Lugo qu'Ilaria n'a jamais connus, trop encombrante pour ces espaces de célibataires ; le lustre en céramique et fer forgé acheté à Porta Portese ; la bibliothèque, lieu d'une lutte perpétuelle contre l'entropie qui tend à bouleverser l'ordre alphabétique par auteur. Et puis, le mur qui sépare le séjour de la chambre à coucher, le coin bureau sous la fenêtre où elle corrige les devoirs tandis que les pigeons roucoulent sur la corniche, la porte entrouverte de la salle de bains où elle a réussi à faire tenir une petite baignoire. Dans laquelle elle se plonge certains soirs d'hiver, quand la vie qu'elle n'a pas bâtie avec Piero lui manque le plus.

Ilaria a grandi dans une famille que tout le monde qualifierait d'aisée. Pourtant, on aurait du mal à distinguer son style de vie, sans parler de son budget mensuel, de celui d'une personne née avec beaucoup moins de moyens. La trajectoire de sa famille témoigne de la mobilité sociale, dans les deux directions, du dernier siècle de l'histoire italienne : le grand-père Ernani chef de gare, la petite-fille Ilaria professeur de collège, au milieu l'éblouissante parabole d'Attilio Profeti. De fonctionnaires à nantis et retour en arrière, en l'espace de trois générations. Ilaria n'a pas d'enfants, mais si elle en avait ils risqueraient gros : la génération suivante est en train de tomber encore plus bas peut-être que là où a commencé l'ascension de leurs grands-parents. Pour une enseignante du secondaire qui vit seule ou, comme elle le sera dans quelques années, pour une retraitée – à condition que les retraites existent encore quand elle y arrivera –, cet appartement est un rempart. Celui qui protège une vie qu'on pourrait dire décente de l'eau en crue de la pauvreté ; celle qui, lorsqu'elle rompt ses digues, monte, monte et ne redescend plus.

« Tu as sûrement dû te demander toi aussi d'où lui venait tout cet argent », lui a dit Marella. Non, Ilaria ne se l'est jamais demandé – c'est la vérité. Et ces soixante mètres carrés sur la colline la plus haute de Rome, elle les a pris et c'est tout. Elle les a acceptés comme une des nombreuses choses que son père sortait depuis toujours de ses poches pour elle : des chèques, de la monnaie, des bonbons, des appartements sur l'Esquilin.

À partir d'aujourd'hui, Ilaria sait qu'après une vie où elle s'est sentie intègre et honnête dans ses propres choix, elle aussi a empoché des pots-de-vin. Et elle y habite depuis plus de vingt ans. Si elle ne l'a compris que maintenant, c'est qu'elle ne s'était jamais posé la question jusqu'à présent.

« Celui qui ne veut pas savoir la vérité est complice et il me dégoûte. » Elle n'imaginait pas que cette phrase dite à seize ans la concernerait un jour. La petite Robespierre, si sûre de la frontière entre le vrai et le faux, ne savait pas encore ce qu'elle comprend maintenant. Le parfum du privilège est comme la sale odeur de la pauvreté : on a beau se laver les mains, il ne partira jamais.

6

Attilio sortit de l'avion et l'air du haut plateau pénétra ses narines. Une poussière sèche, une fumée d'eucalyptus : l'odeur d'Addis-Abeba effaça en un instant quarante-cinq ans de sa vie. Immobile en haut de la passerelle, il inhala sa jeunesse. Derrière lui, les passagers, que l'insomnie de leur nuit de vol avait rendus grognons, commencèrent à protester. Mais il restait immobile et ébahi, indifférent au froid glacial qui griffait sa peau. Il lui semblait qu'il ne s'était écoulé qu'un court moment de distraction depuis sa dernière nuit abyssinienne et non pas presque un demi-siècle. Le soleil montait si vite sur l'horizon qu'il imagina en sentir la vibration ; à l'ouest s'enfonçait la même lune évanescente et énorme que lorsqu'il avait vingt ans. Il en avait à présent soixante-dix, on était en 1985, et pourtant tout était identique. Tout était présent.

Pour une fois, la délégation italienne n'était pas très fournie. Les représentants de la coopération internationale – entrepreneurs, membres du gouvernement, factotums comme Attilio – étaient en petit nombre et privés de l'habituel cortège des accompagnatrices. Femmes, fiancées et jeunes assistantes plantureuses n'avaient aucun intérêt à visiter un pays sans débouché sur la mer où sévissait la famine. Une fois la mission terminée, elles rejoindraient leurs hommes sur les plages du Kenya, restant à distance de cette terre de misère. Attilio aussi était seul comme les autres, et d'ailleurs, il n'emmenait jamais avec lui ni Anita ni Marella : pendant des années, les voyages de travail avaient été les seules vacances de sa vie fatigante de bigame. Lorsqu'il était en déplacement, il n'était pas obligé de faire un décompte minutieux de ses journées entre les exigences de ses deux familles, épouses et maisons coexistantes. Et cela faisait du plus inconfortable voyage, dans le pays subtropical le plus sinistré, une oasis de repos mental comparé à son existence à Rome.

Sur le trajet entre l'aéroport et le centre-ville, Attilio ne détacha pas un instant les yeux de la fenêtre. La voilà, la procession habituelle de silhouettes maigres qui marchent, des vieux au dos bien droit, des enfants renfrognés par le sommeil. Mais à présent, la famine avait changé le flux de ceux qui se dirigeaient vers la ville en un fleuve en crue, une file ininterrompue des deux côtés de la route. C'étaient des familles entières en mouvement, des femmes avec des ballots sur la tête, des hommes auxquels la faim avait tout pris sauf leur autorité de chef de famille. À deux mille mètres, ils se protégeaient du froid résiduel de la nuit avec des châles, des couvertures, des voiles, des chiffons, des serviettes de bain – et ils marchaient. Ils marchaient tous.

Ils n'ont jamais cessé de marcher depuis que je suis parti.

Sur Bole Road, ils croisèrent de nombreux camions sans bâche. Des têtes de très jeunes garçons aux yeux écarquillés, en route pour la guerre contre l'Érythrée, se cognaient sous l'effet des cahots sur l'asphalte troué. Les voitures privées étaient rares et dans des états de décrépitude variés : de vieilles coccinelles Volkswagen, des Fiat 500 aux capotes lacérées et même une antique Fiat Belvedere avec son habillage en bois. Seuls les délégations diplomatiques et les organismes internationaux avaient le droit d'importer des véhicules neufs, comme les trois Alfa Romeo Giulietta avec lesquelles l'ambassadeur italien les avait accueillis. Ils croisaient parfois une Toyota kaki qui filait, indifférente à tout obstacle, certaine que ceux qui se trouveraient sur sa trajectoire déguerpiraient en vitesse. Et en effet, les passants s'écartaient en détournant les yeux de l'habitacle – personne ne tenait à croiser le regard d'un officier de police en mission. Mais les voitures qui inspiraient la plus grande terreur n'avaient pas de couleurs militaires ni aucun signe de corps spéciaux, elles ressemblaient un peu moins à des épaves que celles des particuliers, elles étaient un peu moins luxueuses que celles des étrangers et se distinguaient uniquement par une absence de plaque d'immatriculation. C'étaient les voitures des agents en civil du Derg. À l'intérieur se trouvaient les hommes qui avaient appris de la Stasi, en Allemagne de l'Est, les techniques d'une honorable tradition allemande à base d'électrodes, de cigarettes allumées et de tenailles, sans parler d'autres plus conformes à la culture éthiopienne comme le *wofelala* – le « gazouillis du fouet » sur l'anus et les testicules du prisonnier ligoté. Quand ils passaient, les gens se jetaient sur le bas-côté avec tant de précipitation qu'ils atterrissaient dans les canaux des égouts à ciel ouvert.

Malgré l'heure matinale, Attilio ne vit pas de corps gisant sur le bord de la route, les femmes avec un gros couteau dans le vagin, les hommes avec les boyaux sur la figure. Il y a quelques années encore, chaque nouvelle journée commençait ainsi à Addis-Abeba, avec la chair martyrisée des opposants laissée bien en vue aux carrefours les plus fréquentés : Arat Kilo, Sidist Kilo, Meskel Square. C'étaient des images composées avec le même soin que des affiches publicitaires, des synthèses graphiques de la volonté du régime d'écraser toute dissidence, dignes des directeurs artistiques les plus chevronnés. Mais à présent que la faim avait tué presque un enfant sur deux et un adulte sur quatre dans la région centrale du pays, sans parler de l'interminable guerre contre l'Érythrée qui était en grande partie la cause de cette famine, on ne voyait plus de cadavres à l'aube. Le général Mengistu Hailé Mariam estimait sans doute que la comptabilité quotidienne de la mort était désormais équilibrée, même sans ses interventions ultérieures. Il ne tenait sûrement pas à faire mauvaise impression sur les donateurs internationaux accourus pour lutter contre la famine. Et une enfilade de cadavres le long de la route de l'aéroport n'est pas le meilleur signe de bienvenue pour les riches coopérants occidentaux.

On les conduisit à l'hôtel Hilton. Il était identique à ses homologues de Disney World, Tokyo et Rio. Tel un monument à l'homologation planétaire nord-américaine, il se dressait sur la colline qui montait vers le vieux palais impérial de Ménélik. De sa chambre au dixième étage, Attilio pouvait voir le nuage de poussière qui s'élevait de Meskel Square. Le double vitrage atténuait les bruits de la ville, même la faible circulation de l'avenue Ménélik-II sur laquelle donnait le portail de l'hôtel. Du pâté de maisons voisin se détachait le grand bâtiment semi-circulaire de l'Africa Hall par lequel, dans les années soixante, Hailé Sélassié avait voulu illustrer l'orgueil éthiopien, le seul peuple africain qui avait toujours repoussé les colonisateurs européens. Faisant preuve d'une remarquable tolérance et d'un sens de l'ironie de l'histoire, il en avait confié la réalisation à un architecte italien. De l'autre côté de l'avenue se trouvait l'énorme parc du Jubilee Palace, la dernière résidence du négus. À travers le feuillage gris des eucalyptus, Attilio entrevoyait ses colonnes néoclassiques. Pour le reste, ainsi vue d'en haut, Addis-Abeba lui semblait être la même ville-forêt qu'il avait quittée bien des années plus tôt ; un amalgame de bâtiments bas aux murs enduits de boue disséminés dans la verdure.

Il s'était donné du mal pour réussir à faire partie de la délégation. Il n'était ni ingénieur, ni comptable, ni un homme du ministère : Casati ne comprenait pas pourquoi Attilio tenait tant à aller en Éthiopie. Évidemment, Attilio ne lui en donna pas la véritable raison. Pour persuader Casati de l'emmener, il se servit du même argument que lors de son embauche : il avait de la chance, autrement dit beaucoup de cul. La délégation italienne pouvait en avoir grand besoin, lui dit-il, dans les négociations avec un régime qui avait exterminé un nombre incalculable d'opposants. Casati fut convaincu et Attilio partit.

« Addis », murmura Attilio en observant la ville d'en haut, le visage à quelques centimètres de la grande fenêtre. Un léger halo de buée se forma un instant sur la vitre glacée par l'air conditionné.

Qui sait où était la prison dans laquelle son fils était enfermé, au milieu de ces maisons aux toits de tôle, de ces affreux bâtiments en ciment à peine construits et déjà délabrés, de ces bosquets de yuccas et de ces palais impériaux.

« Abeba. »

Les deux labiales, explosives même dans son murmure, lui apportèrent une certaine consolation. Mais il ne tourna pas les yeux à l'ouest, en direction de Lideta.

Après sa douche, Attilio descendit au rez-de-chaussée. Il alla rejoindre les autres délégations officielles étrangères, les coopérants, les indics, les espions du régime, les putains aux mains fuselées, et surtout, les nombreux journalistes excités à l'idée de décrire une plaie ancestrale comme la famine (« au xxe siècle ! »). Ils prenaient leur petit-déjeuner au bord de la piscine, dans le jardin ombragé par les jacarandas, les palmiers et les faux bananiers. À l'américaine ou continental.

La faim en Éthiopie avait mis au centre du monde un pays dont beaucoup ignoraient l'emplacement, voire l'existence encore quelques mois plus tôt. Les plus célèbres photographes accouraient pour immortaliser de leurs clichés tragiques, mais à la composition parfaite, l'énormité de la catastrophe : des enfants mourants, déshydratés comme des rameaux secs, des mères aux seins vides et aux yeux éteints, des troupeaux squelettiques qui avançaient dans des nuages de poussière. On y voyait aussi des silhouettes à la tête baissée, enveloppées dans des voiles comme des statues néoclassiques, et des cadavres nus dont les os et les tendons ressortaient avec la précision d'esquisses anatomiques de la Renaissance. Ces images inspiraient une pitié symbolique, esthétique et résolument exceptionnelle. Les spectateurs auxquels elles s'adressaient en étaient à la fois horrifiés et rassurés : cette misère absolue était manifestement étrangère à leur existence. L'altérité représentée sur ces photos niait toute parenté humaine possible entre sujets et spectateurs. Épargnant ainsi à ces derniers le terrible abîme de la véritable empathie.

Et pourtant, comme le savaient bien les responsables des centres d'aide alimentaire d'urgence, il y avait autre chose qui se passait aussi dans cette famine. Pour chaque enfant mourant dans les bras de sa mère épuisée, il y en avait dix qui, malgré leur ventre gonflé de vers, s'entêtaient à donner des coups de pied dans une balle de chiffons. Pour chaque corps abandonné aux vautours, il y avait des centaines de personnes alignées en rangs qui attendaient leur ration alimentaire. Pour chaque paysan qui avait fini par faire la queue, il y en avait beaucoup plus qui allaient chasser du gibier, qui cherchaient du travail à la pièce, qui déménageaient chez des parents dans des régions moins frappées par la sécheresse, c'est-à-dire qui tentaient de nourrir leur famille avec leurs propres ressources physiques et intellectuelles. Mais les photographes et les caméramans ne pointaient jamais leurs objectifs sur ces scènes de résistance et d'ingéniosité. Ils choisissaient toujours uniquement celles qui montraient les Éthiopiens comme des victimes passives et inertes, manquant de tout et surtout de volonté. Les journaux télévisés du monde entier répétaient la formule : « Un million de morts. » Un anthropologue objecta que le chiffre réel – de l'ordre de centaines de milliers – était déjà suffisamment atroce ; l'arrondir de façon aussi théâtrale témoignait d'une boulimie d'émotions fortes plus que de respect envers les victimes. On l'accusa de manquer de compassion. Bien peu expliquaient que si la faim sévissait justement dans le Choa et le Wollo, foyers de résistance au Derg depuis toujours, ce n'était pas une malheureuse coïncidence ; c'est-à-dire que l'enchaînement guerre-famine-épidémie ne concernait pas seulement le XVIIe siècle lombard de Manzoni, mais aussi, aujourd'hui, la guerre fratricide entre l'Éthiopie et l'Érythrée. Bien peu se demandaient quelles étaient les industries occidentales qui fournissaient les armes pour cette guerre. Mais l'épopée tragique de ce récit médiatique aurait été perturbée par ces contenus politiques, trop prosaïques car humains et inscrits dans l'histoire. On préférait parler de l'Éthiopie comme d'un pays frappé par une grandiose et irréductible apocalypse naturelle – « biblique » était l'adjectif le plus utilisé. Entre-temps, les rock stars vendaient des millions de billets pour leurs concerts de bienfaisance.

Le bâtiment de banlieue où le Derg accueillait les missions étrangères était aussi vaste qu'un hangar, froid et humide comme un bunker antiaérien, vide comme les étagères d'un magasin soviétique – bref il était à juste titre réal-socialiste. Il rappelait à Attilio l'Atelier des grandes réparations de la gare de Bologne, où son père Ernani l'avait emmené avec son frère quand ils étaient enfants pour admirer le fonctionnement d'un grand nœud ferroviaire. Otello avait été fasciné par cet immense local aux fenêtres profilées en fer qui retentissait de l'écho des fraises, des marteaux, des soudeuses et des pistons, cacophonie dans laquelle les voix humaines coulaient comme des pierres dans un creuset de métal en fusion. En revanche, Attilio avait éprouvé un fort sentiment de malaise. Cela lui arrivait immanquablement dans les lieux imposants et impersonnels qui réfutaient sa certitude – inconsciente mais non moins ferme – d'être la mesure de toute chose. C'est ce qui se produisait maintenant, dans cette gigantesque salle nue et sans charme.

« Nous sommes en train de lancer une réforme agraire centrée sur la villagisation et la concentration de la population dans les régions les plus fertiles et productives du pays, selon des systèmes articulés de type collectiviste et redistributif… »

Sur l'estrade, les ministres du Derg égrenaient le rosaire de l'idéologie utilisant des abstractions de communiqué officiel, mais la délégation italienne était là pour quelque chose de très concret. Il s'agissait d'un ensemble de marchés pour une valeur de plusieurs centaines de milliards de lires : la construction de toutes les infrastructures nécessaires au transfert de centaines de milliers de personnes des hauts plateaux du Wollo et du Choa, désormais secs comme des genoux de vieux, vers les terres fertiles à l'ouest. C'était un projet grandiose, un contrat énorme. Il comprenait des dizaines de milliers d'unités d'habitation, des écoles, des routes, des puits, des canalisations ; l'approvisionnement de tout le matériel agricole, les machines, les semences et les engrais nécessaires à la conversion à l'agriculture moderne de zones cultivées selon des méthodes ancestrales ; un réseau diffus de mini-cliniques dans chaque village ; enfin, fleuron de la Coopération italienne, un grand hôpital doté de tous les services essentiels et des outils diagnostiques et cliniques les plus modernes avec des services de médecine générale, chirurgie, obstétrique, radiologie et un laboratoire d'analyses.

Le ministre du Travail et des Affaires sociales, Berhanu Bayeh, un des cinq hommes les plus puissants d'Éthiopie, était en train de détailler le projet. Quelques mois plus tôt, dans une réunion similaire mais avec les Américains, le ministre avait hurlé, levé les mains au ciel et accusé les États-Unis de provoquer la faim en Éthiopie : c'était l'absence d'aide de leur part qui était selon lui la véritable cause de la tragédie. Les donateurs de Washington, qui étaient là pour trouver un accord sur la distribution de plusieurs milliers de tonnes de nourriture, ne l'avaient pas bien pris. Mais aujourd'hui, le ministre adressait aux hôtes italiens des paroles d'amitié, d'estime et de collaboration.

Quand ce fut leur tour, Edoardo Casati monta sur l'estrade. Impeccable dans son costume en laine froide, sans la moindre trace de fatigue après ce voyage d'un continent à l'autre, ni aucun essoufflement dû à l'altitude. Il prononça des paroles éloquentes qui affichaient une haute vision sur le rôle de l'Italie envers ces pays comme l'Éthiopie qui avaient un si grand besoin d'aide.

« Le monde entier regarde avec admiration le projet qui nous réunit ici afin de le rendre opérationnel. La présence italienne portera à terme des structures logistiques efficaces et importantes qui permettront un saut de qualité dans l'existence des populations réinstallées. » C'était un discours copié mot pour mot dans le rapport qu'il avait joint à la demande de participation économique de l'État. Mais, pour ne pas blesser les maîtres des lieux, il avait sauté le paragraphe suivant : « Il constituera également un point de référence important sur le plan sociopolitique pour un pays dont la population a besoin d'aides incessantes, d'assistance de toute nature et de toute forme de protection, qu'elle soit physique, psychique ou morale. »

Tandis que les délégués prononçaient leurs discours, Attilio regardait autour de lui, bougeant seulement les yeux pour ne pas se faire remarquer. Il dévisageait les gens dans la salle. Qui pouvait l'aider parmi tous ces hommes aux tenues militaires de grades différents ? Cet officier avec les ailes de l'armée de l'air et des lunettes trop grandes sur un visage sans menton ? Ce ministre d'on ne sait quoi qui n'avait pas cessé une minute de prendre des notes, tenant sa feuille tout près de ses gros yeux de myope ? Le puissant ministre qui manifestait aux Italiens une déférence qu'il avait refusée aux Américains ? Attilio ne pourrait libérer son fils que s'il identifiait celui qui le retenait prisonnier, mais il ignorait les rapports existant entre ces potentats. Qui était uni à qui dans des coalitions et des alliances, quels officiers étaient des ennemis jurés ? Il ne savait à qui s'adresser, ni comment procéder. Une proposition trop explicite de corruption aurait pu lui attirer de graves ennuis. Il savait seulement que personne ne devait connaître l'existence de son fils éthiopien en Italie et qu'il ne pouvait donc demander de l'aide à aucun membre de la délégation, encore moins à Casati ; et que la moindre erreur pourrait lui être fatale.

« Vous seuls avez créé le ministère de la Lutte contre la faim », murmura une voix à son oreille.

Attilio se retourna, surpris. L'homme assis à côté de lui sur les chaises de torture en métal avait un front dégarni, un pantalon kaki de militaire et une veste en toile au col pointu qui semblait sortie d'un catalogue Postalmarket[1] vieux de dix ans. Il lui souriait, l'air amical.

1. Catalogue de vente par correspondance publié de 1950 à 2015.

« Aucun autre n'a le même, poursuivit-il sur un ton approbateur. Pas même en Amérique. » Il parlait bien l'italien, intervertissant seulement quelques accents.

Ministère de la Lutte contre la faim ? Sur l'estrade, Casati dressait la liste des données et des chiffres de l'opération. Attilio sourit avec la modestie de celui qui reçoit un compliment qu'il sait mérité, mais en réalité il ne voyait pas de quoi il parlait. Ce n'est qu'au bout d'un moment qu'il comprit : l'homme se référait à la nouvelle loi sur la coopération internationale approuvée récemment par le Parlement italien. Une loi qui mettait directement dans les mains d'entreprises comme celle d'Edoardo Casati des centaines de milliards d'argent public pour réaliser de grandes œuvres dans ce qu'on appelait le tiers-monde. Telle que celle-ci.

Tandis que les orateurs se succédaient sur l'estrade, l'homme lui raconta en chuchotant que son père lui avait toujours parlé avec nostalgie de l'officier de Lodi dont il avait été l'aide de camp dans sa jeunesse. « Il lui donnait une savonnette neuve toutes les semaines ! » C'est lui qui avait enseigné à son fils la langue de ceux qu'il regrettait non pas comme occupants mais comme protecteurs des abus de l'aristocratie. Maintenant qu'il était membre du cabinet du Derg, ce bon souvenir paternel des Italiens s'était confirmé. « Merci de ce que vous faites pour nous », conclut-il en lui tendant la main.

Attilio la serra en haussant légèrement les épaules avec la modestie des bienfaiteurs. « Nous, les Italiens, nous sommes comme ça », répondit-il. L'écho de ses paroles les enveloppa comme un tégument de sons, puis il se perdit dans l'étendue de la salle.

Le choix de ce bâtiment dépouillé pour accueillir les délégations avait un but : montrer au peuple la haine profonde que le général Mengistu Hailé Mariam nourrissait pour la pompe décadente du négus et des féodaux – mot qui à l'époque du Derg résumait tout les maux de la terre – qui asservissaient depuis des siècles les paysans pauvres comme ses parents. On avait donné au peuple l'autorisation d'éliminer tous les féodaux soupçonnés de dissidence : on avait distribué des fusils et des mitraillettes dans chaque *kebelé*[1]. Ouvriers, paysans, jeunes mères les avaient reçus en baisant le canon froid en acier du même geste de soumission sacrée avec lequel ils avaient posé les lèvres sur la croix à l'église, quelque temps plus tôt. « Un singe en habit de soie reste toujours un singe » : c'est ainsi que l'empereur déchu s'était moqué de la peau noire d'esclave de cet officier inconnu quand, quelques mois après le putsch, il avait éliminé tous ses adversaires et pris le pouvoir. Mais Mengistu, qui avait fait de ses humbles origines sociales un motif d'orgueil et de propagande, ne s'était pas vexé d'être comparé à un primate. Ce qu'il ne tolérait pas, c'était qu'on insinue que lui aussi, comme n'importe quel féodal, s'intéressait à la soie.

Et pourtant, comme Attilio et le reste de la délégation italienne le découvrirent rapidement, ce grand hangar gris de banlieue n'était en réalité qu'un siège de façade. Les vraies négociations, les discussions sur les pourcentages à soustraire des comptabilités officielles des marchés et à transférer sur des comptes suisses, et sur la manière et dans quelle mesure ces pots-de-vin seraient distribués, se déroulaient ailleurs.

Escortés par ces voitures sans plaques d'immatriculation qui effrayaient tant les passants, les membres de la délégation furent emmenés de ce bâtiment jusqu'à l'avenue Ménélik-II. Arrivés devant le portail du Hilton, Attilio se prépara au rite exténuant du *fetashà*, déjà subi à l'arrivée : la perquisition des personnes et des véhicules qui, selon l'humeur des gardes, pouvait durer une demi-heure. Mais la caravane ne s'engagea pas dans la montée de l'hôtel, elle tourna au contraire à gauche, traversant l'avenue. Attilio se retourna, et avec une légère inquiétude essaya de distinguer dans l'échiquier des fenêtres celle de sa chambre au dixième étage. Entre-temps, les voitures avaient franchi le haut portail surmonté de deux Lions de Juda et avançaient dans l'allée qui donnait accès au Jubilee Palace. Le banal et rassurant

1. La plus petite subdivision administrative, équivalente à un quartier.

bâtiment du Hilton disparut, caché par les eucalyptus du jardin impérial.

Comme dans une parodie de film d'espionage, on les fit descendre entre deux haies de militaires aux lunettes réfléchissantes qui contrôlèrent leur trajet, des voitures au palais. Le trouble des visiteurs italiens augmenta à la vue du porche aux affreuses colonnes disproportionnées, flanqué d'une statue qui se voulait celle d'un empereur romain. On leur fit monter l'escalier presque au pas de course, puis traverser, toujours d'un pas rapide, les grands salons de réception, dans un état de conservation intact, avec les tapis, les tableaux, les somptueux miroirs en or datant du dernier séjour du négus. Aucun arrêt ni détour ne fut autorisé. Comme du bétail, se surprit à penser Attilio avec un obscur sentiment de menace. Il chercha le regard de Casati qui marchait les yeux baissés, tel un prisonnier qui ne veut pas attirer l'attention des gardiens, et la peur lui coupa presque le souffle. Il n'avait jamais vu Casati inquiet, sauf lors de leur première rencontre, quand il était persuadé qu'il allait mourir. Ils étaient arrivés devant un étroit escalier en bois qu'on ne pouvait descendre que l'un derrière l'autre, et Attilio, reprenant courage, s'adressa à un des hommes en treillis. « Où nous emmenez-vous ? »

Le soldat le regarda fixement avec l'empathie qu'on ressent généralement pour des taches de moisi ou des copeaux de bois. D'un doigt, il désigna le bas de l'escalier.

« *Down* », dit-il, et ce n'était pas une explication, mais un ordre.

Attilio mit un pied sur la première marche. Une boule au creux de l'estomac, il commença la descente dans le noir.

Tous les autres membres de la délégation, pâles et les yeux écarquillés, descendirent le petit escalier un par un. Ils arrivèrent dans une pièce plongée dans la pénombre dont ils ne distinguaient pas les contours. Un des sous-secrétaires avait commencé à murmurer une prière quand retentit une voix dans un anglais royal impeccable à quelques mètres d'eux.

« *I welcome you, my honourable Italian guests.* »

Avec un rythme insolemment théâtral, la lumière s'alluma à ce moment-là et ils se retrouvèrent devant l'empereur.

Il avait son inimitable petite barbe clairsemée, une douce tristesse dans le regard, un uniforme militaire impeccable. Ce n'est qu'au bout d'un moment qu'Attilio, déconcerté, remarqua deux détails chez l'homme face à eux, incompatibles avec feu Hailé Sélassié : il était beaucoup plus grand et il était encore vivant.

En effet, ce n'était pas le négus. Mais l'homme qui avait été son ordonnance, durant les quarante dernières années de sa vie. Inclinant légèrement le dos pour les saluer, il se présenta : brigadier général Fresenebet. Selon un privilège réservé aux invités d'honneur, leur expliqua-t-il, il les conduirait voir le trésor de son ancien maître, dont il servait la mémoire avec un dévouement immuable. S'ils voulaient avoir la gentillesse de l'accompagner, dit la noble figure, il leur montrerait le chemin. Puis il s'avança et Attilio, les genoux tremblants de soulagement, le suivit avec les autres membres de la délégation.

Le sous-sol était subdivisé en de multiples couloirs de rayonnages débordant d'objets de toutes les dimensions. Le général Mengistu, malgré son mépris déclaré pour le luxe féodal, non seulement n'avait pas détruit le trésor d'Hailé Sélassié, mais il y avait ajouté tous les cadeaux offerts par les chefs d'État en visite depuis son accession au pouvoir. Défenses d'éléphant, peaux de léopard, énormes chaises en bois rare incrustées de pierres précieuses, groupes électrogènes dernier cri, télés couleur dotées de télécommandes ultramodernes, colliers en or fin lourds comme des chaînes, maquettes de sous-marins et d'avions, une collection de pipes, un congélateur assez grand pour contenir un cheval, un crocodile empaillé. Des sacs et des sacs de thalers de Marie-Thérèse portant la date de « 1757 ». C'était cette monnaie en argent que les Éthiopiens considéraient depuis des siècles comme la plus fiable de toutes. De plus, elle portait la seule date qu'ils tenaient pour authentique – même si un grand nombre de pièces furent frappées à l'aube de l'invasion italienne par Badoglio, au courant de leur étrange idée fixe. Et puis le pistolet en argent historié avec lequel l'empereur Théodoros II, maniaco-dépressif par nature et en plus assiégé sans espoir par les Anglais, s'était suicidé à Magdala. De même que son sceau officiel, œuvre d'artisans arméniens, son encrier et son chapeau. Une couronne en or de Ménélik, même si ce n'était pas la plus précieuse, celle que les Anglais avaient conservée au Victoria and Albert Museum – quand le négus était rentré dans sa patrie après son exil à Bath, ils ne lui avaient rendu que celle-ci, beaucoup plus petite et de moindre valeur. Et enfin, au bout du dernier couloir du souterrain, il y avait le trône d'Hailé Sélassié.

Il était de facture raffinée, œuvre d'orfèvres français qui avaient aussi dessiné les armoiries personnelles du négus. Et pourtant, en le voyant au milieu de cet entrepôt plein à craquer, Attilio fut déçu. Il était petit pour un trône impérial. Trop fragile au milieu de tous ces trésors et de ce bric-à-brac entassés pêle-mêle. Délicat et minuscule, comme le dernier roi des rois.

Le brigadier général Fresenebet déambulait dans les couloirs de rayonnages, vêtu de son uniforme d'ordonnance, impeccable mais usé par les lavages quotidiens avec l'horrible savon du Derg. Sa mystérieuse ressemblance, à part sa stature, avec le négus assassiné, comme les vieux couples après des années de vie commune, en avait fait son *Doppelgänger*, son locataire secret. Mengistu le laissait vivre là, dans les recoins du palais d'où l'on avait arraché son cher maître pour le conduire vers une fin peu glorieuse, comme la dernière vestale d'un rite déchu. Comme l'ultime témoin de la grandeur du négus neghesti, de son opulence et sa magnificence, qui s'étendaient au-delà de l'horizon humain jusqu'au plus profond du mythe, jusqu'aux temps où son ancêtre le roi Salomon s'accouplait avec la reine de Saba et donnait naissance à la dynastie des négus. Fresenebet conduisait les invités le long des couloirs de ce trésor tape-à-l'œil, moitié magasin de brocanteur, moitié caverne d'Ali Baba où de modernes voleurs entassaient leur butin. Entre-temps, les serviteurs dépoussiéraient, astiquaient et balayaient les trésors du Jubilee Palace avec un zèle indéfectible, comme si le renversement du négus n'avait été qu'un accident insignifiant pour cette splendeur archaïque et intemporelle, et ils s'inclinaient au passage de l'ancienne ordonnance comme s'il était l'empereur en personne. Devant leurs prostrations, Fresenebet, imperturbable, leur adressait le regard bienveillant et vague des rois, tout en décrivant les pièces plus ou moins précieuses aux dignitaires étrangers et aux entrepreneurs occidentaux. Tous venus faire des affaires avec un des régimes les plus sanguinaires de l'époque, et il faut dire que dans les dernières décennies de l'histoire planétaire la compétition dans cette catégorie – entre Khmers rouges au Cambodge et régimes militaires en Amérique latine, sans parler de la révolution culturelle tout juste terminée en Chine – était féroce.

Telle était la double vérité du Derg. Sur les routes d'Addis-Abeba, dans les lieux officiels du pouvoir, dans les réunions du parti, le régime exhibait avec orgueil une sobre grisaille réal-socialiste. En revanche, ici, entre les murs creusés dans la roche dure du sous-sol, elle conservait tout ce qu'elle niait en surface. Dans les souterrains les plus sombres de la capitale, Mengistu n'enfermait pas seulement la chair torturée des opposants, comme celle d'Ietmgeta Attilaprofeti. Il y gardait aussi sous clé le luxe, la beauté, l'excentricité.

Quand ils remontèrent au salon qu'ils avaient traversé un peu plus tôt dans un silence de prisonniers, les délégués trouvèrent un banquet dressé en leur honneur. Les *injera*[1] grises enroulées comme des serviettes de table attendaient d'être étalées dans les grandes assiettes en argent sur lesquelles disposer les

1. Sorte de grande crêpe à base de farine de teff. C'est en quelque sorte le pain éthiopien.

aliments épicés : *kifto*[1], *wat*[2], tas monumentaux de *tibs*[3] rôtis, sauces en tout genre fortement aromatisées au *berbéré*[4] et au fenugrec. Et puis aussi, en l'honneur des invités italiens, des lasagnes, des poulets rôtis, du poisson de rivière frit et un jambon cru entier, désormais introuvable à Addis-Abeba, même dans le vieux restaurant Castelli.

« Vous aimez l'*injera* ? »

L'homme qui était assis près d'Attilio tout à l'heure dans le hangar s'était approché de lui.

« Oui, même si c'est un peu acide à mon goût.

— Ce n'est pas la première fois que vous venez en Éthiopie.

— Non, en effet », répondit Attilio, puis il se tut. Il fit mine de se concentrer sur le choix des morceaux de viande à mettre dans sa bouche, mais en réalité il se sentait face à un dilemme : demander ou non de l'aide à l'inconnu. Était-ce risqué ? Pouvait-il se mettre en danger lui-même, ou pire, son fils ? Mais il devait faire quelque chose : son séjour en Éthiopie ne serait pas éternel.

« Puis-je vous demander une faveur ? » Il entendit ces mots sortir de sa bouche. Sans s'en apercevoir, il avait déjà décidé.

« Bien sûr, répondit l'homme.

— Pouvez-vous me dire si dans cette pièce…, il fit un geste circulaire en désignant le salon, il se trouve quelqu'un responsable de ce qui se passe dans les prisons de votre pays ? »

L'homme leva les yeux, semblant chercher la réponse dans le plafond à caissons dorés, puis il soupira comme si une fatigue soudaine lui était tombée dessus.

Le cœur d'Attilio fit un bond. « C'était une erreur. »

L'homme baissa à nouveau les yeux, et les pointa sur Attilio.

1. Plat de bœuf cru haché mélangé avec une poudre épicée et du beurre assaisonné.

2. Poulet en sauce.

3. Morceaux de viande avec tomates et épices.

4. Mélange d'épices et d'aromates.

Comme pour évaluer des qualités cachées, invisibles à première vue.

« Vous aimez jouer au poker ? »

Attilio se sentit sombrer dans l'inquiétude. Que signifiait cette question ? Si c'en était une ; c'était peut-être un message codé, non pas pour lui mais pour celui chargé de l'arrêter. Voilà peut-être ce qu'est une dictature : un non-dit si énorme que les rares paroles effectivement prononcées flottent dans le vide, comme des astronautes qui ont perdu le contact avec la planète mère.

Les sous-sols du Jubilee Palace avaient pourtant montré à Attilio que le Derg n'offrait pas qu'un seul visage. Il avait donc deux options : se taire, ou bien répondre comme s'il s'agissait d'une conversation normale. Il fit le pari que la seconde était la bonne.

« Assez. J'y jouais souvent quand j'étais jeune. »

L'homme acquiesça mais sans surprise : c'était la réponse à laquelle il s'attendait. « Bien. Très bien. Vendredi soir, vous devez aller là », dit-il en pointant le doigt derrière les rideaux délavés par dix ans d'absence de l'empereur. De l'autre côté de l'immense verrière, Attilio vit les arbres teintés de violet par le fulgurant crépuscule équatorial. L'homme semblait s'amuser de sa perplexité.

« Hôtel Ghion. On ne le voit pas, mais il est là derrière le mur. Vous direz au directeur que vous aimez le poker et il vous conduira chez Berhanu Bayeh.

— Le ministre du Travail ! s'écria Attilio.

— Aujourd'hui. Mais avant il était secrétaire des Affaires juridiques. Lui, il sait tout. » L'homme haussa les sourcils jusqu'à la moitié de son front, laissant voir la peau de ses paupières, beaucoup plus claire que le reste de son visage. « Il sait où se trouve chaque prisonnier. Et il sait comment il va. »

Attilio chercha Bayeh du regard. Il le vit au fond de la salle, debout un verre à la main, tandis qu'un des deux sous-secrétaires italiens gesticulait sous son nez. Le ministre avait les yeux en berne comme un drapeau en deuil, un corps fluet de marathonien, la modestie de celui qui sait que tout le monde connaît son pouvoir et qu'il n'a pas besoin d'en faire étalage.

« Je vais lui parler », dit Attilio, et il allait se lever, mais l'homme posa une main sur son genou avec une force inattendue.

« Non. Pas maintenant. Trop d'espions. » Il pointa ses deux index vers son propre pantalon de treillis avec toute l'ironie que le Derg avait enfouie dans ses sous-sols et il dit en souriant : « Trop de militaires. »

« Il n'a que deux ans de plus que moi et pourtant c'est un vieillard », pensa Attilio. Carbone avait ouvert la porte de sa maison basse à côté du garage et courait l'embrasser. En effet, à côté d'Attilio, athlétique et élégant dans son costume en lin, il avait l'air de l'oncle pauvre plus que d'un vieux camarade de régiment : quelques mèches grises sur une calvitie tachée de mélanine, des épaules voûtées de travailleur, la timidité de qui n'a jamais été le centre du monde mais toujours et seulement à la périphérie.

« Tu l'as encore ! » s'exclama Attilio quand il fut entré en désignant le gros canapé aux pieds à tête de lion. Sa masse imposante en bois foncé occupait la moitié du petit salon ; sous une toile synthétique à carreaux fantaisie dépassait un bout de l'ancien brocart.

« Personne n'a bougé de cette maison, dit Carbone. Pas même lui. »

Les femmes de la famille – plus claires, ses filles et ses petites-filles, plus foncée, sa femme maintenant âgée – s'affairaient autour de leur hôte, regonflant les coussins, apportant des bols de *kolo* et de biscuits, servant de l'orangeade. Attilio regarda la femme de Carbone. Elle était accroupie devant un réchaud et elle éventait avec une feuille la fumée des grains de café mis à griller. Elle était encore belle, malgré ses cheveux gris et son œil gauche laiteux.

« Tu es restée avec Maaza.

— C'est elle qui n'est pas encore partie », répondit Carbone en la désignant du menton. Le bon œil de la femme lança une lueur joyeuse et un rire rauque sortit de sa gorge.

En entendant ce son-là, l'estomac d'Attilio se noua. Mais avant que lui revienne le souvenir de la personne évoquée par ce rire viscéral, Carbone le sauva en continuant à parler.

« Les gens comme moi, on les appelle des “ensablés”. Ici, il y a beaucoup d'Italiens : des ingénieurs, des médecins, des promoteurs. Des commerçants. Mais personne ne songe à les appeler comme ça. Et tu sais pourquoi ? Parce que leurs femmes sont italiennes. Si tu épouses une Éthiopienne, essaie d'aller manger des lasagnes au club Juventus, comme ils le font eux quand ils ont le mal du pays ; et tu verras comme on te regarde de travers. Et puis il y a ceux qui disent que la femme qui dort dans leur lit n'est qu'une servante qui est restée, et ce sont les pires. »

Peut-être qu'un autre qu'Attilio aurait senti une accusation dans ces paroles, peut-être aurait-il été sur la défensive. Ou bien, pour échapper au sentiment de culpabilité envers Abeba, il aurait comparé sa vie à celle de son vieux camarade de régiment, en s'abritant derrière sa propre réussite sociale, ses revenus et sa situation. Mais on a beau se sentir supérieur, il faut un minimum d'introspection. Et Attilio n'éprouva qu'un léger agacement qu'il décida d'ignorer.

« Et je sais qu'en Italie tout le monde a honte de nous, poursuivait Carbone. Ils font comme si nous n'existions pas. Nous leur rappelons des choses qu'ils ne veulent pas se rappeler. Ils disent que nous sommes restés parce que nous étions fascistes, ils ne veulent même pas nous verser notre retraite. Mais moi ça m'est égal ; moi, j'ai bien vécu en Éthiopie. Je veux dire, jusqu'à aujourd'hui. »

Au cours de toutes ces années où il avait servi d'intermédiaire à sa correspondance avec son fils et Abeba, Carbone avait rarement parlé de lui. Souvent, il n'ajoutait rien aux lettres d'Ietmgeta qu'il lui expédiait, ou seulement quelques mots. Mais dans son dernier envoi il lui avait confié : « Je veux aller mourir en Italie. » Attilio avait trouvé étrange le désir de son vieux camarade de régiment. Comme s'il lui avait dit qu'il voulait accoucher ou parler chinois : quelque chose de totalement étranger à son expérience. Carbone ne lui avait pas exposé ses raisons et Attilio comprenait bien en revanche cette réticence à se compromettre par écrit – lui aussi avait été censeur postal pour une dictature. Mais à présent, il pouvait lui expliquer de vive voix pourquoi il avait décidé de s'en aller, après toute une vie à Addis-Abeba.

Ce n'étaient pas les magasins fermés, dit le vieux mécanicien, la pénurie des produits de première nécessité – savon, sel et essence plus chers que l'or. Ni ses voisins disparus, la distribution des armes, la délation, le soupçon qui empoisonnait toutes les amitiés et les rapports de voisinage. Et pas même les fils qu'on cachait à partir de douze ans dans les faux plafonds lors des perquisitions pour qu'on ne les emmène pas se battre, chair de kalachnikov, contre l'Érythrée. Ni le peu de prisonniers revenus chez eux qui passaient leurs journées à regarder fixement un mur et la nuit réveillaient tout le pâté de maisons avec leurs hurlements. Et pas même les cadavres jetés tous les matins sur les trottoirs. Ce qui l'avait décidé, c'était un sachet d'orge grillé dans la main d'un enfant.

Carbone lui raconta qu'un après-midi, sur le trottoir devant son garage, il y avait un petit garçon de sept, huit ans ; la tête en arrière, il versait dans sa bouche les dernières graines de *kolo* d'un sachet. Après l'avoir vidé, il souffla dedans en tenant bien serrée l'ouverture, pour le gonfler comme un petit ballon. Puis il le fit exploser.

« *Pam !* » cria Carbone en tapant dans ses mains.

Assise devant le réchaud, Maaza leva son regard borgne. Elle avait déjà moulu le café grillé et attendait qu'il finisse de bouillir dans la cafetière. Devant elle, le plateau avec les tasses était prêt.

« En entendant cette détonation, tout le monde se met à courir, certains crient effrayés, personne n'a vu d'où elle vient. Arrive un soldat. Ils sont tellement nombreux qu'il y en a partout. Le soldat pointe son pistolet sur l'enfant, lui hurle d'ouvrir la bouche et le lui fourre dedans. Il fait sauter la sécurité et met un doigt sur la détente. Moi je cours dehors. Quand je m'approche, je vois une tache marron sur le pantalon du petit. Tu as déjà vu un enfant avec un pistolet dans la bouche qui se fait dessus de terreur ? »

Attilio hoche doucement la tête.

« C'est la chose la plus horrible au monde, Attila. Crois-moi. Et pourtant des horreurs on en a vu, toi et moi. »

Sa femme avait versé le café dans les tasses, mais elle restait assise sur le tabouret. Elle attendait qu'il finisse l'histoire.

« Laisse-le tranquille, dis-je au soldat, c'est un enfant. Lui me regarde d'un air qui me fait penser : "Voilà, maintenant il lui fait exploser la cervelle et puis il me tire dessus."

— Mais il ne l'a pas fait.

— Non. Il a retiré son pistolet de sa bouche, lui a donné un coup de pied et l'enfant s'est enfui en courant. Couvert de merde, mais vivant. »

Alors seulement, la femme de Carbone s'approcha avec le plateau. De la main gauche, elle releva sa manche droite avec laquelle elle tendait le café à Attilio. Un geste de déférence élégant qui lui était bien connu et ouvrit un abîme dans sa poitrine. Un autre homme serait tombé dedans, mais Attilio s'en garda bien.

« Merci », dit-il à la femme avec désinvolture en prenant la tasse.

Carbone fixait en silence le liquide noir dans la sienne. « Je vis dans ce pays depuis cinquante ans. En Italie, c'est beaucoup, mais en Éthiopie non, ici le temps évolue différemment. J'ai été heureux. En Italie je serais ouvrier alors qu'ici je suis patron. Mais maintenant c'est décidé : je m'en vais.

— Pourquoi ne l'as-tu pas encore fait ?

— Parce que je ne peux pas. C'est-à-dire, moi oui. À moi, on me donnera le visa pour partir… » Il désigna sa femme. « Mais Maaza doit rester ici en otage. Elle et toute ma famille. » Carbone mit une main sur le genou d'Attilio. « Attila, aide-moi. Toi qui parles à ces assassins… »

Attilio se redressa. « Si on ne leur parle pas nous, les autres le feront. Et entre-temps les gens meurent de faim…

— Oui, oui, Carbone le coupa en levant une main. Tu n'as rien à m'expliquer ; je suis commerçant moi aussi. Je dis seulement que sans eux, et il engloba d'un geste large ses filles et ses petits-enfants qui écoutaient en silence, moi je ne m'en irai pas. Toi qui peux, donne-moi un coup de main.

— Entre vieux camarades de régiment on s'aide toujours, ajouta Attilio. Tu te souviens de Nigro ?

— Bien sûr que je m'en souviens. Cet exalté… Tu ne l'as plus jamais revu ?

— Si, une fois. Et cette fois-là, il m'a sauvé la vie. » Il lui donna une tape sur le genou. « Donc rassure-toi, toi aussi. Vos passeports, c'est la deuxième chose que je demanderai. »

Le vieux camarade acquiesça. Il était le seul au monde à savoir quelle était la première.

Vers la fin de la visite, il se leva du canapé. À pas lourds, il se dirigea vers le buffet. Il prit une enveloppe jaune dans un tiroir. Les coins étaient cornés et il était écrit au stylo : « Opération Maladie de Hansen ». Au dos l'en-tête imprimé : « Atelier de mécanique Carbone & fils – Addis-Abeba ». Il l'ouvrit et montra le contenu à Attilio : une demi-douzaine de vieilles photos en noir et blanc aux bords dentelés.

« Tu les as encore ! dit Attilio.

— C'est le moment de te les rendre », dit Carbone en lui mettant l'enveloppe dans les mains.

Attilio sortit une photo. Les deux ex-chemises noires regardèrent ensemble en silence le tas de corps couverts de lésions, les membres contractés dans des poses contre nature. Carbone soupira bruyamment. « Parfois, je me demande pourquoi ils ne nous ont pas tous tués après. »

Attilio remit la photo à sa place.

« Tu sais pourquoi ce soldat m'a écouté et n'a pas tué l'enfant ? Parce que je suis un Blanc. » Il désigna l'enveloppe fermée dans la main d'Attilio. « Il n'en avait rien à faire que je sois aussi italien. »

À la fin de la visite, Carbone accompagna Attilio au portail en traversant le garage. De la toiture parvenait un roucoulement assourdissant de pigeons. Au milieu de la cour, un camion et deux vieilles voitures recouvertes de guano attendaient d'être réparés depuis Dieu sait combien de temps.

« Les pièces de rechange n'arrivent plus, dit Carbone. Il faut un miracle pour chaque réparation maintenant. Et souvent ça ne suffit même pas. »

Arrivés au portail, Attilio lui serra la main. Carbone lui adressa un regard par en dessous. « Les adresses ne servent à rien ici, il faut savoir arriver là où l'on veut aller. Si tu veux te rendre à Lideta dis-le-moi, je t'accompagnerai. »

Attilio passa devant la vieille Citroën de Carbone sans répondre, il franchit le portail et traversa la route de terre battue en pente raide jusqu'à la Lancia de l'ambassade. Quand le chauffeur lui ouvrit la portière, il se retourna et lui dit alors : « Qu'est-ce que j'irais y faire ? »

L'hôtel Ghion avait connu des temps meilleurs. L'empereur y avait été très attaché. Jusqu'à la fin de son règne, Hailé Sélassié venait se reposer ici dans le bungalow qui lui était réservé, s'éclipsant loin des ennuis de la vie de cour par un petit portail secret dans le mur d'enceinte du Jubilee Palace. Quand la nouvelle aile sud de l'hôtel fut construite, si les affaires de l'État le lui permettaient, il venait observer le mouvement des pelleteuses, des maçons, des couvreurs et des électriciens. Les mains derrière le dos comme un quelconque retraité, il regardait le chantier en silence et n'en sortait que pour poser des questions courtoises sur leur travail aux ouvriers et aux ingénieurs. Le Ghion avait surtout été le cœur de la fabuleuse vie nocturne d'Addis-Abeba au cours des décennies entre le retour du négus et les noirceurs du Derg. C'étaient des temps où la communauté internationale se mêlait à la *crème de la crème*[1] de la noblesse amhara pour des fêtes dansantes effrénées dans les cercles nationaux : l'Alliance française, le Club grec, le Club arménien, où l'on mangeait le mieux, le nouveau Cercle Juventus ainsi nommé parce qu'il ne convenait pas de l'appeler « Italie » quelques années après avoir chassé les envahisseurs fascistes. Le night-club La Mascotte d'Addis-Abeba était la dernière étape, après Le Caire, Khartoum, Djibouti et Mogadiscio, de la longue tournée des superbes danseuses françaises, grecques et espagnoles, qui changeaient toutes les semaines. Et c'était dans les grands salons du casino du Ghion, aux lignes rondes modernistes profilées de blanc et de bleu ciel, que les notables impériaux misaient des sommes démesurées contre les ambassadeurs. Et les excès du hasard faisaient aussi frémir leurs épouses, plus encore que les rapports sexuels avec les aristocrates amharas si bien dotés.

Ces temps-là étaient révolus depuis plus d'une dizaine d'années quand Attilio se fit déposer au bord de la route par le chauffeur de l'ambassade et s'engagea dans la petite allée mal éclairée par de rares lampadaires. Les deux soldats dans la guérite le suivaient des yeux avec un regard de prédateurs, affamés de *fetashà* comme tous ceux qui portaient un uniforme. À l'intérieur, l'hôtel Ghion baignait dans la grisaille avec laquelle le Derg avait décoloré l'Éthiopie : des tas de paperasses dans les coins, des fils électriques qui pendaient de presque toutes les connexions du standard à la réception, des serveurs aux vestes couvertes de taches marron, la peau africaine des clients et du

1. En français dans le texte.

personnel devenue couleur canon de fusil sous les lumières livides des néons. Incongrue à cette heure tardive, une femme de ménage se tenait immobile, un balai déplumé à la main, une jambe repliée en arrière, la semelle de sa chaussure en plastique posée contre le mur – sa posture habituelle à en juger par les nombreuses traces de pieds noirâtres. Le plafond aux plaques de cuivre, censées réfléchir et faire briller le passage des clients dans le foyer, était opaque de fumée et de poussière. Le préposé à la réception était en train d'analyser ses mains sur son ventre avec l'attention d'un spécialiste de papyrus antiques quand Attilio lui demanda où était le casino. Il resta si longtemps sans bouger qu'Attilio se demanda s'il l'avait entendu. Quand il leva les yeux, ce fut comme s'il soulevait un rocher.

« *No casino*, répondit-il en le regardant par-dessus des lunettes de presbyte. *Casino is imperialist.* »

« Je sais, je sais, mon ami, aurait voulu dire Attilio en lui tapotant l'épaule, c'est une sacrée malchance d'être le gardien du seuil de l'orthodoxie. » Ce petit espion du régime était chargé de veiller sur la frontière qui séparait le Derg officiel du Derg secret, le visible de l'invisible, le vaste bâtiment des meetings officiels des fabuleux souterrains de Fresenebet. C'était un travail ingrat et dénué de toute satisfaction : inutile face à ceux qui avaient le droit de franchir cette ligne, invisible à tous les autres. Attilio n'avait pas appris l'anglais, mais il trouva tout de suite les bons mots.

« *I know poker is here* », murmura-t-il avec l'évidence du privilège, mais aussi sur un ton menaçant au cas où on le lui contesterait.

Attilio avait déjà été invité, par celui qui pouvait et savait, dans les deux mondes du Derg ; ce n'était pas le gérant d'un hôtel décrépit qui l'arrêterait. Il ne lui demandait pas d'être admis dans le cercle des puissants ; il l'informait qu'il en faisait déjà partie. Et parce que le monopole de la générosité appartient aux puissants précités, d'un geste délicat et rapide il prit la main de l'homme et la referma sur un rouleau presque invisible de billets de banque.

« *This is for you, my friend* », dit-il.

Les *birr*[1] disparurent si vite dans une poche intérieure de sa veste qu'on aurait dit que l'homme n'avait fait qu'échanger une chaleureuse poignée de main avec Attilio. Lequel, sans sourire maintenant car ce nom était un ordre, lui dit : « Berhanu Bayeh. » Effectivement, en entendant nommer le ministre du Travail, l'homme se leva de son tabouret avec une agilité inattendue et sortit de derrière le comptoir. Il ne fit aucun signe, ne prononça aucun mot engageant. Il le précéda, certain d'être suivi.

Ils traversèrent le lugubre hall de la réception, la salle à manger aux nappes autrefois propres qui tombaient encore majestueusement jusqu'au sol, les canapés en cuir écorchés comme des genoux d'enfants. Ils passèrent derrière les cuisines où l'odeur acidulée de la pâte d'*injera* se mêlait à celle de la friture stagnante. De là, ils sortirent à l'arrière de l'hôtel où une ampoule nue entourée de phalènes se reflétait dans les bidons d'huile entassés. Ils entrèrent à nouveau dans le bâtiment au bout de quelques mètres, traversèrent ce qui semblait être un débarras, puis un porche éclairé par un néon grésillant, enfin ils gravirent plusieurs marches disjointes – et Attilio suivait toujours l'homme sans parler. Ils étaient maintenant dans le ventre caché de l'hôtel, cet ensemble de lavoirs, de réserves, de vestiaires pour le personnel que les clients ne voyaient jamais. Ici, un petit escalier de bois menait aux chambres dans les étages. Mais à l'entresol, au lieu de continuer à monter, l'homme fit un pas de côté et passa par une porte si basse qu'Attilio dut se pencher pour ne pas se cogner la tête. Mais il continuait toujours à suivre son guide en silence, sans crainte, certain que ce labyrinthe était la bonne entrée pour ce qu'il cherchait.

Il ne se trompait pas. Après la dernière volée de marches

1. Devise de l'Éthiopie.

– d'ailleurs maintenant il n'aurait su dire à quel étage il était –, il se retrouva dans un étroit couloir où étaient accrochées de grandes reproductions de cartes à jouer. C'étaient des images simplifiées, didactiques. Elles auraient pu illustrer un manuel si l'on avait enseigné les jeux de hasard à l'école primaire en même temps que les Égyptiens et les tables de multiplication. Enfin, l'homme arriva devant une dernière porte qu'il ouvrit en allongeant le bras. Resté près du montant, il laissa passer Attilio.

La salle était petite et dépouillée. Il n'y avait qu'une demi-douzaine de tables vertes, chacune avec cinq joueurs. La lumière jaunâtre des néons imprégnait la pièce comme de l'eau sale et rendait les visages violacés et les gestes lourds. La surface plastifiée des cartes renvoyait des lueurs ternes. Personne ne parlait. On entendait seulement les joueurs qui demandaient à voir la main adverse, le bruissement des cartes mélangées, le soupir de satisfaction des gagnants quand ils ramassaient les jetons sur la table. La plupart avaient un cigare cubain à la bouche d'où s'élevaient des volutes de fumée, des hologrammes bleu clair d'un monde de luxe et de mollesse bien éloigné de l'Éthiopie du Derg. Inconfortablement assises sur des chaises tubulaires le long des murs, des jeunes femmes aux ongles très longs, aux jupes très courtes et aux cheveux enduits de graisse attendaient patiemment qu'un joueur se décide à dépenser l'argent gagné ou à se consoler de celui qu'il avait perdu. On aurait dit un bureau de poste plutôt qu'un tripot clandestin.

Par une petite fenêtre, le noir de la nuit cherchait à s'introduire comme la main d'un voleur. Juste au-dessous, à la seule table où il y avait encore une place libre, était assis le ministre du Travail Berhanu Bayeh. Quand il vit le *talian* sur le seuil, il le reconnut et lui désigna la chaise vide en guise d'invitation.

Attilio était très fatigué. Ce jour-là, il s'était réveillé au milieu de la nuit pour faire une longue inspection. Au programme, la visite de centres d'accueil pour réfugiés alimentaires dans le Wollo et dans le Tigré, puis le survol de la région à l'ouest du lac Tana où étaient prévues les implantations de la villagisation.

Quand il avait pénétré avec le reste de la délégation dans le ventre du gros hélicoptère de facture soviétique, la lumière de l'aube n'était même pas une prémonition. Et ils étaient rentrés à Addis-Abeba juste avant la tombée de la nuit, après avoir parcouru près de mille kilomètres au cours de ces douze heures brèves du jour équatorial. Trop peu pour que l'inspection puisse avoir un résultat pratique, d'autant que les techniciens italiens s'étaient vu refuser les cartes pour les premiers relevés sur le terrain – matériel sensible, semblait-il, en raison de la guerre contre l'Érythrée. Alors, ils avaient compris que le but de ce tour n'était pas tant qu'ils voient quelque chose, mais qu'ils soient vus : par les fonctionnaires locaux, les cadres du parti, les populations. Montrer que la crise était sous contrôle et que le Derg travaillait à sa résolution – c'est à ça que servait d'exhiber les riches coopérants italiens.

Maintenant, après cette journée interminable et un peu insensée, Attilio sentait ses muscles et ses os imprégnés d'une fatigue visqueuse. Une fatigue abyssale, messagère indigeste de ses soixante-dix ans, bien que portés avec indifférence. Le long parcours dans les couloirs et les escaliers de l'hôtel Ghion lui avait pris ses dernières énergies. Tandis qu'il s'appuyait au montant de la porte de la salle de jeu sous le regard du ministre Bayeh, il se sentait comme un rescapé d'un monde lointain, d'une effroyable étrangeté. Ses yeux n'avaient gardé que des fragments des visites dans les camps de réfugiés. Des enfants aux narines noires de mouches mais aux yeux immenses brillant de curiosité. Un homme tellement terrorisé qu'il n'avait pas réussi à ouvrir la bouche quand l'interprète lui avait demandé s'il était content d'être transféré avec sa famille. Une vieille femme à la tête rasée qui s'était approchée en lançant des cris, et qu'un soldat avait fait déguerpir avec sa kalachnikov. Un garçon les yeux baissés qui murmurait lentement des mots, traduits par l'interprète avec un sourire : oui, lui était heureux d'aller construire le socialisme dans les terres de l'ouest.

Quand le soleil était arrivé au zénith, le pilote de l'hélicoptère avait versé dans le réservoir les derniers bidons de carburant, puis il avait disparu. Les Italiens étaient restés à l'attendre, perplexes, entourés de bandes d'enfants en haillons qui montraient du doigt leur peau rosée en ricanant. Au bout d'une vingtaine de minutes, le pilote était revenu en rattachant sa ceinture, l'air satisfait. Une jeune fille maigre à faire peur et âgée de quatorze ans tout au plus le suivait, remettant de l'ordre dans ses vêtements avec des gestes mécaniques et retirant la terre de ses épaules. Le pilote avait sauté dans l'hélicoptère et avant de mettre son casque, il s'était tourné vers ses passagers.

« *I like famines*, avait-il dit avec un clin d'œil. *Famines are good for sex.* »

Le vol de ligne depuis l'Italie avait eu lieu de nuit et c'était la première fois qu'Attilio voyait l'Éthiopie d'en haut avec toutes ses couleurs. Les hauts plateaux ocre aux escarpements violacés, les lumières vertes du lac Tana, la terre sang de bœuf, le jaune clair des champs de teff. Quand il s'aperçut qu'ils survolaient la région de l'expédition de Lidio Cipriani, il se demanda s'il reconnaîtrait le village d'Abeba. Mais cette pensée absurde s'effaça aussitôt – les cabanes de boue et de paille ne survivent pas à une saison de pluies, alors encore moins à un demi-siècle. Et plus tard aussi, il avait sursauté en découvrant la teinte bleuâtre d'une ombre en creux au bas d'un ravin. Mais à Zeret il y avait tellement de grottes semblables.

Au bout d'un moment, le pilote de l'hélicoptère avait montré aux passagers une grosse pyramide rocheuse aplatie à leur droite.

« Amba Aradam ! » avait-il hurlé avec orgueil.

Mais Attilio n'avait pas repensé à l'odeur de mort du champ de bataille, ni au vrombissement du souffle des lance-flammes sur les corps qui bougeaient encore, ni à d'autres souvenirs de sa jeunesse. Comme souvent quand des émotions gênantes le menaçaient, il s'était endormi.

À présent, appuyé au chambranle du tripot clandestin, il eut un instant de regret pour ce sommeil précaire, attaché par une ceinture militaire au strapontin et enveloppé par le vacarme de l'hélicoptère. Il était fatigué, très fatigué. Il vit que le ministre Bayeh le dévisageait de l'autre côté de la salle et il lut dans ses yeux à quel point sa fatigue était évidente. Sa première réaction fut d'éprouver du dépit et il se sentit pris en défaut. Sa faute : son manque de vigueur. Mais ensuite il se rappela pourquoi il était là. Et il se rendit compte que cet échange de regards pouvait tourner à son avantage.

Il traversa la salle jusqu'à la table de Bayeh, remercia d'un signe les autres joueurs, s'assit avec une lourdeur manifeste. Tandis qu'un employé lui donnait des jetons, il se frotta longuement les yeux. En réalité, il ne ressentait plus la moindre fatigue, maintenant que sa stratégie lui apparaissait clairement.

Que Berhanu Bayeh le croie même faible et fatigué, ça lui allait tout à fait.

Attilio comprit tout de suite pourquoi la seule place encore libre dans toute la salle était à la table du ministre : personne ne tenait à avoir comme adversaire un des cinq hommes les plus puissants du régime. Les trois autres joueurs, des fonctionnaires de niveau intermédiaire du Derg, misaient avec prudence, résignés à la défaite. Les rares fois où ils gagnaient une main, ils ramassaient les jetons avec une déférence presque craintive. Il était impossible d'imaginer, à la fin de la soirée, un gagnant autre que le ministre du Travail. Avec une syntonie qu'Attilio n'eut aucun mal à démasquer, les trois joueurs laissaient gagner Bayeh à tour de rôle, partageant le poids des pertes auxquelles les contraignaient la hiérarchie et la peur. Il fut vite clair pour lui que le ministre n'était là ni par passion et goût du risque, ni par vice, mais simplement pour gagner. C'est-à-dire qu'il jouait comme si le tripot ne faisait pas partie du Derg secret, celui des souterrains bourrés d'or et de vices défendus, de luxe et de fatuité, peut-être même de plaisir, mais du Derg à la lumière du soleil, celui qui n'était qu'interdictions, lois martiales et déportations. Il n'y avait aucune finesse dans les mises de Bayeh, ni aucun amusement, seulement une détermination tendue à encaisser le plus possible. Attilio s'en réjouit, car il n'y a pas joueur plus faible que celui qui est avide d'argent.

Pendant de nombreuses mains, il se fit tout petit. Dans le jeu, mais aussi au sens littéral : il creusa les épaules, courba le dos, comme s'il allait s'écrouler de fatigue. De temps en temps, il adressait un simple regard de déception à ses cartes et il passait, même s'il avait en main deux paires ou un full. Bref, il fit tout son possible pour donner l'impression d'être un joueur prudent, timoré même, sans détermination. Il sacrifia quelques bonnes cartes pour qu'on le sous-estime. Les trois autres joueurs profitèrent de sa passivité et plus d'une fois ratissèrent une partie du pot. Mais ensuite, en peu de temps, le plus gros revenait toujours à Bayeh. Quand il était indécis, le ministre caressait sa broche ornée de la faucille et du marteau épinglée sur son col ; le même geste par lequel, jusqu'à ce que l'Éthiopie ne devienne socialiste, il avait demandé protection à une petite croix. Attilio profitait de ces moments de réflexion pour suivre l'enseignement donné un demi-siècle plus tôt par une généreuse logeuse à Bologne : avec méthode et désinvolture, il marquait d'une légère griffure de son ongle le dos de chaque as qui lui passait entre les doigts.

Il atteignit son objectif en moins de temps qu'il ne pensait – deux heures. À l'avantage des cartes marquées s'ajouta la chance, et aussi le geste de Bayeh touchant sa broche, grâce auquel il comprenait beaucoup de choses sur son jeu. Jusqu'au moment où se forma sur la table un tas de jetons équivalant à dix années de salaire de chacun des trois fonctionnaires, ou à un siècle de revenu d'un paysan du Wollo. Ce fut alors que Berhanu Bayeh, le cinquième homme le plus puissant du Derg et également conseiller pour la Coopération internationale, du geste lent et suffisant de celui qui savoure à l'avance une victoire difficile, après avoir tout misé, posa sur la table son carré d'as.

Mais Attilio l'avait vu clairement dans ses mains, grâce aux lignes fines, seulement visibles par lui, que la lumière au néon détachait sur le dos des cartes.

« Tu as toujours eu du cul Profeti », lui avait dit Carbone, justement ici, à Addis-Abeba. C'était cinquante ans plus tôt, mais ça n'avait jamais cessé d'être vrai. Comme le prouvaient maintenant les cinq cartes de pique qu'Attilio posa sur la table une par une, parfaitement dans l'ordre, du neuf au roi – une quinte flush.

Le ministre du Travail de la République démocratique populaire d'Éthiopie, immobile comme un objet oublié sur une étagère, fixa les cinq cartes sur la table. Il leva les yeux derrière ses lunettes d'étudiant attardé et les posa sur Attilio. Il semblait le remarquer pour la première fois de la soirée, depuis qu'il l'avait vu appuyé au montant de la porte. Attilio lui adressa un bref haussement d'épaules qui pouvait être un signe d'excuse ou de galanterie. Il écarta les bras en tenailles et attira toute la montagne de jetons vers sa poitrine.

Dans la salle, il se fit un silence poisseux. Personne ne voulait montrer qu'il s'intéressait à l'éclatante défaite d'un homme aussi puissant, et pourtant il était impossible de continuer comme si de rien n'était. Les autres joueurs lançaient des coups d'œil furtifs à Attilio, aux jetons et, bien que prudents, à Bayeh. Le seul de toute la salle à ne pas penser à ce qui venait de se passer était sans doute Attilio. Une autre scène de cette journée effrénée et décousue, qui était en train de se conclure triomphalement, lui était revenue à l'esprit.

Ils venaient de descendre de l'hélicoptère dans le deuxième camp de réfugiés. Un homme d'une trentaine d'années, aux vêtements en lambeaux mais propres, s'était approché des Italiens. « *School teacher* », s'était-il présenté. Brandissant son index comme un stylo pour corriger les devoirs, ou une arme, ou les deux, il avait continué en amharique. Avec un certain embarras, l'interprète avait traduit en anglais les mots que l'homme avait dits de la voix de stentor de celui qui est habitué à se faire entendre par des étudiants de tout âge entassés sous un auvent. « *He say white people come here to save black people. He say you white people like to save black people. He say you like very much, to save black people.* » Attilio, comme peut-être l'interprète, n'avait pas compris si le ton de l'homme était admiratif, ironique ou chargé de ressentiment.

Maintenant, tandis qu'il partageait son gain en deux petits tas et qu'il expliquait à voix basse à Bayeh stupéfait qu'il céderait la moitié de droite en échange de la liberté immédiate d'un certain prisonnier dans les souterrains du Derg, et celle de gauche en échange de passeports valables pour l'Italie pour une certaine famille, Attilio pensait que ce *school teacher* avait raison : il était vraiment très content de sauver son fils noir.

« Comment pourrais-je jamais m'acquitter de cette dette ? » lui avait dit Carbone deux jours plus tard en regardant, incrédule, les sept passeports.

« Accompagne-moi à Lideta », avait répondu Attilio.

Et la voilà maintenant, la maison d'Abeba : basse, avec son toit en bardeaux, un faux bananier et trois poules qui grattaient la terre devant la porte. Carbone gara sa vieille Citroën de l'autre côté de la route et éteignit le moteur. Les enfants du *kebelé* auraient dû être intrigués par leur présence, mais ils avaient grandi à l'école du Derg. Ils restèrent donc à l'écart de cette étrange voiture.

Ils n'eurent pas à attendre longtemps. Même s'il ne l'avait jamais vu auparavant, Attilio le reconnut aussitôt. Il avait la peau grise, un pantalon trop large. Il marchait avec peine.

Il est presque aussi grand que moi.

Son fils parcourut les derniers mètres qui le séparaient de sa maison. Il ralentit seulement un instant et se tourna vers la Citroën, croisant le regard de son père qui ressentit à la fois l'envie de se cacher sous le tableau de bord et celle d'aller l'embrasser. Mais il n'eut le temps de faire ni l'un ni l'autre car son fils, après une courte pause, se remit à marcher plus vite, appelant sa mère d'une voix forte.

« *Emaye ! Emaye !* »

La première à sortir en courant les bras ouverts, hurlant de joie et de surprise, fut une femme d'au moins dix ans plus jeune que lui.

« Sa femme ? » murmura Attilio. Carbone acquiesça.

Puis apparut une autre jeune femme, visiblement enceinte et suivie d'un homme.

« Sa sœur Saba », expliqua Carbone. Attilio se tourna brusquement vers lui. *Sœur ?* Il n'eut pas le temps de demander d'explication car une femme âgée était apparue sur le seuil. Même sous ses cheveux blancs, Attilio reconnut aussitôt son front bombé. Comme si, ce matin même, à peine réveillé, il l'avait pris dans le creux de sa main. La vieille femme ne cria pas, ne dit rien. Elle prit seulement son fils par la main et l'attira à elle, touchant son épaule droite de la sienne tandis qu'elle l'entourait de son bras gauche comme un enfant. Il appuya sa tête contre celle de sa mère. Ils restèrent ainsi comme des poulains, leurs cous enlacés, les yeux mi-clos, sans parler. Attilio détourna les yeux. Un brouillard envahissait sa poitrine.

Entre-temps, le reste de la famille était sorti pour accueillir le fils qu'il avait fait libérer. Les femmes hululaient, les voisins accoururent de tout le *kebelé*. Personne ne prêtait attention à la voiture garée.

« Nous pouvons partir, dit Attilio à Carbone.

— Tu es sûr ? Tu ne veux pas…

— Non. »

Le vieux camarade de régiment le dévisagea, puis il mit le moteur en marche.

La Citroën s'éloigna lentement car la route était pleine de trous. Un peu avant de tourner derrière un mur à sec, Attilio se retourna encore une fois. Son fils et sa famille étaient rentrés. Devant la maison, il ne restait que la femme qui, lorsqu'il était jeune, lui avait appris mieux qu'aucune guerre ce que veut dire être un homme. Leurs regards se croisèrent un instant, jusqu'à ce que la voiture disparaisse derrière le virage. Attilio ne sut jamais si Abeba l'avait reconnu. Ou si elle l'avait pris pour un agent de la police secrète – un de ceux qui avaient torturé son fils pendant des années.

L'avion de l'Ethiopian Airlines survola le trajet que, bien des années plus tard, le jeune homme parcourrait pour aller d'Addis-Abeba jusqu'au palier d'Ilaria : Soudan, Sahara, Tripoli et la grande mer fermée, la Méditerranée, la lente remontée de l'Italie jusqu'à Rome. Le jeune *sorti* mettrait plus de trois ans, Attilio, lui, mit moins de huit heures.

Quelques semaines après le retour de la mission avec Casati, arriva le jugement qui mettait un terme à son mariage avec Marella. Comme toujours dans ces cas-là, la séparation avait été voulue par l'épouse trahie. Mais même le divorce, demandé en général par les maris pour avoir la paix, n'intéressait pas vraiment Attilio. Il expliqua sa position sur le sujet au cours de la dernière des rapides rencontres qu'il eut avec son ex-femme dans ces années-là.

Comme à son habitude, Marella était arrivée au rendez-vous après des heures passées à choisir ses vêtements, même si elle n'allait pas rencontrer un nouvel admirateur. Elle avait surtout assimilé les mots « relation courtoise », en s'entraînant devant son miroir à faire un sourire dénué de tristesse et de rancœur.

Attilio l'avait regardée avec ces yeux couleur du ciel devant lesquels elle avait senti ses jambes fléchir quand elle l'avait connu.

« Tu sais, Marella, si ça n'avait tenu qu'à moi, je n'aurais jamais divorcé. »

Et il s'était mis à lui expliquer que, si cela avait été possible, il les aurait aimées et protégées toutes les deux, elle et Anita sans favoritisme. Il se serait chargé de toutes ses familles, de tous ses enfants. Il était vraiment dommage que le droit familial italien n'admette pas la sage institution de la polygamie où la première femme est à l'abri de répudiations impitoyables qui souvent ne correspondent pas à l'affection qu'éprouve encore le mari. Sur le visage de Marella, assise à la petite table en fer d'un café du centre, les jambes croisées avec grâce et les mains jouant avec son collier de grenats offert par Attilio pour leurs noces d'argent, le sourire courtois disparut.

Une belle gifle frappa la joue d'Attilio.

Tandis que Marella s'éloignait en sanglotant dans la via della Croce, Attilio caressait sa joue rougie en se demandant ce qu'il avait dit de si choquant.

Anita non plus, du reste, ne partageait pas sa vision œcuménique des relations conjugales. Le législateur italien, respectueux de l'hostilité de l'Église face à la rupture du sacrement, l'avait obligée à attendre cinq bonnes années à partir de la séparation d'Attilio, à ajouter à ces innombrables années de clandestinité, d'abord seule et puis avec un fils.

« Le lendemain de ton divorce, tu dois m'épouser », lui avait-elle signifié.

Et il en fut ainsi, un peu plus de vingt-quatre heures après tout de même, à cause du temps nécessaire à la publication des bans. Ce fut un acte bureaucratique plus qu'une cérémonie, avec deux fonctionnaires municipaux comme témoins et une seule invitée, la mère célibataire d'Anita, de deux ans plus jeune que le marié. Attilio junior, qui venait d'avoir dix ans, fut envoyé jouer au parc avec sa baby-sitter. Il ne les rejoignit que lorsque tout fut terminé, dans le restaurant sarde où ils étaient allés déjeuner avec la nouvelle belle-mère. Son père lui expliqua qu'ils fêtaient une promotion et le petit Attilio n'eut pas de raison de penser que ce n'était pas vrai. Pour ce qu'il en savait, ses parents s'étaient mariés bien avant sa naissance, comme ceux de tous les autres enfants. Le seul souvenir durable qu'il garda de cette journée si peu extraordinaire pour lui, ce furent les *seadas*[1] : il les apprécia tellement qu'il demanda et obtint d'en reprendre et il eut une indigestion.

Il comprendrait longtemps après seulement que c'était le jour où son père et sa mère étaient devenus mari et femme.

1. Gâteau sarde au fromage de brebis, servi chaud avec du miel.

Ilaria et lui étaient désormais adultes et leurs douze ans d'écart ne comptaient plus. Ils passèrent toute une journée à confronter les deux versions de la réalité que leur père avait créée pour chacun d'eux.

Avec le temps, le sarcasme permettrait à Marella d'atténuer l'humiliation subie en appelant ce dernier entretien avec son ex-mari « Le monologue du harem ». Sa réaction immédiate ne fut cependant pas aussi détachée. Elle laissa un message sur le répondeur de son ex-mari où elle l'enjoignait de ne plus jamais paraître en sa présence, exception faite pour les salles des tribunaux. Son désir, ou plutôt cet ordre, fut pris au sérieux par Attilio Profeti qui, dès lors, évita soigneusement toute occasion de rencontre avec son ex-femme. Ce ne fut pas un sacrifice. La voir aussi ravagée par la souffrance provoquait chez lui un trouble qui n'allait pas jusqu'au sentiment de culpabilité – contre lequel il était génétiquement immunisé comme d'autres le sont contre le paludisme –, mais qui n'était tout de même pas agréable. La volonté de Marella fit loi, surtout pour Emilio : quand il se maria, il invita sa mère à la cérémonie civile et son père au repas de noces. Mais pas pour Ilaria. Si ses parents étaient incapables de partager leur affection pour leurs enfants, comme des gamins égoïstes avec un jouet, c'était leur problème, pas le sien. Elle les invita donc tous les deux à sa soutenance de thèse – la première de la famille, puisque Federico était parti à Copenhague, ou plus précisément à Christiania, tout de suite après son bac et qu'Emilio avait fait l'Académie d'art dramatique. Elle les informa que la séance aurait lieu tel jour à telle heure et dans telle salle, et elle ajouta : « Vient qui veut, ne vient pas qui ne veut pas, qui veut venir et ne pas voir quelqu'un d'autre n'a qu'à fermer les yeux, toutes les options sont admises sauf celle de me casser les pieds. » Mais celle que choisit finalement Attilio Profeti fut une option qu'Ilaria n'avait pas prévue.

Il déclara que, par respect envers les sentiments de son ex-épouse, il renoncerait à la joie de voir sa fille diplômée. Ilaria, comme promis, accepta sa décision en gardant pour elle la tristesse qu'elle lui causait. Quand on lui fit savoir qu'elle avait obtenu la mention très honorable avec félicitations du jury, elle se tourna triomphalement vers Marella assise au premier rang. Ce fut alors qu'elle remarqua une femme très grande, appuyée contre le mur au fond de la salle. Des lunettes énormes cachaient la moitié de son visage, ses cheveux semblaient en plastique tendant vers le blond et sa robe serrait son buste sans taille. Et pourtant, elle avait quelque chose d'étonnamment familier. Ilaria la regarda, perplexe : cette allure dégingandée, la position des pieds… L'étrange silhouette mit un index devant sa bouche et d'un doigt lui fit signe de se tourner vers la chaire, pour ne pas attirer l'attention de son côté. Alors, Ilaria comprit. Réprimant avec peine un éclat de rire, elle se tourna vers les rapporteurs. Au moment où on la proclamait docteure en lettres modernes, Attilio Profeti sourit sous sa perruque blonde, plein d'orgueil pour son enfant.

Attilio envisageait l'avenir de cette fille si intelligente avec sérénité. Ce n'était pas comme pour les autres. Quand Federico était parti vagabonder de par le monde, il avait éprouvé un secret soulagement. Leur certitude à tous les deux d'être le centre de l'univers avait alimenté une antipathie réciproque entre le père et le fils ; parfois maladroite et désolée, le plus souvent hostile. Avec Emilio, les choses avaient été encore plus difficiles. Attilio n'avait jamais eu de patience pour cette vulnérabilité aux critiques associée à une dépendance presque maladive au regard des autres. Au lieu d'être attendri par cet enfant fragile, aux traits si fins que tout petit on le prenait pour une fille, il le trouvait geignard et ennuyeux. Ce n'est qu'une fois adulte qu'Emilio cesserait de chercher dans les yeux paternels d'impossibles confirmations et les trouverait, quoique métaphoriques et précaires, dans ceux des spectateurs.

Avec cette fillette silencieuse et indépendante, tout avait été facile en revanche. Attilio avait toujours aimé passer du temps avec Ilaria, justement parce qu'elle paraissait ne pas en avoir besoin. Et cette manière brutale de dire toujours ce qu'elle pensait ne le dérangeait pas, au contraire, elle lui semblait une marque de caractère. De toute façon, elle se manifestait beaucoup plus souvent envers Marella qu'envers lui.

Quelques jours après la remise du diplôme, il alla la trouver dans son petit appartement de San Lorenzo qu'elle partageait avec Lavinia.

« Mais comment as-tu eu l'idée de te déguiser en femme ? » lui demanda Ilaria en riant.

Attilio Profeti eut un geste désinvolte. « Je ne voulais pas faire souffrir ta mère. »

Et alors, Ilaria comprit. Son père ne s'était pas déguisé en femme pour plaisanter, encore moins par esprit de provocation. Il ne voulait même pas être transgressif. Pour transgresser, il faut connaître les interdictions et personne n'avait jamais dit à Attilio Profeti ce qu'on ne peut pas faire. Il avait été pragmatique. Il y avait un problème et il fallait trouver une solution. Comment assister à la soutenance de sa fille sans être vu ? C'était évident : avec une perruque blonde sur la tête.

Il n'était pas venu lui parler de perruques mais de travail. Maintenant qu'elle avait terminé l'université avec la meilleure des notes, dit son père à Ilaria, il savait comment lui trouver un emploi. Des amis lui avaient dit qu'un poste de cadre moyen venait de se libérer à la mairie de Rome. Le salaire initial n'était pas exorbitant, mais plus que généreux pour une jeune diplômée. Ilaria devrait le voir comme un tremplin pour une très belle carrière, inamovible et protégée, dans l'administration publique. En théorie, le poste aurait dû être pourvu par voie de concours et, pour être précis, réservé à ceux qui avaient un diplôme plus technique – en économie ou en droit. Mais c'étaient des détails insignifiants. Ses amis l'avaient assuré qu'il y avait des méthodes bien rodées pour contourner les avis de concours, en respectant en même temps les apparences de la procédure. Surtout, insista Attilio, car il la connaissait et savait à quel point elle tenait à se sentir en accord avec sa conscience, il fallait qu'Ilaria comprenne qu'il ne s'agissait pas d'une recommandation. C'était simplement le moyen le plus efficace pour être sûr que serait affectée à un poste à responsabilités une personne sérieuse et intelligente comme elle. En fait, il y allait de l'intérêt public des citoyens à l'engager.

En écoutant son père, Ilaria sentait qu'elle respirait de plus en plus difficilement. Quand Attilio eut terminé, elle garda le silence, non pas, comme il le pensa lui, parce qu'elle réfléchissait, mais parce qu'elle cherchait son souffle.

« Le voilà donc, se dit Ilaria, le familialisme amoral. » Et la famille était la sienne. Son père, l'illettré éthique. Dysfonctionnement, privilège et favoritisme vus comme des moteurs évidents de la société. Presque naturels. Ilaria sentit un goût amer dans sa bouche.

Un autre jour, elle aurait répondu à son père sur un ton méprisant. Avec pédanterie, elle lui aurait dressé la liste détaillée des valeurs sur lesquelles elle entendait fonder sa propre vie et auxquelles elle ne renoncerait pas. Elle aurait raconté comment, durant ses quatre dernières années d'études, elle était passée d'une banlieue à l'autre, d'un côté à l'autre du périphérique pour faire du soutien scolaire. Elle lui aurait parlé des adolescents qu'elle avait rencontrés : ceux dont la seule activité extrascolaire était de fumer des joints ou pire, devant les grands immeubles de Torre Angela loin de tout cinéma, bibliothèque ou structure sportive ; et des fils d'avocats au Fleming avec l'étude de papa qui les attendait déjà des années avant d'être diplômés. Elle lui aurait dit qu'elle avait décidé de consacrer son existence à l'école publique en tant qu'unique facteur d'égalité – même minime – des chances entre les deux types de jeunesse. Et que la manière de penser qu'elle essaierait de transmettre à ses élèves, dans les décennies à venir, était exactement à l'opposé de sa proposition. Qui en fait la dégoûtait.

C'est ainsi qu'Ilaria aurait répondu à son père à un autre moment. Mais quelques jours auparavant, il avait mis une robe et une perruque blonde et il l'avait fait pour elle. Cette affection paternelle bizarre et impudente l'avait remplie de joie. Elle dit donc seulement : « Il n'en est pas question. »

Quand Attilio s'en alla, alors qu'il avait déjà un pied sur le seuil, il lui demanda : « Tu as besoin d'argent, mon trésor ? »

Ilaria secoua la tête, mais il avait déjà glissé la main dans sa poche. Il en sortit deux billets de cent mille lires – pratiquement ce qu'elle gagnait chaque mois avec ses cours particuliers. Comme il l'avait fait avec le portier de l'hôtel Ghion quelques années plus tôt, il lui mit l'argent dans la main, la forçant à refermer ses doigts dessus.

Quelques semaines plus tard, Attilio Profeti glissa de nouveau les mains dans ses poches. Il en sortit quatre petits appartements dans un immeuble de standing moyen entre la piazza Vittorio et la gare Termini, un pour chacun de ses enfants – du moins les Italiens.

Un vendredi soir, peu de temps après son emménagement dans son nouvel appartement à l'Esquilin, Ilaria rencontra Piero Casati à une fête d'amis d'amis. Ils ne se voyaient plus depuis des années. Piero avait d'abord étudié à Milan puis à l'étranger. Ils fréquentaient des milieux différents et, en plus, depuis qu'Attilio Profeti avait rompu le sacrement du mariage en mettant un terme à la clandestinité de sa relation avec Anita, Casati père avait cessé de le fréquenter, lui et sa famille.

Tandis qu'ils parlaient de choses et d'autres devant la table des boissons, ils sentirent brusquement leurs jambes trembler d'émotion. Moins d'une heure après, sans saluer personne, ils s'enfuirent de la fête et allèrent chez Ilaria. Ils y restèrent deux jours et trois nuits, sans sortir. Piero ne s'en alla que le lundi à l'aube, les yeux cernés et brillants, comblé et épuisé. Ilaria n'avait pas de cours ce jour-là et elle resta nue dans son lit. Leur odeur flottait encore dans la pièce, se mêlant à celle des murs fraîchement repeints. Tout au souvenir de son corps alangui, elle passa la matinée à revivre les dernières soixante heures.

Jusque-là, pour elle, le sexe n'avait guère été plus qu'une

activité sportive. Agréable certes, mais pas plus qu'un bon massage. Sûrement moins efficace que la masturbation. Mais quand Piero était entré en elle, il avait atteint un endroit en son centre qui lui était encore inconnu. Ilaria, allongée les yeux au plafond, reçut la plus simple des révélations : « Voilà pourquoi on vit. »

À partir de ce jour, il leur fut impossible de vivre loin l'un de l'autre. Ils traversaient la ville chaque fois qu'ils le pouvaient pour être ensemble.

« Où étais-tu passée ? lui demanda Lavinia au bout d'un moment. On ne se voit plus depuis des semaines. »

Ilaria se dérobait. « J'ai rencontré quelqu'un. »

Elle le dirait tôt ou tard à son amie de toujours. Elle lui avait toujours tout raconté et elle le ferait également cette fois-ci. Mais elle n'avait pas encore envie de lui confier qu'il s'agissait de son ami d'enfance, Piero Casati. Elle se dit qu'il était normal de vouloir protéger ce nouvel amour. La réalité c'était que Piero et elle, à part se montrer le sens de la vie au lit, n'avaient rien, mais vraiment rien en commun.

« Et pourtant, nous sommes faits pour vivre ensemble, dit Piero la première fois qu'ils prirent acte de cette chose de façon explicite. Tu vois ? Ça s'appelle le mystère.

— Ça s'appelle le sexe, répondit-elle. Nous sommes la preuve que la *Weltanschauung* compte pour des prunes si deux personnes ont envie de baiser. »

Piero n'était jamais choqué par les manifestations de cynisme d'Ilaria ; il ne les prenait pas au sérieux. Pour toute réponse il lui embrassa un sein.

Mais il était vrai qu'il valait mieux ne pas parler de politique et ils apprirent à ne pas en parler. Ilaria commença vite à se demander s'il serait jamais possible de partager une vie avec lui. Mettre en commun leurs amitiés respectives. Bref, vivre ensemble. Et plus elle essayait de se l'imaginer, moins elle y parvenait. Car à la longue, la passion érotique c'est comme le tanin : un peu diluée – par l'affection, la complicité, le partage de l'existence –, elle rend la peau douce. Mais à l'état pur, elle peut être très amère.

Seul l'effondrement du mur de Berlin amena Ilaria et Piero à éprouver un court moment les mêmes émotions pour un événement public. Ce fut la première et unique fois où ils partagèrent dans leurs draps autre chose qu'euphorie, espoir et sentiment de libération. Des portes fermées depuis des décennies semblaient s'ouvrir sur un monde nouveau – peut-être là, enfin, y aurait-il une place pour une vie ensemble.

En novembre 1989, Anita, buvant à petites gorgées son café du matin avec son mari, devant la photo en première page de jeunes de la moitié de l'Europe qui tapaient avec entrain à coups de marteau sur un mur couvert de graffitis, s'exclama : « Tu te rends compte, mon amour ? Quand je portais ma première minijupe, la plupart d'entre eux n'étaient même pas nés. Mon Dieu, comme nous sommes vieux ! »

Attilio Profeti lui lança un regard plus noir qu'un rideau de fer. « Parle pour toi. »

La fin de la guerre froide avait fait tomber l'un après l'autre les régimes satellites de l'URSS, même les plus insignifiants et marginaux comme celui de l'Éthiopie. Le général Meles Zenawi, son nouveau jeune leader, imitant ce qu'on faisait ces années-là dans l'ex-RDA, ouvrit les dossiers secrets du régime de Mengistu et autorisa leur consultation.

Cela dura peu de temps. Tout comme en Allemagne de l'Est, des familles entières se déchirèrent à la suite de ce qu'elles avaient découvert : untel avait trahi untel, untel avait dénoncé des membres de sa famille et des amis, untel avait été espionné dans des circonstances qu'il croyait intimes. On se dépêcha de refermer et de détruire les archives. L'histoire de trahisons, d'horreurs et d'un demi-million de morts du Derg, insignifiante au regard des grands équilibres géographiques mondiaux, ne laissa ainsi aucune trace, si ce n'est dans le psychisme brisé et dans la chair blessée des survivants – comme Ietmgeta Attilaprofeti Ezezew, le frère qu'Ilaria ignorait avoir.

Peu de journaux italiens racontèrent les détails de la fin du régime de Mengistu ; aucun ne parla des trois ministres du Derg qui, afin de se soustraire au procès pour les massacres commis, s'étaient réfugiés à l'ambassade d'Italie d'Addis-Abeba. Attilio Profeti l'apprit par Carbone. Le vieux camarade de régiment avait encore beaucoup d'amis en Éthiopie qui lui envoyaient des nouvelles fraîches et il l'appela exprès de Bénévent. Ce fut lui qui dit à Attilio qu'un des trois ministres était bien celui qui avait échangé des passeports et une libération contre un petit tas de jetons : Berhanu Bayeh.

« Pourquoi l'ambassade d'Italie ? demanda Attilio.

— La version officielle c'est qu'aucune autre ne les a laissés entrer.

— Et la version officieuse ?

— Que c'est en échange de toute l'aide que le Derg a donnée à nos entreprises. »

Attilio leva les yeux au plafond, le récepteur calé entre son oreille et son épaule. Il resta un long moment ainsi sans dire un mot.

« Tu n'y crois pas, toi ? lui demanda Carbone.

— Non. C'est-à-dire si. C'est sûrement pour ça. De la gratitude. »

Quand il raccrocha, Attilio Profeti fixa longuement le téléphone sans le voir. Il pensa à Edoardo Casati, qui ne croyait pas à la gratitude. Et qu'il aurait été bien embarrassé, en effet, si les trois ministres avaient révélé au tribunal les détails de leurs rapports avec la Coopération italienne.

Berhanu Bayeh ne franchit plus jamais la porte de l'ambassade. Les trois ministres furent jugés par contumace et condamnés à la peine capitale. Le gouvernement d'Addis-Abeba demanda plusieurs fois qu'ils lui soient livrés, mais il se vit opposer un refus pour raisons humanitaires : pour les condamnés à mort, la Constitution italienne interdit l'extradition.

7

2010

« Fais-toi une raison, sœurette ! » a dit Attilio ce matin quand Ilaria lui a expliqué pourquoi elle allait à la Bibliothèque nationale. « À quoi ça sert de fouiller ? À qui ça sert ?

— À moi. »

Et elle est partie. À pied, en prenant le passage piétons souterrain qui relie les quais de la gare Termini, comme les touristes avec leurs valises et les gens faisant la navette avec leurs attachés-cases, le visage bleui par le néon qui crache sur les murs colorés, dominés par la voix métallique qui annonce les arrivées, les départs et les retards – combien de retards – et par le grondement des trains passant au-dessus de leurs têtes.

Elle aime bien cette sorte de passage secret urbain. Elle arrive même à imaginer qu'elle fait partie de ces quelques non-voyageurs qui l'empruntent pour leurs déplacements habituels en ville d'un quartier à l'autre, de l'Esquilin à Castro Pretorio. Du reste, elle aime tout ce qui se rapporte au chemin de fer : guichets, salles d'attente, wagons, locomotives, quais s'étirant jusqu'à l'horizon, et même les ballasts surélevés du TGV. Elle aurait fait le bonheur de son grand-père chef de gare.

À l'entrée de la Bibliothèque nationale de Castro Pretorio, Ilaria dépose sa carte d'identité, retire la clé d'un casier, y glisse son sac avec ses clés et son portable. Elle ne garde avec elle qu'un stylo et un carnet.

À présent, elle est dans la salle où sont conservés les derniers fichiers papier. Son doigt court sur les vieux petits cartons, glissés dans une tringle en acier. Après des années de catalogues électroniques, elle apprécie ces gestes obsolètes : extraire de son alvéole en bois le bon tiroir (POL-PRU), le poser sur la tablette, faire défiler les fiches : Pozzi, Procopio, Prodi…

« Le voilà ! »

« Profeti, Attilio ». Sa mère avait raison : il n'était pas difficile à trouver, il suffisait de le chercher. Elle lève la tête et croise un regard de verre. La jeune fille du fichier d'en face la regarde à travers d'épaisses lunettes d'hypermétrope. Ilaria se rend compte qu'elle s'est exclamée à haute voix.

Avec la recherche Internet, elle aurait pu commander le texte de chez elle et le trouver à son arrivée à la banque de prêt. Mais pour ces archives, on doit faire la demande par écrit, comme il y a plus de vingt ans quand elle préparait ses examens ici. Elle remplit le bulletin en se concentrant pour ne pas se tromper dans les lettres et les chiffres de la cote et, en même temps, ignorer le sens des mots. Ceux du titre sous le nom de son père.

La bibliothécaire a un rouge à lèvres orange. Elle prévient Ilaria qu'elle devra attendre une heure. Une heure ! La femme ouvre et ferme ses lèvres couleur balise routière : « Oui, dit-elle, la lenteur des demandes de consultation des archives papier est due à l'absence de numérisation. »

Ilaria va au bar, mais elle ne peut rien commander sans portefeuille et elle est trop nerveuse pour avoir envie d'aller le chercher dans le casier du vestiaire. Alors, elle va feuilleter les journaux dans la salle des périodiques (« Kadhafi à Rome – Aujourd'hui et demain conférence sur le Coran avec des centaines de jeunes filles sélectionnées et rigoureusement nubiles. Dans la soirée, spectacle équestre donné par les cavaliers berbères avec les carabiniers à cheval »). Elle n'a même pas une pensée pour le volume qu'elle a demandé, mais elle regarde sans arrêt sa montre.

Enfin, le numéro lumineux au-dessus de la banque de prêt l'informe que son document est arrivé. C'est un fascicule de petite dimension, en papier jauni et usé sur les bords, qui sent la pulpe de bois. Dans la salle de lecture, Ilaria choisit une table au fond, dans le coin derrière les baies vitrées, près de la sortie de secours. Elle y appuie ses coudes et cache son visage d'une main. Elle ne veut pas qu'on la voie en train de lire *Écrits de racisme fasciste* édité par Cipriani, Lidio, celui qui, comme elle l'a expliqué plusieurs fois à ses élèves, fut le premier signataire du Manifeste de la race par lequel Mussolini introduisit les lois raciales. Et elle veut encore moins être vue en train de lire *Notre race en Afrique* de Profeti, Attilio.

Elle inspire profondément, bruyamment, comme un haltérophile avant de se pencher sur la barre. Elle commence à lire.

Quand on médite sur les tentatives infinies des Européens pour civiliser l'Afrique, quand on pense que les millions de Noirs emmenés en Amérique n'ont pratiquement pas assimilé les caractéristiques de la civilisation avec laquelle ils sont en contact, on est amené à croire que les populations africaines sont marquées d'un sceau indélébile d'infériorité. Car, de l'Évangile des missionnaires à la cravache des tortionnaires, des lois à la force, de la politique de séparation à celle de la confusion, tous les moyens ont été employés envers les populations d'Afrique.

Et alors, puisque l'infériorité des Africains est chronique, ou plutôt historique, le problème de la race se pose ; c'est-à-dire de notre race en Afrique. Car, dans le croisement entre une race supérieure, la nôtre, et une race inférieure, les Noirs, ce ne sont pas les inférieures qui élèvent le niveau des supérieures, mais l'inverse. Et alors, puisque nous ne pouvons pas nous permettre le luxe de perdre délibérément des énergies en chemin, se pose la nécessité de la plus absolue, de la plus féroce, de la plus implacable séparation entre Blancs et Noirs. Autrement, on devient gris, d'abord dans le sang puis dans l'esprit.

Ilaria halète, elle sent qu'elle se noie. Depuis qu'elle a commencé à lire – il y a quelques minutes –, elle a bien dû respirer plusieurs fois, et pourtant elle a l'impression de sortir d'une plongée en apnée.

Elle tourne les pages, cherche la date de publication : « An XVII E.F. – 1939 ». Elle lève les yeux. Elle les passe comme un pinceau sur le dos des autres lecteurs de la Bibliothèque nationale, dont aucun n'est en train de lire l'écrit d'un père qui célèbre la suprématie blanche.

Quand elle referme le fascicule, les feuilles retombent l'une sur l'autre comme des ailes de papillons fatigués.

Elle rend le volume. Puis elle glisse sa carte magnétique dans le tourniquet, pousse la porte vitrée qui donne sur l'entrée, sort du bâtiment, traverse le jardin. Elle franchit le portail de la bibliothèque et parcourt à pied les quelques pâtés d'immeubles qui séparent Castro Pretorio de Termini. Elle descend dans le passage piétons, elle se trouve de nouveau entourée par les murs colorés, les néons, les lettres numériques sur les écrans, les appels avec les annonces des arrivées et des départs. Du bout du couloir, un homme d'âge mûr court vers elle, tenant son chapeau de paille à la main ; un instant avant de la renverser, il tourne à angle droit et monte quatre à quatre les marches qui conduisent au quai 11, mais à mi-chemin il s'arrête net et murmure : « Merde ! » Depuis le passage souterrain, Ilaria ne voit pas le train que l'homme a raté, mais elle entend le grondement et le cliquetis au moment où il passe au-dessus de sa tête. Quand elle arrive devant sa porte d'entrée, elle veut prendre ses clés dans son sac. Elle s'aperçoit alors qu'elle n'a ni l'un ni l'autre. Elle tient toujours dans sa main gauche son carnet avec son stylo accroché et le petit anneau de la clé du casier. Il est glissé à son index comme une alliance.

Ilaria se voit donc forcée d'affronter un troisième voyage par le passage souterrain pour aller récupérer à la bibliothèque son sac contenant ses clés, son portefeuille et son portable, ainsi que sa carte d'identité qu'elle a laissée en dépôt. Plus un quatrième, pour rentrer enfin chez elle.

« Alors, qu'est-ce qu'il a écrit papa pour te bouleverser ainsi ? » lui demande Attilio. Ilaria essaie de le lui expliquer, mais Attilio hausse les épaules.

« Ok, Ilaria, allez ! Tout le monde était fasciste à cette époque. Et puis il était si jeune. Tu sais quelles conneries je disais à vingt ans ? »

Ilaria ne répond pas. Attilio se penche pour mettre ses yeux au niveau des siens. « Hé Ilaria ! Maintenant tu devrais me répondre que j'en dis encore… »

Mais elle garde le silence, le regard baissé.

Attilio lui entoure l'épaule de son bras. « Écoute : d'accord, papa était raciste. Mais ce n'est pas une raison pour renoncer à balancer des vannes à ton frère. »

Cette remarque lui arrache enfin un sourire. Fugace, cependant. « Il l'a écrit quand il était en Éthiopie, lui dit-elle. Alors qu'il vivait avec une femme africaine. Alors qu'elle allait donner naissance à un fils *gris* !

— Ah ! Donc ce n'est pas le racisme qui te gêne. C'est l'hypocrisie. Écoute, voilà ce que je pense : nous savons maintenant que quand il était jeune, il racontait déjà des bobards, et assez opportunistes même. Mon Dieu, quelle affreuse nouveauté ! Écoute, c'est moi au contraire qui ai quelque chose à te dire… »

Attilio regarde la porte de sa chambre où se trouve le jeune homme. Il baisse la voix. « Je dois repartir dans quelques jours, je ne peux pas perdre toutes les réservations. Mais je ne veux pas te laisser seule avec lui.

— De quoi as-tu peur enfin ! s'emporte Ilaria, mais son frère ne la laisse pas finir.

— J'ai déjà décidé. Je l'emmène avec moi. »

Elle le regarde. « Alors tu le crois ?

— Je ne sais pas ce que je crois. Je ne sais pas s'il est notre parent…

— Neveu.

— Ce qu'il est. De toute façon, ça ne change rien. Je sais seulement que deux bras de plus sur la *Chance* sont toujours utiles. Je le paierai bien sûr ! Ensuite, à la fin de la saison, nous verrons calmement quoi faire.

— Comment fera-t-il pour prendre l'avion avec toi sans papiers ?

— Je vais louer une voiture. Tu savais qu'il aimait les dauphins ? »

Ilaria penche la tête de côté, elle l'examine comme un tableau dans une galerie. Voilà pourquoi ce jeune frère est de loin son préféré. Si pragmatique, le contraire d'un sentimental, un très brave garçon en réalité.

« Non, je ne le savais pas.

— Ciao, Ilaria. »

Le jeune homme vient de sortir de la chambre d'Attilio.

« Ciao, Shimeta !

— Alors, j'y vais, dit le jeune homme à Attilio.

— Où vas-tu ? lui demande Ilaria.

— Prendre mes affaires. À l'endroit où je vivais avant.

— Et comment tu y vas ?

— En métro.

— Mais la ville est en état de siège, avec des policiers partout ! Si on t'arrête ? Allez, je t'accompagne. »

Pour la première fois depuis qu'il est en Italie, le jeune homme ressent le désir de courir, de courir à perdre haleine. Est-ce qu'il y arriverait encore ? Est-ce que dans ses jambes il y a encore un peu de la vitesse – celle des tendons et des muscles, la vraie, pas celle des rêves – de l'époque où son cousin était en vie ? De l'époque où il n'était pas encore *sorti*.

« Ce n'est pas la peine, murmure-t-il. J'y vais tout seul.

— Tu sais qu'Ilaria a raison, lui dit Attilio. Tu ne peux pas prendre le métro. Du moins pas aujourd'hui. Laisse-la te conduire. »

Une ombre passe sur les yeux du jeune homme, même sur

son bon œil qui semble un instant embué. Il pince les lèvres avec une grimace de malaise.

« Non, vraiment. Il vaut mieux pas…

— Qu'y a-t-il, tu n'as pas confiance ? » fait Ilaria.

Il hausse les épaules, l'air plus grave, détourne le regard. Son embarras est plus explicite qu'une réponse affirmative.

« Tu sais la confiance c'est comme une corde, dit-elle plus sèchement qu'elle ne voudrait. On doit la tenir à deux, sinon ça n'est pas valable. »

Attilio ricane : « Oh, revoilà notre Ilaria ! Je te reconnais bien là. » Puis il ajoute à l'adresse du jeune homme : « Un conseil : si tu ne veux pas te faire engueuler, fais ce qu'elle te dit. »

Le ciel reflété par les fenêtres de l'immeuble occupé, avec les monts Albains en arrière-plan, se voit de loin. On dirait un bâtiment quelconque de banlieue de l'autre côté du périphérique, entouré d'affreuses constructions, du grouillement de la gare routière régionale et des hangars informes dominés par celui d'Ikea, bleu-jaune et gigantesque comme un container largué par un vaisseau spatial. C'est en fait un des nombreux gros immeubles de cette banlieue romaine populaire qui, pour les habitants des beaux quartiers du centre-nord, est plus inconnue et exotique que bien des pays tropicaux.

Quand elle s'approche avec sa Panda, Ilaria comprend que cet immeuble en verre entouré d'un terrain vague n'est pas un ensemble quelconque de bureaux. Ce qui était autrefois un chemin d'accès est devenu une bande de ciment fissuré d'où sortent des épillets et de la menthe sauvage. Les antennes paraboliques sur le toit sont reliées aux fenêtres par des câbles électriques libres ; sur les terrasses, des rangées de linge étendu pour sécher. Des groupes d'hommes – pas une seule femme parmi eux – sont assis à l'ombre du bâtiment. Ils sont maigres, ils ont la peau foncée et le front haut de la Corne de l'Afrique, comme le jeune homme. Ils ont tous les yeux fixés sur la Panda qui se gare.

« Attends-moi là », lui dit-il en ouvrant la portière. Mais, quand il disparaît à l'intérieur, Ilaria sort de la voiture et le suit sur ce trottoir squelettique. Deux hommes en cafetan la regardent en silence, accompagnant chacun de ses pas de leurs iris noirs. Jusqu'à ce qu'Ilaria arrive à une porte en verre fissuré et maintenu par du ruban adhésif. Elle entre.

Après le soleil collant d'une fin d'été, l'obscurité la prend au dépourvu. Dans le noir, une odeur lui parvient : un mélange de tomates et d'oignons frits, de toilettes bouchées, de moisi, d'encens, d'épices et de sueur. Ses pupilles se dilatent peu à peu et elle commence à distinguer une entrée vaste et impersonnelle, peut-être celle d'un ancien hôpital, ou d'une annexe d'un ministère, mais qui maintenant est divisée par un dédale de murs précaires en espaces à première vue insensés, comme un langage de plâtre et de carton dont Ilaria ignorerait l'alphabet, entre matelas jetés par terre, tables bancales, fauteuils boiteux et même un vélo. Ici, il y a aussi des femmes et des enfants. Il y a ceux qui ont des gestes vifs et assurés, ceux qui semblent au contraire flotter dans le fluide d'une attente sans fin. Un homme portant la tenue d'une société de livraison sort en courant et en regardant sa montre l'air inquiet, le visage gris de celui qui dort mal et jamais suffisamment. Entre-temps, trois hommes silencieux sur un canapé défoncé examinent Ilaria, comme si c'était un pigeon tombé là par hasard. Personne ne lui adresse la parole. Une petite fille aux yeux aqueux et ronds comme des soucoupes essaie d'aller à sa rencontre, mais une femme, la tête entourée d'un voile, la retient par sa petite robe. Le jeune homme a disparu. Ilaria voit un escalier, elle s'apprête à monter. Du bout d'un couloir, deux hommes courent au-devant d'elle en hurlant, ils la bousculent et la poussent dehors.

« Mais ils m'ont prise pour qui ? » demande Ilaria au jeune homme quand ils sont de nouveau dans la Panda, sur le chemin du retour.

« Pour une de celles qui viennent, voient des toilettes pour cent personnes, des matelas par terre, des tuyaux cassés. Et ça les rend tellement tristes qu'elles écrivent aux journaux : "On ne peut pas traiter comme ça les demandeurs d'asile !" ; "Ce ne sont pas des animaux, ce sont des réfugiés !". Et quand tout le monde en parle, la police est obligée de venir.

— Mais la police ne peut pas ne pas savoir que des centaines de personnes vivent là-dedans !

— Oui, mais si personne ne les appelle, ils font semblant de ne pas le savoir. Ils n'ont pas d'autre endroit pour nous. »

Ilaria acquiesce. « J'ai compris. Tes amis m'ont prise pour une belle âme. »

Le jeune homme la regarde, l'air interrogateur. « *Belle âme ?* »

« Une qui vient, s'indigne et puis s'en va. En se fichant bien des conséquences de cette indignation. »

Le jeune homme rit. « Oui. On a déjà bien assez de problèmes. »

Elle rit avec lui, ne cessant de changer de vitesse du fait de la forte circulation sur la via Casilina. « Moi non plus, jamais supportées. »

Mais à peine a-t-elle prononcé cette phrase que lui revient comme un aliment indigeste celle qu'elle lui a dite juste avant de sortir. « La confiance c'est comme une corde. On doit la tenir à deux, sinon ça n'est pas valable. » C'est maintenant qu'elle réalise ce que craignait le jeune homme si elle l'accompagnait au dortoir : qu'elle contribue sans le vouloir à faire perdre à ces personnes leur dernier toit. Ilaria sent ses joues s'empourprer brusquement. Quel sermon insupportable que le sien. De la pire espèce, de ceux qui impliquent une supériorité morale. Alors qu'en fait – elle le voit bien à présent – ce n'était que l'énième expression de son privilège : le prix de la confiance trahie n'est pas le même pour celui qui a tout et pour celui qui n'a rien. Une belle âme, voilà ce qu'elle est : quelqu'un assis dans son appartement au sixième étage qui parle à un autre accroché à la fenêtre comme si les conséquences pour eux étaient les mêmes, au cas où la corde qui les relie viendrait à céder.

Ilaria tourne la tête, elle ne veut pas lui montrer qu'elle a honte. Elle reste ainsi, comme si elle examinait par la fenêtre les balcons vitrés de l'autre côté de la route. De toute façon, elle n'a pas besoin de regarder devant elle : ils sont toujours à Torre Maura et la circulation est complètement bloquée. Le silence se prolonge si longtemps que lorsqu'elle adresse de nouveau la parole au jeune homme, il tressaille.

« Mais ton père, est-ce qu'il a jamais vu son père ? C'est-à-dire le mien ? Donc ton grand-père.

— Une fois. Dans une voiture. Quand il l'a sorti de prison.

— Qu'est-ce que c'est que cette histoire de prison ? Je voulais te le demander l'autre jour, mais il y avait tant à raconter…

— Du Derg. Moi, je suis né grâce à leurs déportations.

— Qu'est-ce que ça veut dire ?

— Sans déportations, les Italiens ne devaient pas construire de villages ; sans villages à construire, Attilaprofeti ne revenait pas en Éthiopie ; sans Attilaprofeti, mon père mourait en prison. Ma mère dit qu'elle est tombée enceinte de moi la nuit où il est revenu à la maison. Ils ne se voyaient plus depuis huit ans. »

Ilaria s'est tournée pour le regarder. « De quelles déportations parles-tu ? Quels villages ? Et qu'est-ce que les Italiens viennent faire là-dedans ?

— Ceux après la grande faim. Tu n'as jamais entendu parler de Tana Beles ? »

Ilaria secoue la tête énergiquement. « Non. Je n'ai pas la moindre idée de ce que c'est. »

Le jeune homme esquisse un sourire. « Alors, il avait raison, mon ami…

— Que disait ton ami ?

— Que vous ne savez rien de nous, pas même du temps où vous y étiez. »

Brusquement, le souvenir de Tesfalem – *mon frère de carreau* – écrase le jeune homme de son poids de pierre tombale. Sa voix se brise :

« C'est une longue histoire. Compliquée.

— Tu me la racontes ? »

Ilaria fait avancer sa Panda dans l'espace qui s'est libéré – deux mètres et demi, peut-être carrément trois. Le jeune homme se met à raconter.

8

Quand il y avait le « grazie »
avec ton savon
tu te lavais toi.
Quand il y avait le « thank you »
avec ton savon
l'Anglais se lavait.
Maintenant il y a l'« amaseghenallò »
et ton savon
tu le manges parce que tu as faim.

On regrette toujours les malheurs d'hier en les comparant à ceux d'aujourd'hui, en Éthiopie comme partout ailleurs. Et, jusque dans les années cinquante, l'empereur Hailé Sélassié n'avait pas totalement interdit une vague nostalgie pour les Italiens. Cultiver cette bienveillance était préférable à l'amertume envers les réparations de guerre jamais obtenues ou la restitution refusée de l'obélisque d'Axoum. Et puis, au début des années soixante, plus de trente ans après la fin de l'occupation fasciste, les sujets du Lion de Juda avaient d'autres problèmes. Il valait mieux éviter toute revendication qui aurait pu dégénérer en de bien plus actuels mécontentements : la modernisation promise qui avançait au ralenti, les privilèges exagérés dont jouissaient encore les nobles. Jusqu'au moment où la famine qui balaya l'Éthiopie en 1973 devint insupportable, même pour un peuple habitué depuis toujours aux crampes de leur estomac vide.

« Les malheurs marchent comme les chèvres, un derrière l'autre », disait Abeba aux clients de sa boutique-café, devenue au fil des années un lieu de rendez-vous dans le nouveau quartier à l'ouest d'Addis-Abeba. Difficile de lui donner tort : la faim qui tenaillait les hauts plateaux centraux depuis plus d'un an avait conduit à la rébellion d'un comité (*derg* en amharique) de militaires qui avait déposé le vieil empereur. Fragile et menu comme une statue de porcelaine, la barbe hirsute et le visage creusé, il avait été escorté hors du Jubilee Palace et poussé dans une vieille Coccinelle bleue aux pare-chocs cabossés – voiture populaire choisie à dessein pour couvrir de ridicule le dernier voyage du négus neghesti, roi des rois, Lion de Juda et aussi dernier descendant du roi Salomon. Personne, à part ses gardiens, ne le revit jamais vivant.

Peu de temps après, quand le nouveau dictateur Mengistu Hailé Mariam brandit au Meskel Square une bouteille de liquide rouge pour montrer qu'il était prêt à boire le sang de ses propres ennemis, Abeba dit : « Un pays qui tombe en ruine produit des porcs-épics. » Mais cette fois-ci, elle ne le dit pas à ses clients – il était devenu dangereux de se fier même aux plus fidèles – mais à ses deux enfants : Ietmgeta et Saba.

Douze ans plus tôt, Abeba s'était aperçue qu'elle était à nouveau enceinte et avait tapé des mains, amusée : jamais une femme stérile n'avait eu autant d'enfants, deux carrément ! Et le deuxième, à l'âge où le ventre des autres femmes commence à se dessécher. Le futur père de sa fille était un marchand de châles du Merkato qui demandait Abeba en mariage depuis des années. Mais chaque fois elle lui riait au nez : « Un homme amoureux d'une vieille femme, moi je n'en veux pas ! »

En réalité, Abeba n'avait pas besoin de mari. Elle avait sa boutique et aussi un homme à la maison, Ietmgeta. Ce n'était pas une grossesse qui la ferait changer d'avis. Quand Saba était née, elle l'avait traitée différemment : si l'identité du fils d'Attilio Profeti lui avait été donnée par son père – peu importe s'il ne l'avait jamais connu –, elle qui était une fille la recevrait de sa mère. Abeba préparait des lasagnes pour Ietmgeta, mais Saba et elle mangeaient des *injera.* Lui, elle l'avait envoyé à l'école des religieuses italiennes, sa fille, elle, fréquentait maintenant celle du *kebelé.* Et surtout, elle parlait de temps en temps en italien avec Ietmgeta (« *Bravo mio figlio !* » lui avait-elle dit le jour où il avait obtenu son diplôme), jamais avec Saba. Mais à tous les deux, elle avait enseigné le code de comportement qui rend un Amhara digne de son peuple, cette *yilugnità* qu'elle-même avait apprise enfant : respecter les anciens, ne pas tenir à soi-même plus qu'aux autres, toujours dire la vérité. Un jour, Saba trouva dans un tiroir le vieux miroir que le père *talian* de son frère avait offert à leur mère bien des années plus tôt. Abeba ne le lui retira pas des mains. « Attention de ne pas te regarder trop souvent, tu pourrais perdre la raison, lui dit-elle seulement. Si tu veux savoir qui tu es, regarde comment te regardent les autres. »

Cependant, malgré l'éducation la plus italienne possible que sa mère avait essayé de lui donner, Ietmgeta avait découvert à l'université la fierté d'être africain. Un nouvel espoir de dignité traversait le continent ces années-là ; et l'Éthiopie jamais colonisée, à part ces cinq négligeables années – pas un jour de plus – d'occupation italienne, en était évidemment le centre moral. Ietmega laissa pousser ses cheveux en forme d'auréole noire comme celle des anges sur les plafonds des églises, bien qu'il les ait beaucoup moins crépus que ses camarades d'université, presque raides même. Quand le Derg débarqua, Ietmgeta se réjouit de la fin du féodalisme, de l'avancée du prolétariat, de la terre aux paysans. Il avait organisé une lecture intégrale collective à haute voix du *Capital.* On le trouvait seulement en russe et en allemand, et donc un de ses camarades qui avait fait ses études à Moscou traduisait en improvisant en amharique les concepts de Marx, phrase par phrase, les déclamant devant un cercle de jeunes silencieux. Ils ne comprirent peut-être pas grand-chose, mais personne n'interrompit jamais la lecture, qui dura de longs mois.

L'annexion de l'Érythrée était vue aussi comme son retour à la mère-patrie abyssinienne : les conscrits allaient au front en chantant, disait-on, heureux de mourir pour l'internationalisme. Ietmega se rendit dans les villages, comme tant d'autres diplômés, pour enseigner alphabet et marxisme. C'était obligatoire, mais il partit quand même avec enthousiasme. Il tenait à participer au mouvement irrépressible qui apporterait à tous teff et justice sociale : aujourd'hui en Éthiopie, bientôt dans toute l'Afrique, enfin dans le monde entier. Lui aussi voulait participer à la construction de cette nouvelle ère.

La déception fut très rapide.

La grande réforme agraire ne distribua pas du tout la terre aux paysans, mais aux fonctionnaires du parti, qui les accablaient comme les seigneurs l'avaient fait pendant des siècles. Et le peuple tant exalté dans les mots fut utilisé en réalité comme carburant humain pour alimenter la sanglante machine de guerre. Chaque *kebelé* avait un quota de conscrits à respecter ; si on n'arrivait pas au nombre fixé, le chef *kebelé* allait les chercher manu militari. Plus d'une fois, tandis qu'Ietmega enseignait les élégantes complications de l'alphabet amharique à des enfants qui n'avaient jamais vu un texte écrit jusque-là, les soldats avaient fait irruption, pointé leurs kalachnikovs sur le tableau et emmené un élève. Les gens avaient commencé à cacher leurs fils dans les grottes où ils s'étaient réfugiés quelques décennies plus tôt pour se protéger des gaz italiens.

Dans le café d'Abeba, personne n'osait plus plaisanter sur la peau noire de Mengistu. Au début de la révolution, elle riait de voir un commandant avec ce teint d'esclave ; maintenant il n'y avait plus de quoi rire. Pour asseoir son pouvoir sur les forces armées, le Derg avait tué en une seule journée les soixante officiers les plus haut gradés. Quand Abeba apprit qu'il y avait aussi parmi eux ras Mesfin, elle courut chez Carbone. Elle le trouva qui pleurait en cachette, à l'abri du regard de ses voisins. En temps de guerre, cet aristocratique résistant avait causé la mort de nombreux Italiens, mais en temps de paix il en avait sauvé presque autant – dont lui, le vieux mécanicien *ensablé*. Abeba joignit ses larmes aux siennes et à celles de Maaza. Elle ne comprenait pas pourquoi il avait été nécessaire de tuer un homme aussi noble et généreux.

Dès lors, les choses ne cessèrent d'empirer. Et commencèrent les irruptions dans les maisons en pleine nuit, les mères qui couvraient les yeux de leurs enfants dans la rue pour qu'ils ne voient pas les cadavres éventrés. Les personnes arrêtées étaient exposées enchaînées en rang le long des trottoirs, avec un écriteau autour du cou : TUEZ-MOI JE SUIS UN TRAÎTRE ; jusqu'à ce que passe un révolutionnaire zélé du peuple avec un fusil que venait juste de lui remettre le chef *kebelé*, peut-être débiteur de l'un d'entre eux, ou quelqu'un qui avait levé les yeux sur sa femme, ou simplement un enthousiaste de la révolution, et il exécutait la requête.

Désormais, les porcs-épics étaient partout.

Ietmgeta commença à distribuer des tracts politiques contre le régime. Il venait de se marier, mais il ne parla même pas à sa femme de la ronéo avec laquelle il les imprimait – trop dangereux. C'était un précieux militant : la résistance au Derg était surtout organisée par les étudiants et lui, qui avait plus de trente ans, risquait un peu moins que les autres d'être arrêté par la soldatesque.

« Ils nous disent de détruire nos maisons, chantait Abeba en préparant le café dans sa boutique, mais c'est notre lit qu'il faut brûler en même temps que tous les poux. » C'était en réalité une invective contre le gouvernement assassin et les fonctionnaires corrompus. Comme son grand-père le lui avait enseigné bien des années plus tôt, Abeba utilisait une langue double : le sens apparent pour les idiots et les espions, et le sens caché mais authentique. Ce n'est qu'ainsi qu'on pouvait désormais se servir des mots, entourant d'une couche de cire l'or fin de la réalité. Tout comme les hangars gris des réunions officielles du Derg couvraient les souterrains avec les trésors cachés de l'Éthiopie et sa noble histoire.

Jusqu'au jour où Ietmgeta ne rentra pas à la maison.

Où était-il ? Comment allait-il ? Le seul fait de poser ce genre de questions au sujet de ceux qui disparaissaient était dangereux. Abeba et sa femme ne pouvaient qu'attendre.

Elles restèrent sans nouvelles de leur fils et mari pendant un an et demi.

Alors que Saba succombait à un sommeil agité, les deux femmes se tenaient compagnie la nuit. Comme si, en restant éveillées, elles pourraient aider aussi l'homme qu'elles aimaient à rester en vie, à surmonter les tortures et la faim. Elles se donnaient du courage : s'il avait été exécuté, se disaient-elles, les gardiens seraient venus nous demander l'argent de la balle en échange du corps, comme c'était arrivé aux voisins avec leur petit-fils. Mais on n'avait vu personne. C'était bon signe.

Où était-il ? Comment allait-il ?

Elles n'eurent la réponse que dix-huit mois plus tard : il était vivant, il était en prison. Ce jour-là, Abeba, sa belle-fille et Saba pleurèrent de joie.

Les prisons du Derg se trouvaient dans la banlieue, sous les nouveaux immeubles en ciment armé, laid et gris mais prestigieux, où vivaient les cadres du régime. Aux étages supérieurs, il y avait des appartements ou des bureaux, des salles de réunion, et même des bibliothèques ; en dessous, enfermés dans des caves, ceux qui, du moins pour le moment, ne seraient pas exécutés. On ne leur donnait ni à manger ni à boire. Les familles de certains d'entre eux savaient qu'ils étaient là et apportaient de la nourriture qui était partagée entre tous. Ce communisme avait lieu en bas, dans les obscures prisons, alors qu'en haut, à la lumière du soleil, le Derg trahissait. Cire et or, cire et or, là aussi.

Quand elle sut qu'il était vivant, Abeba se dit : « J'ai appelé mon fils Ietmgeta qui veut dire "Je suis noble partout". Et en effet, il a toujours été noble dans la maison de sa mère, il est noble quand il marche dans la rue, il est noble quand il enseigne aux étudiants. Archange Gabriel, protège-le pendant qu'il est noble aussi en prison. »

Puis elle écrivit une lettre, avec l'aide de Carbone.

Attilio Profeti se rendit auprès de l'ambassadeur de la République démocratique d'Éthiopie le jour même où il la reçut. Le siège se trouvait derrière Castro Pretorio, dans une petite villa liberty au mur couvert de clématites violettes qui lui rappela, de façon incongrue, le bordel aux portes de Bagnacavallo qu'il fréquentait dans sa jeunesse. Le diplomate lui offrit un excellent café abyssinien.

« Vos informations sont fausses, lui dit-il avec une grande gentillesse. En Éthiopie, tout le monde est heureux. Il n'existe donc pas de criminels et personne n'est en prison. »

Ce soir-là, Attilio Profeti effleura de ses lèvres le front de son dernier fils, celui auquel il avait donné son propre nom de baptême. Alors qu'il sortait en silence de sa petite chambre, qu'il embrassait Anita et mettait son manteau, tandis qu'il conduisait pour se rendre dans l'élégant appartement de son autre famille officielle, il ne cessa jamais de se demander comment sauver son premier fils, celui auquel il n'avait même pas pu donner son nom. Il ne savait pas. Il pouvait seulement attendre la bonne occasion.

Elle arriva quelques années plus tard avec une autre famine, encore plus terrible, qui concerna justement en particulier, et comme par hasard, les régions où l'opposition au Derg était la plus forte. Et s'y s'ajouta la décision, sous couvert d'action humanitaire, d'en déporter la population sur des terres où les autochtones n'avaient pas eu leur mot à dire.

Elle arriva avec les ingénieurs, les techniciens et les entrepreneurs italiens qui dirigèrent la construction de ces nouveaux villages, elle arriva avec une victoire au poker.

Puis bien sûr, après ce voyage d'Attilio Profeti en Éthiopie, il se passa bien d'autres choses : les violences sur les populations indigènes dans les régions de la villagisation, les conflits armés, la guérilla, l'enlèvement de techniciens italiens, la situation de moins en moins gérable, la guerre contre l'Érythrée qui dévorait entre-temps une génération, le Derg qui touchait à sa fin. Ce fut l'inévitable abandon du projet. Les populations déportées furent laissées sans eau ni assistance médicale, ni terres, ni bétail. Le grand hôpital qui aurait dû être un modèle pour toute l'Afrique tomba en ruine et les éperviers y firent leurs nids. Mais en attendant, Attilio Profeti avait réussi à sauver la vie de son fils aîné, et ce fut un succès indéniable de la Coopération italienne.

9

2010

Chaque habitation sera étudiée en cherchant des solutions pour empêcher l'accès des moustiques porteurs de malaria, qui sont la première cause de mortalité ici.

Quelles sont ces solutions ?

Des moustiquaires importées directement d'Italie.

Et si une moustiquaire se déchire ?

Nos fournisseurs seront toujours prêts à nous vendre de nouveaux lots. De même que les fournisseurs d'outillage agricole. Nous avons établi une convention spéciale d'exclusivité pour les pièces de rechange en cas de panne.

Une convention avec qui ?

Avec l'entreprise prestataire italienne.

Donc, si le tracteur d'un paysan tombe en panne, il pourra prendre la pièce de rechange chez un mécanicien éthiopien, mais il devra attendre qu'elle arrive d'Italie ?

Oui, mais il sera sûr que ce sera une pièce d'excellente qualité.

Et combien de temps faudra-t-il pour qu'elle arrive, cette pièce de rechange ?

Pas plus de quelques semaines.

Mais combien dure la saison de la récolte ?

Une dizaine de jours.

Quand ils sont rentrés, le jeune homme est allé dans l'appartement d'Attilio. Une fois chez elle, Ilaria se met devant son ordinateur pour trouver une confirmation à ce qu'il vient de lui raconter. Après les temps d'attente interminables à la Bibliothèque nationale, de nouveau l'accès immédiat au savoir dans l'ère Google. Il suffit de saisir les mots-clés « Éthiopie », « Coopération italienne », « Mengistu » et voilà : des pages et des pages de liens, d'articles, d'interviews, d'études, et même les actes de la commission d'enquête parlementaire sur cette exportation à l'étranger des pots-de-vin à l'italienne. Tout est à sa disposition, rien n'est secret. Le problème, c'est plutôt qu'il lui faudrait des semaines pour tout lire.

En 1985, un frère combonien du Trentin, qui avait décidé de vivre dans un bidonville de Nairobi, définit la nouvelle loi sur la coopération internationale voulue par Bettino Craxi comme une « loi sur la faim, certes, mais celle italienne – la faim de pots-de-vin et de marchés ». « Que les missionnaires fassent les missionnaires », lui avait répondu avec mépris le Premier ministre. Les paroles du père Alex Zanotelli semblèrent toutefois résonner au Sénat dix ans plus tard, en 1996, quand la commission d'enquête fit son rapport sur les fraudes commises depuis.

> La Coopération italienne n'a pas été un instrument de grand développement pour les pays du tiers-monde, mais simplement une occasion de prédations, de gaspillages et de bénéfices pour les entreprises italiennes, protégées et garanties par l'État aux dépens du contribuable. L'aide aux pays tiers était un résultat marginal, si tant est qu'il y en ait eu. Le secteur des grands travaux a été le secteur des vols.

Ilaria lit dans la transcription de la séance comment un des sénateurs décrit la villagisation voulue par Mengistu :

> Un projet pharaonique voulu par un dictateur et mis en œuvre par nous sans considérer le génocide que comportait ce

projet. Un dictateur qui ne se souciait pas non plus des conséquences sur le plan international, parce que de toute façon à ce moment-là, en Occident, personne ne s'occupait de guerres inconnues comme celle entre l'Éthiopie et l'Érythrée, malgré les millions de morts.

Quel âge avait-elle à l'époque ? se demande Ilaria. Une vingtaine d'années. C'était une jeune adulte, avec le droit de vote. Elle allait à l'université, faisait du bénévolat, se considérait comme une personne attentive aux choses du monde. Et pourtant.

Et pourtant, « *vous ne savez rien de nous, pas même du temps où vous y étiez* ».

Dans cette salle du Sénat, quatorze ans plus tôt, les membres de la commission décrivent des cimetières d'outillage abandonné. Ilaria s'imagine l'effort du sténographe obligé de courir derrière des phrases qui, tandis que le rapporteur se laisse transporter par l'émotion, perdent leur rigueur de concordance et de ponctuation.

> Quand je suis arrivé dans cette cathédrale du désert, dans ce temple de la déportation, de ce que peut commettre de plus abject un régime, de quelque couleur qu'il soit, en voyant tous ces travaux s'effriter au fil du temps, en peu d'années même, je n'ai pas réussi à trouver une raison rationnelle mûrement réfléchie à cette terrible entreprise de l'Italie en Éthiopie, à ces grandes affaires dans une période de guerre sans merci qui a coûté Dieu sait combien de millions de morts, pas moins de deux millions.

Elle a l'impression de voir le visage en sueur du sénateur, alors qu'il n'arrive pas à maîtriser son désarroi et son indignation.

Ilaria n'a pas reconnu un seul nom parmi ces parlementaires ; ce n'étaient probablement pas des représentants politiques de premier plan. C'est justement pour ça, sans doute, qu'on les avait chargés d'une enquête si peu rentable en monnaie d'échange politique, en positions avantageuses. Ils avaient été élus dans des circonscriptions de province, des endroits comme les Marches, la Basilicate, la basse plaine du Pô. Qui sait, peut-être que l'un d'entre eux avait profité là de son médiocre pouvoir, fait engager un proche, chapardé sur une petite adjudication provinciale. Ou avaient-ils été au contraire des fidèles serviteurs de l'État, honnêtes mais sans ambitions particulières, de peu d'imagination. Ils n'étaient peut-être jamais allés en vacances plus loin que Riccione ou Maratea. Et elle les imagine un jour, étourdis par la nuit d'un vol intercontinental, débarquant d'un hélicoptère dans un endroit poussiéreux et boueux, ou les deux à la fois, avec les gouffres d'un pays tout juste sorti du trio infernal famine, guerre et dictature. Là, ils voient que d'autres Italiens comme eux, qui avaient promis d'apporter la prospérité et le progrès à des enfants au ventre gonflé de vers, aux femmes aux mamelles plates, ont en fait contribué au décompte final de leur misère. Ils constatent comment la rouerie italienne, la souple désinvolture envers les lois souvent accueillie dans leur patrie avec la patience amusée qu'on réserve aux espiègleries d'un enfant, s'est mise ici au service – plus ou moins consciemment, mais ce n'est pas la question – de l'enfer sur terre. Cela fait brusquement disparaître à leurs yeux le vieux jeu du *do ut des*[1] entre petites et grandes malhonnêtetés, tout comme l'arrivée d'un tsunami fait disparaître un robinet qui fuit. Et sur « cette terrible entreprise de l'Italie » (Ilaria relit la syntaxe tarabiscotée du rapporteur), ils n'arrivent plus, ils n'arrivent vraiment plus, à « trouver une raison rationnelle mûrement réfléchie ».

Ilaria ferme les yeux, met son visage dans le creux de sa main. Il fait presque nuit. La lumière bleue de l'écran éclaire son front et le bout de son nez qui dépasse de ses doigts. Les yeux

1. Donnant donnant.

fermés, tout ce qu'elle a appris sur son père en un peu plus de deux jours s'embrouille en ce point indéfini entre ses yeux qu'elle identifie comme le lieu de sa propre conscience. Elle se sent tel un de ces prophètes stupides qui ont osé dire au numineux « Révèle-toi ! » et qui ont fini aveuglés. Mais il ne s'agit pas d'une épiphanie, c'est même le contraire : on ne peut verser l'océan de la réalité dans une tasse. Du moins pas d'un seul coup.

Et pourtant, comme il a été simple de savoir. En moins d'une heure de navigation sur le Web, elle a trouvé toutes les informations nécessaires. Comme dit sa mère, c'est très facile de trouver. Il suffit de chercher.

Piero Casati lève les yeux des restes de mousse à raser dans le lavabo et un homme le regarde dans le miroir. Il n'a pas les yeux rapprochés de son père – l'ascendance d'Europe centrale de sa grand-mère maternelle lui a évité l'air rusé qu'Edoardo Casati tenait de ses ancêtres cardinaux. Mais l'accusation qui se trouve dans ce regard n'est pas l'objectif d'un caméraman ; il ne peut la cacher derrière le plumet d'un carabinier.

« Tu n'es ni bête ni de mauvaise foi, lui a dit un jour Ilaria, je ne comprends pas comment tu arrives à avaler toutes ces saloperies.

— La vue longue, lui a-t-il répondu. Faire de la politique ça veut dire avoir la vue longue. »

Alors, elle l'a embrassé sur le front avec un petit rire. « Machiavel sait mettre de l'ordre dans la maison de mon homme. » Ces deux derniers mots prononcés par hasard, dits avec la facilité d'un « ciao » ou d'un « merci », l'avaient mis de bonne humeur pendant une semaine.

Il y a quelques mois, Giulia, la mère de ses enfants, s'est révélée être la femme intelligente, sous son apparence affectée de lectrice de *Maison & Jardin*, que Piero a toujours pensé qu'elle était. « Ce n'est pas moi la femme avec qui tu veux vieillir, lui a-t-elle dit. Nous avons essayé, toi tu as essayé, mais il suffit d'une seule allusion à Ilaria Profeti pour que ton visage fonde comme du beurre au soleil. » Et même si c'est la fréquentation d'un jeune notaire, de belle prestance et à la très solide situation financière, avec qui elle ne discute pas de mesures cadastrales, qui a donné un coup de pouce à l'intelligence de Giulia. C'est mieux ainsi.

Ils se sont séparés pour la deuxième fois de façon amicale et indolore. Les enfants, lancés dans de prestigieuses études universitaires internationales, ont désormais bien d'autres chats à fouetter que de souffrir de la séparation formelle de leurs parents – celle de fait dure depuis des années. L'inflexible défenseur de l'indissolubilité du sacrement du mariage de tout parent ou subordonné, Edoardo Casati, est mort depuis deux ans. Piero Casati, donc, est de nouveau libre, comme lorsqu'il a demandé à Ilaria de l'épouser et qu'elle lui a ri au nez. À ceci près que, entre-temps, il a tellement pratiqué cette maudite vue longue qu'il risque de devenir aveugle face à tout ce qui lui est proche. À commencer par lui.

Depuis qu'il est entré en politique, il a avalé pas mal de saloperies, comme dit Ilaria. Mais depuis quelques mois, son inquiétude a grandi au point de devenir une sensation constante et collante. Celle qu'il lit maintenant dans les yeux de son propre reflet : une sensation de dégoût.

« Tu es devenue une fondamentaliste de la moralité en réaction à l'amoralité de ton père », a dit une autre fois Piero à Ilaria et elle lui a répondu : « Eh bien, toi aussi tu es devenu si extraordinairement merveilleux en réaction à un père horrible. »

Ils ont ri comme toujours, dans leur jeu de rôle décennal. Mais ils savaient qu'ils venaient d'évoquer quelque chose de vrai : tous les deux ont parcouru leur propre vie en équilibre précaire sur une corde, tendue entre leurs origines et leur détermination à ne pas se laisser conditionner par elles. Elle a fait des choix plus radicaux, mais lui s'est donné un objectif plus ambitieux encore : ne pas renier sa propre extraction sociale, mais s'en servir pour réaliser ce en quoi il croit. Et il sait que c'est la seule raison pour laquelle elle lui pardonne d'être un député de l'odieux Silvio Berlusconi : il n'est pas de mauvaise foi. Cela lui a suffi jusqu'à hier, quand il s'est surpris à éviter la caméra comme un criminel qu'on vient d'arrêter et qui cache son visage.

Piero Casati doit finir par s'avouer que la bonne foi ne suffit plus.

Il est entré en politique avec une idée d'efficacité conservatrice, une idée de société où pour créer une entreprise on n'aurait pas besoin de demander mille autorisations avec des complications bureaucratiques orientales ; où les excès des hommes d'État de la Première République seraient corrigés par un peu de marché sain, par l'allègement de la lourdeur du fonctionnement de l'administration. Mais rien n'a été réalisé par les gouvernements auxquels il a participé concernant ce projet de rénovation dont, il en est convaincu, l'Italie a besoin comme de l'oxygène qu'on respire. Les intérêts privés ont asphyxié toute idée de la chose publique. Et désormais la dégénérescence est dans l'air. Il règne un climat de bas-empire, de foire d'empoigne, avec des rats dans la soute qui rongent les dernières croûtes de fromage avant que le bateau ne s'écrase sur les rochers. Et il n'en peut plus d'appuyer sur le bouton vert depuis son banc pour des lois qu'ils jugent secrètement inutiles, erronées et nuisibles.

Il observe son visage dans le miroir. Quelle serait l'existence de l'homme qu'il a devant lui s'il démissionnait de toute charge parlementaire ? S'il reprenait la propriété familiale dans la région de Viterbe et se mettait à produire du vin ? Surtout, si aujourd'hui même, ce soir, sans perdre une seule seconde, il allait voir Ilaria pour lui dire : « Regarde-moi, je suis un homme libre, je n'ai plus ni femme, ni père, ni cette carrière politique qui te dégoûte tant, je veux passer le reste de ma vie avec toi et toi aussi, j'en suis sûr. »

Subitement, cette sensation de liberté cesse d'être une condition théorique et devient une réelle possibilité. Un avenir qui est dans l'ordre des choses, comme lorsqu'il avait huit ans et qu'il a donné son premier baiser à Ilaria – en trichant, parce que la chance sourit aux audacieux, pas à ceux qui ont des principes.

Piero se sent soulagé, animé d'un sentiment d'honnêteté et de bonté, sous l'effet de la décision qui mûrissait en lui depuis des mois et dont il ne prend conscience que maintenant. Peut-être n'est-il pas seulement possible mais vraiment simple d'être heureux.

« Puisqu'il suffit de chercher, se dit Ilaria, eh bien cherchons. »

Alors qu'ils étaient pris dans cet embouteillage entre le dortoir et l'Esquilin, après l'histoire de la libération de prison d'Ietmgeta, le jeune homme lui avait aussi parlé de l'Éthiopie actuelle. De la corruption contre laquelle son cousin, lui et tant d'autres jeunes ont protesté, le payant de leur vie ou de l'exil. D'une autre digue énorme mais plus au sud, dans la vallée de l'Omo, dont une entreprise, toujours italienne, a été chargée par le gouvernement de Meles. Comme à l'époque du Derg, on prévoit des déportations massives, des destructions environnementales, des famines et des massacres. Les journalistes qui osent en parler sont incarcérés ou on les fait disparaître.

Ilaria saisit de nouveaux mots-clés : « Éthiopie », « Italie » et « 2010 ». Et voilà que de nouveau apparaissent des pages et des pages d'informations, toutes celles qu'elle veut. Dans un article vieux de quelques mois, elle lit des phrases parfaitement adaptées à ce deuxième jour de visite à Rome du colonel Kadhafi.

> Il faudrait peut-être se préparer à un autre scénario comme celui avec la Libye : Berlusconi demandera pardon à l'Éthiopie pour le colonialisme et offrira des financements au régime en réparation. Entre-temps, les Éthiopiens qui vivent autour de la digue verront leurs vies détruites et ceux qui protestent meurent.

Elle retrouve aussi les mêmes idées que dans les actes de la commission parlementaire quatorze ans plus tôt :

> [...] a accusé le gouvernement Berlusconi de transformer les aides aux pays pauvres en aides d'État aux entreprises italiennes [...] grâce aussi au désintérêt des médias italiens.

Le titre de l'article est : « La colonie éthiopienne ».

Le vibreur de son portable arrache Ilaria à sa concentration.

Un SMS. JE DOIS TE PARLER. JE PEUX VENIR ?

Piero. Celui qu'elle considérait comme la part la plus contradictoire de sa vie il y a trois jours encore. Quel temps innocent et dépassé.

Elle a mal au cou. Elle n'a pas changé de position depuis plus d'une heure. Elle lève les yeux, elle a juste le temps d'apercevoir le passage d'un avion dans le rectangle bleu pétrole de la fenêtre.

Une autre sonnerie, mais à présent c'est la sonnette de l'entrée.

Ilaria va ouvrir. Le jeune homme se tient sur le palier.

« Attilio dit que c'est prêt. »

De l'appartement d'en face, à travers la porte ouverte, s'échappe une bonne odeur, bien plus engageante que l'éternel curry de l'immeuble. Ilaria s'habituerait bien à un délicieux dîner tous les soirs. Elle regrette que ces deux-là partent après-demain.

Avant de les rejoindre, elle relit le SMS. Elle pousse un soupir, assez bruyant même. L'arrivée du jeune homme ressemble à celle d'un déménageur devenu fou : il a déchargé devant sa porte une myriade d'objets pêle-mêle, certains peut-être explosifs, la laissant seule pour y mettre de l'ordre. Non, maintenant il lui est impossible de trouver aussi une place pour Piero. Elle a même besoin de le tenir à distance.

Elle tape : AUJOURD'HUI JE NE PEUX PAS. JE NE SUIS PAS SEULE.

10

« Papa, tu as déjà tué à la guerre ?

— Oui, une fois.

— Qui ?

— Un mouton.

— Un mouton ennemi ?

— Non, c'était un des nôtres. Mais il était blessé à une patte et il souffrait trop.

— Et comment il s'était blessé ?

— En atterrissant après un saut en parachute. C'était un mouton très vaillant. »

Quand elle était petite, Ilaria aimait bombarder de questions son père qui, assis sur son petit lit, remplissait la pénombre de tendresse et de gaieté. Être la seule fille lui avait toujours donné le privilège d'avoir une chambre rien qu'à elle. Ses frères aînés avaient dû partager la leur, jusqu'à ce que l'évolution de la carrière et du salaire d'Attilio Profeti lui ait enfin permis d'acheter un appartement de *grand standing*, comme Marella l'avait toujours désiré.

Mais Ilaria n'était pas la seule à profiter de ces moments en tête à tête avec son père. Si Attilio ne passait pas tous les soirs de la semaine chez Anita, ce n'était pas uniquement parce qu'il avait du mal à trouver de nouvelles excuses puisque Marella ne semblait d'ailleurs pas disposée à s'interroger sur les étranges horaires de son mari. C'était aussi parce qu'il désirait passer plus de temps avec cette petite fille qu'il n'aurait vue sinon qu'en vitesse le matin ou bien endormie.

Le Mouton Parachutiste devint le héros de nombreuses histoires qu'Attilio lui racontait : ses actes de guerre intrépides derrière la ligne de front, sa capacité à s'infiltrer dans les troupeaux ennemis, à comprendre habilement leurs plans. Dans ses opérations d'espionnage, il se déguisait souvent en mouton noir ou bariolé – les couleurs des ennemis – mais il était blanc, très blanc. Attilio interprétait même pour Ilaria le terrible cri de bataille avec lequel il terrorisait les ennemis, appelé aussi le Bêlement Belliqueux : « Bêêêêêêêê ! »

Ilaria écoutait avec enchantement ou bien riait si fort qu'elle en avait mal au ventre, mais ensuite elle exigeait de plus amples explications. Même quand son papa lui racontait des histoires plus traditionnelles comme celle de Cendrillon.

« Mais pourquoi ses demi-sœurs sont aussi méchantes ?

— Parce qu'elles sont envieuses.

— Envieuses de quoi ?

— Du fait qu'elle est très belle et noble, alors qu'elles ne sont pas du même sang.

— Qu'est-ce que ça veut dire pas du même sang ?

— Qu'elles ne sont pas nobles comme elle. Sa maman est morte, elle, elle l'était. Une vraie dame. Mais sa marâtre et ses filles sont de sang roturier. Elles sont donc forcément laides.

— Et mon sang, comment il est ? »

Ces très grands yeux qui se détachaient sur le drap réchauffaient toujours le cœur d'Attilio. Voilà enfin un amour simple, peut-être le seul de sa vie. Libéré de toute intolérance et de la secrète appréhension d'être dominé que toutes les femmes adultes lui inspiraient au bout d'un moment ; de même que de la prudente rivalité qu'il éprouvait envers tous les hommes, fils compris. Il lui caressa la tête.

« Ton sang est bon, ma chérie. Très bon. C'est la raison pour laquelle tu es si intelligente. »

Ilaria apprécia le contact de cette main râpeuse, mais elle n'en demeura pas moins perplexe. Ses yeux se fermaient et la question qu'elle allait poser fut effacée par le sommeil.

Le matin suivant, alors qu'un de ses camarades montrait au tableau la différence entre les majuscules arrondies (B, D, P et R), Ilaria se coucha sur son bureau. Elle se mit à frotter son index sur le bord d'une page de son cahier jusqu'à ce que le papier entaille sa peau. Au bout de son doigt apparut une goutte de sang, rouge et ronde comme une coccinelle sans taches noires. Ilaria la tint en équilibre, veillant bien à ne pas la faire tomber.

Elle l'observa longuement, avec la minutie d'un scientifique, pendant presque tout le reste du cours. Mais elle n'arriva pas à comprendre comment cette toute petite goutte pouvait lui donner le don de l'intelligence.

Ilaria avait huit ans quand toute la famille d'Attilio Profeti fut invitée au baptême du dernier-né d'Edoardo Casati. Tandis que le vieil officiant donnait au bébé le prénom programmatique de Patrice, la longue mèche qui cachait son crâne se redressa en voletant sous l'effet des courants d'air qui traversaient l'église. Un enfant du même âge qu'Ilaria se tourna vers elle d'un air complice, tira en l'air ses cheveux avec deux doigts et mima le mouvement de voile battue par le vent que lui inspirait cette fine mèche grise. Ilaria éclata de rire.

« Chut ! » murmura l'enfant en mettant un doigt sur sa bouche, mais en recommençant son imitation et en la regardant en face cette fois-ci. Ilaria rit tellement qu'elle ne put retenir quelques gouttes de pipi. Des dizaines d'années après, ils plaisanteraient sur leur première rencontre : à huit ans déjà, Piero Casati avait le pouvoir de la faire mouiller.

Ilaria et Piero ne se quittèrent plus pendant tout le reste de la réception ; la présence de centaines d'invités dans cet immense jardin de la villa via Salaria favorisait l'indifférence de leurs parents. Ils n'avaient pas encore passé deux heures ensemble qu'il lui demanda de l'embrasser. Elle fut si heureuse de cette proposition qu'elle s'échappa en courant. Il la poursuivit alors avec une boîte de chocolats qu'il avait volée dans une salle pleine de cadeaux et la défia à un jeu de hasard. Elle devrait fermer les yeux et choisir un chocolat à l'aveugle qui fixerait son sort. Chocolat à la noisette : un baiser. Chocolat noir : une gifle (donnée par elle). Chocolat blanc : un baiser avec la langue.

Ils furent tous les deux soulagés quand Ilaria ne prit pas le chocolat blanc – l'idée les dégoûtait un peu. Mais aussi déçus : Ilaria s'était retrouvée avec un chocolat noir dans la main. Elle eut à la fois si peur et si envie de transformer en caresse la gifle qu'elle devait lui donner qu'elle lui appliqua une claque retentissante. Désolée de le voir tenir sa joue endolorie et parce qu'elle n'avait pas non plus l'intention de rater l'occasion, elle lui dit : « Je ferme à nouveau les yeux et j'en prends un autre. Si c'est encore un noir, tu peux me donner une gifle et nous serons quittes. »

Mais Piero mit sous ses doigts le chocolat que tous les deux désiraient vraiment qu'elle prenne. « Noisette ! » s'écria Ilaria en rouvrant les yeux, faisant l'étonnée, mais vraiment heureuse. Ainsi, sous la contrainte des règles supérieures du jeu, Ilaria et Piero échangèrent leur premier baiser.

L'année suivante, quand Ilaria était en CE2, son institutrice tomba malade et fut remplacée. Comme beaucoup de jeunes femmes dans les années soixante, la suppléante portait de grandes jupes colorées, elle avait les cheveux aux épaules et la conviction que son véritable devoir consistait à éduquer les enfants à la fraternité entre les êtres humains. Un matin, elle leur dicta un sujet de rédaction : « As-tu déjà vu un Noir ? Raconte. »

Ce ne fut pas un succès. L'Italie était encore un pays où *immigré* voulait dire quelqu'un parti vivre à New York, en Allemagne ou en Australie. Peu d'élèves avaient vu des hommes d'autres continents. Plus de la moitié écrivirent sur leur feuille :

« Non. » Les moins laconiques : « Seulement au cinéma ou à la télé. » Parmi le petit nombre qui avait vécu cette extraordinaire expérience, un élève particulièrement perspicace, qui avait très bien compris où voulait en venir l'institutrice, écrivit : « Oui, une fois, mais d'après moi ce n'était pas un inférieur. » Ilaria avait bien vu aussi ce que voulait la remplaçante, mais elle n'avait jamais vu une personne à la peau noire, pas en vrai. La première, ce serait quelques années plus tard, en 1975, à dix ans et demi, quand commencèrent à arriver en Italie les domestiques érythréennes.

La leur s'appelait Haddas. Elle fuyait la guerre qui venait d'éclater entre celle que les journalistes appelaient encore « première colonie » – bien qu'elle ne le fût plus depuis trente ans – et l'Éthiopie – dont en revanche personne, jamais, ne se rappelait l'occupation italienne. Le curé don Samuele l'avait recommandée à Marella comme une personne « bonne, dégourdie et propre » et il lui avait assuré que ce n'était pas une sauvage : les religieuses d'Asmara lui avaient enseigné à faire les choses « à l'italienne ». Elles lui avaient appris à cuisiner et à parler d'une façon vieillotte et parfumée : son italien était comme un vêtement resté longtemps dans la naphtaline. Bien que la trouvant un peu jeune, Marella l'engagea à l'essai pour une semaine.

Certaines de ses amies faisaient porter des gants blancs aux domestiques érythréennes quand elles servaient à table (« tu sais, ces mains noires… »), mais Marella trouvait ça trop prétentieux. Elle lui donna donc seulement une petite coiffe blanche à mettre sur ses cheveux, une blouse à rayures pour faire le ménage et un tablier blanc avec une bavette en dentelle pour apporter les plats.

« Tu as un nom un peu difficile, je t'appellerai Ada. Ça ne te gêne pas ? »

Haddas fit signe que non.

Marella la laissa seule et elle enfila son nouvel uniforme. Quand elle se regarda dans la glace, elle sourit. Elle avait dû abandonner son pays dévasté par la guerre et la misère, mais à présent elle était dans cet autre pays qui de loin lui était si familier. Elle l'avait très bien étudié depuis qu'elle était petite. Elle savait réciter par cœur les noms de toutes les régions et même ceux des Alpes, en s'aidant comme tous les écoliers italiens de la comptine de leurs initiales : *Macongranpenalerecagiù.* Elle savait qui avait remporté le festival de Sanremo et le Tour d'Italie, parce qu'à Asmara c'étaient des nouvelles importantes, et au cinéma Roma elle avait vu les films de Bud Spencer et Terence Hill – peut-être que maintenant elle les verrait en vrai ! En se regardant dans la glace avec sa nouvelle tenue de travail – un uniforme si italien –, un chant sortit de ses lèvres. Celui avec lequel, tous les jours, au lycée professionnel où elle avait obtenu son diplôme de comptable, commençaient les leçons : « Frà-tè-ellì / d'I-tà-alià / l'I-tà-alià / s'è dè-està… »

Elle entonna doucement les couplets, en les scandant à voix basse pour atténuer sa peur et sa nostalgie. Ils lui donnèrent de l'espoir. Ici aussi, se dit Haddas, tout le monde chantait sûrement chaque matin le magnifique hymne italien.

Le premier soir, elle prépara des lasagnes qu'elle réussit bien. Marella demanda à Attilio s'il les trouvait à son goût. Trop inquiet par ce que lui avait dit Anita quelques jours plus tôt, il la félicita machinalement, sans lever la tête de son assiette et presque sans voir la nouvelle jeune fille qui le servait.

Le deuxième soir, Attilio dit à Marella qu'il était retenu par son travail et resta dîner chez sa maîtresse.

Le troisième soir, Haddas prépara un rôti et ce fut un succès. Les garçons aimèrent surtout les pommes de terre croustillantes cuites au four avec du romarin. Alors seulement, Attilio remarqua cette jeune femme aux ombres violettes sous les yeux qui enlevait les assiettes sans faire de bruit.

« D'où vient-elle ? » demanda-t-il à Marella. Cela faisait des mois, peut-être des années qu'il n'adressait pratiquement jamais en premier la parole à sa femme.

« D'Érythrée. C'est don Samuele qui me l'a passée. »

Attilio suivit Haddas du regard : le balancement de son poids d'un côté à l'autre, ses gestes minutieux. Il observa son poignet foncé pendant qu'elle retirait son assiette. Quand elle se pencha pour prendre le plat au milieu de la table, sa hanche effleura un instant son visage et elle l'engloba dans son odeur.

Attilio ferma les yeux.

Il retint sa respiration. Il reconnaissait ce parfum dense.

Il ne les rouvrit que lorsque la jeune fille fut retournée à la cuisine.

Comme d'habitude, Marella ne s'aperçut de rien.

« Demain, dis-lui de préparer un plat de son pays », dit Attilio, une fois le dîner terminé.

Le quatrième soir, Haddas prépara le *zighinì*[1]. Elle gardait du berberé dans sa valise. Elle en mit peu, beaucoup moins que ce qu'on utilisait en Érythrée, malgré tout les garçons n'aimèrent pas. Emilio, comme toujours, fut le plus comédien : il commença à éventer sa bouche ouverte d'une main, à avaler de grands verres d'eau, gargouillant avec un soulagement manifeste. Federico, même s'il avait plus de vingt ans, pour ne pas être en reste se mit à haleter comme un chien, la langue pendante. Ilaria, beaucoup plus petite et indifférente à leur lutte incessante pour attirer l'attention, fit remarquer : « C'est pas chaud et pourtant ça brûle. »

Le lendemain c'était dimanche. Le jour de la semaine où Anita faisait semblant d'être une femme de trente ans, libre et sereinement à l'écart des trop nombreuses mains masculines dont sa mère, célibataire de guerre, n'avait pas su la protéger depuis qu'elle était petite. En réalité, elle affrontait ce jour avec l'angoisse d'un homme préhistorique qui attend tout au long de la nuit noire que son soleil apparaisse à nouveau : Attilio.

Ils avaient suivi la plus vénérable tradition de flirt extraconjugal de l'Occident : elle était sa secrétaire. Ce ne fut certes pas la première femme avec laquelle Attilio avait trahi Marella, ni la

1. Plat de viande de bœuf ou d'agneau, cuite avec des oignons et des tomates et très relevé avec du berberé.

dernière, mais la seule vers laquelle il continua à revenir ; et pas seulement parce qu'elle était toujours là, au bureau, prête à être cueillie comme une fraise. Attilio Profeti était tombé amoureux – autant que pouvait l'être un homme nullement effleuré par la possibilité de renoncer à quelque chose en échange du bonheur des autres. En effet, il n'avait jamais évoqué l'éventualité de quitter sa femme. Et même si, au cours des mois précédents, on n'avait parlé de rien d'autre en Italie que du référendum sur la loi qui légalisait le divorce. Partout, sur les affiches dans les rues, dans les bars, dans les salons, il était impossible d'échapper à une discussion sur le sujet. Sauf dans deux endroits : dans les bureaux de l'entreprise d'Edoardo Casati, où il avait été interdit aux employés de remettre en question le caractère indissoluble du sacrement du mariage, et dans l'appartement d'Anita, du moins quand Attilio était là. Au moment de se rendre aux urnes, Attilio Profeti vota contre le divorce. Marella et Anita s'exprimèrent au contraire en sa faveur.

Quand ils arrivaient à dîner ensemble, Attilio et Anita singeaient les gestes d'un couple marié : la présentation sur la table des bons petits plats auxquels Anita consacrait de longues heures de préparation, les conversations sur le canapé, le luxe d'une heure de sommeil enlacés. Mais il était formellement interdit de conjuguer aucun verbe au futur. Jusqu'à ce que, quelques jours plus tôt, Anita lui montre le résultat de ses examens d'urine.

« Qu'est-ce que je dois faire ? » lui avait-elle demandé. Puis, elle avait ajouté, haletante comme une petite fille qui sait qu'elle exprime un désir un peu capricieux : « Je voudrais tellement pouvoir le garder. »

L'avortement était encore illégal en Italie, mais certains praticiens sérieux résolvaient ce genre de problèmes dans leurs cabinets privés. La discrétion qu'ils offraient n'était pas bon marché, mais pour Attilio ce n'était plus un problème.

« Allez, ne t'inquiète pas, lui avait-il dit en la serrant contre lui avec la bonne humeur simple de celui qui n'a aucun motif d'appréhension. On décidera plus tard. »

Mais ensuite, une fois sorti de chez elle, tout en traversant la ville la nuit en direction de son appartement où dormaient déjà depuis des heures trois de ses enfants et leur mère, il s'était arrêté à un feu orange qui clignotait. Il s'était garé et avait posé la tête sur ses mains qui tenaient le volant. L'inéluctabilité des processus biologiques survenant dans l'utérus d'Anita lui était tombée dessus de façon brutale et redoutable. « Je voudrais tellement pouvoir le garder », lui avait-elle dit. Elle lui avait demandé la permission d'avoir un enfant de lui. S'il ne le lui permettait pas, elle s'en débarrasserait – tant elle l'aimait. Attilio avait laissé le feu intermittent l'éclairer, il y avait cherché son salut, comme un bateau perdu guidé par un phare. Quand il s'était réveillé, deux heures plus tard, le feu passait de nouveau du rouge au vert et le jour se levait.

Aujourd'hui, le premier dimanche après cette nuit-là, Attilio était agité.

Marella avait accompagné Ilaria à un goûter d'enfants. Haddas était allée passer son après-midi libre avec certaines de ses compatriotes. Emilio et Federico aussi étaient sortis après le déjeuner. Ces deux adolescents, si semblables et si différents, s'en allaient toujours sans saluer, comme de jeunes prédateurs qui s'éloignent d'une carcasse après leur festin. Ce qui provoquait chez Attilio un vague désagrément qui ne le poussait jamais pour autant à se poser en éducateur face à eux. Et encore moins à reconnaître qu'il traitait lui aussi son mariage de la sorte depuis bien des années.

Attilio alla chercher un verre d'eau dans la cuisine déserte, inondée de lumière automnale. Derrière l'évier s'ouvrait la porte sans montants de la buanderie. Quand ils avaient emménagé dans ce quartier résidentiel du nord de Rome, la grande pièce derrière la cuisine avait été consacrée au culte des machines à laver, étendoirs et planches à repasser. Pour Marella, c'était le symbole de la plus importante conquête de l'ascension sociale de son mari : le retour attendu à la respectabilité bourgeoise de son enfance tant regrettée durant les années où elle n'avait été qu'une orpheline pauvre et désorientée.

De la buanderie, on accédait à la chambre du personnel. En quinze ans, Attilio n'était entré qu'une seule fois dans ce qui était maintenant la chambre d'Haddas, lorsqu'il avait visité l'appartement avec Marella et l'agent immobilier. Impulsivement, il posa le verre d'eau sur l'évier et entra dans la pièce pour la deuxième et dernière fois de sa vie.

C'était une chambre minuscule, où avaient du mal à tenir un lit en fer et une commode, sur laquelle était posée une image pieuse avec un archange copte. À côté de cet espace étroit, la buanderie ressemblait vraiment à la nef d'une église ; la plus petite des autres chambres à coucher, celle d'Ilaria, faisait plus du double. Une fenêtre basse donnait sur la cour aveugle, d'où l'on ne voyait pas le ciel ; au fond, un paravent en plastique séparait un cabinet et un lavabo du reste de la pièce. Il n'y avait pas de douche ni de place pour une armoire. De sous le lit dépassait la valise écaillée de la jeune Érythréenne. S'en échappait un bout de gaze blanche.

Ce fut ainsi que le trouva Marella, quand elle rentra en courant pour récupérer un gâteau qu'elle avait oublié à la cuisine : debout, le visage plongé dans le châle d'Haddas. Même si elle ne le voyait que de dos, elle n'eut aucun doute sur ce qu'il était en train de faire : les yeux fermés, il en aspirait l'odeur. Marella ne savait rien sur Anita, encore moins sur Abeba, on peut dire qu'elle ignorait tout de son mari. Mais elle savait qu'elle ne l'avait jamais vu s'enivrer de la sorte de l'odeur qui émanait d'elle, la femme qu'il avait épousée vingt-deux ans plus tôt.

Attilio, pris par une inavouable nostalgie, ne vit pas qu'on l'observait. Et Marella ne lui en parla pas non plus quand elle rentra le soir avec Ilaria. Mais le lendemain, ce fut elle qui servit le dîner à la famille.

« Où est passée cette Africaine ? demanda Emilio.

— Je l'ai renvoyée, répondit Marella. Je n'aimais pas sa façon de cuisiner.

— Dommage, dit Federico. Un peu maigrichonne, mais elle avait un beau cul. »

Attilio leva lentement le nez de son assiette. Il regarda son fils aîné qui lui ressemblait tant, avec les yeux de la même couleur, le nez droit comme le sien. À quel moment précis, dans sa transformation d'enfant bouclé en homme, était-il devenu si vaniteux, arrogant, égoïste – en un mot : odieux ?

« À son âge, je prenais l'Amba Work[1]. »

Attilio s'essuya la bouche avec sa serviette et, pour la deuxième fois en deux jours, il adressa la parole à Marella en premier.

« La prochaine fois, engage une Italienne. »

Cette nuit-là, Haddas demanda l'hospitalité à une compatriote. Mais les gens chez qui elle servait l'auraient renvoyée si elle avait partagé sa minuscule chambre à coucher avec une amie. Haddas s'adressa alors à don Samuele. Il la réprimanda parce qu'elle avait sûrement fait quelque chose de mal pour avoir été renvoyée au bout de trois jours seulement, puis il la confia aux bons soins de sa servante. Heureusement, les demandes de personnel ne manquaient pas, et trois jours plus tard Haddas poussait sa valise sous un autre lit en fer, dans une autre petite chambre, à l'arrière d'une autre maison respectable.

Entre-temps, Attilio avait pris sa décision.

Oui, dit-il à Anita. *Elle pouvait le garder.* Mais il précisa : rien d'autre ne changerait.

« Il me suffit que tu lui donnes ton nom », lui répondit Anita.

Attilio lui fut si reconnaissant de ne pas s'entendre demander autre chose – divorces, scènes, déménagements, nouveaux mariages – que lorsque l'enfant naquit il lui donna même son prénom.

1. Amba Work, la Montagne d'or. Victoire des chasseurs alpins et des chemises noires sur les Éthiopiens en 1936.

Cet été-là, quelques mois après la naissance du petit Attilio Profeti, Marella persuada son mari de faire une étape au cours de leur voyage vers leur lieu de vacances et de s'arrêter à Lugo.

« Nous n'y sommes plus allés depuis l'enterrement de ton père, lui dit-elle. Et puis, Otello et toi vous ne vous voyez que s'il vient à Rome. C'est ton frère, tu devrais être plus proche de lui. Si j'avais une famille, moi… »

Des familles, Attilio n'en avait que trop. Pour l'été imminent, il avait déjà dressé un plan de manœuvres détaillé et rigoureux, comme un général de corps d'armée devant un ennemi à la supériorité écrasante (la combinaison des exigences de deux femmes, deux gestions familiales comprenant aussi les employées de maison et quatre enfants résidant sur le continent européen). Il accompagnerait en voiture sa famille officielle de Rome jusqu'à leur hôtel dans les Alpes, puis il irait chercher sa famille clandestine (Anita, nouveau-né et nourrice), venue en train, à la gare la plus proche, pour la conduire dans la même vallée mais dans un autre hôtel, à quelques kilomètres du premier, pour passer ensuite ses vacances – si on pouvait les appeler ainsi – à faire la navette. Seule une discipline militaire lui permettrait de survivre à sa dure vie d'aoûtien bigame. La réaction avec laquelle il accueillit la proposition de Marella ne fut donc pas enthousiaste. Mais depuis qu'Attilio Profeti junior était né, sa priorité était de ne jamais donner prise à des discussions, des récriminations ou – à Dieu ne plaise – des soupçons. Ni de gâcher de précieuses énergies, qu'il savourait au compte-gouttes comme ses heures de sommeil insuffisantes. Il accepta.

Pour la première fois depuis vingt ans, Attilio Profeti se retrouva en train de conduire dans la campagne de Lugo. Sur la route vers Comacchio, il n'y avait plus, comme à l'époque de l'enterrement d'Ernani, de draps avec l'inscription NOUS VOULONS L'ASSAINISSEMENT, accrochés aux maisons en apparence délabrées, mais habitées par des familles de treize enfants. Pas plus que les bandes d'enfants crasseux aux pieds nus qui jouaient avec des balles de chiffons au milieu des routes désertes. Aujourd'hui, en 1976, on avait l'impression que dans le même paysage qu'autrefois, toujours aussi plat qu'une poitrine de vieille femme, avec des vergers à perte de vue et des lignes sécantes de peupliers, s'étaient matérialisées des maisons dessinées par un élève du primaire. Elles avaient des formes carrées, des petits jardins habités par des personnages de dessins animés, coloriés au feutre – jaune soleil, vert lézard, rose Barbie, bleu Schtroumpf. Ces nouvelles petites villas, bien que collées les unes aux autres, semblaient s'ignorer ; comme si leurs habitants étaient trop occupés à composer avec le déconcertant bien-être qui venait de les submerger pour s'apercevoir de l'existence de leurs voisins.

En revanche, le centre de Lugo n'avait pas changé. Les immeubles en brique rouge étaient toujours là, comme l'immense galerie marchande du Pavaglione, le château avec la plaque à la mémoire du martyr de la libre pensée anticléricale dont le grand-père d'Ilaria, appelé aussi le Nontòllera[1], tenait son surnom. Et surtout, le monument à la mémoire de l'aviateur Francesco Baracca continuait à fixer des horizons aériens, détaché des aventures terrestres de ses concitoyens, même si depuis la mort de sa mère, la comtesse Paola Maria Costanza Biancoli née Baracca dite Paolina, personne ne portait plus ses nombreuses médailles d'honneur épinglées sur la poitrine.

Otello habitait près de la gare de chemin de fer, non loin de celle où Attilio et lui avaient grandi, dans un appartement confortable, impeccablement tenu par sa femme Sandra ; les mets offerts aux parents romains étaient délicieux. Et pourtant, en entrant, Attilio ressentit un mélange de malaise et de claustrophobie. Otello, une fois brisé son rêve de devenir ingénieur ferroviaire, arrivait à supporter un métier pour lequel il n'était pas fait – professeur de mathématiques dans des instituts techniques professionnels – en éteignant toute étincelle, de regret

1. Ne tolère pas.

comme de désir. Pour sa part, Ilaria vit autre chose : deux époux qui, à la différence de ses parents, s'adressaient souvent la parole, parfois même en souriant, comme c'est l'usage d'égal à égal.

Le repas se déroula dans un climat de politesse affichée, jusqu'au moment où les deux frères allèrent s'asseoir dans le petit salon, en attendant le café. Marella aidait Sandra à débarrasser, Federico et Emilio fumaient sur le balcon avec leurs trois cousins. Ilaria avait oublié de prendre dans la voiture son livre, *L'île au trésor*, et elle s'ennuyait tellement qu'elle aurait même pu se mettre à lire l'étiquette d'une lessive. Sur la petite table devant le canapé où étaient assis son oncle et son père, était posée une revue de quelques feuilles à peine, imprimées en une seule couleur. Elle la prit.

Le titre, *Volontà*, était en caractères carrés typiques de la propagande d'avant-guerre. Il était complété par l'image stylisée de deux grilles, qui s'allongeaient en perspective et se rejoignaient au loin ; en bas à gauche, la silhouette d'un baraquement de camp était surmontée, presque écrasée, par une autre tour de garde. À côté de ce dessin, élémentaire et concis comme une xylographie, se détachait une citation : « J'ai changé de ciel mais pas d'âme / Caelum non animum mutant qui trans mare currunt[1] », Horace, *Épîtres*. Ilaria avait commencé à faire du latin à l'école et ça lui plaisait ; elle se demanda pourquoi on n'avait pas traduit les trois mots les plus beaux, ceux qui parlaient de course à travers la mer. *Rassegna mensile dei non-cooperatori*[2], disait le sous-titre. Ilaria se mit à la feuilleter et lut les titres des articles : « Sept ans prisonnier de S. M. Britannique – les missionnaires détenus » ; « Tragiques vérités oubliées » ; « Pour l'honneur de l'Italie ». Enfin, une page pleine de photos, toutes d'hommes, accompagnées de courtes biographies, avec la légende : « Les NON disparus cette année ».

1. « Ceux qui courent par les mers changent de ciel mais pas d'âme. »
2. Revue mensuelle des non-coopérants.

« Papa, qu'est-ce que c'est les NON ? » demanda Ilaria à Attilio.

C'est Otello qui lui répondit. « Non-coopérants. Des prisonniers qui n'ont pas collaboré avec l'ennemi.

— Il veut dire des fascistes, mon trésor. La voix d'Attilio était joviale, gaie. Ton oncle est une bonne personne, mais il préférait Mussolini aux Américains. »

Il est difficile de définir comme une dispute ce qui se passa alors entre les deux frères, car ils échangèrent très peu de mots. Au cours des années suivantes, Ilaria garda de cette journée l'impression que leur réciproque antipathie, jusqu'alors implicite, était devenue proclamée ; comme une maladie à longue durée d'incubation qui finit par recouvrir le corps de pustules. La contagion les gagna elle et ses frères aînés qui, en sortant du balcon, furent arrachés à leurs éternelles vociférations et se turent dès qu'ils mirent un pied dans le salon. Et ils restèrent ainsi tout le reste de la visite, étrangement silencieux, comme s'ils cédaient respectueusement le pas à une hostilité bien plus ancienne et tenace que la leur.

Quand ils s'apprêtèrent enfin à partir, Marella se raidit pour embrasser son beau-frère et sa femme. Attilio s'était déjà éloigné avec Emilio et Federico pour mettre les valises sur le porte-bagages de la Fiat 124 et seule Ilaria se trouvait à côté d'elle.

« Je ne t'envie pas, lui murmura Otello. Être mariée à un homme qui croit aux bobards qu'il débite. »

Marella comprit que son beau-frère cherchait à lui exprimer sa solidarité, mais elle s'éloigna, agacée. Qui lui donnait le droit de dire, comme un état de fait, que son mari disait des mensonges ? De l'obliger à en prendre acte ?

Elle n'insista jamais plus pour qu'ils rencontrent Otello. Ils ne le revirent qu'une seule fois, l'année suivante, à l'occasion d'un voyage qu'il fit à Rome pour certaines affaires au ministère de l'Éducation nationale. Peu de temps après, une tumeur foudroyante à l'estomac fit gagner à Attilio le concours suprême, celui avec son frère aîné. Ce fut pourtant la seule fois, ce jour-là, dans le petit salon de son oncle et sa tante, qu'Ilaria entendit parler en famille d'un certain pays éloigné d'Afrique. Elle ne savait pas à quoi Otello faisait allusion. Mais l'incroyable expression désemparée de son père quand son frère lui avait lancé à la figure ce toponyme, comme un jugement moral codé mais d'une gravité définitive, la frappa tant qu'elle devait encore s'en souvenir plusieurs dizaines d'années après.

« Éthiopie. »

Dans la seconde moitié des années soixante, Attilio Profeti ne dormit pas beaucoup. Tous les matins, chez Anita, il réveillait son jeune homonyme, lui préparait son petit-déjeuner et l'accompagnait à la maternelle, ou bien, quelques années plus tard, à l'école primaire. Et pourtant, pendant des années, Ilaria fut également tirée de son lit chez Marella par la joyeuse voix de son père qui, après lui avoir préparé sur la table de la cuisine son lait, son Nesquik et ses biscottes, l'accompagnait à l'école. Pour ses deux enfants, c'était un moment matinal privilégié mais unique aussi avec un père qui ensuite, comme celui de tous leurs camarades, passerait le reste de la journée hors de la maison. Des petits détails risquaient toutefois de révéler la complexité de la situation. L'album à colorier de la maternelle trouvé par Ilaria sur le siège de la voiture et dont Attilio justifia la présence en disant qu'il appartenait au fils d'un ami qu'il avait accompagné. Le manteau ou la veste que son père portait presque toujours quand il réveillait Attilio – non pas parce qu'il était déjà prêt à sortir, comme le croyait l'enfant, mais parce qu'il venait de rentrer. Le portail du lycée encore fermé et le trottoir désert sur lequel Ilaria était déposée par son père, après avoir glissé les mains dans ses poches et lui avoir donné toutes les pièces qu'il y trouvait. Les courses du petit Attilio chaque matin le long de l'allée menant à la maternelle, suspendu à la main de son père qui le soulevait presque avec ses grandes enjambées jusqu'à la porte d'entrée, un instant avant que le concierge ne la ferme.

Grâce à ce calcul désinvolte des limites de tolérance des institutions scolaires sur les avances et les retards, Attilio Profeti réussit pendant des années à emmener tous les jours ses deux plus jeunes enfants à l'école, simultanément, depuis deux maisons éloignées de quelques kilomètres et sans que ni l'un ni l'autre ne le sachent. Pour ne pas perdre ce moment d'intimité avec chacun d'eux, il arriva presque à pratiquer l'art de l'ubiquité ; et pourtant, cette spectaculaire démonstration de son amour paternel dut rester invisible, méconnue de tous. Son physique athlétique et juvénile lui permettait de supporter les fatigues de la bigamie, les courses en voiture d'une famille à l'autre, d'une femme à l'autre, d'une vie à l'autre. Cependant, une lassitude mortelle mettait souvent en péril cet édifice compliqué d'excuses et de mensonges. Alors, comme la nuit où il avait appris la grossesse d'Anita, il garait sa voiture et là où il se trouvait – sur l'avenue la plus fréquentée, au carrefour le plus bruyant – Attilio Profeti s'endormait. Penché sur l'appui-tête, la bouche ouverte et sans défense, il plongeait quelques minutes dans un sommeil compact comme l'espace isolant qui depuis toujours le séparait de lui-même.

Et pourtant, malgré les difficultés d'ordre pratique, la peur constante de dire ce qu'il ne fallait pas (avec Anita aussi il valait mieux ne pas parler de l'autre famille, pour éviter de la mettre de mauvaise humeur), cette fatigue donnait à Attilio Profeti une indicible légèreté. Somme toute, il avait un secret privé, banal, de dimensions bourgeoises ; non pas historique. Il s'agissait de mensonges et d'omissions qu'il était en mesure de gérer ; de problèmes de cocus, non pas de gaz moutarde ou de lance-flammes. Quel immense soulagement.

Sauf le jour où Marella lui demanda, en lui donnant sa tasse de café à la fin d'un rare repas en famille : « Qui est Lidio Cipriani ? »

C'était une question tellement improbable, de la part d'une épouse ignorant tout de sa vie avant leur rencontre, presque trente ans plus tôt, qu'il lui sembla avoir rêvé. Attilio prit du temps pour répondre, en joueur qui sait cacher non seulement ses émotions mais aussi le fait qu'il est en train de les cacher.

« Qui ?

— Ce matin, je suis allée à la Bibliothèque nationale, je voulais consulter un livre pour le bulletin du cercle. En attendant qu'on me le remette, je me suis amusée à chercher dans le catalogue les noms des personnes que je connais. Et j'ai commencé par le tien.

— Et que vient faire ce Ceriani ?

— Cipriani. Il y avait une fiche qui le mentionnait comme auteur de quelque chose avec toi. »

Attilio tourna sa petite cuillère dans son café et hocha la tête. « Je ne sais pas de qui il s'agit. Ce doit être un homonyme. » Puis il tendit la lèvre inférieure avec une curiosité indifférente et demanda à sa femme : « Quel livre était-ce ?

— Je n'en sais rien, je n'avais pas envie de le demander, ils sont tellement lents. » Elle regarda son mari à la dérobée. « En effet, d'après le titre il me semblait bizarre que ce soit toi. »

Attilio lui adressa un sourire de tranquille surprise. « Penses-tu. Tu as toujours cru que j'étais le seul à porter ce nom-là. Eh bien non. Bon, maintenant tu le sais : il y a deux Attilio Profeti. »

Puis il se leva de table, sans se rendre compte qu'il venait de révéler l'existence de son dernier fils.

Marella n'aurait sans doute plus pensé au fantomatique auteur portant le même nom original – un mélange de Romain antique et de mélodrame – que son mari. Or, quelques jours plus tard, la domestique (Jovilyn de son nom, mais appelée Giovanna chez les Profeti pour simplifier, un mari à Manille dont elle ne sentait pas l'absence à la différence de ses deux fils adultes maintenant et surtout de ses trois petits-enfants) vida comme toujours les poches des vêtements sales pour les mettre dans la machine à laver. Marella reconnut tout de suite le bout de carton que lui tendait la Philippine. C'était le bulletin de consultation d'ouvrages de la Bibliothèque nationale. Ce ne pouvait pas être celui qu'elle avait rempli quelques jours plus tôt car Jovilyn lui dit qu'elle l'avait trouvé « dans une chemise de monsieur ». Le titre du volume demandé était écrit au stylo : « Écrits de racisme fasciste – Cipriani Lidio, Profeti Attilio *et al.* »

Marella regarda le bulletin. L'évidence des faits fit défiler dans sa tête l'enchaînement d'actions qui devait l'avoir amené dans la poche d'Attilio : elle qui lui demande s'il connaît un certain Cipriani, lui qui nie mais qui, le lendemain, va à la bibliothèque et vérifie en personne le contenu de ce livre. Pourquoi ? Pourquoi consacrer tout ce temps – compte tenu de la lenteur exaspérante des communications de documents à la Bibliothèque nationale – à une insignifiante homonymie ?

Marella ne demanda pas d'explications à Attilio, ni ce jour-là ni par la suite. Elle n'alla pas lire non plus ce qui était écrit dans ce volume au titre épineux. Elle ne le fit que des années plus tard, quand Attilio s'était déjà remarié avec Anita. Dans un des moments si fréquents où Marella se rendait compte – « Enfin », dirait l'impitoyable adolescente Ilaria – qu'elle n'avait jamais rien su de l'homme à qui elle avait donné trois enfants, et même pire, qu'elle n'avait su que des choses erronées. Dans ces moments où elle se mettait à douter de la réalité et de sa propre existence, elle tombait dans le gouffre qui s'était ouvert sous ses pieds à la découverte de la double vie de son mari, et pour s'assurer qu'elle existait encore, il n'y avait qu'un seul moyen : essayer de comprendre.

Pourtant, ce jour-là, elle choisit encore de collaborer à l'échafaudage sophistiqué de mensonges et de cécité sélective nécessaire pour préserver son mariage désormais atrophié, comme un exosquelette soutient un paraplégique. Elle déchira le bulletin et le jeta à la poubelle.

« Et de toute façon, pour changer, c'est toi qui as imposé à tous la vérité, qu'ils le veuillent ou non, dirait Lavinia après, bien après, à Ilaria. Je me demande souvent pourquoi ils ne t'ont pas encore égorgée dans ta famille.

— Parce que chacun d'eux a eu au moins une autre personne à égorger avant moi. »

Cela se passa un de ces matins où Attilio, toujours au pas de course, conduisait Ilaria à l'école. Elle y allait maintenant en mobylette, mais il pleuvait ce jour-là. Depuis des semaines, elle ruminait la question qu'elle voulait poser à son père et pourtant elle avait du mal à trouver le courage de se lancer. Elle avait seize ans, elle n'était plus une enfant, elle voyait bien les choses. Elle lui dirait qu'elle avait compris ses retours à la maison à trois heures du matin (certaines nuits, elle entendait la clé tourner peu après s'être elle-même faufilée dans la maison, après des soirées d'adolescente trop libre dont Marella ne s'apercevait jamais). Elle voulait lui parler des appels muets auxquels il lui était arrivé de répondre. Surtout, elle lui dirait qu'elle était grande maintenant, l'assurant que, même s'il trompait sa mère, il n'avait pas à s'inquiéter, elle ne croyait pas du tout au mariage bourgeois.

« Je peux te poser une question, papa ? »

Attilio se tourna pour la regarder, tout joyeux : « Toi ? Une question ? Oh, mon Dieu, que se passe-t-il, c'est nouveau ça ! »

Mais cette fois-ci, Ilaria ne rit pas. Elle savait que si elle n'allait pas droit au but, elle n'aurait plus le courage ensuite, et ce trajet en voiture serait terminé. « Tu as une maîtresse, n'est-ce pas ? »

Le profil droit d'Attilio était bien connu de sa fille. Depuis treize ans, il le lui présentait tous les matins des jours de semaine pendant près d'une demi-heure en l'accompagnant à l'école. Ilaria avait assisté à sa légère détérioration, au passage d'une précision de contour presque juvénile aux premiers signes de la grande entropie qui le décomposerait jusqu'à le rendre presque méconnaissable. Mais elle ne l'avait jamais vu rougir.

« Tu vois, ma chérie... », commença Attilio. Il ne put continuer.

« Allez papa, ne t'inquiète pas. À moi, tu peux le dire. Sincèrement. Pour moi, ce n'est pas un gros problème. »

Attilio Profeti stoppa net, mais on ne lui rentra pas dedans – la circulation à Rome n'était pas encore ce flux ininterrompu de tôle qu'elle deviendrait dans les décennies à venir. Il se tourna pour la regarder. À ce moment-là, Ilaria sut qu'il allait lui dire quelque chose d'autre que ce qu'elle attendait et elle ne fut plus bien sûre de vouloir le savoir. Mais il était trop tard désormais.

« Tu vois Ilaria, avait déjà commencé à dire son père. Vous n'êtes pas trois mais vous êtes… »

Ilaria ne devait comprendre cette hésitation que bien des années plus tard, à l'arrivée du jeune homme sur son palier : c'était la décision d'Attilio Profeti de garder – disons, pour l'instant – un bout de secret.

« … quatre. »

Pas à ça, non, Ilaria ne s'attendait pas à ça.

Son visage se figea, accablé. Comme si elle aussi, comme son père jeune, on l'avait recouverte de plâtre avec une truelle pour lui faire un masque facial. Ou funéraire.

Attilio Profeti, lui, n'était plus violacé, il était redevenu celui de toujours. Il lui sourit de ses dents encore blanches, de ses yeux bleus qui brillaient, suppliants et détachés à la fois. Comme en prenant de la distance avec l'absurdité de ce qu'il était en train de dire, afin de pouvoir le faire avec un sérieux terrifiant.

« Tu ne pourrais pas le lui dire, toi, à maman ? »

11

2010

C'est comme un de ces films d'animation qui essaient de rendre l'inconcevable immensité de l'espace infini et zooment en dehors, en partant d'un détail terrestre à échelle humaine. Dans ce cas, le point entre les yeux d'Ilaria. Elle est allongée sur son lit, dans la chambre de son appartement de l'Esquilin au sixième étage, dans le centre de Rome, ou plus précisément du cercle gris qu'est la ceinture périphérique, entourée de la campagne romaine avec des moutons qui n'ont jamais sauté en parachute. À l'ouest, il y a la mer scintillante, à l'est, les sombres Apennins, et elle est au milieu de la Botte qui a une forme merveilleuse au cœur de la Méditerranée, il faut bien le dire. Et voilà qu'à présent on distingue aussi bien l'Europe que l'Afrique, dans la Corne de laquelle – maintenant Ilaria le sait – se sont déroulées des pages importantes de la vie de son père Profeti Attilio, puis, en agrandissant encore, il y a la Terre bleutée rayée par les tourbillons blancs de l'atmosphère, qui vole dans l'espace noir entourée de son satellite gris grêlé, et Vénus et Mars, et puis, encore plus loin, Jupiter, Saturne et l'excentrique Pluton, jusqu'à sortir complètement du système solaire. Jusqu'à ce que notre étoile aussi ne soit plus qu'une étoile parmi toutes celles de la galaxie, à son tour seulement un des infinis tourbillons d'astres aux bras en spirale, et au fur et à mesure qu'on s'éloigne, parmi les nébuleuses et les trous noirs, on traverse des étendues noires de plus en plus effrayantes où règne seulement le néant cosmique, parcouru d'invisibles ondes gravitationnelles et des derniers lointains échos du premier Big Bang. Et pourtant, dans toute cette immensité qu'est l'Univers désormais perçu dans son intégralité, on voit toujours son centre, même si c'est d'une façon infiniment lointaine : ce point entre les yeux d'Ilaria, pivot fixe de toute chose.

Ses paupières se soulèvent.

Un jour nouveau point dans l'univers d'Ilaria.

Elle reste immobile sur son lit, observant la transition entre le sommeil et la veille. Elle n'est pas sûre d'avoir rêvé. Le drap est roulé en boule à ses pieds, repoussé pendant la chaleur étouffante de la nuit. Par la fenêtre, l'air un peu moins brûlant du début de matinée apporte les cris discordants de l'éternelle lutte entre les goélands et les corneilles pour le contrôle de l'espace aérien. Aucune odeur de friture ne monte du dortoir du premier étage et c'est bizarre : à cette heure-ci, les Bangladais sont déjà occupés à faire la cuisine.

« Tu ne pourrais pas le lui dire, toi, à maman ? » avait dit son père à Ilaria âgée de seize ans, et au même moment une explication simple et catastrophique lui était venue : lui et elle n'avaient pas vécu dans le même univers. Dans l'un, celui dont Ilaria était le moteur immobile, il y avait trois enfants et une épouse ; dans l'autre, celui d'Attilio Profeti, il y avait quatre enfants (ou plutôt cinq, comme elle l'avait découvert deux jours plus tôt) et deux épouses (ou plutôt trois, en incluant la femme africaine inconnue). Et cette implacable centralité du propre point de vue de chacun, qu'elle avait découverte ce jour-là, était la condition fondamentale de l'existence de tous. Non seulement pour les êtres humains barricadés dans leur propre vision des choses comme Attilio Profeti, mais aussi pour ceux capables d'éprouver un sincère intérêt envers les autres (il existe des gens comme ça, et Ilaria a eu la chance d'en connaître).

Et donc également pour chacun de ses camarades qui l'avaient regardée alors qu'elle s'asseyait à sa place, laissant couler des larmes silencieuses sur son bureau, assommée par la conversation qu'elle venait d'avoir (« Il n'est pas question que je lui dise, c'est toi qui dois le faire », lui avait-elle répondu) ; pour la sévère mais juste professeur de philo qui lui avait donné l'autorisation d'aller pleurer dans le couloir assistée de Lavinia. Car, pour n'importe quel autre être humain, la réalité dans laquelle il vit, plus ou moins compatible avec celle des autres, *n'est pas la même.* Ce n'est pas seulement qu'il la vit d'une autre façon, qu'il la juge d'une autre façon, qu'il l'interprète d'une autre façon : elle est différente. Pour chacun, le centre du monde est ce point entre *ses* yeux, à la racine de *son* nez, et c'est valable pour tout le monde, même pour les personnes les plus généreuses et les plus altruistes. Ainsi, les empathiques – Lavinia par exemple – ne sont pas tant, comme on le pense, les mieux à même de comprendre les univers des autres, mais seulement les plus conscients de leur inaccessibilité. C'est-à-dire ceux qui acceptent l'idée de n'en rien savoir, ou bien peu.

Les goélands ont dû chasser les corneilles, ou vice versa. Par-dessus les toits, on entend seulement le bourdonnement de la ville. Parvenant à travers l'épaisseur de la cour, le bruit de l'effroyable circulation du premier jour de semaine après les vacances d'août – « la mère de tous les lundis », comme l'appelle Lavinia – semble un gros chat qui ronronne.

Ilaria se pose souvent la question. Quand elle est dans le métro, dans les discussions avec ses parents, assise dans un bar. Cette mère du petit garçon un peu timide mais studieux a les lèvres refaites, un bronzage de solarium, un mari petit entrepreneur : quel effet cela fait-il de voir le monde derrière ces iris verts surmontés d'un fard à paupières pailleté assorti, de marcher dans ces sandales dorées ? Ou bien le père qui arrive toujours en retard, les ongles noirs, et qui a déjà décidé que sa fille sera comptable pour l'aider dans la gestion de son garage. Quel effet cela fait-il de gesticuler avec ces mains, d'avoir ces dents-là dans sa bouche, de respirer toute la journée une odeur d'essence et de caoutchouc durci ?

Une seule chose est claire pour Ilaria : elle ne pourra jamais le savoir. Si la majeure partie de l'existence des autres se déroule là, à cet endroit entre les yeux qui, pour chacun, est le centre de son propre univers, que peut-elle en savoir, elle ? Rien. Et c'est bien comme ça. C'est l'objet d'un combat fréquent, dur même, qu'il lui arrive de mener avec certains de ses collègues qui prétendent savoir exactement « qui sont » les adolescents qu'ils ont devant eux et décrivent avec une kyrielle d'adjectifs catégoriques non pas leur travail ou leur comportement, mais leur personne. Parfois Ilaria se dispute avec ces enseignants ; d'autres fois, elle les incite patiemment à leur témoigner plus de respect et moins de toute-puissance, ce qui ne veut pas dire renoncer à une exigeante impartialité ; d'autres fois encore, elle laisse tomber pour ne pas envenimer les choses. Mais elle essaie toujours de ne pas oublier, elle du moins, que ces jeunes personnes qui chaque matin ont les yeux fixés sur elle en classe sont impénétrables. Et que son métier d'enseignante ne consiste pas à les définir, mais à entrer en relation avec eux.

« Comment se fait-il que tu n'aies pas d'enfants ? » lui demande-t-on parfois. « Tu ne te sens pas seule sans mari ? » À une époque, elle répondait que non, merci, qu'elle avait environ une trentaine de pseudo-enfants chaque année depuis un quart de siècle et qu'elle était très contente de passer le reste de son temps seule ou avec d'autres adultes avec qui avoir des conversations intéressantes (et elle a réussi à ne jamais dire, bien qu'elle en ait eu souvent la tentation, « tu sais, je baise plus souvent que toi et sûrement mieux »). Elle a appris à considérer ces questions non pas comme quelque chose qui la regarde elle, mais comme l'expression de la peur de ceux qui les lui posent : de la solitude, de la vieillesse, que leur propre vie se révèle vide de sens. Et pourtant, il lui arrive encore parfois d'être agacée et alors elle meurt d'envie de répondre : « Toi, tu ne sais absolument rien de moi, exactement comme moi de toi. »

Ilaria s'étire dans son lit. Sur le drap, une auréole de transpiration.

Et si c'était de ça que venait le besoin d'Attilio Profeti – depuis qu'il est jeune, d'après ce qu'elle vient de découvrir –, de diviser les autres en catégories : blancs, noirs, *gris*, nobles, roturiers ? Et si ce désir de cataloguer n'était qu'une façon de se protéger de l'angoisse d'être entouré par des vies impénétrables ? Une manière primitive, sans doute, mais efficace – à en juger du moins par sa propagation parmi les êtres humains. Une phrase qu'elle a lue dans un roman lui vient à l'esprit : les définitions définissent celui qui définit, non pas celui qui est défini.

Le paradoxe, c'est que son père est aussi une des rares personnes – avec Lavinia, Piero et son frère Attilio – qui ne lui ont jamais demandé d'être différente de ce qu'elle est. Il ne lui a jamais demandé pourquoi elle ne s'est pas mariée, ni pourquoi elle n'a pas eu d'enfants. Aux yeux d'Ilaria, c'est la preuve manifeste que son père Attilio Profeti l'a vraiment aimée.

Une sonnerie insistante l'oblige à chercher son portable. Il est par terre, tombé de la table de nuit.

« Ciao maman, répond-elle en se levant.

— C'est toi, mon trésor ?

— Non, je suis l'étrangère qui vient de tuer votre fille pour lui voler son téléphone. » Elle regarde l'heure : sept heures et demie. Marella n'a jamais aimé se réveiller aussi tôt. « Pourquoi de si bon matin ?

— J'ai trouvé quelque chose qui peut t'intéresser. Viens ici pour que je te le donne.

— Qu'est-ce que c'est ?

— Je te le dirai quand tu viendras le chercher. Je peux bien faire la mystérieuse moi aussi… Mais dépêche-toi, ensuite je dois sortir pour toute la journée.

— Où vas-tu par cette chaleur ?

— À la campagne chez Emilio.

— Mais il n'est pas à Rome.

— Justement. Comme ça, je peux faire des folies avec mes petits-enfants sans que personne nous gronde. »

C'est officiel : Marella a été une mère médiocre, absorbée par son propre malheur, mais comme grand-mère elle est du tonnerre.

Ilaria gémit. Elle n'a pas encore pris son premier café et elle doit déjà envisager une nouvelle traversée de la ville jusqu'à la via della Camilluccia.

« J'arrive. »

En descendant l'escalier, elle sent qu'il lui manque quelque chose. À chaque marche, à chaque nouvelle claque de ses sandales sur le marbre, cette sensation augmente. Arrivée au premier étage, elle s'arrête. Sur le bois noir de la porte, une pancarte est fixée tant bien que mal avec quatre bouts de scotch : IMMEUBLE SOUS SÉQUESTRE PÉNAL – ART. 321/3 C.P.P[1]. Quelqu'un a dû dénoncer les nombreux illégaux du dortoir des Bangladais et la police est intervenue après bien des années de tolérance, désintérêt ou connivence.

Voilà ce qui lui manquait : la bande-son du sous-continent et les odeurs de curry. Aujourd'hui, l'escalier est silencieux et sans odeurs comme dans les immeubles les plus chics.

Mais il suffit d'arriver au rez-de-chaussée et l'effet « beaux quartiers » disparaît. Sous la cage d'escalier, dans la pièce où, lors des réunions de copropriétaires, Ilaria soutient sans succès depuis des années qu'il faudrait un ascenseur, sont entassées de bien pauvres choses : des matelas sales, des sacs en plastique pleins de vêtements, une vieille valise. Les restes d'une évacuation forcée. Le dortoir des Bangladais a dû être vidé rapidement, en les surprenant pendant qu'ils dormaient. Mais ils ont emporté les parapluies.

Où peuvent-ils bien être maintenant ?

C'est une boîte en fer-blanc, de la taille d'un petit carton à chapeaux. Sur un fond orangé se détache l'image noire d'un moulin à café et une inscription « Industrie nationale des succédanés de café ».

1. Code de procédure pénale.

« Qu'est-ce que c'est ? demande Ilaria.

— C'est à ton père, dit Marella.

— Oh, mon Dieu... qu'y a-t-il encore ? Ilaria écarquille les yeux. Je commence à en avoir assez des révélations.

— Rassure-toi. Ce ne sont que des vieilles photos, des cartes postales. Quel mal peuvent-elles te faire ? »

Ilaria lui prend la boîte des mains.

« Comment a-t-elle pu survivre à la Grande Destruction ?

— Ah, ça..., sourit Marella, amusée. Dieu du ciel, j'étais vraiment folle à l'époque ! »

Quand Ilaria avait vingt ans et qu'elle était à la mer avec Piero, Marella décida de jeter tout ce qui lui rappelait son ex-mari. Cette définition incluait non seulement tous les cadeaux qu'Attilio lui avait faits en plus de trente ans et toutes les photos qui représentaient leur vie de famille, mais aussi la malle bleue où étaient conservés les jouets et les livres de ses trois enfants quand ils étaient petits. Dans un élan de colère dévastatrice, elle avait passé deux jours à remplir des sacs-poubelle noirs. Quand Ilaria revint de la mer, elle découvrit que sa propre enfance avait été jetée dans une décharge. Ce soir-là, elle alla dormir chez Lavinia et ne retourna plus vivre avec sa mère.

« Elle était dans les combles, bien cachée, dit Marella. Je l'ai trouvée il y a plusieurs années, quand j'ai refait le grenier, mais je ne l'ai jamais bien regardée. Tu m'y as fait repenser. »

Quand Ilaria repart de chez sa mère, sa bonne humeur la surprend. Elle repense à leur échange. Marella qui la rassure qu'il n'y a rien à craindre du souvenir. Marella qui, à l'évocation de la Grande Destruction, ne se met pas sur la défensive (« Je ne pouvais pas savoir que tu y tenais tant à ces affaires »), ni à contre-attaquer (« Mais c'est toi qui m'as laissée seule »). Leurs dernières conversations sont empreintes d'une sérénité inédite, d'une bienveillance réciproque. La vieillesse d'une mère compliquée peut être un fruit doux, même s'il est filandreux.

Après plusieurs carrefours, Ilaria se heurte à un barrage qui n'était pas là à l'aller. Un gendarme lui fait signe de ralentir et de s'arrêter : la circulation alternée a été mise en place. Elle baisse sa vitre.

« Que se passe-t-il ? » lui demande-t-elle, mais elle imagine déjà la réponse : un peu plus loin se trouve l'Académie libyenne, une grille devant laquelle sont toujours postés deux policiers armés et aujourd'hui encore plus. « C'est Kadhafi qui arrive ?

— S'il n'y avait que lui », lâche le gendarme. Il n'est pas jeune, il a du ventre et les paupières tombantes du désenchantement romain conjugué à celui d'une vie en uniforme. « Il y a aussi celles-là qui arrivent. »

Il désigne un gros autocar qui vient de se garer, d'où descendent des dizaines de jeunes filles toutes habillées en blanc et noir. Elles ont un physique agréable, mais pas d'une beauté éclatante. À l'entrée de l'Académie libyenne, les gardes confisquent leurs sacs, leurs lunettes, leurs portables et tous les objets pointus : broches, boucles de ceinture, pendentifs. Une jeune femme aux grands yeux verts en creux et au front de dauphin refuse de donner les perles qu'elle porte aux oreilles. C'est un cadeau de sa grand-mère, dit-elle, s'ils insistent pour qu'elle les enlève elle s'en ira. Les gardes, surpris par tant de fermeté, les lui laissent.

Ilaria, bloquée dans sa Panda, suit la scène à quelques mètres de distance. Comme cela lui arrive souvent quand elle assiste à des bouts d'existences inconnues, elle se demande : « Que peut vouloir dire être cette jeune fille ? » Et comme à son réveil, elle éprouve de nouveau un sentiment d'évidence : même si toutes les deux étaient des amies intimes, même si elles se confiaient toutes leurs pensées, elle ne pourrait pas le savoir.

Le portable de Piero Casati sonne et, comme à chaque appel le soir, il espère que ce sera Ilaria. Il ne lui en a même pas voulu pour le ton brutal de son SMS ; et puis de quel droit protester si elle « n'est pas seule » ? Mais le nom qui s'affiche sur l'écran est celui d'une de ses connaissances proches, bien plus proche que beaucoup de ministres, du Cercle Magique – c'est ainsi que Piero désigne ce groupe très réduit autour du président du Conseil auquel il n'appartient pas et n'appartiendra jamais. Il ne l'appelle qu'en cas d'urgence plus ou moins justifiée ; le « Allô » avec lequel Piero répond est atone, comme son humeur. L'homme commence à lui raconter une histoire.

La première réaction de Piero après l'avoir écoutée : « C'est une plaisanterie, n'est-ce pas ? »

Parce qu'il n'est pas possible qu'une prostituée marocaine, prise la main dans le sac chez sa colocataire et collègue et arrêtée pour vol, au lieu d'être confiée aux services sociaux, ait été libérée après un coup de fil au commissaire donné *en personne* par Silvio Berlusconi, président du Conseil italien.

Mais son interlocuteur confirme qu'il ne s'agit pas d'une plaisanterie.

Piero, ahuri, garde le silence un long moment.

« Pourquoi les services sociaux ?

— Parce qu'à l'époque des faits la jeune fille était mineure. »

Piero se couvre les yeux d'une main.

« Mais rassure-toi, continue l'homme. Personne ne le sait encore, même si ça s'est passé en mai dernier. Nous avons donc eu le temps de tout arranger avant que la nouvelle se répande. Et c'est là qu'on a besoin de ton aide. »

Piero sent un flux chaud d'horreur envahir ses membres, les poils de ses bras se dressent. Parce qu'il sait déjà : quoi que dise l'homme, ce sera terrible.

« Quand la chose se saura, et il n'y a pas d'illusion à se faire, tôt ou tard ça arrivera, vous, aux Affaires étrangères, vous devrez confirmer la version officielle.

— Qui serait ?

— Que le président du Conseil est intervenu parce qu'il s'agissait d'une question de relations internationales. C'est-à-dire qu'il croyait que la jeune fille était la nièce du chef d'État égyptien, Moubarak.

— Qu'est-ce que ça veut dire, nièce ?

— Comment, qu'est-ce que ça veut dire ? Parente. De la même famille.

— Mais elle l'est ?

— Bien sûr que non. »

Piero plisse les yeux comme pour s'aider dans un impossible effort de concentration. « Je continue à ne pas comprendre. »

La voix dans le portable devient didactique. « Alors, la défense s'appuiera sur le fait qu'il était convaincu que la jeune fille l'était vraiment. Je veux dire, qu'elle était bien la nièce de Moubarak. Qu'il était donc de bonne foi. Et, comme je te l'ai dit, vous, aux Affaires étrangères, vous devrez confirmer que, selon les informations dont vous disposiez, vous le croyiez également. »

C'est sur la cohésion de tous autour de cette version, explique l'homme, que se fondera la survie non seulement du Premier ministre, mais du gouvernement et du parti, c'est-à-dire d'un projet politique pluridécennal qui ne mérite pas d'être jeté aux orties pour une bêtise (c'est le terme qu'il emploie). Il semble, ajoute-t-il enfin, que Silvio tienne beaucoup à cette jeune fille, d'où le risque insensé qu'il a pris pour elle ; puis il ricane à l'avance de ce qu'il va dire. Et tandis que Piero voit s'évanouir la vie qu'il s'était imaginée avec Ilaria comme un mirage apparu dans un désert d'ordures et de désolation, l'homme s'amuse à lancer sa petite phrase : « Miroir, gentil miroir, qui est la plus belle du royaume des putes ? »

Il fait une chaleur atroce dans le gigantesque salon de l'Académie libyenne, malgré les fenêtres ouvertes sur le jardin et les murs blancs. Toute télécommunication entre la salle et l'extérieur est coupée par l'écran des brouilleurs : une bulle invisible de vide électromagnétique entoure le raïs, toujours et partout, pour neutraliser d'éventuels engins télécommandés. Ici, c'est pour éviter que les jeunes filles ne prennent des photos pendant le cours et qu'elles ne les postent sur des réseaux sociaux.

Elles sont plus de cinq cents et elles n'ont pas toutes une place pour s'asseoir. L'agence qui les représente a fait des miracles pour les trouver dans un délai aussi court. C'est un site de services qui se vante de savoir satisfaire toutes les exigences (escorts et hôtesses) de ses clients de façon personnalisée – « *taylor made custom service* », promettent-ils sur leur page d'accueil. Mot d'ordre : diversifier. Ne jamais communiquer les mêmes press-books à tout le monde. Pour accompagner à leur place assise les participants à un congrès d'odontologie, les étudiantes attardées de belle prestance, qui s'inscrivent sur le site pour renflouer l'argent que leur envoient leurs parents, font l'affaire. Pour les castings de figurantes à la télé, celles qui ont un visage banal et des cuisses méditerranéennes – dans les cadrages de groupe on ne voit pas la cellulite – peuvent très bien convenir. Puis, il y a les clients qui constituent le vrai chiffre d'affaires et une partie du site, auquel on n'accède qu'avec un mot de passe, leur est réservée. Ce sont, par exemple, les riches du Moyen-Orient qui, pendant que leurs épouses font du shopping via Borgognona, veulent satisfaire certaines de leurs exigences discrètes mais très précises et qui demandent donc de vraies professionnelles, encore mieux si elles sont d'Europe de l'Est. Corroborant ce qu'on dit des pays arabes : lorsqu'ils deviendront laïcs, l'industrie du porno disparaîtra – ou vice versa. De toute façon, heureusement pour l'agence d'escorts, les deux scénarios ne semblent pas être encore pour demain.

Mais dans le cas présent, il fallait trouver un demi-millier de jeunes filles en quelques jours et les rigoureux critères de sélection et de répartition des compétences ont été mis de côté. Dans le grand amphithéâtre de l'Académie libyenne sont donc assises des jeunes filles aux tarifs et aux prestations plus éloignés et différents que Kiev et Zagarolo.

Le mail contenant l'information sur la date, l'heure et la tenue requise pour cette tâche (un chemisier blanc boutonné qui ne laisse pas entrevoir la poitrine, une jupe noire sobre arrivant aux genoux, pas de talons aiguilles) ne dévoilait pas le nom du client ; il se bornait à le qualifier de « très prestigieux ». Les seules qui en avaient été informées étaient les jeunes filles, une vingtaine, invitées en Libye il y a quelques mois et qui sont assises maintenant au premier rang, un médaillon en or massif avec le portrait en émail du colonel autour du cou. C'est la récompense pour l'amitié qu'elles ont témoignée aux plus ou moins jeunes mâles libyens auxquels elles ont été présentées durant leur séjour. Dans cette douce heure de réconciliation entre pays autrefois ennemis, quel meilleur instrument pour la paix entre les peuples que l'amour ?

Le Libyen – ainsi l'appellent les jeunes filles, la formalité de la majuscule étant exprimée par le ton de la voix – s'assied dans un fauteuil en cuir sur la scène de l'auditorium ; un espace de plusieurs mètres le sépare du premier rang. Il plisse les yeux comme s'il avait une inflammation de la conjonctive, mais il est seulement fatigué : malgré ses cheveux teints d'un noir intense, ses presque soixante-dix ans commencent à se faire sentir. De temps en temps, un bredouillement de vieillard entrecoupe sa rhétorique de condottiere, comme si un chiffon sale lui obstruait la gorge. L'interprète est un homme en costume croisé de médiocre facture et aux cheveux gris si compacts qu'ils semblent en aluminium. Le colonel acquiesce et approuve, hiératique, sa propre sagesse exprimée dans une autre langue.

Quand elles sont entrées dans la salle, chaque jeune fille a reçu son exemplaire d'un gros volume bleu foncé, au titre en lettres dorées : *Le Glorieux Coran.* Il est lourd et sa couverture en similicuir fait transpirer les mains par cette chaleur. Les jeunes filles sont là-dedans depuis maintenant trois heures, mais elles n'ont rien eu à boire. L'une de celles qui sont restées debout est prête à s'évanouir et elle pose un instant le livre par terre ; elle est chassée d'une manière brutale pour cette profanation.

Quand le Libyen cesse de parler – du moins pour le moment –, des questions sont prévues. Les jeunes filles doivent les écrire sur des bouts de papier dont l'interprète lui murmure la traduction, pour qu'il choisisse quelles jeunes filles inviter sur la scène pour les lire à haute voix. Ce sont surtout des curiosités sur la Libye

(« L'été, fait-il aussi chaud qu'en Italie ? ») et sur ses goûts personnels (« Avez-vous aimé Rome ? »). La première à poser une question sur le Coran est la jeune femme qui n'a pas voulu enlever ses boucles d'oreilles, après avoir dit qu'elle étudiait l'arabe depuis trois ans. Elle a beaucoup aimé, dit-elle, comment le Prophète – la paix soit sur Lui – traitait sa femme Khadidja, mais elle a été déconcertée par le jeune âge d'Aïcha quand il l'a épousée. L'interprète supprime la traduction de la dernière partie. Le Libyen répond que l'amour du Prophète – la paix soit sur Lui – pour ses épouses fut pur et ardent comme une flamme. La jeune fille est sur le point de retourner à sa place, mais le Libyen a tendu une main et lui fait signe de s'approcher. Elle regrette de s'être fait remarquer. Elle reste immobile sur la scène et tête d'aluminium lui adresse un regard d'injonction. Elle s'avance vers la chaise en cuir comme vers la cage d'une hyène. Le poignet velu du Libyen sort de son cafetan, ses doigts s'allongent et caressent ses cheveux. C'est une caresse lente, huileuse. Elle rappelle à la jeune fille la salamandre qu'elle avait écrasée avec son pied sans le vouloir quand elle était petite au village de ses grands-parents. Puis le Libyen retire sa main, l'interprète la renvoie d'un signe de tête et elle descend les marches sur ses talons presque plats.

La jeune fille est une des rares qui aient suivi à la lettre les instructions de sobriété quant à la façon de s'habiller contenues dans le mail de l'agence. Au premier rang, celles au médaillon autour du cou semblent sorties de l'imagination érotique d'un employé de banque rêvant de ses collègues : chemisier blanc transparent déboutonné bien en dessous du niveau de la poitrine, jupe noire serrée qui n'arrive pas à couvrir un tiers de cuisse, escarpins à talons aiguilles de mante religieuse des bureaux. En descendant de la scène, la jeune fille se trouve devant leurs jambes nues alignées comme pour un défilé. Qu'en effet le colonel inspecte d'un regard sévère de militaire tandis qu'il leur enseigne le Coran.

En traversant la salle pour retourner à sa place, la jeune fille pense aux quatre-vingt-cinq euros que l'agence lui paiera pour la journée ; ils représentent un quart du loyer de sa chambre avec salle de bains commune à Tor Sapienza. Elle pense aussi au shampoing avec lequel elle se lavera tout de suite les cheveux, la première chose qu'elle fera en rentrant ce soir.

12

En 1952, Attilio Profeti fut détaché au Comité pour la documentation des travaux de l'Italie en Afrique qui avait été transféré, comme tous les autres bureaux de l'ancien ministère des Colonies, dans le nouveau grand immeuble en marbre blanc près des thermes de Caracalla. Il avait devant lui l'obélisque d'Axoum, émasculation en pierre de l'Abyssinie vaincue et pièce la plus prestigieuse du butin colonial, dont l'empereur Hailé Sélassié réclamait avec force la restitution. Le Comité avait de séraphiques lignes directrices : « Les travaux de ce bureau doivent constituer le véritable monument durable de ce que l'Italie a fait en Afrique, de cette éminente œuvre de civilisation dont sont témoins non seulement les grands ouvrages qui restent, mais aussi, et surtout, les sentiments des autochtones envers l'Italie : partout intéressants, vraiment émouvants en Éthiopie. » En avril de l'année suivante, tout le ministère de l'Afrique italienne fut pourtant supprimé par le Parlement. Il n'y eut aucune opposition, de nombreux députés s'étonnèrent tout au plus de découvrir qu'il existait encore. Il avait survécu douze ans aux possessions coloniales dont il prenait le nom, à l'Empire proclamé par Mussolini qui aurait dû être millénaire et qui n'avait duré que cinq ans – pas un jour de plus.

Dans l'Italie de la reconstruction, les colonies étaient considérées comme des affaires de fascistes – et tant pis si l'Érythrée avait été déclarée colonie à la fin du XIXe siècle et la Libye avant l'éclatement de la Grande Guerre, donc bien avant que la plupart des Italiens aient jamais entendu prononcer le nom de Mussolini. Et tout ce qui, à tort ou à raison, était associé au fascisme était considéré comme un corps étranger, une parenthèse, une déviation du *vrai* cours de l'histoire de la patrie, celui qui reliait l'héroïsme du Risorgimento à celui de la Résistance. L'Italie était un ancien alcoolique qui, comme tout nouvel adepte de la sobriété, ne voulait pas être confondu avec le comportement qu'il avait eu lors de sa dernière et tragique cuite. Elle ne désirait que les petits progrès quotidiens du bien-être moderne, qui germait comme les pissenlits de mars sur les décombres.

Les deux années sanglantes de l'occupation allemande avaient permis à la majeure partie des Italiens de s'identifier à une des deux figures chères à présent à l'imaginaire patriotique, la *victime sans défense* et le *héros résistant.* De toute la guerre terminée depuis peu, le front russe fut de loin celui dont on parla le plus, celui où les pauvres petits soldats envoyés se geler avec leurs chaussures en carton ne pouvaient que susciter la compassion. On parla beaucoup moins, pratiquement pas, de l'occupation en Yougoslavie et en Albanie ; le reproche d'un général en Slovénie – « Ici on tue trop peu ! » – ne passa pas dans le domaine public. On ne parla de l'occupation de la Grèce, à laquelle autrefois tous les petits écoliers italiens affirmaient vouloir briser les reins, que pour les massacres de militaires italiens perpétrés par les Allemands après le 8 septembre. Mais on garda le silence le plus absolu sur les vétérans des entreprises coloniales. On aurait pu croire que la Corne de l'Afrique s'était envahie toute seule. Dans l'Italie des années cinquante, les anciens colons étaient encore plus invisibles que les ex-fascistes, encore plus enfermés dans un mutisme opiniâtre. Attilio Profeti n'y fit pas exception.

Comme à tous les employés du défunt ministère des Colonies, on proposa à Attilio de faire partie d'un autre portefeuille. Il refusa. Dans les futurs couloirs ministériels, il sentait qu'il gaspillerait son intimité avec sa bonne fortune, sans parler de son ambition. Avec un salaire de fonctionnaire, il aurait pu bien sûr entretenir une famille, comme beaucoup de ses collègues. Ceux qui appelaient « bon sens » le fait d'éviter l'ensemble des choses que leurs revenus tenaient hors de leur portée. Mais Attilio Profeti n'avait jamais cherché à comprendre ce qu'étaient les choses qu'on ne pouvait pas faire.

La bonne étoile sur laquelle il comptait – non sans raison – se manifesta sous la forme d'un entrefilet dans le *Messaggero*. La jeune descendante de la famille qui donnait son nom à une place romaine annonçait son mariage avec l'ingénieur Edoardo Casati. Attilio le lut au bar devant chez lui où il s'arrêtait après son travail pour retarder le moment d'affronter le bonheur embarrassant que Marella lui témoignait tous les soirs quand il rentrait. D'autant plus qu'elle était enceinte pour la troisième fois et celui qui était désormais son mari ne l'avait plus obligée à s'allonger sur une table d'avorteuse. Il regarda mieux la photo. Oui, c'était lui. Il le reconnaissait.

Le matin suivant, il se présenta dans son bureau à l'étage noble d'un palais aux impeccables proportions Renaissance. Chaque marche de l'escalier était aussi large que la moitié du couloir qui séparait chez lui la salle à manger de la cuisine. Attilio Profeti n'avait pas rendez-vous, mais dès que son nom fut communiqué à l'ingénieur Casati, celui-ci le fit entrer.

« Vous êtes celui qui m'a sauvé la vie », lui dit-il en l'accueillant tandis que sa secrétaire sortait en refermant la porte derrière elle.

Attilio fut invité à s'asseoir en face du bureau en ronce de noyer au milieu des boiseries. De l'extérieur parvenait le gargouillis d'une des fontaines les plus raffinées de la capitale. « Oui… », répondit-il en réprimant la tentation de regarder le plafond décoré de fresques. Il ne voulait pas montrer à cet homme de son âge l'impression que le faste de son bureau faisait sur lui.

« Et c'est pour ça que vous me demandez du travail.

— Non. Je veux dire…

— Et en fait oui », le coupa Casati. Ni par impolitesse ni par agacement, simplement parce qu'il avait le privilège de pouvoir le faire. « Vous pensez que je vous suis reconnaissant et que je vous dois quelque chose. Eh bien, vous vous trompez. »

Attilio fut sur le point d'ouvrir la bouche, mais, d'un léger mouvement de la main, Edoardo Casati lui imposa silence.

Il était plus petit que lui, beaucoup moins avenant. Il avait un front un peu bas, des yeux d'un marron banal, trop rapprochés. Si une femme était entrée dans la pièce à ce moment-là, ce n'était pas à Edoardo Casati qu'elle aurait souri. Et pourtant, bien qu'encore jeune, la certitude qu'il avait de sa propre place dans le monde était plus dure, immaculée et lisse que les marbres gréco-romains en bas dans la cour.

« Il faut que vous sachiez, Profeti, que je ne crois pas à la gratitude. Je la considère même comme la pire des calamités dans les rapports humains : en amour, au travail, en amitié. La gratitude est un poids terrible que seules très peu de grandes âmes arrivent à supporter. Moi, je ne suis pas une grande âme mais une âme médiocre, je l'évite donc soigneusement. Savez-vous que je ne suis même pas reconnaissant à ma mère qui m'a mis au monde ? Ce n'est qu'en de rares moments de grâce que j'adresse des pensées de cet ordre à Dieu. Donc non, cher Profeti, je ne me sens redevable de rien. Même si vous m'avez sauvé la vie. »

Que dire, que répondre, quand on est humilié ? Attilio ne le savait pas, ça ne lui était jamais arrivé jusqu'à présent. Donc, il se tut. Il repoussa sa chaise en silence et s'apprêta à se lever. Il était clair qu'il avait commis une erreur.

« Mais comment, vous partez déjà ? fit Casati avec un sérieux feint. Je pensais que vous cherchiez du travail. »

Attilio se raidit dans une position qui n'était pas naturelle : les jambes déjà en direction de la porte, le visage encore tourné vers le bureau. « Je ne comprends pas…

— Restez assis, Profeti », dit Casati. Quand il ajouta « je vous en prie », Attilio s'aperçut, avec un certain agacement, qu'il avait déjà obéi. Il se sentait examiné comme un vêtement sur mesure. Il n'aurait pas été étonné si l'autre avait tendu une main pour tâter la consistance de sa peau comme un tissu.

« Vous voyez, après notre première rencontre, celle pour laquelle je devrais vous être reconnaissant mais je ne le suis pas, j'avais pris mes renseignements. Sur vous. J'ai découvert plusieurs choses. Vous préféreriez sans doute qu'on en oublie certaines, dans la République italienne fondée sur l'antifascisme. D'autres sont plus amusantes. Comme celle… comment l'avez-vous appelée ? Opération Maladie de Hansen. Mais vous savez que dans certains cercles diplomatiques on en rit encore ?

— Vraiment ? C'était il y a si longtemps.

— Eh, mais il faut comprendre que, dans ces années-là, la diplomatie italienne à la Société des Nations n'a pas réalisé tellement d'autres actions heureuses. Ensuite non plus, soyons francs. De toute façon, ce n'est pas pour ça que j'ai l'intention de vous engager. » Il dit cette dernière phrase d'un ton presque distrait.

Attilio n'éprouva pas la satisfaction qu'il s'était imaginée. C'est sans doute pour ça qu'il réagit presque avec détachement : « Ah. Et pourquoi alors ?

— Parce que vous n'êtes pas seulement sans scrupules. Vous êtes surtout un homme de belle prestance et qui a de la chance. Les deux qualités qui ont toujours été primordiales pour celui qui cherche à améliorer sa situation sociale. »

Pendant un moment, Attilio eut l'impression d'être de nouveau au milieu d'un bois dans les Apennins. Le regard qui lui arrivait de l'autre côté du bureau était celui du jour où ils avaient échappé ensemble à la mort. Il était comme la bulle d'un niveau d'arpenteur : parfaitement dans l'axe et prête à mesurer.

« Récapitulons donc, lança Edoardo Casati pour finir, je vous offre un bon salaire et d'excellentes perspectives de carrière ; en revanche, je ne vous offre pas ma gratitude, et encore moins ma confiance. Celle-ci se donne entre pairs, et nous deux, nous ne le sommes pas. Vous êtes le fils d'un chef de gare, moi j'ai dans les veines le sang de sept papes. Vous comprenez bien que ni vous ni moi ne pourrons jamais l'oublier. » Et ses lèvres claquèrent comme deux mains qui tuent un moustique.

Attilio mit un moment à comprendre qu'il s'agissait d'un sourire.

L'occasion de prouver ses qualités à son nouvel employeur se présenta à Attilio Profeti peu de temps après. L'entreprise Casati était un des satellites d'une société beaucoup plus grande qui depuis des dizaines d'années présidait au développement urbanistique de Rome dans une sereine continuité avec le fascisme. Elle avait déjà joué un rôle important dans le développement de la Ville éternelle quand elle était devenue capitale de l'Italie unie, et elle avait construit des quartiers entiers dans ce qui était autrefois la campagne. On avait donné des noms coloniaux à plusieurs nouvelles rues tracées au début du siècle, puis pendant l'ère fasciste – viale Libia, via Eritrea, via Dire Daua – que personne n'avait songé à modifier, malgré la fin concomitante du fascisme et des possessions d'outre-mer. Pas même ceux, comme viale Amba Aradam, portant le nom de massacres.

Sous la protection indulgente du maire en place, les généreux fonds affectés à la reconstruction par le gouvernement avaient été orientés dans une large mesure vers cette gigantesque société immobilière. Et dans celle-ci s'enracinaient, avec une prise compacte et puissante comme du ciment armé, les intérêts de la curie romaine, des vieilles familles nobles auxquelles appartenaient historiquement les terres de la campagne romaine, et d'une nouvelle génération de spéculateurs sans scrupules. Edoardo Casati réunissait en une seule personne les trois mondes : il avait le bon sang, les bonnes relations et même la bonne personnalité. Rapidement, donc, la société qui portait son nom, bien que créée pour alléger le poids fiscal de la maison mère et en couvrir les manœuvres spéculatives, se rendit autonome. Et elle devint l'acteur principal de cette révolution urbaine qui, des années plus tard, serait définie comme le deuxième sac de Rome.

La société Casati avait repéré des terrains au nord de la campagne romaine pour la construction d'un nouvel ensemble d'immeubles résidentiels. Comme c'était le cas la plupart du temps, le plan régulier de la ville ne prévoyait dans cette zone ni rues, ni égouts, ni canalisations. La tactique spéculative était exactement la suivante : imposer à la municipalité, mise devant le fait accompli, une fois la construction terminée, de supporter toutes les dépenses d'entretien qui rendraient le nouveau quartier habitable et, surtout, feraient monter le prix des terrains et des maisons, avec d'énormes profits pour leurs promoteurs privés. Les propriétaires des lotissements étaient presque tous des descendants de ces familles ancestrales qui depuis des siècles donnaient des évêques et des papes à la sainte Église romaine – ni l'Italie unifiée par le Risorgimento, ni la République italienne n'avaient soustrait grand-chose à leurs vastes propriétés immobilières. Cette fois-ci pourtant, la parcelle sur laquelle Casati avait des vues appartenait à une vieille comtesse accablée d'infirmités. Mettant au désespoir ses futurs héritiers – trois petits-enfants d'âge mûr –, non seulement elle n'était pas intéressée par cette proposition extrêmement avantageuse, mais elle était même franchement hostile à l'idée que l'*urbanisation* arrive dans les champs où elle avait passé son enfance. Un mot nouveau qui était une musique aux oreilles des *palazzinari*[1] – autre nouveau terme qui exprimait presque avec indulgence le prétentieux sens désinvolte de l'escroquerie des promoteurs –, mais qui, pour la vieille aristocrate, recouvrait la catastrophe de la fin de la monarchie. Presque un synonyme de l'œuvre du démon.

Casati n'était pas homme à s'avouer vaincu et il engagea un procès complexe d'expropriation contre la comtesse. Il confia l'affaire, avec d'autres problèmes à régler, à son nouveau bras

1. Promoteurs.

droit. Quand Attilio lut dans un dossier le nom du juge, Ascanio Carnaroli, auquel elle avait été confiée, il eut un frisson d'exaltation. Il fallait le reconnaître : une des deux qualités au moins pour lesquelles il avait été engagé par Edoardo Casati était vraie. Mais comme la chance éhontée n'est rien sans l'intelligence et l'audace, Attilio Profeti commença à élaborer sa stratégie.

C'était un immeuble haut de gamme à Prati, non loin du vieux tribunal. Une rampe vert foncé en serpentin soulignait l'élégante courbe de l'escalier ovale. Quand Attilio appuya sur la sonnette en cuivre, une jeune femme lui ouvrit. Sa peau était de la couleur des bâtonnets de réglisse qu'il suçait enfant, comme du bois clair ; mais autour des yeux – paupières et cernes – elle était plus foncée. L'attache de ses cheveux était très haute, presque au sommet du crâne, et lui conférait une noblesse naturelle.

« Je cherche le juge Carnaroli. Il est chez lui ? demanda Attilio.

— Oui. Qui dois-je annoncer ? »

Au travail, Attilio n'avait jamais dit à personne qu'il n'avait pas terminé ses études universitaires. Seul Casati le savait – « J'avais pris mes renseignements » – et c'était bien assez. Les rares fois où il lui était arrivé de devoir préciser quelles études il avait faites, il lui suffisait de donner le titre de sa thèse sur la phénoménologie de l'esprit d'Hegel pour couper court à toute curiosité ultérieure. Si, dans la société Casati, quelqu'un s'était demandé ce que faisait un diplômé en philosophie dans une entreprise de construction, il ne s'était jamais manifesté.

« Monsieur Attilio Profeti, répondit-il donc en souriant à cette jeune fille trop élégante pour être une domestique. Vous êtes sa fille ? »

Elle acquiesça. Elle devait avoir à peu près vingt-cinq ans et Attilio fit un rapide calcul et quelques déductions. « Elle est née là-bas. Il la cachait, mais il l'a reconnue. »

« Vous avez rendez-vous ?

— Non. J'espère ne pas le déranger en venant un dimanche après-midi, mais je ne lui prendrai pas beaucoup de temps. Dites-lui que nous nous sommes rencontrés à Addis-Abeba en 39. »

Elle écarquilla les yeux. La peau foncée de ses paupières frissonna comme sous le coup d'une soudaine émotion.

« Addis-Abeba…, murmura-t-elle, comme si elle prononçait le nom d'une lointaine planète. Venez. Je vous précède. »

Ils traversèrent les vastes espaces de l'appartement, meublé sobrement et où aucune main féminine n'avait laissé son empreinte. Arrivés au salon, la jeune fille se dirigea vers une porte-fenêtre qui donnait sur la masse verte de Monte Mario et, d'un côté, sur le dôme de Saint-Pierre. La terrasse était inondée de soleil et, avant de sortir, elle prit un grand chapeau de paille sur un canapé et le mit sur sa tête.

« Vous n'aimez pas bronzer ? » lui demanda Attilio.

À la façon dont elle se retourna pour le dévisager, il sut qu'il avait compris son secret. La jeune femme ne lui répondit pas, mais elle éleva la voix en direction de l'homme sur la terrasse qui tenait le bec d'un arrosoir dans un pot de géranium.

« Papa, tu as un visiteur, lui dit-elle. Il dit qu'il t'a connu en Éthiopie. »

Le juge Carnaroli ne devait pas être loin de la retraite. Il avait l'air de sobriété concentrée de celui qui s'est consacré toute sa vie à une seule et exigeante profession. Tandis qu'Attilio s'avançait vers lui, il détourna le regard du liquide rouge foncé qui sortait de l'arrosoir.

« Excusez-moi si je ne vous serre pas la main. Ce sang de bœuf laisse des taches terribles qui ne s'en vont qu'avec de la soude.

— Je vous en prie, répondit Attilio.

— Où avez-vous dit que nous nous sommes rencontrés ? Addis-Abeba ?

— Oui. Au tribunal. J'étais un de vos prévenus. »

Le juge interrompit le flux fertilisant et leva les yeux sur Attilio. Il le fixa quelques secondes, puis ses yeux se plissèrent imperceptiblement. Il l'avait reconnu.

« Clara, rentre à l'intérieur. Et ferme la porte derrière toi. »

Attilio inclina la tête en direction de la jeune fille et fit un sourire pour lui présenter ses excuses, mais il disparut de son visage dès que la porte-fenêtre se referma derrière elle. « C'est bien. Moi non plus, je ne voudrais pas que ma fille métisse sache certaines choses. »

Carnaroli déplaça son poids d'un pied sur l'autre comme si la terre se dérobait brusquement sous lui.

« Pourquoi êtes-vous venu ici ? Que voulez-vous ?

— En réalité, je suis venu vous demander ce que vous voulez vous, monsieur le juge. Ou ce que vous ne voulez pas. Par exemple : après une honorable carrière de juriste, très proche d'une retraite bien méritée, voulez-vous que les journaux découvrent que pendant des années vous avez appliqué sans broncher les lois raciales ? »

Une goutte de liquide ferreux coula de l'arrosoir que le juge tenait à la main et teinta de rouge hémoglobine une de ses pantoufles. Il scrutait avec tant d'attention le beau visage d'Attilio qu'il ne s'en aperçut même pas. Il chancelait à peine sous le poids de sa mauvaise conscience. Il l'avait fuie toute sa vie, mais en réalité il l'avait toujours attendue.

Le juge déclara que la vieille comtesse n'était plus en possession de ses facultés mentales. Ses trois petits-enfants furent désignés comme tuteurs légaux. Peu de temps après, Casati signa avec eux l'acte de vente des terrains. L'année suivante les travaux de construction commencèrent.

«Je ne te demanderai pas comment tu as fait, Profeti, dit Casati à la lecture du jugement.

— Et moi, je ne te le dirai pas », répondit Attilio.

C'était un bon accord. Tous les deux le respectèrent depuis lors et pour toujours, dans les années à venir.

Ce fut aussi l'occasion pour Attilio de mettre à profit la

deuxième des qualités pour lesquelles Casati l'avait engagé. Il s'en servit pour persuader Clara Carnaroli, à l'insu de son père naturellement, de l'accompagner dans un de ces nouveaux hôtels de luxe où descendaient les stars de cinéma. Là, dans une chambre qui donnait sur la Villa Borghèse, il la traita comme la plus sublime des actrices de Cinecittà. Tandis qu'il plongeait dans son odeur, il murmura sans s'en rendre compte : « Abeba. » Le matin suivant, il la ramena dans son appartement de Prati et ne chercha pas à la revoir.

Le général Pietro Badoglio n'assista pas aux obsèques de Rodolfo Graziani, maréchal d'Italie et marquis de Neghelli, mort en janvier 1955. Quand un journaliste lui demanda pourquoi il n'était pas allé rendre hommage à celui qui avait été, au fond, son alter ego et rival, Badoglio répondit de façon évasive. Mais il ne chercha pas à se dérober quand on lui demanda une opinion posthume sur le maréchal. Même si dans le passé il n'avait pas lésiné sur des termes comme « psychopathe », ou pire, cette fois-ci il s'exprima avec une apparente indulgence. « Ah, Graziani… Un brave homme au fond. Mais surtout, une belle allure. Et une belle tête de vieux condottiere. »

Si Attilio avait pu entendre ce ton moqueur, il l'aurait tout de suite reconnu : c'était le ton de celui qui vient de gagner son propre et plus fondamental concours.

À l'annonce de la mort de Graziani, la plupart des gens eurent la même réaction d'étonnement que lorsqu'on supprima le ministère de l'Afrique orientale : ils furent étonnés d'apprendre qu'il était toujours en vie. Beaucoup d'autres, surtout dans le centre et le nord de l'Italie, regrettèrent que ce fusilleur de résistants ait fini ses jours dans son lit et non pendu à un réverbère. Puis il y avait ceux, en moins grand nombre mais non moins convaincus, qui avaient suivi sa vieillesse avec anxiété, y cherchant la confirmation que leur jeunesse n'avait pas été une erreur complète. Certains s'étaient même rendus en pèlerinage sur la roche karstique grise d'Arcinazzo où vivait le maréchal.

C'étaient eux qui étaient rassemblés maintenant devant l'église San Roberto Bellarmino aux Parioli : une foule de centaines de milliers de personnes qui se répandait dans les rues adjacentes comme de la lave, crachée par le volcan de la passion populaire suscitée encore, malgré tout, par le héros de Neghelli. Attilio Profeti était là lui aussi.

La foule était parcourue de vagues qui poussaient Attilio vers le cercueil. Il était entouré par des officiers en grand uniforme, mais le corps dans la bière portait une simple tenue de campagne, recouverte d'un vieux pardessus. La nouvelle annonçant que le maréchal avait choisi de se faire enterrer enveloppé dans ce manteau usé – passée de bouche à oreille à travers la foule – en avait fait pleurer plus d'un. Et pourtant, malgré cette affluence de grand événement national, il s'agissait d'une cérémonie privée : les autorités avaient interdit de rendre les honneurs militaires à Rodolfo Graziani. Attilio entendit deux hommes le déplorer.

« Ce traître de Badoglio les aura sûrement, lui, alors qu'on les refuse à celui qui a sauvé l'honneur italien.

— Le maréchal Graziani mériterait un monument, et comment !

— Tu parles ! On ne le permettra jamais. »

Le flux avait porté Attilio près de l'escalier de l'église quand, parmi les représentants politiques au sommet des marches, il vit un homme qui lui sembla familier. Il émanait de lui un mélange bizarre de charisme et de médiocrité : regard pénétrant de vedette de cinéma, petite moustache de conducteur de tramway, calvitie précoce sur une tête de paysan. Il regardait la foule d'un air fin et rusé, comme un général en train de calculer l'importance de troupes ignorant encore qu'il allait les enrôler. Attilio le reconnut immédiatement. Il essaya de se cacher, en vain car il était plus grand que la plupart des gens, et puis la foule le poussait justement vers l'homme. Jusqu'à ce que ce dernier croise son regard et, au bout d'un court moment d'hésitation, le reconnaisse.

« Profeti ! »

C'était l'appel d'un homme habitué à parler en public, qui sait comment dominer le bourdonnement d'une foule en lançant sa voix. Cordiale, mais autoritaire.

Attilio eut le réflexe de regarder autour de lui pour s'assurer que personne ne l'avait entendu. Il avait pris la décision de venir à l'enterrement sans trop réfléchir. Simple curiosité, s'était-il dit. Mais il ne l'avait fait savoir à personne, encore moins à Marella qui le croyait au travail, comme tous les matins. À Casati, il n'avait aucune raison de mentir : fidèle à leur accord, il ne lui demandait jamais la raison de ses déplacements, seulement de ses résultats. Mais à présent, en entendant son propre nom prononcé à haute voix devant tous ces gens, Attilio Profeti ressentit un terrible embarras, comme s'il venait de s'apercevoir qu'il était sorti sans pantalon. Il espéra de toutes ses forces que la foule absorbe son nom comme une éponge une goutte d'eau, sans laisser d'auréoles.

Mais entre-temps, dans l'étroit espace que la foule avait laissé entre eux, l'homme lui tendait la main. « Tu te souviens de moi ? »

Attilio fit un pas de côté, comme si cette main tendue était un pistolet pointé sur lui. « Je regrette, murmura-t-il, comme si en disant des paroles inaudibles, il se rendait invisible lui aussi. Je n'ai pas le plaisir de vous connaître. »

L'homme le dévisagea. Il n'avait sûrement pas l'habitude d'entendre ce genre de phrase. Et pourtant, il réagit avec magnanimité, presque avec bonhomie.

« Eh, je sais bien que je ne suis plus aussi beau qu'au temps de ma jeunesse… Je suis Giorgio Almirante, je corrigeais tes articles pour la revue, tu te souviens ? Tu avais du talent, même cet hystérique de Cipriani avait de l'estime pour toi. »

Attilio avait repris le contrôle de ses propres réactions. Il lui lança un regard tranchant comme des cisailles par lequel il coupa le dernier lien avec son passé. « Vous vous trompez. Vous me prenez sans doute pour quelqu'un d'autre. »

À ce moment-là, le rassemblement le plus proche du cercueil eut un sursaut. L'ordonnance éthiopienne de Graziani, Embailé Teclehaimanot, qui n'avait pas cessé de pleurer pendant tout l'office, s'était effondrée quand on avait soulevé la bière. L'attention d'Almirante se détourna un instant vers l'agitation qui s'était créée autour de cet homme fidèle, évanoui de douleur.

Attilio en profita pour tourner les talons et s'enfuir. Il fendit la foule à coups de coude et à coups de pied, sans se soucier des injures. Vite, vite, le plus loin possible. S'unir à cette masse de nostalgiques – mais comment cette idée stupide lui était-elle venue ? Il se fit une promesse : plus jamais il n'accorderait la moindre pensée au temps de sa jeunesse.

Cette année-là, Attilio se rendit aussi à un autre enterrement : celui de son père. Le chef de gare, Ernani Profeti, était mort la veille du jour de son départ à la retraite. Son dernier après-midi de travail, portant encore sa tenue de service, il s'était mis à marcher sur les voies. *Ses* voies. Il avait quarante-cinq ans d'ancienneté et était lié au chemin de fer par un sentiment qui n'était pas de l'amour, tout comme on n'aime pas son propre bras ou le sternum qu'on a au milieu de la poitrine. Il était simplement une totale extension de lui-même.

Les signaux de protection au langage élémentaire mais qui ne tolérait pas qu'on l'ignore, sous peine des pires catastrophes. L'émanation de goudron des traverses, qui permettraient même à un aveugle sans canne de suivre le tracé de la voie ferrée à l'odeur. Les rails lissées par le plus puissant des abrasifs, le passage du train. Les roues qui répondaient en chantant à la barre en acier du vérificateur, dans un duo métallique plus musical que ceux de Verdi qu'Ernani aimait tant. Et surtout, les aiguillages.

Il s'arrêta pour en admirer un, tandis qu'il marchait au milieu des coquelicots de mai disséminés entre les voies. Au bout de près d'un demi-siècle, le vieux chef de gare n'avait pas cessé d'admirer la perfection simple de cet engrenage et de ses composants : les *aiguilles*, la *lacune*, et surtout le *cœur*. On n'aurait pu donner un nom plus approprié à ce bout de mécanisme au centre exact de l'aiguillage. C'était lui, en effet, au croisement entre la voie directe et le contre-rail, le pivot de tout le système ferroviaire. Plus que le poste de manœuvre, c'était le lieu précis où la volonté de minuscules êtres humains contraignait à l'obéissance des monstres pesant plusieurs tonnes qui, au lieu de les écraser, déviaient ainsi docilement leur trajectoire, se dandinant comme des danseuses en file indienne. Dans l'aiguillage, Ernani Profeti voyait le meilleur de l'être humain : l'intelligence, la simplicité, la prédominance de la pensée sur la matière, mais aussi l'habileté manuelle. Les plus vieux aiguilleurs tournaient leurs clés dans les encastrements, que personne d'autre ne pouvait toucher tels des objets sacrés, avec une précision mathématique qui rendait ridicule la force brute employée par les plus jeunes – raison pour laquelle ils se moquaient d'eux. Et même s'ils n'auraient jamais songé à s'adresser au chef de gare autrement qu'avec le *voi* fasciste ou avec le *lei* républicain[1]. Ernani, tout en les tutoyant en signe de respect envers l'intransigeante hiérarchie ferroviaire, savait que les aiguilleurs les plus experimentés seraient en mesure autant que lui de diriger une gare tout entière. De *faire marcher le train.*

Il y avait eu beaucoup de résistants parmi les agents de service. Un jour, au cours du dernier hiver de la guerre, Ernani avait trouvé un tract sur son bureau : « Que fais-tu, camarade cheminot ? Agis ! Les nazis et les fascistes continuent à dépouiller l'Italie, ils emportent hommes et femmes, voitures, blé, tout ! Toi, tu peux faire beaucoup, camarade cheminot, il suffit que tu le veuilles. Toi, tu dois saboter le trafic ferroviaire ! » Il l'avait mis dans sa poche les mains tremblantes, mais ensuite il l'avait brûlé. Il avait beau détester les Allemands, surtout après cette nuit d'octobre où

1. En 1938, Mussolini tenta de réformer l'usage grammatical du vouvoiement italien. Il proposa de remplacer l'emploi de « *lei* » par celui du « *voi* ».

sa vie avait basculé, l'idée de saboter le chemin de fer lui était intolérable. Il savait que certains manœuvres mélangeaient de la poudre de verre à la graisse lubrifiante dans les moyeux des roues. L'abrasif pénétrait entre l'axe de la roue et la tête de bielle, les roues grippaient, arrêtant les convois, et les nazis ne savaient qui fusiller. Un maximum de sabotage, un minimum de risque de représailles. Mais pour Ernani, le chemin de fer était justement la matière même dont il était fait. Quand les nazis en fuite avaient fait exploser les ponts des voies ferrées derrière eux, quand ils avaient jeté dans les ravins les locomotives fumantes comme du bétail encore vivant, il avait souffert comme si c'était lui qui avait sauté sur une mine. Sa plus grande torture, il l'avait subie avec la « charrue allemande », cette griffe métallique qu'ils avaient attachée aux trains quand ils s'enfuyaient vers le nord. Ils avaient laissé derrière eux des centaines de kilomètres de traverses arrachées. Quand il avait vu ce massacre courir à l'infini dans la campagne plate, Ernani avait senti ses forces l'abandonner : voilà le sillon du passage du Mal sur la Terre. C'est à ce moment-là – et non pas quand la gare de Lugo avait été réduite à un trou par une bombe américaine, non pas quand le sang de sa femme agonisante coulait sur le ballast – qu'il s'était dit : tout est fini.

Pourtant l'Italie avait survécu à la guerre, les tunnels avaient été rouverts, les locomotives hissées de nouveau sur les rails, les voies arrachées réunies avec des mélanges de soudage. Mais pour Ernani, il n'y avait pas eu de reconstruction. Les traverses de sa vie étaient restées en morceaux. Et chaque fois que passait dans la gare un des nombreux convois de porcs, de lapins ou de poussins qui allaient de la région de Ravenne aux nouveaux établissements agroalimentaires d'Imola, il repensait toujours aux autres créatures sans défense destinées à la mort, à l'intérieur d'autres wagons plombés. En résumé : Ernani Profiti avait vécu douze ans de trop – ceux qui avaient suivi octobre 1943.

Il regarda les deux alliances à son annulaire, une en or et une en acier. Que ferait-il de lui-même à partir de demain, privé de sa tenue de service ? Il se remit à marcher le long de la voie abandonnée au bout de la zone ferroviaire. Il était maintenant à plusieurs dizaines de mètres de son bureau.

L'époque à laquelle il appartenait était passée. Sa fin avait été annoncée par celle des chauffeurs. Des manœuvres qui ressemblaient à des bielles humaines – corps maigre et grosse tête – tandis qu'ils sautaient d'un bout à l'autre du plancher, occupés à leurs tâches infinies : jeter et répartir le charbon, l'arroser pour faire coaguler la poussière, le ramasser avec un balai quand il tombait, vérifier le lubrifiant avec un trébuchet de pharmacien. Si les aiguilleurs étaient les empereurs incognito du chemin de fer, les chauffeurs en étaient les artistes, ou plutôt les virtuoses. Mais avec la fin des locomotives à charbon, leur art s'était évaporé comme la fumée des cheminées d'usine. D'abord était arrivé le diesel, puis l'électrification des lignes, enfin les tableaux de manœuvre de commande automatique. Quand il avait vu celui tout neuf de la gare de Bologne – des centaines de fils, de boutons et de voyants –, Ernani avait compris : il était temps de prendre sa retraite.

Et puis, ces nouveaux trains. Très beaux, très rapides, comme le Settebello[1] Rome-Milan – une merveille, rien à dire. Mais le vieux chef de gare n'arrivait pas à croire que le billet puisse coûter treize mille lires, le salaire mensuel d'un aiguilleur. Et entre-temps, la troisième classe avait été supprimée, mais d'une façon qui lui rappelait ces louches individus qui avaient fait la pluie et le beau temps pendant le fascisme et qui, à partir du 26 octobre 1945, s'étaient brusquement proclamés les grands amis des résistants : les vieux wagons étaient en effet restés les mêmes, toujours ceux aux inconfortables sièges en bois, mais le « 3 » sur le côté avait été effacé et remplacé par un « 2 ».

Son successeur naturel aurait dû être Otello. Son fils aîné, ingénieur diplômé avec mention, aurait pu être bien plus qu'un simple chef de gare et devenir cadre. Les yeux d'Ernani

1. « Beau sept », sept de carreau, carte maîtresse au jeu de cartes de la scopa.

brillaient à la pensée d'un fils admis à l'École d'ingénieurs des chemins de fer italiens. Qui mieux qu'Otello Profeti était adapté aux temps modernes, plus passionné, plus qualifié pour *faire marcher le train* vers l'avenir ? Et pourtant, sa candidature avait été rejetée. Les Chemins de fer d'État républicains n'engageaient pas – c'est ce qu'on lui dit – d'ex-fascistes.

Ce n'était pas juste et Ernani le savait. Mais le bien et le mal, Ernani Profeti n'avait jamais réussi à prononcer ces mots à haute voix, ni à les choisir de manière opportune ; sauf une seule fois, et cela avait alors provoqué la mort de la personne qu'il aimait. C'était aussi pour ça qu'il ne parlait jamais à Otello de ce rêve de famille brisé ou de l'injustice subie. Ou plutôt, il ne parlait presque plus de rien avec personne.

Pas même avec Attilio. Aussi parce qu'il ne voyait son second fils qu'à Noël. Il venait avec sa nouvelle femme, une jeune fille mignonne et visiblement amoureuse de lui, mais à laquelle il n'adressait que rarement la parole. Qui sait pourquoi il l'avait épousée, s'était demandé son père, et il avait compris quand son premier enfant était né huit mois après leur mariage. De toute façon, il savait qu'il avait bien peu de choses à lui enseigner en matière de bonheur conjugal : lui s'était marié éperdument amoureux, mais ça n'avait pas suffi. Le fait est que ce jeune homme, aux traits cruellement identiques à ceux de Viola, lui était devenu encore plus lointain que lorsqu'il était en Afrique. Sa vie dans les palais de Rome qu'il fréquentait maintenant était encore moins imaginable pour le vieux chef de gare que celle en Abyssinie. Pourtant, Attilio avait fait quelque chose de bien pour son vieux père : il lui avait apporté un cadeau de la ville, un de ces nouveaux tourne-disques valises en plastique gris souris. Le soir, il pouvait ainsi remplir le silence de sa maison de veuf des derniers airs déchirants d'Aïda, Gilda, Violetta, Mimi. La mort à laquelle étaient destinées toutes ces femmes, loin de l'attrister, le faisait se sentir un peu moins seul. Un peu moins à l'écart du reste du genre humain par son insondable malheur, la mort de Viola.

Ernani ne savait qu'une seule chose, que son temps était fini. Il pencha la tête. Au bout de sa chaussure, il y avait un aiguillage. Il était à trois voies : de la voie directe partaient deux voies déviées, à droite et à gauche. Le rouge des coquelicots, qui se détachait sur le ballast au milieu d'autres brins d'herbe, donnait à l'efficacité de cette articulation un aspect charnel inattendu. Ernani se mit à observer le mécanisme avec une attention nouvelle, comme s'il ne l'avait jamais vu auparavant. Sans doute pour ça, ou parce que c'était son dernier jour de cheminot, il remarqua un détail qui lui était familier, mais auquel il n'avait jamais prêté attention. Au cœur de l'éventail des *aiguilles* – les pointes affilées en acier des rails qui se croisaient ici et qui allaient mourir –, au point exact qui permettait le passage matériel du boudin de la roue, il y avait le vide. Ce vide avait même un nom qu'il connaissait comme celui de n'importe quel autre objet de son métier : *lacune*. Mais brusquement, Ernani fut saisi d'angoisse, comme s'il entendait ce nom pour la première fois. Comme si aujourd'hui seulement, au bout de près d'un demi-siècle d'ancienneté, il se rendait compte qu'au centre de l'aiguillage, qui était au centre du mécanisme, qui était le pivot de tout ce monde bruyant de mécaniciens au regard fixé sur le lointain, de chauffeurs sautillants autour de leur charbon, de manœuvres, de gardes-signaux, de conducteurs, de chefs de train, de vérificateurs, de techniciens de maintenance, d'électriciens, de cantonniers, de cadres et d'ingénieurs, sans parler des passagers et des marchandises dont le transport était la fin ultime de l'existence de toute chose, bref dans le *cœur* de l'aiguillage qui rendait possible le réseau ferroviaire italien, du Brenner à Reggio de Calabre, il n'y avait rien. Seulement un petit vide, absolument parfait.

Ernani sentit ses genoux se plier. Le muscle à gauche de sa poitrine, qui partageait son nom avec ce simple chef-d'œuvre de l'intelligence humaine, eut un dernier spasme. Et ainsi, comme dans le *cœur* de l'aiguillage où toutes les lignes directrices vont mourir, s'éteignit Profeti Ernani, cheminot.

Au cours des années suivantes, Attilio tint la promesse qu'il s'était faite à l'enterrement de Rodolfo Graziani : ne plus jamais penser à sa propre jeunesse.

Il ne le fit pas en 1960, quand un Éthiopien aux pieds nus gagna le marathon de Rome, même si devant son nom, Bikila, son prénom était le seul mot amharique dont Attilio connaissait le sens (« fleur »).

Il n'exprima pas son opinion, et on ne la lui demanda pas, quand le journaliste Angelo Del Boca démontra dans un essai que, pendant l'occupation de l'Éthiopie, on avait utilisé le thioéther de chloroéthane, appelé aussi ypérite ; et alors, un autre journaliste encore plus connu, Indro Montanelli, l'accusa de mentir car il était allé en Abyssinie et n'avait jamais vu ce genre de gaz ; et presque tout le monde crut le second, car si celui qui est un témoin direct ne sait pas comment les choses se sont passées, à qui peut-on se fier ? Seul Casati un jour, après l'énième article sur la querelle, murmura avec son sourire tranchant : « Mais quel gaz, on le sait bien tous les deux que c'était la lèpre » – mais Attilio ne lui répondit pas.

Attilio ne pensa pas au patrimoine génétique qu'il avait laissé en Éthiopie, pas même quand Hailé Sélassié arriva en visite officielle à Rome pour la première fois depuis les années vingt, et que son cortège officiel au milieu des monuments de la capitale fut brusquement dévié avant le Cirque Maxime car quelqu'un s'était aperçu juste à temps qu'il devait passer devant l'obélisque d'Axoum jamais restitué. Au lieu du Colisée et du Forum romain, l'empereur visita donc Garbatella, Ostiense, Testaccio et d'autres quartiers populaires.

Attilio ne repensa à la Corne de l'Afrique que le jour où lui arriva, dans l'habituelle enveloppe à l'en-tête du garage Carbone, une photo d'Ietmgeta Attilaprofeti souriant dans sa cape et sa toque de jeune diplômé. Et aussi un jour de mai 1968 – il avait maintenant plus de cinquante ans –, quand il entendit au journal télévisé un air scandé par des jeunes de Paris qui, avec une simultanéité incohérente, lui rappela les cadavres, les brasiers, les ruines et surtout l'odeur du bois d'eucalyptus brûlé. Pourquoi donc des étudiants scandaient la marche des askaris entrant dans Addis-Abeba ? « *A-ddì-sabe-bà / Abebàul-ghenà !* » Puis il distingua mieux les paroles et comprit qu'elles étaient tout à fait différentes, seul l'air était le même : « *Ce n'est qu'un début / continuons le combat*[1] *!* » Il soupira de soulagement : cette promesse de lutte continue ne le concernait pas.

Ses guerres étaient finies depuis longtemps.

1. En français dans le texte.

13

2010

C'est un volume épais relié en cuir, aux pages qui sentent les vieux copeaux. Il s'intitule *Physiologie de la haine*, auteur Paolo Mantegazza. Certaines phrases sont soulignées :

> L'indigène est enveloppé des exhalaisons répugnantes de sa peau et à cette féminité physique en correspond aussi une morale. Il tient de l'enfant, comme la femme noire qui est un grand enfant, un ensemble de faiblesses et de servilité, un mélange de bestialité et de délicatesse.

Ilaria se demande si le crayon qui a tracé ces lignes vigoureuses était tenu par la main de son père.

Le contenu de la boîte en fer n'a pas d'ordre chronologique et Ilaria prend au hasard. Il y a une page du *Resto del Carlino* de 1936, découpée avec des ciseaux à en juger par les bords bien nets. Elle représente un groupe de chemises noires – dit la légende – au sommet de l'Amba Work qui venait d'être pris. Derrière eux, l'immensité à perte de vue du haut plateau, que l'on distingue malgré le noir et blanc granuleux. Juste au milieu et légèrement en avant par rapport aux autres, se détache un beau garçon à l'air gascon ; il n'a pas besoin de gonfler la poitrine comme ses camarades bien plus trapus pour les dominer de sa stature. C'est lui qui tient dans son poing la hampe du drapeau tricolore. Ilaria le reconnaît immédiatement. Pas à son visage, beaucoup trop jeune par rapport à celui du père qu'elle a connu, mais à sa posture.

Il y a de nombreuses et longues lettres d'Attilio à sa mère Viola, réunies en un seul paquet par un ruban de soie. Ilaria a du mal à déchiffrer l'écriture pointue de son père à cet âge-là. Il décrit les insectes d'Abyssinie : « Dans la journée les mouches, la nuit les moustiques, à tout moment les araignées et les scorpions et même les fourmis, qui en une minute remplissent une boîte de lait condensé ouverte si on la laisse par terre. Puis les tiques qui vous mangent les chevilles, les poux qui s'attachent aux coutures de la chemise… » Les animaux : « Il y a des chacals, des singes, des gazelles, des lièvres, des marmottes, des phacochères, des fourmiliers, des sangliers, des léopards, des crocodiles. Et les hyènes, de gros cabots aux épaules de gladiateurs et à la mâchoire effrayante, qui s'approchent bien trop près de nos rangs en marche quand elles sentent qu'un des mulets va s'écrouler. » Il fait la liste des oiseaux dont il a entendu le nom ici pour la première fois, écrit-il : « Touracos, calaos, merles métalliques, outardes, huppes, pies-grièches à poitrine rouge, palombes, francolins, vautours et beaucoup, beaucoup de pintades, qui sont très bonnes rôties. » Quant aux habitants humains, Attilio ne les mentionnait jamais, comme s'ils faisaient partie du paysage et n'étaient pas des membres de sa propre espèce. Sauf dans une lettre où il décrit à sa mère un homme en guenilles labourant un lopin de terre avec une pointe en fer attachée à un bâton et regardant le corps d'armée qui défile devant lui, recouvert de la poussière soulevée par les chars telle une statue. Cette vision lui inspire des réflexions qu'il a visiblement l'habitude de partager avec sa mère Viola : « Plus qu'un homme, il semblait être le reste d'un passé primitif. L'habitant d'un lieu plongé dans une somnolence figée dont seule la civilisation romaine pourra le réveiller. Notre lumineuse civilisation qui, par rapport à la vie de ces gens-là, est comme le vent par rapport à l'espace, comme l'esprit par rapport à la matière. Ici, il n'existe pas d'idées, il n'existe pas de conscience, il n'existe pas de pensée. Et ne parlons pas d'alliance de civilisations. L'écart entre notre peuple et le leur se révèle très net, évident, sans qu'il soit besoin de polémiquer. Et je ne suis même pas sûr qu'on puisse parler de peuple pour celui qui vit dans un monde aussi bestial. »

Les cartes postales adressées à Otello sont bien différentes, plus spontanées et potaches. L'une d'elles, « Visions abyssiniennes », est divisée en deux par une ligne verticale : « Hommes » est le titre de l'image de gauche, « Femmes » de celle de droite. Les premiers sont représentés en train de s'enfuir d'une bataille de façon chaotique : l'un court en se retournant, terrorisé, un autre lève les bras pour se rendre, un autre encore tombe sur un ridicule bouclier primitif. Les secondes, en revanche, sont debout, par petits groupes de deux ou trois, les yeux aguicheurs et plantés droit dans ceux de l'observateur, la poitrine dénudée exposée aux regards. Le destin différent réservé aux corps masculins et féminins que les Italiens rencontraient en Abyssinie ne pourrait être plus clair : « Ici les femmes ont la peau noire et dure comme les pneus de nos camions. Elles ont l'air faites en caoutchouc vulcanisé. Tu les trouverais intéressantes toi qui es ingénieur. »

Ensuite, il y a plusieurs lettres adressées à Attilio et signées « Votre fils respectueux, Ietmgeta ». Elles sont écrites en bon italien, sans une seule faute. Elles commencent toutes par la formule : « Cher monsieur mon père ». Une des enveloppes contient la photo d'un jeune homme avec une cape et une toque de diplômé ; il tient avec orgueil un rouleau et sourit fièrement.

« Mon frère ».

Ilaria le voit aussi nouveau-né sur une autre photo, dans les bras d'une femme aux yeux vifs et au front haut qui fixe l'objectif.

« Qu'elle est belle. Qui sait si elle lui a manqué un jour. »

Il y a une lettre écrite d'une autre main, plus vieille et plus ronde – Ilaria n'a aucun mal à la déchiffrer même si elle est couverte de ratures et de corrections. Ce doit être le brouillon d'une lettre si importante qu'elle méritait d'être réécrite :

Très chère comtesse Paolina,

Je vous salue avec l'ardeur et la dévotion d'une foi limpide et tenace dans le souvenir lumineux de nos Héros. Votre fils Francesco Baracca a écrit la page que nous voudrions tous lire, mais que personne ne sera jamais capable de graver, tant elle déborde de poésie épique et surhumaine. C'est pour cette raison que je supplie Votre cœur ailé de mère d'adresser à notre Mère Salvatrice commune, Marie Immaculée, une prière pour que mon cher fils, Profeti Attilio, chemise noire volontaire en Abyssinie, revienne sain et sauf de sa glorieuse expédition…

Signé : Profeti Viola
(épouse du chef de gare de Lugo di Romagna)

Enfoui sous toute cette correspondance, il y a un deuxième livre plus volumineux que celui de Mantegazza, mais moins ancien : *Mission d'étude au lac Tana* de Lidio Cipriani. Encore ce nom. Sur la page de garde, une dédicace écrite au stylo qui remplit les empattements de l'italique : « À Attilio Profeti, orgueil de la race italienne – avec estime fasciste, professeur Lidio Cipriani – Naples, 1940 ».

C'est ainsi qu'Ilaria comprend que Lidio Cipriani, signataire du Manifeste de la race, n'était pas seulement le préfacier de l'écrit raciste d'Attilio Profeti, mais quelqu'un qui le connaissait et qui l'estimait. De manière fasciste – qui sait ce que ça voulait dire.

La lumière commence à baisser quand Ilaria entend les pas d'Attilio sur le palier. Ses jointures craquent quand elle se relève – elle se rend compte seulement maintenant qu'elle est restée des heures dans cette position. Elle va ouvrir la porte. Attilio est seul.

« Où as-tu laissé Shimeta ? lui demande-t-elle.

— Comment laissé ? Il n'est pas avec toi ?

— Non. Je pensais que vous étiez ensemble…

— Je ne l'ai pas vu depuis que nous sommes allés nous coucher hier soir. Quand je suis sorti ce matin, il n'était déjà plus là.

— Mon Dieu, où peut-il être ?

— Rassure-toi, tu verras qu'il rentrera pour dîner. J'ai l'impression qu'il s'est habitué à bien manger… À propos : ce soir, espadon. »

Mais ce soir-là, le jeune homme ne rentre pas.

Ni cette nuit-là.

Pas plus que le matin suivant.

14

Cinq ans, pas un jour de plus. C'est ce qu'avaient hurlé et murmuré, dans les églises et sur les marchés, les voyants, les femmes possédées par les *zahar*[1], les moines, les prêtres et les conteurs. Depuis le jour où les troupes de Pietro Badoglio étaient entrées à Addis-Abeba, ceux qui savaient écouter les voix des démons et des anges d'Abyssinie l'avaient prédit. Et c'est ce qui se passa. Au printemps 1941, exactement après un lustre d'exil, le négus Hailé Sélassié rentra dans sa capitale escorté par les troupes britanniques. Faisant donc bien durer l'Empire du Duce, celui qui aurait dû renouer avec les fastes millénaires d'Auguste, cinq ans exactement et pas un jour de plus.

Ce matin de mai, Abeba s'enfuit de sa baraque. Elle avait peur. Elle courut dans des rues adjacentes avec Ietmgeta ballottant dans son dos, elle évita les grandes avenues bordées d'eucalyptus qui menaient au palais impérial et où la foule en liesse tirait en l'air. Elle arriva au garage de Carbone mais le trouva désert. Des voitures étaient abandonnées dans la cour, une avec le coffre ouvert, une autre à moitié soulevée par un cric. Les pigeons roucoulaient imperturbablement dans l'air sec sur les poutres du hangar. Abeba frappa à la porte du vieux compagnon d'armes d'Attilio, mais personne ne lui ouvrit. Toutes les

1. Esprits.

fenêtres de la maison qui donnaient sur la cour du garage étaient barricadées.

« Ils sont chez le ras Mesfin ! » cria une voix d'homme derrière elle. Abeba se retourna, mais ne vit qu'une porte qui claquait de l'autre côté de la rue.

Le ras Mesfin était grand et mince, une oreille sectionnée par une grenade cachée sous ses cheveux crépus – il n'avait pu les laver de la poussière et de la transpiration qu'au bout de cinq ans de guérilla. Dans ses veines coulait un des sangs les plus nobles de la cour impériale, et sa demeure était elle aussi aristocratique : une villa à la française comme les architectes qui l'avaient dessinée au début du siècle, avec un très grand jardin auquel les années de confiscation italienne n'avaient rien retiré de sa splendeur. La conviction du ras d'appartenir à un peuple élu n'avait pas été affectée par les lois raciales avec lesquelles les fascistes avaient essayé de sanctionner son infériorité ; c'était peut-être ce qui avait motivé sa rébellion, plus que tout autre abus. Mesfin était un patriote, un résistant, un héros victorieux que beaucoup vénéraient même plus que le négus : il avait passé l'occupation à ramper avec son fusil et non dans un confortable exil. Personne n'osa donc le taxer de traître quand il donna refuge dans sa maison à des centaines de civils italiens.

Quand Maaza vit entrer Abeba dans le salon bondé, elle courut l'embrasser comme une petite sœur. Et celle-ci sentit une bouffée de réconfort l'envahir. Depuis qu'elle était petite, son grand-père lui avait appris que saluer quelqu'un signifie lui demander comment vont ses proches, les bien portants et les malades, les bébés et les vieux, se renseignant sans hâte sur tous les membres de sa famille, un par un, car seulement ainsi, en énumérant leurs propres liens de sang, deux amis qui se serrent la main droite dans la rue peuvent s'identifier réciproquement à quelque chose de plus important qu'eux-mêmes. Quelque chose qui a un sens et une continuité. Son peuple n'était pas comme les Blancs qui, lorsqu'ils se rencontrent, se demandent « Comment vas-tu ? » et qui répondent seulement « Je vais bien, merci », comme s'ils étaient des pierres détachées de la pente de la vie, chacune roulant de son côté. C'est ainsi qu'Abeba, au milieu du salon du ras Mesfin plein de gens – des *talian* avec leurs paquets vite faits chez eux, leurs femmes à la peau plus foncée qui maintenant, comme elle, avaient peur des représailles, des serviteurs qui circulaient avec des plateaux d'*injera* pour rassasier les nouveaux arrivants –, posa sa joue sur l'épaule de la femme de Carbone et ferma les yeux. Elle pensait à sa grand-mère, qu'on avait enterrée un peu en dehors du village alors qu'elle était loin ; à son frère Bekele, torturé à mort dans l'île de Nokhra ; à Attila qui ne reviendrait pas. Et elle rassemblait ses forces pour la vie qui l'attendait. Maintenant qu'elle n'avait plus personne au monde, on lui demanderait seulement comment ils allaient, elle et son enfant.

Peu de temps après s'être assis de nouveau sur son trône doré, l'empereur interdit à ses sujets de commettre des représailles sur les anciens occupants. Il insista aussi pour que les Anglais permettent à certains Italiens sélectionnés de rester : pour faire marcher le pays, il avait besoin de mécaniciens, de boulangers, de couturiers, de plombiers, d'électriciens, de médecins, d'ingénieurs. La plupart d'entre eux pourtant, comme Carbone et sa famille, restèrent réfugiés dans la villa du ras Mesfin pendant plusieurs mois. En effet, ils n'avaient plus besoin qu'on les protège des Éthiopiens mais des Anglais, qui emmenaient les hommes prisonniers en Inde et au Kenya et enfermaient les femmes et les enfants dans des camps d'internement inhumains.

Pour les Éthiopiens aussi, le bonheur ressenti à l'arrivée des Britanniques fut de courte durée. Une fois le drapeau des Savoie retiré sur le palais impérial, ils avaient fait flotter l'Union Jack et non pas le Lion de Juda. Et cela n'avait pas plu.

« Vous, *talian*, après nous avoir battus, vous avez hissé votre drapeau tricolore sur le *ghebì* impérial, expliqua le ras Mesfin un soir où il dînait avec les chefs de famille, ses invités – ainsi appelait-il et traitait-il les réfugiés. Alors, nous vous avons combattus pendant cinq ans. Depuis quelques semaines, les Anglais sont arrivés et ils disent que c'est eux qui vous ont chassés. Nous, nous respectons ceux qui gagnent la guerre contre nous, mais pas ceux qui nous volent la victoire. »

L'antipathie envers les Anglais n'était pas seulement une question de drapeaux. Le fascisme avait tout essayé pour enseigner la ségrégation aux colons italiens : théories scientifiques, lois, sanctions pénales. Sans résultat, comme le prouvaient les nombreux enfants métis qu'ils avaient laissés derrière eux. Les Anglais, eux, éprouvaient un dégoût instinctif pour la peau noire. Les habitants d'Addis-Abeba comparèrent les deux occupants, puis en tirèrent leurs conclusions. Auxquelles ils donnèrent la forme d'une chanson, comme pour tout le reste.

Quand il y avait le « grazie »
avec ton savon
tu te lavais toi.
Quand il y avait le « thank you »
avec ton savon
l'Anglais se lavait.
Maintenant il y a l'« amaseghenallò »
et ton savon
tu le manges parce que tu as faim.

Abeba retourna dans sa petite maison. Elle continua à vendre des jus de fruits, des petits gâteaux cuits sur son poêle à bois et des tasses de très bon café. Certains soirs, si elle n'avait pas eu assez de clients, elle s'offrait elle-même. Ça ne lui coûtait pas trop. Avoir suffisamment à manger pour Ietmgeta valait bien quelques minutes désagréables avec un homme entre les jambes. C'était presque une vieille femme – elle avait plus de vingt ans –, elle ne pouvait donc pas demander beaucoup pour ses prestations. Mais bien vite, elle eut un petit cercle de fidèles qui revenaient régulièrement. Ce qui lui évitait de se donner du mal pour trouver de nouveaux clients. De temps en temps, quand elle marchait avec le petit Ietmgeta à la peau bien plus claire que la sienne, les hommes chantaient derrière elle.

Belle fille noire
tu as déshonoré les tiens
quand tu passes près de moi
baisse la tête.

Mais c'était plus par dérision que pour la juger. À Addis-Abeba, il y avait tellement d'ex-madames dans son cas. Et c'était une femme mûre, deux fois mariée dont une avec un *talian* – qui étaient-ils donc pour trouver à redire à sa liberté ? D'ailleurs, personne n'avait le temps de condamner, parce que donner l'*injera* quotidien à ses propres enfants était dur pour tout le monde.

Bien sûr, les premières années, il arrivait qu'on appelle Ietmgeta « fils des deux drapeaux », ou bien *solato,* en écorchant le nom de ceux qui arrivent armés et laissent derrière eux toute une traînée d'enfants. Ou simplement *dikala* – bâtard. Mais Abeba s'en moquait. Il était plus important pour elle qu'on ne lui dise pas « fils de mère », comme ces garçons sans guide paternel qui finissent par uriner assis comme les femmes. Abeba n'avait aucun doute sur l'éducation qu'elle donnerait à son fils : Ietmgeta était un garçon et il appartenait donc à son père. Peu importait, ou même pas du tout, qu'il ne le reconnaisse jamais.

Quand Ietmgeta fut assez grand, elle l'envoya, comme tant d'autres *dikala,* à l'école de la Consolata. Les religieuses lui demandèrent si elle voulait que son fils apprenne à écrire en alphabet amharique ou latin et Abeba n'hésita pas : « Italien. »

Ietmgeta avait dix ans quand mourut une sœur, trop âgée pour rentrer en Italie. Les religieuses emmenèrent les élèves au cimetière italien pour lui rendre un dernier hommage.

Il se trouvait sur une colline en dehors de la ville, entouré d'un bois peuplé de hyènes, de phacochères et de petites antilopes. Les pierres tombales étaient jaunies par la poussière et étouffées par les mauvaises herbes, les anges de marbre avaient le visage rayé par les intempéries, les noms gravés étaient tous italiens. Comme le patronyme d'Ietmgeta.

« Mon père aussi est sous une pierre ? demanda-t-il à sa mère quand il rentra chez lui.

— Non, grâce au ciel il n'est pas mort, répondit Abeba. Il est loin. Il pense toujours à toi et il t'a vu en photo.

— Alors je veux lui écrire. »

Elle en fut si heureuse que ce soir-là, surmontant son dégoût pour les abats, elle prépara du foie à la vénitienne pour le fils d'Attilio Profeti.

En haut : « Prisoner of war post card – Carte postale prisonniers de guerre (not over 30 words/pas plus de 30 mots – only family news of strictly personal character/seulement des nouvelles de la famille proche) ».

En dessous : DO NOT WRITE HERE !/NE PAS ÉCRIRE ICI ! – avec un point d'exclamation comme le hurlement d'une tour de garde au-dessus de fils barbelés.

NAME/NOM : Profeti

CHRISTIAN NAME/PRÉNOM : Otello

INTERNMENT SERIAL N°/N° D'INTERNEMENT : 8WI-28462

ADDRESS/ADRESSE : Co. 2nd, Compound 4th, Hereford Internment camp, Hereford, Texas, USA

DATE/DATE : 4 février 1945

MESSAGE/MESSAGE : Mes très chers, comment allez-vous ? Moi, je vais très bien. Où est Attilio, pourquoi ne m'écrit-il pas ? Je n'ai pas de vos nouvelles. Si vous recevez ce mot, envoyez-moi ces livres : *Électrotechnique*, Sartori ; *Machines électriques*, Someda ; *Science du bâtiment*, Belluzzi. Personne ne sait quand on nous laissera rentrer chez nous. Mais ne vous inquiétez pas pour moi, je vais très bien.

Je vous embrasse très fort, votre Otello.

DATE/DATE : 3 mars 1945

MESSAGE/MESSAGE : Mes bien chers parents, j'ai eu votre courrier. Ici, il n'arrive qu'une lettre sur dix, écrivez-en beaucoup pour que j'en reçoive quelques-unes. Où est Attilio ? Il ne m'a pas écrit depuis le début de la guerre. Moi, je vais très bien.

Avec toute mon affection, votre Otello.

DATE/DATE : 28 mars 1945

MESSAGE/MESSAGE : Mes bien chers parents, j'attends de vos nouvelles avec inquiétude. La gare a été bombardée ? L'appartement ? Où est Attilio ? C'est la question numéro un que je me pose continuellement. Ici très bien, rien de nouveau.

Bonnes Pâques et bises, votre Otello.

DATE/DATE : 7 avril 1945

MESSAGE/MESSAGE : Ma très chère maman, j'ai hâte de te serrer dans mes bras. Tu ne dois te faire aucun souci pour moi, je vais très bien. Je voudrais avoir des nouvelles de vous tous, et en particulier d'Attilio.

Je vous embrasse bien affectueusement, votre Otello.

DATE/DATE : 13 juin 1945

MESSAGE/MESSAGE : Mes bien chers parents, je me fais du souci pour vous. Écrivez-moi et dites à Attilio de m'écrire. Moi très bien. Ne faites pas attention aux bêtises qu'on raconte sur nous les non-coopérants.

Avec toute mon affection, bises, votre Otello.

DATE/DATE : 20 août 1945

MESSAGE/MESSAGE : Mes bien chers parents, ici les sirènes ont sifflé pour la fin de la guerre. J'attends toujours de vos nouvelles. Rappelez à Attilio qu'il a un frère. Moi très bien.

Meilleurs vœux et bises, votre Otello.

DATE/DATE : 12 octobre 1945

MESSAGE/MESSAGE : Mes bien chers parents, comment allez-vous ? L'ambassadeur d'Italie est venu ici, mais lui non plus ne sait pas quand nous rentrerons chez nous. Moi je vais très bien.

Avec toute mon affection, votre Otello.

DATE/DATE : 3 novembre 1945

MESSAGE/MESSAGE : Mes bien chers parents, comment allez-vous ? Moi très bien. Pas de courrier d'Attilio.

Avec toute mon affection, votre Otello.

DATE/DATE : 20 décembre 1945

MESSAGE/MESSAGE : Mes bien chers parents, tous mes vœux de joyeux Noël. Moi très bien. Otello.

DATE/DATE : 2 février 1946

MESSAGE/MESSAGE : Mes bien chers parents, comment allez-vous ? Moi très bien.

Otello.

DATE/DATE : 23 février 1946

MESSAGE/MESSAGE : Mes bien chers parents ! Nous partons pour New York ! Nous nous embarquons dans une semaine ! Dites à Attilio de ne plus m'écrire, j'arriverai avant son courrier !

(Je plaisante.)

Votre Otello.

Le bordel sur la route de Bagnacavallo n'avait jamais cessé de fonctionner. Pendant l'occupation, le soir, les filles emmenaient dans leurs chambres nazis et fascistes, le matin, la tenancière passait les informations à la Résistance. Le jour de la Libération, elles avaient dessiné des lignes noires sur leurs mollets pour imiter des bas de soie qu'elles n'avaient pas vus depuis des années, elles avaient noué autour de leur cou des foulards rouges de résistants et elles avaient défilé triomphalement à côté d'eux. Elles avaient lancé des baisers, dansé au son de cette musique américaine sur laquelle elles se déhanchaient avec une joie endiablée. Elles avaient offert une tournée aux libérateurs qui les avaient écrasées de leurs corps maigres de loups en hiver. Plus d'un an s'était écoulé depuis cette euphorie de cigales. La sombre guerre était finie, mais aussi cette exubérance de survivants. Maintenant, il fallait recoller les morceaux du monde – un temps de fourmis ouvrières.

Otello ne reconnut aucune des filles qui étaient là avant guerre, et il ne s'attendait pas à autre chose. Le chaos de la guerre avait balayé, en plus de tout le reste, les rigoureux contrôles de l'État sur les prostituées. Au bordel de Bagnacavallo maintenant, il y avait beaucoup de femmes d'origine moins populaire : veuves de soldats au front, filles de parents exterminés tous les deux par un seul bombardement, orphelines des ratissages nazis. La tenancière les avait toutes accueillies dans un esprit d'œcuménisme, sans distinction. Et on peut dire bien des choses horribles sur la guerre, mais pas qu'elle enlève du travail aux putains.

Ça n'avait jamais été un bordel de luxe, de ceux qui offraient des spécialités raffinées comme la *balance* (deux filles à la fois), la *nuit*, le *paon*, l'*esclave*. C'était une honnête maison de province juste à l'extérieur du village, dans un bâtiment isolé qui ressemblait à une maison cantonnière, avec un petit portail, une pergola de clématites dont s'occupait la patronne et des draps de gros coton faciles à laver. Avant la guerre, la simple passe coûtait dix lires, la double vingt, trente la demi-heure ; il y avait même le service dit *à la bonne franquette* pour ceux qui n'avaient que cinq lires à dépenser. La tenancière tolérait que les clients fassent un peu flanelle pour donner aux filles, et surtout à eux-mêmes, l'illusion d'un flirt, mais elle veillait au grain. Un bordel sans prétention, en somme, pas de gens chics, fait pour des hommes comme le chef de gare Profeti et ses fils et fondé sur une comptabilité fiable sans réductions ni offres spéciales. À part ces *facilités pour jeunes débutants* dont les deux fils d'Ernani avaient profité, en leur temps.

Aujourd'hui Otello s'était choisi une fille de Chioggia aux cheveux blonds et au pubis noir, chose assez étonnante car les teintures étaient introuvables pendant la guerre – peut-être monopolisées justement par les maisons closes. Il n'arriva même pas à atteindre la chambre. Son parfum – désinfectant, tabac froid, romarin – lui fit déjà mouiller l'entrejambe de son pantalon avec un soubresaut pendant qu'elle se déshabillait. C'est ce qui se passait chaque fois depuis qu'il était rentré. Durant ses longues années de prison, il n'avait aperçu un visage de femme qu'au cours de ses séjours à l'infirmerie. Le corps féminin était devenu une vague abstraction, si lointaine qu'il avait même cessé de se masturber. D'autant plus que les crampes de la faim, dont il avait souffert au cours de sa dernière année à Hereford, l'avaient amené à rêver, plutôt qu'à des étreintes, à des soupières de cappelletti, des moules de *zuppa inglese*, des casseroles de sauce aux cinq viandes. Mais il avait dû aussi tenir en respect ses rêves comestibles : les sucs gastriques qu'ils stimulaient lui procuraient de terribles brûlures sur les parois de son estomac vide. À présent, depuis qu'il était rentré, il n'arrivait plus à profiter d'un plaisir, quel qu'il soit. Il mangeait sans même s'apercevoir de ce qu'il ingurgitait, la nourriture étant réduite à la fonction primaire de combustible. Et il avait souvent des éjaculations si soudaines qu'il doutait de les avoir réellement eues. Comme si la dure priorité de la prison – survivre – avait vidé son corps de toute capacité à s'abandonner au plaisir.

« *Ti xe spedìo come un tosatèlo*[1] *!* » s'était écriée la jeune fille. Il n'y avait aucun reproche dans sa voix mais du soulagement, d'avoir échappé à l'habituel martèlement sur son ventre. Elle savait que maintenant, comme tous les clients rapides ou plutôt

1. « Tu es rapide comme un gamin ! »

spedìo, cet homme tendu comme une courroie en cuir utiliserait le temps qui lui appartenait, en vertu des Am-lire[1] carrées déjà payées à la tenancière, pour lui confier ses malheurs. Une fois allongés sur le lit qui sentait le désinfectant, elle caressa son membre redevenu flasque mais encore mouillé, avec une familiarité de vieille épouse. Et comme elle l'avait prévu, Otello se mit à parler.

Il lui raconta que lorsqu'il disait qu'il avait été prisonnier des Américains pendant trois ans, on lui répondait toujours : « Tu as eu de la chance ! Pas comme ceux qui ont fini en Allemagne ! En Amérique, dans les camps, les prisonniers mangeaient dix fois plus qu'ici avec la faim de la guerre, disaient-ils, et en plus sans les bombes sur la tête ; et ils étaient si bien payés pour leur travail que l'argent envoyé faisait vivre des familles entières en Italie. » Si par hasard Otello expliquait alors que c'était vrai seulement pour ceux qui avaient coopéré avec les Américains, ce que lui n'avait pas fait, on le regardait de travers. Ah, donc c'était un fasciste ? Alors qu'il se réjouisse qu'aucun résistant ne le lui ait fait payer quand il était rentré. Otello ressentait alors une telle tristesse, une telle fatigue, qu'il renonçait à expliquer que non, lui et les autres n'avaient pas été non coopérants parce que fascistes, mais pour des raisons d'honneur, de cohérence et de fidélité à un serment. Qu'au contraire dans le camp des non-coopérants ceux comme lui avaient dû se méfier non seulement des communistes, qui les considéraient comme des ennemis bourgeois, mais surtout des vrais fascistes qui les voyaient comme des traîtres. Les *repubblichini*[2] avaient failli envoyer ad patres un de ses camarades. Mais ensuite, ils avaient presque tous signé le formulaire de coopération, un par un, en cachette des autres, comme des rats sournois qui s'enfuient à la queue leu leu. De faux fascistes de la toute dernière heure qui

1. Am-lira ou Allied Military Currency était une monnaie mise en circulation en Italie après le débarquement américain en Sicile de 1943 (100 Am-lire = 1 dollar).

2. Soldats de la République sociale italienne.

avaient passé le reste de leur internement dans les camps de vacances de Portland et de Fort Lawton à manger du bacon, des pommes de terre et de la dinde. Et pendant ce temps-là, Otello était resté à Hereford au régime sévère, très sévère même.

Otello parla ensuite à la jeune fille du jour où les gardiens américains avaient vu dans l'*Amarillo Daily News* ces images presque impossibles à regarder. Des photos d'un camp de baraquements à la périphérie d'une petite ville de Pologne au nom étrange. Des amas de corps décharnés, des gens avec des yeux vides dont on ne comprenait pas s'ils étaient vivants ou morts, des fours crématoires, des fausses douches, une inscription perverse sur une grille d'entrée au-dessus des voies ferrées. Une abomination. Les gardiens yankees avaient décidé qu'il fallait que quelqu'un paie. Ils les choisirent eux, les non-coopérants italiens.

Ils avaient commencé des visites d'inspection nocturnes dans les dortoirs, à rompre les os à coups de gourdin, à les priver de bois pour les poêles même quand la neige tourbillonnait dehors, à ne plus leur remettre le courrier de leur famille. Des trois copieux repas par personne, ils passèrent à un petit pain et une sardine à se partager à huit – non par repas, mais par jour. Pendant sa dernière année au Texas, Otello avait perdu vingt-trois kilos. Tous les matins, il trouvait des touffes de cheveux sur son drap sale, ses gencives s'étaient rétractées comme celles d'un vieillard. Il passait son temps allongé sur son lit de camp, car les énergies devaient être comptées et recomptées comme un usurier avec ses pièces, elles devaient être réservées aux mouvements essentiels, comme attraper un serpent ou un lézard à faire cuire. Et pourtant, dit Otello à la jeune fille du bordel de Bagnacavallo, quand il avait essayé de parler de cette faim atroce à son retour en Italie, la réponse avait toujours été la même : « Tu n'avais qu'à coopérer avec les Américains, tu aurais croulé sous la nourriture. » Ou bien, on le regardait comme si c'était lui qui avait inventé Auschwitz.

Personne, personne ne comprenait. Un ami d'enfance lui

avait dit : « Je ne te crache pas au visage uniquement par respect pour ton frère Attilio sur qui les fascistes ont tiré. » Et pourtant, c'est à l'école des officiers de Modène, pas à Tombouctou, qu'on lui avait enseigné qu'un officier fait prisonnier a le devoir de ne pas collaborer avec l'ennemi.

Il lui raconta que lorsque les sirènes avaient retenti pour annoncer la fin de la guerre, les haut-parleurs avaient diffusé de la musique et des sonneries de trompette, le vent avait apporté les hurlements de joie de la petite ville jusque dans l'enceinte de fils de fer barbelés. « *Peace ! Peace !* » criaient-ils tous – quel mot étonnant, la paix. Même les gardiens s'étaient autorisés un moment de joie et Otello, qui depuis trois ans avait oublié comment est fait un sourire, s'était accordé une pensée heureuse : il allait enfin rentrer chez lui. Mais les semaines puis les mois s'étaient écoulés, rien n'avait changé. Tous les autres camps d'internement se vidaient, les prisonniers étaient renvoyés chez eux, sauf ceux qui, dans les usines où ils étaient si bien payés, avaient rencontré une belle fille de l'Ouest qui les avait persuadés de rester. Pour Otello et ses camarades seulement, *peace* ne voulait rien dire. Ce son merveilleux d'un jour d'août était devenu un mot amer. Tout le monde était en liesse et eux étaient encore là, à mourir de faim, à attendre que la poussière des minutes et des jours se dépose avec celle de la plaine, à manger des musaraignes tandis qu'un soupçon terrible s'insinuait en eux : « Nous ne rentrerons plus jamais chez nous. » Mais quand il avait essayé de raconter à quelqu'un le désespoir de ces derniers mois, la réponse avait toujours été la même : « Mais tais-toi, sans blague, comparé à ce qui est arrivé à d'autres, tu étais dans un hôtel de luxe. »

La jeune fille de Chioggia, blonde au-dessus et noire au-dessous, avait compris ce jour-là qu'Otello était venu au bordel pour ça : se mettre à pleurer, tremper de morve le creux de son cou pendant qu'elle l'enlaçait, et entendre au moins une fois, une seule fois, une réponse différente de « Tu as eu de la chance, de quoi te plains-tu ».

Avec une douceur qu'elle ne ressentait plus depuis que sa fille d'un an s'était vidée de son sang après un bombardement, la jeune fille lui caressa les cheveux. « *Poareto*, lui chantonna-t-elle, *poareto tì. Ti xe stà propio scarognà*[1]. »

Otello n'essaya jamais plus d'expliquer ce qu'avait été le camp pour prisonniers non coopérants d'Hereford, Texas, États-Unis. Pas même quand il ne fut pas engagé comme ingénieur ferroviaire parce qu'il avait été dans le « camp des fascistes » et qu'il dut enseigner la technique des matériaux de construction et la physique dans une école professionnelle. Pas même à la jeune fille qui allait devenir sa femme, malgré l'amour qu'il lui portait. Il ne le fit plus jamais avec personne, au cours des quarante années qui suivirent cet après-midi de 46 dans le bordel de Bagnacavallo, jusqu'au jour où il perdit aussi le concours avec Attilio, qui l'avait déjà battu dans bien d'autres domaines.

Tandis qu'Otello étouffait ses ambitions et qu'Attilio attisait les siennes, le maréchal Rodolfo Graziani écrivait un mémoire en défense pour le procès dans lequel il était inculpé. Il était lourd d'accusations envers le général Badoglio qu'il taxait de « faux prophète ». De la défaite de Caporetto à l'effondrement du 8 septembre, c'était lui le responsable des pires désastres nationaux. Un homme qui avait perdu le droit de se dire officier quand il avait laissé le peuple italien dans la ruine et le chaos. Si, au lieu de Badoglio, le roi l'avait appelé, lui, Graziani, l'Italie n'aurait pas fini coupée en deux, les Allemands ne se seraient pas arrêtés à Rome, l'honneur national n'aurait pas été perdu. Lui n'aurait jamais trahi ses soldats et la patrie avec cet armistice dégradant.

Graziani leva son stylo de la feuille et porta la main à son côté, le visage tordu par une grimace. Non pas de dégoût envers son éternel rival, mais bien à cause des calculs biliaires qui lui coupaient la respiration. Des coups de poignard aussi soudains que

1. « Mon pauvre, mon pauvre petit. T'as vraiment eu la poisse. »

ceux donnés dans son dos depuis toujours par ses ennemis. Et il ne pensait pas aux armées adverses.

C'était un mois d'octobre romain d'une particulière beauté, les cieux limpides comme en haute montagne, le soleil doux. Les feuilles pourries remplissaient l'air d'un vent de caducité. Et pourtant, dans cette chambre de l'hôpital militaire du Celio, le maréchal avait toujours froid. Depuis que le chirurgien de la prison de Procida, assisté seulement du pluriassassin Totonno le tireur, lui avait retiré l'appendice presque sans anesthésie, sa santé s'était dégradée. Il avait recommencé à sentir, un par un, les deux cent quarante-sept éclats d'obus qu'il portait plantés dans sa chair depuis l'attentat d'Addis-Abeba. À soixante-huit ans, extérieurement son physique était encore imposant, mais intérieurement c'était un champ de bataille, avec des artificiers ennemis infiltrés à l'arrière. Quelle que soit l'issue de cette farce de procès, le destin ne lui accorderait pas une mort de soldat.

Il était enfermé dans cet hôpital militaire depuis plus d'un an, loin de la terre aimée du haut plateau. Par égard pour son rang et son passé, on l'avait autorisé à se faire aider tous les matins par l'ordonnance Embailé Teclehaimanot. Au cours des quinze dernières années, même Inès, malgré son amour pour lui, n'avait pas partagé son sort autant que cet Éthiopien. Après une vie passée à défendre la patrie, c'étaient les seules personnes à qui il pouvait faire confiance : une femme et un Noir.

Tous les autres l'avaient trahi, mais aucun autant que Badoglio. Depuis vingt ans, il lui faisait faire le *vidangeur* pour le désavouer ensuite. À présent, par exemple, cet « Avis Graziani » comme l'appelaient ses accusateurs. Comme si menacer de représailles les familles des rebelles – « résistants », disait le ministère public, mais en substance c'était ça – ne relevait pas de la même stratégie avec laquelle il avait pacifié la Cyrénaïque. Mais à l'époque, tout le monde l'avait loué pour son inflexibilité, Badoglio le premier ; alors que maintenant il était poursuivi pour crimes de guerre. Pourquoi ? Quelle différence y avait-il ?

Il n'arrivait à en voir qu'une seule : en 1932 les bandits étaient des Bédouins, en 1944 des Italiens.

Ensuite, quand il avait été nommé chef de la Commission pour l'épuration, Badoglio l'avait traité comme un pestiféré. Depuis des mois, Graziani lui demandait de témoigner à son procès, mais il ne lui avait même pas répondu. Inès avait raison : si elle avait été près de lui quand Mussolini lui avait proposé le commandement militaire de la République de Salò, elle l'aurait empêché d'accepter. C'était un travail ingrat. Malheureusement, sa femme n'était pas à Rome ce jour-là, elle était à Arcinazzo. Et il s'était donc retrouvé avec des détachements entiers mal équipés qui prenaient le maquis à la moindre occasion, ou bien qui restaient, mais seulement parce que c'étaient des jeunes garçons, ou des exaltés, ou les deux à la fois, ce qui était épuisant. Sans parler des Allemands qui faisaient semblant d'être des alliés, mais qui le sabotaient par tous les moyens. Rome, par exemple. Ils voulaient la garder rien que pour eux et avaient déclaré qu'elle était *verboten* aux soldats de Salò ; pour ne pas avoir recours aux armées de Graziani, ils avaient rappelé les vieux réservistes du Polizeiregiment Bozen, pères de famille ventripotents du Haut-Adige. « Quelle est la seule armée italienne qui ne trahira pas son allié ? » plaisantaient les officiers de la Wehrmacht avec leur humour de camionneur. « Celle qui n'existe pas. » Et en avant les ricanements, merci mille fois Badoglio. Ils ne lui avaient laissé qu'une seule tâche : lutter contre les résistants. Et lui, qu'aurait-il dû faire avec ces résistants, les inviter à dîner ? La vérité, c'est qu'il n'y en aurait même pas eu si Badoglio n'avait pas abandonné le pays aux Allemands. Mais maintenant, comme d'habitude, ils rejetaient toute la responsabilité sur lui. Uniquement sur lui.

Sa douleur à la vésicule biliaire l'empêcha de continuer. Il laissa la feuille à moitié écrite sur la table et s'allongea sur son lit en fer. Il ne se déshabilla pas et ne retira pas ses chaussures. Même malade, un soldat ne se met pas en pyjama dans la journée.

Le matin suivant, son ordonnance lui apporta son courrier. Comme presque tous les jours, il y avait une lettre d'Inès. Elle était inquiète. Des amies qui fréquentaient les cercles de la diplomatie l'avaient informée que l'ambassadeur d'Éthiopie à Londres intriguait pour obtenir son extradition.

« Embailé, tu rentres avec moi dans ton pays ? Hailé Sélassié est en train de demander aux Anglais de me juger à Addis-Abeba.

— Non, monsieur. »

Graziani leva les yeux.

« Pourquoi non ? Tu ne m'aimes plus ?

— Parce que ça n'arrivera pas, monsieur.

— Comment le sais-tu ?

— Des Noirs qui jugent un Blanc... » L'ordonnance hocha la tête, une lueur ironique dans les yeux. « Ça ne plaira pas aux Anglais. Ils ne laisseront pas faire ça. »

Graziani chercha le regard de son ordonnance. À peine sorti de l'enfance, ce jeune homme droit et foncé comme une canne à sucre s'était occupé de ses uniformes, avait retiré la boue de ses bottes, graissé son pistolet. C'est Embailé qui, pendant des années, avait préparé son lit sous sa tente de campagne ; c'est lui qui avait conduit l'Alfa Romeo 6C 2500 vers la Suisse, pour échapper aux résistants. Le visage du maréchal se plissa tandis qu'il le regardait, comme frappé de plein fouet par le soleil du désert.

« Lui aussi me trahira un jour, comme tous les autres. »

Il y avait bien peu de choses à faire dans le ministère des Colonies d'un pays qui venait de les perdre toutes. Attilio arrivait au bureau, pointait et ressortait. Il s'asseyait sur un banc en bois dans le tram de la ligne circulaire et passait le long du Colisée, de la basilique de San Giovanni, des ruines de San Lorenzo où le vent soulevait encore des nuages de poussière, des quartiers de riches que personne n'avait songé à bombarder – Salario, Parioli – jusqu'au viale delle Milizie. Là, il descendait, dépassait le soldat immobile comme une cariatide dans la guérite en pierre, franchissait le haut portail du tribunal militaire. C'est ici qu'il passait ses matinées, mêlé au public dans la salle des grandes audiences, sans jamais détourner le regard de l'homme assis au banc des accusés.

À près de soixante-dix ans, le maréchal Rodolfo Graziani avait toujours le port, le profil et les longues mains élégantes du parfait spécimen de soldat romain, comme l'avait défini un jour le Duce. Et pourtant, malgré son uniforme couvert d'insignes, son charisme semblait reposer sur un fond plaintif d'hystérie. Il écoutait les dépositions des témoins avec une tension d'herbivore qui flaire un prédateur dans l'air. Il tapait du poing sur la table, indigné, pendant les interventions du ministère public. Lorsqu'un témoin cita ses propres paroles au cours de représailles (« Fusillez-les tous, les femmes et les enfants aussi »), Graziani saisit son avocat par les épaules et lui siffla : « Attaque-le, attaque-le ! » Le plus insupportable pour lui, c'était d'être accusé d'avoir eu peur, ce qui lui fut répété plusieurs fois : quand il avait fait encercler par des mitrailleuses l'hôpital d'Addis-Abeba où il avait été admis après l'attentat ; pendant que ses troupes se faisaient écraser par les Anglo-Américains dans le Sahara, alors que lui était planqué à Cyrène ; quand il s'était évanoui dans les bras de l'officier américain qui lui avait passé les menottes, soulagé de ne pas avoir fini entre les mains des résistants. « Moi, je n'ai peur de rien ! » se mettait-il à crier aux juges sur leurs sièges, le visage écarlate. « De rien et de personne ! » Mais il sortit de ses gonds quand le ministère public lui demanda s'il confirmait la rumeur selon laquelle il avait accepté le commandement de l'état-major de la République de Salò avant tout pour s'opposer à son ennemi de toujours, le général Pietro Badoglio – il se mit à hurler et son avocat eut bien du mal à le calmer. Ses excès n'étaient pourtant pas traités sévèrement. Le procès se déroulait dans un climat paisible et d'indulgence implicite envers l'accusé. Rome n'était pas Nuremberg où quelques années plus tôt les audiences avaient dégouliné de sang et de fureur. L'Italie de 1959 ne voulait plus entendre parler de fureur, encore moins de sang.

Attilio se joignait presque tous les jours au public nombreux et curieux du procès Graziani. Comme beaucoup d'entre eux, lui aussi, depuis qu'il était petit, avait subi le charme de cette figure quasi mythologique : le plus jeune colonel de la Grande Guerre, le pacificateur de la Cyrénaïque, le vainqueur de Neghelli, enfin l'allié du cruel envahisseur. Et pourtant, il n'éprouvait aucune déception en le découvrant aussi nerveux, malade, si peu digne. Attilio n'assistait pas au procès pour se débarrasser des rêves de son adolescence, encore moins pour réfléchir à vingt années de faux mythes. Dix ans avaient passé désormais depuis qu'il était rentré en Italie, le pays d'Abeba était presque aussi loin que son souvenir. Les raisons pour lesquelles il se rendait presque chaque matin au tribunal du viale delle Milizie étaient la crainte et l'espoir d'entendre les noms de : Abyssinie, Addis-Abeba, Godjam.

Des noms qui, en fait, ne furent jamais prononcés. Le maréchal Rodolfo Graziani fut condamné à dix-neuf ans de prison pour « collaborationnisme militaire avec l'envahisseur allemand », mais quatre mois après le jugement il fut remis en liberté. Comme l'avait prévu Embailé Teclehaimanot, les Anglais rejetèrent la demande d'extradition faite par le négus. Il n'eut jamais à répondre de ses actions en Abyssinie, encore moins en Libye, devant aucun tribunal militaire.

Ce qui signifia qu'on ne demanda jamais d'expliquer, ni à Attilio Profeti ni à qui que ce soit d'autre, ce qu'ils avaient fait dans les colonies. Personne ne chercha à savoir s'il y avait laissé des enfants métis. On ne le questionna pas au sujet d'un lance-flammes enrayé. Avec la fin du procès Graziani, il éprouva un soulagement glacé : sa jeunesse avait été effacée des livres d'histoire.

Attilio ne dit jamais à Marella qu'il suivait le procès au tribunal militaire. Il y avait tant de choses du reste qu'il lui cachait.

La première fois qu'elle s'était blottie contre lui après l'amour, elle avait passé son index sur la cicatrice qui courait le long de son bras.

« Qu'est-ce que tu t'es fait ?

— Les fascistes m'ont tiré dessus, lui avait-il répondu. Dans un bois des Apennins. »

Marella, admirative, s'était relevée sur un coude, déversant sur lui sa poitrine comme un cadeau. « Tu as été résistant ! »

Ce n'était pas une question et Attilio ne s'était pas senti dans l'obligation de confirmer ou de nier. « La guerre est finie », avait-il dit au contraire, en avançant la lèvre inférieure comme pour minimiser des choses qu'il n'était pas utile de ressasser. Puis il l'avait de nouveau serrée contre lui, les gros seins de Marella écrasés entre eux.

Marella était milanaise et elle le serait toujours. Sa mère était morte en la mettant au monde et elle était arrivée à Rome avec son père fonctionnaire qui avait eu un infarctus le lendemain de la Libération et était mort en trois heures. Engagée comme archiviste au ministère des Colonies en tant qu'orpheline d'un employé, Marella y avait connu Attilio. Elle n'était pas retournée vivre à Milan parce que leur maison de famille avait été détruite par une bombe incendiaire, elle n'y avait plus de parents, et pourtant elle n'avait jamais cessé de l'appeler « ma ville ». Les canaux, les lumières de la fête de l'Immacolata, la blancheur du Dôme, le brouillard mêlé aux exhalaisons de brûlé des chaudières : tel était le paradis perdu qu'elle pleurait comme Ève après en avoir été chassée.

La première fois qu'ils avaient déjeuné tous les deux dans un restaurant du Trastevere, elle lui avait dit avec un geste de star insouciante : « Moi, je suis seule au monde. » Attilio avait compris que sa solitude n'était pas une expression à l'eau de rose et qu'elle n'était que trop réelle. Et comme Marella était non seulement une femme aux formes généreuses, mais qu'elle comprenait aussi ses mots d'esprit, il s'attacha à elle.

Ils s'installèrent dans un petit immeuble construit dans les dernières années de la période fasciste dont personne n'avait songé à retirer les grands faisceaux de marbre à l'entrée. Quant à se marier, Attilio n'y pensait pas du tout. « L'Église ne tolère pas une ombre de liberté ! » déclarait-il à Marella dès qu'elle abordait le sujet à pas feutrés tel un chat avec une proie dangereuse. Et il tenait tant à sa liberté que deux fois en deux ans il accompagna Marella pour qu'elle s'allonge jambes écartées sur une table de cuisine à la Garbatella[1], où une femme qui sentait fort la soupe lui arracha les entrailles avec un crochet. Attilio n'aimait pas la voir souffrir, encore moins par sa faute. Ce furent les seules circonstances, au cours des dizaines d'années passées ensemble, où il prononça devant Marella – bien que sans la regarder – les mots « Je t'aime ».

Un soir par semaine, Attilio se rendait dans un sous-sol du quartier du Testaccio où l'on pratiquait le poker, le nouveau jeu apporté par les soldats américains. Il était fréquenté par des fonctionnaires, des enseignants et des employés de banque. Les mises étaient modestes. Il ne perdit ni ne gagna jamais grand-chose, mais il ne jouait pas pour de l'argent. De temps en temps il griffait les cartes comme le lui avait appris sa logeuse de Bologne quand il était étudiant à l'université, mais uniquement pour le secret plaisir de respecter des règles valables pour lui seul. Et il bluffait facilement.

Un après-midi, quand Attilio rentra du ministère, Marella vint l'embrasser, comme toujours quand elle l'entendait arriver. Elle fit claquer ses lèvres sur sa joue déjà rêche d'une barbe d'un jour, se serra contre lui, lui sourit, reconnaissante qu'il ait interrompu l'hiver de son absence. Puis elle prit une enveloppe jaune pâle sur le plateau du courrier et la lui tendit.

« Cette lettre est arrivée pour toi. »

Attilio n'eut pas besoin de lire le nom du destinataire. Le timbre vert, avec le profil d'Hailé Sélassié et un avion aux formes arrondies qui survolait un volcan, suffit à lui couper le souffle.

1. Quartier au sud-ouest de Rome, autrefois prolétaire et populaire.

Faire entrer et sortir l'air de ses poumons était brusquement devenu un art sophistiqué qu'il ne maîtrisait plus.

« Qui est-ce ? demanda Marella sans remarquer son trouble.

— Un ancien camarade de régiment, répondit Attilio. Il est resté *ensablé* en Éthiopie. Qu'est-ce qu'il y a de bon ce soir pour le dîner ? »

Monsieur mon père,

je vous écris parce que je suis votre fils. Comment allez-vous ? Je vous espère heureux et en bonne santé. Comment va votre père, monsieur Ernani ? Comment va votre mère, madame Viola ? Comment va votre frère, monsieur Otello ? Moi, je m'appelle Ietmgeta Attilaprofeti Ezezew. J'ai onze ans. Je vis avec ma mère, Abeba Ezezew. Je vais à l'école chez les Sœurs de la Consolata à Addis-Abeba, Éthiopie. Ma matière préférée est l'italien. Monsieur Carbone a donné à ma mère, Abeba Ezezew, votre nouvelle adresse de Rome, Italie…

Attilio avait ouvert l'enveloppe dans la salle de bains. L'appartement était petit – une chambre, salle à manger et cuisine – et il avait attendu que Marella se mette à ses fourneaux. Il mit moins d'une minute à lire cette calligraphie d'élève appliqué, laissant couler l'eau pour justifier sa présence derrière la porte fermée. Mais Marella ne s'aperçut de rien et une bonne odeur de risotto commençait à se répandre dans l'appartement. Attilio passa dans la chambre à coucher et prit sur la dernière étagère de l'armoire la boîte en fer de l'Industrie nationale des succédanés de café qu'Ilaria ouvrirait plus d'un demi-siècle après. Il y glissa l'enveloppe jaune, remit le couvercle avec l'image du moulin à café et la reposa, là où Marella n'avait aucune raison d'aller regarder.

Ce soir-là, au lit, alors qu'Attilio la tenait contre lui, Marella n'arrivait pas à se détendre. Son père ne l'avait embrassée qu'une seule fois, le jour de son bac, les coudes légèrement détachés du corps et les bras raides ; de sa mère, elle n'avait connu que l'étreinte primaire, utérine ; ce n'est qu'avec Attilio qu'elle avait découvert la paix qu'on peut trouver en posant sa joue sur une poitrine amie. Elle ne savait pas deviner les pensées des autres ou saisir leurs sentiments (« Je suis si distraite ! » disait-elle). Un besoin impuissant d'attention formait autour d'elle une enveloppe si épaisse qu'elle l'empêchait de comprendre l'autre. Elle avait beau être amoureuse d'Attilio, il lui était impénétrable. Tout cela, auquel s'ajoutait le bienveillant non-amour de ce dernier, créait entre eux le sentiment réciproque mais partagé d'être des étrangers l'un pour l'autre, qui les réconfortait tous les deux. Et pourtant, même Marella ce soir-là comprit que la rigidité du bras qui l'entourait était inhabituelle.

« À quoi penses-tu ? »

C'était la première fois qu'elle lui posait cette question depuis qu'elle le connaissait.

Il inspira si profondément qu'il souleva sa tête posée sur sa poitrine. Il continua à se taire, toujours en apnée, et Marella s'inquiéta. Avait-elle eu tort de lui poser la question ?

Enfin, sans bouger, sans la regarder dans les yeux, sans relâcher la tension de son bras, il expira. Son souffle était chargé de mots qui ne lui étaient pas adressés à elle, mais au plafond.

« Mais oui, allez, dit Attilio Profeti, marions-nous. »

15

2010

Où chercher un jeune Africain qui surgit un soir sur votre palier en disant qu'il est votre neveu et qui disparaît quelques jours plus tard ? Ilaria et Attilio habitent dans le quartier de l'Esquilin, c'est donc là qu'ils le cherchent, tout en se rendant compte que la façon de le faire n'a pas beaucoup de sens, mais que déclarer sa disparition aux forces de l'ordre dont il essaie de se tenir à l'écart en aurait encore moins. Et pourtant, il faut le chercher. C'est du moins ce que sent Ilaria et aussi – elle le voit avec une surprise reconnaissante – ce jeune demi-frère dont le désenchantement est l'étoile Polaire. Il erre à présent avec elle, sous le soleil de la fin août qui ne décolle plus l'asphalte comme à la fin de juillet, mais qui oblige encore les passants à chercher l'ombre pour ne pas attraper une insolation.

Bien entendu, ils ne le trouvent pas. Le jeune homme n'est pas au marché couvert de l'Esquilin, au milieu des étals de viande halal, des épices et des petites salades de la campagne romaine que les touristes viennent photographier. Ni dehors, via Principe Amedeo, sur les trottoirs couverts de toiles avec chaussures, lunettes, assiettes ébréchées, vieilles valises, iPhone volés et tout le reste de la misère à vendre exposée par des Africains, des Roms et des Maghrébins auxquels depuis quelque temps – Ilaria a commencé à le remarquer – s'est ajouté aussi plus d'un Italien. Il n'est pas piazza Vittorio, sur les bancs qui entourent l'esplanade centrale, ou parmi tous les jeunes hommes qui ont traversé mers et déserts pour échouer ensuite ici sur les bouches d'aération du métro, souvent une bouteille à la main et se demandant peut-être à quoi ont servi autant de courage et de perspicacité, ou allongés dans l'herbe, essayant de récupérer un peu de sommeil auquel il est dangereux de s'abandonner la nuit. Et rien non plus dans les autres parcs alentour : Colle Oppio, piazza Dante, piazza Fanti. Sur cette dernière pourtant, devant la grille qui conduit au bâtiment humbertien de l'Aquarium romain, il y a Lina. Elle est debout au milieu du jardin, pénétrée de sa propre dignité de gardienne signalée par son gilet jaune à bandes réfléchissantes. Ilaria se demande comment elle fait pour ne pas mourir de chaud. Elle sait très bien que Lina a regardé par son judas chaque fois que le jeune homme et elle sont passés sur son palier ces jours-ci, en montant ou en descendant l'escalier. Elle a perçu sa présence derrière la porte fermée que, contrairement à son habitude, elle n'a pourtant jamais ouverte pour les saluer. Qu'Ilaria et Attilio aient accueilli chez eux ce *Noir* doit l'avoir troublée au point de lui faire renoncer aux rares, précieuses et souvent uniques paroles qu'elle échange avec des êtres humains pendant des journées entières. Maintenant qu'elle les voit sans lui, elle les salue avec un soulagement évident, qui disparaît pourtant de son visage quand Attilio lui demande si elle l'a vu quelque part.

« Nous le cherchons depuis ce matin », ajoute Ilaria.

L'embarras de la vieille dame devant cette question est le même que celui d'un grand-père homophobe face à un petit-fils qu'il aime bien – et Ilaria sait que c'est également le cas de Lina – et qui ferait allusion avec désinvolture à sa propre homosexualité. *Comme si c'était normal.*

Mais Lina est aussi une gardienne retraitée bénévole, quelqu'un à qui rien n'échappe donc dans le quartier ; et elle tient à le faire savoir.

« C'est celui-là ? » Elle désigne une silhouette étendue sur l'herbe, près du reste de mur antique romain au bord du petit parc. « Il est là depuis des heures. »

Ilaria et Attilio s'approchent prudemment de l'homme. Il est allongé, un bras sur ses yeux clos, les pieds nus à la plante beaucoup plus claire que ses chevilles, ses chaussures près de sa tête. Il ne ressemble en rien au jeune homme, ni par la taille ni par la forme du visage. La seule chose qu'ils ont en commun, c'est qu'ils viennent du même continent.

« Non, dit Ilaria, ce n'est pas lui. »

Lina hausse les épaules.

« Tu as regardé là-haut, via Giolitti ? Ceux comme lui vont manger là. » Lina jette un coup d'œil sur sa vieille montre héritée de feu l'agent de la circulation. « C'est presque l'heure du déjeuner. »

« Ceux comme lui », selon Lina, ce sont les Nigérians qui se pressent sur le trottoir surélevé dans la partie basse de la via Giolitti, en face du tunnel routier sous les quais qui conduit à San Lorenzo. C'est un coin presque secret de l'Esquilin, loin du trafic qui s'écoule quelques mètres plus bas, isolé du va-et-vient de la gare. Là, se sont ouverts des salons de coiffure spécialisés en cheveux africains qui ont en vitrine des extensions – blondes, noires, mais aussi violettes et vertes – et des shampoings antifrisottis ; et des épiceries qui vendent des pousses de baobab, de la farine de faux bananier, des plats à base de manioc. Là, des douzaines de Nigérianes, corpulentes, avec une voix grave de poitrine, vendent à leurs compatriotes des portions maison de poulet et de riz dans des barquettes en plastique lavées et relavées. Ilaria et Attilio marchent lentement, dévisageant les hommes appuyés au parapet qui délimite le trottoir surélevé tandis qu'ils portent élégamment la nourriture à leur bouche avec trois doigts comme s'ils étaient à Benin City. Le jeune homme n'est pas là, et ils ne le souhaitent pas du reste – car pourquoi un Éthiopien devrait-il manger de la cuisine nigériane ?

Ils ont abandonné. Ils errent depuis des heures dans le quartier et même encore plus loin – San Giovanni, San Lorenzo et jusqu'à la gare Termini bien qu'ils pensent que ce soit le dernier endroit où le trouver, avec tous les policiers qui y patrouillent. Ils ont même pointé leur nez chez les sinistres grossistes chinois, mais rien. Ils sont maintenant assis en silence sur les chaises en plastique rouge de triste restoroute de la seule buvette des jardins de la piazza Vittorio. Attilio fait tourner le bouchon de sa bière sur la table, produisant un petit bruit inutile et exaspéré, comme leur humeur à tous les deux à cet instant précis. Quand il se met à parler, c'est sans préambule.

« Un jour, le gasoil d'un jerricane mal fermé a coulé dans mon cockpit. Je ne m'en suis pas aperçu tout de suite. »

Ilaria est en train de boire un jus de pêche avec une paille. Elle a le visage penché et pour le regarder elle doit lever les sourcils. Sur son front se dessinent trois lignes horizontales perplexes.

« La mer était agitée et j'étais éclaboussé par les vagues. Mes pieds nus trempaient dans cette soupe de carburant et d'eau salée. Au début, ça ne me gênait pas, au contraire, ils étaient presque anesthésiés ; et puis j'étais concentré sur le cap à tenir. Ce n'est qu'au bout d'un moment que j'ai commencé à sentir un picotement. Alors, j'ai regardé mes pieds. Ils étaient presque violets. Comme si j'avais pris un coup de soleil. »

Ilaria a cessé de boire et le regarde avec attention. Ces derniers jours, elle ne l'a jamais entendu parler d'un ton aussi sérieux. Douloureux.

« Alors j'ai commencé à sentir une brûlure. Terrible. À devenir fou. Pendant presque une semaine, je n'ai pas pu mettre de chaussures tellement j'avais mal. Marcher était une torture. » Alors seulement Attilio regarde sa sœur. « C'est lui qui me l'a expliqué l'autre jour. Pendant la traversée, ceux qui ne meurent pas de soif, ou d'hypothermie, ou de septicémie à cause de toute la merde et tout le vomi qui flottent au fond du bateau, meurent de ça. De brûlures dues au carburant. S'ils ne meurent pas noyés, naturellement. »

Il hausse les épaules et tambourine un air martial sur la table avec le bouchon de sa bière. Peut-être pour se débarrasser d'une mélancolie qui le gêne comme un vêtement à la mauvaise taille.

« Je sais pourquoi il s'est enfui : pour ne pas venir avec moi sur la *Chance.* » Il a retrouvé son ton léger habituel. « Je pense que la mer lui fait horreur. »

Ilaria sourit tristement. Elle hoche la tête, sa paille entre deux doigts. « Je n'arrive pas à croire qu'il soit parti. Il ne reviendra plus d'après toi ? »

Au lieu de répondre, Attilio étire ses longues jambes couvertes de poils dorés sous la table. Il prend ses poignets et il tire sur ses bras, l'un après l'autre, en les faisant craquer.

« Hier j'ai googlé "habesha", dit-il. Ça ne veut pas dire "brûlé" comme il nous l'a dit lui. C'est-à-dire, ce n'est que le sens littéral.

— Et qu'est-ce que ça veut dire en fait ?

— Des gens d'ethnie amharique ou tigréenne. Il semble qu'ils tiennent beaucoup à se différencier des autres peuples d'Éthiopie. Le nom Abyssinie vient de là. Mais alors ce n'est pas clair. S'il est pour un quart italien, pourquoi se définit-il ainsi ? »

Ilaria soupire, pose si brutalement son verre sur la table qu'elle fait aussi sauter la bière de son frère. « Attilio, arrête ! Ça suffit avec ces quarts de sang. On dirait que tu parles de chevaux de course. De races de chiens.

— Mais non, au contraire. Je pense même l'inverse, tu sais.

— C'est-à-dire ?

— Toute cette histoire, parent ou pas… Moi, je commence à me demander : mais qu'est-ce que ça change pour toi de le savoir avec certitude ? »

Ilaria le fixe, interdite. Une vague bouillante – d'embarras mais aussi de ressentiment – inonde son visage. *Donc maintenant ce serait moi la raciste ?* Mais elle se rend compte à quel point elle ressemble à sa mère en se tenant ainsi sur la défensive. Et comme elle ferait tout pour ne pas donner la parole à la Marella intérieure si prompte à se vexer à la moindre critique, elle glisse la paille dans sa bouche et aspire. Les dernières gouttes de jus au fond de son verre gargouillent comme l'écoulement d'une machine à laver. Elle attend que la bouffée d'adrénaline se calme pour parler à nouveau. « Je ne comprends pas pourquoi tu n'es pas encore convaincu. L'histoire qu'il m'a racontée concorde parfaitement avec les lettres de son père. C'est-à-dire de notre frère. Il n'y a aucune contradiction. Maintenant on rentre à la maison et tu vas les lire toi aussi. »

Addis-Abeba, juillet 1966

Cher monsieur mon père

Je vous écris pour vous faire savoir que j'ai obtenu ma licence en sciences économiques. Ma note est : 87/100. L'université d'Addis-Abeba est la plus grande d'Afrique. Une licence à Addis-Abeba est très importante.

Je mets ici une photo. Là, je suis diplômé depuis quelques minutes. Vous pouvez voir : je suis très heureux. Ma mère aussi est très heureuse. J'espère que vous aussi. Maintenant, je veux travailler pour mon peuple. L'Éthiopie est un grand pays, mais trop pauvre.

Je vous souhaite une bonne santé et beaucoup de bonheur.

Votre fils.

Ietmgeta Attilaprofeti Ezezew

« Tu sais ce qui me fait le plus de peine ? » dit Ilaria. Ils sont assis sur le canapé, la boîte en fer ouverte entre eux.

« Que papa ne lui ait jamais répondu ? suggère Attilio.

— Oui, bien sûr. Mais surtout, qu'il lui écrivait en italien.

— En effet, il y a très peu de fautes.

— Mais ça n'a servi à rien. Papa ne l'a pas reconnu quand même. »

Attilio fouille dans la boîte, il en sort au hasard d'autres cartes postales, des photos, le livre de Mantegazza. « Tout ce qu'il y a ! s'exclame-t-il. Tu as déjà tout regardé ?

— Non. Il faudrait y passer des journées entières.

— Je te laisse volontiers le faire. C'est toi l'Excavatrice Officielle des Vérités Familiales Gênantes, tout en majuscules… Et celle-ci, qu'est-ce que c'est ? »

Attilio a extrait une enveloppe jaune pâle du fond de la boîte. Elle porte l'en-tête imprimé « Garage Carbone Severino & Fils – Addis-Abeba », en italien et en amharique, suivi d'une phrase écrite à la main.

« "Opération Maladie de Hansen", lit à voix haute Ilaria. Ce n'est pas le nom scientifique de la lèpre ? »

Attilio a sorti les vieilles photos de l'enveloppe et les examine.

« Oui. Mais ceux-là ne sont pas des lépreux. »

Tous les deux regardent en silence les yeux révulsés par la souffrance, les membres horriblement contractés, les taches sur le corps – du sang ? des brûlures ? – que l'élégante évidence du noir et blanc rend avec précision. La peau qui se détache par lambeaux, comme un tissu de vieilles poupées.

« Comment s'appelait ce gaz qu'on utilisait pendant la guerre ? » demande Attilio.

Elle penche la tête avant de répondre, elle sent les muscles de son cou se contracter dans deux directions opposées. « Ypérite. »

Ilaria n'a pas d'appétit ce soir et elle a décliné l'habituelle invitation à dîner d'Attilio. Avant de rentrer dans son appartement, il lui a dit que si le jeune homme ne donnait pas de ses nouvelles avant samedi, il retournerait en Ligurie. La croisière de cette semaine a été annulée, il peut donc rester encore quelques jours à Rome, mais dimanche arriveront les prochains passagers de la *Chance*.

Maintenant, Ilaria s'assied, ou plutôt se laisse tomber sur le canapé. Elle a la télécommande dans sa main, mais une lourde chape de mauvaise humeur l'empêche aussi bien de regarder les programmes que d'éteindre et de se mettre à lire un livre. Et même d'appeler Lavinia. Dommage, hier les choses semblaient aller pour le mieux : la visite chez sa mère, la boîte en fer pleine de faits concrets. Mais le précaire édifice en reconstruction de vérité et de sens a été démoli par la disparition du jeune Africain. Ilaria se surprend à penser, vexée comme à la suite d'une trahison : « Après tout ce que nous avons fait pour lui. » Même si, pour être honnête, elle ne saurait dire ce qu'elle a exactement fait pour lui, à part l'accompagner en voiture, ce qu'il ne lui avait d'ailleurs pas demandé. Et la même question revient : que sait-elle réellement de lui ? Rien. Et encore moins que quiconque.

Et puis, ces images de corps décomposés et rongés. En Éthiopie, les gaz furent un crime de guerre, mais pourquoi ce nom ironique de manuel de médecine ? Et surtout, quel rapport avec Attilio Profeti ?

Elle voudrait tant cesser de se torturer l'esprit.

Le journal télévisé est monopolisé par le départ du colonel libyen. À partir de demain, Rome pourra se livrer à son habituel désordre sans que s'y ajoute la visite d'un dictateur mégalomane. Elle se rappelle le moment où Kadhafi est apparu sur l'écran et où le jeune homme dans la cuisine lui a tourné le dos, comme si le simple fait de le regarder lui était insupportable. « Où peut-il bien être maintenant ? se demande Ilaria. Qui sait comment il va. »

« Et à présent, écoutons ce que disent celles qui l'ont vu de plus près et que tout le monde appelle désormais les Kadhafines », dit la blonde volubile derrière le bureau en plexiglas du studio de télévision. Ilaria fait une grimace de dégoût et tend le bras, pointant la télécommande comme un pistolet. Mais juste avant d'appuyer sur la détente, elle se fige. Sur l'écran est apparue une jeune femme – front haut, yeux verts enfoncés. Elle la reconnaît. Des deux côtés de son visage pendent les boucles d'oreilles qu'elle a refusé de donner hier. Un journaliste, cognant presque son micro contre ses dents, lui demande de décrire la « leçon de Coran ».

« Je ne peux pas, répond la jeune fille. Nous nous sommes engagées par contrat à ne rien dire. Mais vous, les journalistes, ne nous mettez pas toutes dans le même panier, je vous en prie.

Rappelez-vous que là-dedans, il y avait des personnes de toutes sortes.

— D'après vous, pourquoi le colonel vous a sélectionnée ? demande le journaliste d'un ton malsain. Pour votre beauté ? »

La jeune fille – au physique agréable mais pas d'une beauté éclatante – lui lance un regard bien loin d'être inexpressif. « Ça, je ne saurais vous le dire. La beauté me semble surtout une exigence des autres, pour simplifier leurs rapports avec les gens qu'ils rencontrent. On peut la faire sienne ou pas et là-dessus on a une marge de manœuvre ; même si sur le reste non. »

Ilaria pense que c'est peut-être une Kadhafine, mais pas une idiote.

16

Qu'il était beau son fils ! Même elle ne se souvenait pas à quel point il était beau.

Ernani sortit de son bureau de chef de gare pour courir à la rencontre d'Attilio qui descendait du train, suivi d'Otello. Viola, quant à elle, s'arrêta pour l'observer de loin pendant un délicieux moment, remettant à plus tard la joie de l'embrasser. Elle regarda le calendrier dans le hall car c'était un jour qui méritait d'être fixé dans sa mémoire : 8 janvier 1940. Quatre ans et deux mois s'étaient écoulés depuis le jour où elle avait vu le visage de son fils cadet pour la dernière fois.

Durant tout ce temps, elle avait conservé dans une boîte la photo de la première page du *Resto del Carlino* où l'on voyait aussi Attilio. Tous les jours, quand elle était seule, elle l'avait sortie de la boîte décorée de la silhouette du moulin à café, avec les lettres et les cartes postales qu'Attilio lui avait envoyées d'Abyssinie au fil des années. Et pourtant maintenant, en le voyant bien vivant devant elle dans la gare de Lugo, elle éprouvait un étonnement admiratif. Le pas joyeux de ses longues jambes, ses yeux transparents, ses épaules de jeune mâle doux et fort. Comme il était beau son fils. Comme il était beau. Comme il lui ressemblait.

« Ne reste plus aussi longtemps loin de moi ! » lui dit-elle en caressant son visage. L'aîné d'Otello, qui n'avait jamais quitté l'Italie et avait toujours été proche de sa mère, détourna le regard.

Viola lui avait préparé son plat préféré, le foie à la vénitienne. Et des raviolis à la courge avec la sauce aux cinq viandes, un gratin de cardes et de pommes de terre, une *zuppa inglese*. Elle cuisinait depuis deux jours. Attilio gesticulait, mangeait, faisait remplir à nouveau son assiette, parlait des Noirs qui ne sont pas méchants si on sait les prendre du bon côté. Il ne parlait ni de mort ni d'amour. Dans ses histoires, il n'y avait pas de cadavres ni de procès pour *madamato*. Il n'y avait pas de gaz, ni la terrible douceur du corps d'Abeba. L'expédition dans le Godjam était décrite comme une inconfortable partie de campagne, avec de drôles d'anecdotes sur la nourriture immangeable et les poux pendant le sommeil. Et bien sûr, il n'y avait pas de lance-flammes.

Attilio et Viola parlaient sans interruption, leurs têtes penchées l'une vers l'autre, comme s'ils étaient seuls. Ernani suivait la conversation entre sa femme et son deuxième fils comme au théâtre : profitant du spectacle et conscient que son entrée en scène n'était pas prévue. Otello levait rarement la tête de son assiette. Lui n'avait jamais aimé le foie aux oignons.

Le soir, l'arrivée de leur fils chéri rendit moins épais que d'habitude l'invisible mur d'indifférence qui depuis des années divisait le lit conjugal d'Ernani et Viola. Jamais elle n'avait été aussi sereine depuis des années. Elle imaginait entendre la respiration d'Attilio dans la chambre voisine. Elle n'était pas triste de le voir rester seulement quelques jours. Il avait été appelé pour travailler à l'Exposition d'outremer de Naples, qui devait illustrer pour le peuple italien la grandeur de l'œuvre fasciste dans les colonies, l'immensité du projet impérial auquel lui-même, en partant comme volontaire, avait triomphalement participé. Viola sourit toute seule dans l'obscurité de la chambre, pleine du souffle lourd de sommeil de son mari. Elle avait vraiment bien fait d'écrire ces deux lettres, quelques mois plus tôt.

« Honorable professeur Lidio Cipriani, commençait la

première, je suis la mère du lieutenant Profeti Attilio. Mon fils a eu l'honneur de travailler avec vous dans l'importante mission scientifique africaine que vous avez dirigée. Je sais que vous avez pu apprécier alors le zèle de mon fils, son respect envers la hiérarchie, sa très pure foi fasciste virilement portée avec la chemise noire. Je viens donc respectueusement vous prier par cette lettre de prendre en considération l'occasion de l'appeler auprès de vous comme votre assistant, maintenant que vous êtes revenu en Italie. Je suis sûre que sa jeune ferveur, sa culture classique de diplômé en lettres anciennes seront pour vous… », etc.

La deuxième lettre, adressée au ministre des Colonies, était beaucoup plus brève. « Bertoldi Romano, assistant du professeur Lidio Cipriani, est de race juive du côté de sa mère. » Celle-ci, Viola ne l'avait pas signée.

Elle sourit avant de glisser dans un demi-sommeil, évitant soigneusement tout contact avec le corps de son mari. Elle ne dirait jamais à Attilio qu'elle avait écrit ces deux lettres. La conscience d'avoir fait son devoir de mère, de fasciste et d'Italienne lui suffisait.

Attilio n'était pas le seul à revenir d'Abyssinie. À quatre ans de la proclamation de l'Empire, le nombre des déçus des colonies était important. Rentrés chez eux, ils parlaient peu, très peu. Ceux qui avaient participé aux pires violences gardaient leurs souvenirs verrouillés et sans nom, comme des bagages abandonnés dans le bureau des objets trouvés. Ceux qui y avaient assisté ne les racontaient pas de peur d'en être accusés. Les autres, les plus nombreux, ceux qui étaient partis pour l'Afrique non par idéologie mais pour survivre, éprouvaient la honte des migrants qui n'ont pas de chance et qui rentrent chez eux aussi misérables qu'à leur départ. Tous se taisaient. Chacun de ces petits ruisseaux de silence confluait avec le grand fleuve des omissions officielles, qui, à son tour, alimentait la grande mer de la propagande sur l'Afrique orientale.

Celui qui en revanche rentra beaucoup plus riche que lorsqu'il était parti fut le maréchal Rodolfo Graziani, remplacé en tant que vice-roi par le grand-duc Amédée d'Aoste. Il revint même noble : quelques jours après avoir débarqué à Naples, il fut convoqué au Quirinal par le roi qui lui conféra le titre de chevalier de la grand-croix de l'ordre militaire de Savoie et aussi celui de marquis de Neghelli. On inaugura son buste au palais Madame et il fut fait citoyen d'honneur de Rome. Il n'était plus cependant le condottiere admiré de tous et tant aimé par la jeunesse. Pour le défilé en son honneur après la cérémonie, la police eut bien du mal à réunir deux maigres rangs de spectateurs de chaque côté de la rue. Personne ne parlait ouvertement, mais une sombre réputation l'accompagnait désormais, le suivant comme l'ombre que son corps élancé découpait sur le sol. On ne connaissait pas bien son origine. On parlait discrètement de certaines images bizarres qu'il avait envoyées à Mussolini, des photos en gros plan de certaines parties anatomiques privées. L'imagination populaire sur ces photos que personne n'avait vues, les ragots et les blagues cochonnes, tout cela tomba dans le sillon de plus en plus large qui s'ouvrait entre la propagande lancinante des actualités cinématographiques et tout ce que les anciens combattants murmuraient au contraire la nuit à leurs épouses, c'est-à-dire qu'il se passait de sales trucs en Abyssinie. Très très sales.

Avec une partie des grandes richesses accumulées dans les colonies, le maréchal acheta une vaste parcelle de terre sur le haut plateau karstique d'Arcinazzo, non loin du village où son père avait été médecin de campagne. Il y planta des oliviers, y construisit des étables, supervisa personnellement le choix des têtes de bétail. Dans la salle à manger, autour de la grande table, les dossiers des chaises portaient les nouvelles armoiries, dessinées par la toute récente marquise Inès elle-même. Dans le Livre d'or de la noblesse italienne, le symbole héraldique de la maison Graziani fut enregistré avec cette description : « Coupé, dans le premier de rouge à l'aigle au vol déployé au naturel tenant un glaive d'argent rangé en fasce ; dans le second, d'or à la charrue sur une terrasse en sinople et accosté de deux palmes avec feuillage brochant sur la partition, le tout au naturel. » Au-dessous, un cartouche avec la devise ENSE ET ARATRO[1]. C'est ainsi que se voyait maintenant Graziani : un noble guerrier paysan.

Dans un des salons de la grande maison, une vitrine éclairée se détachait sur un mur. À l'intérieur, à côté du bâton de maréchal en or avec feuilles, aigles et faisceaux, cadeau de l'Association des mutilés, était exposé un uniforme de cérémonie en lambeaux, maculé de grandes taches couleur rouille. C'était celui qu'il portait lors de l'attentat d'Addis-Abeba, quand une infinité de fragments d'obus étaient entrés dans son corps et dont au moins deux cents n'étaient jamais ressortis. Plus que tout autre blason ou titre de noblesse, c'était cette relique qui était sa revanche sur les militaires aristocrates qui l'avaient traité si longtemps en inférieur. La preuve que dans ses veines de tout nouveau marquis coulait un sang non moins noble que celui des descendants de papes : lui, contrairement à eux toujours planqués à l'arrière, avait versé son sang pour la patrie.

Le nom que Graziani donna à la grande maison au milieu de la propriété, à l'insolite aspect de chalet suisse, n'avait en revanche rien de noble : VILLA BLANCHE-NEIGE. Sur un pilier à côté de la grille d'entrée, un carreau de faïence représentait la princesse du dessin animé qui faisait fureur dans le monde entier. Beaucoup pensèrent qu'il s'agissait d'un hommage à son épouse, dont Graziani était encore très amoureux. Son teint pâle et ses cheveux noir corbeau donnaient en effet à madame Inès une certaine ressemblance avec le personnage de Walt Disney. Mais ce ne fut pas la raison pour laquelle le maréchal alla revoir le film – avec sa femme, avec sa fille, avec les deux et même tout seul – presque une dizaine de fois. Ce n'était pas Inès que le maréchal revoyait dans la princesse à la peau claire,

1. Par l'épée et par la charrue.

mais bien son propre uniforme blanc, avant qu'il soit couvert de sang. Et l'horrible fin de la sorcière envieuse après avoir inutilement tenté de la tuer le faisait jouir comme celle de ses propres ennemis.

C'était lui, Blanche-Neige.

« Rassure-toi, je reviendrai ; moi, je reviens toujours », lui avait dit Attila quand il était parti. Mais Abeba ne l'avait plus revu et elle avait accouché neuf mois plus tard. Quand elle prit le nouveau-né dans ses bras pour la première fois, il la transperça d'un regard droit et sans peur. C'était le même regard que celui de Bekele et elle pensa : « Où peux-tu bien être maintenant mon frère, qui sait comment tu vas ? » Qui sait si le fils de ses parents était encore vivant – si tant est qu'on puisse être vivants dans la géhenne de Nokhra – ou si la mort l'avait libéré de la torture. Abeba décida de l'honorer en donnant à son fils un nom qui lui montrerait son frère en exemple. Elle l'appela donc Ietmgeta – « Je suis noble partout ».

Ietmgeta était très clair, comme si ne courait dans ses veines que du sang *talian*. Abeba espéra. S'il parvenait à passer pour un Blanc, sa vie serait tellement meilleure ! Mais au bout de quelques jours, la peau derrière ses oreilles, douces et incurvées comme des fleurs d'hibiscus, commença à foncer. Puis celle du front, des jambes et du dos. Quelques semaines plus tard, le bébé était entièrement couleur de la terre après la pluie. Seules ses plantes de pied restèrent roses comme à sa naissance.

Et pourtant, Abeba était sûre qu'Attilio aurait été fier de son fils. Il l'aurait pris dans ses bras et lui aurait donné son patronyme, pour compléter son nom : Ietmgeta Attilaprofeti. À elle, il aurait offert un bracelet en argent, comme le font les nouveaux pères en signe de satisfaction. Il fallait seulement qu'elle lui fasse savoir qu'il était né.

Comme tous les matins avant d'entrer au tribunal, le juge Carnaroli prenait un café avec une goutte de lait près du nouveau bâtiment de la poste centrale. S'il n'y avait pas eu la foule des Abyssins avec leurs sacs sur la tête et leurs vêtements de couleur sur leurs corps maigres, la rue aurait pu ressembler à l'une des nouvelles villes de fondation – Sabaudia, Littoria, Pomezia. C'est ce que d'ailleurs devait devenir ensuite Addis-Abeba : la métropole fondatrice du nouvel Empire. Assis à la petite table en fer, le juge n'éprouvait cependant aucun intérêt pour les marches en granito, les petits balcons en fonte ou les courbes des murs rationalistes couverts de mosaïques. Il était plongé dans le dernier numéro du *Droit fasciste*, et cette lecture le troublait.

Hybrides. C'est ainsi que la revue définissait les métis. Fourbes et dangereux comme les juifs. Destinés à être mécontents et pleins de ressentiment, donc *naturaliter* méchants. La quintessence de l'impur, car le sang-mêlé casse l'impeccable hiérarchie des races humaines et y sème le début du chaos. Maintenant, même le droit en faisait des parias, sanctionnant les pères qui leur témoignaient de la tendresse et les obligeant à abandonner leurs mères. Comme si les hommes italiens dans les colonies n'appliquaient pas déjà suffisamment envers le produit de leurs testicules la boutade du Duce – « Je m'en fous ».

> Article 3 de la loi 882 du 13 mars 1940 : Le métis ne peut être reconnu par le citoyen géniteur. Il ne peut être attribué au métis le nom de famille du citoyen géniteur.
>
> Article 5 : L'entretien, l'éducation et l'instruction du métis sont exclusivement à la charge du géniteur natif.

Et en fait non, se disait le juge avec animosité. Carnaroli Clara : c'est ainsi que s'appelait sa fille. Personne ne pourrait plus lui enlever le nom de son père. Il avait réussi à le lui donner légalement juste à temps, un peu avant la promulgation des lois raciales. Les lèvres du juge se plissèrent d'amère satisfaction. Oui, il avait gagné, mais à quel prix : il ne voyait pas sa fille depuis des années. À X en revanche…, à elle oui, on avait réussi à lui retirer son nom.

Il s'était mis à l'appeler comme ça lui aussi, les rares fois où il se risquait à penser à elle. Comme dans les livrets scolaires de Clara que sa famille de Rome lui envoyait chaque trimestre. Religion : excellent. Calcul : bien. Dessin et calligraphie : bien. Histoire et culture fasciste : excellent. Hygiène et soin de la personne : excellent. On atteste l'assiduité en classe de huitième de Carnaroli Clara, fille d'Ascanio et de X.

« Clara, ta maman est morte », lui avaient dit ses proches en Italie quand ils l'avaient accueillie chez eux. Il n'avait pas apprécié et il aurait préféré qu'ils lui demandent d'abord son avis. Mais maintenant, il devait reconnaître qu'ils avaient eu raison. Pourquoi la faire grandir avec le regret d'une mère qu'elle ne reverrait jamais ? Cela aurait même été cruel. Qu'elle soit vivante ou morte, était-ce important pour l'État italien ? Pas du tout. Les mères de mauvais sang n'ont pas de nom et elles sont donc mortes même vivantes. En la reconnaissant, quelques années plus tôt seulement avant que cela ne devienne illégal, il avait assuré à sa fille le statut de citoyenne. Mais il n'avait pu sauver X des abîmes d'une vie de *native du lieu.*

Il essuya ses lèvres humides de café et leva les yeux. Les voilà tout autour, ceux que la loi jugeait à présent pour leur appartenance à une race, non plus en tant qu'individus. Ils poussaient des carrioles, vendaient des cacahuètes, traînaient leurs infirmités en tendant la main, marchaient bien droit suivis d'un serviteur. Si différents de tempéraments, de biographies et de revenus, ils étaient maintenant tous regroupés sous une unique définition : indigènes. Noirs. Combien d'entre eux se rendaient compte de ce qu'on leur avait volé ?

De toute façon, on ne revenait pas en arrière.

Maintenant sa fille ne s'appelait plus Chocolat, ou Bonbon Réglisse. Seulement Clara ; Carnaroli Clara. Elle était traitée comme si ne coulait dans ses veines que du sang italien. Celui de X avait été effacé : de ses papiers, de son carnet scolaire, de sa mémoire. Mais pas des cellules de sa peau et donc, quand il l'avait confiée à sa famille en Italie, il n'avait fait qu'une seule recommandation : « Ne la laissez jamais se mettre au soleil, sous aucun prétexte. »

Par moments, il ne se souvenait plus très bien du visage de sa petite fille. Alors, il regardait les photos qu'on lui envoyait (peu et rarement, mais lui non plus n'aurait pas souhaité en recevoir plus souvent car c'était chaque fois une souffrance). Quant à X, malgré les années écoulées depuis la dernière fois où il l'avait touchée, il lui arrivait parfois de sentir le frôlement d'une hanche, l'effleurement d'une main, son odeur d'herbe. Mais il avait oublié son visage. Perdu lui aussi pour toujours, de même que toutes les années passées ensemble.

Ils étaient encore à Asmara, avant qu'on l'envoie à Addis-Abeba pour uniformiser le nouveau droit impérial, quand il lui avait dit qu'il avait l'intention d'envoyer leur fille en Italie.

« Fais comme tu penses », lui avait-elle répondu.

Et non pas : « Laisse-moi plus de temps avec ma petite. » Ni : « Laisse-moi y aller aussi. » En tant que mère, elle ne voulait que le bien de Clara, pas le sien. Et elle comprenait elle aussi que tout avait changé.

Les personnes avaient changé. Mais, ce qui était encore plus effrayant pour un juriste, les mots avaient changé. Comme ceux qu'il lisait à présent dans la revue.

> La législation fasciste vise à prévenir de façon absolue la formation du métissage, n'hésitant pas, dans les rares cas où ses dispositions seraient contournées, à recourir à de sévères mesures que l'intérêt suprême de la collectivité justifie amplement. Nous sommes conscients de la gravité de cette disposition mais, comme on l'a dit, il s'agit d'éliminer aussi les cas isolés de naissances de métis.

« Éliminer ». Sinistre mot, appliqué aux humains.

L'année précédente, il avait été invité au congrès sur l'état du colonialisme qui se tenait à Naples. Une invitation qui s'imposait envers un insigne juriste tel que lui engagé depuis des années dans l'entreprise de systématisation du droit colonial – entre lois raciales, codes érythréens, droit coutumier, *Fetha Neghest*[1] amharique et charia, il y avait de quoi perdre la tête. Il s'était bien gardé d'y aller. Il avait allégué des excuses, vraies du reste, de surcharge de travail. On lui avait pourtant envoyé les actes. Incrédule devant certaines interventions, il lui avait fallu les relire plusieurs fois. Comme la proposition de charger la sage-femme indigène de « fonctions spécifiques de contrôle de la pureté raciale » : « Élevée et instruite en conséquence, en pénétrant dans le secret du toukoul[2] interdit au personnel sanitaire blanc, elle pourra exercer sa prévoyante surveillance du métissage. »

« Prévoyante surveillance » ? Était-ce un synonyme poli d'*éliminer* ?

Carnaroli se demandait où était la limite à la pente prise avec cette folie. Heureusement qu'on était dans ce moderne XXe siècle, personne ne pouvait songer sérieusement à éliminer des catégories entières d'êtres humains. Pourtant, les voilà maintenant tous en train de se gargariser avec les mots « droit romain » sans se rendre compte que ces lois raciales minaient deux millénaires de civilisation juridique. Ou plutôt, deux mille ans de civilisation et c'est tout, sans adjectifs.

Pourquoi continuait-il alors à travailler dans leurs tribunaux ? Pourquoi n'exerçait-il pas une profession libérale ? Il se le demandait presque tous les jours. Mais il connaissait la réponse : abandonner maintenant serait une lâcheté. C'est dans des moments tels que celui-ci, quand la justice est menacée d'abus et d'arbitraire, qu'il faut la servir avec le plus de dévouement.

La loi sur le métissage n'était pas rétroactive, pure bonté de leur part. « Par humanité, en tenant compte des erreurs passées,

1. Titre donné par les Abyssins à leur code ecclésiastique et civil.
2. Maison traditionnelle éthiopienne.

avaient-ils eu le courage d'écrire dans l'article 9, la loi ne s'applique pas aux fils légitimes nés d'un mariage contracté précédemment à l'entrée en vigueur des lois raciales. » Il les haïssait pour cet article qui l'obligeait à imaginer la vie qu'il n'avait pas eue. Il aurait pu épouser X – avant. Il aurait pu serrer Bonbon Réglisse tous les soirs dans ses bras, être heureux de la regarder s'endormir paisiblement. Bien sûr, elle n'aurait jamais pu aller à l'école des Blancs. Et lui aurait dû renoncer à sa carrière, car on n'a jamais vu un ténor du barreau marié à une Noire, mais…

Non, ça ne serait pas arrivé. Et il le savait.

Chaque fois que le juge parvenait à ce point de son raisonnement, il se disait qu'il valait mieux pour tout le monde que les choses se soient passées ainsi. Peut-être qu'un jour, à force de se le répéter, le souvenir de X ne lui causerait plus autant de honte. Parfois, il lui semblait la voir qui marchait dans la rue, la main enlacée à celle plus claire de leur petite fille. Il discernait un visage de femme sous un voile blanc, une silhouette qui lui semblait bien connue. Ce n'était jamais elle naturellement, puisqu'elle était restée à Asmara ; chaque fois pourtant la déception le faisait frissonner. Il y avait tant de femmes avec des enfants plus clairs qu'elles. Elles étaient toujours seules, sans homme à leur côté. Elles se reconnaissaient tout de suite, les abandonnées. Les tresses qu'elles avaient sur la tête étaient effilochées, parce qu'elles n'avaient pas d'argent pour la coiffeuse, ni la compagnie d'autres femmes avec qui échanger ce service. Celle-ci par exemple, qui marchait avec une enveloppe jaune à la main. Dans son dos, elle avait un nouveau-né beaucoup moins foncé qu'elle, enveloppé dans une serviette propre mais certainement pas neuve. Elle était belle, même si elle était plus âgée que les autres, elle avait peut-être vingt ans. Le juge avait l'impression de l'avoir déjà vue, mais il ne se souvenait pas où. Quand elle fut plus près, il la reconnut : c'était la madame de ce chemise noire, ce lieutenant qu'il avait jugé. Qui sait ce qu'il était devenu. Il était probablement retourné en Italie, comme tant de déçus du mirage colonial. Cette femme l'avait frappé quand elle avait été appelée à témoigner. Elle avait répondu à ses questions avec respect mais sans timidité, bien qu'elle ait dû garder les yeux levés vers le siège où il se tenait. Elle parlait en bon italien, avec simplicité et intelligence, remuant les doigts avec grâce. Dans un autre monde, à une époque différente, il était facile d'imaginer qu'on puisse tomber amoureux d'une telle femme. Et qu'un homme ait envie de passer sa vie auprès d'elle. Pourtant maintenant elle aussi était seule, comme toutes les autres. Comme X, qui n'avait même plus sa fille à ses côtés.

Abeba s'était aperçue que le juge l'observait. Quand elle passa devant lui sur le trottoir, elle croisa son regard un instant.

« Qui sait si elle m'a reconnu », se demanda Carnaroli.

« C'est ce *talian* qui décide, pensa-t-elle, mais il a le regard de quelqu'un qui a perdu quelque chose. »

Puis elle entra dans la nouvelle poste et il ne la vit plus.

L'enveloppe jaune pâle qu'Abeba tenait dans la main lui avait coûté des semaines de pérégrinations. Avant de demander de l'aide à un écrivain public, elle s'était demandé où l'envoyer. Du monde, elle n'avait vu que son village et la capitale, mais elle comprenait qu'en écrivant seulement « Italie » sur l'enveloppe, comme beaucoup le faisaient, elle n'arriverait jamais à destination. Durant des jours entiers, Abeba était restée debout devant l'entrée de la Maison du parti fasciste, des commissariats, du département du ministère des Colonies ; elle cherchait quelqu'un qui puisse l'aider à trouver l'adresse du père du nouveau-né attaché dans son dos. Personne ne répondit à son salut, quelques huissiers lui dirent « Va-t'en », la plupart la traversèrent du regard comme si elle n'était qu'un nuage de poussière. Une femme qui vendait des bananes et des citrons devant l'hôpital eut pitié d'elle, après l'avoir vue plusieurs jours sur le trottoir. « L'affection de l'étranger est un feu de paille, lui dit-elle. Oublie-le et pense à ton fils. » Mais la grand-mère d'Abeba lui avait appris à ignorer ceux qui parlent sans savoir.

Après quatre ans d'occupation, presque tous les habitants

indigènes d'Addis-Abeba avaient été transférés en banlieue. Pour les structures dont avaient besoin aussi bien les colons que les colonisés – marchés, édifices publics, lieux de culte –, des portes d'entrée différentes étaient prévues. Transport public, services et écoles étaient bien distincts. La hiérarchie entre les races devait être renforcée par la topographie même de la ville. Les Noirs étaient admis dans ce plan uniquement quand ils étaient au service des Blancs. On décourageait tout autre contact entre les deux groupes, quand on ne l'interdisait pas.

Les urbanistes coloniaux avaient l'intention de rendre bien nette la démarcation entre les quartiers indigènes et ceux des nouveaux maîtres. Dans les plans pour le nouveau palais du Gouverneur, les escaliers d'accès devraient être doubles, un pour les colons blancs, un pour les Abyssins, séparés et invisibles l'un à l'autre. Ils avaient imaginé des séparations végétales les plus impénétrables possible, des bandes d'épais maquis, non seulement avec les omniprésents eucalyptus, mais aussi des pins maritimes et d'autres plantes méditerranéennes : romarin, genêt, lentisque, hélichryse. Leurs feuillages, leurs parfums même, seraient l'expression du nouveau cours impérial, en déclarant avec la force du sens le plus impalpable mais le plus profond, l'odorat, que Mare Nostrum s'étendait désormais jusqu'à la Corne de l'Afrique.

Ce projet de colonisation botanique se heurta cependant, comme tous les autres, à la triste réalité. Des coûts excessifs de transport sous la menace de sanctions ; des rivalités entre bureaux quant aux compétences sur le projet ; l'inertie voire l'obstructionnisme des administrateurs qui auraient dû appliquer les directives ; une désorganisation générale. La voie italienne à la ségrégation raciale s'en remit ainsi au Père éternel. En l'occurrence, aux fleuves saisonniers qui descendaient des collines autour d'Addis-Abeba. Leur lit était à sec et purulent de charognes pendant l'été, torrentiel et trouble à cause des eaux usées qui s'y déversaient durant les pluies, au point qu'il arrivait souvent qu'on s'y noie. La force olfactive du projet demeura donc, tout en étant de nature opposée à l'originale : puanteurs au lieu de parfums. Elles remplissaient quand même la fonction prévue de barrière naturelle. D'un côté du fleuve, les verdoyants quartiers italiens ; de l'autre, ceux des Abyssins, des tas de baraques construites n'importe comment, sans électricité ni eau courante, agglutinées le long de routes poussiéreuses où coulaient les rigoles noires des égouts à ciel ouvert. C'était là que vivait Abeba, chassée par le propriétaire de la maison où elle avait vécu avec Attilio après son retour en Italie.

Mais les trottoirs sur lesquels elle passait ses journées étaient ceux de la Place. Le quartier administratif italien au sommet de la colline, là où en quelques années on avait construit les bâtiments des institutions fascistes, le cinéma Impero, la poste, n'était pas grand. Un après-midi, peu avant que la nuit équatoriale ne tombe par terre comme un poids mort, Abeba, qui s'en retournait vers sa cabane dans la partie opposée de la ville après une autre journée infructueuse, aperçut Carbone de l'autre côté de la rue. Elle courut instinctivement vers lui et l'appela à pleine voix.

Abeba n'était jamais venue dans la maison de l'ancien camarade de régiment d'Attilio, qui bien sûr n'emmenait pas avec lui sa madame quand il allait le voir. Mais quand Carbone passait prendre un café, c'était Abeba qui le lui servait. Lui aussi la reconnut aussitôt. Il fut étonné de voir la petite tête bouclée qui ballottait dans son dos. « Mais elle n'était pas stérile ? » se demanda-t-il.

Tandis qu'Abeba le priait de l'aider, Carbone se mit à penser à la femme borgne qui l'attendait tous les soirs dans la maison près de son garage. Il faisait bien attention à ne jamais la posséder sans un de ces préservatifs achetés à prix d'or et avec discrétion chez le pharmacien de la Place. Interdits en Italie car considérés comme un « sabotage à la fécondité de la race », ils étaient tolérés dans les colonies pour éviter le mélange racial. Il aurait souhaité avoir des enfants de Maaza, et même plus d'un. La tendresse qu'il éprouvait pour elle était conjugale. Mais il n'avait pas l'intention de mettre au monde des enfants auxquels il n'aurait pas pu donner légalement son nom. Vivre ensemble de façon discrète, sans être dénoncé par les mauvaises langues pour le délit de *madamato*, était déjà une entreprise ardue.

Il regarda cette femme droite au front haut, sa lordose aggravée par le nouveau-né dans son écharpe. Attilio ne savait probablement rien de sa grossesse ; il ne lui en avait pas parlé quand il était passé le saluer avant de rentrer en Italie. Ils avaient seulement échangé leurs adresses, comme on le fait entre anciens camarades de régiment, en promettant de s'envoyer des vœux pour Noël. Ce n'était pas la première fois que Carbone pensait que Profeti Attilio dit Attila avait survolé ces années insensées comme un merle au-dessus d'un tas de fumier.

Ce fut donc Carbone qui écrivit sous la dictée la lettre d'Abeba à Attilio Profeti et qui lui donna son adresse. Il respecta donc le pacte qu'il avait fait de lui annoncer la bonne nouvelle d'une nativité – mais ce n'était pas celle de l'Enfant Jésus.

Des jours et des semaines passèrent. Des mois passèrent.

Abeba ne reçut pas de réponse.

Carbone la prit en photo derrière son garage, debout devant une toile blanche. Elle avait fait tresser ses cheveux par la femme à l'œil borgne, elle avait mis le châle qui lui avait été offert autrefois. Avant le déclenchement du flash, elle tendit vers l'objectif le premier-né d'Attila Profeti comme un trophée.

Le portrait fut glissé dans une deuxième enveloppe jaune qui fut également adressée « Piazza Stazione, n° 1 – Lugo di Romagna – Italia ».

Cette fois-là non plus, Attilio ne répondit pas.

L'anthropologue Lidio Cipriani était satisfait de son nouvel assistant. Deux ans plus tôt déjà, quand Attilio Profeti avait dirigé l'escorte armée de son expédition anthropométrique en Éthiopie, Cipriani avait été frappé par l'harmonie entre la vive intelligence et le corps parfait du jeune homme. Profeti était la preuve vivante, l'incarnation même, de ce racisme scientifique auquel Cipriani avait consacré des années de travail sur le terrain et qui, synthétisé dans le Manifeste de la race dont il était un des signataires, avait démontré comment la hiérarchie somatique des peuples allait de pair avec celle psychique. La beauté était le signe le plus distinctif et manifeste de la supériorité de la race, même du point de vue spirituel, immortalisée par l'art de la sculpture gréco-romaine. De même que l'infériorité mentale des Africains se reflétait avec évidence dans leur allure bestiale.

En tant que scientifique, Cipriani se considérait comme un vecteur neutre d'objectivité. L'idée de vérifier sur lui-même le lien entre aspect corporel et intelligence ne l'avait donc jamais effleuré. Une chance, car il avait bien peu de choses en commun avec l'Apollon du Belvédère : petit, mat de peau, il avait des genoux osseux et des yeux qui nageaient derrière des lunettes épaisses comme des poissons dans un bocal en verre. Il criait inlassablement après les manutentionnaires qui transportaient d'une salle à l'autre les objets à placer dans les vitrines de l'Exposition d'outremer. Il trouvait à redire à chaque détail des pavillons, il dénigrait le travail des architectes et des décorateurs, bref il traitait mal tout le monde. Seule exception : Attilio Profeti.

« Voilà le sauveur de mon expédition en Abyssinie. » C'est ainsi que Cipriani avait présenté Profeti à la rédaction romaine de la revue *La difesa della razza*[1], où ils s'étaient rencontrés avant d'aller à Naples. Le secrétaire de rédaction, un jeune homme un peu plus âgé que lui, avec des yeux très clairs et une grosse tête, s'était approché d'Attilio. Il se présenta : c'était Giorgio Almirante.

« Mais qu'est-ce que tu lui as fait ? lui avait-il murmuré en désignant Cipriani. En général, il se ferait pendre plutôt que de reconnaître que quelqu'un l'a aidé ! »

Cipriani offrit même à Attilio un exemplaire de *Mission*

1. « La défense de la race ».

d'étude au lac Tana, le fruit de la recherche anthropométrique qui leur avait permis de se rencontrer. Il inscrivit une dédicace sur la page de garde avec le stylo à encre qui l'avait accompagné dans ses voyages sur trois continents. Mais lorsque Attilio lui demanda ce qu'était devenu son assistant Romano Bertoldi, Cipriani fut évasif. Il était délicat d'avouer, pour un expert des races, qu'il avait eu besoin d'une lettre anonyme pour identifier un métis juif.

L'Exposition d'outremer à Fuorigrotta, vitrine internationale du nouvel Empire romain, devait durer plus d'un an. Mussolini n'avait pas lésiné sur les moyens pour l'organiser. « Cinquante-quatre bâtiments ! Un million cent mètres carrés ! » déclamaient de façon tonitruante les documentaires Luce. Au pied de la tour du Parti (« haute de quarante-six mètres ! »), la statue colossale de la Victoire Fasciste, aux seins gros comme des mappemondes, étreignait le faisceau de licteur comme une mitraillette. Dans le bâtiment central, une fresque gigantesque représentant Mussolini sur un destrier immaculé dominait la reproduction grandeur nature de la galère de Marco Querini, chef d'escouade de l'aile gauche à la bataille de Lépante : représentation efficace, disaient les journaux, « de la suprématie millénaire de la civilisation de Rome dans les terres d'outremer ». Le mot-clé était « millénaire » : cette fois, l'Empire romain ressuscité grâce au fascisme durerait éternellement.

Attilio avait pour tâche d'assister Cipriani dans l'aménagement du pavillon sur l'Abyssinie. Il fallait disposer dans les vitrines les objets d'usage domestique qui témoignaient des coutumes sauvages des colonisés, à comparer aux technologies supérieures dont ils avaient bénéficié avec l'arrivée des Italiens : paniers, meules de pierre, instruments de musique, veau empaillé pour inciter les vaches à la traite, fuseaux pour filer le coton. Entre deux vitrines, bien plus importants que ces pauvres choses empilées, se détachaient les portraits réalisés par l'anthropologue. Des hommes et des femmes au torse nu, reproduits grandeur nature de face et de profil, fixaient les visiteurs de l'Exposition comme un défilé de criminels. Le jour de l'inauguration, la plupart des spectateurs durent réprimer de petits rires gênés à la vue de tous ces seins nus. Une photo en particulier poussait les mères de famille à entraîner plus loin leurs maris : une femme éthiopienne, plus très jeune, qui les regardait avec indifférence, comme si les énormes mamelles qui occupaient une bonne partie du cadrage ne la concernaient pas.

Mais rien ne bouleversa autant les spectateurs que le mur du fond du pavillon, qui semblait à première vue recouvert de têtes coupées, les paupières closes dans une glaciale sérénité post mortem. Certains visiteurs poussèrent des cris d'horreur, des enfants se mirent à pleurer, des hommes sentirent leurs jambes se dérober. Du reste, les journaux étaient pleins de récits de décapitations accomplies par les sauvages guerriers abyssins et d'autres formes de leur barbarie. On se rendait compte seulement de près qu'il ne s'agissait pas de macabres souvenirs de guerre mais de masques en plâtre, réalisés sur place par Cipriani. Ils faisaient l'orgueil de sa collection. Il les avait rangés par couleur de peau, de la plus foncée à la plus claire, des traits les plus camus et épatés à un visage de statue grecque, dans un crescendo délibéré de pâleur et donc, comme le déclaraient les légendes, « de beauté et de civilisation ». Des Barias et Kunamas aux Amharas en passant par les Gallas et les Sidamas, on arrivait à la perfection du type italien. Ce dernier aussi avait les paupières fermées comme un masque funéraire, et la couleur de ses yeux n'était pas visible. Mais le front haut, le nez droit et les lèvres bien dessinées étaient ceux d'une personne bien précise : Attilio Profeti.

Les directeurs de l'Exposition avaient envisagé de montrer aussi des indigènes en chair et en os, dans la meilleure tradition des Expositions universelles. Certains disaient qu'il valait mieux limiter les rencontres entre primitifs africains et Italiens à ces situations où le rapport de subordination entre eux était clair, comme dans les colonies. Mais le Duce en personne fit savoir qu'il trouvait nécessaire la présence des nouveaux sujets pour illustrer l'étendue de l'Empire ressuscité. Un bon nombre de femmes et de jeunes garçons furent ainsi amenés à Naples de Massawa, Addis-Abeba et Benghazi pour peupler le pavillon « Vie africaine ». Une vie dont avaient été cependant effacés tous les hommes adultes, dont la rencontre en chair – surtout en chair – et en os avec les visiteuses italiennes avait été jugée trop risquée.

Ces figurantes rappelèrent à Attilio la Jeune Bédouine. Il n'était qu'un enfant quand son père l'avait emmené à la foire-exposition internationale de Milan et que la jeune fille libyenne bien potelée lui avait montré ses petites dents ; mais il ne l'avait jamais oubliée. Quelque chose s'agitait dans le bas de son corps maintenant encore s'il y repensait. À présent son visage avait été remplacé par celui d'Abeba qu'il se représentait vêtue de la large robe blanche des Amharas et non pas enveloppée dans la tunique serrée sous la poitrine des femmes de la Cyrénaïque. La Jeune Bédouine de ses souvenirs d'enfant se fondait avec la madame restée à Addis-Abeba. Il imagina qu'elle était devant lui, souriant dans le tableau vivant de la cérémonie du café, assise sur un tabouret bas devant le réchaud à charbon, les grains à griller et le moulin. Mais le jour de l'inauguration, entre les éclaboussures de la fontaine, la mappemonde métallique avec les possessions coloniales en relief, les faisceaux de licteur de dix mètres de haut et le roi empereur salué par les askaris avec leurs plumes blanches, même la femme avec ses tatouages sur le front qui offrait une boisson aux visiteurs était une inconnue. Abeba n'était pas là. Abbeba ne serait plus jamais là.

« Voilà une bonne façon de commencer la semaine », commenta le général Roatta à l'entrée en guerre de l'Italie, le 10 juin 1940, un lundi. Ce matin-là, ensoleillé comme un jour d'été, les grilles de l'Exposition d'outremer ouvertes au public depuis peu restèrent fermées.

Elles ne se rouvrirent plus jamais. Les fontaines cessèrent de gicler, les pavillons restèrent déserts. La poussière commença à se déposer sur les paniers, les nattes, les colliers, les faux toukouls et les masques qu'aucun employé ne vint plus nettoyer le soir. Les années suivantes, la traversée incessante de la péninsule par les armées – alliées, ennemies, d'abord alliées puis ennemies – laissa partout des traces profondes et donc aussi dans les pavillons abandonnés de l'Exposition d'outremer à Fuorigrotta : à la fin de la guerre, il ne devait pas rester une seule pièce sur les murs ou les présentoirs. Même les masques de la collection de Lidio Cipriani ne furent pas épargnés. Celui qui était la copie de la tête d'Attilio finirait dans les mains foncées de Clarence Watson, simple soldat de la 5e armée du général Clark. Il rirait de toutes ses dents blanches comme les marbres de cet espace monumental et abandonné en le retournant entre ses mains couleur café. Il en admirerait les paupières fermées et les cheveux peints qui semblaient vrais, avant de le glisser dans son énorme sac à dos militaire.

Mais en attendant, abandonnés à leur destin en ces premiers jours de guerre, les figurants des scènes de vie africaine se répandirent dans les rues de Fuorigrotta. Ils montrèrent vite que les préoccupations de ceux qui ne les auraient jamais acceptés en Italie étaient fondées. Tous sans exception, femmes et jeunes garçons, se consacrèrent – avec grand succès d'ailleurs – à saper le prestige de la race des Napolitains.

MONSIEUR PROFETI ATTILIO DE LUGO DI R. EST MIS À DISPOSITION DE LA MUNICIPALITÉ DE *LUGO DI R.* OÙ IL SE PRÉSENTERA LE *MATIN* DU JOUR *SUIVANT* EN REMETTANT *AUSSITÔT* LA PRÉSENTE POUR L'IDENTIFICATION.

La feuille d'appel fut remise avec celle d'Otello au bureau du chef de gare de Lugo sur le quai 1. Quand le facteur les lui remit, Ernani Profeti sentit son cœur faire un plongeon et s'enfoncer jusque dans la terre noire où l'on met les morts. Il ressentit un froid qui n'avait rien d'humain. C'était le froid de l'athée qui voit la seule possibilité de vie éternelle accessible pour lui, celle dans la chair de sa propre chair, balayée par un obus ou une rafale de mitraillette. Viola aussi, en voyant ces rectangles de carton gris, se dit : « Non, pas tous les deux ! » Elle sut aussitôt lequel sauver.

Elle s'habilla comme pour la messe du dimanche, avec sobriété. Elle renonça au chapeau cloche avec les roses en tissu et en mit un autre à bord moyen en feutre gris qui, elle le savait, flattait ses yeux transparents, mais était dépourvu de frivolités déplacées en ce moment grave. Dans le bureau de recrutement de la Maison du parti fasciste, des douzaines de paysans, de manœuvres, de vendeurs ambulants et de serveurs faisaient le pied de grue, appuyés aux murs. Ils tournèrent tous les yeux en même temps vers cette seule femme, plus très jeune mais encore agréable, comme si elle allait leur donner une bénédiction inattendue. Ils ne firent aucune objection quand Viola, passant devant tout le monde, entra d'un pas vif dans le bureau de l'officier de liaison.

Elle avait bien en tête ce qu'il fallait dire. Non seulement son fils Profeti Attilio n'était pas domicilié à Lugo, expliqua-t-elle, puisqu'il était détaché au ministère des Colonies à Rome, mais surtout, il était déjà engagé : en tant que chemise noire de la milice volontaire pour la sûreté nationale, c'était un ancien combattant de la guerre victorieuse d'Abyssinie où, promu lieutenant, il avait ensuite exercé des fonctions dans la police coloniale. La feuille d'appel qui lui était arrivée, conclut Viola, était donc certainement une erreur.

L'officier de liaison n'était pas pressé de respirer encore l'haleine de ces jeunes de dix-huit ans, mal lavés et rachitiques, auxquels il allait confier le sort du nouvel Empire. Il l'écouta sans l'interrompre ni la presser. Lorsque Viola eut terminé, il l'assura que des mesures seraient prises pour corriger cette erreur.

Lugo télégraphia à Rome, où il s'avéra qu'Attilio résidait encore en Éthiopie – pour les changements de résidence entre la mère patrie et les colonies il fallait souvent attendre des mois. Rome lui fit un visa pour l'Afrique orientale italienne, où Attilio devrait s'engager pour repousser l'attaque imminente du Kenya britannique. Cependant Addis-Abeba, quelques jours plus tard, télégraphia à son tour, non pas au bureau de recrutement, mais directement à Profeti Attilio :

REÇUE VOTRE RÉQUISITION DU COMMANDEMENT LUGO ROMAGNE. VOTRE RECRUTEMENT PRÉVU PAR ITALIE. DÉFINITIF NE PAS REVENIR EN AOI. EXPÉDITEUR : COMMANDEMENT D'ADDIS-ABEBA.

Le cafouillage de la bureaucratie l'avait sauvé.

Attilio lut le télégramme debout dans son bureau du ministère des Colonies qui donnait sur les jardins de la via del Quirinale. S'il en avait saisi pleinement les conséquences, cet instant se serait gravé pour toujours dans sa mémoire. Mais sur le moment, cette suite d'erreurs bureaucratiques ne sembla rien d'autre que la énième confirmation des paroles de Carbone : « Tu as toujours eu du cul Profeti. » Rien de nouveau, quelque chose auquel il était habitué depuis toujours. Longtemps après seulement, il se rendit compte de la portée du formidable coup de chance qu'il avait eu en ce matin plein de soleil : il venait de devenir un des très rares hommes, aptes à se battre en Italie, en Europe et bientôt dans le reste de la planète, sauvés du massacre.

En revanche, il n'y eut aucune confusion bureaucratique concernant son frère. Depuis sa naissance, Profeti Otello avait eu pour seul domicile officiel la maison de son père, et puis sa mère n'alla pas protester pour lui. Après quelques mois de formation dans les Préalpes, il partit comme officier de réserve pour le front nord-africain. Il ne devait rentrer chez lui que six ans plus tard, une fois la guerre terminée depuis un moment pour tous les autres.

Décembre 1942
Cher papa,
Mes vœux les plus affectueux pour Noël, j'espérais le passer avec vous cette année et, au contraire, c'est mon troisième Noël africain.

Excuse-moi d'écrire des cartes au lieu de longues lettres, pour les raisons suivantes, 1, nous du génie on nous appelle à tout moment, il y a toujours quelque chose à (CENSURE), 2, je ne pourrais que te parler de bombardements et de coups de canon mais je vis déjà au milieu de tout ça et c'est trop dur de l'écrire. Je n'ai pas de nouvelles d'Attilio. Sur quel front a-t-il été envoyé ? Dis-lui de donner de ses nouvelles. Et dis aussi à maman de m'écrire plus souvent.

Avec ma filiale affection,
ton Otello.

Otello gardait dans sa poche cette carte bleu pâle depuis des mois. Il avait maintenant envie de la déchirer et de la jeter dans l'océan Atlantique qui l'entourait. Mais ensuite, il pensa qu'il se trouvait trop loin du bastingage et les petits bouts de papier auraient peut-être volé sur son visage ou sur ceux des autres prisonniers, faisant rire à leurs dépens, encore une fois, les soldats américains. Il valait mieux l'éviter. Il se mit à relire pour la énième fois la longue citation en tout petits caractères bleus qui occupait la partie supérieure du carton :

Cette lutte gigantesque n'est qu'une phase et le développement logique de notre révolution : c'est la lutte des peuples pauvres et aux bras nombreux contre les affameurs qui détiennent cruellement le monopole de toutes les richesses de tout l'or de la terre, c'est la lutte des peuples féconds et jeunes contre les peuples stériles et déclinants, c'est la lutte entre deux siècles et deux idées – Mussolini.

Les premières cartes postales pour les forces armées qu'Otello avait envoyées du front nord-africain avaient des citations plus brèves et incisives comme : « Nous casserons les reins de la Grèce ! » – phrase qu'on ne voyait pourtant plus depuis que seule l'intervention de la Wehrmacht avait évité aux Italiens des défaites honteuses en Grèce et dans les Balkans. Et il s'était produit la même chose dans le Sahara où était Otello : sans l'arrivée de Rommel, ils auraient aussitôt été chassés comme un tas de poussière par le balai anglo-américain.

Mais ils avaient fini par être chassés quand même et alors le service postal des forces armées italiennes en Afrique du Nord avait cessé d'exister, comme tout le reste, et cette carte de Noël était restée dans sa poche. Ils avaient néanmoins tenu deux ans et demi. Deux ans de sang et de massacres entrecoupés d'ennui et de sable, de sable et d'ennui, un vrai plaisir. Deux ans depuis que le lieutenant de réserve Profeti Otello avait marché vers la première catastrophe, la route de Sidi Barrani, tandis que la troupe chantait : *Maudite soit la Marmarique / et le désert sans fin / il n'y a que du sable et des mines / qu'il faut traverser.* Tout le monde s'attendait au désastre, il ne fallait pas être grand clerc pour le prévoir, un ingénieur tel que lui comprenait tout de suite que rien ne fonctionnait. Avant tout l'eau, plus importante que les munitions et les canons si on fait la guerre au milieu du désert. Otello avait fait ses calculs sans le dire à personne pour éviter d'être traité de défaitiste : trente-cinq mille hommes, ça voulait dire au moins trois cent mille litres d'eau par jour pour survivre dans cette pierraille bouillante, huit par personne en étant radins. Cet incompétent de Graziani – Otello avait toujours dit qu'il ne valait rien –, au lieu de creuser des puits dans la nappe comme, sans parler d'un technicien du génie, mais n'importe quel Bédouin, s'était fait envoyer des tubes d'Italie pour un aqueduc. Très beaux, rien à redire, la Dalmine savait les faire, on les embarquait à peine sortis des hauts-fourneaux et ils brillaient comme des bijoux au soleil du Sahara. Mais les conduites avançaient au rythme de quelques mètres par jour et entre-temps les soldats crevaient de soif.

Sans parler des officiers qui s'obstinaient à vouloir des pâtes avec des tomates pelées et du parmesan, du chianti et de l'eau minérale mise en bouteilles à Nepi, de l'huile extra vierge et des cigares toscans – leur permettre ce luxe était un gaspillage logistique inacceptable. Otello avait vu ensuite comment on se comportait dans la Wehrmacht, accourue pour sauver les Italiens comme une nurse arrache un enfant aux roues d'un train : un officier allemand se serait tiré une balle dans la tête s'il avait été pris en train de manger un rata différent de sa troupe. Et on disait que les Anglais se comportaient de la même manière. En revanche, les généraux italiens pensaient que la guerre en Afrique était un salon pour demoiselles, et les soldats des domestiques venus jusque-là uniquement pour cirer leurs bottes. Ah, si Badoglio avait été là ; lui au moins aurait su prendre le commandement avec le bon sens des Savoie. Il aurait su mettre au pas les officiers supérieurs, motiver la troupe avec l'autorité d'un vieux soldat. Il ne les aurait pas fait attendre des semaines dans un trou de sable, comme cet hystérique, vaniteux, peureux, ignorant, coléreux, bon à rien de Graziani. Il ne s'était jamais montré sur le front, il s'était planqué à Cyrène dans le quartier général en laissant l'avantage de la manœuvre à l'ennemi, qui en avait naturellement profité, en donnant aux Italiens une sévère première claque. Puis, les autres avaient suivi, égrenées comme les grains d'un chapelet : Sidi Barrani, Beda Fomm, Bardia, El-Alamein, Tobrouk…

Malheureusement, le maréchal Badoglio était resté à Rome. Il avait essayé de canaliser Mussolini, qui après la déclaration de guerre s'était mis à la tête des forces armées, même s'il s'y connaissait autant en affaires militaires qu'Otello en littérature chinoise. Nul ne pouvait plus le retenir, le Fils du forgeron – désormais Otello n'était plus le seul à appeler ainsi le Duce, mais également les autres officiers de réserve que la lune aussi violente que le projecteur d'un tortionnaire empêchait de dormir et qui chuchotaient à l'extérieur des tentes. Et en effet, au bout de six mois de guerre à peine, le maréchal Badoglio s'était rendu compte qu'il avait affaire à un…

Mais là, Otello s'arrêtait. Même en pensée, il ne prononçait pas le mot « fou » en parlant de Mussolini, pour ne pas risquer d'être accusé de haute trahison. De toute façon, Badoglio avait remis sa démission et le Duce, preuve qu'il avait perdu la raison, l'avait acceptée.

Pourtant, même Badoglio n'aurait pu remédier à l'état misérable de l'équipement italien. On manquait de camions, de pelleteuses, de pièces de rechange, de garages. Les avions de chasse ne pouvaient voler que quelques minutes puisque l'aéronautique avait oublié de commander les prises antisable – sans doute croyaient-ils que le Sahara était une étendue de prés alpins. Les M13 étaient conduits par des opérateurs de tanks mal entraînés qui ne savaient pas manœuvrer en groupe et ne pouvaient le faire de toute façon puisque dans leur hâte les usines avaient oublié de les équiper de radios. On avait aussi les fameux CV – ces chars légers qu'un général français définissait comme *les plus insignifiants d'Europe.* Rien à voir avec les Matilda anglais, monstres de fer très lents et implacables, qui passaient sur l'infanterie comme des tracteurs sur un champ de blé. Contre eux, l'artillerie la plus lourde rebondissait comme du caoutchouc. Et que dire des projectiles italiens antichars EP, à la capacité de destruction meurtrière bien résumée par leur surnom : « Effet Pétarade ».

Les Anglais d'abord et les Américains ensuite avaient fait tant de prisonniers parmi les Italiens qu'ils n'arrivaient même plus à les compter. Dans leurs dépêches, ils les calculaient en surface occupée : « deux hectares d'officiers, quatre-vingts hectares environ d'infanterie ». Maintenant aussi, sur ce bateau, la nourriture était bien maigre, rien qu'un verre de lait et une boîte de conserve par personne et par jour ; les Américains ne voulaient pas les affamer, mais personne, même Eisenhower, n'avait prévu autant de prisonniers à emmener aux États-Unis.

Le lieutenant Profeti Otello du 25e détachement du génie inspira l'air salé sur le pont du bateau, un cargo aménagé à la va-vite pour ces transports. Il était à la fois désespéré et soulagé. Désespéré parce que au lieu de traverser la Méditerranée en direction de l'Italie, ils étaient au milieu de l'Atlantique depuis des heures, la proue vers l'ouest. Soulagé parce que pour lui – c'est ce qu'il croyait – la guerre était finie.

« Je me demande sur quel front se trouve Attilio. Je me demande comment il va. »

Les Américains ne les avaient pas mis dans la soute avec les mulets, comme le faisaient les Anglais, qui pratiquaient le mépris envers les militaires italiens comme un sport de précision, mais ce bateau n'était pas non plus un yacht de croisière. Les couchettes consistaient en une toile tendue sur un cadre en fer, étroitement empilées comme des niches dans un cimetière ; les cris dus aux crises de panique et de claustrophobie étaient fréquents la nuit. La ration en eau était à peine suffisante pour ne pas se déshydrater, quant à se laver, il n'en était pas question. Au bout de quelques semaines de traversée, Otello avait l'impression que l'air là-dessous, dans l'intestin de l'embarcation, avait synthétisé un nouveau type de molécule jusque-là absente des manuels de chimie : un mélange d'humeurs corporelles (beaucoup de soufre et d'ammoniaque) et de faibles traces d'oxygène. Les prisonniers pouvaient prendre l'air sur le pont deux heures par jour, mais là aussi l'air salin et limpide de l'océan était pollué par la puanteur qu'ils dégageaient, entassés dans un périmètre entouré de chaînes et de soldats.

Mais tout ça n'était rien en comparaison de ce qu'Otello avait subi quand il était tombé entre les mains des troupes franco-marocaines : les coups, les puces, les fouilles qui devenaient l'occasion d'introduire des objets dans l'anus des prisonniers nus, sans défense, les jambes écartées ; les crachats de la population au cours de leurs déplacements ; les trois jours sans boire ni manger en attendant d'être remis aux Américains et de devenir enfin des *prisoners of war*, avec au moins quelques droits selon la convention de Genève.

Parfois, les marins américains lançaient au milieu de ce troupeau crasseux une des étonnantes richesses qu'on leur distribuait : une barre de chocolat, des cigarettes, un paquet de ces bandes résineuses qu'on faisait tourner dans la bouche pendant des heures. Alors les POW[1] italiens, sans distinction de rang, se jetaient dessus comme des naufragés sur la dernière bouée de sauvetage, se donnaient des coups de pied, des coups de poing

1. *Prisoners of war.*

et se mordaient quand cet indécent petit trésor disparaissait dans une poche. Pour Otello, la privation de dignité était ce qu'il y avait de pire en prison. Dans ces moments-là, il lui arrivait de regretter de ne pas être tombé au combat. Être mort, mais au moins avec honneur. Il ne se sentit à nouveau heureux de vivre que lorsque le bateau entra dans le port de New York. Surtout parce qu'il n'aurait jamais imaginé voir ainsi un jour, de ses propres yeux, le monde du futur.

Rien, aux États-Unis d'Amérique, n'était tel que l'avait raconté la propagande fasciste. Les Américaines n'étaient pas toutes des aguicheuses maquillées qui se dandinaient à moitié nues dans les rues ; les hommes adultes (peu nombreux du fait de la guerre) ne titubaient pas tous, attachés à une bouteille ; il n'y avait pas de milliardaires en haut-de-forme, monocle en or et nez sémitique grotesque qui, pour éviter de se crotter dans les flaques, marchaient sur l'échine courbée d'esclaves. Ce n'est pas qu'Otello ait jamais cru à cette image caricaturale de la vicieuse ploutocratie américaine, mais presque dix ans de censure sur les livres et les films du Nouveau Monde l'avaient empêché de s'en créer une autre.

Tout était stupéfiant, comme pouvaient le constater depuis des dizaines d'années, à leur arrivée à Ellis Island, les migrants originaires de Lama Polesine, Casarsa, Mussomeli ou Roccamontepiano. Les rues où circulaient en permanence plus de voitures privées qu'il n'y en avait dans toute la ville de Lugo ou même de Bologne ; la statue de la Liberté qui suscitait un mélange d'admiration muette, angoissante et joyeuse ; les gratte-ciel dont Otello passa des nuits à essayer de calculer mentalement (papier et stylos n'avaient pas encore été distribués aux prisonniers) la charge limite de l'acier utilisé. Mais au bout de près de trois ans de maigres rations assaisonnées de sable, ce qui finit de persuader Otello qu'il était arrivé sur un continent aux immensités inouïes fut les portions de nourriture : des pastèques grandes comme des cartons à chapeau, des œufs de poule gros comme des œufs d'oie, des tranches de pancetta larges et épaisses comme la main, des bouteilles de lait de presque quatre litres. Quand, au cours du premier repas dans la cantine des POW, un serveur posa près de son assiette une plaquette de beurre entière rien que pour lui, il se mit à pleurer de joie. Il essuya ses larmes d'un geste furtif, tête baissée ; et ainsi il ne vit pas tous ses camarades de prison se frotter les yeux pour la même raison.

Le traitement qu'ils reçurent à leur arrivée ne fut pas très différent de celui réservé aux immigrés. Avant de leur remettre des uniformes blancs avec l'inscription POW sur la poche extérieure, de les interroger sur leur identité, de les photographier et de prendre leurs empreintes digitales, ils furent lavés, rasés et enfin désinfectés. Les hommes affectés à la dégradante fonction consistant à vaporiser l'antiparasite sur leurs corps blancs et nus avaient tous la peau noire – aucun d'entre eux, même par inadvertance, ne croisa le regard des prisonniers. Ils gardaient les yeux baissés comme ceux qui sont en position subalterne, ce qui déconcerta Otello : c'étaient eux, ses camarades et lui, qui étaient à leur merci et non l'inverse. Il ne comprenait pas cette déférence.

Durant leur long voyage en train vers le Texas, Otello continua à observer le même phénomène, qui s'accentuait au fur et à mesure qu'ils traversaient les États du Sud – Virginie, Alabama, Mississippi. Les employés qui servaient les repas dans les wagons, les femmes de ménage sur les quais, les marchands de maïs grillé qui se pressaient sous les fenêtres, bref toutes les personnes à la peau foncée, sexe et âge confondus, avec lesquelles Otello eut affaire ces jours-là, évitèrent de le regarder dans les yeux. Quand ils étaient obligés de lui adresser la parole, ils gardaient les yeux dans le vague, comme s'ils fixaient un point à bonne distance de son visage. Otello était de plus en plus perplexe.

Il avait passé plus de deux ans sur le front nord-africain et il ne lui était jamais rien arrivé de tel, ni avec les alliés, ni avec les populations locales, encore moins avec les ennemis. Et pourtant, il avait toujours vécu en lien étroit avec des gens à la peau bien plus foncée que la sienne : son ordonnance somalienne, les askaris des bataillons d'assaut, les civils de Cyrénaïque, de Marmarique et de Tunisie. Les gamins aux haillons poussiéreux qui l'avaient salué en sifflant au milieu des moutons éparpillés entre les pierres n'avaient pas baissé les yeux ; pas plus bien sûr que les soldats marocains qui l'avaient fouillé. D'une façon ou d'une autre, ils étaient tous entrés en relation avec lui, homme blanc, une relation tour à tour servile, curieuse, amicale, ironique, agressive, violente, mais jamais totalement refusée. En revanche, ici, on aurait dit que l'instinct de chaque Noir contraint d'avoir affaire à un Blanc était de chercher à se rendre invisible. Même le fait d'avoir vécu ces dernières années dans un pays où avaient été promulguées les lois raciales ne donnait pas à Otello la clé pour comprendre ces regards fuyants. S'il l'avait rencontré, Clarence Watson aurait pu les lui expliquer, tout comme les lui avait expliquées sa mère quand il était petit en Alabama. Mais les routes d'Otello Profeti, lieutenant de réserve du corps du génie des forces armées italiennes, et du GI de la 5e armée américaine dans le sac à dos duquel avait fini le masque de son frère Attilio, ne se croisèrent jamais. Et durant les longues années de prison d'Otello, aucun Américain, quelle que fût la couleur de la peau de ses ancêtres, ne lui dévoila ce mystère.

PRISONER OF WAR POST CARD / CARTE POSTALE PRISONNIER DE GUERRE

I AM IN AN AMERICAN INTERNMENT CAMP / JE SUIS DANS UN CAMP D'INTERNEMENT AMÉRICAIN

MY ADDRESS IS / MON ADRESSE EST : Co. 2nd, Compound 4th, Hereford Internment camp, Hereford, Texas, USA

NAME / NOM : Profeti Otello

INTERNMENT SERIAL N^{O} / N^{O} D'INTERNEMENT : 8WI-28462

MY PHYSICAL CONDITION IS / MON ÉTAT DE SANTÉ EST : Excellent

Les premiers mois dans le camp d'Hereford, la vie des prisonniers fut nettement meilleure qu'elle l'avait jamais été sur le front. Et pas seulement parce qu'ils ne risquaient plus de mourir. Même si au début les énormes portions de nourriture fraîche et cuisinée provoquèrent des crampes et des diarrhées aux estomacs contractés et ulcérés par des années de *pain sec et boîtes de conserve*. Ils s'étaient habitués à déféquer dans le désert, à se nettoyer avec le sable et les pierres ; et puis, beaucoup d'hommes de la troupe n'avaient jamais vu de leur vie une maison avec des toilettes à l'intérieur. Ici, ils avaient des salles de bains aux carreaux si immaculés qu'ils les appelèrent « Les Thermes ». Dans les chambrées étaient alignés des lits de bois clair, les couvertures étaient lavées tous les mois, les draps toutes les semaines. L'abondance, à une échelle qu'aucun d'eux n'avait jamais connue, pas même quand l'Italie était en paix, semblait ne pas avoir de limite. Quand ils demandèrent aux gardiens de la chaux pour dessiner les lignes d'un terrain de foot, on leur donna un sac de farine. Certes, il y avait l'ennui, l'éloignement de la maison, l'incertitude sur l'issue de la guerre, la privation de liberté. Il y avait la monotonie du haut plateau et le vent désagréable et incessant. Les *derechos*, averses brutales et violentes, faisaient tomber les tuiles des toits et les gardiens les menaçaient alors en riant : si vous, les *dagos*[1], vous avez peur pour ça, alors vous aurez vraiment mal à la tête quand arrivera la tempête de poussière. Mais la réalité, même s'il en coûtait à Otello de le reconnaître, c'était que le camp de détention d'Hereford n'était pas le pire des endroits où vivre en ces temps impitoyables.

Un jour de septembre 1943, le soleil couchant tremblait comme toujours à travers la poussière rouge, mais l'horizon avait une densité inhabituelle : plus compacte, presque solide. Otello n'y prêtait pas attention. Il ne s'était même pas aperçu qu'aujourd'hui il n'y avait pas d'oies canadiennes, de faucons ni

1. Terme injurieux désignant une personne d'origine espagnole, italienne ou portugaise. Synonyme ici de Ritals.

de pies qui filaient toujours à toute vitesse au-dessus de sa tête à cette heure-là. Tout était silencieux près des fils barbelés qui délimitaient le camp, à part une sorte de bourdonnement qui semblait venir de l'extrémité invisible de la prairie. Mais Otello ne voyait et ne sentait rien : la feuille qu'il tenait devant son visage réclamait toute son attention.

Il avait voulu la lire de ses propres yeux. Bien qu'il ne fasse pas partie des plus hauts gradés de son baraquement, il l'avait demandée avec une telle détermination que le colonel en personne la lui avait remise. Ses mains tremblaient maintenant plus qu'au front quand il conduisait son camion à travers les champs minés.

La missive leur était adressée à eux, prisonniers italiens détenus par les forces anglo-américaines, de la part de l'état-major de l'armée royale italienne. L'officier le plus gradé, ce colonel de l'armée de l'air, qui la lui avait donnée ensuite, l'avait lue à tout le monde dans le vaste baraquement de la cantine. Il en avait prononcé distinctement chaque mot d'une voix claire pour atteindre le coin le plus éloigné de la salle, fendant le silence parfait qui émanait comme une odeur des centaines d'hommes entassés. Mais Otello n'y avait pas cru. Il ne lui avait pas suffi d'écouter. Il avait voulu prendre et toucher cette feuille surmontée du drapeau tricolore avec le nœud de la maison de Savoie à laquelle, trois ans plus tôt, il avait prêté serment en tant que sous-officier.

Il la lut à nouveau.

> Dans la nouvelle situation politique militaire créée par l'attitude et l'action hostile des Allemands à l'égard de l'Italie, il est de notre devoir d'aider les Alliés de toutes les manières possibles… Vous donnerez une efficace contribution à la guerre pour la rédemption de notre ennemi séculaire, que vos compagnons d'armes et les populations elles-mêmes mènent en Italie, aux côtés des forces armées anglo-américaines, pour la libération de la patrie.

Il fallait qu'il vérifie si ces mots incompréhensibles étaient vraiment écrits. Qui était, exactement, l'« ennemi séculaire » dont il était question ? L'Afrikakorps venu à El-Alamein pour sauver la peau des Italiens ? Pourquoi donc maintenant ses camarades et lui devraient être « aux côtés des forces anglo-américaines », c'est-à-dire ceux qui leur avaient tiré dessus pendant deux ans, ceux qui maintenant les retenaient prisonniers ? Et que signifiait « action hostile des Allemands à l'égard de l'Italie », ou « gouvernement provisoire » ? Le colonel avait déclaré qu'il avait entendu dire par les soldats italo-américains qui gardaient le camp que le fascisme était tombé. *Tombé ?* Où était le Duce ? Et le roi ? Que diable se passait-il en Italie ?

Mais plus que tout autre mot, c'était le nom au bas de la feuille qui laissait Otello la tête vide et les mains tremblantes. Le nom de la seule personne en qui, durant toute cette terrible période de guerre, il n'avait cessé de placer sa confiance d'homme, de soldat et même d'ingénieur.

> Signé
> le chef du gouvernement provisoire
> Maréchal Pietro Badoglio.

Lui, en personne, avait signé cette lettre de déshonneur.

Le lieutenant du génie Profeti Otello ne s'était jamais senti autant trahi.

Il se rendait compte qu'il était bien peu au courant de ce qui se passait et qu'il n'y comprenait pas grand-chose. Mais il n'avait aucun doute sur un seul point. Il pouvait cesser d'être un soldat, il pouvait cesser d'être un fasciste, il n'aurait jamais pu cesser d'être un Italien, même s'il le voulait.

« Bon sang, qu'est-ce que tu fais là-dehors, Profeti ? »

Le lieutenant De Rossi, avec qui il avait partagé chaque moment depuis son arrivée à Benghazi trois ans plus tôt, le tirait par un bras en hurlant dans ses oreilles.

Otello leva les yeux. Il se rendit compte alors seulement que ce n'était pas le tremblement de ses doigts qui agitait la feuille. Autour de lui, tout – l'herbe, le linge qui séchait aux fenêtres des baraquements, les feuilles de la maigre végétation – semblait agité par une force invisible mais puissante. Par quelque chose de plus compact qu'un vent normal, bien qu'orageux. Il regarda vers l'horizon : le soleil couchant avait été avalé par un énorme nuage de sable, de poussière et de débris. Il avançait sur le plateau comme une créature vivante, rampant comme un serpent, mais rapide comme un félin. Et aussi très affamé : maisons, poteaux électriques, routes, buissons – tous les détails du paysage étaient engloutis sur son passage et restitués à l'état de résidus couleur terre. Otello resta hypnotisé par la progression insouciante de cette colossale destruction. Jusqu'à ce qu'elle fût très proche, presque de l'autre côté de la grille en fil de fer barbelé.

« Remue-toi, bordel ! » lui hurla De Rossi qui le tira de nouveau.

Alors seulement, Otello se mit à courir à perdre haleine à travers le camp vers le baraquement le plus proche. Ils eurent juste le temps d'entrer. Quelques instants après avoir fermé la porte en bois derrière eux, le monstre de poussière, de cailloux et de débris passa dans un grondement au-dessus de leurs têtes. Le baraquement fut secoué comme une banderole, envahi par une terrible obscurité rougeâtre.

Et pendant ce temps, Otello, accroupi avec ses camarades, repensait aux deux années et demie de guerre dans le désert contre la perfide Albion, où il n'avait rien fait d'autre que son devoir de soldat, ni plus ni moins que ce qu'il lui avait été demandé – se battre pour la patrie. Il avait été vaincu, c'est vrai, mais toujours en obéissant aux ordres, même les plus insensés (et Dieu sait s'il en avait reçu), sans fuir devant l'ennemi (non pas l'ennemi « séculaire » mais celui qui était devant lui, celui avec les Matilda qui réduisaient ses amis en bouillie), en dépit des moyens et de l'entraînement qui faisaient crever de rire, ou plutôt crever tout court ; et au bout de deux ans et demi de sable, de sang et de pain moisi, avant d'agiter le drapeau blanc, il avait détruit son camion pour ne pas le remettre à l'ennemi, bref il avait fait tout, tout, tout ce que devait faire un bon soldat.

Ce message sans aucun sens effaçait en quelques lignes ce qu'avaient pensé tous ses camarades de régiment et lui-même, ceux qui étaient encore en vie ou, pire, ceux qui étaient morts.

Le lieutenant de réserve du génie Profeti Otello comprit qu'il pouvait échapper à cette tempête de poussière, mais pas à sa propre conscience.

Et il décida : lui ne coopérerait pas.

L'Italie de la guerre avait de plus en plus faim, par conséquent les choses allaient de mieux en mieux pour les propriétaires terriens. À Lugo di Romagna, la comtesse Paolina Baracca, mère de Francesco, l'as du ciel et héros local, faisait de gros bénéfices avec le marché noir. Redoutable vestale du culte de son fils pilote, elle avait toujours porté le deuil depuis sa mort au cours de la Grande Guerre et son récent veuvage ne l'avait donc pas obligée à changer de garde-robe. Paolina avait fait distribuer en ville un mémento à deux volets avec la photo de son mari récemment disparu. Le comte Enrico y affichait son élégance bien connue, s'affirmant même une fois trépassé comme un homme *stylé*, tel que l'avaient défini depuis toujours ses concitoyens. Mais Paolina ne permit pas à cette sorte de prince consort d'être le protagoniste de son propre enterrement. Les vers qu'elle composa sur l'avis de décès furent en effet dédiés, plus qu'à son mari, à ce culte du fils dont elle était une farouche vestale depuis un quart de siècle.

Dans ta grande maison
pleine du terrible don
de la gloire et de la mort
il bénit encore et toujours
tes respectables cheveux blancs
et son jeune sourire.

Une de ces petites feuilles fut affichée sur le mur de la gare. Quand Viola passait devant, elle pensait toujours à Attilio en lisant le dernier vers. Rome était si loin ! Mais du moins son fils était vivant. Il était en sûreté au ministère des Colonies, elle ne cessait de se le répéter. Après, seulement après, elle pensait aussi à Otello, absent de la maison depuis plus de trois ans ; et alors, chaque fois, elle éprouvait un secret embarras pour l'éternelle seconde position que son aîné avait dans ses pensées.

Viola ne discutait jamais de la guerre avec son mari. Chacun d'eux avait lu de son côté et en silence les cartes postales du front nord-africain envoyées par Otello ; chacun gardait pour soi l'espoir de son retour de prison. Ils n'unissaient jamais leur nostalgie, pas même pour se consoler mutuellement. À près de cinquante ans, Viola avait encore des traits presque trop parfaits pour une épouse de chef de gare. Ernani était encore amoureux d'elle comme au premier jour, mais lui aussi avait renoncé à lui adresser la parole. Devant le énième pont écroulé, même le plus pieux des pèlerins renonce au voyage.

S'il avait pu parler à sa femme, Ernani lui aurait dit qu'il avait déjà vu les corps brisés des jeunes garçons italiens de retour du front ; qu'il avait déjà senti leur odeur âcre et protégé leur sommeil animal de rescapés quand il fermait les portières des wagons militaires. Lui, il avait déjà vu une Grande Guerre. Maintenant, plus de vingt ans après, le chemin de fer était de nouveau le tapis roulant de l'usine-boucherie : alimentée par des corps vivants, elle produisait des morts et des mutilés. Plus de deux cents trains militaires étaient partis deux ans plus tôt vers la steppe russe et la gloire ; dix-sept avaient suffi pour ramener les survivants. La guerre passait de nouveau par les voies ferrées d'Ernani Profeti, vieille connaissance pestilentielle qu'il espérait n'avoir plus jamais à croiser. En fait, tout comme jadis, il *faisait marcher le train.* Et pourtant, même lui, chef de gare dans le deuxième conflit mondial, n'avait jamais vu des wagons tels que ceux qui passèrent par Lugo di Romagna un jour d'octobre 43.

Depuis des jours, le brouillard était gras comme la terre d'où il s'élevait et presque aussi opaque. Le soleil, qui sur l'arc alpin était un joyau tranchant, essorait l'humidité du sol comme d'un torchon dans la basse plaine du Pô. Le train de marchandises arriva dans l'après-midi, débouchant du flou de la grisaille environnante. Il était escorté par un peloton de la Wehrmacht. Le colonel allemand ordonna à Ernani de le diriger sur la voie de garage, ils repartiraient après minuit.

Ernani feignit de ne pas entendre les bruits sourds et les gémissements qui venaient de derrière les cloisons fermées, de ne pas voir les bouches et les pupilles qu'on apercevait entre les fentes. Obéissant, il alla s'asseoir dans son bureau. Il se mit à vérifier des ordres de service, horaires, approvisionnements de matériel. Il ne leva la tête de son travail que par moments. Deux gardiens armés surveillaient à distance les wagons rouillés pleins de gens en train de mourir. Ils parlaient tout bas entre eux dans cette langue de trémas et de consonnes, si blessante quand elle est utilisée pour aboyer des ordres, mais qui dans ce bavardage entre camarades de régiment, émoussée par la ouate du brouillard, résonnait mélancolique et antique comme une forêt obscure. De l'intérieur du wagon ne parvenait aucun bruit ; les déportés sentaient les deux gardes tout proches et se taisaient. Du wagon rouge foncé émanait la souffrance muette d'une baleine, échouée mais encore vivante.

Tout l'après-midi s'écoula ainsi. Quand la lumière commença à baisser, Ernani se leva de son bureau, prit un marteau et se dirigea vers l'entrecroisement des rails devant la gare. Les gardes le suivirent du regard et, avec un calme étudié, il se mit à taper sur les aiguillages, l'un après l'autre, comme un banal ouvrier affecté à cette tâche. Au bout de plusieurs coups de marteau, la curiosité des deux Allemands à son égard cessa et ils reprirent leur conversation. Ernani, toujours en frappant sur les croisements des rails, s'éloigna peu à peu, sortit de leur champ de vision et se retrouva de l'autre côté du wagon blindé. Sans jamais changer le rythme de ses coups de marteau pour ne pas éveiller leurs soupçons, il s'approcha jusqu'à pouvoir coller son visage contre une fente. Il fut saisi par un relent de vomi et d'excréments qui lui donna la nausée.

« D'où venez-vous ? murmura-t-il.

— Rome », répondit péniblement la voix d'un homme. Un bourdonnement s'éleva, mais Ernani entendit l'homme faire taire les personnes autour de lui. « Où sommes-nous ? »

Ernani tapa sur les rails pour couvrir sa propre voix. « Lugo di Romagna.

— Donnez-nous de l'eau, par pitié. Au moins aux enfants… »

Durant le peu d'années, à la fois trop nombreuses, qu'il lui resterait à vivre, chaque fois qu'Ernani repenserait à ce jour-là, revoyant chaque instant, essayant de comprendre si les choses auraient pu se passer différemment et, surtout, faisant son propre procès pour arriver enfin au verdict définitif sur ce dont il s'était rendu plus ou moins coupable – il reverrait toujours le receveur Rizzatello Beniamino, simple agent des chemins de fer, qui vingt ans plus tôt exactement hurlait : « Non, par pitié ! » sous les coups de matraque, tandis que lui, Ernani, dictait un télégramme. Depuis lors, les deux événements, le meurtre de Rizzatello par les fascistes ivres de leur récent pouvoir et celui-ci, en octobre 1943, se fondraient en une seule chose pour Ernani Profeti, chef de gare. Comme l'alpha et l'oméga de sa trajectoire morale.

Il posa les lèvres contre la cloison et murmura : « Je reviendrai quand il fera nuit. »

De la nuit suivante, Ernani garda des images, des impressions, des fragments qu'il essaya toute sa vie de réunir dans un récit cohérent sans jamais y parvenir. Ils formaient une suite d'événements compréhensibles mais, malgré tout, insensés. Viola qui, dans l'appartement au-dessus de la gare, les volets fermés à cause du black-out, lui demande « Qu'est-ce qu'il y a dans ce train ? » et lui qui répond : « Des gens qui meurent de soif. » Viola qui se lève du lit quelques heures après la sirène du couvre-feu, le rejoint à la cuisine tandis qu'il remplit deux grosses bouteilles d'eau et lui dit : « Ce ne sont que des juifs. »

Lui qui, sans un mot, sort dans le brouillard si compact que l'espace est un bloc noir dissimulant mieux qu'un mur. Ses pas prudents pour arriver derrière le wagon, pour ne pas se faire entendre des soldats allemands, mitraillette à la main. L'eau versée avec une cuillère à travers la fente dans des lèvres invisibles dont il n'entend que la succion désespérée. Les minutes, peut-être les heures, il ne sait pas, la peur a disparu et le temps avec car, contrairement à vingt ans plus tôt, il est enfin en train de faire ce qu'aurait sûrement fait son grand-père mazzinien ou son père anarchiste Aroldo, surnommé le Nontòllera, qui ne supportait aucune oppression et dont il craignait de ne pas avoir hérité une once de courage : désaltérer, une cuillerée à la fois, des inconnus dont il ne verra jamais le visage. Viola avec son manteau sur sa chemise de nuit et ses souliers de corde qui sort sur le quai de la gare. Le brusque éclair de lumière qui la transperce, le « *Halt !* » crié d'une voix qui à présent n'a plus un goût de forêts et de contes de fées mais bien de barbelés. La femme aimée sans retour depuis plus de trente ans qui hurle : « Ernani ! » en courant sur les rails, et qui tombe ensuite sous le crépitement de la mitraillette. Les étincelles qui giclent du chargeur nazi, traversant le brouillard comme des petits soleils lointains.

Après l'armistice de 43, les papiers du ministère de l'Afrique italienne avaient été transférés dans la République sociale à Crémone. Il ne resta à Rome qu'un bureau de liaison dans le vieux palais en face du Quirinal. Ce fut là qu'Attilio Profeti reçut le télégramme de son père Ernani.

Il ne pleura pas. Il ne regarda pas la feuille en la relisant mille fois. Il ne cria pas, ne se couvrit pas le visage de ses mains. Il leva les yeux vers l'avenue de l'autre côté de la fenêtre et resta ainsi, ses pupilles reflétant la lumière automnale filtrée par les feuilles maintenant décolorées des platanes. Un passant traversa trop vite la rue et obligea une des rares voitures en circulation à stopper net dans un crissement de pneus. Dans le couloir, les roues d'un chariot métallique plein de dossiers poussé par un employé cliquetaient sur le marbre moucheté. Tout comme quarante ans plus tard, à l'arrivée d'une autre missive avec la nouvelle d'une autre mort, Attilio resta immobile, jusqu'à l'arrivée de la nuit.

« Tu ne deviendras jamais vieille, n'est-ce pas ? » avait-il demandé à sa mère quand il était petit.

« Non, moi jamais, mon amour », l'avait rassuré Viola.

Tu vois, mon trésor, j'ai tenu ma promesse.

Entre Rome et Lugo di Romagna, pendant l'automne de l'année 1943, la Ligne gothique qui couperait en deux l'Italie pendant plus d'un an n'existait pas encore, mais se rendre d'un côté à l'autre de la République sociale italienne n'était quand même pas un voyage d'agrément : voies arrachées, trains réquisitionnés, autocars privés de carburant. Attilio n'avait jamais été un audacieux ; il aimait la gloire, pas le danger. Mais personne, pas même une armée d'occupation, n'aurait pu l'empêcher d'aller honorer la tombe de sa mère.

Il avait mis trois jours pour arriver de Rome à Pieve Santo Stefano. Il s'était fait transporter par des camions aux suspensions déglinguées, par des motos d'où il était descendu couvert de poussière, quelquefois par des cars qui desservaient encore des petites villes. Il avait beaucoup marché. Il avait évité Arezzo, siège d'un commandement allemand particulièrement zélé, lui avait-on dit, pour charger dans des trains en direction de l'Allemagne tous les hommes en âge de se battre qui n'avaient pas de laissez-passer. Il se traitait d'imbécile pour avoir détruit sa carte du parti fasciste ; comme elle lui aurait été utile à présent !

Il l'avait fait le mois de juillet précédent, le lendemain du jour où Mussolini s'était enfui de Rome. Attilio avait marché dans les rues de la Ville éternelle enveloppée d'un silence désorienté, jusqu'au pont Garibaldi, devant l'île Tibérine, où le Tibre bondit et ressemble à un fleuve sauvage l'espace de quelques mètres. La carte du parti national fasciste n'était plus ornée de motifs à fleurs comme aux premiers temps du fascisme, ni de portraits pensifs de Mussolini ou d'élégants graphismes des années trente. Depuis que l'Italie était entrée en guerre, s'affichait le crâne du Duce couvert d'un casque militaire qui ne ressemblait pas à une tête d'être humain mais à celle d'une entité abstraite : violente, menaçante. Le rêve, ou le cauchemar, d'un dictateur sur le déclin. Avec des gestes mesurés, les mains bien hautes au-dessus du parapet, Attilio l'avait déchirée. Les petits bouts de carton gris avaient volé comme des pétales dans l'air chaud de l'été puis, aspirés par les froides exhalaisons du fleuve, ils avaient été avalés par le courant. Ils avaient surnagé sur les flots boueux, apparaissant et disparaissant au milieu des tourbillons et des turbulences, jusqu'à ce qu'il lui fût impossible de les distinguer du flux allant inexorablement vers la mer.

Maintenant, pour ne pas tomber sur des convois militaires et des ratissages, pour ne pas être mitraillé par des avions de reconnaissance, il devait éviter les villes et les routes consulaires comme la Flaminia. Il comptait s'arrêter à Pieve Santo Stefano pour la nuit et affronter le lendemain le trajet le plus difficile, le col des Apennins. En marchant d'un bon pas toute une journée, il pensait arriver à Bagno di Romagna. Romagna ! Toponymie familière. De là, une fois franchies les montagnes qui dessinent le dos de l'Italie comme de vieilles vertèbres, il arriverait en peu de temps dans la plaine. Et, inspirant l'odeur familière de boue, d'eau lente et de fumier, il pleurerait sa mère.

Dans la salle à manger de l'unique auberge ouverte de Pieve parvenait l'odeur d'étable de la ferme voisine, à travers les volets barricadés à cause du black-out. Le patron servit des pâtes aux haricots. Attilio n'avait rien pris depuis vingt-quatre heures et il pensa qu'il n'avait jamais rien mangé de meilleur. Il n'était pas le seul à dévorer le contenu de son bol la tête basse. Son voisin de table était un homme du même âge que lui, aux traits ordinaires et aux yeux un peu trop rapprochés, mais aussi avec l'air de celui qui sait ne pas devoir compter sur son aspect pour avoir une place dans le monde. Le ton sur lequel il murmura : « Très bon, merci ! » quand le patron lui versa une deuxième portion de soupe révéla sans méprise qu'il s'agissait d'une politesse supérieure, et non pas de familiarité. Le jeune homme avait eu beau secouer la poussière de sa veste avant de se mettre à table, il portait des vêtements élimés et inappropriés : une corde tenait son pantalon beaucoup trop grand pour lui, les manches de sa chemise découvraient ses poignets comme ceux d'un petit écolier qui aurait grandi trop vite. Le contraste entre ses vêtements rafistolés et son allure nullement plébéienne fit aussitôt comprendre à Attilio qu'il s'agissait d'un des nombreux officiers abandonnés par leurs généraux après l'armistice. Ils s'étaient tous débarrassés en vitesse de leurs uniformes pour ne pas être fusillés par les Allemands et ils essayaient maintenant de rentrer chez eux. Entre deux cuillerées, l'homme raconta à Attilio qu'il était venu à pied de Yougoslavie et qu'il se rendait à présent dans une des propriétés de sa famille, dans la campagne de la région de Viterbe. Là, loin des dangers de la capitale, il attendrait la fin d'une guerre qui avait perdu toute dignité depuis que le roi s'était enfui. Attilio n'éprouva pas de sympathie pour lui, comme toujours avec des hommes qui ne reconnaissaient manifestement pas la supériorité de sa prestance masculine. Encore moins pour quelqu'un qui avait des propriétés de famille, et bien plus d'une, et qui en parlait avec une telle désinvolture.

« Et vous, qu'est-ce que vous faites ici ? » lui demanda l'homme.

La question plongea brusquement Attilio dans une tristesse indicible. Il baissa la tête et se mit à nettoyer consciencieusement les dernières traces de soupe dans son bol avec un morceau de pain qu'il mâcha lentement avant de répondre. « Je vais retrouver une personne.

— Vous devez y être très attaché pour vous mettre en route par les temps qui courent.

— Oui, je l'étais. Je le suis. »

Attilio déplaça sa chaise, se leva de table, fit un signe de tête.

« Avec votre permission. Un long chemin m'attend demain. Bonne nuit. »

Alors qu'il tournait les talons et quittait la salle à manger, ses yeux se remplirent de larmes. Ce furent les premières et les dernières qu'Attilio Profeti versa pour sa mère – ou pour qui que ce soit d'autre.

Personne ne le vit.

Quelques heures plus tard, une rafale de coups réveilla Attilio. Il se redressa pour écouter dans le noir sur le lit sans draps ; le vieux matelas n'était pourvu que d'une simple couverture élimée. Ce n'étaient pas des balles, mais une grêle de coups contre la porte d'entrée. Il entendit le patron qui courait ouvrir en criant : « J'arrive ! », des voix sèches qui lançaient des ordres, des bottes lourdes qui tapaient dans les portes, et les cris apeurés et pleins de sommeil des clients dans les chambres. Celle d'Attilio était la dernière du couloir ; il eut donc le temps de mettre ses chaussures et de tendre la main vers son manteau. Quand la porte s'ouvrit, la lampe qui pendait au plafond inonda la pièce d'une lumière crue. Attilio se protégea les yeux de sa main.

« Dehors ! » cria un *repubblichino*, et Attilio se demanda où il avait déjà entendu cette voix.

Quand ses pupilles se contractèrent suffisamment pour affronter la réverbération, il vit un canon de fusil devant lui. Prudemment, il évita de lever les yeux jusqu'à ce qu'il soit dans le couloir. Parmi les différents clients rassemblés, il y avait aussi l'homme avec lequel il avait dîné. Trois fascistes les mirent au milieu tandis que le quatrième, celui qui leur avait ordonné de sortir, lui tournait maintenant le dos et vérifiait s'il ne restait personne dans les chambres. Attilio le regarda du coin de l'œil et l'impression de familiarité se confirma : des hanches puissantes qui débordaient du ceinturon, une large nuque blonde sur laquelle dansait le pompon du fez… Mais avant qu'il puisse voir son visage, Attilio fut poussé vers l'entrée avec les autres, les bras en l'air.

« Dehors les planqués ! » cria le chef du groupe, et il fit un court discours en hurlant : il était temps que tous les hommes aptes se décident à se battre pour la République sociale. Sinon ouste, en Allemagne.

Les hommes furent séparés des femmes et des vieux et emmenés dehors. Un car attendait, les phares allumés. Attilio avait été tiré de force d'un sommeil si profond et noir qu'il fut surpris de voir naître une première clarté à l'est du ciel. Le bois de chênes verts autour du village commençait déjà à vibrer d'un bourdonnement animal.

Ils se mirent à contrôler les papiers d'identité. Ceux qui ne pouvaient prouver qu'ils étaient en permission ou exemptés devaient monter dans le camion. Juste avant que son tour arrive, Attilio vit que l'homme aux propriétés de famille s'était plaqué au sol et s'était glissé sous le ventre du camion, pour ressortir du côté opposé, où il n'y avait personne. Il décida d'essayer de l'imiter. Il se déplaça à l'extrémité du groupe, attendant un moment de confusion. Il se produisit lorsqu'un homme qui résistait fut poussé de force dans le car avec des cris et des coups de pied. Attilio se baissa comme pour lacer une de ses chaussures, puis il se jeta sous le ventre du camion, et, rampant sur ses coudes et ses genoux, il arriva de l'autre côté. Il se releva et se mit à courir.

Il rejoignit l'autre fugitif juste avant que les militaires se rendent compte qu'il manquait deux hommes à l'appel. Le ciel était clair maintenant, mais la nuit planait encore sous le feuillage du bois ; Attilio et l'homme s'y plongèrent comme dans un liquide noir. Un *repubblichino* se mit à courir derrière eux et à leur tirer dessus. Une balle effleura le bras d'Attilio, lui causant une douleur aiguë comme un coup de cravache. Mais il continua à fuir.

« Arrêtez-vous ! Arrêtez-vous ou vous serez fusillés ! » cria le *repubblichino*, et ce fut alors qu'Attilio reconnut sa voix. Il s'arrêta.

Une tache rouge s'étalait sur la manche de son manteau. Il la serra de son autre main et se tourna vers son poursuivant.

« Nigro », dit-il, ni tout bas ni tout haut mais avec naturel.

Le *repubblichino*, qui avait levé son fusil pour tirer de nouveau, le baissa, déconcerté.

« Qu'est-ce que tu fais, Nigro, continua Attilio, tu tires sur ton vieux camarade ? »

L'autre fugitif avait cessé de courir lui aussi et il écoutait avec étonnement tout en reprenant son souffle.

« Attila…, murmura Nigro en le dévisageant. C'est toi ?

— Chemise noire Profeti, présent ! dit Attilio.

— Nom d'un chien ! Attila ! »

Nigro s'élança vers Attilio pour l'embrasser et le serra contre sa gigantesque poitrine. Ce dernier gémit sous la douleur de son bras blessé, mais Nigro ne s'en rendit pas compte.

« Nom d'un chien ! » répétait-il, submergé par l'émotion.

« Nigro, tu les as pris ? » hurlèrent deux autres *repubblichini* qui s'approchaient en courant depuis la lisière du bois. Attilio se dégagea de l'étreinte d'ours de Nigro et courut se cacher derrière l'arbre le plus proche, un gros chêne séculaire. Il y trouva l'autre fugitif accroupi.

« Où sont-ils allés ? » demanda essoufflé un des deux fascistes en arrivant près de Nigro.

Ce dernier haussa les épaules. La grosse tête blonde dodelina et les yeux de chien fusèrent vers la gauche, où son ancien frère d'armes se cachait.

« Par là », dit-il. Et il tendit le bras vers la droite.

Les trois *repubblichini* s'éloignèrent. Juste avant de disparaître au cœur du bois, Nigro lança du côté du vieux chêne un regard bleu plein de nostalgie et d'incrédulité, se demandant s'il avait bien fait.

« Nom d'un chien… », murmura-t-il à nouveau. Puis, il courut derrière ses camarades et disparut.

Dès qu'ils n'entendirent plus leurs voix, Attilio et l'autre homme se mirent à courir dans la direction opposée. Ils ne s'arrêtèrent pas pendant presque une demi-heure. Une fois franchie la colline, arrivant en vue du versant qui menait à Bagno di Romagna, ils se plièrent en deux, essoufflés, les mains sur les hanches, sous le coup de l'effort. Ils se jetèrent au sol pour reprendre haleine.

La manche du manteau d'Attilio était couverte de sang. Il l'enleva avec précaution et ouvrit sa chemise. La blessure était longue, mais peu profonde. La balle avait glissé sur la peau du bras, traçant un sillon rouge, mais elle ne s'était pas enfoncée. Dans quel tronc d'arbre était-elle allée se loger ?

« Vous êtes un homme chanceux, dit son compagnon d'aventures et Attilio acquiesça. Et moi aussi, de vous avoir rencontré. Ils m'auraient sûrement pris. »

Il le regarda longuement comme un expert qui fait une estimation – le même regard qu'il lui adresserait dix ans plus tard derrière un bureau en noyer. Une fois de plus, Attilio fut irrité par le sens implicite de supériorité contenu dans ce regard.

« Bon. Maintenant je sais votre nom. Le mien, c'est Edoardo Casati. »

Attilio regarda la main qu'il lui tendait. Il la serra en cachant son agacement.

Il n'arriva pas à temps pour l'enterrement de sa mère. L'inhumation avait eu lieu depuis trois jours quand Ernani l'accompagna au cimetière. Ils ne restèrent pas longtemps à regarder le monticule de terre remuée surmonté d'une croix provisoire, entre les anges et les femmes voilées en pierre. Sur le chemin de la maison, Ernani désigna la plaque sur les vieilles briques de la forteresse.

« Je t'ai déjà raconté qui a fait le guet pendant qu'Olindo Guerrini la fixait sur le mur ?

— Oui, combien de fois ! » Dans un rare moment d'empathie, peut-être dû à la confusion de sentiments dans laquelle il naviguait, Attilio se rendit compte de son ton expéditif, semblable à celui que Viola employait toujours avec Ernani. D'une voix radoucie, il ajouta : « Ton père, n'est-ce pas ?

— Oui. Dommage que tu ne l'aies pas connu. Ton grand-père Aroldo était un personnage. Tu sais comment on l'appelait ?

— Comment ?

— Le Nontòllera. À cause de ça. »

Ils s'arrêtèrent devant l'inscription, le jeune les jambes écartées, le vieux beaucoup plus voûté que les années qu'il avait. Ils lurent chacun pour soi les mots sculptés, dans un paisible silence entre adultes qu'Ernani n'avait jamais partagé avec Attilio, depuis toujours le fils de sa mère plus que le sien.

PLUS QUE CETTE PIERRE, QUE DURE LE SOUVENIR
D'ANDREA RELENCINI ÉTRANGLÉ ET BRÛLÉ ICI
EN MDLXXXI
PAR ARRÊT DE LA S. R. INQUISITION
ET QU'ELLE FASSE SAVOIR QUE L'ÉGLISE
NE TOLÈRE PAS UNE OMBRE DE LIBERTÉ

Ernani eut un profond soupir comme s'il émergeait d'un plongeon en apnée dans ses propres pensées.

« Toi qui as étudié, demanda-t-il à son fils, quelle idée tu t'es faite ? »

Attilio le regarda, perplexe. « Sur quoi ? »

Son père sourit, hésitant, comme pour s'excuser de sa propre ignorance. « Enfin… elle existe ou non cette sacrée âme immortelle ? »

Attilio avait dépassé Ernani en taille depuis son quinzième anniversaire ; et pourtant, jamais comme aujourd'hui il ne lui était arrivé de se sentir un géant à côté de lui. Il fut tenté de lui passer une main autour des épaules. Mais il se sentit gêné et il haussa les siennes.

« Je ne sais pas, répondit-il.

— Donc, tu crois que nous ne la reverrons plus ? »

Attilio pinça les lèvres. Sa langue était devenue du papier de verre.

Ernani interpréta correctement son silence et murmura : « Moi non plus. »

Une fois rentrés, Ernani s'assit avec son fils sur le lit conjugal et ouvrit la boîte en fer de l'Industrie nationale des succédanés de café.

« C'est là qu'elle gardait tout ce que tu lui envoyais », lui dit-il.

Il lui montra comment Viola avait conservé toute la correspondance d'Attilio pendant ses années en Abyssinie, chaque lettre et même la plus insignifiante carte postale, un fascicule publicitaire de l'Exposition d'outremer, même la feuille d'appel annulée, les coupures du *Resto del Carlino* sur la progression du front, ainsi que la photo prise sur l'Amba Work. Il y avait aussi ses lettres, plus rares, de Rome.

« C'étaient ses reliques. » Il n'y avait aucune trace d'amertume dans la voix d'Ernani, ni aucune jalousie ; c'était une constatation objective.

« Et celles-ci ? demanda Attilio en prenant deux enveloppes jaune pâle. Ce ne sont pas les miennes. » Il en retourna une et lut le nom de l'expéditeur. « Elle est de Carbone ! s'exclama-t-il.

— Qui est-ce ?

— Un de mes camarades, nous avons fait la guerre ensemble. Mais pourquoi maman ne me l'a-t-elle pas fait suivre à Rome avec toutes les autres ? » Le triangle qui fermait l'enveloppe s'ouvrit tout seul ; il avait été mal recollé après avoir été détaché à la vapeur. « Combien de fois lui ai-je dit de ne pas ouvrir mon courrier ! Elle croyait que je ne m'en apercevrais pas… »

Il ne semblait pas gêné par l'indiscrétion de sa mère. Il en était même flatté, comme d'un geste d'amour excessif qui faisait sourire avec indulgence. Mais quand il sortit la photo de l'enveloppe, son sourire disparut aussitôt.

Ernani lança un regard interrogateur à son fils, puis il regarda la photo lui aussi.

La femme était enveloppée dans un châle blanc, elle était foncée et belle. Comme une offrande ou un trophée, elle tendait dans ses bras un nouveau-né beaucoup plus clair.

La réaction d'Attilio avait déjà donné à Ernani toutes les explications nécessaires. « Quel est son nom ? se borna-t-il donc à demander au bout d'un moment.

— Je ne sais pas. Je ne savais même pas que... Ou plutôt, je pensais qu'elle ne pouvait pas en avoir.

— Je veux dire elle.

— Ah, elle. Abeba. Ça veut dire fleur en amharique.

— Comme Rose ?

— Oui. Ou Marguerite, ou... »

Attilio s'interrompit. Tous deux restèrent silencieux, regardant la photo d'Abeba avec leur fils et petit-fils, sans prononcer le nom de la femme dont la pièce était encore imprégnée.

« Elle est belle, murmura Ernani.

— Oui. Elle l'est. »

Son père prit délicatement des mains d'Attilio les enveloppes ouvertes et les remit dans la boîte en fer-blanc. Il la referma avec le couvercle décoré de l'image du moulin à café et la posa sur ses genoux. « Elle est à toi maintenant. »

Attilio lui adressa un regard d'enfant perdu. « Qu'est-ce que je dois faire, papa ? »

Ernani n'avait jamais vu ce fils, qui avait échappé à son contrôle depuis si longtemps, aussi perdu. Bien sûr, il ne lui avait jamais demandé un seul conseil. Pour toute réponse, il lui donna une petite tape sur le dos de la main.

Attilio repartit de Lugo avec la boîte en fer dans sa valise. Le voyage de retour fut plus heureux que l'aller et il arriva à Rome en trois jours. Il ne répondit pas à Abeba.

Le GI Clarence Watson garda avec lui le masque pris à Fuorigrotta pendant toute la campagne d'Italie, jusqu'à son entrée victorieuse à Milan. Alors qu'il était appuyé au bastingage du bateau qui le ramenait chez lui après trente mois de guerre, il se dit qu'à l'arrivée dans sa patrie son bagage serait fouillé. Il imagina alors les mains d'un officier blond, ou à la peau sûrement beaucoup plus claire que la sienne, qui ouvraient son sac à dos. Et un frisson le parcourut alors qu'il réentendait la voix de sa mère.

Comme si elle était à côté de lui, elle lui répétait l'avertissement le plus important qu'elle lui ait donné, depuis qu'il était petit, celui dont il devrait toujours se souvenir, durant toute sa vie d'homme afro-américain (« Regarde-moi dans les yeux, mon fils, ta mère n'a jamais été aussi sérieuse ») : jamais, en aucune circonstance, il ne devrait menacer, défier, ou même par mégarde faire sentir à un Blanc qu'il le menaçait ou le défiait. Et il entendit à nouveau ses histoires de coups de fouet sur le dos pour un regard trop peu servile ; de lames avec lesquelles des foules de Blancs avaient coupé des doigts, des oreilles et des parties génitales aux Noirs formellement libres mais privés du droit à la vie ; des cordes avec lesquelles ils les avaient pendus aux réverbères, des torches avec lesquelles ils avaient mis le feu au peu qui en restait, s'obstinant encore à respirer.

Clarence Watson n'était pas né esclave comme son grand-père. Il venait même de gagner la guerre pour son pays. Il avait tué plusieurs Blancs au cours de ces dernières années, avec l'approbation de ses propres officiers, blancs eux aussi. Mais maintenant la guerre était finie.

« *Mon fils, en Alabama c'est une très mauvaise idée de garder dans son sac la tête d'un Blanc. Même si elle est en carton-pâte.* »

Le bateau avait franchi la limite de Gibraltar depuis un jour quand Clarence Watson jeta le masque par-dessus bord. Le vent le transporta loin des jets blancs d'écume le long de la coque et le fit voguer sur des flots paisibles, loin du passage du croiseur. Il flotta quelques secondes, on aurait dit le visage d'un homme endormi au milieu de l'océan Atlantique. Au fur et à mesure qu'il s'imprégnait d'eau salée, le visage serein de parfait fasciste d'Attilio Profeti – Attila pour ses maîtresses et ses camarades de régiment – perdit d'abord sa couleur, puis sa forme, et finit par fondre dans l'eau.

Quelques semaines plus tard, en juin 1945, l'auteur de ce masque, Lidio Cipriani, passa en jugement. En tant que signataire du Manifeste de la race, il était accusé d'être l'instigateur des lois qui avaient conduit à la mort un grand nombre de personnes. Il fut condamné sous l'égide des forces alliées et l'anthropologue y vit là un paradoxe : il avait toujours été un grand admirateur de la stricte hiérarchie raciale en vigueur aux États-Unis d'Amérique, celle qui avait fait décider à Watson de détruire son masque. Quoi qu'il en soit, sept mois plus tard, une ordonnance de non-lieu le libéra.

17

2010

Le voilà encore le temps-coaltar de la réclusion, des endroits où Dieu est plus silencieux qu'un mur ; il coule visqueux par un trou dans la poitrine, la remplit de noir. Mais ici, ce n'est pas la Libye, c'est l'Italie civilisée. Pour dormir, il y a un matelas, même s'il est sale, au lieu de trois carreaux. On peut se lever, marcher, aller dans la cour et même fumer si on a de l'argent pour une cigarette. Il y a des douches, même si elles sont froides. Les toilettes sont des vraies, et pas seulement un seau pour cent personnes – les portes sont enfoncées, mais en général la chasse d'eau fonctionne. L'eau à boire est abondante, on ne meurt pas de soif. Les repas sont réguliers, même s'il n'y a ni tables ni chaises et qu'on doit les prendre assis par terre ou sur le lit. Il y a un barbier agréé par lequel personne ne veut pourtant se faire raser – il ne change jamais la lame de son rasoir. Ils sont donc nombreux à avoir une longue barbe et le jeune homme est soulagé d'être imberbe : ça l'ennuierait de ressembler à un de ces possédés qui hurlaient de boutonner sa chemise au Soudan. Parfois, les gardiens sont des policiers, parfois des carabiniers, d'autres fois encore – et ça personne ne l'a jamais compris – des agents de la police fiscale, mais ils n'entrent pas dans les pièces, car ici ce n'est pas une prison. C'est un *centre*. Et le jeune homme, ainsi que tous les autres, est un *hôte*, pas un détenu. Et pourtant, exactement comme dans la grande salle de Tripoli, personne ne sait quand il pourra sortir.

Voilà pourquoi le dealer marocain avec qui le jeune homme partage le mur auquel est appuyé son lit de camp regrette la prison. Là au moins, il avait été arrêté, puis jugé, et on lui avait fait savoir le temps exact qu'il passerait sous clé. Qui pouvait même diminuer s'il se comportait bien. Ici, non. Aucun jugement, aucune condamnation, aucun chiffre de mois ou d'années. Seulement de misérables pilules données le soir par les travailleurs sociaux, pour oublier la nuit ce temps bitumeux qui écrase les poumons.

C'était sa faute s'il était là maintenant et le jeune homme le savait. Il avait eu un désir simple : courir. Se sentir de nouveau, ne serait-ce que quelques minutes, dans la peau de celui qui courait avec son cousin. Mais le jour c'était trop dangereux, avec toute la police dans le coin, alors il s'était dit : « Je cours bien avant l'aube et je fais juste le tour du pâté de maisons. »

Il était sorti de l'appartement d'Attilio après avoir pris les clés dans la serrure, alors que le début de l'aurore distillait un air frais. Il savourait à l'avance le trottoir vide, les voitures garées, immobiles, les habitants invisibles dans leurs maisons et lui, seul, libre de courir comme en un temps et surtout un lieu tellement lointains qu'il se demandait s'ils avaient vraiment existé, mais que lui appelait *maison*. Il avait descendu l'escalier – ce long escalier – sixième, cinquième, quatrième étage, sautant d'une marche à l'autre avec déjà une joyeuse vélocité dans les jambes, troisième, deuxième étage, et puis au premier il y avait les policiers. Ils étaient en train de poser les scellés sur la porte du dortoir bangladais illégal. Ils ont levé les yeux, pour voir qui descendait l'escalier en courant comme ça à cette heure étrange. Et quand ils ont vu sa peau foncée, ils lui ont demandé ses papiers d'identité.

On dirait une de ces histoires drôles qu'il écrit par mail à sa mère pour lui remonter le moral. Pour raconter qu'en Italie la vie est inattendue mais amusante. Celles qui servent à la rassurer, à lui dire que tout va bien.

Au poste de police, on a glissé chacun de ses doigts dans le dactyloscope électronique – on a pris ses empreintes tant de fois qu'il sait le nom de l'appareil. Il peut même voir les policiers qui ont moins d'expérience et qui étirent l'image électronique parce qu'ils font mal rouler la phalange de droite à gauche. Dans le bureau, une radio marchait à plein volume, personne ne l'écoutait et personne ne l'éteignait, ils parlaient tous très fort par-dessus la discussion des journalistes sur les transferts de joueurs de foot. Quand le policier a essayé d'envoyer le fichier à la police scientifique de la Centrale, il n'a pas réussi à se connecter. Il a juré, mais sans s'étonner – ce n'était sûrement pas la première fois que ça se produisait. Le jeune homme s'est surpris à espérer que ses empreintes ne parviennent pas au fichier central. Mais après plus d'une demi-heure, l'implacable identification est arrivée.

On lui a fait remplir un formulaire préimprimé non seulement en italien, mais aussi en anglais, français, espagnol et arabe. Il comprenait des questions telles que : « Au cas où l'on devrait procéder à une expulsion, souhaitez-vous demander à Monsieur le Préfet d'envisager de vous accorder un terme allant jusqu'à trente jours pour un départ volontaire ? » ; « Pouvez-vous expliquer quelles sont les conditions particulières pour lesquelles le retour immédiat dans votre propre pays vous mettrait dans des conditions de danger concrètes et actuelles ? » On ne disposait pas de plus de deux lignes pour répondre à cette dernière question. Le jeune homme a regardé cet espace blanc, il a repensé aux audiences où il avait déjà raconté sa propre histoire, au fait que dire la vérité n'avait pas suffi parce qu'il aurait dû *renforcer son cas*. Avec résignation, mais surtout avec lassitude, il a écrit : « En Éthiopie, il n'y a pas de démocratie. » Dans l'encadré : « Nom et prénom du père », après une courte hésitation, il a mis : « Attilaprofeti Ietmgeta ».

Il a passé trente-deux heures sans pouvoir prévenir personne, enfermé dans une pièce sécurisée sombre, sale et pleine de mégots, avec une fenêtre murée. Il l'a partagée avec un dealer en crise de manque. Pour dormir, ils avaient deux bancs en métal qui, heureusement, étaient cloués au sol, car après douze heures à côté de ce toxico hurlant, il lui en aurait bien balancé un sur la tête. La paix n'est revenue que lorsque son avocat l'a emmené.

Le lendemain, il est passé en comparution immédiate au tribunal de Piazzale Clodio. Double Refus, déjà deux feuilles de route : la procédure d'expulsion était inévitable. Alors, on l'a emmené ici, dans ce centre qui s'appelle d'ailleurs comme ça, d'identification et d'expulsion : CIE.

Son portable lui avait déjà été confisqué – ou plutôt *retenu* – au commissariat. Ici, chaque *hôte* a droit à cinq euros tous les trois jours pour les cartes de téléphone. Beaucoup ont des parents à l'étranger et ils doivent économiser presque deux mois pour avoir une conversation de trois minutes. Certains sont dans le CIE depuis un an et ne savent encore rien sur leur sort, et ces mots échangés rapidement, montre en main, sont le seul contact avec leur famille. Mais d'autres aussi ont renoncé à garder des liens non seulement avec le monde extérieur, mais aussi avec celui de l'intérieur ; ce sont ceux qui, lorsque les travailleurs sociaux ne sont pas là, avalent des lames de rasoir, se tapent la tête contre le mur. Eux, avec l'argent, s'achètent des cigarettes.

Dans un dortoir, on a mis ensemble des Marocains et des Sénégalais qui passent leur temps à se hurler dessus jusqu'à en venir aux mains ; mais jamais comme les Kenyans et les Nigérians quand ils sont réunis. Le jeune homme n'est pas si mal avec ses camarades de chambre, ils sont tous trop tristes pour avoir envie de se disputer. À part le Marocain, il y a un Colombien qui pleure toute la journée, au point qu'on peut se demander quelle quantité d'eau contiennent ces yeux noirs. Il a vécu en Italie pendant près d'une dizaine années, il a un enfant de six ans, son patron ne l'a jamais régularisé et un jour, au lieu de le licencier, il l'a dénoncé comme clandestin. Sa compagne a versé deux mille euros à l'avocat d'office, mais il a disparu.

Puis il y a un Égyptien, la lèvre inférieure pendante et le regard éteint. Il a perdu la notion du temps qu'il a passé là-dedans. Quand on l'a arrêté, il n'avait pas de papiers. Alors, le commissariat a demandé à son consulat qu'on vienne l'identifier, ne serait-ce que pour être sûrs de le renvoyer dans le bon pays. Pendant des mois, l'ambassade égyptienne ne s'est pas manifestée et n'a jamais accusé réception des fax, quand elle a enfin répondu elle a assuré qu'elle allait prendre le cas en considération au plus vite, puis de nouveau plus rien – trop fatigant de s'occuper d'un de leurs concitoyens, ne serait-ce que pour le rapatrier. Il y a un an, quand il est arrivé ici, la perspective d'être expulsé d'Italie semblait une catastrophe pour cet homme. Maintenant, ce serait même mieux pour lui que de rester là, avec des jours qui deviennent des semaines puis des mois et des années. Le matin, il se lève de son lit uniquement quand la personne du ménage passe la serpillière et retourne les matelas, et le fait descendre en le secouant violemment.

Le dernier lit est occupé par un garçon de vingt ans, en Italie depuis qu'il en a trois. Lui aussi tout juste sorti de prison, il ne dit à personne pour quel délit et répète seulement qu'il est innocent. Son dernier compagnon de cellule à Rebibbia était un braqueur condamné à une peine beaucoup plus longue et qui est encore là-bas, mais quand il l'aura purgée, il retournera dans sa famille. Ce garçon de vingt ans, lui, est ici parce qu'il attend d'être réexpédié en Côte d'Ivoire, un pays dont il n'a aucun souvenir, dont il ne parle pas la langue et où il ne connaît personne. Car en Italie, il ne suffit pas d'avoir toute sa famille en Italie, de fréquenter pendant treize ans l'école publique italienne et, surtout, d'être supporter de la Magica comme tous ses amis pour être traité en citoyen. Seul compte le liquide qui coule dans les veines, comme le dit la loi appelée *ius sanguinis.*

Le jeune Éthiopien a compris un mot, mais pas l'autre. « Qu'est-ce que ça veut dire *ius* ?

— “Juste”, je crois, mais je ne suis pas sûr. J’ai fait des études de comptabilité ; on ne faisait pas de latin. »

Le jeune homme garde le silence. C’est bien sur ce sang-là qu’il fonde tous ses espoirs.

Quand il arrive enfin à passer son premier coup de fil, trois jours se sont écoulés depuis sa disparition.

Pour parvenir au CIE, Ilaria et Attilio doivent traverser le nouveau champ de bataille de la spéculation romaine. Sur ces terrains à l’ouest de la ville se dressent des chantiers aux proportions asiatiques au milieu de parcelles de pâturage pour les inévitables moutons. Il s’agit du front le plus récent de la guerre aux plans d’aménagement, lancée depuis le siècle dernier par des promoteurs comme Casati. Et depuis, il a gagné presque chaque bataille.

Vu de l’extérieur, le CIE de Ponte Galeria a l’air d’un entrepôt. Ce qu’il est en effet, mais de destins et non de marchandises. Il n’est pas loin de Fiumicino et les avions qui décollent passent au-dessus des murs de ciment et des alignements de poteaux métalliques qui séparent les différents secteurs. Ils survolent les *hôtes* comme des anges de fer porteurs de la sévère annonce de leur rapatriement.

Ilaria et Attilio ne sont pas venus avec l’espoir d’entrer dans les cours grillagées du CIE, ils savent que c’est impossible. Ils veulent du moins s’assurer que le jeune homme est bien là-dedans. La queue est longue devant l’entrée, un cortège d’hommes et surtout de femmes qui attendent de voir leurs parents quelques minutes. Un grand nombre d’entre eux ont voyagé pendant des jours. Ils ne savent pas encore que le contenu des énormes sacs en plastique, qu’ils posent sur l’asphalte brûlant du trottoir en attendant des heures au soleil, ne sera pas remis. Ce n’est pas une prison ici, ceux qui sont là ne sont pas des détenus, et donc on n’accepte pas les paquets-cadeaux.

Quand le policier devant la grille voit Attilio et Ilaria, il leur fait signe d'approcher. Ilaria hésite, regarde autour d'elle. Son frère et elle sont les seuls à la peau claire, à part une jeune femme en jupe longue qui tient une petite fille endormie dans ses bras. Mais personne, encore moins le policier, ne confondrait jamais deux Italiens avec une Rom. Et personne ne proteste quand Ilaria et Attilio passent devant tout le monde.

Oui, déclare le policier après avoir vérifié sur l'ordinateur, il y a un *hôte* qui correspond au nom de Shimeta Ietmgeta Attilaprofeti. Non, ils ne peuvent pas lui parler maintenant, pour des raisons administratives. Oui, ils pourront revenir avec un avocat.

Ilaria voudrait insister, mais à ce moment-là le portail en fer, fait des mêmes poteaux métalliques qui délimitent les cours intérieures, s'ouvre. Un fourgon de police en sort. À l'intérieur, deux hommes en uniforme essaient d'immobiliser un homme qui se tord le cou vers la lunette arrière. Ses cris étouffés mais précis traversent la vitre : « *Help me ! Help me !* » Il a le regard d'un veau qui a vu le crochet de l'abattoir où on va le pendre.

Tous suivent du regard le fourgon tandis qu'il s'éloigne vers la départementale. Même la jeune Rom, même sa petite fille, qui a ouvert ses yeux couleur noisette.

« Où l'emmène-t-on ? » demande Ilaria au policier.

Sans lever les yeux de l'écran, il répond : « Chez lui. »

« Appelle Pietro », dit Attilio à Ilaria tandis que la Panda file de nouveau vers le centre-ville – la via Portuense est miraculeusement fluide. « Lui, il peut le sortir de là en deux minutes. »

Elle soupire avec impatience, le bras droit sur le volant, le coude gauche posé sur le bord de la vitre. « Il n'en est pas question. »

Attilio tambourine sur la portière par la fenêtre ouverte, mais il n'insiste pas. « Je m'incline devant tes principes moraux, mais qu'est-ce qu'on fait alors ?

— Lavinia a un ami avocat spécialisé dans les questions d'immigration. Je vais l'appeler. Nous étions d'accord pour qu'elle lui téléphone dès que nous serions sûrs qu'il était là-dedans. Comme ça, il nous donnera tout de suite rendez-vous, peut-être même demain.

— Ah, un ami d'amis ! » la taquine Attilio. Il approche son visage du sien avec un air accusateur : « Pistonnée… »

Ilaria le foudroie du regard et ne répond pas.

Arrivés via Magliana, la circulation redevient dense. Quelques minutes plus tard, la Panda se trouve prise une énième fois dans l'étau d'un amas de tôle.

« C'était trop beau pour être vrai, soupire Ilaria. Je commençais à m'habituer à avancer à plus d'un kilomètre à l'heure. »

Attilio tente d'étirer ses bras derrière l'appui-tête. Mais ils sont trop longs et se heurtent au toit de la voiture utilitaire. « Tu sais quelle est la seule chose que je demanderais à papa de m'expliquer ? dit-il.

— La *seule* ?

— La seule que je n'arrive pas à comprendre. »

Ilaria le regarde, intriguée. Engager une conversation sérieuse sur la famille a toujours été sa prérogative, pas celle d'Attilio. Encore une nouveauté de ces derniers jours.

« C'est-à-dire ?

— Toi et moi, nous habitions loin l'un de l'autre, n'est-ce pas ? Voilà ce que je me demande : comment diable faisait-il pour nous accompagner tous les deux à l'école chaque matin ?

— Ah, je n'en sais rien. Je sais seulement que j'étais toujours la première arrivée de toute l'école. Quand il me laissait devant la grille en décembre, il faisait encore presque nuit.

— Moi, au contraire, j'étais toujours en retard…

— Tu vois, nous avons compris comment il faisait.

— C'est-à-dire qu'il courait comme un fou de ton école à notre appartement pour venir me chercher ?

— Il dépassait certainement les limitations de vitesse.

— Mais sans se faire prendre.

— Ah pour ça, il a toujours été doué. »

Ils ricanent.

Attilio lui montre le pare-chocs de la voiture immobile devant eux. « Tu imagines, être un père bigame de nos jours ? Même lui n'y arriverait pas avec ce trafic.

— En effet, aujourd'hui ce ne serait plus possible, dit Ilaria. Écoute, c'est décidé. J'essaie de lui poser la question.

— Quoi ? S'il avait le don d'ubiquité ?

— Non. À propos de ces photos. »

Attilio, sceptique, hausse les sourcils. « Bonne chance… »

Pourquoi cette femme aux cheveux noués et au regard dénué de méchanceté a posé devant lui une feuille pleine de taches grises ? Il les regarde, discerne un visage, une jambe au bout de laquelle il y a un pied. Il comprend que ce sont des êtres humains. Il sait plus ou moins de quoi il s'agit. Les pensées d'Attilio Profeti sont plongées dans un lac gelé, il entrevoit leurs silhouettes mais sous une plaque de glace. Quel est leur début et quelle est leur fin ? Cette confusion lui donne envie de pleurer.

Il est affalé dans un fauteuil pour personnes âgées à inclinaison variable, le repose-pied relevé pour éviter le blocage de la circulation.

« Mon lance-flammes s'est éteint, lui dit-il, et il écarquille ses yeux clairs.

— Encore ! » Anita traverse le salon, portant un vase vide. « C'est une obsession ce lance-flammes. »

Ilaria est assise sur le canapé, les jambes repliées et les fesses sur le bord comme une mendiante. Sur le coussin à côté d'elle est posée l'enveloppe ouverte à l'en-tête du garage Carbone. Elle est en train de montrer à son père une des photos des corps soumis à l'ypérite, elle garde les autres sur ses genoux.

Anita aussi s'arrête pour regarder. Elle plisse le front.

« Qu'est-ce que c'est que ça ?

— Je crois que ce sont des victimes des gaz lancés par nous, les Italiens, en Éthiopie. Elles étaient dans une vieille enveloppe de papa restée chez ma mère. Je voudrais tellement comprendre ce qu'il a à voir là-dedans. »

Anita prend les photos des mains d'Ilaria. Pendant qu'elle les regarde, Attilio tend le bras vers la petite table avec un grognement. Ses doigts font un gymkhana entre son verre, un mouchoir, le tensiomètre pour arriver à leur but : une boîte de chocolats. « Mais Anita, pense Ilaria, tu le laisses manger trop de sucreries ! »

« Non, lui n'a rien à voir avec ça. » Anita lui rend les photos avec une moue d'ennui plus que d'horreur. « Je suis sa femme, je le saurais. Il n'a jamais eu de secrets avec moi. »

« Avec moi. » Ilaria décide de ne pas réagir à l'involontaire insulte envers sa mère.

« Un chocolat ? »

Attilio a mis un bon moment pour ouvrir la boîte avec ses vieux doigts et il la présente maintenant à sa fille comme un trophée. Ilaria regarde les petits carrés de papier d'argent de plusieurs couleurs. Elle tend la main.

« Si j'en prends un à la noisette, c'était un criminel de guerre. Si c'est un chocolat noir, il ne l'était pas. »

« Ilaria… »

Elle lève brusquement les yeux et croise les iris bleus de son père fixés sur elle. Combien d'années ont passé depuis la dernière fois où il l'a appelée par son prénom ?

« Tu t'appelles comme ça, n'est-ce pas ?

— Oui papa. C'est moi. »

Il sourit de satisfaction.

Elle retire le papier d'argent.

Le petit carré n'est ni marron clair ni noir, c'est un chocolat blanc.

18

« *Chi se ne frega delle sanzioni*[1] », chantait Maria Uva au *Vulcania*, au *Conte Biancamano*, au *Saturno*, à la *Principessa Maria*, au *Belvedere*. L'année 1936 venait de commencer, mais la guerre d'Éthiopie durait depuis des mois. Un grand nombre de bateaux de l'Italia Flotte Riunite[2], les paquebots du Lloyd adaptés au transport des troupes, étaient déjà passés devant elle. Quand ils entraient dans le canal de Suez, la jeune femme prenait son porte-voix et courait sur le toit de sa maison blanche près du rivage. Depuis le bord d'un continent de sable, elle gratifiait de chansons d'héroïsme et d'amour de la patrie les bateaux en route vers l'Abyssinie. Elle avait des jambes courtes et se haussait sur la pointe des pieds pour brandir le drapeau tricolore ; le soleil impitoyable détachait sur son menton l'ombre large de son nez en patate. Maria Uva chantait à tue-tête, accueillant les troupes de son souffle patriotique. Sa petite voix était aiguë et pétulante comme la sirène d'un remorqueur, mais pour les soldats qui la saluaient depuis le bastingage c'était un son céleste. Elle leur offrait l'encouragement de

1. « On s'en fout des sanctions », petite chanson de 1935 qui se moque des sanctions de la SDN contre l'Italie.

2. Compagnie maritime italienne fondée en 1932 à la suite de la fusion de grandes sociétés italiennes.

la patrie, ses bras ouverts étaient ceux de l'Afrique qui les attendait.

À chaque passage de la Regia Marina, l'étroit bras de mer se remplissait d'autres embarcations plus petites. Elles étaient pleines de marchandises de toutes sortes placées par les vendeurs dans les paniers descendus le long des flancs des bateaux : des pains azymes chauds, des gâteaux au miel, des photos couleur sépia des pyramides, des billets de loterie de Tripoli – « Les plus gros prix d'Affrique ! ». Attilio en acheta une demi-douzaine, affichant par ce gaspillage sa certitude infaillible dans sa bonne fortune. Ils vendaient aussi une poudre blanche qui mettait les soldats dans un état d'excitation une journée entière. Les braves marchands arabes fournissaient également le moyen de lui donner un juste et naturel défoulement : on hissait à bord des femmes en chair et en os, glissées dans des sacs, la nuit, quand les supérieurs se retiraient dans le carré des officiers – les soldats avaient toujours un mouvement de surprise quand ils découvraient leur pubis rasé. Quelques soldats achetaient les différentes marchandises, d'autres non, mais tous écoutaient Maria Uva, appelée aussi la Petite Madone du Légionnaire, la Gentille Fleur, la Courageuse Flamme Vivante de la Pure Race Italienne, la Sœur Élue de l'Empire, la Fiancée Chantante, pendant qu'elle s'égosillait pour eux, tout enflammée d'italianité. Et tant pis si les putains à bord en direction des bordels d'Asmara et de Massaoua, bien élevées et vêtues plus sobrement que les femmes au foyer que leurs maris fonctionnaires allaient rejoindre, disaient d'elle : « C'est une des nôtres, mais elle travaille au noir. »

Devant Maria Uva étaient passés des soldats de toutes sortes, ceux du contingent et ceux qui avaient rempilé, des jeunes et des vieux, des officiers de carrière et des chemises noires volontaires comme Attilio. Ces derniers étaient les plus difficiles à contrôler, des hommes sans expérience et ignorant la discipline mais qui se disaient des émissaires directs du Duce. Beaucoup étaient au chômage, des bons à rien, des délinquants libérés de prison en échange de leur engagement. Les soldats du contingent les détestaient, les officiers s'arrachaient les cheveux devant leur arrogance, les responsables de l'intendance dans les bureaux de la compagnie se demandaient comment ils feraient pour les ravitailler en bandes molletières mais aussi en caleçons que la plupart ne portaient même pas. Sans parler de ceux qui avaient passé la visite on ne sait comment, des gens avec des tares mentales telles qu'il était effrayant de les imaginer avec un fusil à la main, des bossus, des épileptiques, des mutilés. Attilio avait vu de ses propres yeux un manchot s'embarquer sur le *Vulcania*.

Mais elle, la sirène de Port-Saïd, chantait pour tous sans distinction. Elle chantait pour les soldats envoyés sur les hauteurs de l'Amba Aradam, aux gorges du Tämbien ou au lac Ascianghi. Pour ceux qui marcheraient des jours entiers dans la poussière et qui urineraient marron sous l'effet de la déshydratation, pour ceux qui seraient éventrés par une balle dum-dum. Pour ceux qui vomiraient d'horreur en voyant des cadavres le sexe enfoncé dans la bouche et pour ceux qui immobiliseraient un homme encore vivant pendant qu'un de ses camarades l'émasculerait. Elle chantait pour ceux qui mettraient le feu aux toukouls – peu importe s'il y avait encore des femmes et des enfants à l'intérieur –, et qui se feraient ensuite engueuler par leurs supérieurs parce qu'on ne gaspille pas l'essence comme ça ; et aussi pour ceux qui mourraient en se vidant de leur sang dans un fossé en murmurant : « Maman… » Maria Uva chanta donc aussi pour Attilio Profeti.

Comme il aurait voulu être dans l'autre corps d'armée, sous le commandement de son héros Rodolfo Graziani, le plus jeune général de la Grande Guerre. Mais Attilio Profeti était obligé, comme la plupart des chemises noires, de marcher sous les ordres de ce vieux Piémontais à la mauvaise haleine, Badoglio.

Il était arrivé tard en Abyssinie ; il était parti de Lugo peu avant Noël avec la division 23 Mars des chemises noires, juste à temps pour se disputer la gloire avec les chasseurs alpins de la division Pusteria. Oui, c'étaient bien ces montagnards qui avaient conquis l'Amba Work, en escaladant les rochers en surplomb avec leurs cordes et en prenant par surprise les Éthiopiens, qui ne s'attendaient pas à voir leurs ennemis surgir en haut des précipices. Ils les avaient mis en déroute avec des grenades et avaient pris leurs derniers canons et leurs dernières mitrailleuses. Entre-temps, pendant l'action, les très Romains représentants du Duce étaient restés au pied de l'Amba, en attendant que s'ouvre une voie d'accès plus humaine. Mais ensuite, pour la photo de la victoire sur le sommet, les officiers ne voulurent pas de ces Boches qui parlaient entre eux un allemand de palefrenier, mais plutôt des chemises noires. Et ils placèrent au premier plan Attilio, qui faisait un bel effet en uniforme, tenant le drapeau flottant au vent.

Ce fut là, souriant à l'objectif au sommet de l'Amba d'Or, qu'Attilio Profeti commença à croire qu'il jouissait d'une exceptionnelle attention de la part de la bonne fortune. Ses camarades du 23 Mars – avec lesquels il partageait le plus souvent les marches – étaient deux très purs spécimens de race aryenne comme l'illustraient leurs noms, Nigro et Carbone[1]. Le premier était un paysan de Castiglione delle Stiviere, trapu, avec des yeux de chien enchaîné toujours braqués sur Attilio ; l'autre était un mécanicien de Bénévent, agile et noir comme un gros rat, aux mains habiles d'horloger. Même s'ils étaient tous les deux plus âgés, ils ne lui avaient jamais fait subir de brimades. Et ce, non pas parce que dans l'armée coloniale on ne s'en prenait pas trop aux recrues, les askaris suffisaient pour que même le dernier des Italiens se sente supérieur, ni parce que Attilio était quelqu'un qui avait fait des études, avec son quasi-diplôme. La raison tenait à cet air d'enfant gâté par la fortune qui l'enveloppait comme une lumière, à cette foulée nonchalante au parfum de faveur divine.

« Depuis que tu es là Attila, lui disait Nigro, l'ennemi est devenu mou comme du beure. » Et en signe d'explication, il

1. Noir et Charbon.

enfonçait son couteau de poche dans un morceau de graisse, en le regardant par en dessous.

Ses supérieurs aimaient aussi avoir Profeti près d'eux comme une amulette – du reste, depuis toujours et dans toutes les armées, les généraux s'accrochent à ceux qui portent chance. Attilio ne croyait pas vraiment que son arrivée avait été à l'origine du tournant de l'avancée en Abyssinie. Mais depuis qu'il était là, Badoglio avait en effet cessé de prendre des raclées sur le front nord, et Graziani au sud-est s'était distingué à Neghelli. La guerre avait modifié son cours, comme un fleuve qui a débordé et ne revient plus dans son ancien lit, changeant même de nom à la nouvelle saison.

Ni Attilio, ni les autres soldats, ni le peuple italien en général ne connaissaient la raison de ces soudains succès militaires dans une campagne qui, jusque-là, avait avancé si péniblement que l'ombre de la défaite d'Adoua commençait à assombrir le moral des généraux. Ils n'avaient pas lu le message du Duce réservé à Badoglio : « Je vous autorise à employer, même à grande échelle, n'importe quel gaz et lance-flammes. » Il était textuellement écrit : « n'importe quel ». Après trois mois de guerre infructueuse, il était nécessaire d'éviter par tous les moyens une honteuse répétition de la défaite infligée par Ménélik et sa femme Taitou, la terrifiante reine noire qui, selon la légende, rôdait dans la tragique plaine d'Adoua en émasculant les morts italiens. Cette défaite et la perte de la virilité nationale avaient presque été la même chose : une obsession, une blessure qu'il fallait cicatriser par *n'importe quel* moyen. Et tant pis si la Société des Nations avait décidé que noyer les gens dans leur propre sang quand les poumons sortent par les narines et que la peau explose, comme c'était arrivé aux soldats à Ypres, n'était plus admis comme moyen de tuer, même à la guerre. Mussolini avait haussé les épaules en disant une fois de plus : « Je m'en fous. » Et les pilotes italiens avaient décollé avec leur chargement chimique, même si c'était en cachette.

Personne donc – Attilio, troupe, peuple italien – ne connaissait ce télégramme envoyé à Badoglio. Tous en voyaient cependant les résultats. L'armée abyssinienne était en déroute. À chaque bataille, elle perdait des dizaines de milliers d'hommes, contre quelques centaines d'askaris et quelques douzaines de soldats italiens tout au plus. Désormais, les journaux qualifiaient la résistance éthiopienne non plus seulement de barbare, mais aussi de ridicule. Tous les jours, ils citaient en première page des toponymes étranges qui devinrent familiers dans toutes les maisons : Tämbien, Tacazzé, Mai Ceu, lac Ascianghi.

« Non, la guerre n'a pas toujours été aussi facile », avaient dit Nigro et Carbone à Attilio quand il était arrivé au front. Il y avait d'abord eu des embuscades, des combats à la pointe des baïonnettes, des têtes qui explosaient comme des pastèques sous les tirs d'artillerie. Il y avait eu cette Abyssine possédée par tout un bataillon de chemises noires puis par tous leurs fusils et enfin laissée là comme un gouffre pour servir de leçon à ses hommes qui avaient tué dans un guet-apens plus de cent Italiens – pas des askaris érythréens mais de vrais Italiens, inadmissible outrage qui ne pouvait rester impuni. Nigro riait en décrivant les hurlements de cette femme : car il tenait à ce qu'Attilio, qui le laissait parfois bouche bée quand il regardait ses larges épaules et même ses lèvres, ne pense pas qu'il n'était pas un homme, un vrai.

Au lieu de sanglants assauts, Attilio n'eut le plus souvent qu'à tirer quelques coups de fusil, la cigarette aux lèvres comme une star de cinéma, tandis que flottait dans l'air une odeur âcre d'ail et que le paysage était devenu désert. Car, remarqua-t-il, les oiseaux d'Abyssinie aussi respectaient l'aviation italienne : après son passage, il n'en volait plus un seul pendant des heures. C'était presque trop facile, pensait-il en marchant enveloppé d'essaims de papillons de la même couleur, tantôt jaunes et énormes, tantôt transparents et bleu clair, tantôt petits et rouges comme une pluie de sang. Alors que la lumière des ambas[1] donnait encore des coups de matraque sur sa nuque et celle de ses camarades, seuls quelques cadavres étrangement bien conservés barraient le passage à l'avancée italienne, désormais impossible à arrêter.

Le seul vrai et sérieux problème était la soif, constante et parfois insupportable. Ou bien récupérer intactes les caisses de vivres lâchées depuis les avions sur ce terrain souvent impraticable. Une fois, on lança même tout un troupeau de moutons. Ils avaient tous un parachute attaché dans le dos et volèrent dans le ciel, blancs et légers comme des flocons de laine, bêlant de terreur. Ils atterrirent tous parfaitement, sauf un qui s'écrasa dans un crépitement d'os cassés. Ce fut Attilio qui mit fin à son pitoyable bêlement par un coup de fusil.

Pour le reste, faucher à la mitrailleuse des hommes armés de massues et de bâtons ou tout au plus d'arcs et de flèches, les rares encore debout après l'attaque des askaris, semblait un jeu. « Si les Abyssins sont cent et qu'il en meurt quatre-vingt-dix-neuf, écrivait Attilio à sa mère Viola, le dernier continue à avancer. Il s'agit plus d'un instinct bestial que de courage. Il n'y a rien de noble dans un tel agissement insensé, rien d'héroïque. Cela n'a rien à voir avec le sacrifice de nos soldats qui vont à l'assaut la patrie dans le cœur et le nom du Duce sur les lèvres. »

Même si justement ce n'étaient pas les Italiens qui donnaient l'assaut, mais les askaris libyens et érythréens. Raides et maigres dans leurs uniformes blancs, ils allaient à l'attaque en première, deuxième et troisième ligne – ils étaient donc presque les seuls à mourir. Pour Attilio, comme pour tous les Italiens, la bataille commençait bien après. Quand les guerriers abyssins avaient déjà été fauchés par les mitrailleuses, brisés et crachés en l'air par les cratères de l'artillerie en même temps que le sol, les yeux blancs écarquillés un instant avant que les balles frappent leur visage noir.

1. Nom donné aux montagnes en Abyssinie.

Tous, sauf moi.

« La mort d'un Noir ne fait pas pitié », disait-on entre camarades. Ce n'était donc pas la pitié mais l'odeur qui faisait s'évanouir bien des chemises noires à la fin de la bataille de l'Amba Aradam. Des dizaines de milliers de cadavres, même entassés, occupent beaucoup d'espace : une vallée entière, avec l'amba de roche rouge qui se dressait comme la pierre tombale de cette fosse immense. Les seuls que l'on sortit de ce charnier furent les quelques corps dans lesquels avait coulé du sang italien quand ils étaient vivants.

Tous, sauf moi.

Les askaris ne furent pas autorisés à honorer d'une sépulture leurs camarades tombés pour l'Empire. Ils durent tourner une journée entière avec un lance-flammes, le nez couvert d'un mouchoir trempé dans du cognac. « Pour prévenir le risque d'épidémies », avaient expliqué les supérieurs. Même si tout le monde voyait bien que, là au milieu, quelque chose bougeait encore.

Par la suite, lorsqu'ils furent rentrés en Italie, certains soldats se mirent à utiliser le nom de ce lieu pour désigner une indescriptible horreur. Mais, comme il arrive souvent aux rescapés des guerres, personne ne les comprit. Ceux qui n'y étaient pas allés ne pouvaient imaginer le tapis de chair humaine que signifiaient ces deux mots : Amba Aradam. De plus, Mussolini en fit le nom d'une victoire, que l'on pouvait donner aux places et aux rues. Les Italiens, comme les ménagères qui lavent d'embarrassantes taches sur les draps avant de les étendre, en éliminèrent l'arrière-goût d'horreur et les réunirent en un seul mot au son étrange. « Ne fais pas tout cet ambaradam », se mirent à dire les mères à leurs enfants capricieux.

Parfois, les chemises noires croisaient des petits groupes de très jeunes garçons, voire des enfants. En dehors des champs de bataille, on ne voyait pas d'hommes adultes qui ne soient pas morts, ou sur le point de mourir, ou en fuite. Et pourtant, il y en avait. Nigro l'avait prévenu.

« Fais attention, Attila. Quand on n'en croise que quelques-uns et que nous sommes plus nombreux, ils nous baisent les pieds. Mais si c'est l'inverse, ils sont capables de choses… inimaginables. Tu ne dois jamais t'éloigner de moi. »

Attilio avait accepté que Nigro, puissant protecteur, soit toujours à ses côtés.

Tous, sauf moi.

Pendant les haltes au cours des marches forcées, entre soldats on ne parlait que de femmes. Les *sciarmutte*[1], comme Attilio avait appris à les appeler à Massaoua, étaient beaucoup plus propres que les paysannes. Les askaris libyens étaient étonnés que les Italiens les rétribuent. « Si j'étais un Blanc qui veut une Noire, disaient-ils, je la prendrais sans la payer. Sinon, à quoi me sert d'être le maître ? »

Parmi les officiers, il y avait un centurion qui avait vécu en Érythrée avant la campagne. Il était donc en mesure de faire des comparaisons.

« Les Tigréennes ne sentent rien parce qu'elles sont infibulées, expliquait-il, les Bilènes sont simples, les Kunamas malignes et pleines d'astuce, les Gallas simples et fortes, les Soudanaises n'ont pas de formes et donnent peu de satisfaction, les Amharas sont les plus belles mais elles ont toutes la chtouille. »

Dans les lettres qu'ils envoyaient chez eux – bien sûr pas à leurs mères ou à leurs fiancées mais à leurs amis – ils parlaient de femmes à la disponibilité apparemment inépuisable et sans freins. Ils s'abstenaient bien sûr de décrire les jeunes filles en pleurs déshabillées de force par des pelotons entiers, les regards vides de celles forcées d'ouvrir leur blouse dans la rue au milieu des rires des militaires. Les photos des femmes nues couvrant leur pubis de leurs mains, la terreur sur le visage, n'étaient pas envoyées à leur famille ; elles étaient conservées dans les sacs à dos comme des trophées, suscitant à la fois

1. Prostituées indigènes.

arrogance et honte. Dans leur correspondance, les Italiens décrivaient les femmes africaines avec un mélange de dégoût et d'admiration. Ils écrivaient au dos des cartes postales distribuées dans le magasin du camp et qui représentaient des femmes les sourcils froncés, la blouse baissée au-dessous de la taille à l'intention du photographe et avec des légendes telles que « Jeune fille abyssine », « Beauté primitive », « Fleur africaine ». Ils utilisaient invariablement trois manières de les décrire. La plus fréquente était la similitude animale : « panthère » et « gazelle » les plus employées, mais aussi « lionne », « jument », « pouliche » pour les très jeunes ; pour les moins attirantes : « singe ». L'exotisme : « obscure », « primordiale », « mystérieuse », « épicée », « insaisissable ». Enfin le mépris : « primitive », « bornée », « sauvage », « puante », « bestiale », quand ce n'était pas carrément « répugnante ». Et souvent les trois catégories étaient mélangées.

Les dizaines de milliers de jeunes mâles du corps d'armée avaient laissé en Italie mères, sœurs et fiancées, d'intouchables vestales de la Vertu, de l'Âme et du Foyer. Ils trouvaient ici une abondance troublante de corps nus qui n'exigeaient en aucun cas l'usage des bonnes manières. Comme l'écrivit un soldat à un de ses compatriotes : « Ici, il y a toutes les femmes qu'il faut pour satisfaire notre exubérance masculine, stimulée par la nouveauté de la race. » Il n'est pas étonnant que leur idée fixe, obsessionnelle et constante, bien plus que la gloire, ait été d'éjaculer dans un corps africain.

La possession des femmes indigènes par les soldats de l'armée royale italienne était bien vue par l'état-major, considérée même comme un de leurs devoirs stratégiques bien précis. Les généraux savaient parfaitement de quel matériau était constituée la troupe : journaliers, ouvriers, porteurs, maçons, bergers analphabètes, tailleurs de pierres – des hommes plutôt habitués à la misère et aux humiliations qu'au commandement. Il fallait les former à la nouvelle situation de dominateurs, et fréquenter les femmes abyssines était l'apprentissage le plus rapide.

Toute cette intense activité érotique était donc l'objet d'une logistique avisée. À Adoua, déjà conquise ou plutôt vengée avant l'arrivée d'Attilio en Afrique, on distribua une feuille signée par le responsable de l'intendance. On donnait pour instruction aux nouveaux arrivés de suivre la couleur du chiffon accroché à la porte des cabanes locales. Le jaune indiquait des corps de grande qualité du fait de leur jeunesse et de leur beauté, réservés aux officiers ; le blanc, des marchandises convenant aux civils et aux simples soldats ; le vert, ce qui était laissé aux askaris et aux indigènes collaborateurs : des femmes laides, avec des défauts physiques, très noires de peau ou vieilles, c'est-à-dire de plus de dix-huit ans. Les prix variaient en conséquence. Pour ceux qui préféraient l'habitude à la variété, il y avait également la possibilité de contracter un mariage sur mesure – deux ou trois mois – avec des filles de douze ans ou plus. Celles-ci se comportaient comme des épouses à part entière : elles suivaient le soldat sous sa tente, nettoyaient ses vêtements, apprenaient à cuisiner ses petits plats préférés, faisaient mille cajoleries. Enfin, il existait une catégorie hors marché, qu'aucun bout de tissu n'indiquait : les vierges, définition qui incluait aussi bien des jeunes filles de onze ans à leurs premières règles que des fillettes de sept, huit ans et même moins. Ces dernières, réservées uniquement aux officiers de rang supérieur, étaient un objet de négociations confidentielles.

Dans cette rigide taxinomie de prestations, Attilio constitua une exception. Son bel aspect ne laissa pas indifférente une certaine « banderole jaune » qui lui accorda librement, et à un prix très avantageux, ses propres faveurs. Les officiers le virent entrer et sortir du même toukoul propre et spacieux qu'ils fréquentaient, mais ils fermèrent les yeux : partager les femmes avec ce jeune homme à la fasciste prestance était une chose dont on avait presque envie de se vanter.

La chance l'accompagna aussi dans d'autres circonstances.

Quand, dans la plaine de l'Amba Alagi, se répandit le bruit que des *sciarmutte* que fréquentait le bataillon tout entier avaient été admises à l'hôpital pour syphilitiques, nombreux furent ceux qui demandèrent au médecin militaire de faire le test de Wassermann. C'était un examen simple, à la portée d'un hôpital de campagne. Le médecin envoya les éprouvettes à Asmara et la réponse arriva au bout de quelques jours : Attilio n'avait aucune trace de luèse – il fut très soulagé d'échapper au traitement à base d'arsenic qui provoquait de terribles douleurs dentaires. Il était le seul de son groupe à ne pas avoir attraper la chaude-pisse. Ou du moins le crut-il comme ses camarades. En réalité, Nigro lui aussi en avait été préservé. Mais pour que personne ne lui pose de questions, il fit semblant d'avoir des difficultés à uriner comme tous les autres.

Un jour, Nigro demanda à Carbone de le prendre en photo, avec son inséparable Zeiss Ikon Super Nettel, en compagnie d'une des filles qui tournaient autour du camp. Son camarade immortalisa la chemise noire en train de serrer entre le pouce et l'index un de ses mamelons, comme s'il était en train de cueillir un grain de raisin noir. Les yeux dénués d'expression de la jeune fille semblaient accorder peu d'importance à ce qui arrivait à son sein.

Le soir, Carbone développa la photo dans sa tente et la donna à Nigro. Mais lui, au lieu de la mettre dans sa poche, la tendit à Attilio.

« Garde-la, toi, Attila.

— Pourquoi ?

— Pour te rappeler comme nous aimions aller voir les Noires tous les deux. »

Attilio le dévisagea, perplexe : il n'était jamais allé voir les Noires avec Nigro. Mais celui-ci insista tellement qu'il finit par accepter. Pourtant, garder cette photo dans sa poche le gênait et quelques jours plus tard, il feignit de l'avoir perdue. En réalité, il l'avait jetée dans un ravin ; par la suite, il évita de rester seul avec Nigro.

Attilio était venu en Afrique pour faire la guerre, il s'attendait donc à la mort et au sang. Aux lépreux, en revanche, non. Personne ne l'avait préparé aux linges souillés par la misère d'où sortaient ces physionomies ravagées. Ils mâchaient du *khat*[1] en s'abritant du soleil au pied des murs des églises, creusées dans la roche rouge comme des entrailles. Ils essayaient d'attirer l'attention des nobles abyssines enveloppées dans des voiles immaculés qui, d'un air hautain, portaient un demi-citron à leur nez, tandis qu'un maigre serviteur tenait un parasol au-dessus de leur tête. Ces aristocrates (appelées « féodales » quarante ans plus tard par les révolutionnaires) évaluaient comme de la marchandise en vente les moignons, les jambes à moitié mangées, la peau qui s'écaillait sur les joues autour du vide laissé par le nez, pour décider sur qui faire retomber leur générosité. Carbone, profitant de la curiosité que les mendiants manifestaient pour son objectif, parvenait à prendre des photos de très près : le premier plan d'un visage meurtri ; le détail d'une main à laquelle il manquait quatre doigts ; le profil droit d'une jeune fille à l'air intelligent et puis le gauche, un trou sans muqueuses qui découvrait ses dents ; le portrait en pied d'une femme au visage harmonieux et souriant, mais au corps ravagé par les ulcérations. Devant ces physionomies de damnés du Moyen Âge, Attilio éprouvait pour sa part quelque chose qui n'était pas de la pitié ni du dégoût, ou du moins pas seulement. C'était un désarroi qui partait de l'épicentre de sa substance de jeune homme fort, bien fait et sain. Attilio connaissait le sentiment d'identification de chaque soldat avec le corps de son ennemi qui saute en l'air ou qui est fauché par la mitraille. Cette empathie primitive de celui qui assiste à la mort de l'autre en se sachant encore indemne, du moins pour le moment, et qui le crie silencieusement de toutes les fibres de son corps : « Meurs, toi, mais pas moi ! Moi, je suis

1. Plante cultivée dans la Corne de l'Afrique dont les feuilles contiennent une substance hallucinogène.

vivant ! » Avec les lépreux, cependant, ce n'était pas possible. Ils étaient mutilés, mais pas tués par la maladie. Ils étaient horriblement atteints, mais ne ressentaient pas de douleur, et c'est une chose qu'un corps sain, aux terminaisons nerveuses intactes, ne peut ni comprendre ni imaginer. Devant eux, Attilio n'arrivait pas à se sentir concerné, pas plus qu'à se réjouir de sa propre santé. L'effet miroir instinctif de tout être humain dans la forme de ses semblables (deux bras, deux jambes, une tête avec deux yeux, une bouche et un nez), devant ces corps auxquels il manquait des bouts comme des poupées cassées par des enfants gâtés, provoquait chez Attilio un vertige, une inquiétude viscérale. Une raison de plus pour rester éloigné des églises, même abyssines.

Dans ses lettres à sa mère Viola, Attilio ne parla pas de sa rencontre avec les lépreux. Il lui raconta en revanche qu'un askari qui avait volé un saucisson avait été puni de trente coups de courbache, auxquels s'étaient ajoutés trente autres, cette fois complètement nu, parce que pour les premiers coups il avait rembourré son pantalon et sa veste avec des chiffons afin de moins les sentir. « Malgré les égards et la douceur que nous manifestons envers ces hommes, fit remarquer Attilio, nous sommes capables de nous faire entendre à l'occasion. Ils devraient avoir compris que nous, les Italiens, nous sommes doux et différents des maîtres auxquels ils ont affaire d'habitude, mais parfois les mots ne suffisent pas. »

Les lettres qu'il écrivait à sa mère étaient surtout de ce type : considérations, pensées, déclarations d'idéaux. Car Attilio n'oubliait pas la raison pour laquelle il était parti en Afrique comme volontaire. Gabriele D'Annunzio avait crié : « L'Éthiopie est italienne depuis toujours ! » et lui était en train de réaliser les paroles du Prophète. Tout en voyageant les jambes pendantes à l'arrière du camion, il se sentait pris d'une sorte d'orgueil, de plénitude. La *meda*, le sommet du haut plateau, plate à certains endroits comme la campagne de Lugo, était fissurée de gorges abruptes qui descendaient à pic vers les fleuves. De ces surplombs, on avait l'impression de dominer l'Afrique tout entière, une mer d'ocre sur laquelle naviguaient les ambas. Cela lui rappelait le village de Pied de Vent, mais au lieu des Navajos surgissant entre les rochers avec leur couvre-chef en plumes, comme dans le film qu'il avait tant aimé enfant, il apercevait des bergers abyssins appuyés sur leur bâton et bien droits sur une seule jambe qui lui semblaient des créatures plus lointaines que les animaux. Attilio avait le regard paradoxal du colonisateur : les traits humains qu'il partageait avec des personnes qu'il croisait ne l'intéressaient pas, ou il ne les voyait pas. En revanche, dans le paysage – dans chaque pierre, chaque nuage, chaque cri de chacal –, il reconnaissait un message vivant et éloquent sur son propre grand Destin.

Maintenant que ses fils n'étaient plus à la maison, Viola n'avait pas grand-chose à faire. Elle mettait peu de temps à cuisiner pour Ernani seul et passait souvent ses matinées au cinéma de Lugo. Elle regardait le même film trois fois de suite, mais ce qui l'intéressait, c'étaient les actualités entre les projections dont elle scrutait chaque photogramme en espérant entrevoir le beau visage de son fils, son physique tant aimé de jeune premier.

Les informations de l'Istituto Luce racontaient l'irrésistible avancée de l'armée italienne comme un des romans-feuilletons que Viola lisait au bas de la page culturelle des journaux. Les scènes de bataille et les explosions étaient souvent recréées artificiellement par les caméramans, mais elle ne le savait pas. D'autres fois, on montrait des hommes occupés à pousser des brouettes et à casser des pierres. Sur une carte, un trait noir épais partait d'Asmara et parcourait lentement et inexorablement l'écran vers le bas, en direction d'Addis-Abeba : c'était le tracé de la nouvelle route dont la construction allait de pair avec la conquête. À en juger par les actualités, la guerre en Abyssinie se faisait plus avec l'asphalte et les rouleaux compresseurs qu'avec les fusils et les mitrailleuses.

« Voici une puissante drague, martelait l'emphatique speaker, un instrument mécanique jamais vu sur ces terres. Ici, on nivelle le sol de fondation de la future route. Plus loin, l'incessant va-et-vient des camions a déjà commencé. Le noble et inlassable travail de nos ouvriers crée des artères romaines, garantie de rapides communications. Ils sont aidés par les esclaves libérés, pleins d'un zèle vaillant. »

La rapidité avec laquelle avançaient les chantiers devait beaucoup en effet aux anciens esclaves. Ils étaient nombreux, ils avaient faim, ils trouvaient normal de travailler de l'aube au coucher du soleil en échange d'une poignée de teff. Fin avril, quelques semaines avant la victoire, le général Badoglio avait promulgué un avis.

> Peuples du Tigré, de l'Amhara, du Godjam, écoutez.
>
> L'esclavage est un reste d'une ancienne barbarie qui vous expose au mépris des êtres civilisés. Mais là où est le drapeau italien, l'esclavage ne peut exister. L'esclavage est donc supprimé.
>
> L'achat et la vente d'esclaves sont interdits.
>
> Les esclaves qui sont dans vos pays sont libérés.
>
> Ceux qui contreviendront aux dispositions du présent avis seront punis selon la loi.

Aux carrefours des villages et des petites villes, on organisa des cérémonies publiques où des groupes entiers d'esclaves étaient affranchis. Ils demandèrent presque tous : « Et maintenant, qui me donnera à manger ? » Mais personne ne traduisit cette phrase en italien. Parmi eux se tenait un homme édenté dont la peau pendait de son dos comme un vêtement déformé. Attilio l'avait fait sortir de la maison où il travaillait, sous les protestations de ses maîtres. Le vieil homme se prosterna devant lui, saisit dans ses mains une de ses bottes et tenta de la mettre sur sa tête, sans cesser de baragouiner. Attilio le prit pour un excès de gratitude et le détacha de son pied avec un embarras magnanime. Puis il s'éloigna, sans se soucier de comprendre les mots du vieil homme. Il ne sut jamais qu'il lui disait : « Achète-moi, ne me laisse pas mourir de faim. »

Il fut plus facile de trouver à se nourrir pour les femmes esclaves libérées : nombreuses furent celles qui se mirent à tourner autour de l'armée italienne pour offrir leurs services. Chez les soldats, la demande ne vint jamais à manquer. Elles furent parfois payées, le plus souvent non.

L'Empire d'Abyssinie était en train de s'effondrer. Le négus s'enfuit de son *ghebì* en direction de Djibouti et Addis-Abeba sombra dans le chaos. La ville était maintenant désarmée et sans défense, mais Mussolini ordonna à Badoglio d'attendre. Abandonner pendant quelques jours une ville en proie aux pillages et aux viols est un bon moyen, ancien et éprouvé, pour mieux lui faire accepter l'ordre que rétablira son envahisseur. Ce fut ainsi que le corps d'armée italien, arrivé au pied de la dernière montée avant de descendre dans la cuvette de la capitale, s'arrêta.

Attilio passa ces journées d'oisiveté à regarder les marguerites dans les champs de mai, tendues vers l'ultraviolet du ciel à presque trois mille mètres. Pour cacher le frémissement qui le parcourait quand il était près d'Attilio, Nigro se mit à tirer des coups de fusil sur ces petites fleurs – il fut consigné pour gaspillage de munitions. Carbone, mécanicien éprouvé, démonta et remonta tous les moteurs qui avaient un problème. Derrière les hauteurs, depuis la ville fondée par Ménélik, l'ennemi d'Adoua enfin vengée, s'élevaient de temps en temps des colonnes de fumée. Des quartiers entiers furent rasés par les incendies et les explosions. Des milliers d'Éthiopiens furent tués. Mais les journaux italiens n'en parlèrent pas. Ils décrivirent en revanche avec pléthore de détails l'intolérable scène de Blancs assiégés dans leurs villas par une racaille primitive. Avec une satisfaction contrite, ils énumérèrent les ambassades des perfides sanctionnistes – surtout les Anglais – que le négus, en s'enfuyant, avait lâchement abandonnés. Trois jours après seulement, les Italiens se remirent en marche vers la capitale, certains désormais d'être accueillis avec reconnaissance. *La Nouvelle Fleur / n'a pas encore fleuri !* chantaient les askaris, en passant entre les brasiers encore fumants, les cadavres abandonnés, les tas de ruines – et les *talian* étaient prêts à la cueillir : *A-ddì-sa-bebà / A-bebaùl-ghenà !*

LEVEZ HAUT, LÉGIONNAIRES, LES ENSEIGNES, LE FER ET LES CŒURS POUR SALUER, APRÈS QUINZE SIÈCLES, LA RÉAPPARITION DE L'EMPIRE SUR LES COLLINES FATALES DE ROME. Les paroles de Mussolini furent imprimées en lettres capitales dans tous les journaux d'Italie : *Il Mattino, Il Popolo d'Italia, Il Resto del Carlino.* À côté, sur la même page, ressortaient les publicités omniprésentes de remèdes contre la constipation – peut-être un contrecoup physiologique à la consommation excessive, dans la première décennie de l'ère fasciste, d'huile de ricin. Mais désormais, en ces jours de mai 36, elle n'était plus nécessaire : après avoir proclamé l'Empire, Mussolini demanda à la foule au-dessous de son balcon si elle en serait digne, et le « Oui » qui éclata piazza Venezia fit trembler les murs de tout le Bel Paese. Jamais le Duce n'avait été autant aimé.

Au moment précis où à Rome la foule hurlante réclamait Benito Mussolini sur le balcon pour la quarante-deuxième fois, le récent héros de Neghelli, Rodolfo Graziani, se trouvait au fond d'un puits. Il avait un goût de terre dans la bouche et n'arrivait pas à remuer les doigts de sa main droite. Tous ses os lui faisaient mal, il avait le visage tuméfié et une immense frayeur dans l'âme. Il ne comprenait pas comment il s'était retrouvé là, dans ce trou noir. À quelle profondeur était-il ? Autour de lui, rien que de la roche et peu de lumière d'en haut. « Je mourrai ici et mes ennemis riront de moi. »

Nombreux étaient ceux qui auraient préféré le voir mort, il le savait bien. Les traîtres et les envieux, tous ceux qui le détestaient pour ses succès. On disait partout que le maréchal Rodolfo Graziani avait été émasculé en Cyrénaïque, que sa femme l'avait trompé, que sa petite fille avait été violée puis tuée par les Bédouins, ou mieux, que ce n'était même pas sa fille. Il les avait emmenées pour le défilé lors de son entrée à Dire Dawa, plaçant intentionnellement à ses côtés sa fille aux yeux trop rapprochés, fixés sur ce géant de père, et sa femme qui prouvait clairement au monde que tous les racontars étaient faux. Mais ça ne suffisait pas. Ça ne suffisait jamais. Ses ennemis étaient partout et ceux armés de mitrailleuses au combat étaient de loin les moins dangereux. Toute sa colère de n'avoir pas été le triomphateur entrant dans Addis-Abeba le frappa comme un coup de poing dans le diaphragme. Il cracha la terre ferreuse qu'il avait dans la bouche et essaya péniblement de se remettre debout. C'était lui qui avait changé le cours incertain de la campagne d'Abyssinie, tandis que sur le front nord cet incompétent de Badoglio la menait à l'échec. C'était lui qui avait gagné haut la main à Neghelli. Et pourtant, Badoglio parlait chaque fois au Duce de ses batailles victorieuses sur des terrains impossibles comme des parties de dames gagnées par des demoiselles, minimisant toujours ou ignorant sa valeur militaire. Il lui aurait aussi volé l'entrée à Harar, si le Duce ne l'en avait empêché.

Et maintenant ça. Où était-il ? Graziani leva la tête ; il y avait presque quatre mètres de terre meuble au-dessus de lui et encore plus haut, se détachant dans un cercle de lumière, des visages se penchaient, le regardant effrayés. Les mêmes yeux écarquillés que ces anges stupides sur les plafonds de leurs églises.

Il se rappelait maintenant : il était en train de visiter une église copte à Djidjiga. Il avait fait quelques pas au-delà de la porte d'entrée et le sol s'était dérobé sous ses pieds. Un guet-apens de l'espèce la plus vile. Des prêtres ! La pire engeance de la race déjà déshéritée des Abyssins. Il se souvint avec rage de ce vieux moine qu'il avait fait exécuter : il se promenait en prédisant que les Italiens ne resteraient que cinq ans et pas un jour de plus. Si cela n'avait tenu qu'à eux, il le savait, ils l'auraient laissé au fond de ce trou jusqu'à ce que les vers l'aient mangé tout vif.

Le général se dressa de toute sa stature de près de deux mètres et se mit à hurler. Un cri de haine, plus qu'une demande d'aide.

Mais les abounas et les jeunes séminaristes ne le laissèrent pas là. Ils lui lancèrent une corde puis, les veines de leurs tempes noires palpitant sous l'effort, ils hissèrent ce géant d'homme en se confondant en excuses. Les pluies torrentielles avaient détrempé le terrain, lui dirent-ils, c'est pour ça qu'il s'était effrité. Il arrivait que dans les sols en terre battue s'ouvre ce genre de gouffres, ce n'était pas la première fois. Mais le général Rodolfo Graziani ne les écoutait pas. Il avait été expulsé du puits comme un avortement gigantesque et se tenait difficilement sur ses pieds tout près du trou, couvert de terre, gonflé de haine et d'égratignures.

Il se força à ne s'appuyer sur personne. Même sur son épouse qui criait de soulagement tandis que sa fille le fixait de ses yeux pleins d'une frayeur imbécile. Les jambes raides, il boita hors de l'église, vacilla jusqu'à la voiture où il parvint à rester assis sans s'effondrer, le temps d'arriver au quartier général. Tous, mais tous, le paieraient cher, se jura-t-il pendant qu'Embailé Teclehaimanot lui retirait ses bottes.

Ah, ces Noirs qui ne servaient à rien. « Eau-de-vie en permanence et canon par intermittence, disait Martini, le gouverneur de l'Érythrée, c'est comme ça qu'on traite les indigènes. » Ici, en Abyssinie, Graziani se serait contenté du canon. Si on l'avait laissé l'utiliser comme il voulait, on aurait très bien pu se passer d'eau-de-vie.

Pendant ce temps-là, ce même jour encore, sur le canal de Suez, Maria Uva commettait sa première et unique erreur. Ses bras ronds grands ouverts, sa voix déployée, elle entonna comme d'habitude un hymne dans son mégaphone pour ce qu'elle croyait être une embarcation italienne. C'était en fait l'*Enterprise*, le croiseur anglais qui emmenait en exil Hailé

Sélassié. Avec un enthousiasme frémissant mais distrait, la sirène de Port-Saïd chanta ainsi « *Giovinezza*[1] » pour le négus neghesti, l'empereur d'Éthiopie, le Lion de Juda descendant du bon sang très pur du roi Salomon. Pour lui aussi, Maria Uva brandit le drapeau tricolore.

La guerre était finie, les armes rangées, la paix romaine régnait sur les brasiers fumants qui jalonnaient Addis-Abeba. En juillet, on parla à la radio de l'accostage des paquebots dans leurs ports d'origine avec les soldats rescapés victorieux. Quand le *Lombardia* jeta l'ancre à Livourne, ils furent accueillis par des salves d'artillerie et une pluie de fleurs qui, commenta le journaliste ému, « les abritait du soleil de plomb de la patrie en été ». Viola, dans sa cuisine, imaginait l'effet extraordinaire qu'aurait produit Attilio avec son uniforme couvert de pétales. Elle le voyait, comme dans une séquence d'actualités cinématographiques, marchant au milieu de la foule et lançant des baisers en souriant, martial, viril – en un mot, infiniment beau. Mais Attilio était encore en Éthiopie et ne savait pas quand il serait démobilisé.

Un mois plus tard, par une journée de juin dégagée et limpide, assez rare dans la plaine, on inaugura à Lugo di Romagna le monument à l'as de la Grande Guerre, Francesco Baracca. Il y avait l'évêque, le secrétaire de la fédération, une foule joyeuse qui agitait une banderole en lettres capitales : NOUS VOULONS LE DUCE À LUGO. Mais la véritable officiante, comme il était juste et naturel, était la comtesse Paolina. À côté d'elle, son mari, le comte Enrico, inutile mais très élégant, lui souriait. Toute la population, parmi laquelle aussi Ernani et Viola, assistait à la cérémonie. Une patrouille aérienne, qui venait de rentrer de la guerre victorieuse d'Abyssinie, passa à toute vitesse dans un audacieux vol acrobatique au-dessus de la place. Au passage des avions à la verticale du monument, la comtesse tira sur un cordon. Le tissu qui le recouvrait tomba au sol et

1. « *Jeunesse* » : hymne officiel du parti national fasciste.

découvrit une grande aile stylisée en marbre et une silhouette trapue en bronze sur le piédestal.

« Mais Francesco était beaucoup plus maigre ! » murmura le comte Enrico à sa femme.

Viola, imitée un instant après par son mari, se joignit à l'applaudissement fébrile que la place de Lugo adressa à son plus célèbre enfant. Son cœur explosait d'orgueil, d'amour et de nostalgie. Elle aussi avait un fils héros, pensait-elle en regardant Paolina. « Mais le tien est mort, alors que le mien est vivant. »

Carbone avait décidé de mettre ses talents de mécanicien à la disposition de l'Empire. Grâce à un paysan de Bénévent qui travaillait à l'intendance, il avait « bricolé », comme il disait, un peu de matériel militaire dont il s'était servi pour ouvrir un garage près du marché. L'idée de rester ne déplaisait pas non plus à Attilio. La vie dans les colonies était prometteuse. Addis-Abeba était une ville-forêt, avec de larges rues ombragées par les omniprésents eucalyptus voulus par Ménélik, dont l'essence amplifiait la respiration. Les pas bien droits des femmes agitaient les étoffes blanches dans lesquelles elles s'enveloppaient et d'où dépassaient leurs visages au large front et leurs très longs doigts noirs. Après des mois sur les hauts plateaux, l'air raréfié des deux mille mètres ne coupait plus les jambes d'Attilio comme à son arrivée. Et surtout, la récente victoire triomphale lui donnait une légère fièvre, comme un frisson de possibilité. Il n'était pas le seul : ces jours-là, même les plus posés parmi les fascistes de la première heure en étaient atteints.

Mais les lettres de Viola étaient devenues plus angoissées. Toutes les semaines maintenant, il en recevait une, pleine de questions insistantes. Comment se faisait-il qu'il ne soit pas encore démobilisé ? Quand embrasserait-il à nouveau sa mère ? À quand son entrée en héros dans sa Lugo natale ? Les inscriptions à la prochaine année académique allaient bientôt se terminer, voulait-il qu'elle aille l'inscrire à l'université qu'il avait interrompue, pour ne pas perdre encore du temps ? À chaque enveloppe mentionnant « Profeti Viola », écrit avec cette fine calligraphie qui lui avait si bien tenu compagnie quand il était au front, Attilio sentait diminuer son envie de rentrer chez lui. Il décida de surseoir encore à ses études et de rester.

« D'ailleurs, pour moi, Attila, tu es déjà diplômé. »

Nigro avait la voix brisée quand il le salua avant d'être envoyé avec un groupe de volontaires sur les hauteurs du Godjam. Il fut sur le point d'embrasser Attilio, mais il se raidit et, avec un rire nerveux, lui asséna un puissant coup de poing au creux de la poitrine. Attilio eut mal pendant une semaine.

À la différence de Nigro, lui ne reprit pas tout de suite les armes. Dans l'Empire naissant, on avait grand besoin d'hommes un peu instruits. Les colons qui commençaient à arriver étaient frustes, pauvres, analphabètes, malades. Des types louches qu'en Amérique les agents de l'immigration à Ellis Island n'auraient même pas laissés descendre des bateaux : un petit tour de la statue de la Liberté et marche arrière, que la vieille Europe reprenne ces rebuts. Mais le Duce avait aussi conquis pour eux cette place au soleil, même si plus personne n'avait revu le soleil depuis le début de la saison des pluies. Et maintenant, ils étaient là et on ne pouvait plus rien y faire.

Au combat, Attilio n'était qu'une chemise noire d'élite mais, grâce à ses études universitaires, même incomplètes, il obtint le grade de sous-lieutenant. La chose fut très mal perçue par ces sous-officiers de la milice coloniale à la carrière lente et graduelle, c'est-à-dire tous les autres. Certains se hasardèrent à protester auprès du centurion contre ce soudain avancement. Non seulement ce fut inutile, mais les plaignants s'attirèrent l'antipathie de leurs supérieurs. Ce fut donc sans grand effort que le légionnaire Attilio Profeti devint sous-officier de la 1re Légion d'Afrique Arnaldo Mussolini. Il s'affranchit ainsi de la plus significative différence hiérarchique de la vie militaire : des grossiers godillots aux désagréables bandes enroulées autour des mollets, il passa à une paire de bottes noires flambant neuves.

Comme c'était un homme de concept, qui avait derrière lui

des études de lettres, même inachevées, il fut chargé du contrôle et de la censure du courrier en partance de la nouvelle capitale. C'était un travail qui ne demandait pas une intelligence particulière et l'ennuyait un peu. Mais il lui évitait d'aller déambuler sous l'eau. Avec la saison des pluies, les routes d'Addis-Abeba/Nouvelle Fleur étaient devenues des torrents marron. Les murs s'étaient recouverts de moisissure verdâtre, une couche de boue se collait aux semelles et on ne prenait pas la peine de la retirer, étant donné la rapidité avec laquelle elle se reformait. Il fallait aussi écouler le courrier en souffrance des combattants démobilisés, ainsi que les réponses des soldats aux élèves des écoles primaires du royaume, qui avaient écrit des petites lettres pleines de fautes aux « héros d'Affrique ». Cette correspondance patriotique était exonérée de frais postaux et les enveloppes arrivaient à destination sans affranchissement. Les institutrices avaient enseigné aux enfants à écrire en capitales : « SANS TIMBRE-POSTE VIVE LE DUCE VIVE LE ROI ».

Attilio se demanda pourquoi il fallait continuer à censurer le courrier privé. La campagne militaire était finie, quelles informations stratégiques devait-on encore cacher à l'ennemi vaincu ? Les actualités italiennes qui, pendant près d'un an, avaient rapporté quotidiennement les plus infimes détails des mouvements de troupes ne s'occupaient plus de l'Abyssinie depuis des mois. La plupart des journalistes étaient rentrés chez eux. Le petit nombre qui avait eu l'autorisation de rester écrivait des articles sur des inaugurations de rues, d'écoles et d'hôpitaux, ou tout au plus sur les visites de personnalités du régime – des informations qui méritaient difficilement des titres en lettres capitales. L'Éthiopie, après des mois de première page dans tous les quotidiens italiens, en avait brusquement été effacée.

Attilio avait reçu des instructions de ses supérieurs. En plus du courrier en partance de la nouvelle capitale et celui des diplomates étrangers, il devait contrôler très attentivement celui qui venait des positions plus marginales : les ouvriers qui construisaient la route dans le Godjam, les paysans dans l'extrême-sud rural du Sidamo, les patrouilles armées aux contreforts extrêmes du Choa vers Lalibela. Quelques exemples de phrases à recouvrir d'encre noire épaisse : « Nous n'avons pas pu accomplir tel déplacement de peur des *sciftà*[1] » ; « Les routes ne sont pas sûres » ; « J'espère survivre ». Et Attilio commença à comprendre la nécessité de surveiller encore les informations qui pouvaient arriver en Italie.

Il ouvrait les lettres des légionnaires qui montaient la garde sur les chantiers, il lisait leurs comptes rendus d'attaques et de sièges, la peur de mourir quand ils entendaient la nuit les tambours des *sciftà* qui résonnaient dans les collines. Il effaçait à grands traits de stylo les descriptions de pendaisons aux carrefours, de flagellations publiques, d'hommes attachés à des poteaux pendant des jours. Il lui arrivait de temps en temps de lire des réflexions plus élaborées : « En supprimant de la sorte on ne construit pas, écrivait un ingénieur dans sa tente près du chantier d'une route, on ne crée que le désert ! Nous apportons notre très ancienne, supérieure et glorieuse civilisation romaine, est-il nécessaire d'apporter aussi la violence ? Si nous gagnons les cœurs abyssins par notre travail italien, par la générosité de notre mission, alors plus personne ne sera contre nous. Mais si on continue comme ça, tous les jours une exécution… » Attilio effaça presque toutes les pages de cette lettre ; ne survécut à son stylo que la description d'une rencontre avec un chacal et son salut final à son épouse lointaine.

Il vit bien vite clairement quel était son vrai devoir : censurer le fait qu'à peine la guerre terminée la guérilla avait commencé. Que la victoire n'avait été qu'une proclamation ; que l'Empire pacifié et actif qui rendrait ses colons prospères n'existait pas en réalité. En revanche, une occupation était en cours : seule une bien faible partie des immenses territoires abyssins était sûre pour les Italiens.

On lui fournit le *Manuel linguistique pour l'Afrique orientale*, un petit livre très mince fait pour être glissé dans la poche, approuvé

1. Rebelles.

par le ministère de la Guerre. Sur la couverture, à côté de la silhouette de la Corne de l'Afrique, le buste d'un militaire souriant le fusil à l'épaule était dessiné en bleu. C'était un dictionnaire de l'italien vers les quatre langues les plus parlées dans les colonies : oromo, amharique, arabe, tigrigna. Le dictionnaire équivalent, vers l'italien, n'existait pas. Pour le ministère, évidemment, il était nécessaire que les Italiens s'expriment en Éthiopie mais pas qu'ils comprennent. Avec une admirable synthèse, le petit manuel résumait aussi bien le droit à la parole des colonisateurs que le devoir des colonisés d'écouter – et d'obéir.

Attilio ne saisissait donc rien aux conversations des hommes qui lui apportaient les sacs postaux à examiner. Il y en avait un d'un âge indéfini, les incisives saillantes plantées dans son visage affaissé comme des rochers lors d'un éboulement. Son nom était Afework, mais Attilio l'appelait Alfredo. Il ne lui adressait la parole que pour lui donner des ordres. L'homme était à côté de lui quand il ouvrait les lettres et il le chargeait souvent de brûler les pages les plus compromettantes. Il ne comprit jamais qu'Afework non seulement savait parler l'italien, mais qu'il le lisait aussi assez bien. Enfant, il avait été envoyé par sa famille dans un monastère où il avait appris à déchiffrer les textes anciens en *geez*[1] ; puis un médecin italien l'avait pris à son service, persuadant son père grâce à un bon salaire, et lui avait enseigné l'alphabet latin. À présent, Afework profitait de son physique d'analphabète pour camoufler sa vivacité d'esprit. Chaque fois qu'il en avait l'occasion, il essayait de déchiffrer ces lignes aux différentes graphies – larges, fines, pointues, désordonnées – avant qu'elles soient recouvertes par les traits d'encre d'Attilio. Quand il arrivait à lire une information utile – la localité où opérait une bande de chemises noires, l'arrivée d'une nouvelle pièce d'artillerie –, il la mémorisait. Plus tard, une fois sorti du bureau de poste, il la chuchotait à certaines personnes de

1. Guèze : langue éthiopienne, parlée autrefois dans le royaume d'Axoum et qui est encore aujourd'hui la langue liturgique de l'Église d'Éthiopie.

confiance. Elle passait ensuite comme une précieuse marchandise par un moine de retour à son monastère à un conteur ambulant, par une femme en visite chez son père aux anciens de ce village, jusqu'à ce qu'elle arrive là où il fallait : là-haut, sur les hauts plateaux, dans les cavernes au pied des ambas, où étaient cachés les *armagnoch* – les résistants. C'étaient des messages à deux niveaux, comme une enveloppe de cire autour d'un bijou en or pur. Le premier sens était compréhensible à tous, même aux *talian* : « C'était un chef de famille, il est allé au marché. » Mais seul le second était le vrai : « C'était un patriote, il a été pendu. » Attilio n'imagina jamais que cet employé appliqué mais lent savait lire l'italien, ni qu'il cachait l'or des indications aux guérilleros dans la cire de la dissimulation.

Tous les samedis, Attilio devait rédiger un résumé de son travail de la semaine. Il était arrivé depuis quelques mois quand il écrivit ce rapport, semblable à d'autres qui l'avaient précédé.

CENSURE TOTALE

Nombre 10 (dix) lettres : description très détaillée des affrontements soutenus contre les rebelles de la colonne Paolini en marche vers la capitale.

Nombre 2 (deux) lettres : informations détaillées sur nos convois ferroviaires attaqués par les rebelles, et déraillement d'un train.

Nombre 2 (deux) lettres : graves pertes parmi les troupes italiennes au cours de la défense de la ligne de chemin de fer.

Nombre 1 (une) lettre : informations détaillées sur de nombreuses exécutions d'Abyssins et institution d'un peloton créé à cet effet.

Nombre 1 (une) lettre : attaques de rebelles, nos pertes et rationnement de vivres à Addis-Abeba.

CENSURE PARTIELLE

Elle a été effectuée sur des centaines de lettres parce que contenant les arguments suivants :

Hardiesse des Abyssins et de leurs attaques quotidiennes contre les Italiens.

Guérillas incessantes : attaques de convois routiers et ferroviaires, de nos garnisons.

Évaluation exagérée de nos pertes dans les affrontements avec les rebelles.

Villages déjà conquis ravagés par les rebelles.

Phrases témoignant de la démoralisation des ouvriers de la colonne Paolini.

Commentaires défavorables sur la situation économique générale de l'Éthiopie.

Grand nombre de soldats atteints de maladies vénériennes.

Photos de femmes nues avec un Italien (« J'aurais dû censurer la photo de Nigro », avait pensé Attilio pendant qu'il écrivait).

Destruction de deux mille rebelles dans une récente action, œuvre d'un de nos avions.

Afework était debout derrière Attilio qui, comme d'habitude, n'y prêtait pas attention. L'employé avait lu la dernière phrase, mais il pensa qu'il avait mal compris, ça ne pouvait pas être vrai. Il relut. Non, il ne s'était pas trompé. Les mots écrits étaient bien ceux-là : « destruction » ; « œuvre d'un de nos avions ». Surtout : « deux mille ».

Entre-temps, Attilio rédigeait la partie finale de son rapport.

CONCLUSIONS

Le moral des militaires peut être qualifié de globalement bon. Excellent en particulier celui de la div. Pusteria engagée dans la reprise du conflit et celui du 3ᵉ bataillon. Les civils italiens peuvent se diviser en deux groupes : ceux qui ont trouvé un travail qui leur convient et qui manifestent leur enthousiasme dans leurs lettres à leur famille ; les déçus ou les chômeurs qui se considèrent mal payés et expriment de l'impatience et de la nervosité. On remarque toutefois que, à côté des inévitables manifestations de mécontentement, pas la moindre allusion ou plainte, manifeste ou larvée, n'a été émise envers la personne, l'autorité et le prestige du vice-roi S. E. Rodolfo Graziani. On ne relève envers lui que des expressions d'exaltation et de confiance illimitée.

Dans ses propres lettres à sa famille, Attilio ne parlait jamais de la nature de son travail. Il avait seulement écrit à sa mère qu'il resterait dans la colonie comme cadre supérieur. Était-ce pour la rassurer en lui disant qu'il ne se battait pas ou par l'effet d'une autocensure cohérente avec son propre rôle ? Si quelqu'un lui avait posé la question, il n'aurait su quoi répondre. De même qu'il lui aurait été impossible de décrire l'impression que lui faisaient les missives sur lesquelles il traçait d'impérieux traits d'encre noire. Non pas parce qu'il avait peur de s'attirer des ennuis. Il n'aurait même pas su le dire à sa propre mère. Simplement, il considérait qu'il n'était pas de son devoir de se forger une opinion sur les choses qu'il censurait. Il se bornait à exécuter les ordres. Il faisait son devoir, ni plus ni moins.

Un matin, Attilio trouva une douzaine de photos dans un pli. Elles avaient été tirées de façon rudimentaire, peut-être dans un laboratoire de campagne, comme celui que Carbone emportait avec lui. Elles étaient granuleuses, pleines de taches à cause des acides mal mélangés. Certains négatifs avaient pris la lumière pendant le développement, créant des images de corps flous, perdus comme des ectoplasmes dans un monde trop lumineux.

Elles représentaient des corps morts. Une multitude. Des cadavres étendus à même le sol. Des hommes, des femmes, quelques enfants aussi. Dans différentes poses, en groupes, isolés. Près d'arbres et de buissons d'espèces et de dimensions variées, mais toujours dépouillés ; ou bien entourés seulement de rochers. Ils avaient des plaies, des grosseurs sur le cou, des membres étrangement dilatés ou, à l'inverse, rongés. Les visages, les bras, les jambes étaient couverts d'une quantité de pustules, gonflées comme des araignées d'eau. Beaucoup étaient allongés les yeux écarquillés, la bouche grande ouverte dans l'inutile respiration de l'asphyxie.

Instinctivement, Attilio retourna vivement les photos sur son bureau. Il plissa les yeux, comme pour ne pas laisser entrer dans sa tête cette chair consumée. Ce fut inutile. Il avait déjà vu en effet cette peau écaillée et des pustules de ce genre. Il revit le cadavre couvert de plaies sur lequel il avait failli trébucher alors qu'il était sorti des rangs pour uriner pendant une marche. Nigro, comme il le faisait souvent, s'était mis à côté de lui (« Nom d'un chien, Attila, je ne te laisserai pas seul pour te faire couper le zob par ces bandits »). Ils l'avaient trouvé devant eux, près d'un rocher, dans la position fœtale de celui qui se protège d'un ennemi trop écrasant pour tenter de se défendre. Son corps était couvert d'ulcères et de bubons et pourtant il ne s'en dégageait pas l'habituelle puanteur douceâtre de la décomposition. Dans l'air étrangement immobile, sans insectes, sans vers et autres créatures qui s'affairent toujours autour de la mort, il y avait une odeur inhabituelle épicée et piquante, comme celle de l'ail. De façon incongrue, elle rappelait à Attilio les pickles dont Viola remplissait les bocaux l'été. Tout autour, le paysage était si immobile qu'on aurait dit le quatrième jour de la Création, avant que Dieu crée les oiseaux et les animaux.

Quand Attilio rouvrit les yeux, il vit près de lui Afework dont la lèvre tremblait sous ses grosses dents. Mais comme d'habitude, il ne le remarqua pas et n'imagina pas non plus que l'employé était lui aussi en train de se rappeler la même odeur. Les cris. Les femmes du village qui s'élançaient hors des toukouls et qui couraient, couraient, mais trop tard, l'avion avait déjà filé en vrombissant à basse altitude et le nuage avait enveloppé leurs enfants. Afework revoyait les vaches qui couraient en mugissant avant de s'écrouler, la langue pendante, un liquide ni blanc ni rouge mais couleur de la putréfaction sortant de leurs narines. Il sentait sur sa peau le vent qui l'épargnait en emportant l'ypérite au loin, loin de son visage, vers un groupe d'hommes proche de lui, qui cherchaient un soulagement en se jetant dans l'eau d'un torrent, où ils se débattaient en proie à des convulsions.

La nuit précédente, Afework avait fait un rêve. Au lieu de son épée, l'archange Gabriel brandissait un énorme rocher qu'il avait lancé sur lui. Il s'était écroulé sous ce poids mais s'était aussitôt remis debout. Alors l'archange lui en avait lancé un autre et Afework était retombé, mais il s'était de nouveau relevé. Enfin, l'archange au visage incandescent l'avait frappé une troisième et dernière fois. Afework avait senti sur lui le poids d'une montagne et n'était plus parvenu à se relever, puis il s'était réveillé. Non pas de frayeur, au contraire : avec un espoir plus lumineux que l'épée de saint Gabriel.

Les Italiens ne savent pas marcher sans chaussures, pensait l'employé en regardant les photos. Ils ne peuvent se passer de manger tous les jours, ils doivent boire régulièrement. Ils sont vaniteux et ne croient pas qu'il y ait de l'intelligence chez les Éthiopiens. Tout cela les rend faibles. C'est pour cette raison que nous savons que nous sommes capables de les battre encore. Nous l'avons fait dans une bataille rangée à Adoua, nous pouvons le faire maintenant avec la guérilla. Mais contre ça, non. Contre le brouillard empoisonné, même le guerrier le plus valeureux ne peut pas lutter.

Afework mémorisa – sans qu'Attilio s'en rende compte – l'adresse à Genève sur l'enveloppe. En revanche, il ne réussit pas à déchiffrer la première page de la lettre qui accompagnait les photos, même si Attilio l'avait laissée ouverte sur la table. C'était une langue pleine de w, z et k qu'il ne connaissait pas.

Simulant comme d'habitude un italien bien plus laborieux que celui qu'il parlait, Afework lui montra le brasero.

« Non, répondit Attilio en glissant de nouveau les photos dans l'enveloppe, celles-là on ne les brûle pas. »

Cet après-midi-là, il alla voir Carbone dans son nouveau garage et lui demanda un service.

La physionomie de ce jeune homme aurait réconforté le raciste le plus strict, pensait l'anthropologue Lidio Cipriani en regardant le sous-lieutenant des chemises noires. Profeti Attilio était grand, des yeux clairs, dolichocéphale – il devait avoir un indice céphalique de soixante-treize maximum. L'individu typique de haute taille avec un ventre plus petit par rapport au thorax, avec ce resserrement des hypochondres qui est le secret de la très grande élégance des hautes statures. Sa mère était une Vénitienne de la province de Rovigo, lui avait-il dit, et ça se voyait : ce n'était pas un hasard si le grand spécialiste de l'anthropométrie Giacinto Viola, après son étude sur les paysans de la Polésine, avait conclu que les mesures de la race vénitienne correspondent exactement aux proportions idéales établies pour le corps humain par Leon Battista Alberti. Chez Profeti, c'était évident. Cipriani aurait bien aimé prendre ses mesures. Mais il valait mieux éviter. Des petits groupes de curieux impossibles à écarter se formaient toujours lors des prises de mensurations anthropométriques : des femmes qui jacassaient assises par terre comme des animaux, leurs enfants pendus à leurs seins ; des vieux debout sur une seule jambe, appuyés sur leur bâton, qui faisaient des commentaires avec un air d'absurde compétence ; des enfants en guenilles aux jambes couvertes de taches blanches et la bouche ouverte d'étonnement. Non, ce n'était pas une bonne idée de montrer à ces regards primitifs le chef de sa propre escorte armée immobile pendant qu'il lui appliquait sur le crâne un compas aux branches recourbées. L'expédition traversait déjà des territoires agités ; ce n'était pas le moment de faire perdre au lieutenant le respect des askaris qu'il commandait et de mettre à l'épreuve leur loyauté.

Quoi qu'il en soit, il n'y avait pas de doute, Profeti Attilio dit Attila était un parfait exemple de la validité de l'anthropométrie, appliquée à l'étude de la hiérarchie entre les races humaines. Lidio Cipriani était reconnaissant au commandant de la division 23 Mars de l'avoir affecté à son expédition.

« Vous irez dans des endroits à l'écart des villes, des routes, de nos quartiers généraux, vous aurez besoin de beaucoup de chance, lui avait dit le consul général de la milice. Prenez Profeti, avec lui vous en aurez. »

Ils assistaient à un dîner officiel dans le *ghebì* royal, l'ancienne demeure du négus où résidait maintenant le vice-roi Graziani. Ce dernier était en train d'ennuyer l'assistance avec des élucubrations sur le concept d'Empire, des citations erronées de Thucydide, des allusions à la forme étrange des organes génitaux des Abyssines. Les femmes feignaient de ne pas comprendre, mais sous leurs jupes, leur sexe, que leurs maris n'avaient jamais daigné toucher depuis qu'elles les avaient rejoints, s'humidifiait. Les hommes aussi se gardaient bien de l'interrompre : l'incapacité du récent marquis de Neghelli à oublier la moindre incorrection était légendaire. Seuls ceux qui avaient la chance d'être assis loin du général pouvaient échanger quelques mots à voix basse.

« Il a fait des études classiques, même s'il les a interrompues afin de se battre pour son Duce, continua le consul général à l'adresse de Cipriani. Et il est intelligent, chose que, je suis le premier à le reconnaître, on ne peut pas dire de toutes les chemises noires. Il en a donné des preuves manifestes il y a quelque temps avec cette histoire… »

Le consul général avait eu envie de rire. Pour ne pas provoquer la colère de Graziani, qui citait maintenant Hérodote, il avait mis la main devant sa bouche pour murmurer : « Vous a-t-on jamais parlé de l'"Opération Maladie de Hansen", professeur ?

— Qu'est-ce que la lèpre vient faire là-dedans ? avait répondu Cipriani, perplexe.

— Rien. C'est-à-dire si… » Et ainsi, tout en ricanant, le consul général de la milice volontaire avait raconté l'histoire.

Profeti avait trouvé dans le courrier d'un espion polonais les photos qui prouvaient l'utilisation des gaz italiens, à l'intérieur d'une enveloppe adressée à la Société des Nations à Genève. Au lieu de les censurer et de les détruire, comme l'aurait fait n'importe quel fonctionnaire zélé, il avait laissé partir le paquet. Mais auparavant, il avait remplacé les photos par d'autres, celles de lépreux, prises par un de ses camarades de régiment. Les Abyssins ne s'étaient pas aperçus de la substitution et les avaient présentées à la Société des Nations pour prouver qu'ils avaient été gazés à l'ypérite. Ils étaient passés pour des falsificateurs de preuves, et maladroits en plus.

L'anthropologue avait trouvé l'histoire si amusante qu'un sourire lui avait même échappé. Le lendemain, il avait demandé et obtenu du secrétaire de la fédération que l'homme qui avait eu ce coup de génie soit celui qui commanderait l'escorte de sa mission.

Attilo Profeti, promu lieutenant entre-temps, s'était vite rendu indispensable. Lui seul savait s'interposer entre les autres membres de l'expédition et l'exécrable caractère de Lidio Cipriani. Les askaris se tenaient le plus possible à bonne distance de l'anthropologue. Il exerçait son autorité de chef d'expédition avec une sorte d'aigreur, palliant par son agitation nerveuse le peu d'autorité que lui donnaient ses jambes d'écolier pointant toutes maigres de son short et son casque colonial trop grand qui, sur sa tête, avait l'air d'une casserole renversée bien peu martiale. L'assistant de Cipriani, Romano Bertoldi, était un jeune diplômé de Florence tout timide. Il passait ses journées à remplir sous sa dictée les tableaux des mensurations et ne levait jamais les yeux sur son chef, attendant d'être consulté pour réagir, comme un chien maltraité. Presque tous les jours, un différend opposait Cipriani aux chauffeurs qui conduisaient l'Ardita noire et les deux camions – celui du matériel et celui de l'escorte – sur les pistes de terre battue. Un jour, Cipriani trouvait à redire parce qu'ils n'étaient pas allés assez vite. Un autre, parce qu'ils avaient offert une tasse d'essence à un petit groupe de jeunes garçons qui l'avaient ensuite sirotée devant les membres de l'expédition – contre le ténia, avaient-ils expliqué. Le jour où une suspension avait lâché, ses jurons avaient résonné pendant des heures au milieu des pierres. Et là aussi, comme toujours, Attilio avait sauvé la situation. Il avait appelé par radio son centurion à Addis-Abeba et avait réussi à contacter Carbone par son intermédiaire. Au bout de deux jours, l'avion en direction de Massaoua avec la poste pour l'Italie avait lancé en parachute une pièce de rechange fiable et pas un de ces bouts de ferraille inutilisables qu'on aurait obtenus s'il avait écouté Cipriani. D'après l'anthropologue, il aurait dû passer sa demande par les canaux officiels, mais il était évident que ses chefs se fichaient bien de lui et de son expédition.

Après ce succès, les chauffeurs dirent à Attilio que, s'ils ne fichaient pas le camp en abandonnant Cipriani et ses précieuses caisses de matériel, c'était uniquement par amour pour lui. Et quand on avait besoin de l'aide de douzaines de bras pour sortir les camions de la grève escarpée et glissante des fleuves, c'était aussi Profeti qui allait les recruter dans les villages voisins. Il distribuait à chaque homme une poignée de teff de bonne qualité car il la prenait directement dans les réserves de l'expédition ; et ainsi il y avait presque toujours une centaine d'hommes dans l'eau en plein courant, attachés aux cordes et tirant les camions au milieu des éclaboussures et des cris. Leur caravane franchissait alors en quelques heures le gué des fleuves où tant d'autres files de camions s'étaient embourbées pendant des journées entières. Mais un jour où ils étaient loin de tout marché, Cipriani déplora de gaspiller ainsi le peu de teff qu'il restait.

« Profeti, nous pouvons toujours les faire payer par les askaris. À la chevrotine… »

Mais Attilio n'aimait pas utiliser la force quand ce n'était pas nécessaire. Et surtout, il n'aimait pas obliger ses hommes à un acte de violence envers des civils sans défense ; non par sens de l'équité, mais pour ne pas perdre leur respect. Il remit donc très cérémonieusement au plus âgé des hommes qui avaient poussé les véhicules hors de la boue les billets de la loterie de Tripoli qu'il avait achetés à bord du *Vulcania*. Il les avait gardés dans sa poche tout au long de la campagne militaire comme porte-bonheur, même s'il n'avait rien gagné.

« Mais ils sont périmés, ils n'ont pas de valeur…, murmura l'anthropologue.

— Quand ils essaieront de les changer au marché, répondit Attilio, nous serons déjà très loin. »

Bref, Cipriani n'avait confiance qu'en son lieutenant. Quand ils arrivaient dans les villages, c'était lui qui se chargeait de trouver les sujets pour les tableaux anthropométriques.

« Comment les voulez-vous, professeur ? » lui demandait Attilio.

L'anthropologue faisait un geste large de la main. « Des types représentatifs. »

Cipriani tenait à ne pas faire comme beaucoup de ses collègues qui, par paresse, réalisaient leurs études anthropométriques uniquement sur des prisonniers et des prostituées. Certes, c'étaient des sujets faciles à contraindre pour la prise de mensurations mais ils étaient aussi, de par leur nature, déjà sélectionnés au rabais, pour ne pas dire hors norme – comme si l'on prétendait étudier les pommes en observant seulement celles qui sont pourries. En revanche, l'anthropologue florentin était très intéressé par les esclaves, qui n'étaient presque jamais des Amharas et lui offraient donc l'occasion de prendre des moulages intéressants d'autres types raciaux : changalla, ghimirra, mao, berta, nuer. Au début, Attilio était déconcerté.

« Nous ne devrions pas libérer les esclaves ? lui dit-il un jour. Nous sommes venus en Abyssinie pour ça aussi, non ? Notre civilisation nous impose de mettre fin à cette pratique inhumaine. »

Cipriani lui répondit par une grimace. « Vous écoutez trop de chansonnettes, Profeti. Têtes noires, esclaves à libérer, que d'absurdités. Attendez. » Il disparut un moment dans sa tente. Quand il en ressortit, il tenait un livre relié dans ses mains. Il lui donna une petite tape pleine de tendresse, comme sur la joue d'une personne chère. « Mon maître. J'ai appris de lui tout ce que je sais de la vie et de l'anthropologie. »

Il se mit à feuilleter les pages fines et jaunies. Il les connaissait sans doute par cœur, car il trouva rapidement ce qu'il cherchait. Il montra un paragraphe de son doigt maigre et se mit à le réciter. Sa voix, déjà aiguë d'ordinaire, semblait sortir du sommet de son crâne : « "Vous, hommes de haute race et de très haute hypocrisie. Cette fraternité évangélique entre les races est un rêve. Vers les pôles, je ne connais aucun peuple essentiellement et habituellement cruel, vers les tropiques, j'en connais beaucoup. Il est inutile de s'indigner contre l'esclavage et de prêcher contre l'abolition de la traite. Esclave-né, ce que le Noir comprendra le mieux c'est une seule chose, l'esclavage. Le Noir n'a que faire d'une vie libre." »

Il leva les yeux et, derrière ses épais verres ronds, les planta dans ceux d'Attilio. « Paolo Mantegazza, *Physiologie de la haine*. Vous feriez bien de lire attentivement ce livre. » Il le lui mit dans les mains. « Vous voyez, Profeti, si nous voulons faire de cet endroit une colonie prospère, digne de notre mission, nous ne devons pas oublier à qui nous avons affaire. Vous saviez qu'en Érythrée, jusqu'à notre arrivée, les *degiac*[1] mettaient une poignée de terre sur la nuque des esclaves dans les champs ?

— Non.

— Vous imaginez pourquoi ?

— Non…

— Pour les obliger à rester penchés sur leur travail. Si l'esclave osait lever la tête, la terre tombait et alors vlan, des coups de courbache. C'est ainsi que les Noirs sont habitués à se traiter entre eux. »

Le visage de Cipriani avait pris une expression de sincère sollicitude qu'Attilio ne lui avait jamais vue.

« Écoutez-moi, Profeti. Vous êtes jeune et compétent. Mais vous avez encore beaucoup de choses à comprendre. Il y a des peuples qui ont l'esclavage dans le sang. D'autres, comme le

1. Titre militaire.

peuple italien, ont la civilisation dans le sang. Et nul ne peut changer ce qui coule dans ses propres veines. »

Il n'était pas facile de trouver les sujets pour les mensurations. Il y avait ceux qui ne voulaient pas, ceux qui demandaient de l'argent, ceux qui s'enfuyaient. Mais en général, quand le petit groupe d'askaris d'Attilio s'approchait des villages clôturés, avec leurs fusils, leurs uniformes et leurs bandes autour des mollets, personne ou presque n'opposait de résistance et on leur offrait une paisible collaboration. Cipriani savait que cette atmosphère pacifique était due à Profeti. C'était lui qui donnait le ton aux hommes qu'il menait, à commencer par son uniforme toujours impeccable – son ordonnance askari passait une bonne partie de ses journées à faire la lessive au bord des fleuves. Son assurance, athlétique mais presque nonchalante malgré les hommes armés qui l'accompagnaient, inspirait le respect et non la peur. Depuis qu'il était petit, Attilio trouvait normal de recevoir du reste du monde une bienveillante admiration ; c'était donc ce qu'il obtenait presque toujours, en vertu de cet injuste privilège universel qui fait que la vie offre encore plus à qui a déjà beaucoup. Son charisme était simple et accessible ; sans effort, à part le frottement quotidien avec le savon de son ordonnance. Cipriani pensait souvent avec gratitude au consul général des chemises noires qui le lui avait recommandé : le lieutenant Attilio Profeti, en plus de tous ses autres talents, faisait aussi du bien au moral de l'expédition.

Celles qui manifestaient le plus de curiosité pour les mensurations anthropométriques étaient les femmes, peut-être parce que c'était un bon prétexte pour interrompre leur incessant labeur : transporter l'eau, faire la cuisine, laver le linge, s'occuper des enfants, battre le teff. Sous la houlette d'Attilio, les askaris les rassemblaient et elles se laissaient conduire par petits groupes, leurs voiles blancs flottant dans l'air sec, un sachet contenant les prières pendu à un cordon en cuir sur leur poitrine. Elles portaient souvent une outre avec de l'eau qu'elles venaient de puiser, ou bien un nouveau-né, ou bien les deux l'un au-dessus de l'autre. Jamais, pas un seul instant, elles ne cessaient de bavarder. Une nuée d'enfants les suivait. Parmi eux, il y en avait toujours un plus entreprenant que les autres qui s'approchait d'Attilio pour effleurer d'un doigt son avant-bras blanc et s'enfuir ensuite en riant. Il les laissait faire. Il aimait bien pouvoir observer les visages et choisir plus facilement les « types représentatifs ». Puis il chassait les chèvres, aux drôles d'oreilles qui pendaient comme des coiffures le long de leurs museaux, de sous le sycomore des délibérations, et il les installait tous là, à l'ombre. Bertoldi faisait asseoir le premier sujet sur une caisse en bois retournée et Cipriani commençait les mensurations, avec plus de public qu'une troupe d'acteurs ambulants.

Les premiers jours de l'expédition, seuls l'anthropologue et son assistant maniaient les instruments anthropométriques. Mais Attilio s'ennuyait mortellement : ses askaris, comme des adolescents gâtés, avaient jeté leurs fusils par terre et passaient leurs journées à boire du café et à bavarder sans répit en tigrigna. Il proposa vite de donner un coup de main pour les mensurations.

Il apprit donc à se servir de la toise de Martin à branches droites pour les épaisseurs : nez, oreilles, mesures spécifiques comme la distance entre le *nasion* et la fossette naso-craniale. Ainsi que du compas à branches recourbées aux extrémités arrondies, les « olives », comme les appelait Cipriani. « Ce serait plus précis avec celui à pointes, expliquait l'anthropologue vaguement désappointé. Mais l'étude sur le sujet vivant a ses limites. Si on le pique, il bouge et alors il faut refaire toutes les mensurations. »

Il enseigna aussi à Attilio à trouver le *bregma*, le *lambda* et même l'insaisissable *eurion*, le point de largeur maximale du crâne sur les pariétaux.

« Les deux premiers sont des points physiologiques, mais l'*eurion* est un point idéal, géométrique et pour cela très difficile à trouver. »

Le sujet assis sur un tabouret tenait la tête immobile entre les branches du compas, tandis que les doigts de Cipriani en expliquaient l'utilisation à Attilio avec une grâce de musicien. « Regardez comme je cherche, je m'arrête, je cherche encore, je regarde la toise, je m'assure qu'elle est bien droite. Quand elle me donne la mesure maximale, je m'arrête. Et je vérifie. Suis-je dans l'axe du plan sagittal médian ? Précision, orientation, délicatesse : les trois mots-clés de l'anthropométrie… »

Bertoldi enregistrait toutes les données relevées dans un carnet. Le soir, il le remettait à Cipriani qui y notait ses observations de sa fine graphie. Les caractères mesurés rentraient dans une vingtaine de catégories.

On commençait par l'analyse morphologique du cheveu (crépu, bouclé ou laineux) et de la pilosité. Cipriani était particulièrement fier de cette dernière mensuration : selon lui, personne n'avait jamais mentionné dans des études antérieures la pilosité des Amharas. Avec l'échelle des couleurs de Fischer – trente mèches de cheveux de cellulose à comparer avec celles du sujet vivant –, il avait ensuite établi la couleur prédominante des poils et des cheveux : noire.

L'échelle de Von Luschan était un tableau avec des morceaux de verre aux teintes dégradées, numérotées de 1 (très claire) à 36 (couleur de la poix), que l'on plaçait à côté du front du sujet pour déterminer la couleur de sa peau. Pour celle des yeux on utilisait plutôt la table de Martin : seize petits échantillons de verre, pigmentés et numérotés, à comparer aux iris. Mais la mensuration crânienne la plus importante était l'indice céphalique. Le racisme scientifique avait déclaré la supériorité génétique, donc culturelle, des types dolichocéphales sur les brachycéphales. Cipriani fut déçu de constater que la majeure partie des sujets mesurés en Abyssinie n'était ni l'un ni l'autre, mais bien des mésencéphales – un banal juste milieu.

Bertoldi notait aussi beaucoup d'autres données : ouverture palpébrale, plus ou moins grande présence d'œil proéminent noir, éventuel pli de couverture, forme du front, des lèvres et du visage par rapport au plan frontal (elliptique, ovale, losangique, rond), saillie des pommettes, prognathisme. Le nez était une petite géographie à lui seul qu'il fallait cartographier et mesurer : enfoncement de la racine, forme de l'arête (concave ou rectiligne), base (relevée, horizontale ou abaissée), renflement du sinus frontal. Ensuite, il y avait toutes les mensurations corporelles nécessaires pour établir les différents indices : skélique, de l'envergure des bras, trochantérien, intermembral au trochanter, acromial, iliaque, acromio-iliaque, plus des dizaines d'autres. Les femmes devaient retirer les manches de leur robe et les enrouler autour de leur taille pour l'examen de la forme du sein (caprin, conique, en coupe ou hémisphérique) ; elles restaient aussi seins nus pour la photo.

Personne n'avait la permission de toucher au Leica de Cipriani. On faisait prendre la pose, un à la fois devant une toile blanche, aux hommes, femmes et enfants. Bertoldi attribuait à chaque sujet un numéro qu'il notait ensuite dans un carnet avec une description synthétique : « Type d'Amhara / femme / adulte » ; « Type de Kunama / homme / enfant » ; « Type de Baria / homme / adulte ». On ne demandait pas les noms.

Cipriani détestait le manque de rigueur scientifique des portraits faits dans les nouvelles colonies par des voyageurs en quête d'exotisme, abrutis par le soleil des tropiques. Il désapprouvait viscéralement le clin d'œil sexuel avec lequel étaient pris en photo les sujets féminins : la lascivité affichée, les somptueuses étoffes, les seins d'adolescentes qui pointaient sous des guirlandes de fleurs, tout ce dangereux badinage avec le sexe interracial et son effroyable corollaire, la mixité générationnelle. La rigueur de la science et sa clarté méthodologique étaient en revanche indispensables.

Cipriani avait donc introduit dans l'anthropologie la technique moderne de fichage de criminels et de malades psychiatriques, utilisée depuis plusieurs dizaines d'années pour les casiers judiciaires du monde civilisé : les sujets étaient photographiés en buste sous deux angles, un de face et un de profil.

Il savait déjà qu'une bonne partie de ces photos serait publiée dans *La difesa della razza*, revue qui devait bientôt paraître, fondée par Telesio Interlandi, le directeur de l'importante revue *Quadrivio*, avec pour objectif de divulguer enfin et de façon exhaustive le racisme scientifique. Il était donc nécessaire d'avoir de nombreuses photos de types de Noirs : rien ne pouvait convaincre autant les Italiens de l'indiscutable classement, codifié par le sang, entre les races humaines que le visage d'un primitif brut.

« N'oublie pas de faire beaucoup de photos horribles, lui avait donc dit Interlandi avant son départ.

— Moi, mes photos ne sont ni belles ni horribles, avait répondu Cipriani. Je suis un homme de science et je prends des photos scientifiques. »

Toutefois, de temps en temps, l'anthropologue suivait le conseil d'Interlandi. Un stratagème simple consistait à placer les sujets le visage en plein soleil, les obligeant ainsi à une grimace renfrognée qui ôtait toute intelligence au regard. Si, avant d'appuyer sur le bouton de l'obturateur, il lançait un petit cri, leur visage s'immobilisait dans un sursaut bestial. Quand il bougeait les yeux de côté, ils l'imitaient et lui offraient une grimace indolente. Avec les femmes, il suffisait de les prendre en photo la poitrine nue pour montrer aux yeux du lecteur italien leur barbarie primitive. Pendant la fraction de seconde du déclic photographique, Cipriani était en fait le maître absolu de leurs physionomies – un pouvoir éphémère mais profond qui lui procurait un secret plaisir.

Au cours de l'expédition, Lidio Cipriani photographia environ neuf cents personnes. Que remarquait-il, à part les mensurations, les formes et la teinte de la kératine ? Une jeune femme avait des lèvres à la ligne douce et des pommettes bien marquées ; le bras d'un vieil homme était parcouru d'une cicatrice qui ressemblait à un serpent ; au moment du déclic, une petite fille montrait le blanc de ses yeux parce qu'elle avait regardé son petit frère pendu dans son dos. Un homme confondit le Leica avec une arme à feu et quand Cipriani prit la photo il écarquilla les yeux de frayeur ; le menton d'une femme musulmane tremblait, honteuse de devoir baisser sa robe. Cipriani observa peut-être ces détails des visages qu'il fixait, ou peut-être pas. Il n'en parla jamais dans ses carnets. Et à part les rares instructions transmises aux sujets à travers l'interprète, il n'échangea jamais un mot avec eux.

Les pièces principales de la collection de Cipriani, les documents scientifiques dont il était le plus fier, étaient pourtant les masques. Il en avait déjà recueilli beaucoup au cours de ses précédentes expéditions africaines. Il savait qu'il ne s'agissait pas d'une technique dangereuse si elle était réalisée avec précision et compétence – le sujet du Zimbabwe mort d'un infarctus pendant la pose du moulage n'avait été qu'une malheureuse exception. Et pourtant, elle suscitait beaucoup de défiance, même si elle était infondée.

La solution la plus simple consistait à demander la collaboration du résident local et à se faire remettre d'éventuels rebelles prisonniers. Ou bien à s'entendre avec les nantis indigènes pour qu'ils mettent à disposition leurs propres serviteurs. D'autres fois, un moine était envoyé par l'abouna de la région pour une prise de moulage en échange de teff pour tout le monastère. Un jour, ils rencontrèrent une famille qui vivait à l'intérieur d'une grotte dans un état de misère inimaginable ; en échange de quelques vivres et d'une casserole, le chef de famille accepta de laisser prendre les moulages de sa femme et de ses enfants. Mais en général, convaincre les gens de se laisser confectionner un masque était une affaire délicate : il suffisait que l'ancien d'un village se montre suspicieux et plus personne ne se proposait.

C'est pourquoi il était important d'installer le laboratoire dans des lieux discrets : l'intérieur d'un toukoul de paille et de boue à la périphérie du village, une tente un peu à l'écart du reste du campement. Le sujet était allongé par terre sur le dos, les poignets et les chevilles attachés, tandis qu'un askari lui tenait solidement les jambes. Deux autres, debout à côté, étaient prêts à intervenir. À cheval sur sa poitrine, Cipriani étalait sur son visage du savon au potassium, puis il appliquait par-dessus la pâte de plâtre à la spatule. La rapidité était fondamentale. Bien peu acceptaient de se laisser mettre une paille dans les narines, et le temps de pose n'excédait donc pas celui d'une apnée. Il fallait veiller à ce que le mélange ait la bonne densité. L'air trop froid rendait le séchage plus long et Cipriani ne faisait donc jamais de moulages tôt le matin. Si le sujet tentait de remuer ou d'arracher la mixture pendant la pose, Attilio et les autres étaient prêts à l'immobiliser. Certains avaient des sueurs froides de frayeur, d'autres s'évanouissaient, presque tous, à un moment donné, avaient l'impression de mourir. Certains, sous l'effet de la panique et de la claustrophobie, relâchaient leurs intestins, et ils se retrouvaient dans une mare malodorante de diarrhée. Mais Cipriani savait résister à la pitié mal placée. Détacher le moulage qui n'était pas encore sec voulait dire l'effriter, et il aurait dû tout recommencer.

Quand on libérait leur visage, les sujets se relevaient les yeux écarquillés, les lèvres grises, du plâtre dans les cheveux. Quelques-uns déliraient, en général ils étaient stupéfaits et silencieux. Les femmes tenaient mieux le coup, quelques instants après s'être relevées, elles avaient déjà repris leurs esprits. En revanche, il fallait soutenir les hommes parce qu'ils trébuchaient sur leurs propres pieds. Attilio ne leur détachait pas tout de suite les poignets. Il les faisait escorter par un askari armé dans un autre endroit à l'écart et il les gardait là, sous surveillance, parce qu'ils ne devaient pas raconter à ceux qui attendaient leur tour ce qu'on leur réservait. Un jour, un jeune au crâne rasé, au vêtement d'esclave tombant en lambeaux, réussit à échapper à la surveillance. Il s'élança hors de la cabane où avait été fait son moulage et courut le long de la route poussiéreuse qui traversait le village en hurlant : « Ils m'ont volé mon visage, ils m'ont volé mon visage ! » – mais personne ne traduisit à Cipriani ce qu'il disait. Les sujets qui attendaient dehors s'enfuirent en s'égaillant entre les toukouls. Les askaris ne parvinrent à calmer l'agitation qu'en tirant plusieurs fois en l'air, mais entre-temps le plâtre avait séché dans les seaux. De peur des représailles, Attilio fit monter la garde aux askaris de chaque côté du campement. Ce fut superflu : les habitants du village restèrent à distance tout le reste de la journée.

Puisqu'il était maintenant impossible de faire d'autres moulages, Cipriani s'enferma dans sa tente pour retoucher ceux qu'il avait pris au cours des dernières semaines. Il tenait à ce que les masques soient terminés avant de les emballer pour le voyage en Italie.

Le masque positif, tiré de celui en négatif dès qu'on le détachait du visage, était lui aussi en plâtre blanc. Il manquait donc le plus important pour le classement des types raciaux : la couleur. Avant de faire allonger les sujets, Cipriani examinait la teinte de leur peau (d'après l'échelle de Von Luschan) et des sourcils (d'après celle de Fischer). Bertoldi inscrivait les chiffres correspondant aux deux nuances sur le carnet. Ces mêmes numéros étaient associés aux tubes de peinture que Cipriani gardait dans une boîte en bois avec les pinceaux, les solvants et les tampons. Les pigments semblaient ceux de la palette d'un peintre daltonien : ils allaient du rose pâle au noir, pas de vert ni de bleu.

Cipriani prit les moulages bruts et se mit à les colorer, un par un.

Il était en train de peindre les lèvres du dernier avec un pinceau fin quand Attilio entra dans sa tente accueilli par une forte odeur de térébenthine. « Qui sont ces gens qui dorment le visage posé sur la table ? » se demanda-t-il. Puis il sursauta exactement comme les visiteurs de l'Exposition d'outremer, des années plus tard : « Mais ce sont des têtes coupées ! »

Au bout d'un instant seulement, il comprit que c'étaient les masques faits récemment par Cipriani. La différence entre les moulages blancs qu'Attilio avait vus jusque-là et ces têtes achevées était la même qu'entre une photo en noir et blanc et une sculpture. Sur le blanc du plâtre, les reliefs découpaient des ombres mal définies qui rendaient les physionomies méconnaissables ; les masques, en revanche, étaient peints avec des couleurs si naturelles qu'elles faisaient ressortir les traits avec évidence. Les paupières fermées rendaient ces visages à la fois réalistes et étranges, comme des sentinelles funèbres d'un temps arrêté. Elles rappelaient à Attilio ceux de tant d'Abyssins tombés au combat qu'il avait vus tournés vers le ciel sur l'Amba Work, sur l'Amba Aradam, le long des berges du Tacazé. Mais surtout, ils lui rappelaient son premier visage de mort, celui de sa grand-mère.

Au souvenir de ce profil jaunâtre dans le cercueil entouré de fleurs, il se sentit pris d'une brusque panique primitive. Son sang se glaça dans ses veines, sa vue se troubla. Une décharge électrique de frayeur le parcourut de la tête aux pieds. Même le tapis de cadavres après les batailles ne lui avait jamais fait cet effet. Discrètement, il s'appuya à la table et attendit que se dissipe le voile tombé sur ses yeux. Ce n'était pas la première fois qu'il se disait que jamais personne ne devrait s'apercevoir de sa peur.

« Quelque chose vous tracasse, Profeti ? » demanda Cipriani en levant les yeux du masque dont il peignait les cheveux en noir.

Attilio passa une main sur son front. Comme s'il invoquait un sortilège, il rappela à sa conscience la promesse qu'il s'était faite devant sa grand-mère morte.

Tous, sauf moi.

Comme toujours, ces trois mots firent leur effet. Son angoisse commença à se dissiper.

Entre-temps, Cipriani continuait à peindre la bouche du masque.

« Il m'est venu une idée, professeur, dit enfin Attilio, pour éviter à l'avenir des incidents comme celui de ce matin. Pourquoi ne pas vous présenter comme médecin en arrivant dans les villages ?

— Parce que je n'en suis pas un.

— Ce n'est pas le problème. Ici, presque tous ont des maladies de peau et des yeux. Si nous disons que le moulage de plâtre est un traitement, vous aurez autant de volontaires que vous voudrez. Vous pourriez même choisir parmi les meilleurs sujets. »

L'anthropologue le regarda, vraiment admiratif. Ce Profeti ne cessait de l'étonner. Voilà une proposition digne de l'inventeur de cette – comment l'avait appelée le consul des chemises noires ? – « Opération Maladie de Hansen ». Il examina attentivement ce visage viril si bien proportionné. Comme lorsqu'il l'avait vu pour la première fois, il se dit que ces traits classiques prouvaient la validité de la thèse à laquelle il avait consacré tant de voyages et de recherches, disons même toute sa vie : l'indiscutable primauté de la race blanche. La vérité positive du racisme scientifique serait apparue avec une limpide clarté si, dans les expositions didactiques, dans les universités, dans les expositions coloniales, il avait pu exposer le moulage de visages italiens exemplaires à côté de ceux des types abyssins. Toute prétention antiraciste, comme celles qui plaisaient tant aux Français, aurait fondu comme neige au soleil en les voyant côte à côte.

« Profeti, dit brusquement Cipriani à Attilio, accepteriez-vous par hasard que je fasse votre moulage facial ? »

Il lui avait posé la question sans aucun espoir, suivant une impulsion qui l'étonnait lui-même. Il n'aurait jamais imaginé que le lieutenant lui répondrait tout de suite et sans aucune hésitation : « Bien sûr. Mais alors allons-y. »

À l'extérieur du campement, les askaris faisaient griller une poignée de grains de café entiers dans une casserole en fer. Aucun d'eux ne se serait abaissé à les moudre, c'était un travail de femmes. Mais ce jour-là, ils étaient rentrés du village sans en avoir trouvé une pour les servir. Attilio n'aimait pas qu'ils mangent les grains entiers ; ils auraient sûrement des problèmes intestinaux le lendemain. Il ordonna à deux d'entre eux de monter la garde devant la tente de Cipriani. Il ne donna pas d'explication à son ordre : ils auraient perdu tout respect envers leur supérieur s'ils avaient vu leur lieutenant allongé par terre et l'anthropologue à cheval sur lui, enduisant son visage de plâtre. Il savait qu'il n'aurait jamais pu expliquer, ni à eux ni à personne, peut-être pas à lui-même non plus, pourquoi il avait accepté.

Il gisait maintenant immobile avec le mélange qui séchait sur son visage, deux petits tubes dans les narines par lesquels il respirait péniblement, essayant de ne pas se laisser gagner par la panique, la gêne et la claustrophobie. Les yeux fermés sous le plâtre, il se répétait comme une rengaine ses trois mots talismans. Ils le calmèrent comme une comptine écoutée dans son berceau et jamais plus oubliée ; comme l'alphabet appris à l'école la première année et qui organise ensuite pour toujours les noms du monde. C'était la chose la plus proche d'une prière qu'Attilio sache prononcer.

Tous, sauf moi.

Une canule tomba d'une de ses narines, l'autre s'était bouchée. Il se sentit étouffer et fut persuadé qu'il allait mourir. Il mourut, en effet. Cela dura seulement quelques instants, brefs mais éternels, puis Cipriani détacha enfin le moulage de son visage. Alors, Attilio se leva d'un bond, ouvrit la bouche, remplit bruyamment ses poumons d'air. Tandis qu'il se sentait revenir à la vie, il comprit pourquoi, tout en connaissant le supplice qui l'attendait, il avait accepté. Il s'agissait d'une feinte, d'un dépistage, d'une ruse. Un jeu de substitution, de ceux qui lui venaient si naturellement. Peut-être que la mort s'y serait laissé prendre.

Ce même soir, à la lumière bleutée d'une lampe à pétrole, l'anthropologue tira du moulage négatif une copie exacte du visage de Profeti Attilio. Quand elle fut sèche, il ouvrit pour la seule fois au cours de cette expédition le tube de couleur correspondant au numéro 9 de l'échelle de Von Luschan et peignit la carnation claire – il n'avait utilisé jusque-là que ceux à partir du 25 ; le 29, couleur marron-noir, était presque fini. Avec les pigments plus foncés, il peignit les sourcils et les cheveux, puis quand la teinte fut sèche, il emballa le masque avec les autres.

Sur le carnet, il nota les données de ce dernier ajout à sa collection : « N° 1, moulage facial de type d'Italien ».

Le lendemain, le convoi atteignit Debre Tabor, le plus grand centre des environs. Attilio fut chargé d'aller expédier le courrier. Cipriani lui avait recommandé de le remettre en personne au résident local pour qu'il le joigne à la correspondance officielle. Au lieu de le confier aux routes peu sûres, souvent attaquées par les rebelles armés, il partirait ainsi avec le petit avion postal en direction de Massaoua.

Attilio ajouta les cartes postales illustrées pour son frère aux nombreuses lettres écrites à sa mère quand il était sur le terrain. Bertoldi aussi lui remit quelques enveloppes à envoyer. Le regard d'Attilio tomba sur un des destinataires : « Madame Amelia Levi ».

Il leva les yeux sur l'assistant.

Bertoldi semblait plus jeune que d'habitude, ses yeux bleus écarquillés.

« C'est ma grand-mère », répondit-il à la question silencieuse d'Attilio. Et il ajouta précipitamment : « Ma mère est baptisée. »

Attilio acquiesça, mais garda le silence.

Dans un souffle, Bertoldi murmura : « Le professeur Cipriani ne sait rien et...

— Et ce n'est pas par moi qu'il le saura », dit Attilio, jetant la lettre avec les autres au fond du sac de jute.

Il tint promesse : il ne parla jamais de cette gênante parenté du jeune homme à leur chef d'expédition. Il l'évoqua pourtant dans une de ses longues lettres à sa mère Viola.

« Hier, j'ai découvert une chose ridicule : l'assistant du professeur est à moitié juif. Si Cipriani le découvrait, on entendrait ses hurlements jusque chez toi à Lugo ! Mais je ne le lui dirai pas, parce que Bertoldi a sincèrement honte de son ascendance sémite. Et c'est bien ça la base de la paix raciale : que les membres des races inférieures acceptent leur infériorité – nous ne pouvons d'ailleurs pas les éliminer tous, n'est-ce pas ? Et puis je n'ai aucune raison de lui faire du tort. C'est un brave garçon, sincèrement désireux de bien faire. Même si maintenant je comprends d'où lui vient cette sorte d'absence de vigueur virile… »

À partir de Debre Tabor, Cipriani mit en pratique le conseil de Profeti. Un grand nombre de ceux qu'ils croisaient, surtout les plus pauvres, avaient sur le visage et le corps des plaques blanches de gale, des croûtes, des taches en relief, des desquamations. Beaucoup, et pas seulement chez les vieux, avaient les yeux blanchâtres de la cataracte. L'anthropologue expliquait qu'il allait les soigner. Nombreux furent ceux qui se firent examiner par ce médecin venu de loin. Cipriani n'eut plus aucune difficulté à trouver des sujets pour sa collection de masques.

Dans l'introduction au volume qu'il devait publier l'année suivante avec les résultats de l'expédition, écrite dans ses carnets alors qu'il était encore sur le terrain, il la décrivit ainsi :

> L'opération est assez simple mais délicate car elle se heurte, où qu'on la pratique, à de nombreux obstacles, dont le premier est la crainte naïve des sujets. De plus, dans cette expédition il fallait tenir compte de difficultés supplémentaires : nous agissions au milieu de peuples soumis à notre gouvernement depuis quelques mois à peine et parmi lesquels une erreur risquait d'être mal interprétée, au détriment de tout notre travail. Mais il n'en fut rien. Si l'on tient compte du fait que l'opération demande d'avoir en main, pour ainsi dire, l'âme du sujet, c'est-à-dire d'exercer, de la part de ceux qui l'accomplissent, un plein ascendant sur ce dernier, la série de masques rapportés de la mission – les premiers sortis d'Éthiopie – est aussi une preuve de la confiance que nous inspirons à nos nouveaux sujets africains.

Dans la nuit du 20 au 21 février 1937, dans une rue d'Addis-Abeba, l'employé de la poste Afework Woldegiorgis eut le temps de lire, avec le calme lucide de celui qui va mourir, l'inscription sur le pare-chocs du camion – JE ME FOUS DES SANCTIONS – puis les pneus passèrent sur ses côtes. Sans se presser, la chemise noire qui conduisait s'arrêta et passa la marche arrière. Les roues passèrent de nouveau en cahotant sur la bosse créée par le corps de l'employé, agité des spasmes de l'agonie. Quand le camion repassa sur lui une troisième et dernière fois, Afework vit l'archange Gabriel dans un halo de lumière. Tandis que le camion s'éloignait dans la nuit en flammes, il fut accueilli au paradis.

De la ville-forêt s'élevait une fumée presque parfumée. Les baies dures des eucalyptus éclataient, répandant leur arôme. Les toukouls de paille et de bois, arrosés d'essence, prenaient feu comme des allumettes. Ceux qui cherchaient à s'enfuir étaient accueillis par des fusils, des baïonnettes et des bâtons.

Durant trois jours et trois nuits, les chemises noires écrasèrent des têtes d'anciens sous leurs souliers, fracassèrent des dos à coups de bâton. Aux femmes, ils firent des choses qui réduisirent leur ventre en bouillie, avant de les jeter des camions dans les fossés. Ils conduisirent à coups de fouet des douzaines d'hommes dans des lieux clos, comme des troupeaux à l'abattoir, où ils les achevèrent avec des masses et des bâtons ; seuls les plus résistants eurent le droit d'être exécutés. Ils entrèrent dans les maisons, fouillèrent sous les lits, aucun lieu n'était sûr. Les corps s'entassaient au milieu de la rue, aux carrefours, devant les églises. Le sang coulait encore une fois dans les rues d'Addis-Abeba en joyeuses rigoles que la poussière n'absorbait qu'au bout de plusieurs heures. Des quartiers entiers de toukouls, de boutiques et de petits potagers finirent par ressembler aux cratères d'un volcan. Les troncs humides des eucalyptus sifflèrent dans la fumée et les émanations balsamiques pendant des jours entiers.

Au même moment, l'expédition anthropométrique était dans une zone reculée, loin des télégraphes et des moyens de communication. Cipriani faisait le tour de villages éloignés des chemins carrossables à dos de mulet, accompagné de quelques askaris et d'Attilio. Son chef d'escorte était devenu désormais très habile dans le maniement des instruments de mensuration et l'anthropologue avait préféré l'emmener avec lui, laissant Bertoldi avec les autres pour garder le camp de base. Ils ne surent donc rien des grenades lancées sur le vice-roi Graziani qui n'avait survécu que par miracle, ni de la chasse à l'Abyssin qui s'en était suivie. Voyageant au milieu des maigres acacias avec Cipriani et ses instruments d'ordre et de mesure, Attilio ignorait tout ; et aussi que les représailles avaient été menées par des hommes portant le même uniforme que lui.

Les chemises noires avaient déferlé sur Addis-Abeba le sang chargé de haschich, d'alcool et de khat fournis par leurs supérieurs, qui ne furent pourtant plus nécessaires au bout de quelques heures car il n'existe pas de substance psychotrope plus efficace que la permission d'exercer la violence sans limites. Le vieux camarade de régiment d'Attilio, Nigro, écrasa sous sa botte la poitrine d'un enfant de un an jusqu'à ce que ses poumons sortent de sa bouche et il attacha les bras et les jambes d'un homme à deux camions qui démarrèrent ensuite dans des directions opposées. Les fonctionnaires ministériels, arrivés une fois la guerre terminée sans jamais avoir épaulé un fusil, n'eurent pas non plus besoin de substances toxiques : depuis leurs bureaux dans les étages élevés, ils se mirent à tirer sur toutes les peaux foncées, et chaque fois qu'ils touchaient leur cible, ils applaudissaient avec leurs femmes et leurs employés comme à un but de l'équipe de foot locale. Bien sûr, il y eut des Italiens qui ne participèrent pas au massacre. Certains offrirent un abri aux Abyssins qui fuyaient, traqués par les brigades de chemises noires, et les cachèrent chez eux en prétendant qu'ils étaient des parents de la femme dont ils partageaient le lit, comme Carbone. De nombreux témoins effarés se demandèrent quel sombre démon possédait leurs compatriotes. La moindre allusion à ce qui venait de se passer fut pourtant censurée de leur correspondance par les remplaçants zélés d'Attilio au bureau de poste. En Italie, naturellement, aucun journal n'en parla. Les représailles ordonnées par Rodolfo Graziani plongèrent Addis-Abeba dans un trou noir d'où ne sortait qu'un silence mortel.

Ces jours-là, en Italie, c'était l'hiver. À l'extérieur de la cuisine de Viola Profeti, la terre était noire, les peupliers trop hauts et gris. Le vol d'une merlette coupait comme un couteau le brouillard qui s'élevait du canal. Chaque fois qu'elle lisait une information venant d'Abyssinie, la mère d'Attilio levait ensuite les yeux vers la fenêtre. Les lignes simples de la campagne de Lugo étaient un écran parfait pour projeter les paysages dans lesquels elle l'imaginait. Ernani lui apportait le journal après l'avoir lu dans son bureau à la gare, quand il venait déjeuner. Pendant que son mari somnolait dans son fauteuil – jamais plus de vingt minutes –, elle l'ouvrait sur la table de la cuisine après avoir fait la vaisselle. Trois jours plus tôt, elle avait lu la nouvelle de l'attentat. Quelle lâcheté, frapper le grand général pendant qu'il distribuait des aumônes aux mendiants ! Un éditorial avait exprimé son sentiment mieux qu'elle n'aurait pu le faire elle-même. Il s'intitulait : « Vulgaires criminels ».

> Lancer des grenades contre le vice-roi pendant qu'il accomplissait une œuvre de charité envers les pauvres est un acte si brutalement absurde qu'on ne peut l'expliquer sinon comme le produit de la plus basse délinquance. Aucun substrat politique, aucun motif de fanatisme, fût-il dégénéré, n'explique un tel geste. L'implantation des Italiens en Éthiopie, dès la fin de la guerre, a été régie par des critères d'humanité et de douceur, desquels nous ne nous écarterons certainement pas car ils correspondent à notre nature civilisée et aux fins de notre conquête elle-même. Mais nous sommes maintenant devant des malfaiteurs qui, en tant que tels, seront punis avec une juste rigueur.

Les jours suivants, Viola avait feuilleté le journal avec anxiété pour savoir si Attilio se trouvait en danger. Mais, depuis le jour de l'attentat, ni le *Resto del Carlino* ni la radio ne parlaient plus de l'Abyssinie. Les premières pages étaient maintenant consacrées à la bataille de Málaga et au siège de Madrid. Quand enfin, trois jours plus tard, on republia une nouvelle sur l'Afrique, c'était une photo. Deux hommes blancs en saharienne contemplaient des rangées d'arbustes luxuriants. L'image n'était pas accompagnée d'un texte mais seulement de cette légende : « Une culture de café en AOI – la pépinière des plants ». Si telles étaient les nouvelles marquantes, Viola fut rassurée, cela voulait dire que la vie continuait pacifiquement et laborieusement dans la colonie.

Mais le dimanche, en servant dans les assiettes le foie à la vénitienne, elle évitait le regard de son fils aîné resté au pays. Elle craignait qu'il ne lise dans ses yeux ce qu'elle pensait : *Pourquoi ce n'est pas Otello, celui qui est loin ?*

Au bout de quelques jours, Cipriani, Attilio et deux askaris revinrent au camp de base. Ils retrouvèrent Bertoldi et le reste de l'escorte installés le long d'un fleuve, qui veillaient sur les voitures et le matériel. Le lendemain, ils prirent la direction du village voisin.

La Maison du parti fasciste était en construction, mais elle ressortait bien de loin. Sous la direction d'un contremaître italien, une équipe d'ouvriers mélangeait le mortier et alignait les briques avec un fil à plomb. Tout près de là, une cahute en bois faisait fonction de résidence coloniale provisoire. Sur le toit, un tissu blanc avec le profil du Duce stylisé en noir, portant un casque et sa jugulaire, se détachait sur la lumière tranchante du haut plateau.

En avançant vers le centre du village, les membres de l'expédition furent saisis par une terrible puanteur. Attilio la reconnut aussitôt, c'était l'odeur nauséabonde de l'Amba Aradam. Elle était restée sur lui comme une arme chargée, inutilisée mais prête à tirer de nouveau à la première occasion. Il leva les yeux vers la colline et y trouva ce qu'il s'attendait à voir : quatre hommes pendaient d'un haut sycomore. L'odeur douceâtre de putréfaction et la nuée de mouches qui les entourait signifiaient que leur dernier souffle n'était pas récent. Quand les femmes du village virent une chemise noire avec sa bande d'hommes armés, elles se cachèrent dans les toukouls en entraînant leurs enfants. Les hommes s'esquivèrent en baissant les yeux sur les cailloux. Pas un enfant ne s'approcha pour toucher les poils clairs sur l'avant-bras d'Attilio.

Ce soir-là, Cipriani, Bertoldi et Profeti furent invités à dîner par le résident de la région. Avec son physique de fil de fer, il ressemblait beaucoup à Cipriani, il avait la même énergie nerveuse. Cette cabane de paille était à peine plus grande que celles qui l'entouraient, mais, expliqua-t-il, c'était déjà un grand pas en avant. Quelques mois plus tôt encore, le bureau de l'administration coloniale qu'il gérait n'était qu'une simple table devant sa tente. La construction en dur, enfin digne du représentant du Duce, serait bientôt terminée.

Le résident raconta sommairement l'attentat contre le vice-roi et les faits d'Addis-Abeba – s'il fallait en parler, c'était la seule définition admise. Pour sa part, il n'était pas étonné. Depuis plusieurs mois déjà, les actions des rebelles s'étaient intensifiées. Quelques jours plus tôt, un camion qui se rendait sur un chantier routier pas très loin de là avait été attaqué. Il avait ratissé la région et trouvé quatre suspects. Ils faisaient peut-être partie de la bande, ou peut-être pas, de toute façon ils les avaient fait pendre. Tout Amhara qui n'était pas un *shiftà* pouvait toujours le devenir. Il avait interdit aux proches de récupérer les cadavres pendant une semaine, en les menaçant de les faire pendre eux aussi au sycomore.

« Je compte sur le soleil d'Afrique, dit-il, pour graver dans le nez indigène l'odeur de la loi italienne. »

Attilio et Bertoldi accueillirent ces mots en silence. Cipriani s'essuya la bouche et s'éclaircit la voix.

« Le problème des rebelles amharas, dit-il, se résoudra définitivement en une génération, mais uniquement si vous, hommes d'armes et de gouvernement, écoutez ce que nous disons nous, hommes de science.

— J'ignorais que les anthropologues étaient des experts en théorie militaire », dit le résident en étirant ses lèvres fines.

Attilio regarda son assiette, redoutant un coup de gueule. Depuis le début du voyage, personne n'avait jamais contredit Cipriani. Mais ce dernier se mit à parler calmement, avec un ton propre à un congrès académique.

« Le type amhara, même s'il est très inférieur au type blanc, est une race relativement évoluée. Les obélisques d'Axoum nous montrent le niveau élevé de civilisation dont jouissait l'Empire abyssin dans des temps anciens. Les caractères physiques mêmes des Abyssins ne sont pas pleinement négroïdes, ils ont de fortes traces sémitiques. Néanmoins, les croisements successifs avec des populations de races génétiquement moins douées, au niveau culturel bas ou nul, ont contribué à leur décadence physique et intellectuelle. La race s'est négrisée, la culture a reculé et nous voici aux niveaux primitifs d'aujourd'hui. Car tel est le destin des races supérieures quand elles se croisent avec les inférieures : une inévitable décadence. La science moderne nous le confirme : l'évolution des races par croisement s'accomplit toujours dans un sens dysgénésique. Les types supérieurs sont absorbés par les inférieurs. C'est pourquoi le métissage est la plaie des civilisations. »

Instinctivement, Attilio tourna les yeux vers Bertoldi. Celui-ci gardait les siens baissés, fixés sur son assiette vide. Attilio détourna la tête rapidement, comme s'il venait d'être pris en train d'épier un crime privé.

Trois jeunes femmes, proprettes, coiffées de frais avec des tresses régulières, étaient apparues devant l'unique porte de la cabane. L'une d'entre elles demanda des instructions en amharique au résident. Il les chassa comme des mouches d'un geste sec de la main et les jeunes filles ressortirent. Tandis qu'elles s'accroupissaient, leurs voix filtraient à travers les murs de paille.

« Intéressant, fit le résident à Cipriani avec ironie et dignité. Mais quel rapport avec les rebelles amharas ?

— Le rapport existe », répondit l'anthropologue avec la

patience de celui qui s'adresse à ces étudiants à l'esprit vif qui tiennent tant à passer pour des petits malins devant leurs camarades. « En tant qu'homme de science, je dis que si le ministère de l'Afrique orientale lançait un programme de croisements entre eux et les Noirs bantous, ou mieux encore les Bochimans, la majeure partie deviendraient des crétins en une génération. Et inoffensifs. »

Attilio avait suivi le raisonnement de Cipriani avec attention. Le préambule lui avait semblé logique et correct. Mais les mots « programme de croisements » suscitèrent en lui une vague sensation de malaise qui ne le quitta pas de tout le dîner.

Quand ils sortirent par la petite porte en paille pour rentrer au camp, les jeunes filles étaient toujours là, dormant blotties par terre les unes contre les autres. Le résident attendit que ses hôtes italiens s'éloignent, puis il les secoua l'une après l'autre par les épaules. À moitié endormies, elles se levèrent toutes les trois et le suivirent dans la cabane.

Dans l'obscurité chargée de bruissements, Cipriani, Bertoldi et Attilio se dirigèrent vers leurs tentes. L'anthropologue hocha la tête avec un air de dégoût.

« Ce n'est pas en se comportant de la sorte que nous, Italiens, gouvernerons longtemps et en paix », dit-il.

Attilio pensa aux quatre hommes pendus qui n'étaient peut-être même pas des rebelles ; à l'odeur de leurs corps en décomposition. Il était d'accord. Il ne s'était pas battu pour apporter en Afrique la violence et l'arbitraire, mais une civilisation supérieure, juste et magnanime. Il vit qu'en fait il avait mal compris Cipriani quand celui-ci, sans se retourner, pointa son pouce derrière son épaule, vers la cabane du résident où venaient d'entrer les trois jeunes filles : « Ils ont la prétention d'inspirer le respect, mais ensuite ils ne se privent pas de renifler les femelles. »

Attilio essaya de décoder l'expression de l'anthropologue, mais son visage était un profil noir. Dans ses épaisses lunettes ne se reflétait qu'un éclair de lumière, capturé d'une étoile tandis que le souffle douceâtre de chair des quatre pendus arrivait de la colline.

Quand on avait découpé sur lui son uniforme blanc tout taché de sang, Rodolfo Graziani avait hurlé à sa femme : « Ne le donne pas à laver ! » puis il s'était évanoui.

À son réveil à l'hôpital, il avait été saisi par une douleur à l'aine. Lancinante, mais moins que la pensée qui l'accompagnait : « Je ne suis plus un homme. » Il avait péniblement allongé sa main bandée sous le drap. Avec un soulagement indicible, il avait trouvé ce qu'il cherchait : son pénis, bien que couvert de croûtes de sang, et ses testicules, étalés comme des fruits pourris entre ses cuisses et le drap. La peur avait reflué lentement de sa poitrine, mais elle lui avait laissé, comme une trace sale d'inondation, des débris de haine. Souvent encore maintenant, après des semaines, son corps s'électrisait sous le ressentiment. C'était une aigreur confuse, hors du temps, feutrée et malodorante comme ces journées vides dans la chambre stérile, mais beaucoup plus vive. Il n'y avait pas de hiérarchie dans sa rancœur. Il les haïssait, bien sûr, ces quarante-cinq nobles Abyssins pendus le soir même de l'attentat qui étaient morts en criant : « Vive le négus ! » (l'héroïsme était si ridicule sur ces visages marron). Moins pourtant que le général De Bono, descendant de marquis qui n'avait daigné l'inviter à ses réceptions que lorsque Graziani était devenu vice-roi. Il haïssait bien sûr les indigènes d'Addis-Abeba – honneur aux chemises noires et surtout au représentant fédéral Cortese qui l'avaient vengé avec efficacité les jours qui avaient suivi l'attentat – mais pas plus que Lessona, le ministre incompétent qui en huit mois d'Empire n'avait même pas été capable de créer une police coloniale. Les lèvres de Graziani se retroussaient de dégoût quand il pensait aux chefs du bureau politique et de l'administration civile. Des grenades volées dans la capitale, des suspects bien connus se baladant dans les rues, et eux, où étaient-ils pendant ce temps-là ? À se taper des Noires. Qu'elles soient aristocrates ou de la famille du négus, c'étaient toujours des Noires. Donc non seulement deux idiots, mais aussi des dégénérés. Malheureusement le mâle italien n'est pas comme l'anglais, que les femmes n'intéressent déjà pas quand elles sont de la même couleur que lui, alors les autres… Passe encore que les instincts virils naturels se défoulent, mais les faire vivre dans sa propre maison. Oui, on aurait dû émasculer certains hommes, c'était la seule bonne chose à apprendre des Abyssins. Allons-y, coupons ! Comme le faisait la reine Taitou avec les blessés italiens. Ou du moins, interdisons une fois pour toutes le *madamato*.

Comme il haïssait les Amharas ! Les Amharas qui avaient osé lui lancer des grenades. Pendant qu'il distribuait des pièces aux pauvres.

La haine qui montait en lui quand il y pensait était incandescente, autant que les éclats plantés dans sa chair qu'il rêvait la nuit d'extirper de son corps de ses doigts brûlés, comme des charbons d'un feu. C'était son uniforme blanc plein de sang qui sentait la rouille pourrie. Il se l'était fait apporter dans sa chambre par Inès quelques jours après. Il voulait le revoir, apprendre par cœur l'énorme tache brune, chaque déchirure, chaque éclaboussure, se rappeler avec exactitude ce que lui avaient fait ses ennemis, les Amharas.

C'était sans doute cette haine qui l'avait maintenu en vie.

Il l'avait même écrit au Duce : « C'est l'Amhara, l'ennemi numéro un. » Somaliens, Érythréens, Tigréens, Gallas, Boranas, aucun autre peuple n'était aussi dangereux pour les Italiens. Il le savait bien, depuis le jour où il s'était retrouvé au fond de ce puits dans l'église de Djidjiga. Dans un coin du cerveau de chaque Amhara couvait le souvenir d'Adoua, comme une bombe amorcée gardée dans une cave. « Cinq ans et pas un jour de plus », psalmodiaient leurs devins en guenilles. À présent, ils étaient soumis, mais ils n'oubliaient jamais qu'une fois, *cette fois-là*, ils avaient battu l'Italien ; qu'ils l'avaient tué et émasculé. Et c'était ce qu'ils voulaient encore et encore : tuer et émasculer. Sa main descendit de nouveau vers son sexe. Son soulagement se mêla encore une fois à une colère indignée : ils avaient porté atteinte à sa masculinité, plus encore qu'à sa vie ! Voilà ce qu'était l'Amhara : un tigre, en cage pour le moment, mais qui peu de temps auparavant avait goûté à la chair italienne. N'importe quel dompteur l'aurait abattu, car on ne laisse pas en vie un tigre mangeur d'hommes. Mais non. Maintenant, tout le monde avait la bouche en cul-de-poule pleine de belles phrases : « Nous apporterons la justice romaine dans les colonies », « Nous ne gouvernerons pas par la violence mais avec la supériorité de notre civilisation », et autres divagations de ce genre. Résultat : lui dans ce lit, encore vivant seulement par hasard. Encore un homme seulement par hasard.

Mais au sommet de la liste de sa haine trônait Badoglio. Le condottiere magnanime et généreux jouait maintenant au père de la patrie, mais c'était lui, le Piémontais faux et courtois, qui lui avait dit d'avancer en Libye, « même si toute la population de la Cyrénaïque devait périr ». Il le lui avait même écrit. Et bien sûr, il n'avait pas eu à se plaindre de lui quand il avait enfin envoyé au diable Omar al-Mokhtar. Aujourd'hui encore, Graziani se rappelait volontiers ce vieil homme couvert de haillons qui lançait des coups de pied en l'air tandis que le nœud coulant lui rompait le cou. En revanche, un flot de rage âcre, noire et vive coulait dans ses veines à la pensée de ces gratte-papiers qui ne s'étaient jamais battus un seul jour dans le désert et envoyaient Rodolfo Graziani faire le sale boulot. Et qui le qualifiaient ensuite de « boucher ».

Le Duce était le seul à avoir les idées claires sur ce qu'il fallait faire en Abyssinie. « Nettoyage radical », lui avait-il télégraphié le soir même de l'attentat. De sages paroles qui avaient réconforté Graziani au milieu des affreuses souffrances de ses blessures et de la peur de mourir. Oui, nettoyage radical : il savait comment faire, il l'avait justement déjà fait en Cyrénaïque. Il savait comment traiter les rebelles, pas du tout comme ces petits messieurs de l'Académie militaire qui pensaient à une guerre frontale, aux mouvements d'échiquier des bataillons. Deux mots suffisaient : responsabilité collective. Un bandit attaque un camion ? On rase son village, on fusille les hommes et on offre les femmes aux soldats. Des hommes armés se cachent dans une oasis ? On fait tomber sur eux une bonne pluie d'ypérite par un Caproni. Et tous les autres, on les met dans des camps où ils ne gênent personne, loin des pistes de caravanes, un seul puits pour des dizaines de milliers de personnes. Un périmètre de fil de fer autour du campement, quelques trous pour les latrines. Un jour, en Cyrénaïque, il avait fait une reconnaissance aérienne et ce qu'il avait vu du ciel lui avait plu : les lignes droites des tentes formaient des carrés parfaits dans le vide du Sahara, la même précision octogonale que les camps prétoriens avec lesquels Rome avait dominé le monde pendant mille ans. Mais là, c'était au milieu du néant, et à l'intérieur il n'y avait pas de centurions mais des Bédouins, des dizaines de centaines, hommes, femmes et enfants entourés uniquement par cette étendue d'un jaune malsain. Un bon endroit pour les insurgés – le néant.

Allongé sur un lit de l'hôpital d'Addis-Abeba, Graziani souriait tout seul en pensant à la phrase que, sous le coup d'une brusque improvisation, il avait fait inscrire ce jour-là sur la grille au milieu du désert : IL N'EST PAS INTERDIT AUX ARABES DE MOURIR.

Les années suivantes, plus d'un tiers des cent mille senussites enfermés, ou plutôt concentrés dans les camps italiens en Libye, pratiquèrent cette seule activité explicitement autorisée. La soif, la faim, le typhus exanthématique et autres maladies, les puits cimentés et de nombreuses exécutions aussi les y aidèrent. Peu avant leur fermeture, une délégation d'Allemands se rendit sur place pour étudier avec admiration cette parfaite organisation. Ils prirent beaucoup de notes en vue de leur future éventuelle nécessité de construire, pour des raisons qui leur étaient propres sur lesquelles ils ne s'étendirent pas, des camps aussi bien structurés.

Et ainsi, la Cyrénaïque fut pacifiée.

Voilà. Il fallait faire la même chose ici en Abyssinie. Raser

Addis-Abeba. La laisser aux Italiens et emmener les indigènes. Le bon endroit était l'archipel des Dahlak, ce qui ressemblait le plus au désert avant d'arriver en Arabie. Des marches forcées jusqu'à Massaoua, et tant pis si on en perdait en route. De là, en bateau jusqu'à l'île de Nokhra où se trouvait déjà une prison bâtie par les gouverneurs de l'Érythrée, cinquante degrés à l'ombre et des millions de pierres. Que les déportés auraient pu casser, contribuant ainsi à la construction des routes nécessaires à l'Empire. À l'embarcadère, ils auraient été accueillis par une inscription dans leur étrange graphie, les plus instruits l'auraient lue aux analphabètes : IL N'EST PAS INTERDIT AUX AMHARAS DE MOURIR.

Graziani avait fait mettre trois mitrailleuses, devant la porte et devant chaque fenêtre de la salle d'opération ; puis une autre dans le couloir et encore, autour de l'hôpital, un cordon de gardes armés qui s'étendait sur tout le quartier. Il s'y rendait tous les jours pour se faire retirer de la cuisse, un par un, les éclats de l'explosion.

« Tout le monde veut seulement que tu te remettes, tu n'as pas à avoir peur », lui disait Inès tandis qu'on le ramenait dans sa chambre, délirant sous la douleur après qu'ils l'eurent charcuté comme des inquisiteurs. Dans ces moments-là, il l'aimait et la détestait parce qu'elle était la femme la plus pure, la plus belle, la meilleure de toutes et qu'elle n'avait rien compris. Ce n'était pas vrai que le monde souhaitait sa guérison. Le monde le voulait mort. Avant de s'abandonner à un sommeil épineux, le vice-roi de l'Afrique orientale italienne, Rodolfo Graziani, formula sincèrement le même vœu pour le monde.

Mussolini était en train de skier à Terminillo quand il reçut le télégramme de Graziani. Il y demandait de raser Addis-Abeba et d'en déporter les cent mille habitants – vieillards, femmes et enfants inclus. Le ministre des Colonies Lessona, accouru de Rome, marchait avec difficulté dans la neige, les pieds gelés, derrière le Duce. Il lui avait également apporté une autre enveloppe envoyée par Graziani. Elle contenait plusieurs photos du maréchal à moitié nu (certaines en pied, d'autres avec un déplaisant détail agrandi) qui montraient bien plus que ce qu'un vice-roi, ou qui que ce fût d'autre, ne devrait montrer. Leur but, expliquait la lettre d'accompagnement, était d'effacer les doutes du Duce sur un point : dans l'attentat d'Addis-Abeba, contrairement aux rumeurs malveillantes, Rodolfo Graziani n'avait pas été émasculé.

« Il est fou celui-là, dit Mussolini, il faut l'enlever de là. »

Mais entre-temps, une révolte avait éclaté dans le Godjam. Le Duce attendit encore six mois avant de rappeler le maréchal en Italie et il lui ordonna de « récompenser les fidèles, punir les chefs, surtout si c'étaient des déserteurs, n'épargner que les populations qui ne s'étaient pas montrées complices, préparer l'utilisation massive des forces aériennes et des gaz ». Car si les fous ne sont pas capables de gouverner, ce sont les meilleurs pour le sale boulot.

Au moment de son départ pour l'Italie, Lidio Cipriani avait salué Attilio en toute amitié, malgré la farce qu'il lui avait faite avec Bertoldi la dernière nuit à Massaoua. L'anthropologue s'était retrouvé avec trois *sciarmutte* nues dans sa chambre à coucher, chacune avec un écriteau à la main : TYPE DE TIGRÉENNE, TYPE DE KEREN, TYPE DE BILÈNE. Pour une fois, Cipriani avait ri avec eux.

Il était en effet d'excellente humeur. Il ramenait chez lui trois caisses de masques, une malle pleine de carnets avec des mensurations, des milliers de négatifs, d'innombrables objets de grand intérêt. Avec une surprenante tolérance, il avait donc décidé de ne pas gaspiller les services des jeunes filles, sans pour autant en faire un usage personnel. Une *sciarmutta* avait été envoyée dans la chambre de Bertoldi et deux dans celle d'Attilio. Sa générosité était proportionnée à leur contribution à l'expédition. « Profeti a pris plus de risques en commandant un peloton d'askaris armés », expliqua-t-il.

Avant de partir, l'anthropologue avait parlé à Attilio du projet de la nouvelle revue dirigée par Telesio Interlandi. Des générations de décadente éducation libérale avait rendu les Italiens terriblement mal préparés au racisme et à son défi spirituel. Il fallait les éduquer par la science, les lois et l'exemple moral.

« Vous, Profeti, vous êtes doué d'une vive intelligence, vous vous êtes battu pour l'Empire, votre expérience de fasciste en Afrique est exemplaire. Aimeriez-vous y participer ? »

Attilio n'en avait pas cru ses oreilles. Lui, collaborateur d'un mensuel fondé par le directeur de *Quadrivio* en personne ! Si Cipriani avait été différent, il l'aurait embrassé.

Ce n'est qu'à son retour à Addis-Abeba qu'Attilio apprit les détails du massacre qui avait suivi l'attentat. Mais il ne sut jamais rien de la mort d'Afework : ni alors ni ensuite, personne ne pensa jamais à lui raconter l'histoire d'un employé de la poste.

Pas même Carbone, quand Attilio vint le voir. Il vivait dans une maison basse, faite en bonnes briques avec un toit en tôle, qui donnait sur une rue en terre battue. Elle était en pente raide et chaque pluie y creusait de profonds sillons.

« On m'amène des camions qui ne marchent qu'en descente, lui dit son ami garagiste en le faisant entrer chez lui, et quand je les rends, ils repartent à pleins tubes à l'arrêt en montée. Cette rue, c'est la meilleure pub pour mon garage. »

Il l'invita à s'asseoir sur un énorme canapé en bois noir recouvert de brocart, avec des pieds à tête de lion. Il était trop grand et luxueux pour cette modeste maison.

« Il vient du pillage de la maison d'un petit-fils du négus, expliqua Carbone, mais il était trop lourd à transporter et on l'a jeté dans un fossé. Quand je l'ai vu, je suis allé le chercher avec ma camionnette. » Il désigna du menton la jeune femme accroupie en silence à leurs pieds et qui préparait le café. « Les trois frères de Maaza m'ont aidé. »

La jeune fille avait quinze ou seize ans à peine. Elle tenait son corps menu bien droit près du plateau avec les tasses, le tamis et le réchaud, dans une pyramide immobile. En revanche ses mains, agiles et rapides, grillaient et moulaient les grains avec efficacité. Le même contraste entre stase et action se voyait dans ses yeux : le gauche était fixe et vitreux sous sa paupière tombante, le droit passait sans cesse du café aux deux hommes sur le canapé. Elle n'avait pas ouvert la bouche depuis qu'Attilio était entré, mais il était évident qu'elle ne perdait pas un mot de la conversation.

« Je les ai cachés dans le garage, continua Carbone, enfermés dans un camion. Ils sont restés là quatre jours sans jamais sortir. Je leur ai donné une vieille casserole pour faire leurs besoins, ils ne voulaient pas entrer dans la maison, ils avaient trop peur d'être vus par les voisins. Et ils avaient raison. Ces jours-là, il était risqué de mettre le nez dehors pour un Noir. »

La jeune femme à ses pieds leva les yeux du réchaud sur lequel le café était en train de bouillir et le regarda avec une infinie dévotion. Le garagiste se tourna vers elle, pas tant pour lui rendre son regard que pour suivre un film projeté sur son visage.

« Moi, je ne sais pas qui étaient ceux qui sillonnaient ainsi la ville… mais je sais que s'ils sont mariés, ils ont une femme italienne. Quand tu aimes une Abyssine, il ne te vient pas à l'idée de tuer sa famille. »

Puis il fixa le sol et resta longtemps silencieux. Quand il se remit à parler, il semblait peser chacun de ses mots :

« Mais j'en ai reconnu un. Nigro.

— Nigro ! s'exclama Attilio. Ce gros abruti ? »

Carbone ne leva pas les yeux. « Sa chemise noire était couverte de sang, son visage, et ses mains aussi, et… »

Il s'interrompit. Sa lèvre se mit à trembler, il faillit ne pas pouvoir continuer. « Il ne m'a pas reconnu. »

Cette nuit-là, Attilio ne réussit pas à dormir. Telles des abeilles ouvrières, ses pensées continuaient à s'agiter autour des mots avec lesquels l'avait salué l'ex-chemise noire et à présent garagiste dans l'Éthiopie italienne, Severino Carbone. « Toi, tu as toujours eu du cul Profeti », lui avait-il dit sur le pas de la porte.

Son ancien compagnon d'armes était un homme petit et trapu, et pourtant il dominait la jeune Abyssine qui se tenait près de lui comme un rameau de paix. « Mais cette fois-ci, tu n'imagines même pas à quel point. »

Il n'avait pas expliqué ce qu'il voulait dire par là, mais Attilio l'avait compris. Maintenant, couché dans son lit en attendant l'aube, il contemplait sa chance. Il n'avait pas été obligé de donner une réponse à une question précise : « Me serais-je comporté comme Carbone ou comme Nigro ? »

Le gouvernement italien est bon, bon, bon
Chaque askari a son argent,
Chaque homme a son travail,
Chaque femme a son thaler de Marie-Thérèse.

C'est ce que répétaient les chanteurs ambulants qui avaient survécu. Le vice-roi n'avait pas aimé le refrain qu'ils s'entêtaient à chanter avant, celui sur les cinq années et pas un jour de plus, et il en avait fait tuer par douzaines. Maintenant, ils entonnaient un air qu'ils appelaient « *Be telat gizé* » – « Du temps des Italiens » :

Maintenant résonne le « grazie »
et chacun a son morceau de savon.

Les occupants souriaient, flattés ; les Abyssins, eux, éclataient d'un rire dur. Parce que « italien » n'avait que le sens de cire, mais *be telat gizé* avait aussi un sens d'or caché et non moins précieux : « du temps de l'ennemi ».

Un grand nombre d'anciens compagnons d'armes d'Attilio parmi les chemises noires étaient allés combattre la guérilla dans des troupes irrégulières, mais lui ne se porta pas volontaire. Il n'avait plus envie de se battre. Quand on lui confia à nouveau son poste de censeur postal, il éprouva un grand soulagement.

En lisant les lettres de ses compatriotes, Attilio était bien mieux au courant de la situation réelle que beaucoup d'autres, non seulement dans sa patrie mais aussi dans la colonie. Ses supérieurs auraient sûrement apprécié l'esprit de certaines missives, mais il fallait supprimer des phrases entières. Il fallait effacer l'approbation excessive de la violence et de l'arbitraire. Par exemple, dans une lettre du lieutenant d'un groupe qui se battait contre la guérilla dans le Sidamo, Attilio couvrit de traits noirs ces descriptions : « Les quatre fainéants qui s'agitent encore le font plus par peur que par conviction. Ils sont fatigués, morts de faim, toujours obligés de courir, sans femmes, malades, poursuivis par nos patrouilles comme dans un jeu de chasse. Aujourd'hui, nous en avons attaché un par les poignets à notre camion, de dos, puis le chauffeur a démarré et c'était amusant de le voir essayer de courir en arrière avant de s'écrouler et d'être traîné. Toi, tu vas aux premières de l'Opéra, ma chère petite sœur, moi, je vais aux pendaisons. » Dans la phrase d'un autre légionnaire à sa fiancée : « Tous les indigènes, même les femmes, saluent respectueusement l'Italien sur son passage, sinon ils se font tabasser ! », les cinq derniers mots disparurent sous le stylo d'Attilio.

Un jour, il trouva une photo dans une enveloppe. D'un papier à gros grain, elle avait peut-être été tirée dans un laboratoire de campagne, à en juger par les halos de lumière qui la rendaient peu lisible. Elle représentait un jeune homme en buste avec une chemise noire, mais la mauvaise qualité de l'impression rendait ses traits incertains ; seule une rangée de dents blanches au milieu de son visage faisait comprendre qu'il était en train de rire. Derrière lui, trois autres regardaient aussi l'appareil avec une insouciante gaieté. Le soldat tendait vers l'objectif un objet dont Attilio reconnut aussitôt les caractéristiques : la ligne du front nette, les paupières fermées, le profil du nez bien fait. « Où cette chemise noire a-t-elle trouvé un masque ? » se demanda-t-il, perplexe. Une autre expédition anthropologique avait peut-être lieu quelque part en Abyssinie ? Qui sait si Cipriani était au courant. Puis, un éclair de lucidité frappa son esprit comme l'explosion d'une grenade. Ce que la chemise noire souriante tenait par les cheveux n'était pas un moulage en plâtre, mais bien une tête coupée.

Attilio resta un long moment sans savoir quoi faire, les mains sur son bureau. Il se força à garder toute sa lucidité. La photo ne devait pas arriver jusqu'en Italie, c'était évident. Et pourtant, il ne parvenait pas à se décider à la déchirer. La question qu'il avait évitée, parce qu'il avait beaucoup de cul d'après Carbone, et qui à présent le hantait de nouveau, l'en empêchait : qu'aurais-je fait à la place de ces chemises noires ? De toute sa vie, Attilio ne fut jamais aussi proche d'une prise de conscience. Mais cela dura peu, juste quelques secondes. Il prit la photo et la jeta dans le brasero.

La majeure partie de son travail était moins traumatisante mais de fait plus préoccupante : à plus d'un an de la proclamation de l'Empire, que pouvait-on laisser filtrer du découragement des colons ? « Je suis venu pour ne plus avoir de patrons, mais les patrons italiens prennent tout ici aussi. Moi, il me reste les mouches, un travail harassant et ces visages noirs partout. » Beaucoup s'en voulaient d'avoir émigré dans la « maudite Afrique » et non aux Amériques. Attilio se demanda longuement s'il devait effacer une phrase désespérée : « Je prie le Seigneur de me faire mourir le lendemain du jour où je rentrerai chez moi, et pas dans cette terre de cruauté. » Il finit par recouvrir d'encre les derniers mots seulement.

Les lettres qu'il lisait ruisselaient de solitude. Il n'y avait pas de quoi s'en étonner. Les femmes blanches étaient encore peu nombreuses dans la colonie et le régime était bien conscient du problème. La Société italienne de génétique et d'eugénisme avait proposé d'exporter en Abyssinie les fillettes orphelines, en les gardant dans des institutions jusqu'à l'âge du mariage. Mais les hommes seuls étaient trop nombreux. De temps en temps, Attilio trouvait dans les enveloppes des mandats envoyés aux journaux nationaux en règlement des annonces matrimoniales : « Cherche femme vierge, bon caractère, d'aspect agréable, travailleuse, ne dépassant pas 1,50 m. » Ces petites annonces donnaient parfois des résultats : au bureau de poste arrivaient les lettres des fiancées par procuration, des jeunes filles qui auraient dû venir dans la colonie pour épouser ces inconnus. Mais souvent, certaines prenaient peur et annulaient tout, en général juste avant le départ. Le pauvre aspirant mari se mettait alors à l'implorer de réfléchir, elle répondait de plus en plus évasivement, puis c'était le silence. Attilio suivait ces échanges avec un détachement amusé, vaguement solidaire mais serein car tout cela ne le concernait pas. Lui, maintenant, avait Abeba.

Abeba veut dire fleur, mais une fleur qui ne produit pas de fruits perd toute grâce, toute beauté. Garder chez soi une femme stérile, c'est comme marcher avec une sacoche pleine de cailloux ; c'est pour ça que son mari avait divorcé.

Et pourtant, arranger le mariage d'Abeba avait été une rude affaire. Son père avait vérifié qu'il n'y ait pas de violentes vendettas dans la famille de l'époux, que les propriétés n'aient pas de créanciers, et surtout qu'ils soient exempts de traces de sang impur venant de leurs ancêtres : qu'il n'y ait pas de serviteurs, de sorciers, de forgerons, d'orfèvres, de joueurs de violon ou de flûte. Bien qu'assez instruit – il savait lire et écrire, même si c'était avec difficulté –, le père d'Abeba ne se fiait pas aux documents, car on peut toujours falsifier ce qui est écrit. Il avait donc demandé à la future belle-famille, aux anciens de la maison, même aux frères et aux sœurs du fiancé, de réciter à haute voix leur lignage. Depuis l'enfance, tout amhara savait donner la liste de ses propres ancêtres et celui qui aurait essayé de remplacer sur le moment un nom gênant se serait sûrement trompé, comme celui qui saute ou qui intervertit une lettre en disant l'alphabet. L'examen avait été satisfaisant. Tous les membres de la famille, vieux et jeunes, hommes et femmes, réunis autour d'un café avec une tige de rue offerte à l'hôte, avaient psalmodié la liste sans erreurs ni hésitations. La pureté de sang de leur lignée avait été attestée. Alors le père de la future épouse se rendit chez l'abouna et lui demanda son aide dans le choix de la bonne date pour la cérémonie. Il y avait des jours propices pour les voyages mais pas pour les accords, d'autres pour la guerre mais pas pour l'amour, certains jours les démons étaient très puissants et la seule chose sensée était de rester à la maison, d'autres jours il convenait de prier les anges. La date qui convenait au mariage fut enfin trouvée.

« Ma fille est habituée à manger de la viande, ne songez pas à la nourrir de légumes », dit le père d'Abeba à celui de l'époux, amorçant ainsi les négociations sur la dot et la division du patrimoine. Combien de chèvres, combien de veaux, quelle taille le bout de terre dont le revenu permettrait à l'épouse de payer ses dépenses de coiffure. L'accord fut enfin conclu. Il était plus que temps : l'épouse avait maintenant sept ans et l'époux douze.

L'enfance d'Abeba avait été heureuse. Dans toutes les familles, les enfants doivent toujours craindre au moins une personne, et dans la sienne, il s'agissait du grand-père. C'était lui qui les fouettait s'ils manquaient de respect aux anciens, s'ils avaient l'air de tenir plus à eux-mêmes qu'à leurs frères et à leurs amis, s'ils mentaient, s'ils déclaraient effrontément leurs propres désirs, s'ils ne tenaient pas compte dans chacun de leurs actes, à chaque circonstance, de ce que diraient les autres – bref, s'ils n'avaient pas d'*yilugnità.* Ses punitions pouvaient être impitoyables. À huit ans, donc déjà en âge de suivre les préceptes, son frère Bekele avait bu deux œufs de poule encore chauds pendant le carême. Le grand-père le suspendit par les pieds à un arbre jusqu'à ce qu'il vomisse un liquide jaune, puis il s'évanouit. Alors seulement, il donna l'ordre de le descendre de l'arbre. Aucun des adultes ne vint consoler Bekele qui, du reste, ne l'aurait pas voulu : un amhara ne montre pas de faiblesse dans la douleur. Seule la petite Abeba resta pour veiller sur son frère préféré, mais à une certaine distance, pour ne pas être punie. Jusqu'à ce qu'il se remette tout seul debout.

Mais le grand-père était surtout sévère envers lui-même. Il traitait son propre corps comme un hôte importun dont il se serait volontiers passé : il l'affamait en se privant de nourriture pendant des semaines, il faisait vœu de ne pas boire durant des jours entiers à la saison chaude, il récitait les yeux brillants les histoires des saints en décrivant avec force détails les supplices de leurs martyres. Dans le village, tout le monde savait qu'il s'entretenait parfois avec les anges, surtout pendant ses jeûnes, et ils étaient nombreux à venir lui demander de raconter ces conversations. Mais tous ne comprenaient pas ce qu'il disait car ses paroles étaient aussi bien de l'or que de la cire. Abeba en revanche saisissait toujours leur vrai sens, celui qui n'était pas destiné aux sots, et il en était fier.

« Tu ne trouveras plus ta boisson d'orge », répondait le grand-père en psalmodiant à l'adresse d'un homme qui lui demandait d'interpréter un de ses rêves. Celui-ci s'en allait perplexe en hochant la tête, tandis que sa petite-fille comprenait très bien ce qu'il avait dit : « Ta maîtresse te déteste, désormais elle se refusera à toi. »

La petite Abeba n'eut jamais à subir l'ascétique dureté de sa discipline comme ses autres petits-enfants. Peu avant de mourir, il lui avait même adressé un regard bienveillant quand elle lui avait demandé quelle forme avait son propre ange gardien.

« Il est comme toi, lui avait répondu son grand-père, mais il a la lumière du paradis dans les yeux et le feu divin entre les doigts. Plus que ton protecteur, l'ange gardien est ton miroir. »

Abeba n'avait jamais vu de miroir. Il n'en existait pas un seul dans tout le village. De temps en temps, elle apercevait le reflet d'une silhouette au fond du puits où elle allait prendre l'eau avec ses amies. Il avait des formes floues, foncées du fait de la distance, il levait les bras quand elle les levait et son front et son nez étaient éclairés par le soleil au zénith. Somme toute, cette image ne lui disait rien qu'elle ne sût déjà. Comme pour quiconque dans le village, elle trouvait le seul vrai reflet d'elle-même dans le regard des autres. Puisqu'ils lui disaient souvent qu'elle était une belle petite fille, c'est ainsi qu'elle se voyait. Alors que les rares fois où on l'avait grondée, elle s'était sentie laide, très laide, plus horrible que le dragon au sang noir que saint Georges avait éventré.

« Comment est fait un miroir ? » aurait-elle donc voulu demander à son grand-père. Mais elle l'avait trop souvent vu faire claquer son bâton sur le dos de ceux qui posaient des questions stupides. Elle garda donc sa curiosité pour elle.

Les adultes étaient aussi indulgents avec Abeba parce qu'elle était la plus petite des treize enfants et que sa mère était morte en couches. Sa grand-mère la garda sur ses genoux beaucoup plus longtemps que ses autres petits-enfants. Quand elle eut six ans, c'est elle qui lui enseigna à se couvrir la tête et à inhaler la vapeur des feuilles d'euphorbe en infusion pour éclaircir la peau de son visage.

« Si tu fais des fumigations, tu épouseras le fils d'un ras, comme dans le conte. »

Elle lui raconta l'histoire de la jeune fille à la peau claire comme la lune qui avait rencontré le fils d'un ras au marché, le foudroyant d'amour par la luminosité de son front. La foule les avait séparés et il l'avait fait chercher dans tout l'Amhara parce qu'il voulait l'épouser. Mais il n'aurait pu la reconnaître : ses sœurs envieuses – beaucoup plus foncées de peau – avaient saupoudré son visage de suie pour la rendre laide et noire, et l'appelaient Cendre pour se moquer d'elle. De leur côté, elles se préparaient des fumigations, comme celles que sa grand-mère préparait à Abeba maintenant, pour devenir pâles et se faire épouser par le fils du ras.

« Il la retrouve à la fin ? demanda Abeba.

— Oui, parce qu'un jour les sœurs autorisèrent Cendre à sortir. Il y avait du soleil, mais cette année-là les pluies étaient en avance. Il se mit brusquement à pleuvoir et l'eau tomba sur son visage. Les passants virent sa peau claire. Le fils du ras l'apprit et envoya ses esclaves la chercher avec un baldaquin. Et il l'épousa. »

Abeba avait écouté le conte en silence. Elle fixa le feu au

milieu de la cabane où on avait mis à bouillir la casserole avec l'euphorbe.

Elle resta si longtemps muette qu'au bout d'un moment sa grand-mère lui demanda :

« Qu'y a-t-il mon poussin ? »

Un enfant ne doit jamais contredire un adulte, Abeba le savait. Et puis, moins une petite fille parlait, mieux c'était. Mais la pensée qui lui trottait dans la tête ne la quittait pas.

« Tu n'as pas aimé l'histoire ?

— Si grand-mère, mais… » Elle n'avait pas réussi à retenir ce « mais ». Alors autant continuer. « Mais le fils du ras est tombé amoureux d'elle parce qu'elle était née avec la peau claire, pas grâce aux fumigations. Ces méchantes sœurs en avaient fait et ça n'avait servi à rien. »

Abeba courba les épaules pour parer le coup qui allait sûrement punir son insolence. Mais il n'arriva pas. Une ride s'était formée au milieu du front de sa grand-mère, non de colère mais d'orgueil et aussi d'inquiétude pour la perspicacité de sa petite-fille. Car, pour une femme, une grande intelligence est une chance amère.

Après son mariage, Abeba avait continué à vivre avec ses parents. Le matin, elle allait chez son époux, elle moulait le teff avec sa belle-mère, écrasait le berberé dans le mortier et servait le repas. À tour de rôle, ils mettaient réciproquement dans leur bouche les morceaux d'*injera* trempés dans la sauce, car entre amoureux on doit se traiter comme des enfants, puis le soir elle revenait au toukoul de son père pour dormir. À onze ans, quand elle devint adulte, elle déménagea. La première nuit de noces, Abeba était prête à hurler, à s'opposer avec force comme le voulait la tradition. Mais après une vague tentative, son mari s'était tourné de l'autre côté et s'était endormi.

Abeba ne mit pas longtemps à se rendre compte que le feu qui aurait dû brûler dans son ventre chauffait bien peu. Avant de la déclarer stérile, sa belle-mère laissa passer quelques années, mais en attendant elle la battait ; au début toute seule, ensuite avec son fils. Elle la tirait par les cheveux, la jetait à terre et la frappait. Un jour, ils l'enfermèrent de midi au coucher du soleil dans un des grands paniers qui servaient de réserves à grains, posé sur des poutres en bois à l'extérieur du toukoul. Abeba mourait de soif mais aucun des serviteurs n'eut le courage de lui apporter à boire. Au bout de plusieurs heures emprisonnée sous le soleil, son ange gardien vint lui tenir compagnie. Il avait un visage en amande avec un très grand front, de petites tresses collées sur sa tête et des mains impossibles à regarder tant elles étaient lumineuses. Il lui adressa un merveilleux sourire et murmura les mots que lui disait son père quand elle était enfant : « Tu es ma petite chèvre, tu brilles comme la lune, tu es plus douce que le miel sauvage. »

Quand on la fit sortir du panier, Abeba titubait et avait les cheveux pleins de paille, mais elle ne baissa pas les yeux. Cette nuit-là, son mari réussit à la pénétrer après une volée de gifles, mais elle ne laissa pas échapper le moindre soupir. Elle avait treize ans.

Tout le monde pensait que les choses s'arrangeraient avec l'arrivée du premier enfant, mais son ventre resta plat. Tous les mois, quand le sang coulait entre ses jambes, sa belle-mère la battait et l'insultait. Quand le divorce fut enfin décidé, tout le monde fut très soulagé, y compris Abeba. Le *Fetha Neghest*, la loi des rois, était de son côté : en droit abyssin, si une femme avait été mariée selon le rite complet, elle récupérait toute sa dot au moment du divorce. Le jour où le *sciumagallè*[1] émit le jugement, Abeba prépara un dernier dîner dans la maison de ses beaux-parents, comme c'était l'usage. Elle leur était très reconnaissante qu'ils lui rendent sa liberté. Pour la première et la dernière fois, la douceur avec laquelle elle mit un morceau de *kitfo* bien mariné dans la bouche de son désormais ex-mari fut sincère.

Son frère Bekele vint la chercher pour la ramener chez leur

1. Ancien du village.

père. Il se moqua d'elle pendant tout le trajet. « Maintenant, je peux de nouveau te taper comme quand tu étais petite. »

Elle rit. « Mieux vaut être mordu par ses parents que léché par des étrangers. »

Et quand, une fois chez elle, elle se jeta dans les bras de sa grand-mère et qu'elle respira son odeur, elle sut à quel point était juste le proverbe qui dit : la vraie famille d'une femme est celle dans laquelle elle naît, pas celle où elle se marie, car le sang est plus fort que tout. Mais entre-temps, les Italiens étaient arrivés.

La femme de Bekele avait dit à son époux : « Tu veux peut-être retourner dans le ventre de ta mère ? Le mien sera fermé pour toi si tu ne vas pas te battre ! » Son père et lui partirent tous les deux avec l'armée du ras Mulugheta. Le vieux père mourut sur les rives du Tacazzé. Quand Bekele revint au village, plusieurs mois après, il avait moins de chair sur le dos qu'une peau d'écorché et des yeux fixes sur lesquels ses paupières ne battaient plus.

« Dis-nous, comment c'était la guerre ? » lui demandaient-ils tous, mais ils ne réussirent qu'à lui faire dire qu'il s'était battu dans l'Enderta, au pied d'un amba qui s'appelait Aradam. Pour la première fois de sa vie, Abeba vit son frère préféré, toujours loquace et avec la langue bien pendue, constipé par une histoire qui ne voulait pas sortir. Quand il sut que le négus Hailé Sélassié avait abandonné Addis-Abeba et qu'il était parti en exil, Bekele se couvrit la tête de terre et pleura toute une journée.

Quelque temps plus tard, le résident *talian* local vint s'installer. De sa chemise noire sortaient des mains et un visage couleur d'oignon, et ceux qui s'étaient approchés de lui disaient qu'il en avait aussi l'odeur. Lors du défilé en son honneur, un homme ne s'inclina pas. Il lui fit donner trente coups de courbache à lui et à sa famille. C'était le comportement qu'on attendait d'un vainqueur, d'autant plus que l'homme puni n'était qu'un pauvre paysan, pas de sang élevé comme la famille d'Abeba. Le résident obtint ainsi le respect de la population.

Peu après arrivèrent les chantiers de la nouvelle route qui

devait passer non loin du village. Le médecin des ouvriers ouvrit un dispensaire pour les habitants des environs et on commença à penser que cette invasion avait apporté quelque chose de bon. Peut-être que le moment était venu d'apprendre les choses du monde de l'extérieur, dirent-ils. En revanche, les autres, tous ceux qui vivaient loin des routes et du théâtre des combats, en somme la majeure partie des Éthiopiens, se rendirent assez peu compte de la présence des *talian*.

Une nuit, Bekele rêva de son père qui lui disait : « Ne permets pas qu'on me tue une seconde fois. »

Le jour suivant, des nouvelles effrayantes se répandirent au marché. Des patriotes avaient essayé de tuer le chef des Italiens qui s'en était sorti, même s'il avait été blessé. Addis-Abeba avait été l'enfer sur terre pendant des jours entiers. Des dizaines de notables avaient été pendus et dans tout le pays il y avait eu des exécutions, des monastères détruits, la terreur : à Debré Libanos des centaines de moines avaient été massacrés en quelques heures. Bekele repensa aux paroles de son père et déterra les armes qu'ils avaient cachées après la guerre sous le sycomore. Il ne fut pas le seul.

Le voilà donc, son *talian*, penché sur son bureau pendant qu'elle préparait le dîner. Il écrivait tant ! En général, lui avait-il expliqué, c'étaient des lettres pour sa mère. Abeba approuvait son dévouement de fils envers celle qui lui avait donné la vie.

Attila était bon avec elle. Il ne la battait pas, lui donnait à manger, la faisait vivre dans une maison qui n'était pas en paille et en bois, comme celle de son père, mais en brique. Il lui demandait : « Tu dois aller faire les courses ? » puis il mettait les mains dans ses poches et lui donnait tout l'argent qu'il y trouvait.

Oui, il était bon avec elle. Il l'avait été dès le premier jour, dans son village, quand cet homme au visage caché par une boîte noire l'avait fait mettre debout devant une toile blanche.

Il lui avait demandé de baisser sa blouse par l'intermédiaire de l'interprète et elle s'était sentie désemparée : elle ne s'était jamais dévêtue ainsi en public. Mais elle pensait qu'elle n'avait pas le choix – ils étaient entourés d'askaris armés – et elle avait pincé les lèvres en se préparant à la honte. Pourtant, alors qu'elle s'apprêtait à découvrir sa poitrine, Attila – elle ne savait pas encore qu'il s'appelait ainsi – s'était approché de l'homme et lui avait dit quelque chose. Celui-ci avait levé les yeux de sa boîte noire et l'avait dévisagée à travers ses verres épais, comme pour la jauger. Elle avait interrompu son geste au moment de baisser sa blouse. Au bout d'un instant, l'homme lui avait adressé un signe nerveux : allez, file.

Longtemps après, alors qu'elle vivait depuis un an déjà avec Attila, elle lui avait demandé ce qu'il avait dit à cet homme pour le convaincre de la laisser partir.

« Que tu étais trop belle. Bien plus qu'une femme italienne. »

Ça lui avait fait chaud au cœur. « Plus belle qu'une femme blanche ?

— Oui, même si tu es noire.

— Moi, je ne suis pas noire. Je suis rouge. »

Il s'était mis à rire. « Rouge ! Elle est bonne celle-là ! » Il l'avait prise par un coude. « Et alors, ce bras couleur café ? »

Elle aurait voulu lui raconter ce que tous les enfants amharas savaient : à l'origine, leur peuple avait la peau claire comme celle des *talian*, mais elle avait foncé sous le soleil africain. Maintenant, ils ne pouvaient plus se dire blancs, mais les esclaves c'étaient les Noirs : les Nuers, les Bertas, les Changallas. Pas les Amharas – eux, ils étaient rouges. Mais Abeba s'était tue : elle connaissait l'art de ne pas contredire depuis qu'elle était petite. Elle continuait néanmoins à ne pas comprendre pourquoi le *talian* avec les lunettes n'avait pas apprécié qu'elle soit belle. C'est cette explication qu'elle demanda.

« Parce que tu fais passer pour laides les femmes italiennes », lui expliqua Attila.

Abeba pensa qu'il plaisantait et lui donna un baiser en riant.

Mais c'était vraiment ce qui s'était passé.

Jour après jour, au cours de l'expédition, Cipriani avait été obligé de constater la beauté des Abyssines. Il n'y avait rien à faire : malheureusement, la plupart d'entre elles étaient belles, même selon les canons classiques de l'anthropométrie. En tant que scientifique, l'esprit dégagé des entraves du préjugé, il se rendait compte qu'il était difficile de démontrer l'infériorité raciale de certaines jeunes filles amharas, par rapport aux Italiennes du même âge. Il avait repensé à ce que Telesio Interlandi lui avait dit avant de partir et il avait fini par penser qu'il avait raison : ses photos ne devaient pas trop révéler cette beauté noire.

Quand Profeti l'avait invité à mieux observer le sujet qu'il était en train de photographier, les paroles d'Interlandi avaient résonné dans sa tête. Il était en train de prendre une photo qui, non seulement n'était pas « horrible », comme le lui avait suggéré son collègue, mais qui était franchement dangereuse. Ce spécimen de femme amhara avait un crâne dolichocéphale, un visage de forme ovale, leptorhinienne. L'anthropologue savait bien que son front large serait aveuglément associé par beaucoup à l'intelligence. Elle avait des lèvres douces mais normales, dépourvues de cette turgescence qui rendait gênante la bouche de certaines femmes noires en révélant leur nature bestiale et débridée. Ses longues jambes, aussi bien en valeur absolue que proportionnellement à son buste, auraient pu suggérer des comparaisons peu flatteuses avec le rapport cuisses/tronc de nombreuses Italiennes. Toutes des bonnes raisons pour suivre le conseil de Profeti et la laisser partir.

L'anthropologue ne comprit pas tout de suite que les raisons du lieutenant étaient différentes. Ce fut seulement le lendemain matin, quand il vit la jeune fille se faufiler hors de sa tente.

« Profeti, vous me décevez », lui dit-il quand ils se retrouvèrent pour le petit-déjeuner. C'était la première fois que Cipriani s'adressait à Attilio sur le ton vindicatif qu'il employait avec les autres et qu'il lui avait épargné jusque-là. « En prendre ainsi à votre aise. Dans une tente de mon expédition. Avec une Noire.

— Ne vous inquiétez pas, professeur, répondit calmement Attilio. Je l'ai choisie en connaissance de cause. »

La voix de Cipriani se fit aiguë sous le coup de l'irritation. « Moi aussi, je vois bien qu'elle est belle, Profeti. Mais vous savez parfaitement ce que je pense des rapports inter…

— La race est en sécurité. »

Le professeur n'était pas habitué à ce qu'on lui coupe la parole. Les veines de son cou commençaient à gonfler, mais Attilio continua posément.

« Elle est stérile. Mes askaris l'ont appris au marché. »

Cipriani resta la bouche ouverte. L'invective qu'il allait lancer lui resta sur le bout de la langue. Alors, il soupira mais avec une indulgence réticente. Malgré lui, il se vit hocher la tête en souriant.

« Ah, Profeti… Je comprends maintenant pourquoi on vous appelle Attila. Vous êtes vraiment un fléau. »

Cipriani aurait été moins tolérant s'il avait pu imaginer ce qui s'était réellement passé dans la tête d'Attilio quand il avait vu Abeba poser devant la toile blanche. En réalité, au moment où la jeune fille allait ouvrir sa blouse, Attilio s'était soudain senti gêné. L'idée que tous – Bertoldi, Cipriani, les askaris – verraient sa poitrine lui fut, de façon absurde mais aussi irrépressible, insupportable. En plus d'un an d'Afrique, aucune Abyssine, pas même l'avenante « banderole jaune » d'Adoua, ne lui avait jamais inspiré la pensée qu'Abeba éveilla en lui à ce moment-là : « Je la veux seulement pour moi. »

La première nuit passée ensemble, Abeba n'était pas restée à côté de lui dans le lit de camp, mais elle s'était allongée par terre, sur une natte. Attilio était habitué à cette coutume. Les indigènes avec lesquelles il s'accouplait faisaient toujours comme ça. Si c'était la nuit, elles le laissaient seul sur le lit de jonc et de bois et s'allongeaient sur le sol ; le jour, elles mettaient une *shamma*[1] autour de leurs épaules et allaient s'asseoir à l'extérieur du toukoul, en attendant son réveil. Encore une chose inédite : quand Abeba s'écarta et se coucha par terre, Attilio en fut contrarié. Il aurait voulu continuer à la sentir contre lui même pendant qu'il dormait, modeler son ventre sur la courbe de ses fesses, respirer son cou. C'était étrange : jamais, de toute sa vie, il n'avait dormi une nuit entière à côté d'une femme. Il n'en avait jamais éprouvé le désir ni la nécessité, tout comme on ne s'attarde pas plus que nécessaire là où l'on satisfait ses propres besoins. La jeune fille descendit quatre fois pour dormir par terre ; quatre fois, cette nuit-là, il la fit remonter sur son lit de camp. Puis, deux heures avant l'aube, en cet instant de clarté qui précède le sommeil, il sut qu'il avait déjà pris sa décision : après le retour de Cipriani en Italie, il reviendrait la chercher.

Il avait commencé à trouver sa vie trop solitaire à Addis-Abeba. Les bordels ne suffisaient pas, même s'ils avaient aussitôt été considérés comme une nécessité stratégique par le régime – le premier avait été inauguré quelques jours après la proclamation de l'Empire et les jeunes filles avaient encore sur elles l'odeur de mazout du *Principessa Maria.* Il en avait aussi assez de manger toujours au mess, de faire repasser ses vêtements par les ordonnances, de s'ennuyer le soir parce qu'il n'avait personne chez qui rentrer. Bref, il était temps qu'il prenne une femme chez lui.

Très longtemps après, alors qu'ils étaient enlacés dans leur lit (désormais plus personne ne dormait sur la natte), Attilio éprouva une certaine curiosité qu'il n'avait eue jusque-là avec aucune autre femme.

« La première nuit, chuchota-t-il à son oreille, tu me voulais toi aussi quand je te voulais moi ? »

L'éclat de rire d'Abeba fit exploser leur murmure ouaté. « Qu'est-ce que ça changeait ? »

1. Grande écharpe blanche en coton.

Une telle réponse aurait vexé un autre homme. Pas Attilio. Il ne trouvait rien d'inexact ou de gênant à décrire leur première rencontre comme un acte de domination. Lui était un homme, elle une femme ; il était blanc, elle noire ; l'armée dont il faisait partie avait conquis le pays d'Abeba. Il était superflu de se demander qui était le plus fort. Et puis, on l'appelait justement Attila parce qu'il n'avait jamais douté de son pouvoir de séduction auprès des femmes. L'idée que les paroles d'Abeba puissent être une atteinte à sa virilité ne lui traversa pas l'esprit. Il y vit tout au plus une coquetterie.

Et il avait raison. La réponse d'Abeba n'avait pas été tout à fait sincère. Ce jour-là, quand l'askaro était venu lui transmettre l'invitation – ou plutôt l'ordre – du lieutenant à le rejoindre dans sa tente après la tombée de la nuit, elle n'avait pas été contrariée. Au contraire. Certains *talian* avaient la peau couleur couenne de porc et puaient la viande pourrie. La pensée d'en retrouver un sur elle, comme c'était arrivé à sa cousine sur la grève du fleuve, la faisait frissonner. Attila avait produit sur elle un tout autre effet. Alors qu'elle attendait sans bouger devant la toile blanche, elle l'avait observé attentivement tandis qu'il parlait avec l'homme nerveux aux lunettes. Elle avait remarqué la discrète élégance de ses gestes, le pas élastique de celui qui se sent chez lui dans le monde, le regard posé sur elle qui l'avait obligée à cacher son sourire derrière sa main. Et puis, ce n'était plus une jeune fille, elle était divorcée ; elle savait bien qu'il arrive rarement à une femme de devoir obéir à un ordre agréable. Il faut toujours profiter de l'occasion lorsqu'elle se présente.

Et c'est ce qu'elle avait fait. Plus d'une année s'était écoulée et elle ne regrettait rien. Quelques semaines après cette première rencontre, il était revenu au village pour l'emmener à Addis-Abeba.

Sa grand-mère l'avait accueilli avec la cérémonie du café. Elle avait envoyé Abeba cueillir des baies verdâtres sur les buissons dans le champ pendant qu'elle examinait le *talian* venu pour sa petite-fille préférée. Au marché, elle avait entendu trop d'histoires de femmes traitées par les Italiens comme des esclaves, ou pire, car à une esclave du moins un maître donne suffisamment à manger pour qu'elle ne dépérisse pas. On racontait que le résident d'un district voisin, en échange d'une poignée de teff, achetait les plus jeunes filles des familles pauvres, celles auxquelles la nourriture ne parvenait que lorsqu'il en restait, c'est-à-dire presque jamais. Des enfants de sept ou huit ans qui, après avoir été rassasiées, devaient l'appeler *père*. Puis il leur faisait des choses dont aucun bon chrétien n'aurait été capable avec ses propres filles. Mais elle savait qu'il y avait aussi d'autres *talian* qui achetaient du bon tissu pour les vêtements des femmes qu'ils prenaient chez eux, qui leur donnaient de la viande et des épices en dehors des jours maigres et qui ne les battaient jamais ou presque. Dans ces cas-là, la famille de la femme en tirait aussi un avantage : il est toujours utile d'avoir accès à l'oreille de ceux qui ont le pouvoir, et à présent c'étaient eux qui avaient le pouvoir. En outre, Abeba était une femme divorcée, stérile et, à près de dix-sept ans, plus toute jeune. Elle aurait eu du mal à trouver un bon mari. Elle pouvait bien sûr devenir prostituée, mais bien que ce soit une vie autonome comportant beaucoup d'avantages, elle n'en était pas moins très fatigante.

C'était une décision délicate.

Sa grand-mère avait grillé, écrasé, fait bouillir, filtré et tourné le café dans les tasses avec une tige de rue. Entre-temps, elle n'avait pas cessé de l'observer. Son impression ne fut pas négative. « Ce *talian* est bien dans sa peau, signe qu'il n'est pas cruel. Il est aussi vaniteux et c'est une bonne chose : il ne supporterait pas que les gens pensent qu'il la traite mal. »

Attilio avait emmené un askaro pour servir de traducteur. Sa grand-mère exigea de signer le *damöz*, mariage temporaire aussi appelé « sang et sueur », car c'est ce qu'il aurait dû verser pour subvenir correctement à ses besoins. Abeba avait du mal à se donner une contenance et à garder le silence. Elle était déjà vêtue de blanc comme le voulait la tradition et sa grand-mère lui mit autour du cou un de ses étuis en cuir avec des prières. Deux témoins s'assurèrent que le *talian* comprenait et acceptait les conditions : lui donner à manger le plus possible, ne pas la battre, servir de père à ses enfants. Sa grand-mère dit à l'askaro de bien traduire ce qu'elle disait, puis elle mit son visage tout près de celui d'Attilio.

« Si tu veux la faire vivre comme il faut, l'argent ne suffit pas. La vérité aussi est nécessaire. »

Son souffle rance de vieille femme frappa Attilio en pleine face. Il ne fronça pas le nez, ne recula pas, mais il lui adressa un sourire. Le même avec lequel, depuis qu'il était dans les bras de sa mère, il avait toujours récompensé les femmes quand elles lui donnaient ce qu'il voulait. Il demanda à l'askaro de traduire sa réponse.

« C'est ce que je pense moi aussi. »

Seuls des Italiens vivaient dans la rue arborée au sommet de la colline : le centre de la ville leur était maintenant réservé.

La maison du lieutenant Attilio Profeti avait un seul étage, avec un plafond à caissons séparés par des lattes en bois enduites de plâtre et un carrelage noir et orange identique à celui de l'appartement au-dessus de la gare de Lugo. Les volets pliants aussi étaient identiques à ceux que sa mère Viola ouvrait tous les matins, laissant entrer l'humidité de la plaine. Et les marches qui menaient à la porte d'entrée étaient en granito, comme celles de l'école primaire de Lugo. Mais à part ces éléments architectoniques très italiens, des faux bananiers, des yuccas, des avocatiers, des papayers poussaient à l'extérieur. Pendant la saison sèche, le jacaranda en fleur occultait le ciel devant la cuisine de son nuage de fleurs violettes. Un ibis blanc et noir avait fait son nid dans le jardin et pendant la saison des amours il remplissait l'air de cris étranglés, puis se dressait pour s'envoler de ses grosses ailes. Attila la faisait vivre dans une si belle maison ! Abeba était heureuse. Et tant pis si dans le quartier les seuls visages noirs étaient ceux des jardiniers, des chauffeurs et des servantes. Ces dernières étaient d'ailleurs presque toutes des madames incognito comme elle.

Abeba faisait la cuisine, nettoyait la maison, rangeait les vêtements. Elle ne contredisait jamais son Attila. Juste avant qu'il rentre du travail, elle se parfumait ; elle l'accueillait en lui retirant ses bottes et en lui massant les pieds. Elle avait appris à cuisiner quantité de plats italiens, renonçant aux saveurs épicées : plus de berberé, rien que de l'huile d'olive, de la sauce tomate et du parmesan. De temps en temps, elle salivait en pensant à la pâte molle et plate de l'*injera* émiettée avec les doigts pleins de sauce : mais depuis qu'Attila l'avait appelée « cette espèce de chiffon sale », elle n'en avait plus préparé, même quand elle était seule. Maintenant, elle aussi ne mangeait que des pâtes, des passatelli, des tortelli et des plats de viande qu'il aimait tant et qu'elle trouvait pourtant doux et sans goût, comme le *polpettone*[1]. Ce n'est que lorsque Attilio lui demanda de lui préparer du foie aux oignons que, de dégoût, son visage s'était contracté en forme d'amande.

« Je ne te fais pas de la cuisine pour esclaves ! » s'était-elle écriée.

Attilio fut si étonné par ce refus, le seul de toutes ces années où ils vécurent ensemble, qu'il n'insista pas.

Ils ne passaient le seuil de la maison ensemble que le dimanche. Abeba se rendait à la cathédrale San Giorgio et Attilio la précédait de quelques pas dans les rues de la ville. Puis il allait s'asseoir dans un des cafés du nouveau quartier de Piazza sur la colline et attendait la fin de la messe.

Il avait remarqué plus d'une fois qu'au lieu d'entrer dans la cathédrale Abeba restait dehors, même si la messe avait déjà commencé, au milieu de la foule qui envahissait toujours le parvis – la même qu'Attilio avait vue devant toutes les églises en Abyssinie. Et il la retrouvait dehors quand il revenait.

« Mais qu'est-ce que vous faites, vous, Abyssins, à l'extérieur

1. Pain de viande à l'italienne.

des églises ? lui demanda-t-il un jour une fois rentrés chez eux. Vous êtes toujours massés là, comme si c'était le marché ! Vous dites que vous êtes très pieux et puis vous n'entrez même pas pour écouter la messe… »

Abeba éclata de rire. Elle lui expliqua que seuls ceux qui étaient purs pouvaient participer à la messe copte. Ceux qui ont fait *nik-nik* la nuit précédente ne le sont pas et doivent rester dehors. Mais la plupart de ceux qui n'entraient pas dans l'église n'étaient pas du tout impurs, ils faisaient seulement semblant. Ils avaient dormi seuls comme des chiens avec leurs poux, mais gênés à l'idée qu'on puisse douter de leur virilité, ils ne voulaient pas que les autres le sachent. Tout comme les femmes d'un certain âge qui tenaient à faire croire que leur mari les désirait encore.

« L'Église ne tolère pas une ombre de liberté ! » déclama alors Attilio dans un demi-sourire.

Abeba ne comprit pas ce qu'il voulait dire, mais elle le regarda d'une façon qui l'électrisa de désir.

« Mais moi je ne peux vraiment jamais entrer, lui dit-elle en riant. C'est bien de ta faute ! »

Et c'était vrai : Attilio la rendait impure presque toutes les nuits. D'ailleurs, il avait vingt ans et elle dix-sept. Abeba avait aussi découvert avec lui des choses dont personne ne lui avait jamais parlé. Pas plus que ses sœurs aînées qui ricanaient pendant qu'on les coiffait avant leur mariage. Et certainement pas non plus son mari, ce ver de terre mollasson. La première fois qu'Attila l'avait embrassée, elle avait éprouvé du dégoût. Pourquoi glisser ses lèvres entre les siennes, fouiller entre ses dents comme pour lui voler de la nourriture, agiter la langue dans sa bouche comme une grosse limace ? Elle n'en voyait pas la nécessité. Mais elle s'était ensuite habituée. Finalement, elle n'avait plus pu se passer de ces baisers qui rendaient son ventre mou comme du beurre, ses jambes comme de la sciure et tout le reste comme un fleuve.

Et pourtant, bien qu'Abeba n'ait été pénétrée, et avec difficulté, que par un autre homme auparavant, alors que lui avait eu plus de femmes qu'il ne pouvait en compter, ce fut Attilio le plus transformé des deux par leur rencontre. Car elle ne feignait pas le plaisir comme les putes italiennes ; elle ne le montrait pas avec l'humble tristesse de sa logeuse de Bologne ; elle ne le vivait pas de façon étrange et énigmatique comme les *sciarmutte*. Abeba jouissait et partageait avec lui sa jouissance. Elle la lui offrait. Jusque-là, l'orgasme de ses compagnes de lit avait été pour Attilio une démonstration de sa virilité, voire quelque chose qui le concernait bien peu. Avec Abeba, au contraire, il prenait part à son plaisir autant qu'au sien. Son plaisir à elle devint de plus en plus le sien aussi, jusqu'à ce qu'il n'y eût plus de différence entre les deux. Avec Abeba, l'éjaculation, la décharge physiologique à laquelle tend l'irrésistible locomotive du désir masculin, n'était plus la chose importante. Son orgasme n'était qu'un des nombreux phénomènes de sa rencontre avec elle et, au terme d'une nuit entière passée à se chercher, Attilio pouvait même s'en passer sans se sentir diminué. De besoin primaire du corps, comme la miction ou la nourriture, le sexe s'était transformé pour Attilio en quelque chose de bien plus vaste. Ce n'était plus une chose qui se fait, mais un endroit où aller. Et le plan pour y arriver était le corps d'Abeba. Désormais, Attilio avait besoin d'elle d'une manière innocente et totale qu'il n'avait jamais connue auparavant, sauf avec sa mère Viola quand il était petit. C'était une expérience inédite et déconcertante de vulnérabilité. Et, comme il l'avait toujours fait avec les sentiments compliqués, Attilio fit semblant de ne pas s'en apercevoir.

Lorsqu'elle l'avait rencontré, Abeba ne savait dire que *soldato, ciao, macchina* et pas grand-chose d'autre. Mais bien vite elle parla italien avec désinvolture, en faisant claquer sa langue sur ses dents. En amharique, Attilio ne connaissait que les chiffres utiles pour négocier au marché. L'apprendre ne lui avait jamais servi. Les askaris étaient des troupes de l'Empire, il lui semblait donc évident qu'ils comprennent les ordres en italien. Et pour ceux à donner aux civils, il avait dans sa poche le *Manuel linguistique pour l'Afrique orientale.*

Pour le reste, la majeure partie de la vie d'Attilio à Addis-Abeba aurait très bien pu se dérouler dans un des nouveaux quartiers fascistes dont on remplissait les villes italiennes : partout – dans son bureau des postes, à l'exception des employés qui avaient remplacé Afework, aux cercles officiels, au mess – il n'avait pratiquement affaire qu'à des Italiens. Le cinéma Impero, une des nombreuses constructions récentes de la nouvelle ville fasciste, avait un aspect rassurant qui n'aurait pas détonné dans le centre de Lugo : revêtement de carreaux en fausse mosaïque, fenêtres verticales aux espacements classiques, proportions rationnelles de plans et de volumes. Quand on projeta *Blanche-Neige*, Attilio pensa distraitement que le film aurait plu à Abeba. Mais les Noirs ne pouvaient pas entrer dans les salles de cinéma de l'Afrique orientale italienne.

Abeba s'occupait toujours des petites tâches quotidiennes qui nécessitaient des échanges avec les indigènes, les fournisseurs, les ouvriers et même les mendiants qui se présentaient sur le seuil de la maison. Si l'intervention d'Attilio était nécessaire, elle lui servait d'interprète. Attilio lui déléguait volontiers autant que possible les contacts domestiques avec les Abyssins. Il en avait déjà trop autour de lui. La seule personne de sang africain qui l'intéressait c'était elle. Il se passait bien de tous les autres, après deux ans d'Afrique.

Abeba allait faire les courses toute seule chez les commerçants du Merkato. C'était aussi un moyen d'échanger deux mots dans sa langue durant les longues journées passées à attendre le retour d'Attilio. Bien sûr, elle se sentait seule de temps en temps. C'était bizarre de passer tant d'heures sans autre compagnie que soi-même, sans entendre la voix d'aucun parent – de sang, par alliance, aimé, détesté, peu importe – à quelques mètres d'elle ; cela ne lui était jamais arrivé. Toute sa vie, le moindre de ses gestes avait eu pour témoins les yeux des autres. Maintenant, elle était complètement seule les deux tiers de la journée. Maintenant, Attilio était toute sa famille : il était son père, sa mère, ses grands-parents, son frère.

Bekele. Elle ne savait pas comment il allait ni où il était. Avait-il assez à manger, était-il blessé, était-il vivant, avait-il été fait prisonnier ? Sa grand-mère lui aurait sûrement envoyé un message s'il lui était arrivé quelque chose de grave ; mais l'inquiétude l'oppressait parfois comme un de ces esprits noirs que même les abounas ne parviennent pas à chasser. Des ombres qu'on ne peut porter qu'en soi, en pratiquant l'endurance et, dans les cas les plus extrêmes, comme le lui aurait conseillé son grand-père, le jeûne, jusqu'à ce qu'elles s'en aillent d'elles-mêmes. Elle ne craignait pas que Bekele la méprise parce qu'elle vivait avec un des *talian* contre lesquels il se battait. Avant son départ pour Addis-Abeba, sa grand-mère l'avait rassurée. « Depuis l'époque de la reine de Saba et du roi Salomon, lui avait-elle dit, il se produit deux choses quand les étrangers se rencontrent : la guerre ou l'amour. Plus souvent, les deux à la fois. »

Non, sa pensée était toute simple, c'était celle d'une petite sœur. C'était le désir d'échanger une blague avec son frère préféré, de jouer à le faire enrager comme lorsqu'elle était encore petite et qu'il surveillait déjà les vaches, sachant bien qu'elle n'y arriverait pas. La nostalgie la frappait traîtreusement quand elle était au marché et qu'elle se mettait à fixer le dos d'inconnus quand il lui semblait reconnaître son pas, une certaine façon de hausser les épaules. Puis ils se retournaient et l'illusion s'évanouissait.

Le sang de son sang lui manquait tellement qu'elle demandait à Attilio de lui parler du sien. Il le faisait volontiers. Pendant les repas, il lui parlait de sa mère Viola qui cuisinait si bien, de son frère Otello qui aurait guéri de sa mélancolie s'il s'était engagé comme volontaire dans la victorieuse guerre impériale. Il lui décrivait les énormes trains en fonte et en acier que son père Ernani arrêtait d'un simple geste. Les nobles façades en brique des maisons de Lugo, et celles aussi belles, même encore plus, que la civilisation italienne construirait dans le nouvel Empire. Il lui parla de la comtesse Paolina Baracca qui se promenait dans les rues avec des médailles épinglées sur sa poitrine, un monument vivant à la mémoire de son fils Francesco, un grand pilote.

Abeba écoutait, ne perdait pas un mot, demandait des explications quand elle ne comprenait pas. En revanche, elle ne lui parla pas de son mari inepte et violent, ni de son grand-père ascète, pas plus que de son cher Bekele. Ce n'était pas par manque d'envie, ou parce qu'elle désirait lui cacher sa propre intimité. Simplement, Attilio ne lui demanda jamais de le faire.

Abeba finit ainsi par savoir beaucoup de choses sur son passé, ses goûts, sa personne, alors qu'Attilio en sut bien peu sur elle, tout au long des années passées ensemble. Certes, au bout de deux ans de nuits dans le même lit et de repas à la même table, il ne l'aurait plus décrite dans ses lettres avec les adjectifs « mystérieuse », « exotique » ou « insaisissable », comme tant de ses compatriotes quand ils parlaient des femmes abyssines. Mais, en dehors de son corps, sa curiosité envers elle était très limitée. Il ne s'intéressait pas à ce qu'Abeba pensait, sentait, imaginait. C'était la faiblesse paradoxale des dominateurs : ils savent bien peu de choses des dominés alors que ces derniers, ne fût-ce que par nécessité, savent tout d'eux. Et quoi qu'il en soit, Attilio ne parla jamais d'Abeba dans son courrier à sa mère Viola.

Un soir, après le dîner, au lieu d'écrire une de ses habituelles longues lettres, Attilio se mit à feuilleter une revue qui venait d'arriver par la poste. Sur la couverture verte se détachait un carré noir au centre duquel figuraient trois visages de profil : le visage blanc d'une statue romaine, celui d'un homme au nez empâté et avec d'étranges boucles encadrant sa tête, et celui d'une femme africaine. Cette dernière, pensa Abeba, avait des traits épais et exagérés d'esclave, des scarifications sur le visage et des cheveux qui semblaient couverts de boue. Le profil de l'homme blanc était séparé des deux autres par une épée, mais il portait l'empreinte d'un doigt sur sa joue immaculée de marbre, comme si quelqu'un l'avait tachée avec des mains noires de suie.

Abeba, toujours attentive aux états d'âme d'Attilio, lui dit : « Ce livre te rend heureux.

— Ce n'est pas un livre. C'est une revue : *La difesa della razza.* Oui, je suis heureux parce que j'écrirai bientôt dedans moi aussi. »

Abeba n'était pas allée à l'école, mais son analphabétisme ne lui avait jamais pesé jusque-là. Dans son village, les rares caractères écrits visibles étaient presque tous religieux. Apprendre à lire, pour une femme, signifiait se faire nonne, et tel n'était sûrement pas son destin. Mais depuis qu'elle vivait avec Attilio, toujours penché sur sa correspondance et sur ses livres, elle s'était posé la question : quel effet cela faisait-il de savoir tracer ses propres pensées sur une feuille, d'arriver à comprendre celles écrites par des inconnus. C'était peut-être une façon de voir dans l'esprit des autres. Ce dont était capable son grand-père quand il émergeait de ses longs jeûnes, qu'il vous fixait dans les yeux et qu'il connaissait toutes vos pensées.

« Que dit-elle ? » lui demanda Abeba.

Attilio accueillit cette curiosité avec un étonnement amusé. « Des choses compliquées, tu ne les comprendrais pas », dit-il spontanément. Mais ensuite il se dit : « Mais oui, pourquoi pas ? » Et il se mit à lire à voix haute :

« Manifeste de la race. Premier point : Les races humaines existent. Deuxième point : Il existe de grandes races et de petites races.

— Ça c'est vrai », commenta Abeba avec assurance.

Attilio leva les yeux de la revue, perplexe. Il se demanda ce qu'elle avait compris.

Abeba saisit son regard interrogateur et répondit : « Les Amharas sont une grande race. Les Italiens sont une grande race. Les Gallas sont une petite race. C'est pour ça qu'ils ne sont bons qu'à être esclaves. »

Attilio la fixa, déconcerté. Il continua avec une sorte d'hésitation :

« Troisième point : Le concept de race est un concept biologique.

— Ça je n'ai pas compris.

— Cela signifie que la race est dans le sang. Et on ne peut pas changer le bon sang, ni le mauvais. »

Abeba sourit de plaisir à l'idée de trouver une si parfaite adéquation avec ce qu'elle pensait. « Oui ! C'est ça. Nous le disons nous aussi : l'âme du Galla est comme l'estomac d'une vache, elle n'est jamais entièrement propre. »

Attilio la dévisagea, décontenancé, regrettant d'avoir commencé. Pour Abeba, le Manifeste n'était pas l'énoncé de la supériorité de la race aryenne, mais de la race amhara ! Quel commentaire ferait-elle au septième point – « Il est temps que les Italiens se proclament franchement racistes » – ou au neuvième – « Les juifs n'appartiennent pas à la race italienne » ? Et surtout au dixième et dernier : « Les caractères physiques et psychologiques purement européens des Italiens ne doivent être altérés en aucune manière. Le caractère purement européen des Italiens est altéré par le croisement avec toute race extra-européenne et porteuse d'une civilisation différente de la civilisation millénaire des aryens » ?

Attilio décida d'arrêter sa lecture.

Ils se rendirent une seule fois ensemble au marché de Teklehaimanot, dans la poussiéreuse partie indigène de la ville. Attila voulait acheter une nouvelle *shamma* à Abeba et il tenait à ce qu'elle la choisisse elle-même. Il savait qu'il prenait un risque en se montrant ainsi en public avec sa madame. Les Italiens ne mettaient presque jamais les pieds dans cette partie de la ville pour ne pas traverser les rivières pestilentielles saisonnières qui la séparaient des quartiers italiens. Une fois de plus, il se fia à sa bonne étoile.

Abeba choisit une toile fine avec un liseré vert et ocre. Attilio ne lui en demanda pas la raison, il ne sut donc jamais qu'il s'agissait d'un remède contre la nostalgie : c'étaient les couleurs du village où elle était née. Après leur achat, ils s'en retournèrent chez eux, lui devant et elle à deux pas derrière, se frayant un chemin parmi les vendeurs assis par terre qui étalaient leurs marchandises – un tas de peaux, deux poules vivantes et des œufs, une pile de casseroles rouillées, des petits nuages blancs de coton encore à filer. Brusquement, Attilio vit s'approcher une femme qui marchait comme un pantin désarticulé, à l'aveuglette, titubant à droite à gauche telle une ivrogne. Sans savoir pourquoi, son cœur sauta un battement.

Sa tête était entourée d'une sorte d'auréole de fourrure qui ressemblait à une couronne d'épines. De sa blouse ouverte sur sa poitrine pendaient quantité de rubans rouges tout effilochés qui ondulaient à chacun de ses mouvements comme des langues de sang. Elle criait la bouche grande ouverte où pas une seule dent ne manquait : on aurait dit qu'elle en avait même plus que la normale. Une bande d'enfants la suivait, veillant bien à ne pas la toucher même du bout d'un vêtement ou de la pointe d'un pied. Les vendeurs déplaçaient leurs marchandises pour la laisser passer, les chèvres s'enfuyaient en trottinant dans un nuage de poussière avant qu'elle croise leur chemin.

Elle pouvait avoir quatre-vingts ou trente ans, très grande ou menue selon les moments, elle trébuchait, tournait sur elle-même, alternait de grandes enjambées qui la déséquilibraient avec des petits pas d'oiseau. On l'aurait dite sous l'emprise de quelque substance, mais en même temps elle avait l'air martiale ; elle semblait près de s'écrouler à chaque instant sur un tas d'oignons ou de peaux tannées, mais elle ne tombait jamais. Elle braillait à toute force, lancée dans un de ses discours qui parfois finissaient dans un murmure, ou bien elle gargouillait comme le ruissellement d'un torrent. Elle prenait des poignées de terre, les mettait dans sa bouche et déglutissait ensuite bruyamment. Quand elle vit Attilio, elle s'immobilisa.

Elle devint brusquement plus silencieuse que les flocons de

coton exposés à la vente sur les draps des paysannes. Elle s'approcha et lui prit le bras d'une main d'acier. « *Talian...* », siffla-t-elle.

Instinctivement, Attilio chercha de ses doigts l'étui de son pistolet pendu à sa ceinture. Abeba fit alors quelque chose qu'elle n'avait jamais fait en public : délicatement mais fermement, elle couvrit sa main de la sienne et l'immobilisa.

« Arrête, lui dit-elle doucement. Il y a un *zahar* en elle. Il est interdit de tirer sur les esprits. »

La femme planta ses yeux dilatés comme des gouttes d'acide corrosif sur le visage d'Attilio. Elle approcha sa bouche de son oreille. Il en sortit un souffle glacial et noir de caverne souterraine. Les mots qu'elle murmura glissèrent sur lui dans un bruissement de feuilles sèches. Puis, comme si elle n'avait jamais posé les yeux sur lui, elle tourna les talons, l'air soudain occupée comme un marchand en retard dans certaines affaires importantes, et elle s'éloigna en trottinant.

« Qu'est-ce qu'elle a dit ? » demanda Attilio à Abeba, s'efforçant de maîtriser le tremblement qui agitait ses mains.

« Elle a dit : “Cinq ans et puis même pas un jour.”

— Cinq ans de quoi ? »

Abeba ne lui donna pas d'explication.

Cette nuit-là, alors qu'ils étaient allongés en sueur, épuisés par la dernière vague du plaisir, Abeba glissa une jambe entre les jambes plus longues d'Attilio et se recroquevilla contre lui. Ses seins reposaient sur les poils de sa poitrine et il la serra dans ses bras. Elle tendit une main et enveloppa de ses doigts fuselés son pénis abandonné sur son pubis. C'était un geste dénué de requête ou de sous-entendus, et même de désir. Tout au plus une expression de confiance bienveillante et simple de clarté désarmante, à la fois dévouée et joyeuse. Dans la main d'Abeba, Attilio se sentit en sécurité et aimé comme lorsque sa mère lavait son corps d'enfant, et il se détendit, recevant cette attention qu'il n'avait jamais permis à aucune femme de lui témoigner. Il était en train de plonger dans le sommeil comme dans un doux matelas d'apaisement et de confiance quand une douleur musculaire le fit sursauter. Une contraction, semblable à celles qui accompagnent l'arrivée du sommeil. Il écarquilla les yeux et, l'esprit embrumé, vit son pénis blanc entouré de la main foncée d'Abeba.

Une terreur subite, incontrôlée, l'envahit.

« *Zac zac !* » résonna intérieurement une voix.

C'était celle de tout le Bien et le Mal du monde du temps où il n'était qu'un nouveau-né. Dans son demi-sommeil, le visage d'Abeba lui sembla être celui, noir et terrible, infiniment vindicatif, de la reine Taitou.

D'un bond, Attilio s'assit sur le lit. Les jambes du côté opposé, comme pour se protéger d'une agression, il cria, les yeux écarquillés : « Qu'est-ce que tu fais ? »

Abeba le regarda sans comprendre, effrayée. Attilio, en proie maintenant à une colère indescriptible, la jeta hors du lit. Elle n'opposa aucune résistance, mais sans cesser de le dévisager.

« Va-t'en ! » continua-t-il à hurler, et il la poussa vers la porte de la chambre. Elle, nue et silencieuse, ne protesta pas, même quand Attilio, d'un dernier coup dans le dos, la força à sortir et claqua ensuite la porte derrière elle.

Dans le couloir de leur petite maison, Abeba resta quelques secondes interdite. Puis, à pas légers qui ne firent pas de bruit, elle alla prendre une *shamma* posée sur la commode. Elle la mit autour de ses épaules et, sans dire un mot, s'allongea par terre près de la porte fermée.

Attilio la trouva ainsi à l'aube quand il sortit de la chambre. Il s'était réveillé du sommeil lourd dans lequel il avait plongé après ses hurlements avec une vague sensation de nausée. Au bout d'un moment, ne sentant pas le corps chaud d'Abeba à côté du sien dans le lit, il s'était levé pour la chercher. Quand il ouvrit la porte et qu'il la vit endormie par terre, sans même une natte pour se protéger du sol froid, il s'agenouilla près d'elle. Elle ouvrit les yeux. Il ne s'excusa pas, mais il lui prit la main.

Abeba battit des paupières, caressa son visage. Devant ce geste gracieux, totalement dénué de rancune, le remords d'Attilio devint presque du ressentiment et, un instant, il eut envie de la malmener encore. Sans dire un mot, Abeba se leva. Pendant qu'elle allait faire ses ablutions matinales, Attilio resta à genoux, les yeux fixés sur le sol.

Ce jour-là, pour la première et la dernière fois, Abeba acheta au marché un morceau de foie d'une vache qu'on venait d'abattre, dont un quart entier qui n'était pas encore découpé remplissait l'étal. Le boucher était un Oromo (elle aurait dit : un Galla) à la tête ronde. Il la regarda l'air moqueur tandis qu'il emballait cet achat insolite pour une femme amhara. Il était évident qu'il pensait que les madames des *talian* se comportaient souvent comme si elles n'étaient pas nées en Abyssinie mais dans un monde à part, dont elles seules connaissaient la langue et les prescriptions. Le regard droit d'Abeba le dissuada néanmoins de tout commentaire.

Ce soir-là à la cuisine, réprimant des haut-le-cœur de dégoût, Abeba déposa les petites tranches de foie sur un lit d'oignons grillés. Quand elles furent bien cuites, elle les servit à Attilio.

Lui non plus ne lui avait jamais apporté de cadeau. En rentrant, il déposa dans ses mains un objet plat et dur enveloppé dans du papier journal. Tandis qu'Abeba ouvrait le paquet, il la regarda pour savourer son expression. C'était un petit miroir en argent. Le cadre imitait une volute baroque et le manche avait la forme d'une colonne. Le sourire qu'Abeba lui adressa était si sincère et dénué de colère qu'Attilio ressentit une pointe de douleur.

« Avec ça, tu pourras voir comme tu es belle chaque fois que tu voudras. »

Abeba lui sourit. Mais après le dîner, elle enveloppa d'abord le miroir dans le papier journal, puis dans la *shamma* la plus fine qu'elle avait et le rangea enfin dans la commode. Et tant qu'Attilio fut avec elle, elle ne le ressortit jamais.

« Je ne veux pas voir que je suis belle ; je veux que tu le voies toi. »

Nous ne voulons pas que l'indigène témoigne contre le Blanc. Nous ne voulons pas lire de chroniques judiciaires dans les journaux coloniaux qui parlent de condamnations de Blancs. Nous ne voulons pas voir des agents de la force publique intervenir en faveur d'un Noir à l'occasion d'un différend entre celui-ci et un Blanc. Nous ne voulons pas voir des Blancs et des Noirs mélangés dans la même antichambre. Rappelez-vous toujours : le plus humble des Blancs est cent mille fois supérieur à tous ces soi-disant notables indigènes mis ensemble.

Le juge Ascanio Carnaroli eut envie de lancer la revue contre le mur de son bureau. Ces apprentis sorciers. Ces ignorants. Ces… les mots lui manquaient. Comment pensaient-ils administrer ainsi la justice ? Ils croyaient faire respecter la loi et l'ordre en se gargarisant de ce mot : *prestige*. Ils l'avaient même mis en noir et blanc sur le frontispice de la loi numéro 1004 du royaume : « Des sanctions pénales pour la défense du prestige de la race face aux natifs de l'Afrique italienne ». Comme si la dignité pouvait s'imposer par voie législative.

Tel n'était pas le droit colonial que, jeune magistrat ambitieux, il avait en tête à son arrivée en Érythrée. Il avait été attiré par la rapide carrière qu'on faisait dans les parquets d'outremer, mais il voulait surtout rester le plus possible à l'écart du « *Principale*[1] », comme certains vieux ténors du barreau de l'école libérale appelaient à voix basse Mussolini. Pour les magistrats comme Carnaroli, l'air était devenu de plus en plus irrespirable dans les tribunaux fascistes.

Il vivait maintenant depuis pas mal d'années en Afrique orientale et savait que les choses auraient pu être différentes. Les Abyssins n'étaient pas stupides. Routes, véhicules, hôpitaux,

1. Chef.

électricité : ils étaient nombreux à avoir vu l'arrivée des Italiens comme une opportunité. Ils avaient très bien compris qu'ils étaient restés hors de l'histoire d'une façon qui ne pouvait guère durer. La bienveillance avec laquelle ils avaient accueilli les conquérants italiens était presque incroyable : dès qu'ils eurent déposé les armes, ceux-là mêmes qui avaient été prêts à se faire massacrer par nos mitrailleuses nous avaient accueillis, si ce n'est avec amitié, du moins avec curiosité. En un clin d'œil, ils avaient appris à dire « *makina* », « *bateria* », « *aroplan* ». Ils avaient fait preuve d'une souplesse mentale et d'un pragmatisme inconnus du fascisme. Et qu'avaient fait les Italiens, au lieu d'exploiter ce comportement ? Ils avaient ouvertement humilié les nobles, les avaient traités comme les derniers des paysans et les avaient tous considérés avec un mépris indifférencié, ne comprenant pas qu'ils auraient dû faire au contraire de l'aristocratie la première alliée d'un pays si étendu. Mais non. Le Duce exigeait une soumission totale. Et tout le monde lui donnait raison.

Pour lui plaire, certains juristes s'étaient mis à théoriser sur le fait qu'il s'était agi d'une *debellatio*, la condition par laquelle un État belligérant est vaincu au point d'être anéanti dans tous ses pouvoirs. « L'État éradiqué disparaît, avait-il pu lire dans la *Revue juridique du Moyen et Extrême-Orient*. Il meurt comme entité juridique et l'État vainqueur en acquiert *ipso jure* les éléments survivants. » Et puis : « Mettre fin à la guerre avec la *debellatio* qui, comme l'indique aussi le nom latin qui la désigne, montre l'empreinte romaine, apparaît donc politiquement comme le moyen le plus conforme à l'esprit de l'Italie fasciste. » Bref, il avait suffi au Duce d'entendre des échos de latin pour se persuader qu'il était un nouveau César en Gaule, un Trajan en Dacie, alors qu'il n'était qu'un…

Le juge mit un frein à ses propres pensées. Mieux valait ne pas les exprimer, même à lui-même. Il ne voulait pas risquer un jour de laisser échapper à haute voix des mots dangereux.

Mais un petit oubli était à noter dans cette vision pseudo-romanisante : les nobles qui constituaient la structure de cet

État n'étaient pas morts, du moins pas tous. On ne pouvait pas tous les emmener enchaînés à Rome, ni massacrer toute la population. Ce fou de Graziani avait bien essayé, malheureusement pour lui et heureusement pour les Abyssins, nous n'étions plus à l'époque de Titus à Jérusalem. Résultat : à près de trois ans de la proclamation de l'Empire, des révoltes armées éclataient partout et le contrôle italien se limitait à quelques zones le long des routes. La paix qui régnait en Afrique orientale était bien loin d'être une *pax romana*.

Et pourtant, ils étaient tous là à se gargariser de ce mot assourdissant : *prestige*.

Et comment se manifestait ce prestige ? Dans une administration équitable et impartiale ? Pas vraiment. Quand le procureur général Lombardi avait dénoncé le gouverneur du Galla et du Sidamo, qui semait le mécontentement par des brimades et des escroqueries, c'était Lombardi qui avait été déplacé et non le gouverneur. Ou peut-être que le prestige était confié à une scrupuleuse gestion de la justice (Tite-Live ne savait-il pas déjà qu'un bon tribunal conquiert l'âme d'un peuple mieux que mille bonnes garnisons ?). Pensez donc : hors d'Addis-Abeba, la justice avait été déléguée à des résidents et à des préfets de région. Des gens pleins de mépris envers les usages et les langues locales, incompétents en matière de droit, uniquement intéressés par leur profit personnel. Et pourtant on avait donné un pouvoir de vie et de mort sur des centaines de sujets à ces incapables qui n'avaient jamais vu un code pénal de leur vie. Ils pouvaient infliger des peines allant jusqu'à trente ans ; ils pouvaient confisquer tous ses biens à un paysan en le condamnant à la misère sans en répondre à quiconque excepté au représentant fédéral – qui n'était pas difficile du moment qu'on faisait le salut romain avec ardeur. Et puisque la valeur qu'un État donne à la justice est celle qu'il donne aux personnes jugées, celle que la colonie fasciste donna aux indigènes fut naturellement : zéro.

En attendant, tout battait de l'aile : les vétérinaires n'avaient plus de moyens pour contrôler les épidémies du bétail, les entreprises de construction se disputaient les marchés à coups de pots-de-vin avec des résultats inimaginables. Un ami du ministère des Colonies avait confié au juge que les finances d'outremer étaient une hémorragie et conduisaient l'État à la banqueroute. « Dans quelques années tout s'effondrera », lui avait-il dit. Un vrai génie le *Principale* ! Il avait réussi un prodige inédit au cours de l'histoire : des colonies qui coûtaient beaucoup plus qu'elles ne rapportaient à leurs colonisateurs. Le glorieux projet impérial entraînait l'Italie dans la misère, encore plus que d'habitude.

Et au milieu de toute cette dégradation, cette incompétence, cette approximation et cette malhonnêteté, qui devait défendre le précieux *prestige* ? Le paysan calabrais, le berger de Muro Lucano, l'ouvrier agricole de la Polésine, le Frioulan venu ici dans l'espoir de manger autre chose que de la polenta. C'est-à-dire ces pauvres diables que le Duce refilait aux colonies parce qu'ils étaient trop nombreux dans leur pays – comme toujours les pouilleux italiens étaient été trop nombreux. Et tant pis si cette idée d'être des représentants d'une race supérieure n'était pas bien claire dans leur esprit. C'étaient eux qui, lorsque encore tout poussiéreux de leur voyage en camion, pensaient être arrivés au paradis et se retrouvaient en train de manier la pioche dans les précipices, seuls comme des chiens errants à midi, devaient sauvegarder le *prestige de la race.* Comment ? En utilisant les femmes indigènes, s'ils le devaient vraiment, pour leur « confort physiologique », comme le disait le contenu du décret-loi royal, mais en évitant à tout prix « la communauté de table et de lit ». Car le prestige du Duce, vice-roi, ministre des Colonies et du peuple italien tout entier, aurait été irrémédiablement compromis si, en dormant et en mangeant avec elles, ils avaient fini par aimer ces Noires.

« Ma Noire », se dit le juge avec l'amertume complaisante de celui qui tient à se faire souffrir. Et inévitablement, son image lui apparut. Elle qui se réveillait dans leur maison d'Asmara ; elle qui versait sur elle des louches d'eau du baquet en bois ; elle qui laissait glisser sa longue chemise sur son corps noir tout propre. La nostalgie l'obligea à fermer les yeux. Un instant, il ne fut plus à Addis-Abeba, assis à son grand bureau en noyer avec la déposition de l'affaire à juger et les codes sur les étagères derrière sa tête. Il était assis sur le porche à côté d'elle, avec leur petite fille (« Bonbon Réglisse ! Chocolat ! »), sa respiration agitée de légers frémissements sous la moustiquaire, écoutant ensemble la nuit fébrile du haut plateau. Un instant, il éprouva à nouveau ce sentiment de paisible plénitude.

Il ouvrit grands les yeux. Il frappa le bureau du plat de ses deux mains et se redressa.

De nouveau, le juge Carnaroli réfréna ses pensées.

La décision qu'il avait prise était la bonne, se dit-il. Elle ne le savait pas encore, mais dans un an, quand la petite serait en âge d'aller à l'école, il l'enverrait en Italie. Dans la colonie, un vent fétide commençait à souffler, le même qu'il avait fui quinze ans plus tôt, et pire encore. Au début, ça n'avait été qu'une bouffée, mais depuis les couloirs de cette cour d'assises, le juge comprenait clairement qu'il soufflerait de plus en plus fort. Il deviendrait tempête. Alors va-t'en vite, Chocolat, va-t'en, ma petite Bonbon Réglisse, personne ne t'appellera plus ainsi parce que tu partiras en emportant avec toi ton nom italien. Pars loin de l'Afrique, vers une nouvelle vie et une nouvelle identité. Ton Nouveau Monde sera Rome, dans un exil inversé, tu ne verras plus ni ta mère ni ta mère patrie. Mère continent, dans ton cas.

Il ne lui avait encore rien dit à elle. Il était inutile d'anticiper la douleur de la séparation, tant qu'elle pouvait profiter de sa fille à Asmara. D'autant plus qu'il avait été appelé loin d'elles, à la nouvelle cour d'assises d'Addis-Abeba. Ici, personne ne devait être courant de leur existence.

Cette nouvelle capitale impériale de cabanes et d'immeubles construits à la hâte n'avait rien de commun avec la grâce d'Asmara, où il était arrivé jeune magistrat, ému de participer à l'édification d'une nouvelle civilisation juridique. Harmoniser les codes romains avec le droit coutumier n'était pas facile ; il fallait de la finesse et de la perspicacité, et dans certains cas une absence de préjugés moraux. Comme dans cette affaire qui lui avait causé tant de perplexités, une Kunama de onze ans avait accusé son époux de l'avoir battue et violée. Carnaroli avait fini par décider d'acquitter le mari parce que, comme il l'avait écrit dans le jugement, « les jeunes filles kunamas sont formellement jalouses de leur virginité au point qu'elles se sentiraient diminuées si elles devaient l'abandonner sans un semblant de lutte. En outre, l'article 331/1889 du code Zanardelli, qui fixe à douze ans l'âge pour que la violence charnelle soit alléguée *de jure*, doit être pondéré par les conditions locales. Les usages indigènes fixent en effet l'âge auquel une femme a le droit de disposer légitimement de son propre corps à neuf ans ».

Quand sa Bonbon Réglisse était née, plusieurs années après, il lui était arrivé de repenser à ce jugement. Il s'était demandé s'il aurait statué de la même manière, maintenant qu'il était père d'une petite fille. Neuf ans, tout à coup, cela lui semblait trop peu pour pouvoir « disposer légitimement de son propre corps » – même d'un corps couleur café. Il avait soudain été effrayé à l'idée que celui de sa fille, qui n'était pas blanc, devrait dépendre des lois prévues pour les corps indigènes. C'est-à-dire qu'il ne bénéficierait pas des tutelles qui protégeaient ceux des Italiennes. Cette pensée lui avait paru si inacceptable qu'il avait pris sa décision.

Il l'avait reconnue. Il lui avait donné son nom. À présent sa Chocolat avait un nom italien – Clara Carnaroli – et sa vie se déroulerait entièrement en Italie.

Il s'y était pris juste à temps. Quelques mois plus tard, une disposition du gouverneur général et vice-roi Graziani stipulait que jamais aucun indigène, en aucune circonstance, ne pourrait être élevé au rang de citoyen. La mère de sa fille resta ce qu'elle avait toujours été : un sujet noir.

Ce qui avant était une colonie était maintenant un Empire.

Nul mieux qu'un juriste ne comprenait que lorsqu'on donne un nouveau nom à un état de choses, de nouvelles lois arrivent. Et il n'est pas garanti qu'elles soient meilleures. Et les voici, en effet :

> Le citoyen italien qui, dans le territoire du royaume ou des colonies, entretient une relation de caractère conjugal avec une personne sujet de l'Afrique orientale italienne est puni d'une réclusion de un à cinq ans.

Et voici leurs effets :

> Moi, soussigné Profeti Attilio, né à Lugo di Romagna le 28 juin 1915, j'ai amené à mon domicile d'Addis-Abeba l'indigène Ezezew Abeba de son village dans le gouvernement de Gondar comme servante à tout faire pour qu'elle s'occupe des repas et du ménage dans ma maison. Je conteste la déclaration faite par celle-ci d'avoir été mariée avec moi d'après le rite *damöz*, car bien conscient de la nullité légale dudit rituel indigène.
>
> À la demande du ministère public : « Pourquoi, avec toutes les indigènes résidentes à Addis-Abeba capables d'exécuter des tâches ménagères, avez-vous choisi d'engager une femme venant d'un village aussi éloigné ? » l'accusé répond : « Je suis un homme célibataire, incapable de superviser des travaux féminins. Il me fallait donc une personne fiable et diligente. La susnommée Ezezew Abeba était dotée de ces qualités, d'après les informations fournies par des personnes de son village. J'avais appris en outre qu'elle était stérile, motif de la fin de son précédent mariage. Je considérais cela, pour des raisons évidentes, comme un allègement de la responsabilité envers son honneur que j'assumais vis-à-vis de sa famille en l'emmenant loin de son village. »

Les yeux plissés, le juge relut la déposition de Profeti. Son bureau donnait sur la place du tribunal en haut de la colline, dans le nouveau bâtiment aux lignes nettes et fascistes de la cour d'assises de l'Afrique orientale italienne. Le feuillage gris-vert d'un eucalyptus derrière la fenêtre filtrait la lumière, la faisant rebondir, mobile et fraîche comme ses feuilles, sur les murs blancs. Ce n'était donc pas l'implacable soleil africain dont, avec un instinct viscéral de défense, il protégeait ses yeux en les gardant presque fermés. Ce qui l'éblouissait, c'était l'énormité de l'hypocrisie. De ce procès et de tous ses acteurs. L'hypocrisie de la loi sur laquelle avait été formulée l'accusation ; l'hypocrisie des réponses de Profeti ; sans parler de celle des policiers coloniaux (tous de pure race italienne, évidemment, car le *prestige* interdisait aux sujets indigènes d'arrêter un citoyen), qui faisaient irruption dans les maisons pour prendre les gens en flagrant délit de *madamato.*

L'année précédente, le juge avait assisté à l'inauguration du corps de la police coloniale. Le vice-roi Graziani, encore appuyé sur sa canne à cause des séquelles de l'attentat, avait prononcé de mémorables paroles à l'adresse des nouveaux serviteurs de l'État.

« Grâce à votre vigilance, avait-il dit, le fléau de la promiscuité des Blancs avec les Noirs et la plaie du métissage seront impitoyablement combattus. Ce n'est pas seulement l'application rigide de la loi, ni la cruelle persécution du délit, ni l'inflexible évaluation d'un droit qu'on vous demande, mais une véritable éducation civique. Dans bien des cas, j'ose dire une œuvre de rédemption. »

Le juge Carnaroli ne pouvait imaginer qu'un homme sombre, à l'esprit biscornu, comme Graziani, serait capable de provoquer son hilarité. Et pourtant, à ces derniers mots, il avait dû feindre une quinte de toux pour dissimuler le rire qui montait dans sa gorge. Comme s'il n'était pas connu de tous – vice-rois, gouverneurs, procureurs, jusqu'au dernier casseur de pierres sur les nouvelles routes impériales – que les deux tiers (en calculant très serré) de ces policiers plastronnant devant leurs fanions avaient chez eux une femme indigène qui leur servait à la fois de domestique, d'épouse, de cuisinière et de putain. Et ils la rachetaient presque tous les soirs.

Puis il y avait eu ce pur et dur général Nasi qui avait décrété : « *Aut imperium aut voluptas* ». Comme s'il s'agissait d'une colonie anglaise ! Si les Italiens avaient été obligés de choisir pour de bon entre Empire et volupté, l'Afrique orientale italienne aurait duré moins d'une semaine. Car ils n'arrivaient pas du tout à se contrôler. Ici dans la colonie, ou plutôt dans l'Empire comme il fallait désormais l'appeler, les sujets universellement abordés semblaient n'être que de deux sortes : un, l'utilisation de son propre membre viril, et deux, l'obsession de subir son éviration – et Graziani n'était pas le dernier, si l'histoire de ces indécents autoportraits était vraie. Du reste, comment les colons pouvaient-ils ne pas être obsédés par le sexe : ils étaient presque cent mille et les femmes blanches n'étaient que quelques milliers. Les familles des colons n'arrivaient pas, la vie était bien triste. Ils débarquaient tous en Afrique, fascistes convaincus, prêts à servir le Duce, mais il suffisait qu'ils flairent une belle Abyssine et leur fascisme volait en éclats. Interdire la chanson « *Faccetta nera* », qui sait pourquoi, n'avait pas produit de résultats visibles. La vérité, comme l'avait écrit un de ses collègues dans un article contre ces lois qui n'avait évidemment pas été publié, était que « les colons, même les plus sensibilisés au racisme, n'éprouvent qu'à contrecœur le désir de retrouver les bras de la femme italienne quand ils ont connu les bras africains ». Et lui-même en savait quelque chose.

Comme probablement aussi cet Attilio Profeti. Il était venu ici pour se battre en tant que volontaire, mais à le voir il n'avait pas l'air très martial. Un beau jeune homme loin d'être bête, au pas un peu imprécis et un peu vaniteux, un parmi tant d'autres qui avaient endossé la chemise noire plus comme un costume de héros que par conviction.

Les preuves contre lui n'étaient pas minces. La « communauté de table et de lit » entre la Ezezew et lui semblait difficile à nier : on avait trouvé dans sa maison un véritable lit nuptial. Mais il avait nié l'accusation.

> Interrogé, l'inculpé répond : « Ma grande taille me poussait à décider de l'achat d'un lit plus large pour mon confort personnel ; Ezezew avait l'habitude de dormir selon la coutume indigène, c'est-à-dire sur une natte à la cuisine. »

Plusieurs témoins avaient certifié en outre qu'il avait fait des cadeaux à sa concubine : un châle indigène en coton filé, un miroir en argent – des preuves d'une relation amoureuse. Mais l'avocat de la défense avait démenti cette lecture dans son plaidoyer.

> Ces petits cadeaux étaient la façon dont Profeti récompensait Ezezew parce qu'elle accomplissait les tâches ménagères pour lesquelles elle avait été engagée avec soin et diligence. Tout comme on a l'habitude de récompenser les animaux de rapport par des caresses et des petites friandises, quand ils sont obéissants.

Une veine se mit à battre sur le front du juge ; un goût acide impossible à déglutir monta dans sa bouche. Tôt ou tard, il allait tomber malade, il le savait, à force d'avaliser ces lois par ses jugements. D'autant plus qu'à la fin, s'il fermait les yeux, il revoyait toujours son visage à elle. Celui-ci n'exprimait ni reproche, ni douleur, ni déception – et un poids noir pesait sur la poitrine du juge, l'empêchant presque de respirer –, au contraire il lui souriait.

Dans ces moments-là, comme chaque fois qu'il pensait à elle, son indignation se changeait en sentiment de culpabilité : pourquoi ne l'avait-il pas épousée quand c'était encore légal ? Pourquoi n'avait-il pas protégé, face à la loi, elle et leur amour ? Il était trop tard maintenant. Le jeune juriste plein d'idéaux était devenu un opportuniste, un timoré, un homme capable de trahir ce qu'il avait de plus cher sans trop d'arrière-pensées. C'était la vérité : il n'était pas meilleur que ce Profeti qui mentait aussi effrontément. Voilà le résultat le plus durable de ces lois perverses : non seulement elles discriminaient les inférieurs, mais elles dégradaient aussi l'humanité même de ceux qu'elles définissaient comme supérieurs.

Le juge éprouva un fugace soulagement. Tel était bien le climat de l'époque, une oppression éthique imposée par de mauvaises lois, un abus de pouvoir qui forçait les citoyens – lui, Profeti, tous ceux qui vivaient dans l'hypocrisie du *madamato* – à agir contre leurs propres principes moraux. Alors, il pouvait peut-être se considérer lui aussi comme une victime. Un court instant, le juge entrevit une possibilité d'absolution. L'espace de quelques bienheureuses respirations, sa cage thoracique se détendit dans sa poitrine sans oppression. Sa honte s'atténua.

Il n'aurait pourtant pas été le juriste qu'il était, apprécié pour sa finesse et sa connaissance encyclopédique des codes, s'il s'était laissé bercer par l'illusion d'un dégagement de sa responsabilité personnelle. Ainsi, après avoir entendu l'accusation, la défense et les témoins des deux parties, après avoir évalué les circonstances aggravantes et les circonstances atténuantes, l'imposant magistrat Ascanio Carnaroli prononça son jugement.

C'était lui le plus méprisable et le plus hypocrite de tous. À côté, même ce menteur mesquin, ce vaurien de chemise noire d'Attilio Profeti, devait être considéré comme innocent.

Étant donné les preuves écrasantes contre lui, le consul général de la milice volontaire fut surpris quand Profeti fut acquitté de l'accusation d'offense au prestige de la race. Il fut aussi très soulagé. La condamnation d'un glorieux rescapé en *orbace*[1] de l'Amba Work n'aurait servi à personne. Mais il ne pouvait plus permettre au lieutenant de continuer à mener sa vie d'embusqué, là dans le bureau de la censure ; encore moins de retourner tous les soirs dans les bras de sa madame. Il fallait lui

1. Tissu sarde en laine de chèvre utilisé pour les uniformes des chemises noires.

trouver une nouvelle occupation, ce n'était pas difficile. Des régions entières étaient en effervescence. Le Godjam, le Wollo, le Choa : des endroits où l'on plantait du sorgho et où poussaient des rebelles.

Attilio Profeti retournerait défendre l'Empire avec la police coloniale.

On n'abandonne pas la patrie à l'envahisseur
il n'y a pas d'autre endroit où aller.
Le jour de la mort à la guerre
est comme le jour du mariage.

Ils entonnaient les chants de la résistance pour passer le temps durant leurs longues journées d'obscurité. Ils vivaient dans une caverne depuis des mois. Ils avaient apporté des paniers de céréales, des jarres pour l'eau, des meules de pierre, des braseros et même des chèvres. Ils étaient des centaines, de tous âges, la peau décolorée par la privation d'air et de lumière.

De l'extérieur, la grotte était une entaille dans le rempart rocheux qui s'élevait jusqu'à la *meda* plate, le toit du haut plateau. La lumière du soleil en éclairait l'entrée, mais aussitôt les murs de pierre jaune se resserraient et on se retrouvait très vite enveloppés par l'ombre. Au bout de quelques dizaines de mètres, on ne pouvait plus avancer qu'à quatre pattes, avec les arêtes pointues des rochers rasants qui menaçaient d'entailler le crâne. Là commençait le royaume de l'obscurité. Une fois franchi un long boyau noir, la caverne se rouvrait en un grand utérus de roche. Telle était maintenant leur maison.

Les bombardiers étaient passés et repassés au-dessus de leur village tout en haut de la *meda* parce qu'ils avaient refusé de livrer à l'ennemi les résistants, mais que les *talian* appelaient des bandits – *shiftà*. Alors, ils avaient préféré aller vivre sous terre, avec les chauves-souris et les vers, du moins à l'abri de la pluie de feu et de poison. Ils s'étaient enterrés comme des cadavres pour rester en vie.

Les nuits de lune, les hommes adultes sortaient pour aller chasser sur les corniches les plus raides, inaccessibles aux convois de l'envahisseur. Ils ne pouvaient pas se servir de fusils trop bruyants. Ils rapportaient aux affamés dans la caverne de maigres butins, pris dans les collets et les pièges : des pintades, des perdrix, des bébés babouins, une gazelle les jours de chance. Ils faisaient parfois des razzias dans les villages des collabos et volaient un panier de teff, un sac de pois chiches, des poules. Les autres, surtout les plus petits, ne s'approchaient jamais de l'entrée : il fallait éviter de faire du bruit, ne pas attirer l'attention des troupes coloniales. La majeure partie d'entre eux n'avait pas vu le soleil depuis des semaines.

Ils avaient appris des vieux aux iris laiteux à marcher sans y voir : les gestes pondérés, l'ouïe fine, la sagesse du toucher. Les enfants aussi avaient appris à s'orienter dans le noir grâce à l'écho de leur respiration, comme des chauves-souris. Au fil du temps, beaucoup étaient maintenant vraiment aveugles. Leurs larmes étaient devenues un sérum collant, leurs conjonctives une croûte sèche, leurs yeux des fentes inutiles et brûlantes qu'il valait mieux garder fermées. Le sol de la caverne était recouvert d'une fine poussière qui s'élevait à chaque pas et pénétrait dans les pores de la peau ; même les tout-petits qui marchaient à peine savaient qu'ils devaient rester tranquilles pour ne pas trop la remuer. Leurs mères les gardaient attachés à elles par un bout de tissu qu'elles serraient entre leurs dents pendant qu'elles moulaient le teff les paupières fermées. Du reste, pour accomplir ces gestes familiers, elles n'avaient jamais eu besoin de la vue auparavant, dans le monde du dessus, celui avec des nuages dans le ciel et sans les avions qui font pleuvoir la mort.

Pour ne pas consommer le peu d'air de la caverne, ils allumaient rarement les torches ; alors les grains de poussière en suspens créaient de spectrales colonnes lumineuses. Mélangée à la fumée grasse des braseros, toute cette poussière rongeait la peau, encrassait les poumons, faisaient mourir les faibles de poitrine et les enfants. Quand les femmes accouchaient, les nouveau-nés étaient grisâtres et leur respiration irrégulière. Beaucoup ne survécurent pas. Les cadavres furent transportés tout au fond des galeries, dans l'intestin noir du haut plateau. Avant de les laisser là, ils leur firent une promesse : nous vous donnerons une sépulture chrétienne à la fin de l'occupation. Dans l'Éthiopie de 1939, chasser l'envahisseur était une attente des vivants et des morts.

Les débusquer comme des rats, tel était l'ordre. Ils s'y employaient depuis des mois. On n'avait rien négligé pour s'emparer de la grotte : mitrailleuses, artillerie à dos de mulets, fusils. Les lance-flammes étaient trop gros et trop lourds pour cette falaise de vautours. Exécuter à coups de marteau les prisonniers, comme avait l'habitude de le faire le résident en personne devant l'ouverture de la caverne pour persuader les rebelles de se rendre, n'avait servi à rien ; les condamnés se laissaient enfoncer la tête dans un délire de giclées de sang et de matière cérébrale sans émettre un seul gémissement. Pas plus que les sacs de jute que les collabos apportaient au commandant de la division, remplis non pas de pommes de terre comme l'espéraient les chemises noires qui en avaient assez de la farine de sorgho, mais de têtes : ils n'y avaient jamais trouvé celle tant espérée du chef de bande. En outre, un seul homme, caché derrière les pierres de l'ouverture, pouvait contrôler toutes les voies d'accès à la caverne. Et pourtant, à l'intérieur, il y avait des centaines, peut-être des milliers de personnes. Tous des rebelles, impossible de faire de distinction. C'était leur faute d'ailleurs s'ils n'arrivaient pas à vivre sans leurs femmes et leurs enfants. Ces bandits allaient même jusqu'à emmener les vieux et les animaux, pendant qu'ils entravaient la marche de la civilisation italienne.

Au-dessus, le haut plateau était désert, les villages abandonnés, les toukouls réduits en cendres qui ne fumaient même plus. Mais eux étaient là. Ils étaient toujours vivants. Cachés comme des vers dans le secret de la terre. Peut-être étaient-ils là, sous leurs pieds, se demandaient les Italiens quand ils marchaient prudemment sur la *meda* ? Dans quels recoins rocheux se cachaient-ils ? Dans la nuit agitée de cette guérilla trop silencieuse, entrecoupée de brutalités indicibles, Attilio Profeti rêvait qu'il était en train de dormir sur son lit de camp, dans une *mise en abyme*[1] de son propre sommeil, puis des hommes aux cheveux couverts de boue surgissaient des crevasses entre les rochers, comme d'un sombre pan de terreur. Et ils pointaient leurs poignards vers ses parties génitales.

L'arrivée du peloton chimique avait été saluée avec joie par les chemises noires. Parce qu'on ne sort les rats de leur trou qu'avec du poison.

Ils avaient choisi une nuit de nouvelle lune. Ils s'étaient avancés en silence, à mi-chemin entre le fleuve en contrebas, dans le gouffre, et les galaxies au-dessus – et il lui semblait que celles-ci étaient plus proches. Ils avaient vidé l'ypérite d'une bombe C500T, de celles que les avions lancent avec les bombes incendiaires, transformant les toukouls en brasiers qui puaient l'ail. Ils avaient rempli une douzaine de petits bidons explosifs et, quand l'aube se leva, ils les descendirent tout doucement avec des cordes depuis le bord de la *meda*. Les sentinelles rebelles ne les virent que lorsqu'elles les eurent sous le nez, suspendus à l'entrée de la grotte. Ils n'eurent pas le temps de donner l'alerte car le gaz leur explosa à la figure. Leurs cornées coulèrent le long de leurs joues comme du blanc d'œuf. Entretemps, les petits canons italiens, placés sur la falaise d'en face, avaient commencé à tirer des bordées de projectiles d'arsine. En quelques minutes, l'air à l'intérieur de la caverne se changea en un pus jaune et collant.

Postés avec les mitrailleuses, les askaris attendaient que les premiers rebelles sortent, chassés par les gaz. Au début, la grotte ne cracha que des pierres noires et ils mirent un moment à comprendre que c'étaient des chauves-souris. Elles volaient en

1. En français dans le texte.

rond, affolées, lançaient des cris stridents, puis allaient s'écraser contre l'escarpement. Au bord de la grotte apparut ensuite une vache maigre. Elle dodelinait de la tête comme si elle essayait de se débarrasser de ses cornes, elle cognait ses sabots contre les cailloux, roulait ses yeux humides et ronds comme des pierres de fleuve. Quand elle tomba dans le ravin, le crépitement des rochers déplacés résonna longtemps au fond de la gorge, dominant son mugissement.

Enfin apparut le premier être humain : une femme. Elle courait hors de la grotte et arrachait de ses doigts crochus les haillons sales qu'elle portait. Les mitrailleuses italiennes la mirent en joue avec la joie de ceux qui ont enfin une cible. La femme tout essoufflée prit le sentier qui montait vers le haut plateau et les projectiles ricochaient gaiement sur les cailloux entre ses pieds. Quand les askaris levèrent leur tir en visant sa poitrine, elle s'effondra aussitôt, un bras levé pour protéger son visage.

Les sentinelles abattues furent remplacées par d'autres rebelles armés qui tentèrent de résister aux mitraillages. Ceux qui ne tombaient pas sous les rafales s'abritaient derrière les corps des morts et tentaient une contre-offensive désespérée avec les *ogigrat*, de vieux fusils de chasse abyssins à canon lisse qui tiraient des balles plus ondoyantes et lentes que des mouches malades. Beaucoup d'autres, aveuglés par les gaz ou fauchés par les mitrailleuses, chutaient dans le précipice. Dans le fond de la vallée, les hyènes attendaient patiemment.

Une collabo fut chargée par les Italiens de communiquer leurs conditions aux assiégés. Elle s'appelait Ahewallish. C'était une paysanne qui vivait avec le chef des soldats. Avec les autres compagnes des askaris, elle attendait sur la *meda* que le carnage soit terminé. La femme se mit à hurler vers la voûte de la grotte : s'ils se rendaient, dit-elle aux rebelles, les *talian* promettaient de ne tuer personne, pas même les hommes forts. Le soleil était à mi-chemin entre le zénith et l'horizon quand un bout de tissu sale fut agité hors de la caverne. Bien avant que les *talian* ne déclarent que la loi à laquelle obéir était à leur image, avant que les toukouls n'aient été réduits à des tas de cendres ypéritées, quand les vaches bossues paissaient encore dans les champs et que les voix des enfants franchissaient les vallées comme des arcs aigus de son, quand la mort arrivait bien sûr, et même souvent, mais sous forme de faim ou de maladie, le tissu avait été une *shamma* blanche. C'était maintenant le drapeau de la reddition.

Ils commencèrent à sortir de l'obscurité de la grotte. Ils étaient des deux sexes et de tous les âges. Sur les visages, les bras, les jambes, se propageaient à vue d'œil les pustules de l'ypérite, comme un cancer foudroyant. Ils étaient pliés en deux par la toux, couverts de poussière, maigres comme des damnés. Ils émergeaient de l'obscurité de la caverne, pleine de gaz et de fumée, comme du liquide amniotique d'un accouchement infernal.

Le vallon sur lequel donnait la grotte était trop étroit pour que les chemises noires participent à l'attaque chimique avec les soldats du génie et les askaris. D'ailleurs, il n'y aurait pas eu suffisamment de masques à gaz. Ils attendaient donc en haut du sentier escarpé pour prendre en charge les prisonniers à la fin de l'opération. Le soleil oblique éclairait déjà la falaise quand Attilio Profeti les vit émerger du bord de la *meda*, escortés par les askaris armés : des vieux agrippés à leur bâton, des jeunes hommes, des femmes dont plus d'une était enceinte, des enfants. Le soleil projetait sur la surface plate du haut plateau l'ombre de cette fantomatique file indienne. Pour se protéger les yeux de la dure lumière de l'altitude, tous avaient une main levée ; leur marche émaciée semblait ainsi la caricature d'un défilé faisant le salut militaire à l'unisson. Au fur et à mesure qu'ils approchaient du groupe des chemises noires une odeur infernale de gypse, de fer, de fumée et de sueur se dégageait de leurs guenilles crasseuses. Ils étaient plusieurs centaines. Attilio n'arrivait pas à croire qu'ils avaient vécu sous terre aussi nombreux, aussi longtemps. Mais surtout, c'était leur peau qui le frappait. Elle avait une couleur de bois pourri, de farine moisie, d'os de chacals.

Cette nuance n'existe pas dans l'échelle de Von Luschan.

Ils ne mirent pas longtemps à comprendre qu'Ahewallish les avait trahis. Les *talian* séparèrent les femmes et les enfants des hommes de tout âge, et conduisirent ces derniers sur le bord de la *meda*. Plus d'une mère s'agrippa à son fils adolescent, ou même plus jeune, pour qu'on ne puisse le lui arracher. En vain. Les exécutions furent rapides et menées avec efficacité, en alignant vingt condamnés à la fois sur le bord de la *meda*. Les corps criblés de balles tombaient en arrière dans le précipice et laissaient la place aux suivants. Comme toujours, c'étaient les askaris qui procédaient matériellement aux exécutions. Deux chemises noires furent chargées de préparer les lance-flammes pour brûler les cadavres accrochés au bord du précipice.

Attilio tourna le dos aux askaris, aux fusillés qui s'affaissaient comme des ballots de chiffons après chaque volée de balles, les femmes hurlant entourées par les hommes armés pour éviter qu'elles ne se jettent sur leurs hommes et ne meurent avec eux. Il ignora l'odeur douceâtre du sang qui envahissait maintenant l'air. Il souleva le lance-flammes, installa le réservoir sur son dos en enfilant les bretelles et il épaula le tube. Il parcourut d'un pas tranquille l'espace qui le séparait du précipice, pointa la bouche de métal vers le fond du ravin en direction des corps bloqués par les broussailles d'un ressaut quelques mètres plus bas. Certains bougeaient encore. Un homme, les yeux ouverts, vivant malgré la bande rouge qui lui coupait l'abdomen, était en train de glisser doucement vers le précipice. Attilio était dans l'incapacité, à ce moment-là, de reconnaître qu'il partageait la même nature humaine. Il appuya sur l'interrupteur du lance-flammes. Il en sortit une rapide langue de feu qui s'éteignit aussitôt, ne laissant dans l'air qu'une idée de chaleur. Il insista plusieurs fois, mais il ne se passait toujours rien.

Le lance-flammes s'était enrayé.

Attilio Profeti leva les yeux. À ses pieds, le surplomb s'ouvrait sur le vide, dégageant la vue à l'ouest. Les vallées à pic, déjà sombres, mordaient la surface plane des hauts plateaux, encore inondés de la dernière lumière dorée. Une pie aux reflets bleu nuit vola près de son visage. Il entendit le bruissement de ses ailes qui agitait l'air. Il la suivit du regard.

Pas moi.

Pas moi. Pas moi. Pas moi.

La pie devint un petit point lointain dans l'air limpide et se fondit dans le rayon vert du soleil.

De retour dans la capitale, Attilio trouva deux lettres. Lidio Cipriani lui proposait de l'assister dans l'installation de l'Exposition d'outremer ; sa mère Viola l'invitait à rentrer en Italie. La veille de son départ, il se rendit chez Abeba. Après le procès, son ancienne madame avait déménagé dans un quartier pour les Noirs, où il n'y avait pas de maisons en brique.

Il ne retira même pas son pantalon. Il la posséda sur le sol, lui tordant un poignet d'une main et lui écrasant le visage de l'autre. Il lui fit mal pour la première fois. Mais après, comme toujours, elle fit griller pour lui les grains verdâtres et prépara le café, en le tournant avec une tige de rue. Attilio prit la tasse des mains de la femme qu'il croyait stérile et avec laquelle pourtant il venait de concevoir un enfant.

« Maintenant je pars, lui dit-il, mais rassure-toi, je reviendrai. Moi, je reviens toujours. »

Il ne mentait pas. Il devait revenir quarante-cinq ans plus tard, dans une vieille Citroën.

19

« Un de ces hommes de quarante ans qui ont l'air d'être les oncles tristes des femmes de leur âge. » C'est ce qu'a pensé Ilaria quand elle s'est assise devant Piergiorgio Valente, avocat en droit de l'immigration : sa chemise tendue sur son ventre, quelques touffes de cheveux gris autour de sa calvitie, une alliance qui étrangle son annulaire où elle a été glissée vingt-cinq kilos plus tôt. Le papier vide d'un Mars sur son bureau.

En effet, Valente est fatigué. Très fatigué. Il regarde l'homme et la femme assis devant lui et l'épuisement descend le long de son corps, jusqu'à ses pieds gonflés.

Il n'en peut plus d'essayer de convaincre des prisonniers – pardon, *retenus* – des CIE, des gens qui ne demandent rien qu'un minimum d'information sur leur destin, de retirer le fil de fer avec lequel ils ont cousu leurs lèvres. Ou de devoir dire à cette prostituée moldave qui a dénoncé ses tortionnaires que la République italienne lui est très reconnaissante de son inestimable contribution à la lutte contre la traite, toutefois non seulement elle ne récompensera pas son courage par la médaille de l'ordre du mérite et la nationalité, mais elle ne lui donnera même pas le moindre permis de séjour parce que la loi est la loi en Italie et qu'elle est entrée illégalement (traduction : à l'arrière d'un camion, à demi vêtue et déchirée par l'initiation au métier auquel, pendant des jours, ses geôliers l'ont soumise en groupe, pour briser le psychisme dans le corps qu'ils allaient vendre).

Il en a assez des arrêtés abusifs de certains maires (mais qu'est-ce que ça peut vous faire si un pauvre diable se repose sur un banc ?). Et quand ils les attaquent, il en a plus qu'assez des journalistes qui lui demandent : « Mais vous luttez contre le racisme ? »

Ah, ce concept bateau. Autrefois, il croyait lui aussi qu'il avait un sens. À vingt ans, il avait participé à la première grande manifestation en Italie contre ce nouveau phénomène, du moins pour les Italiens, qui jusqu'alors avaient toujours subi le racisme, en tant qu'émigrés planétaires. On était en 1989, en réponse à l'assassinat de Jerry Masslo à Villa Literno, et Valente faisait encore son droit. Le seul vrai résultat de cette manifestation avait été l'allongement de la liste des mots employés comme moyen de se définir par la négative : le fondamental « fascisme », puis justement « racisme », maintenant il y avait « berlusconisme », mais Valente savait déjà que d'autres s'y ajouteraient. On dit : « je suis anti-ceci », « je suis anti-cela » et on se sent du bon côté. Comme si c'était si facile, chers camarades. Comme si ça suffisait.

Piergiorgio Valente a passé vingt ans à défendre les droits humains fondamentaux (tels que : la vie – celle que perdraient certains de ses clients avec le Refus s'ils rentraient dans leur patrie) et il a perdu presque toutes les convictions de sa jeunesse. Mais il est maintenant persuadé d'une chose : manifester dans la rue contre le racisme est aussi utile que de manifester contre la méchanceté.

Il a compris maintenant que le racisme n'est qu'un jeu de miroirs, une illusion. C'est le moyen le plus efficace jamais inventé pour briser la lutte contre les inégalités – la lutte de classe, disait-on autrefois. Il sert à pousser les avant-derniers à se sentir supérieurs aux derniers, pour éviter qu'ils ne se révoltent ensemble contre les premiers. Par exemple, en Amérique, les anciens esclaves n'étaient pas lynchés par les patrons des plantations, mais par les Blancs pauvres. Et dans l'Italie du nouveau millénaire, c'est la même histoire. Il suffit de persuader les chômeurs que leur emploi ne leur a pas été volé par les spéculateurs mais par les immigrés et le tour est joué : ils iront tabasser les journaliers au noir au lieu de faire la révolution. Et entre-temps le marché de l'agroalimentaire italien peut maintenir des prix bas et concurrentiels. D'une pierre deux coups.

Valente regarde le papier vide du Mars. Qui a mangé sa barre chocolatée ? Ah oui : c'est lui qui se l'est fourrée dans la bouche en entier, dès que le client précédent est sorti, un Philippin impliqué dans une bagarre à un mois de l'audience pour sa nationalité – Seigneur, peut-on être plus stupide ? Il l'a avalée en remuant sa mâchoire sans presque s'en apercevoir, la bouche pleine au point que si le président de la République en personne avait téléphoné pour accorder une grâce, il n'aurait pu répondre. Valente est affolé rien qu'en y repensant et il lui vient une terrible envie de chocolat. Il doit faire un effort pour porter son attention sur les deux personnes qui sont devant lui.

Si ce jeune homme et cette femme sont venus chez lui, c'est parce qu'ils pensent qu'un avocat peut faire quelque chose. C'est-à-dire qu'ils croient qu'à l'intérieur des CIE l'État de droit est toujours en vigueur. Mais maintenant lui, Valente, devra leur expliquer que la valeur qu'un État donne à la justice est celle qu'il donne aux personnes jugées. Et qu'en Italie, ce sont les juges de paix, des gens qui n'ont souvent aucune formation juridique, qui délibèrent sur le destin des demandeurs d'asile, au cours de séances de quinze minutes parce qu'ils doivent en faire vingt dans une journée, où ils posent à tous les trois mêmes questions alors que ceux qui se trouvent devant eux auraient des vies entières – et quelles vies ! – à raconter. Que c'est donc cette valeur que l'État de droit italien donne à leur ami : encore moins que rien.

Mon Dieu, il en a assez de devoir l'expliquer.

« Et puis, après, quand nous l'aurons tiré de là, nous

voudrions lui obtenir la nationalité italienne, est en train de dire Ilaria. C'est notre neveu.

— Peut-être notre neveu, dit Attilio.

— Vous avez des papiers qui le prouvent ? demande l'avocat.

— Notre père était son grand-père, dit Ilaria. C'est son troisième nom sur sa carte d'identité. »

Valente écarte cet argument comme un moustique. « Je peux appeler mon fils Albert Einstein ou Napoléon, il n'est pas dit que nous soyons parents… Écoutez : avoir la nationalité, c'est déjà très compliqué quand tout est en règle. J'avais une cliente venue d'Éthiopie, de père italien qui l'avait reconnue en lui donnant son nom, en théorie l'affaire la plus simple au monde. Et au contraire. Onze ans de couloirs, de comités d'examen, de rapports de prélèvements ADN égarés et à refaire. Quiz : pourquoi d'après vous ? »

Les bras croisés, il les regarde de l'autre côté de son bureau, tout comme un animateur télé qui attend la bonne réponse.

Ilaria, mal à l'aise, regarde autour d'elle. Les murs auraient besoin d'un coup de peinture, la chaise en fer n'est pas confortable, les dossiers s'entassent sur la table en piles branlantes comme si l'ère numérique n'était jamais entrée dans ce petit bureau. Sur la porte est accrochée un faux parchemin aux caractères gracieux : « Les lois, qui sont pourtant ou devraient être des pactes d'hommes libres, n'ont été le plus souvent que l'instrument des passions d'un petit nombre – Cesare Beccaria ».

« Parce qu'elle était africaine, répond l'avocat. Avec ceux qui sont originaires d'Argentine et ont la peau blanche, il n'y a jamais de telles difficultés.

— Quelle absurdité ! lance Attilio. En Italie, le problème c'est la lenteur de la bureaucratie, le laisser-aller, pas ces choses-là. Nous ne sommes pas des nazis. »

L'avocat regarde Attilio avec indulgence. « Des nazis… » Il fait glisser le mot d'un côté à l'autre de sa bouche comme un cure-dents. « Ah non, bien sûr. Les nazis ont perdu la guerre. Nous ne sommes pas comme eux. »

Il a craché cette dernière phrase d'un ton sarcastique qu'Ilaria juge blessant. Mais Valente poursuit. « Nous ne sommes pas racistes, nous sommes tellement intégratifs ! Nous avons créé l'Union européenne, nous nous sommes fait faire des passeports identiques, avec Schengen nous avons même supprimé les frontières. Mais… »

Il s'interrompt brusquement et les regarde. Quelle barbe cette manie de laisser en suspens ses phrases comme des friandises, comme s'il était dresseur de chiens. Et puis, Ilaria se souvient encore de son premier voyage en compagnie de Lavinia avec son nouveau passeport européen, les sourires à l'enregistrement de Bangkok entre Espagnols, Français et Allemands qui se montraient leurs livrets couleur vinasse, la fierté de faire partie d'un continent qui venait d'abattre son Mur. On se sentait à l'avant-garde d'une nouvelle humanité, sans plus aucune division. Eh bien oui : intégrative. Elle ne voit pas ce qu'il y a de mal dans cette aspiration.

« Mais vous savez ce que sont les CIE, comme celui où a atterri votre parent ?

— Peut-être parent, précise de nouveau Attilio.

— Des centres d'identification et d'expulsion, répond Ilaria, mais elle regrette aussitôt d'avoir donné satisfaction à Valente avec ses quiz stupides. D'autant plus qu'il hoche la tête maintenant.

— Ce sont nos frontières. Celles que nous avons fait semblant de supprimer. Les barreaux et les no man's lands n'existent plus, mais nous les avons seulement cachés. Maintenant, la frontière de l'Europe, ce sont les CIE. Des remparts pour notre identité. Pour nous qui bénéficions de l'État de droit et qui ne sommes pas des nazis, qui ne mettons pas des gens innocents dans des camps à cause de ce qu'ils sont – par exemple parce qu'ils sont juifs, ou tziganes. Mais comme par hasard, on n'arrive pas dans les CIE si on commet un délit. On y arrive à cause de ce qu'on est. Parce qu'on est un *clandestin.* »

Le dégoût retenu avec lequel il a détaché ce dernier mot est presque explosif, et Ilaria finit par comprendre pourquoi Valente pose ces questions ennuyeuses. Il ne le fait pas pour provoquer, mais pour maîtriser sa colère. « Il s'efforce de ne pas crier. »

Ilaria se souvient de la matinée ensoleillée passée à marcher dans les rues de Rome avec des milliers d'autres collègues, il y a quelques mois. Ils manifestaient contre le projet de loi permettant au gouvernement de créer le prétendu « délit de clandestinité » (les mots résonnent dans sa tête avec la voix écœurée de l'avocat). En particulier contre l'article par lequel on voulait refuser aux enfants des migrants irréguliers le droit d'aller à l'école. Avec les enseignants, qui défilaient sous un dessin de Berlusconi saisissant à pleines dents un bâtiment scolaire, il y avait aussi des médecins et des professionnels de santé. Ces derniers protestaient contre l'obligation de dénoncer à la police les *clandestins* qui s'adressaient aux hôpitaux publics. Le cortège avait tout de même contribué à un des rares succès de l'opposition. Les articles sur l'école et la santé n'avaient pas été approuvés par le Parlement car même certains députés de droite avaient refusé de les voter. Mais ce qu'Ilaria a retenu de cette manifestation au milieu de l'insouciante splendeur romaine, c'est surtout le sentiment d'outrage suscité par ces propositions non seulement stupides et dangereuses – des malades peut-être contagieux poussés à se cacher, avec la complicité du système de santé publique –, mais qui niaient aussi les droits fondamentaux à l'instruction et à la santé. Contre toute attente, Ilaria reconnaît maintenant chez l'avocat, homme peu sympathique faisant plus vieux que son âge, un membre de sa propre tribu. Celle des irréductibles emmerdeurs.

« C'est vrai, lui dit-elle. Avec ce gouvernement, nous sommes revenus à une mentalité presque fasciste.

— J'ai une mauvaise nouvelle pour vous, madame, dit Valente. En Italie, les CIE ont été créés par la loi Turco-Napolitano. 1998, gouvernement de centre gauche. »

Attilio s'adresse à Ilaria, l'air moqueur. « Qu'est-ce que je t'ai toujours dit ? Berlusconi n'est pas la cause de tous les maux. »

Valente le dévisage. Toute trace de sarcasme a brusquement disparu de son regard. « Si seulement c'était vrai », dit-il doucement, tout à coup calme et triste. C'est ce qui frappe Ilaria, bien plus que son ton cabotin de tout à l'heure. Un instant, elle entrevoit sur son visage le beau jeune homme qu'il devait être avant de se déformer. « Si seulement, madame, notre mauvaise conscience avait commencé avec lui. »

Des profondeurs ventriculaires du gros corps de Valente sort un soupir qui secoue sa graisse derrière le bureau. Il s'est rappelé qu'il a encore un Mars dans son porte-documents et cela l'a rendu un peu moins sombre. C'est un objectif réaliste auquel aspirer.

« Assez de discours. Je ferai ce que je peux pour sortir de là votre parent. » Il regarde Attilio qui cette fois ne le reprend pas. « Mais je vous préviens, ce sera difficile.

— Et si vous n'obtenez pas l'autorisation ? demande Ilaria. Que se passera-t-il ? »

L'avocat lui adresse un sourire d'une grande douceur. « Il végétera dans le CIE pendant un temps indéfini, qui peut durer plusieurs mois, plus d'un an. Puis un jour, avec peu ou pas du tout de préavis, il sera mis dans un avion et rapatrié. »

« Attilio Profeti, orgueil de la race italienne ». Après la visite chez l'avocat, la dédicace sur le livre de Lidio Cipriani a une saveur différente.

Ilaria s'assied sur un tabouret dans la cuisine d'Attilio. Elle lui lit à voix haute des passages de la préface pendant qu'il prépare le dîner.

« Les données concordantes de la zoologie et de l'anthropologie confirment définitivement la thèse que les races humaines ne se différencient pas seulement par les caractères physiques, mais également par les caractères mentaux. C'est pourquoi, les données que je recueille sont sur le “sang pur”, c'est-à-dire dans le domaine de formation de chacune des races étudiées. En dehors de ces conditions, elles se révèlent faussées, comme cela est évident aussi dans l'étude des races animales. »

Attilio l'écoute en faisant sauter les aubergines : ail, huile, persil, une goutte de vin blanc. Ensuite, elle lavera les assiettes – à chacun sa spécialité.

« Écoute ça : "On pourra également prendre en considération l'infériorité mentale de la femme noire, qui confine souvent à une véritable déficience. Chez elle, le comportement féminin perd beaucoup de l'humain, pour se rapprocher nettement du comportement bestial…" »

Attilio ricane tout en plongeant les pâtes dans l'eau bouillante. « Tu sais, la femme blanche aussi n'est pas très hum… »

Ilaria lui tape la tête avec le livre dans un bruit sourd.

« Aïe ! Mais qu'est-ce que j'ai dit de mal ? »

Pour toute réponse, elle le menace encore, brandissant son livre.

Attilio se rend, les mains en l'air. « C'est bon, c'est bon, je te l'accorde : vous aussi, vous êtes dotées d'une âme. »

Ilaria fait défiler les pages de l'extrémité de son pouce. Elles sont pleines de tableaux, de mesures, de pourcentages. « Écoute un peu le titre de ce paragraphe : "Forme des seins". Tu veux que je te le lise ?

— Qu'est-ce que c'est ? Encore un piège pour me frapper ?

— Crétin. » Ilaria commence à lire : « "L'examen de ce caractère a une importance incontestable surtout chez les peuples africains."

— Sincèrement, pour le peuple italien aussi…

— Tais-toi et écoute. "Dans quatre des cinq groupes de femmes (Bahar Dar, Ifag, Debre Tabor, Gorgora), on remarque que dominent les seins en forme de coupe de type européen. À Bahar Dar, Ifag et Gorgora, ils ont aussi une forme caprine et conique. À Debre Tabor et Zara Micael, au contraire, les seins en forme de coupe sont moins fréquents que les caprins et les coniques. Voici la répartition numérique du caractère dans son ensemble…" »

Attilio tend le cou au-dessus de l'épaule d'Ilaria pour voir le tableau :

	Femmes	%
En coupe	69	67,7 %
Caprins	19	18,6 %
Coniques	14	13,7 %
TOTAL	102	100 %

« Quelle absurdité ! s'exclame Attilio.

— Tu parles de l'avant-propos ? demande Ilaria.

— Pas seulement. La méthode aussi. Prétendre tirer des conclusions sur une population tout entière à partir d'un échantillon dérisoire et aléatoire. Sans aucune pertinence statistique. Regarde ici : cent deux femmes examinées en tout. Si le lendemain il avait mesuré les nichons de cent deux autres femmes, les pourcentages auraient été complètement différents. Et donc les conclusions. »

Attilio prend le volume des mains d'Ilaria et le feuillette. Les tableaux se succèdent sur des pages et des pages, de minutieuses mensurations de centaines, peut-être de milliers de sujets, regroupés par sexe et par âge, pour chacun desquels sont cités des douzaines de chiffres et de pourcentages qui correspondent aux indices et aux rapports corporels. Il en lit quelques-uns à voix haute : « "Indice skélique, trochantérien, iliaque, acromial…"

— Mon Dieu, quel travail obsessionnel ! fait Ilaria.

— Surtout sans aucun sens. » Attilio tend de nouveau le livre à Ilaria et remue les pâtes.

Au centre du volume, sur papier glacé, sont insérées les photos prises par Cipriani : des hommes, des femmes, des enfants, tous le torse nu, chacun aussi bien de face que de profil. Ilaria lit les légendes : « “Type d’Amhara. Type de Borana”. On dirait des photos signalétiques. »

En effet, tous regardent droit devant eux, avec des yeux vides de criminels pris en flagrant délit. Ilaria s’arrête sur la double photo d’un homme trapu. Elle l’examine longuement pendant qu’Attilio mélange les pâtes et les apporte à table. Ces lèvres épaisses, cet air renfrogné, cette longue cicatrice sur la poitrine… où les a-t-elle déjà vus ?

D’un bond, elle s’élance hors de la cuisine.

« Hé, où vas-tu ? C’est prêt ! » crie son frère derrière elle.

Mais Ilaria a déjà traversé le palier en courant et elle est entrée dans son appartement, en direction de sa chambre à coucher.

Sur l’étagère la plus haute au-dessus du bureau se trouvent les livres qu’elle garde seulement parce qu’elle y est attachée. Elle passe le doigt sur les dos et prend un volume. Elle le feuillette, trouve la page qu’elle cherchait. Puis elle revient en courant chez Attilio et la lui montre : « Regarde ça. »

Ce sont deux illustrations. La première est la photo d’un homme à la peau claire et aux yeux bleus, occupé à réparer une montre ; il a une chemise propre, des lunettes légères, le visage intelligent et concentré de celui qui exerce un métier difficile avec habileté et passion. À côté, il y a la double photo – de face et de profil – d’un homme torse nu à l’air renfrogné. Ilaria les compare à la photo du livre de Cipriani.

« C’est le même ! »

La légende sous la première photo dit : « Alberto Severini, horloger de Milan ». Sous la deuxième : « Type d’Africain ».

« Mais qu’est-ce que c’est que ce livre ? demande Attilio.

— Mon manuel de géographie au lycée. Chapitre sur les races humaines. »

Ilaria lit à la fin du volume. « “Achevé d’imprimer en 1971”. Mais je l’ai utilisé quelques années plus tard.

— C’est incroyable… ! » Attilio reste un moment la fourchette en l'air. « Vous étudiiez les races humaines d'après les photos de Lidio Cipriani ? Dans les années quatre-vingt ! »

Ilaria éclate de rire.

« Cher petit frère, à force de me fréquenter tu te mets à parler comme moi. »

Les penne aux aubergines d'Attilio sont vraiment bonnes.

Ils restent silencieux le temps de quelques bouchées. Au bout d'un moment, Ilaria demande : « Toi, tu ne crois pas que Shimeta est le fils de notre frère, n'est-ce pas ?

— La question n'est plus là.

— Ah non ? Et où est-elle ? »

Attilio s'essuie la bouche avec sa serviette. « Si on le rapatrie, il risque de se faire tuer. »

Ilaria pose sa fourchette sur son assiette. Son estomac se noue.

Quand Piero Casati entend la sonnerie du SMS, il est dans un taxi, à la fin d'une séance épuisante en commission. Elle s'est prolongée au-delà de l'heure du dîner et il a faim. Il regarde son portable en soupirant ; il n'a plus envie d'entendre parler de ces concessions au Nigeria pour aujourd'hui. Quand il lit le message, son cœur se met à battre comme une phalène frappée brusquement par un rayon de lumière.

J'AI BESOIN D'UN SERVICE – URGENT.

Un service. Tout au long d'une vie de dévouement sans relâche, Ilaria ne lui a jamais rien demandé.

« Pardon, j'ai changé d'avis, dit Piero au chauffeur de taxi. Nous allons dans le quartier de l'Esquilin. »

Sur le pas de la porte, ils se frôlent le temps d'un baiser sur la joue, mais l'espace entre eux est bien loin d'être vide. Ilaria lui met un verre de vin entre les mains et ils s'assoient sur le canapé – lui avec ses *brogues* noires posées par terre, elle les jambes repliées. Elle lui explique la situation : l'arrivée du jeune homme, la révélation du fils africain d'Attilio Profeti, l'arrestation et le CIE. Le danger du rapatriement. Le peu d'espoir donné par l'avocat.

Piero écoute, sort son carnet et son stylo. « Rassure-toi. Je m'en occupe. Je passerai quelques coups de fil. »

Il marque le nom : Shimeta Ietmgeta Attilaprofeti. Il réalise seulement après avoir écrit ce long patronyme qui semble inventé. Il s'immobilise, le stylo en l'air, comme foudroyé.

« Elle est en train de me demander exactement ce que Berlusconi a fait pour la call-girl. » Mais cette pensée vraiment inattendue et empoisonnée arrive aussitôt après : « Elle aussi. Elle aussi, comme tous les autres. »

« Qu'y a-t-il ? » Ilaria le regarde, l'air interrogateur.

Piero ne répond pas. Il vient de se souvenir du jour où il s'est caché des caméramans à Ciampino. Il éprouve à nouveau cette panique d'être vu par elle. Jugé. Et un brusque éclair de lucidité lui fait prendre conscience qu'au fil des ans il a de plus en plus délégué à Ilaria le sens du bien et du mal. Il l'a mise sur un piédestal éthique, supérieur et distant. Résultat : Ilaria est devenue de plus en plus intransigeante et lui a perdu sa boussole intérieure. Il ne faut pas s'étonner qu'ils n'aient pas créé une vie à deux.

Alors seulement, il se tourne pour la regarder.

Il voit sa peau claire sur laquelle se détachent les premiers signes de l'âge ; la cicatrice sur son sourcil laissée par la varicelle. Ilaria n'est pas parfaite. Parfois, elle est insupportable, parfois mal à l'aise. Maintenant par exemple, elle est ambivalente, elle ne sait pas si ce qu'elle fait est bien. Et qui ne le serait pas à sa place ? Dieu sait ce qu'il lui en a coûté de se décider à lui demander de l'aide. Et pourtant, pour une fois qu'elle le fait, c'est lui qui est en train de la juger.

Brusquement, ce que ressent Piero envers Ilaria n'est plus de l'amour ou du désir, comme depuis plus de trente ans, mais ce qui ne peut exister qu'entre égaux : de l'amitié.

« Si la chose te met en difficulté, dis-le-moi, lui dit-elle. Je ne veux pas te créer de prob… »

Piero lui ferme la bouche d'un baiser.

Il la prend dans ses bras. « Non, au contraire. Je te remercie.

— Et pourquoi donc ?

— Parce que ça fait trente ans que je rêve de pouvoir t'aider. »

Elle détache doucement son buste du sien pour le regarder dans les yeux.

« Tu sais bien, n'est-ce pas, que même si je te suis reconnaissante, les choses ne changeront pas ?

— Bien sûr. Je ne te demanderai rien en échange.

— Je ne crois pas à la gratitude comme base des rapports humains.

— Mon père disait toujours ça lui aussi. »

Ilaria éclate de rire. « Ton père ! Tu es en train de me dire que je suis comme ce salaud ? Pardon : cet ancien salaud. » Elle s'approche et murmure à son oreille : « Toi, tu arrives vraiment à me rendre spéciale. »

« Voilà, se dit Piero en la serrant contre lui, tant que je l'entendrai rire comme ça, tout vaudra toujours la peine. »

« Écoute, il faut que je te demande autre chose, lui dit-elle au bout d'un moment. Mais tu dois me répondre sincèrement.

— Il n'y a qu'à toi que je sais répondre sincèrement.

— D'après toi, mes seins sont coniques, en coupe ou caprins ? »

Quand Ilaria met un doigt à l'intérieur de Piero, quand il prend son clitoris pour un bonbon, quand la frontière entre leurs corps n'est plus la peau mais les muqueuses et les humeurs, les catégories cessent d'exister. Ils ne sont plus un député de droite et une emmerdeuse progressiste, un descendant de papes et la petite-fille d'un chef de gare. Ils n'ont plus de nom, rien n'est plus insignifiant que leur nationalité, et même leur revenu, le grand séparateur, ne peut empêcher leur fusion. Ils ne sont même plus un homme et une femme, mais seulement deux corps compatibles au point de devenir une seule et même chose quand ils se trouvent. Il est accessoire de savoir qui est en train de jouir, ou grâce à quel frottement. Ilaria sent les poils fournis de Piero lui appartenir comme les siens, rasés. Son dos puissant pendant qu'elle y enfonce ses doigts, et ses propres seins – adjugés « en coupe », chose secondaire maintenant – qui dansent au-dessous d'elle quand elle est à quatre pattes. Ils ne jouissent pas toujours ensemble, souvent oui, aucun ne fait jamais le calcul.

Piero s'est endormi. Ilaria est allée dans la salle de bains et une intense odeur de café arrive par la fenêtre ouverte sur la cour. Elle regarde son portable : deux heures et demie pile. L'heure du réveil des Bangladais ! Ils ont sûrement recréé un nouveau dortoir dans un autre appartement – à Rome la légalité a une vie plus courte que celle d'un nuage dans le ciel. Elle s'allonge près de Piero qui l'attire à lui avec un grognement.

Le corps d'Ilaria résonne encore de plaisir, comme un rocher d'un écho. Elle repense aux délirantes mensurations de Cipriani. La perverse taxinomie de ces listes humaines. Quel est l'opposé de cette classification compulsive ? Facile : faire l'amour avec Piero. L'idolâtrie des identités très pures et séparées a son contraire dans l'éros.

La tendresse d'Ilaria s'ouvre telle une fleur nocturne envers l'homme qui vient de sortir d'elle, qui l'entoure maintenant de son bras. Une virgule de lune est apparue au-dessus des toits ; elle regarde son profil dans sa faible lumière.

« Qui est vraiment Piero ? » se demande-t-elle.

« Je n'en ai aucune idée », se répond-elle.

Et ça la rend heureuse. Ce doit être ça, l'amour.

20

Au cours de la première tentative d'autoanéantissement de l'humanité au XXe siècle, Ernani ne fut pas envoyé au front. Non parce qu'il était marié avec des enfants – beaucoup de pères de famille partaient – mais parce qu'il avait décidé qu'il servirait mieux sa patrie dans son effort de guerre en restant à la gare de Lugo di Romagna. Plus encore qu'en temps de paix, il fallait *faire marcher le train.*

C'était l'employé du chemin de fer, Profeti Ernani, qui détachait les lèvres des fiancées de celles des soldats penchés à la fenêtre, en donnant le signal de départ aux trains militaires pour le nord-est, en agitant le drapeau vert en tête du quai. Au retour de ces mêmes convois, il était saisi par la puanteur infernale de cette jeune chair en permission, des masses de soldats entassés sur les sièges et dans les couloirs, des corps dans des uniformes couverts de boue qui depuis des mois ne connaissaient ni l'eau ni le savon. Tous, sans exception, étaient plongés dans un sommeil lourd, total, comme si la guerre dont ils revenaient était l'antre d'une sorcière qui s'amusait à endormir les jeunes garçons les plus vigoureux, après les avoir transformés en animaux répugnants. Souvent, Ernani devait monter dans le wagon et les secouer pour qu'ils descendent à temps à la bonne gare et ne perdent pas une de leurs pauvres heures de permission. Mais ce n'était rien encore par rapport au transport des blessés. Une fois, le jeune employé du chemin de fer commit l'erreur de monter dans un wagon sanitaire pour régler un problème de logistique avec l'officier de réserve. Il y avait des pansements gonflés de pus, des membres mal amputés, des têtes toutes déformées sous les bandages, mais surtout il y avait cette odeur nauséabonde de mort et de gangrène. Quand il redescendit sur le quai, Ernani vomit. Mais un cheminot reste un cheminot et donc, entre deux haut-le-cœur, il se demandait comment ferait le personnel de traction pour s'occuper de toutes ces voitures à désinfecter.

Cinq ans seulement s'étaient écoulés depuis que Gea della Garisenda, vêtue seulement du drapeau des Savoie, chantait la conquête de la Libye : *Trìppoli belsuold'amòore / tigiungadòlce questamiacànzòn ! Svèntoli iltriccolòore / sulletuetòrrial rombodelcannòn*[1] ! Et même pas deux depuis que ces soldats, qui ressemblaient plus à des mottes de terre qu'à des hommes, allaient vers le front en se moquant des trois empereurs : *Guglielmone, Cecco Beppe e Maometto / gli Alleati v'allargheran lo stretto*[2] ! Et pourtant, on aurait dit que cela faisait un siècle.

Au fur et à mesure que le Piave et l'Isonzo rendaient à leurs familles des mutilés ou des faire-part de décès, Ernani mesurait nettement sa chance d'avoir été épargné, mais elle n'en était pas moins difficile à supporter. Tandis que les jeunes épouses de Lugo pleuraient leurs maris adolescents mis en pièces dans les Préalpes, lui rentrait le soir dans le lit douillet de sa femme. Cela lui semblait un affront à la patrie. Et cependant, chaque fois qu'un rescapé montrait ses moignons, les jambes d'Ernani tremblaient de gratitude devant ce à quoi il avait échappé.

Son grand-père, mort maintenant, avait été charretier au Pavaglione et il lui avait très souvent parlé de Giuseppe Mazzini

1. Tripoli beau sol d'amour / reçois ma douce chanson ! Agite ton drapeau tricolore / sur tes tours au bruit du canon !

2. Guillaume II, François-Joseph, Mehmed V / les Alliés agrandiront votre détroit !

qui, au siècle dernier, avait harangué la foule de Lugo au théâtre Rossini. Son père Aroldo, connu en ville pour avoir monté la garde pendant que le poète Olindo Guerrini posait la plaque anticléricale sur la forteresse, avait répété pour la énième et dernière fois sur son lit de mort la phrase qui avait fait son surnom. Le prêtre appelé par sa femme inquiète pour lui donner l'extrême-onction avait été chassé au cri de : « L'Église ne tolère pas une ombre de liberté ! » Puis, satisfait qu'on se souvienne de ces paroles comme des dernières qu'il ait prononcées, et craignant peut-être d'en ruiner l'effet par d'autres, le Nontòllera se hâta d'expirer.

Ernani était républicain et bouffe-curé comme ses pères et il avait aussi été pacifiste jusqu'à l'entrée en guerre de l'Italie. Mais maintenant que les carcasses des jeunes de son âge revenaient d'un massacre qui lui avait été épargné, il n'arrivait plus à refuser à leur sacrifice la seule chose qu'il pouvait encore avoir, c'est-à-dire un sens. Bref, il ne se sentait plus digne de dire que cette guerre n'était qu'une erreur.

On lui envoya comme guichetier à la gare un jeune dénommé Rizzatello Beniamino, libéré au bout de deux ans passés sur les hauts plateaux. Il venait de l'autre côté du fleuve, de cette Polésine trempée dont la pauvreté sentait le moisi et le souffle acide du scorbut. Ernani devait parfois intervenir parce que, de l'autre côté du comptoir, un passager avait demandé au jeune guichetier : « Dans combien de temps part-il ? » ou « Combien ça coûte ? » et lui s'était immobilisé, le carnet de coupons à la main, regardant devant lui avec une grimace d'horreur comme s'il ne s'agissait pas d'une simple question mais d'une condamnation capitale. Et certaines nuits, le silence boueux de la campagne était déchiré par les hurlements que Rizzatello Beniamino, soldat en congé de libération et guichetier, lançait dans la chambre meublée sous le toit de la maison des employés du chemin de fer. À l'étage du dessous, dans le petit appartement du fonctionnaire marié, Ernani se réveillait en sursaut. Dans un demi-sommeil embrumé, il mettait un moment à comprendre que ce n'était pas lui qui avait crié, mais l'employé dans le grenier, et alors il éprouvait à la fois de la honte et du soulagement. Ces deux émotions alternaient continuellement chez Ernani Profeti : chaque fois qu'un ami d'enfance revenait chez lui avec une jambe en moins, ou qu'une cousine se découvrait veuve – honte et soulagement, honte et soulagement. Elles fissuraient son âme comme les pluies excessives et la sécheresse fendillent les traverses des voies.

Au début du siècle, quelque temps avant sa mort, son père, le Nontòllera, avait manifesté une ouverture inattendue aux nouvelles sonorités en amenant Ernani écouter *Lohengrin* du haut du poulailler du théâtre Rossini. Là encore, deux ans plus tard, Ernani s'était exalté devant la douce cruauté avec laquelle Toscanini dirigeait *Aïda*. Et comme on lui avait donné le nom d'un opéra du maître de Busseto, il décida de faire de même pour son premier-né. Il l'appela Otello.

Sa femme, Polésine de Porto Viro, avait été la fiancée – très amoureuse, disait-on – d'un jeune instituteur. Aussitôt après leurs fiançailles, il avait été nommé dans un village très malsain du delta et quelques semaines avant le mariage, la fièvre quarte l'avait emporté. Ernani connut Viola six mois plus tard, alors qu'il était contrôleur sur la section Padoue-Rovigo. Ce fut donc un mariage de second choix.

Pour que son épouse l'oublie, Ernani retira toutes ses maigres économies de chef de gare adjoint et se rendit à Bologne avant leurs noces pour acheter une alliance d'élégante facture. Seul un bijou spécial pouvait briller au doigt de cette merveilleuse jeune fille qu'un miraculeux destin lui avait accordée. Il acheta pour elle l'alliance la plus chère qu'il trouva, un délicat entrelacs de rameaux, élégant travail d'orfèvrerie ; il ne restait guère d'argent pour lui et il s'en acheta une bon marché. Mais l'échange de ces anneaux de valeur si différente eut comme effet de rendre visibles à tous les bases sur lesquelles se fondait leur mariage : Viola n'aimerait jamais son mari autant qu'il l'aimait.

Quand leur premier fils naquit, cette beauté inconnue attira toute son attention. Elle appréciait de pouvoir tenir un peu à distance son mari, dont il lui était impossible de partager l'amour excessif. En tant qu'épouse, son corps était docile mais inerte, dépourvu de tout élan ; en tant que mère, au contraire, ses bras devinrent musique, son sein assouvissement. Bref, Otello fut un nouveau-né heureux. Mais Ernani ne se laissa pas tenir à distance trop longtemps et onze mois après seulement naquit leur deuxième fils. Il voulait l'appeler Attila, en l'honneur d'un autre opéra verdien pas assez apprécié selon lui, mais Viola refusa : elle ne donnerait jamais à son fils le nom d'un fléau. L'enfant fut donc déclaré à l'état civil comme Profeti Attilio. Sa vraie nature de calamité, que Viola avait refusé de lui attribuer de façon officielle, eut tôt fait de se manifester pour Otello. L'arrivée de son petit frère marqua pour lui le début de la deuxième et dernière partie de sa vie : celle où chaque geste est facteur de comparaison, d'humiliation et de jalousie.

Leur compagne de jeux, leur cousine Maria, se souvint toute sa vie des deux frères Profeti tels qu'elle les avait vus à une fête de carnaval. Ils étaient tout petits, ils n'allaient pas encore à l'école : Attilio habillé en Pierrot qui court, rit et virevolte avec les autres enfants déguisés, les pompons noirs cousus par sa mère sur son large costume de clown blanc qui pendent défaits à cause des jeux effrénés ; Otello, seul et à l'écart, avec un vêtement identique à celui de son frère, les pompons neufs et parfaits comme s'ils venaient d'être cousus, jamais mis en péril par le moindre pas de danse, qui ne détache pas son regard sévère d'Attilio.

Otello le regardait toujours, ce petit frère. Il le dévisageait sans cligner des yeux, quoi qu'il fasse. Il ne s'apercevait pas qu'il s'était tristement désigné comme son principal admirateur. Quand il rentrait à la maison, avant même de saluer sa mère, il demandait : « Où est Attilio ? » À l'inverse, l'autre ne le réclamait jamais, sans doute savait-il qu'il le trouverait vite près de lui. Si Attilio criait, Otello se taisait. Si Attilio faisait le pitre, Otello devenait discret. Si Attilio souriait, plus personne ne voyait Otello.

Le jeune Attilio Profeti faisait cet effet sur tout le monde. Un jour, quand il était très petit, il s'était faufilé dans la billetterie par la porte d'accès réservée au personnel et, avant que le guichetier ait pu le chasser, il était déjà assis sur ses genoux. Rizzatello, après un moment de perplexité, l'avait embrassé très fort tout en continuant à détacher d'une main les bouts de papier et à encaisser l'argent. Charmés à la vue de ce merveilleux enfant, les passagers lui firent mille simagrées de l'autre côté de la vitre et Attilio les reçut avec la magnanimité d'un dignitaire. De son côté, en sentant ce petit corps qui se confiait de tout son poids, le fantassin en congé de libération Rizzatello Beniamino éprouvait, pour la première fois en vingt ans, un sentiment de paix.

Attilio n'était pas – encore – plus grand qu'Otello, ni plus fort, ni même plus intelligent ; et pourtant, ceux qui les croisaient les prenaient pour des jumeaux, ou bien pensaient qu'Attilio était l'aîné. Ils se ressemblaient, par la taille et le visage, mais Otello n'avait pas son brio. Il était comme la copie en étain d'un vase en or et, malheureusement, il le savait.

Il ne parvint à oublier quelques heures par jour l'existence de son petit frère qu'au cours de sa première année d'école primaire. Il sortait de la maison avec son cartable en cuir et sa dignité d'écolier, deux justes compensations à l'anxieuse incertitude à l'idée de laisser sa mère seule avec Attilio toute la matinée. Il était heureux à l'école : il aimait apprendre, et surtout ni ses camarades ni sa maîtresse ne connaissaient son petit frère. Pour la première fois depuis qu'il avait onze mois, Otello était jugé sans souffrir de comparaisons, simplement pour ce qu'il était. Il lui en resta plusieurs souvenirs qui, explorés et creusés comme une mine de pierres précieuses, lui donnèrent de la force bien des années plus tard durant son incarcération au Texas : le sourire que lui adressa la maîtresse quand il écrivit pour la première fois – parfaitement ! bien au milieu des lignes !

– son nom en italique ; un bonbon donné par sa petite voisine de classe ; la fierté de rentrer à la maison avec une très bonne note en arithmétique sur son carnet.

Il commit pourtant la grave erreur de montrer ses cahiers à Attilio. Son petit frère commença à copier ces bâtons et ces signes, il apprit vite à écrire et quand il eut six ans on le mit dans la classe d'Otello au lieu de le mettre au CP. Quand la maîtresse vit ce petit garçon d'un an de moins que les autres, aux immenses yeux bleus de bébé et à l'intelligence joyeuse des enfants très aimés, elle se mit à déclamer le poème « *Simpatia* » :

Ecco che arriva il graziosetto
Nostro amabile dotto Carletto
Che col suo affabile dolce parlare
I nostri cuori fa palpitare
È semplicissimo nel suo vestire
Ma filosofico nel suo bel dire
Ha la mascagna lanciata al vento
E l'occhio pieno di sentimento[1].

Attilio regarda autour de lui avec satisfaction les autres enfants l'applaudir et Otello retourna à son destin de copie imparfaite.

La participation ratée d'Ernani à la Grande Guerre n'était pas un sujet de discussion chez les Profeti, même s'il n'était pas toujours facile de l'éviter : les routes d'Italie pullulaient de mutilés, d'orphelins et de veuves. À Lugo di Romagna, leur championne était Paolina Baracca.

Depuis qu'il était petit, Attilio, comme tous les enfants de Lugo, avait appris à reconnaître ce personnage unique qu'était

1. « Sympathie » : Voici qu'arrive notre charmant / aimable et cultivé Carletto / qui avec son doux gentil babil / fait palpiter nos cœurs / Il est très simple dans son vêtement / mais philosophe dans sa faconde / il a les cheveux dans le vent / et l'œil plein de sentiment.

la mère de l'as du ciel. Le grand pilote, Francesco Baracca, s'était écrasé avec son avion quelques mois avant la fin de la Grande Guerre, frappé au front par un franc-tireur à terre. Il était donc mort glorieusement invaincu dans les duels aériens. Sur la poitrine imposante de la comtesse sa mère, vêtue de l'*orbace* du deuil, étaient épinglées ses nombreuses médailles et décorations, certaines énormes, des croix en or et en argent qui pendaient de cocardes tricolores et ballottaient à chacun de ses pas. Pourtant le visage de Paolina, sous son chapeau noir à long voile, n'était pas triste mais empreint d'une fatale détermination. La comtesse Baracca exprimait par chacun de ses gestes la conscience de son propre destin : incarner la mémoire de son fils. Ce deuil de mère, immobile et pourtant serein comme une forteresse, attirait le regard déconcerté de tous, provoquant un mélange de sympathie, de respect et d'effroi. Même le petit Attilio, qui courait toujours comme si marcher lentement était un art qu'il n'avait jamais appris, ralentissait le pas quand il croisait cette femme vêtue de noir, s'adaptant au rythme invisible de son éternel enterrement.

Le mari de Paolina, quant à lui, avait cessé de porter le deuil un an après la mort de son fils. Avant la guerre, le comte Enrico Baracca s'était davantage fait remarquer par la méticuleuse attention qu'il portait à ses propres vêtements que par d'autres mérites particuliers. Paresseux, doux, amateur de jeux de cartes, on disait qu'il ne s'était donné la peine de se fâcher qu'une seule fois, quand il avait sermonné son frère parce qu'il portait la *caparèla*[1] des paysans au lieu d'un manteau convenant mieux au noble propriétaire terrien qu'il était. En le voyant traverser le Pavaglione avec sa femme à son bras, son épaisse moustache trop soignée, ses longues jambes dont le héros Francesco avait hérité, son air débonnaire et superficiel, jamais personne ne se demandait pourquoi les médailles du héros n'étaient pas épinglées sur la poitrine du père. La réponse était bien visible : à

1. Grande cape en laine.

côté du deuil de son épouse, le comte avait l'air d'une maquette à peine ébauchée près d'une statue monumentale.

Mais le deuil était partout dans l'Italie de 1919 et il était en train de prendre des formes dangereuses. De nombreux mutilés, dont on avait honte comme si c'était leur faute et non le prix énorme payé à la guerre, avaient trouvé dans la lutte populaire un défoulement à leur sacro-sainte indignation. De nombreux rescapés traumatisés comme le guichetier Rizzatello Beniamino avaient converti leur angoisse en colère sociale. Tout le pays était parcouru de vents de mécontentement et de révolte. Ils soufflaient partout. Les usines furent occupées. Les collègues d'Ernani commencèrent à s'agiter dans les grandes gares urbaines. Après une première grève importante en janvier, il y en eut une autre, le 1er mai, puis encore les cheminots, par solidarité prolétarienne, bloquèrent les convois avec lesquels la Garde royale et les carabiniers allaient réprimer les révoltes ouvrières. L'air de la rébellion souffla aussi tout près de Lugo : un oncle du comte Baracca fut tué par des paysans dans sa propriété d'Alfonsine.

Pour maintenir l'unité de la précaire cohésion sociale, il fallait donc un ciment, et de très bonne prise. On le trouva dans le nom sacré des morts à la guerre. Il fallait déclarer, répéter sans se lasser, convaincre tout le monde que le sang versé n'avait pas été seulement héroïque et glorieux, mais juste. Bien plus, nécessaire. Des monuments aux morts, au Soldat inconnu, fondation de l'Œuvre nationale des combattants, Société des mutilés : le sacrifice des soldats – les vivants, les morts, ceux auxquels il manquait un bout – devait être transformé à tout prix en symbole du Bien.

Les comtes Baracca apportèrent leur contribution et firent d'innombrables dons « en mémoire et au nom de notre fils regretté et héroïque » : Paola désignait avec lucidité les bénéficiaires, Enrico ouvrait ses poches si élégantes. Dix mille lires furent données par les Baracca à l'hôpital civil de Lugo ; deux mille cinq cents lires à l'assistance civile ; deux mille lires à l'école maternelle ; deux mille cinq cents lires au Comité féminin de bienfaisance pour les enfants des soldats mobilisés ; mille lires à l'orphelinat de filles et au camp de vacances pour les enfants des combattants pauvres. Sans parler des dons permanents à la Maison du soldat, aux Servantes du Sacré-Cœur, à la Société des mutilés. Paolina Baracca avait pris sur elle, avec une éloquence aussi tangible que les médailles qu'elle portait, le poids de mort insensé dont la Grande Guerre avait accablé le pays. Et avec ce fardeau, elle s'était aussi chargée du devoir de donner au deuil national un ordre, un but, et même un sens.

Il était impossible de vivre à Lugo sans être impliqués dans les activités de la comtesse : chacune de ces bonnes œuvres était accompagnée d'une cérémonie à laquelle toute la population était invitée. Ernani, promu chef de gare, ne pouvait se dispenser d'y participer. Viola l'accompagnait dans sa robe du dimanche. Raccourcie après la guerre, elle montrait maintenant ses fines chevilles. À la naissance d'Attilio, arrivée si vite après celle d'Otello, elle avait interposé un rideau invisible de condescendance entre son mari et elle. Il lui permettait de garder une apparence de famille sereine face aux autres ; mais dans le lit conjugal, il devenait un mur, que Viola ne franchissait que très rarement et toujours seulement par une sorte de pitié. Quand elle marchait avec Ernani, son bras qui semblait appuyé au sien en était séparé par une couche de refus – invisible, mais épaisse et rêche comme une toile à sac.

Un jour d'automne, l'histoire passa par la gare de Lugo, ou du moins c'est ce qu'écrivirent les journaux locaux. Une locomotive couverte de couronnes de fleurs, à la fonte aussi brillante que le pelage d'un étalon, coupa à faible allure l'air humide saturé de fumier. Les bielles poussaient doucement les pistons, comme pour ne pas réveiller un enfant. Le sommeil qu'elles protégeaient était celui d'un corps privé de nom : le Soldat inconnu. Son cercueil voyageait d'Aquilée à Rome, où il serait inhumé en présence du roi et de la reine dans le monument du Vittoriano. Le voyage dura trois longues journées, entre deux rangées d'une foule agenouillée. Ce soldat mort sur le Piave était peut-être très jeune, peut-être vieux, peut-être tombé au moment où il chargeait avec sa baïonnette ou bien déchiqueté par une explosion. Personne ne savait qui il était, ce qu'il avait pensé au dernier instant avant de mourir, s'il avait un caractère difficile ou généreux. Dépourvu de tout signe particulier, ce catafalque de bronze était un miroir qui reflétait ceux qui le regardaient. Les veuves pleuraient leurs hommes, emportés par un obus. Les amputés sans travail éprouvaient une certaine envie envers lui qui n'avait plus à souffrir de la faim. Les enfants agitaient des drapeaux tricolores, heureux de ne pas être à l'école. Ce fut Paolina Baracca, évidemment, qui déposa sur le train la couronne de fleurs des habitants de Lugo. Elle alla s'ajouter à la montagne de laurier et de cocardes qui recouvrait déjà un wagon entier et qui serait entassée ensuite, avec toutes celles de l'Italie, sur le marbre blanc du monument à Victor-Emmanuel II à Rome. Ernani, vêtu de son uniforme de cérémonie, dirigea impeccablement les opérations. Tout au long de la journée, il prononça les paroles de service nécessaires, mais pas une de plus. Comme pendant les grèves qui avaient secoué le pays quelques mois plus tôt, il était présent. Mais sans participer, ça non.

L'Italie ne devint pas rouge comme l'avait espéré Rizzatello Beniamino, les collègues socialistes d'Ernani et les paysans d'Alfonsine, mais plutôt noire. Peu de temps après la Marche sur Rome, *Il Popolo d'Italia*, journal de Mussolini, vitupéra contre ces cheminots qui s'étaient révélés des fainéants, des incompétents, des ennemis de l'État, turbulents et agitateurs. Il déclara qu'ils seraient tous licenciés. La condition d'incapacité morale, mystérieusement attribuée par les dirigeants locaux à ces agents du chemin de fer qui « par leur esprit hostile avaient miné l'harmonie de la famille ferroviaire », était suffisante. Comme il l'avait fait pendant les grèves deux ans plus tôt, Ernani ne se fit pas remarquer. Il ne dénonça pas le guichetier rescapé qui croyait en la rédemption du communisme, mais il ne trouva rien à redire non plus quand un groupe de chemises noires vint le chercher. Il n'entendit pas Rizzatello qui hurlait : « Non, par pitié ! » ni les coups de fouet sourds pendant qu'on le frappait avec un câble en acier – il était trop occupé à dicter un texte au télégraphiste et à ne pas penser à ce qu'auraient fait à sa place son grand-père mazzinien ou son père, défenseur anarchiste de la liberté.

Le corps de Rizzatello Beniamino fut retrouvé deux jours plus tard dans un fossé. Ernani ne fut pas licencié. Il profita même du traitement bienveillant que le gouvernement avait décidé de réserver aux cheminots actifs et « d'accord ».

Il eut ainsi l'occasion, pour la première et la dernière fois de sa vie, de faire un voyage avec sa famille : pour fêter ses quinze ans de service, les chemins de fer lui offrirent quatre billets pour la foire-exposition de Milan. Le transport en train était compris, mais pas le séjour à l'hôtel. Pour être de retour chez eux avant le soir, les Profeti partirent donc en pleine nuit. Ernani et Viola hissèrent dans le wagon de troisième classe les deux enfants endormis, tandis que le brouillard d'avril enveloppait de ouate la lumière des réverbères. Quand, après deux trains et la navette en tram depuis la gare centrale, ils arrivèrent à l'exposition, ils pensèrent qu'ils se trouvaient non seulement dans un endroit très différent de Lugo, mais surtout en un temps inconnu : l'Avenir !

« Terrain expérimental de motoculture », « Exposition zootechnique », « Industrie hôtelière » : tels étaient les noms des pavillons. À l'intérieur des zones d'exposition, les activités les plus ordinaires comme labourer la terre, nourrir les bêtes, loger les voyageurs devenaient des actions vibrantes de modernité. Le « Palais de l'automobile et des sports » réunissait en un seul concept transports et membres, voitures et corps humains, dans une exaltation unique de jeunesse, de prestance et de vitesse.

Viola écarquilla les yeux devant les énormes hottes brillantes en acier satiné des cuisines industrielles. Elle n'avait jamais pensé que la préparation de la nourriture, à laquelle toutes les ménagères d'Italie et elle-même consacraient une bonne partie de leurs journées, puisse être une activité si futuriste, si mâle, si noble, presque autant que celle de piloter un avion. Dans un champ près des pavillons, des tracteurs à moteurs diesel témoignaient de la victoire de la mécanique sur la transpiration ancestrale. Ernani, avec Otello à ses côtés, examina longuement le wagon à bogies de la société Romeo, au moteur à cylindres alimenté au benzène avec transmission par friction et boîte de vitesses à engrenages. C'était un train qui se passait de la lourde tutelle de la locomotive à vapeur et savait voyager libre et confiant comme un enfant qui se détache de la main maternelle et marche enfin tout seul. « Autorail », ainsi le définissait le panneau d'explication.

Ce qui frappa le plus Attilio parmi les objets exposés ne fut pas un moteur ou un outillage quelconque, mais une jeune fille aux yeux fardés assise en tailleur sur un tapis. « Jeune Bédouine de Cyrénaïque », disait le catalogue. Elle avait les cheveux divisés en trois tresses, deux latérales et une derrière la tête ; l'anneau qui trouait le cartilage de ses narines lui donnait un air bovin. Elle était enveloppée dans d'épais tissus qui rappelaient à Attilio les tentures qu'il entrevoyait souvent en passant sous les fenêtres des notables de Lugo. Elle écrasait des graines dans un récipient sans lever les yeux sur les visiteurs qui, après avoir passé en revue des générateurs, des fusibles et des courroies de transmission, la regardaient, elle. Même s'il était à quelques mètres de distance, l'enfant fut saisi par son odeur, un mélange de poussière, de paille et de fleurs coupées.

Ils se trouvaient dans le dernier pavillon de la foire, le plus éloigné de l'entrée principale. Sur le seuil se détachait une inscription en caractères allongés et pointus comme des épines : COLONIES ITALIENNES. Les visiteurs étaient accueillis par une demi-douzaine d'askaris, en uniforme blanc avec ceinture noire, et par un méhariste enturbanné debout près de son dromadaire. Ce pavillon était donc de loin le préféré de presque tous les enfants de l'âge d'Attilio. Les mères avaient du mal à les entraîner loin de ces hommes immobiles, à la peau d'une couleur étrange et aux yeux pleins d'ennui, qui n'arrêtaient pas de rire même quand on faisait des grimaces sous leur nez. Mais Attilio n'était pas attiré par eux. Il resta au centre du hangar, sous la tente où, entourée d'ustensiles variés, la Jeune Bédouine mimait la préparation d'un repas qu'elle consommerait peut-être plus tard. Tout près de là était exposé le matériel provenant de l'École professionnelle pour les femmes arabes dont le but, apprenait-on dans le catalogue, était d'enseigner aux soixante-dix élèves « notre langue, nos coutumes, nos mœurs, les amenant ainsi à une vie éduquée, cherchant à leur inculquer des sentiments aimables, le germe du Bien, l'amour du Devoir et du Travail, la gratitude envers l'Italie qui fait tant pour leur Éducation ». Tandis que Viola lisait à haute voix cette explication, la jeune fille leva les yeux de sa besogne, comme si elle se rendait compte pour la première fois qu'elle était entourée de gens qui la voyaient comme un objet d'exposition. Devant elle, le petit Attilio la dévisageait de ses immenses yeux bleus. Les lèvres de la jeune fille, gonflées comme aucune autre bouche italienne, s'entrouvrirent, découvrant des dents plus blanches que l'uniforme des askaris à l'entrée. La Jeune Bédouine lui adressa à lui, et à lui seul, un sourire lumineux.

Pendant des jours, une fois rentré chez lui, Attilio ne cessa de penser aux bras de la jeune fille, à ses yeux, à ses dents derrière ces lèvres charnues. Il continua à sentir son odeur. Il s'imagina adulte portant outremer la semence du Bien ; en naissait une fleur magnifique qu'il offrait ensuite à la Jeune Bédouine.

L'enfance et l'adolescence des frères Profeti furent noires comme les fez et les chemises, bleues comme les foulards autour du cou, tricolores comme tout le reste. Les rassemblements ennuyaient Otello qui passait tout son temps libre à la gare avec son père. Butoir, télégraphe, panneau de signalisation, entrepôt, lampisterie : rien ne l'intéressait plus que le fonctionnement et la logistique de la petite gare. Silencieux, vigilant, il ne réclamait aucune attention de la part d'Ernani pendant qu'il observait les gestes experts avec lesquels son père agitait le drapeau ou la lampe les soirs de brouillard et redressait sa casquette rouge aux deux ailes de fils dorés sous la visière. Pendant qu'il travaillait, Ernani ne lui adressait presque jamais la parole, et pourtant Otello sentait que là, dans l'espace entre le corps de son père et l'acier du chemin de fer, il y avait une place pour lui aussi. Attilio, en revanche, n'éprouvait aucun intérêt pour les trains et les mécanismes. À la gare, il ne fréquentait que la salle d'attente où les voyageurs, surtout les voyageuses, en voyant ses grands yeux et sa mèche de fanfaron, lui offraient des sourires, des oranges et des bonbons. Et aux rassemblements des Enfants de la Louve, les instituteurs plaçaient toujours Attilio au premier rang, parce qu'il mettait tout le monde en valeur.

Entre-temps, Ernani s'était inscrit au parti fasciste, ni par fierté ni avec réticence, mais comme un acte simple qui s'imposait. La carte était un petit carton replié de couleur claire. Elle avait une validité d'un an et le secrétaire de la fédération devait la certifier tous les mois ; le premier des douze espaces pour le timbre indiquait novembre, début officiel des années de l'ère fasciste, et le dernier octobre. Sur la couverture de la première carte où Ernani avait écrit son nom, figurait la gravure d'un faisceau de licteur, orné de gracieux sarments de vigne. Pendant quelque temps, à part la couleur, la carte fut toujours identique, jusqu'à l'an VII de l'ère fasciste où elle commença à changer. Ces décorations florales, qui lui donnaient un air raffiné, trop féminin, furent remplacées par un motif rationaliste qui représentait le faisceau de licteur de façon beaucoup plus géométrique et masculine.

Quand ils furent assez grands, Attilio et Otello eurent dans leur poche la carte de l'Œuvre nationale Balilla. La couverture n'avait pas de dessin, seulement un faisceau de licteur vu de haut avec effet 3D entouré des lettres en capitales du sigle ONB et AN IX. Au dos, une phrase imprimée dans une graphie bien nette expliquait que son jeune porteur était un membre essentiel, au même titre que les adultes, de la nouvelle société : « Je jure d'exécuter sans discuter les ordres du Duce et de servir de toutes mes forces et si nécessaire avec mon sang la cause de la révolution fasciste. »

Le premier précepte de l'Œuvre nationale Balilla était : « Le fasciste et notamment le soldat ne doit pas croire à la paix perpétuelle. » Le deuxième : « Les jours de prison sont toujours mérités. » Le troisième : « On sert également la patrie en montant la garde devant un bidon d'essence. » Viola fut très étonnée quand elle ne vit qu'à la huitième place le commandement le plus important de tous : « Le Duce a toujours raison ! »

Elle était la seule de la famille à ne pas avoir de carte. L'insigne convenant le mieux à une femme italienne était la fidélité au fascisme témoignée par les hommes de sa famille. Et pourtant, chez les Profeti, c'était Viola qui se sentait émue quand elle entendait Mussolini aux actualités. Un mélange de vagues souvenirs et de désirs encore plus confus l'assaillaient alors : l'opacité de son mariage ; le goût des baisers avec son premier fiancé, ceux avec Ernani étaient trop affamés ; le regret d'une autre vie, différente et sûrement plus heureuse. C'était un sentiment abyssal qui l'envahissait quand elle entendait la voix virile du Duce à la radio ; et bien qu'il fût loin, à Rome, d'où il guidait l'Italie vers un glorieux destin, Viola se sentait comblée.

Certains soirs, tandis que les *garganelli*[1] cuisaient sur la plaque du fourneau de l'appartement au-dessus de la gare, Viola regardait par la fenêtre. Au-delà des voies, le paysage était horriblement plat, dans un flou entre terre et eau. Sur les rangées de peupliers et sur les canaux pesait le ciel orangé, visqueux et strié de touches de cirrus gris. Tout était oppression et concourait à aviver en elle une violente douceur pour son Duce. C'était un sentiment démesuré qu'elle devait déverser quelque part ou sur quelqu'un, comme le Pô doit bien se vider dans la mer. Certes

1. Pâtes courtes striées de la région de Bologne.

pas sur Ernani, dont le regard de malheureux dévot ne lui permettait jamais d'oublier que son mariage était un pis-aller. Pas plus sur Otello : trop semblable à son père, trop uni à lui dans une paisible association entre humiliés. Elle se tourna donc vers l'autre petit garçon auquel elle avait donné la vie, celui qui était beau comme une femme et mâle comme un athlète. Le seul qui, avec son rire de jeune dieu, lui faisait oublier de temps en temps sa médiocre existence.

L'indulgence plénière avec laquelle sa mère accueillait tous les défauts d'Attilio, l'admiration extatique pour toutes ses qualités, le distrait favoritisme avec lequel elle privilégiait ses requêtes en ignorant celles d'Otello, bref l'amour apocalyptique et un peu désespéré que Viola voua à son fils cadet fut donc irrémédiablement lié à sa fervente dévotion à la cause de la révolution fasciste et surtout à la personne du Duce.

Attilio, de son côté, reçut ce culte maternel – à l'image de tous les trop aimés – comme une chose naturelle. Il ne se demandait jamais s'il était dû à quelque mérite personnel. Pas plus qu'il ne lui vint à l'esprit qu'il disparaîtrait peut-être un jour. L'amour de Viola pour Attilio était là, inéluctable, doux et sans limites comme le paysage de cette immense plaine. Nul ne pensa jamais, et lui encore moins, à le remettre en question ; c'était aussi le triomphe d'Attilio sur Otello, tandis que Viola était sa meilleure défense contre Ernani.

Par moments seulement, cette mère très belle et débordante d'amour lui révélait un côté sombre.

« Si tu n'arrêtes pas de faire pipi au lit, j'appelle la reine Taitou », lui disait Viola quand elle le trouvait le matin dans son lit tout mouillé. Elle n'avait pas besoin de préciser quel châtiment lui infligerait ce personnage à la peau couleur aile de corbeau. Tous les enfants italiens connaissaient l'effrayante légende de l'épouse du roi Ménélik, encore plus terrible que son mari, pourtant un vrai barbare : la Noire Taitou ne se bornait pas à tuer les prisonniers – avant, elle leur faisait des choses innommables.

« Et Ménélik, clic clic… », chantait Viola.

« … et Taitou, zac zic », et elle lui lavait ses parties génitales.

« … et zac zac Taitou », et elle ouvrait et fermait deux doigts en forme de ciseaux sur son minuscule pénis.

« … ruine de la jeunesse ! », et elle le glissait, sans défense, dans sa culotte propre.

Alors, une terreur, mêlée au plaisir des rires et des caresses de sa mère, envahissait Attilio. C'étaient à la fois le Mal et le Bien, distillés dans un ensemble de sensations impossibles à décoder.

Il était toutefois assez rare qu'elle lui inspire une telle peur. Le plus souvent, même quand il avait commencé à aller à l'école, il se blottissait sur ses genoux dès qu'il en avait l'occasion. Au cours d'une des rares visites de Viola au village dans le delta où vivaient ses parents, Attilio était dans ses bras, se délectant de son odeur, quand sa grand-mère maternelle tendit une main pour le caresser. Sa peau ridée passa devant ses yeux et il fut frappé par son odeur âcre. Il recula, dégoûté.

« Grand-mère sent mauvais, dit-il à sa mère quand ils furent partis.

— Elle est vieille, répondit Viola. Ce n'est pas sa faute. »

Attilio manifesta quand même nettement sa réprobation. « Tu ne deviendras jamais vieille, n'est-ce pas ?

— Non. Moi jamais, mon amour. »

Ses paroles avaient la solennité d'un serment et Attilio le considéra comme tel. Ce n'est que bien des années plus tard qu'il se maudit de le lui avoir extorqué.

« Certains goûts et certains comportements américains, bien peu conformes à notre façon de penser, se répandent parmi les Italiens : des musiques noires, d'horribles cocktails, les pieds sur les tables, la gomme à mâcher. Des bêtises négligeables, sans doute, mais qui affectent les caractères et les goûts, et à force de les imiter nous risquons de perdre notre ancienne et supérieure civilisation. » Peu de temps après cette déclaration, Mussolini ferait interdire dans les cinémas italiens la projection des films hollywoodiens, principaux bouillons de culture du dangereux germe de l'« américanisme ». Peu de temps avant, le film *Pellerossa* fut projeté à Lugo.

Comme d'habitude, ce matin-là, Attilio était sorti de la maison bien après Otello qui, lui, arrivait toujours à l'heure à l'école. Il courait devant le cinéma quand il vit l'affiche posée sur le chevalet en bois au milieu du trottoir. Elle représentait le visage d'un adolescent plus ou moins de son âge, à la peau bronzée et au nez aquilin. Il avait un couvre-chef en plumes et la fourrure d'un petit animal pendait à un de ses lobes d'oreilles, comme un étrange bijou. Attilio fouilla dans ses poches et trouva quelques pièces. C'était la monnaie de l'achat d'un tissu pour un nouveau pantalon ; il avait oublié de la rendre à sa mère et elle ne l'avait pas réclamée. C'était juste assez pour un billet. La première projection de la matinée allait commencer. Attilio attendit que les actualités se terminent pour entrer : si un ami de son père l'avait vu au cinéma à l'heure de l'école, il l'aurait peut-être prévenu. Quand il se glissa dans la salle, il faisait déjà noir.

Il se recroquevilla sur une des chaises en bois du balcon, même si personne ne faisait attention à lui. L'écran lui semblait plus proche que d'habitude car il y avait peu de spectateurs à une séance aussi matinale et l'épais rideau de fumée qui s'élevait des cigarettes de tous les hommes à l'orchestre l'après-midi ne flottait pas dans la salle. Ce fut avec une surprenante clarté que lui apparurent donc les formes dépouillées d'un désert parsemé de rochers monumentaux. Attilio écarquilla les yeux. C'était un enfant de la grande plaine et il n'avait jamais vu ni montagnes ni parois rocheuses, encore moins avec des formes aussi étranges.

Le petit Pied de Vent vit avec son père dans une réserve indienne. C'est un habile chasseur à l'arc et un cavalier expérimenté. C'est un garçon heureux, à l'aise dans le monde et avec son peuple, les Navajos. Contre la sage volonté de son père, un instituteur blanc pétri d'idées libérales le persuade un jour d'aller à l'école du village voisin. Là, il est le seul garçon peau-rouge. Pied de Vent est très intelligent et il apprend à lire, à écrire et à compter mieux que la plupart de ses camarades. Ce qui n'est pas une mauvaise chose mais, imprudemment, il adopte aussi le style de vie de son instituteur. Alors, sa tribu le répudie sous prétexte qu'il est devenu comme un Blanc. De leur côté, les Blancs ne cesseront jamais, toute sa vie durant, de lui dire qu'il n'est qu'un Peau-Rouge, et un des pires qui plus est, de ceux qui ne restent pas à leur place.

Quand les lumières se rallumèrent dans le petit cinéma, Attilio ne bougea pas. Il avait maintenant raté les cours du matin, il valait mieux attendre qu'il fasse de nouveau noir dans la salle pour sortir sans risquer d'être vu. Pendant l'entracte, avant la projection suivante, il médita longuement sur le destin de Pied de Vent. Il ressentait de la haine envers le si stupide bienfaiteur qui avait arraché ce noble garçon à sa vraie vie et à sa vraie nature, lui causant un si grand malheur. La morale du film était bien claire pour lui : un sauvage doit vivre parmi les sauvages, un Blanc parmi les Blancs.

Les actualités de la séance suivante commencèrent. Sur l'écran apparut un homme en uniforme blanc aux longues jambes, des cheveux épais avec une mèche rebelle, un séduisant visage anguleux. Attilio fut heureux d'avoir retardé sa sortie : cet homme était son héros.

Sa taille et sa prestance d'homme du Nord, même s'il était né près de Rome, rendaient le général Rodolfo Graziani tout à fait apte au rôle de surhomme. Les garçons d'Italie se divisaient en deux catégories : ses fidèles et ceux du maréchal Badoglio. C'était une rivalité vive et passionnée, comme celle entre les supporters des cyclistes Learco Guerra et Alfredo Binda. Aucun jeune mâle italien ne pouvait se dispenser d'afficher sa préférence. Otello, par exemple, admirait beaucoup plus le maréchal, avec son physique trapu de paysan piémontais, ses grosses mains, ses chaussettes montantes de vieux chasseur alpin qui en sait long sur la guerre.

« Il n'est pas bavard et il sait ce qu'il fait », le défendait-il, employant les mots exacts qu'il avait entendus de la bouche de son père Ernani.

« Même à Caporetto ? » lui rétorquait Attilio.

Et Otello répliquait : « C'est pourtant Badoglio qui a gagné à Vittorio Veneto et pas Graziani. »

Mais quand il s'agissait de défendre ce géant de général, Attilio n'écoutait aucun raisonnement ni jugement sur son habileté militaire. Il n'était pas le seul. Sa dévotion pour Rodolfo Graziani était partagée par bien des jeunes de son âge, ceux qui étaient bébés pendant la Grande Guerre et enfants pendant la Marche sur Rome. Comme beaucoup d'autres de sa génération, il sentait qu'il n'avait eu que des miettes de la gloire militaire et de l'époque fasciste, une fois la fête terminée. Il attendait impatiemment l'occasion de prouver sa propre valeur et le général Graziani laissait entrevoir la possibilité de futures et immortelles entreprises. Outre son physique de surhomme, il avait été aussi le plus jeune colonel italien à la fin de la Grande Guerre ; sa relative jeunesse comptait beaucoup dans la fascination qu'il suscitait. Même les journalistes n'y étaient pas insensibles. « Homère dut imaginer des personnages comme lui quand il pensa à ses héros », écrivaient-ils à son sujet. *La Domenica del Corriere* faisait sa couverture avec Graziani qui, dans la saharienne qu'il avait mise à la mode, le dos appuyé à la *rakla* des chameaux de course, se reposait sur le sable nu des fatigues de la pacification de la Cyrénaïque. Même lui, le Duce en personne, qui veillait toujours à ne pas s'entourer de personnalités pouvant lui faire de l'ombre, ne semblait pas disposé à étouffer ce culte. Et puis, Mussolini n'avait pas oublié le scepticisme de Badoglio envers la Marche sur Rome. Un héros populaire, bien plus jeune et vigoureux, n'était pas la pire des façons pour que le vieux maréchal reste à sa place.

« Le vice-gouverneur passe en revue les troupes italiennes à Benghazi », commentait la voix déclamatoire des actualités. Le général était debout sur une estrade, un plumet blanc élancé sur son couvre-chef lui donnant une taille presque surhumaine.

Pour Attilio, il semblait venir d'une planète bien différente de celle des notables qui l'entouraient : un cardinal à la robe tendue sur son ventre rond comme son chapeau, le sous-secrétaire aux Colonies, Lessona, avec son bicorne d'ambassadeur, les autres officiers qui lui arrivaient à grand-peine aux épaules. Les différents détachements défilaient devant l'estrade : askaris avec leur fez, méharistes sur leurs dromadaires, divisions de blindés avec leurs engins, cavalerie, fantassins avec leur casque colonial blanc, jeunes fascistes, Balilla[1] avec leur foulard autour du cou, Piccole Italiane avec leur bonnet blanc, et enfin, clôturant le défilé par une course à tombeau ouvert, car le fascisme était jeune et fort et il avait de bons poumons, les chemises noires. Deux rangées de foule compacte saluaient le cortège. Pour leurs cadrages, les caméramans des actualités étaient allés chercher les visages les plus souriants, les vieux à la barbe la plus blanche, les enfants dans les bras avec des petits drapeaux à la main, les Bédouins avec leurs turbans. Leurs femmes, un voile fermé comme un rideau autour de leur visage, lançaient des cris d'oiseaux à la saison des amours.

« Les troupes italiennes, commentait le speaker, sont accueillies avec une gratitude solennelle et joyeuse par les habitants de la Cyrénaïque pacifiée. »

La Cyrénaïque. Attilio s'immobilisa sur l'inconfortable chaise en bois. Plein écran étaient apparus deux yeux qu'il avait reconnus. Il n'avait jamais oublié ce regard ni ce sourire. Un instant, sur le drap blanc de l'unique cinéma de Lugo di Romagna, apparut, bien reconnaissable, la Jeune Bédouine.

C'était elle. Il en était sûr. La jeune fille qui lui avait souri bien des années plus tôt pendant qu'elle écrasait des graines sous la tente d'un pavillon. Le temps n'avait pas passé pour elle ; son visage était celui qu'Attilio avait gardé gravé dans son esprit. Les trois mêmes tresses, l'étrange anneau dans le nez dont il lui avait été impossible de détourner les yeux. Mais elle avait déjà dis-

1. Balilla et Piccole Italiane : organisations de la jeunesse fasciste.

paru. D'autres visages, sourires, bras en liesse défilaient sur les images des actualités.

Jusque tard dans la nuit, Attilio repensa à ces yeux noirs et à ces lèvres gonflées de soleil. Une langueur qu'il ne connaissait pas le remplissait totalement, de la tête jusqu'aux doigts de pieds. Quand il finit par s'endormir, il fit un rêve qui l'enveloppa dans l'humidité de son désir : il allait pacifier, en grand uniforme, avec une infatigable douceur, la Jeune Bédouine.

En décembre 1932, Mussolini alla inaugurer une nouvelle ville avec un Fiat Alb 48, un train dont Ernani avait admiré le prototype le jour où le petit Attilio avait reçu cet inoubliable sourire oriental. Le nouvel autorail électrique arborait sur son nez entre ses phares un mince faisceau de licteur en acier, comme une broche sur un col élégant. Ses wagons étaient d'une belle couleur café au lait et ses lignes arrondies lui donnaient un air gracieux. Bref, il fut aussitôt évident pour tout le monde que ce train était du genre féminin. Et en l'honneur de la miraculeuse Littoria, la ville bâtie par la volonté du Duce, là où peu de temps auparavant tout n'était que marais et paludisme, il fut appelée Littorina. Même Ernani, toujours aussi prudent dans ses opinions envers le régime, eut un élan d'admiration pour cette élégante conquête fasciste de la modernité ferroviaire.

À partir de l'année suivante, l'an XI E. F., le visage du Duce apparut en photomontage sur la carte du parti fasciste, derrière l'habituel dessin stylisé du faisceau de licteur. La première fois, ce fut avec un portrait réaliste, presque mélancolique, le regard pensif tourné vers le bas en père songeur qui contemple avec compassion les limites des choses humaines. Cette image fut sans doute jugée inappropriée. L'année d'après, la large tête de Mussolini apparut plus stylisée et coiffée d'un casque militaire, la jugulaire bien dessinée serrant la forte mâchoire, le profil martial qui n'exprimait plus la moindre compassion pour les ennemis de la patrie, intérieurs et extérieurs.

Viola avait encore un corps lisse et ferme malgré ses grossesses et son âge, et pourtant depuis des années elle ne subissait plus les intrusions de son mari de son côté de leur lit. Trop longtemps, Ernani n'avait pu accéder aux douceurs que son épouse cachait sous sa chemise de nuit qu'en tant que percepteur d'une dette. Mais, à la différence d'une personne harcelée par le fisc, elle ne manifestait jamais aucune réaction à ses approches, pas même de l'ennui. À la longue, l'humiliation de posséder un corps plus inerte qu'un wagon sur une voie de garage avait tari le triste désir d'Ernani. Désormais, le soir, une fois éteinte la lumière de la chambre à coucher, les deux époux se souhaitaient poliment une bonne nuit, puis chacun se retirait dans sa propre moitié du lit conjugal, deux êtres plus inaccessibles que deux planètes.

Ernani avait commencé à fréquenter tous les quinze jours un bordel situé juste à la sortie de la ville, sur la route de Bagnacavallo. On y arrivait aisément à pied en partant de la gare, sans avoir besoin de passer par le centre, avec le risque d'être vu. Un soir d'été, après le dernier verre de vin du dîner, les restes du foie à la vénitienne qu'Attilio aimait tant encore dans les assiettes, Ernani s'essuya la bouche avec sa serviette, il se leva et, comme il le faisait maintenant un samedi sur deux, enfonça son chapeau sur sa tête. Cette fois-là, cependant, avant d'arriver à la porte, il regarda ses deux fils toujours assis et dit : « Ce soir, vous venez avec moi. »

Ce ton autoritaire était inédit. Pendant un instant sembla résonner dans la cuisine l'écho d'une famille différente, une de celles où le père n'avait pas renoncé au corps de sa femme, où les enfants n'avaient pas été divisés par leurs parents en deux factions aux allégeances opposées. Mais cela ne dura qu'un instant.

« Attilio est trop petit », objecta Viola. Et elle avait raison : il n'aurait l'âge d'accéder légalement aux bordels d'État qu'un an plus tard. L'autorité d'Ernani, ombre fugace sur un mur, avait déjà disparu. Seul Otello accompagna donc son père.

Lors des rassemblements, Attilio s'attardait parfois à contempler la poitrine des Jeunes Italiennes qui tendait leur chemisier blanc des deux côtés de leur cravate noire. Mais cette promesse n'était que duperie et déception ; les grâces des filles du même âge étaient inaccessibles à un garçon italien. Et si l'une d'elles lui avait donné accès à la chose mystérieuse qu'elle avait entre les jambes, c'est lui qui se serait peut-être dérobé, intimidé. Aussi, quand Attilio resta seul avec sa mère à la cuisine ce soir-là, le ressentiment qu'il éprouvait contre elle se teinta de haine. Mais s'y mêlait également un sentiment de danger évité – ou du moins différé.

Les mois suivants, Ernani et Otello le traitèrent avec ménagement : avant de mettre leur chapeau après le dîner, ils attendaient qu'Attilio soit sorti de la cuisine sous un prétexte quelconque. Mais le soir de son dix-huitième anniversaire, il se leva de table le premier et, sans regarder sa mère, il dit à son père : « Alors, on y va ? » Viola dut se rendre. Ce soir-là prit fin son omnipotent privilège de mère sur le corps de son fils.

Personne ne parla pendant le trajet sur la route de Bagnacavallo, ni les frères ni le père. Le blé venait d'être moissonné dans les champs rectangulaires et l'air sentait la paille. Les étoiles n'étaient que traces de lumière derrière la brume. Dans les rangées de peupliers, poussant leurs derniers gazouillements, les moineaux s'installaient pour la courte nuit d'été. Attilio sentait, voyait, écoutait tout, ses sens en alerte comme ceux d'un chasseur ; la route en terre battue rebondissait avec souplesse sous ses pas. Peur et désir se mêlaient en lui, il songeait à retourner en courant dans la cuisine de sa mère, mais s'il l'avait fait, il aurait peut-être pris un couteau pour la tuer. Il continua à marcher en silence.

Quand ils arrivèrent devant la maison fermée, la porte s'ouvrit sans qu'ils aient besoin de tirer le cordon de la sonnette. Il fut saisi par l'air lourd qui y régnait. C'était un mélange de fumée de cigarettes – des Nazionali, des Popolari, des Alfa – et d'une forte odeur de savon et de désinfectant, le tout comme écrasé par un bouchon sous le poids de banals parfums : *Arpège, Amour*

Amour, Moment Suprême. Dans le salon, des hommes de tout âge étaient assis sur des sofas de style Empire entre lesquels passaient des femmes à moitié nues : en culotte et soutien-gorge, en jupe et les seins nus, ou seulement la chemise ouverte sur un corps sans lingerie. La tenancière, vêtue d'un chemisier gris de standardiste, était assise devant un sobre comptoir en bois foncé et elle salua Ernani avec une parfaite amabilité. Attilio avait la respiration coupée par l'air dense et son propre embarras. Pour ne pas baisser les yeux, il les tenait grands ouverts sur le postérieur d'une brune qui, appuyée au montant d'une porte, le tendait avec un exhibitionnisme distrait. Devant son visage passa une jupe en voile transparent qui laissait entrevoir, dans une déconcertante absence de dessous, un épais buisson de poils noirs. Voilà ce qu'il y avait entre les jambes des femmes. C'était la première fois de sa vie qu'il le voyait.

Son père fit signe à une jeune femme à la chemise ouverte sur de gros seins striés de vergetures, l'invitant à s'occuper de ses deux fils. Elle s'avança, se planta devant les frères et sourit comme si elle avait gagné un prix.

« Bienvenue, belle jeunesse ! dit-elle d'une voix tout enjouée, fixant les yeux bleus d'Attilio. Et comment s'appelle ce nouveau venu ? »

Ernani adressa un regard bienveillant de père, à la fois ironique et fier, à ce fils qui ressemblait trop à la femme qu'il aimait vainement.

« Attila », répondit-il.

La mère maquerelle eut un éclat de rire, la bouche grande ouverte, qui balaya en une seconde son attitude discrète.

« Attention, les filles ! Le Fléau de Dieu est arrivé ! »

Et tout le monde, clients, prostituées, mère maquerelle, et même Ernani et Attilio, se joignit à cette hilarité. Otello fut le seul à ne pas rire, mais personne ne s'en aperçut.

Pour donner à Attila le meilleur des accueils dans l'âge adulte, la putain déclara à haute voix qu'elle accorderait un traitement spécial à lui et à son frère : deux passes pour le prix d'une. Ernani sourit à la tenancière qui, magnanime, grave et rigoureuse, donna son consentement. Les autres clients applaudirent à la perte imminente de cette virginité.

Mais Otello avait très bien compris qu'en réalité l'offre de la prostituée n'était pas une réduction pour tous les deux. C'était une passe gratuite pour Attilio.

Les trains de Mussolini arrivaient presque toujours en retard. Surtout sur les lignes secondaires comme la Bologne-Ravenne. Les horaires affichés dans la gare de Lugo étaient une indication de principe et ceux qui voyageaient le savaient bien. Naturellement, Ernani le savait lui aussi, mais un simple chef de gare n'y pouvait pas grand-chose. Les causes relevaient des défaillances de fond du réseau ferroviaire italien : trop de lignes pour une seule voie, un parc des machines trop vieux, des infrastructures trop délabrées – à de rares exceptions près. Et pourtant, dans le journal qu'Ernani feuilletait, en prenant son deuxième café de la matinée dans la salle de repos de la gare, on parlait souvent de la nouvelle extraordinaire ponctualité des trains italiens, fruit de l'Ordre nouveau apporté par le fascisme. Il y avait bien peu de vrai dans cette propagande triomphale, nul ne le savait mieux qu'un cheminot. Ernani lisait « la ponctualité italienne des trains fascistes » et il sentait comme un poids dans son ventre, puis il revoyait, dans une rapide succession, les visages de son grand-père mazzinien, de Nontòllera, son père l'anarchiste, et de Rizzatello Beniamino emmené par les chemises noires. Il ne parlait jamais à personne de ce malaise, encore moins à Viola.

Son silence n'était pas mal récompensé. Mussolini avait compris que si les cheminots avaient le ventre plein, ils ne se solidariseraient plus avec les ouvriers, comme en 1919. Viola continuait à prélever avec l'écumoire la graisse solidifiée du bouillon, le conservant dans un coquemar pour y faire ensuite revenir les légumes. Et pourtant le salaire d'Ernani était plus qu'honorable et ses fils, non seulement ne furent pas obligés d'aller travailler après l'école obligatoire, mais, première génération dans la famille Profeti, s'inscrivirent même à l'université.

Otello fit des études d'ingénieur. Au lycée, il était doué en maths et était déjà abonné à la *Rivista di Ingegneria Ferroviaria.* Attilio choisit histoire et philosophie ; c'était en revanche un fidèle lecteur de *Quadrivio.* Les synthèses fulgurantes des articles signés par son directeur Telesio Interlandi mettaient de l'ordre dans sa vision du monde et lui donnaient l'exaltante sensation de comprendre ce qui se cachait réellement sous le voile des faits. « Derrière la main crochue de la finance internationaliste se cache le capitalisme sémite, était-il expliqué par exemple. Trois cents hommes qui se connaissent dirigent les destins économiques du monde. Certains de ces trois cents hommes se sont aperçus qu'ils gagnaient peu parce que l'Europe est morcelée ; et ils tentent un effacement des frontières pour faire de meilleures affaires. Mais si l'économie sémite s'appuie sur le goût de la spéculation sans scrupules, l'Italie a hérité des Latins une sagesse économique qui est un modèle dans le monde, fondée sur l'amour pour sa propre terre. » Les sanctions contre la guerre en Abyssinie étaient définies comme « le fruit véreux de la solidarité sémite vis-à-vis du Noir ». Elles étaient la preuve de la conspiration occulte hébraïco-maçonnique contre la manifestation la plus haute du très pur sang italien, le fascisme ; le moyen par lequel les vils banquiers des démo-ploutocraties essayaient – inutilement ! – de faire obstacle à la limpide vocation impériale du Bel Paese.

Quelle était la réponse à ces attaques, quelle était la nouvelle synthèse dont on avait besoin ? Attilio l'apprenait dans les pages du *Quadrivio*: le concept de race. « Le sang, la matière, la dure matière dans laquelle se grave notre vie, esprit et sacrement. » Le conflit italo-éthiopien qui se préparait, par exemple, serait la légitime affirmation du génie italien sur les troupeaux de peuples qui n'ont jamais rien créé : « En eux – car le physique n'est que l'ombre du métaphysique – des corps noirs, des aspects fanatiques, souvent hideux, une obscurité de l'expression et de la chair ; dans les autres, la beauté solaire d'Apollon, la capacité à s'idéaliser et à se recréer dans les formes parfaites de l'art grec et dans l'immense impulsion, éclatante d'autoconscience, de l'art italien. »

Ces éditoriaux donnaient à Attilio la certitude fulgurante d'accéder à la vérité suprême des choses. Une richesse de sens inaccessible à ceux qui se laissent berner par ces perfides complots, mais enivrante pour ceux à qui elle est révélée. Le jeune homme sentait sa poitrine se gonfler face à ces grandioses desseins que la plume de l'histoire traçait pour l'Italie et donc aussi pour lui. Si l'adhésion au fascisme amplifiait les étroites limites de la vie sentimentale de sa mère Viola, la lecture de *Quadrivio* procurait à Attilio une exaltation diffuse mais inébranlable. Et il se sentait débordant de rêves, de désirs, de valeurs.

Il faisait la navette entre Lugo et Bologne, où il logeait pendant la semaine dans une petite pension derrière les Sept Églises. Elle aurait été trop chère pour ses finances d'étudiant, mais la propriétaire était une veuve deux fois plus âgée que lui, au visage aplati comme une *tigella*[1] et aux bras tremblants qui s'ouvraient volontiers. Attilio bénéficia de ses largesses : elle lui enseigna l'art du baiser et diminua de moitié son loyer. En public, Attilio continua à la vouvoyer et à l'appeler madame Ricci. En privé, il s'adressait à elle en lui disant simplement « toi », même si elle aurait aimé qu'il dise « Saveria ». Elle aurait voulu aussi le garder dans son lit toute la nuit, mais Attilio, une fois son désir assouvi, sortait de sa brève torpeur de jeune homme de vingt ans et regagnait rapidement sa chambre. Un jour, après l'orgasme, alors qu'ils étaient allongés en sueur, elle prit dans sa main son pénis au repos avec un sens de la possession délicat et affectueux. Il l'écarta brusquement. Le message était clair : la seule intimité qu'il entendait lui concéder était strictement sexuelle.

Saveria apprit également à Attilio comment marquer les

1. Petite galette de blé typique des environs de Modène.

cartes d'une griffure sans se faire prendre. Le *menefrego*[1] était un jeu rigoureusement fasciste – il était fondé sur la hiérarchie, un jeu de bâtons en plus –, donc un des rares tolérés par le Duce. Mais le soir, les clients de la logeuse préféraient se consacrer à la vieille *scala quaranta*, à la *briscola* ou au rami.

Quand il rentrait chez lui pour les fêtes religieuses, Attilio continuait à fréquenter le vieux bordel de la route de Bagnacavallo. Il s'était attaché à ces filles de la campagne même si – il s'en rendait compte maintenant alors qu'il ne l'avait pas remarqué avant – elles n'embrassaient jamais leurs clients. Pour les aider à tromper l'attente, des images de femmes à moitié nues, des sujets photographiques très répandus depuis l'époque de monsieur Daguerre, étaient exposées sur le vieux comptoir en bois. Mais de plus en plus souvent, des cartes postales d'un genre différent circulaient à présent. La tenancière les mettait dans les mains moites de ses clients en murmurant : « Ça, ce sont des choses interdites ! » Mais elles ne devaient pas l'être beaucoup, puisque c'était le secrétaire de la fédération en personne qui les lui procurait.

Il s'agissait toujours de femmes à moitié nues qui montraient mollement leurs charmes. Elles n'étaient pas allongées sur des sofas de style Empire ou sur des divans, mais sur le sol recouvert de peaux de bêtes – lions, léopards, zèbres – ou de tapis. Leur chair couleur bois brûlé semblait plus ferme et agréable au toucher que celle des blanches demoiselles qui évoluaient dans le boudoir. Leur disponibilité au rapport sexuel sur ces photos n'était pas due à une corruption morale, comme les putes dont la peau blanche témoignait de leur appartenance, même dégradée, à une race supérieure. Non. Ces images représentaient dans chaque détail une animalité érotiquement primaire. Les corps des femmes sur les cartes postales s'offraient au regard de l'homme italien, lui reconnaissant une intrinsèque supériorité et aussi le devoir d'aller les dompter. Le continent africain était

1. « Je m'en fous. »

une femme, chaque femme africaine était un continent à coloniser. Leurs seins nus étaient petits et foncés, leurs jambes s'ouvraient sur des mystères couleur charbon. Bref, c'étaient des Noires.

Assis dans le petit bordel de Lugo, Attilio contemplait ces cartes postales qui faisaient affluer le sang à son sexe. Comme les autres clients, comme la maquerelle qui les distribuait, lui aussi croyait qu'il s'agissait d'images obscènes, simplement un peu plus exotiques que d'habitude. Plongé dans le parfum rance des putains, il n'en comprenait pas la vraie nature. Il ne se rendait pas compte que la photo qu'il avait dans les mains – celle d'une jeune fille noire avec un collier pour tout vêtement, les seins en forme de pyramide qui pointaient au-dessus de son ventre bombé – n'était pas de la pornographie. C'était de la propagande de guerre.

Le Duce préparait la campagne d'Abyssinie et ne voulait pas être confronté une fois de plus au pacifisme qui avait accompagné le conflit mondial. Aux foules en liesse sous le balcon de la piazza Venezia, aux familles groupées autour de la radio dans les cuisines, à tous ceux qui l'écoutaient, c'est-à-dire à tous les Italiens, il avait promis qu'il les conduirait en Éthiopie pour trois raisons : venger Adoua, faire renaître l'épopée impériale, donner à chacun une place au soleil sur ce « rivage luxuriant, écrin de l'abondance ». Mais il comprenait qu'en s'adressant à de la jeune chair, celle qu'il fallait convaincre de partir, de prendre les armes et peut-être de mourir, il valait mieux appuyer sur un ressort plus fort : le sexe. Pour le moment, les futurs soldats de l'Empire romain ressuscité voyaient leur virilité prise dans une terrible tenaille à trois pointes : les mères sanctifiées dans la fatigue et le sacrifice, les tristes plaisirs mécaniques des passes, les corps des filles de leur âge inaccessibles jusqu'après le mariage. Quand les bordels de la patrie furent inondés d'images de jeunes filles éthiopiennes, les jeunes mâles d'Italie répondirent donc avec enthousiasme : ils s'enrôlèrent en masse pour l'Afrique, terre vierge de vierges à déflorer.

Faccetta nera,
bell'abissina
aspetta e spera
che già l'ora si avvicina,
quando saremo vicino a te
noi ti daremo un' altra legge e un altro re.
La legge nostra
è schiavitù d'amore[1]...

Parmi eux, il y eut aussi Attilio Profeti : il interrompit ses études universitaires et se présenta au recrutement comme volontaire dans la milice. L'indignation d'Ernani en voyant son fils cadet troquer ses études contre la même chemise noire que celle des assassins du guichetier Rizzatello Beniamino n'y changea rien. La nuit précédant son départ pour Naples, où il devait s'embarquer vers l'Abyssinie, Attilio ne la passa pas chez lui mais à Bologne, dans l'appartement de madame Ricci. Et il consentit, pour cette unique et dernière fois, à l'appeler Saveria.

En ces jours de la fin de l'année 1935, certains concepts clairs et naturels étaient en vigueur à Lugo di Romagna. Les sanctions étaient iniques. Albion était perfide. Paolina Baracca était la mère du héros de guerre disparu. Il était donc clair et naturel que, le Jour de l'alliance, la première à retirer sa bague et à la jeter dans le creuset de l'or donné à la patrie serait la comtesse.

On était à quelques jours du solstice d'hiver, c'est-à-dire à une semaine de Noël mais aussi de la renaissance des ténèbres du Sol Invictus. Dans la prudente navigation du Duce entre déférence envers l'Église et culte paganisant du Faisceau, ou plutôt

1. Petit visage noir/belle Abyssine/attends et espère/que l'heure déjà approche,/quand nous serons près de toi/nous te donnerons une autre loi et un autre roi./Notre loi /est un esclavage d'amour.

de sa propre personne, la date n'avait pas été choisie au hasard. Cela faisait désormais près de dix ans qu'il le répétait : « Le fascisme n'est pas seulement un parti, c'est un régime ; ce n'est pas seulement un régime, c'est une foi ; ce n'est pas seulement une foi, mais une religion en train de conquérir les masses travailleuses du peuple italien. » Depuis des semaines, Mussolini adressait aux femmes italiennes une pressante invitation à contribuer à la guerre en Abyssinie en donnant leur or à la patrie. Les murs étaient tapissés d'affiches représentant un creuset fumant dans lequel on faisait fondre les mots : AUDACE, COURAGE, VOLONTÉ, FOI. Avec en dessous l'inscription : « Dans le creuset du fascisme se fondent les valeurs de la race, se crée le bloc compact de la victoire ». L'alliance et la foi[1]. La dévotion au fascisme et le petit cercle d'or témoin de celle que chaque femme voue à son mari. Difficile d'imaginer synthèse plus efficace. C'est pourquoi, la main qui, dans les journaux, les revues et les affiches, déposait avec grâce l'anneau dans le réceptacle était toujours et exclusivement féminine. On ne parlait pas des alliances des hommes, l'effort de guerre pouvait évidemment se passer de leurs carats. Le sacrifice et l'adhésion à la volonté de guerre n'étaient demandés qu'aux épouses. Mussolini voulait au contraire une sorte d'immense transmutation alchimique : de l'or nuptial au fer de guerre, de la dévotion des épouses à une mâle vertu militaire. On tentait surtout de transformer l'Italie, pays-femme trop beau et doux, en virile puissance impériale. Pour y parvenir, il fallait pour le moins une propagande incessante.

À Lugo, comme dans tout le reste de l'Italie, le cœur de la Cérémonie de l'alliance était un gros récipient en métal. Il était posé sur une table, placée sous un auvent entouré des faisceaux de licteur et des drapeaux tricolores de la Maison du fascisme. Devant le bâtiment en brique près de la tour de l'Horloge, des centaines de personnes étaient rassemblées en dépit du climat.

1. Jeu de mots entre *fede* (alliance) et *fede* (foi).

Depuis des jours, l'Italie était battue par une pluie grise, désolante et dépourvue du pathos des orages. La veille au soir, Ernani était allé se coucher avec un rhume et le front en flammes ; ce jour-là, il lui en avait beaucoup coûté de sortir du lit. Viola approcha sa tête de la sienne, non sous le coup d'une tendresse inédite en laquelle son mari avait cessé d'espérer depuis des années, mais pour mieux se mettre à l'abri sous le parapluie qu'il tenait.

Aucune épouse de Lugo ne s'était encore approchée de la table pour déposer ses bijoux dans le creuset. Les gouttes crépitaient avec pétulance sur l'étendue des parapluies. La foule écoutait en silence. Les haut-parleurs aux fenêtres de la Maison du fascisme diffusaient sur la place le radio-reportage en direct du Vittoriano de Rome.

Encore une fois, les os du Soldat inconnu servaient à cimenter l'unité des Italiens. Leur silence, que presque tous les jours la radio et la presse définissaient comme « sacré », était écrasé comme un coussin sur la face du désaccord pour en étouffer toute expression. Que la cérémonie au monument à Victor-Emmanuel II, l'unificateur de l'Italie, soit une affaire mystique, le parfum d'encens qui s'élevait des braseros sur les côtés de la tombe, les trois creusets fumants sur leurs trépieds et surtout les femmes le montraient bien. C'étaient elles, les femmes fascistes, les prêtresses de ce culte du sacrifice. C'était à elles que revenait l'honneur de le célébrer. Avant même que les femmes des membres du parti défilent, les veuves et les mères des morts de la Grande Guerre étaient déjà en rang au sommet de l'escalier, fourmis noires sur le marbre blanc. Leurs chers défunts avaient été éventrés par les obus, étripés par les baïonnettes, démembrés par l'artillerie ; elles étaient donc dignes d'arborer sur leur poitrine, comme Paolina Baracca, de brillantes médailles du mérite. À côté des femmes des morts, les autres représentantes des organisations féminines faisaient la haie. Les mères et les épouses d'Italie ne devaient plus être, comme à l'époque de la Grande Guerre, de passives spectatrices qui n'auraient plus ensuite qu'à pleurer leurs morts. Cette fois-ci, c'était différent. Le corps du peuple tout entier était devenu féminin. À travers le don de leur alliance, les femmes italiennes contractaient un mariage mystique avec le fascisme et surtout, même si personne n'en parlait pour ne pas mettre leurs maris dans un embarras gênant, avec le plus viril des hommes : le Duce.

Comme il sied aux vestales d'un rite, les femmes se taisaient. À Lugo aussi, le silence se fit encore plus profond si possible, tandis que le radio-reportage annonçait que sur la plate-forme du Vittoriano à Rome était apparue une petite silhouette noire : la femme des femmes, la souveraine d'Italie, la reine Hélène en personne. Sur la place de la tour de l'Horloge, on entendit la voix du speaker se mettre à trembler d'émotion. Devant la Maison du fascisme, tout le monde retint sa respiration. Même la pluie sembla tomber plus doucement.

« Notre reine baisse la tête dans un moment de recueillement, puis elle lève sa blanche main dégantée. Voilà, le bref scintillement d'or, de l'une et de l'autre alliance : la sienne et celle du roi. La main se tend au-dessus du trépied… »

Ernani fut pris d'un éternuement sonore, suivi d'un deuxième et enfin d'un troisième. Le chef de gare regarda autour de lui avec l'air de s'excuser, mais personne, en cet instant suspendu, n'entendait autre chose que le radio-reportage. Seule Viola lui adressa un regard plus inerte qu'un mur. Par mille façons imperceptibles, invisibles aux yeux des étrangers mais claires pour son mari, elle faisait comprendre la déception que tous ses gestes lui procuraient. Elle y parvint cette fois encore : indifférente à l'épaule qu'elle exposait ainsi à la pluie, elle s'écarta légèrement d'Ernani.

« … et voilà ! Les anneaux ont disparu dans un seul tintement au fond du cratère métallique. L'acte par lequel la reine, la première de toutes les femmes d'Italie, a voulu commencer la Journée de l'alliance est accompli. Pas une voix ne trouble la grandiose beauté, la solennité religieuse, l'émotion mystique de ce moment. »

Une ovation s'éleva de la piazza Venezia et de toutes les places d'Italie où les haut-parleurs diffusaient ces paroles. À ce moment-là, la patrie tout entière était une femme, comme sa reine.

Quand le radio-reportage sur le monument au Soldat inconnu fut terminé, on commença aussi la récolte dans le reste du pays. Par un droit naturel incontestable, la première qui donna ses bijoux à Lugo fut Paolina Baracca.

Broches, monnaies en or et en argent, couverts, cadres. La comtesse se dépouilla de ses biens avec une grande générosité. Bien sûr, ils ne pouvaient pas tous entrer dans le creuset ; après qu'on les eut montrés un par un à la foule, le sac qui les contenait fut confié au secrétaire de la fédération en personne. Seule l'alliance que Paolina avait retirée de son doigt, sous le regard bienveillant et vague de son mari si *stylé*, tomba avec un tintement dans le creuset encore vide. Tout le monde pensa alors que la mère du héros avait suffisamment contribué, autant par l'exemple que par la quantité, à l'effort impérial et qu'elle passerait la main aux autres épouses de la petite ville. Mais la comtesse n'avait pas l'air de vouloir quitter l'estrade. Avec un regard inspiré, elle porta la main à sa poitrine et, d'un petit déclic, elle défit la broche qui fixait sur la toile noire de son vêtement la médaille en or de son fils héroïque. Un frémissement parcourut la foule sous les parapluies. Une femme au premier rang lança un cri étouffé. Nombreuses furent celles qui se mordirent les lèvres pour ne pas hurler que ce sacrifice suprême n'était pas nécessaire ! Et en fait, il l'était. Du moins Paolina en avait-elle décidé ainsi. Devant toute la petite ville, elle éleva au-dessus du creuset la médaille en or du mérite militaire de Francesco Baracca. S'ensuivit un moment de pause non moins spasmodique que celui vécu par la foule de Rome devant le Vittoriano, quand la reine Hélène avait tenu les deux alliances royales levées entre ses doigts. En ce moment fatal, le visage de Paolina aussi, comme celui de la souveraine décrit dans le radio-reportage, ne trahissait aucune émotion. Pas plus que celui de son mari, mais peut-être parce qu'il était en train d'arranger son chapeau. La médaille en or tomba dans le fond du récipient avec un très léger son métallique que beaucoup, dans les années qui suivirent, jurèrent avoir entendu. Alors seulement, la comtesse descendit de l'estrade sur laquelle était posée la table, suivie de son mari qui souriait calmement à la foule avec l'air de celui qui observe la vie se dérouler comme il se doit. Les femmes de Lugo restèrent immobiles dans un moment de reconnaissance bouleversée, puis, sous le regard inexpressif de leurs maris, elles commencèrent à avancer. C'était leur tour.

Quelques jours avant la Journée, on avait diffusé un communiqué. On annonçait qu'un orfèvre, chargé de démasquer ceux qui déposeraient dans le creuset des anneaux en plaqué or, se tiendrait près de chaque table des dons. Mais maintenant, sous les fanions et les drapeaux tricolores, personne n'évaluait d'un œil expert ce qui était donné. Même les dignitaires présents regardaient négligemment les anneaux qui étaient déposés. Ce manifeste désintérêt n'était pas facile pour tout le monde. Certains commandants des chemises noires auraient bien aimé donner une leçon à ceux qui osaient jeter une fausse alliance dans le creuset sacré ; à ceux qui avaient pu se permettre une deuxième alliance achetée à cet effet ; à ceux qui avait trouvé un bijoutier disposé à dorer un simple anneau en argent ou d'un alliage pauvre ; à ceux qui s'étaient fait confectionner un anneau en fer à se mettre au doigt pour faire croire qu'ils avaient donné leur alliance alors qu'elle était rangée en sécurité dans un tiroir ; bref, à tous ceux qui prétendaient arnaquer le régime. Mais un ordre péremptoire avait été envoyé de Rome aux secrétaires du parti et aux dignitaires locaux : ne pas donner d'importance à ces choses-là. Ainsi à Gênes, le bijoutier pris la main dans le sac alors qu'il falsifiait deux cents alliances ne subit aucune mesure disciplinaire ; comme son collègue de Padoue qui vendait des alliances en fer contrefaisant celles données en échange pendant la Journée. Le fait est que le véritable objectif de la Journée n'était pas la valeur réelle des bijoux donnés. Aucun journal ne le disait, évidemment, mais cet or était une bagatelle par rapport aux coûts réels de la guerre en Abyssinie. C'était un matériau bien plus précieux qu'il fallait recueillir : l'accord universel. Et donc, il fallait ignorer les tentatives d'escroquerie. Arrêter les coupables aurait révélé que tous ne portaient pas dans leur cœur le fascisme et la patrie autant que ceux qui leur étaient chers ; et que certains, au lieu d'aimer le Duce, voulaient le tromper. Non, il valait mieux fermer les yeux. On fit dire aux défenseurs du parti pleins de bonne volonté qu'ils devaient garder l'huile de ricin et les barres de fer pour une autre occasion.

Ernani aussi était triste à l'idée que Viola renonce au fin produit d'orfèvrerie qui témoignait de la beauté de l'épouse dont il était amoureux. Quelques semaines avant la Journée de l'alliance, assis devant le pot-au-feu du dimanche, il avait fait une proposition à sa femme. Il lui en achèterait une autre de la même valeur – il pouvait désormais se le permettre sans gaspiller toutes ses économies – qu'ils pourraient donner. Otello, revenu pour le déjeuner hebdomadaire familial, s'était déclaré favorable à cette idée. Il souligna que, pour la patrie, la forme de l'anneau comptait peu ; la seule chose importante était le nombre de carats.

Viola avait levé les yeux de la viande qu'elle était en train de couper, avait posé sa fourchette et son couteau de chaque côté de son assiette avec une terrible lenteur, puis elle avait adressé à son mari le regard qu'on réserve aux traîtres. Elle lui parla d'une voix monocorde et sombre telle la sibylle de Cumes.

« Tu veux payer avec de l'or de second choix les armes que porte ton fils.

— Mais non, je te l'ai dit, j'achète un anneau de la même valeur en or pur de dix-huit carats. Ou même plus lourd si ça te fait plaisir. Ce ne serait pas du second choix. »

Alors Viola dit ce qu'Ernani avait toujours su qu'elle pensait, ce qu'elle lui disait depuis vingt ans par son refus et sa déception : « Bien sûr que ça l'est. Comme toi. »

Personne donc ne vérifiait les alliances devant la Maison du fascisme. Le tour de Viola arriva vite, elle était malgré tout la femme du chef de gare, personnage central de la communauté après le maire, les notables, le médecin, le pharmacien et le chef des carabiniers. Alors, tout le monde la vit retirer de son annulaire sa véritable alliance et la tenir en l'air au-dessus du creuset comme une décoration. Un instant, la femme du chef de gare se sentit l'égale de la reine, de la comtesse Baracca, des femmes amoureuses de leur mari et qui avaient une vie heureuse. Puis l'anneau tomba dans le creuset avec un tintement. Le secrétaire de la fédération glissa à son doigt une alliance en fer et Viola Profeti, transfigurée, épousa son Duce.

Pendant qu'ils rentraient chez eux, Ernani épia le visage de son épouse. Elle regardait droit devant elle, les yeux écarquillés, presque fiévreux. Ernani oublia aussitôt la fatigue qu'il avait éprouvée en restant debout sous l'averse toute la matinée et il s'inquiéta pour elle. Viola était peut-être malade. Prendre toute cette pluie ne lui avait sûrement pas fait du bien. Et qu'elle était belle, si sévère et pâle, sa peau encore lisse, ses traits élégants, mais fragile aussi et seule. Si les vingt dernières années avaient été différentes entre eux, si un mur invisible ne s'était pas dressé dans leur lit, si la déception et l'amertume ne teintaient pas désormais sa voix quand elle lui adressait la parole, il entourerait maintenant ses épaules de son bras protecteur, tout en marchant vers la gare. Il la serrerait contre lui en lui murmurant des mots doux à l'oreille. Il lui dirait qu'au bout de vingt ans son amour était le même qu'au premier jour. Mais il ne fit rien de tout cela. Il pencha seulement son parapluie pour mieux la couvrir et ajusta son pas au sien.

Viola affecta de ne pas avoir remarqué la tendresse qui envahissait son mari. Elle continua à marcher, toute raide, ne lui offrant que son profil. Et pourtant, au même instant, Ernani fut saisi d'une certitude : pour sauver cette épouse tant aimée et si malheureuse, il serait même disposé à mourir. C'était une pensée simple comme toutes les choses inéluctables et Ernani se demanda si ce n'était pas une prémonition. C'en était bien une, mais inversée.

Entre-temps, Viola pensait à son anneau en or tombé au milieu des autres dans le creuset. Elle l'imagina qui se dilatait, s'agrandissait, se modelait et devenait un fusil brillant au soleil. Le fusil de son fils Attilio, celui qu'il portait en bandoulière alors qu'il essuyait ses larmes avant de monter dans le train et qu'il lui disait : « Ne pleure pas, maman, je vais revenir. Moi, je reviens toujours. »

À ce moment-là, Attilio Profeti, appuyé au bastingage du *Vulcania*, était en train d'écouter une voix de femme qui, à la lisière du désert, volait jusqu'au-dessus du canal. Depuis les rives de Port-Saïd, Maria Uva chantait pour lui. Seulement pour lui. Le soleil des tropiques le frappait en plein visage, le vent de la mer agitait ses cheveux, cette mélodie le caressait. Attilio s'en allait construire l'Empire. Avec le meilleur sang d'Italie, il allait construire l'histoire. Le Duce lui avait parlé – « Vaincre ! Et nous vaincrons ! » et à présent la voix de Maria Uva, qui était celle de toutes les femmes d'Italie, des mères à l'amour redoutable, des épouses qui offraient leur alliance, des inaccessibles jeunes filles en chemise blanche, de la logeuse aux bras accueillants et même des putains sur la route de Bagnacavallo, lui répétait ce que Lui avait dit. Ton but est un rêve de gloire, chantait la voix à Attilio. Un rêve comme un feu qui dévore et consume. Un feu qui brûle, un rêve merveilleux. Et si un feu te brûle, tu n'as pas le choix. Même si entre le rêve et toi il y a la guerre, tu dois le suivre. Tu ne peux qu'aller de l'avant car ce qui était derrière n'existe plus.

Le chant prit fin et du paquebot un chœur joyeux répondit à Maria Uva. Ses camarades de régiment avaient le visage chauffé par le soleil et les promesses, les narines rougies par la came achetée aux bateaux qui bourdonnaient telles des abeilles autour de la coque. Attilio Profeti agita les billets de la loterie de Tripoli qu'il venait d'acheter et se joignit à eux à pleine voix.

Nell'Africa quaggiù,
se bianche non ce n'è,
noi bacerem le more,
noi bacerem le more[1]*...*

1. Ici en Afrique, / s'il n'y a pas de Blanches, / nous baiserons les Noires, / nous baiserons les Noires...

21

2010

On dit qu'aucun policier ne tient plus de quelques mois quand il raccompagne des expulsés, à moins d'être célibataire ou divorcé. Disponibilité permanente, épuisement dû aux décalages horaires, indemnités journalières à pleurer et calculées seulement pour le vol aller – au ministère on doit être persuadé que les agents utilisent la téléportation pour le retour. Arrivés à destination, même dans des endroits aussi éloignés que le Pérou, ils auraient droit aussi à vingt-quatre heures de repos avant de rentrer en Italie, mais presque personne ne le fait ; en général ils prennent tous le même avion par lequel ils sont venus. Et donc, après douze heures ou plus passées à maîtriser un type auquel il arrive la chose la plus redoutable de sa vie, tout en essayant de ne pas paniquer les autres passagers, ils n'ont qu'une petite heure, deux tout au plus, pour se dégourdir les jambes et puis c'est reparti, à nouveau dans la cabine pressurisée d'un vol intercontinental. Peut-être près de la fenêtre, comme ça on se distrait un peu en regardant les nuages.

Ainsi, quand ses camarades de mission se plaignent de ne pas réussir à s'occuper de leurs familles, que leurs épouses n'en peuvent plus, qu'ils ne voient leurs enfants qu'une fois endormis, l'assistant chef Barozzino répond : « J'ai du cul, moi je suis veuf. »

Mais cette réplique, il ne l'a pas donnée lors de la présélection d'aptitude psychologique. Dans les tests, il a vraiment cherché à les convaincre que l'arbre contre lequel s'est écrasée Anna ne lui a pas fait perdre son sang-froid, ni sa capacité à garder son calme en cas de stress, ou à ne pas abuser de son propre rôle. Rien à voir avec ses collègues qui, dès qu'ils ont un pistolet en main, se sentent tout-puissants et bourrent de coups ceux qu'ils arrêtent. Et alors, c'est lui, Barozzino, qui leur flanque une gifle si forte qu'elle leur laisse une marque ; et eux, étonnés, mettent la main sur leur joue comme des enfants qu'ils étaient encore quelques années plus tôt, mais ils ne recommenceront pas, ça c'est sûr.

Il a passé la sélection, puis il a suivi la semaine de formation spécifique. Aujourd'hui, il est le seul de ses collègues qui ne déteste pas rester plusieurs jours loin de chez lui, même avec un préavis de quelques heures. Au contraire. C'est toujours mieux que de rester seul chez lui devant la télé. Ou de sentir sous ses doigts la peau tendre et douce de l'autre côté du lit pour découvrir chaque fois que ce n'était qu'un oreiller.

Il y a quatre ans maintenant que l'assistant chef Barozzino escorte hors d'Italie des hommes et des femmes qui hurlent et se débattent, ou bien se taisent la tête basse. Il en a vu et fait de toutes les couleurs. Mais ça aujourd'hui, non, ça ne lui était jamais arrivé.

Il a accompagné à Fiumicino des gens qui, après plusieurs mois dans un CIE, non seulement n'avaient pas encore compris la raison de leur expulsion, mais aussi celle de leur arrestation. Qui continuaient à dire « Mais je n'ai rien fait de mal ! » et c'était vrai : la veille encore avant d'être enfermés là-dedans, ils s'étaient cassé le dos dans un champ, sur un marché de fruits et légumes, sur un échafaudage. Même s'ils l'avaient voulu, ils n'auraient pas eu le temps de commettre de délits. Pas plus que de se renseigner sur le délit de clandestinité en Italie.

Il a torché le cul et secoué la bite d'hommes menottés qui, sur douze heures de vol, doivent bien aller aux toilettes. Et le regard qu'ils lui lancent tandis qu'il les tient immobilisés tout en les nettoyant délicatement comme il l'aurait fait avec ses propres enfants s'il n'y avait pas eu cet arbre est une chose impossible à décrire. En effet, il n'en a jamais parlé à personne.

Il a vu des pères sénégalais, des gens inoffensifs qui vendent tout au plus des sacs de pacotille, dénoncer leurs fils qui se sont mis à dealer de la cocaïne. Pour qu'ils soient renvoyés au Sénégal et se sortent de cette mauvaise pente. En économisant même sur le billet d'avion.

Il a vu comment les petites Roms jouent à cache-cache : on les arrête, on les amène au poste, elles n'ont aucun papier, encore moins de certificat de naissance – elles ne savent peut-être même pas dans quel campement elles sont nées et nul n'a songé à les inscrire à un quelconque état civil. On les emmène au CIE, mais la Serbie refuse de les reconnaître et sans identification il n'y a pas d'expulsion, comment les rapatrier si on ne sait pas où ? Au bout de dix-huit mois maximum, il faut les libérer, elles sortent, jusqu'à ce qu'un collègue les prenne à nouveau en flagrant délit. Et on recommence. Quel sens cela a-t-il ? Aucun.

Puis il y a ceux qui, au moment d'embarquer, sortent des lames de rasoir cachées dans leur bouche – des Arabes, toujours les seuls à se servir de leur propre corps comme un esclave à martyriser – et ils commencent à se taillader la figure, les mains, le ventre ; alors, on les conduit à l'infirmerie et comme ça ils ratent l'avion. En revanche, ceux du Ghana, du Nigeria ou du Togo ne pensent pas du tout à l'automutilation. Ils mordent, donnent des coups de poing, des coups de boule. Un jour, l'un d'eux s'était agrippé à la poitrine de Barozzino avec ses dents et ne voulait plus le lâcher. Un collègue avait dû le frapper à la mâchoire pour qu'il lâche prise et le gars avait déchiré son uniforme et lui avait même arraché un bout de peau comme si c'était un pitbull. Ceux-là, il faut les neutraliser avec le *body cuff*, la combinaison en velcro de l'équipement spécial, car personne, même les policiers de l'escorte des expulsés, ne peut monter dans un avion avec des armes. Il y avait ce gigantesque Nigérian qu'il devait transférer à Fiumicino et qui avait des poignets trois fois plus gros que les siens. Il le regardait du haut de ses deux mètres et continuait à dire : « Moi je ne pars pas », il parlait même bien l'italien. Employer la force avec ce géant revenait à livrer une bataille rangée. Alors, l'assistant chef lui a acheté à manger, il lui a demandé quelle pizza il préférait, il lui a même donné un peu de monnaie qu'il avait dans sa poche, puis il lui a dit : « Ok, écoute-moi, toi tu es plus gros, tu vas me frapper, ensuite mes collègues vont arriver, ils vont te frapper, et si ça ne suffit pas il va en arriver cinq autres, ou dix, ou vingt s'il le faut, et à la fin on arrivera à te calmer, tu sais. Si tu réfléchis bien, tu comprendras toi aussi qu'il faut faire ce que je te dis. » L'autre avait baissé la tête et il était monté dans l'avion comme un gigantesque petit agneau.

Mais seulement parce que c'était un homme. Une femme à sa place… ah, les Nigérianes, si elles ne sont pas d'accord, impossible de les embarquer. Si on rapatrie les jeunes filles prisonnières du juju, c'est comme si on les jetait à nouveau en enfer. Un jour, on avait réussi à en faire monter deux sur la passerelle même si elles ruaient comme des juments et tiraient sur les extensions de leur crâne en s'arrachant aussi des petits bouts de peau. Elles se sont accroupies à l'entrée de l'avion et elles ont déféqué. Comme ça, par terre. Puis elles ont commencé à lancer de la merde partout : sur Barozzino, sur son collègue, vers les stewards qui plongeaient derrière leurs sièges. Lui, il en a pris sur la figure, sur la bouche, sur les yeux. À la fin, c'est elles qui avaient gagné, le pilote était sorti du cockpit en disant : « Vous ne pensez pas que je vais prendre ces filles dans mon avion. » Il avait fallu les faire redescendre de la passerelle, les ramener au commissariat, faire nettoyer la cabine. Son uniforme était tellement couvert de merde qu'il avait dû mettre la blouse d'un infirmier du poste de secours de Fiumicino pour rentrer chez lui. Et il avait passé la soirée à vomir.

Certains juges sont au courant de ces choses-là et ils condamnent alors le *retenu* au rapatriement, mais ensuite, s'il n'a commis aucun délit, ils le relâchent dans la nature et on ne le revoit plus jamais. Dans ces cas-là, l'assistant chef Barozzino sent bien qu'on le prend pour un imbécile, mais il pense également qu'ils ont raison. D'un côté, il voudrait dire aux juges : « Écoutez, vous qui appliquez la loi, mettez-vous d'accord avec ceux qui l'écrivent, moi j'ai prêté serment à un seul État, pas à deux. » D'un autre côté, il rêve lui aussi que monsieur Bossi et monsieur Fini, qui ont signé cette loi, ainsi que tous les parlementaires qui l'ont votée et aussi tous ceux qui se gargarisent avec leur cri : « Renvoyez-les chez eux ! », viennent travailler quelques jours dans l'escorte des expulsés. Qu'ils se chopent quelques coups de boule, des morsures, de la merde et surtout les regards des rapatriés. Qu'ils les renvoient eux-mêmes dans leur pays. Qu'ils appliquent eux-mêmes ce nouvel accord entre Kadhafi et Berlusconi, maintenant qu'on ne renvoie même plus les gens – Nigérians, Sénégalais, Érythréens, Somaliens, Ghanéens, tous arrivés à Lampedusa en traversant la mer – dans leur pays mais dans les prisons libyennes. Peut-être en verront-ils un comme cet homme qui, en reconnaissant l'air de Tripoli à l'ouverture de la porte, s'est agenouillé devant Barozzino, a baissé la tête, et a demandé qu'on ait pitié de lui et qu'on le tue.

Et c'est bien comme ça qu'aurait dû finir aussi ce garçon-là. On avait pris ses empreintes à son arrivée après le débarquement, il est venu par la mer, il a même deux feuilles d'expulsion à laquelle il n'a jamais obtempéré ; théoriquement, personne ne pourrait lui éviter le camp de Kadhafi.

Et au contraire.

Au contraire, aujourd'hui, Barozzino a vu se produire cette chose stupéfiante et incroyable : un *retenu* éthiopien qui non seulement sort du CIE sur ses jambes et pas dans une voiture de police en direction de l'aéroport. Mais surtout, avec à la main une feuille jaune pâle : un permis de séjour d'un an renouvelable à son nom, envoyé d'urgence par le ministère. Un prodige plus improbable, pour un *retenu* dans un CIE, que la possibilité de serrer à nouveau dans ses bras Anna vivante.

L'assistant chef regarde le jeune homme tandis qu'il marche, dégingandé, de l'autre côté des barreaux en fer, comme s'il était une star de cinéma sortant du Grand Hôtel ; tandis qu'il traverse l'asphalte de l'esplanade en direction de sa limousine. Ce n'est qu'une Panda, mais l'effet est le même. Il est accueilli par une femme maigre et un homme plus jeune qui lui ressemble, mais qui est trop vieux pour être son fils. Ils l'embrassent, le font monter dans la voiture et partent ensemble.

« Qui peut-il bien être en réalité ? » se demande l'assistant chef Barozzino.

Un avion passe en vrombissant quelques dizaines de mètres au-dessus du périmètre du CIE, au-dessus de ses *retenus* à identifier et à expulser, au-dessus de la Panda qui traverse l'esplanade bitumée. Pendant un instant, il n'existe rien d'autre que le rugissement des moteurs qui accélèrent et leur forte et désagréable odeur de mazout.

Comme il voudrait un miracle de ce genre, lui aussi. Il se contenterait même d'une simple apparition.

En Italie, rien n'est impossible ou lent pour celui qui peut : quelques coups de fil ont suffi à Piero. Et le jeune homme est donc sorti du CIE, il n'est plus clandestin, à partir d'aujourd'hui il pourra même travailler. Tout a été très facile. Mais ensuite, Piero a aussi appelé un ami au ministère des Affaires étrangères en mission à Addis-Abeba quelques mois plus tôt. Il lui a donné un nom. L'ami a contacté des amis, qui ont contacté des amis d'amis, jusqu'à ce qu'il arrive à toucher la bonne personne au gouvernement éthiopien. En l'occurrence, le ministre de l'Intérieur. Ça a été un peu moins facile cette fois-ci, mais Piero a réussi à obtenir ce qu'il voulait : une information.

Quand le nom de Piero apparaît sur l'écran, Ilaria est en train de se garer devant chez elle. Cela fait des mois qu'elle n'a pas trouvé une place aussi près. Aujourd'hui, c'est le jour des miracles. Elle demande à Attilio de répondre et de brancher le haut-parleur. Son frère tient le portable sous son menton tandis qu'elle manœuvre.

« Piero… Je ne sais pas quoi te dire. Merci.

— Pas de remerciements, on a déjà dit qu'on s'en passait. Je voulais seulement te dire quelque chose que tu ne sais pas encore.

— Quoi donc ?

— Alors, quelque chose m'intriguait. Tu m'as demandé de sortir une personne du CIE et je l'ai fait. Mais je voulais savoir qui il était réellement. Toi, tu ne penses pas à ces choses-là s'il y a quelqu'un à aider. Mais moi oui. »

Ilaria lève les yeux vers le rétroviseur et observe attentivement le profil du jeune homme. Il regarde devant lui, encore déconcerté. « Il a les yeux d'un vieil homme maintenant », pense-t-elle.

« Je t'ai dit qui tu as aidé, dit-elle. Mon neveu.

— Non, Ilaria. » Le haut-parleur diffuse dans la Panda la voix calme de l'homme que, malgré tout, elle aime. Puis le portable n'émet plus qu'un léger grésillement. Le silence de Piero a plus d'effet qu'un cri : maintenant le jeune homme est attentif et il fixe les yeux d'Ilaria à travers le petit miroir. Peut-être a-t-il deviné ce qui va être dit.

« Shimeta Ietmgeta Attilaprofeti est mort dans un commissariat d'Addis-Abeba en novembre 2005. Ma source a trouvé le rapport de police. Comme cause du décès il est écrit : “Malaise”. »

« Mon vrai nom est Senay Bantiwalu. Shimeta était mon cousin, ma mère Saba et son père étaient les enfants d'*ayat* Abeba, mais demi-frères, comme vous deux. Le père de Saba était amhara, celui d'Ietmgeta italien – le vôtre. Ce que je vous ai raconté est entièrement vrai, sauf que moi j'étais lui et lui était moi. »

Ilaria regarde Attilio qui se tait et ne dit pas : « Je te l'avais dit. » Maintenant lui aussi veut seulement écouter ce qu'a à dire Senay – il faut s'habituer à ce nouveau prénom.

Senay raconte le massacre ordonné par le jeune chef d'État Meles au Merkato – il y a longtemps, mais certains s'en souviennent encore – précisément là où le *talian* Graziani avait fait tuer tant de gens. Il parle de Shimeta (le vrai), qui voulait essayer d'aller dans sa famille en Italie, mais qui n'en avait pas eu le temps parce qu'un matin à l'aube on l'avait jeté devant la porte de sa maison : un tas de chair écrasée.

Ayat (« qui veut dire grand-mère ») Abeba n'y voyait plus, elle titubait encore plus qu'un ivrogne quand elle marchait et savait qu'elle allait mourir. Elle a donné à Senay les papiers de son cousin – elle les gardait sous son lit pour qu'on ne les lui prenne pas. Elle lui a dit : « Prends-les, toi, Shimeta n'en a plus besoin maintenant. Cache-les bien pendant le voyage et ne les utilise que lorsque tu seras en Italie. » Il lui avait fait remarquer qu'il y avait la photo, les *talian* verraient que ce n'était pas lui. *Ayat* Abeba l'avait rassuré : « Les Blancs ne regardent jamais le visage des Noirs, seulement leur couleur. »

Et Senay était *sorti*.

Ilaria repense à leur rencontre sur le palier. C'est vrai. Elle n'a même pas fait attention aux traits du visage de la photo de la carte d'identité.

« Qu'est-ce que veut dire ton nom ? lui demande-t-elle.

— Cadeau. »

0

2012

Attilio Profeti écoute calmement ce bruit gargouillant et étranglé. C'est un râle de moribond – le sien. Il lui est indifférent, lointain. Depuis des années, ses pensées sont comme les parties d'un bas-relief qu'on vient d'extraire de fouilles archéologiques : ici un doigt, là un drapé, là une feuille d'acanthe. Des fragments anciens dont il est maintenant impossible de déterminer le sujet, une chose uniquement décorative. Et pourtant à présent, une dernière et excentrique pulvérisation cérébrale provoque en lui un souvenir très détaillé.

Il avait neuf ans. Viola l'avait emmené saluer une dernière fois sa grand-mère maternelle. Attilio n'était pas très attaché à cette vieille femme qui habitait dans un endroit plein de moustiques et qu'il n'avait vue que rarement. Il s'approcha prudemment du cercueil ouvert où elle était étendue, les mains jointes sur la poitrine. Il la regarda. La peau de son visage pendait de son menton, flasque et jaune comme les caroncules de poule avec lesquelles on fait du bouillon. Ses narines, où ne passait plus aucun souffle, étaient des cavernes menaçantes. De son vivant elle n'était pas belle et maintenant elle était très laide.

« Pourquoi elle est morte ? demanda-t-il à Viola.

— Parce qu'elle était vieille, lui répondit-elle. Et parce que tôt ou tard nous devons tous mourir. »

Cette fois-là, le petit Attilio ne réclama aucun serment à sa mère, mais il s'en fit un à lui-même et une fois pour toutes. Les trois mots résonnèrent dans sa tête, avec la force de l'absolu : « Tous, sauf moi. »

Le bruit du râle exaspère Anita, qui pleure à côté du lit. Attilio en revanche se laisse bercer.

Juste un instant avant de mourir, une curiosité l'effleure.

Mais qui, tous ?

Et personne ne lui vient à l'esprit.

« Mon père finissait toujours par croire aux histoires qu'il racontait ; c'est pour ça que celles qu'il inventait pour moi, avant de dormir, étaient si belles. »

Ilaria détache ses mains du clavier, elle ne sait pas comment continuer.

Elle soupire. Des étages inférieurs monte une forte odeur de cuisine. Bangladaise. Facile à distinguer de la chinoise, c'est tout autre chose. Maintenant, Ilaria vit dans le quartier de l'Esquilin seulement les jours où elle a cours ; le week-end, elle rejoint Piero à la campagne. Il a démissionné de toute charge politique la veille du vote parlementaire sur l'affaire de la prostituée mineure ; on a demandé aux députés s'ils croyaient ou non à la bonne foi du président du Conseil quand il a affirmé que la jeune fille était la nièce du Premier ministre égyptien Moubarak. Les anciens camarades de parti de Piero ont voté « oui » à l'unanimité et Silvio Berlusconi a conservé son immunité parlementaire.

« Plus de souffle, pense Ilaria. Mes phrases doivent avoir plus de souffle. »

Quand on perd un de ses parents, on passe en première ligne. Maintenant, entre Ilaria et la ligne de front, il n'y a plus que Marella. A-t-elle peur de la dernière dissolution ? Pas spécialement. Mais elle aimerait pouvoir regarder de nouveau le monde dans une centaine d'années pour voir comment toute cette histoire a continué. Elle repense à l'avocat Valente qui, avec sa fougue d'orateur, a prononcé des phrases dont elle se souvient encore, deux ans après.

« Nous sommes au milieu de l'agonie d'une époque commencée il y a un demi-millénaire, et nous n'en verrons pas la fin, avait-il dit. Je reste malgré tout optimiste, à long terme. Mais d'abord, nous aurons beaucoup à souffrir. Je n'exclus pas les bains de sang. Par notre faute aussi bien sûr, mais pas seulement. Nous les humains, nous sous-évaluons tout de nous-mêmes, jusqu'à notre stupidité. »

À l'époque, cette grandiloquente prédication avait agacé Ilaria. Maintenant, deux ans après, elle ne la jugerait peut-être plus aussi délirante. L'histoire semble avoir pris une accélération. Non seulement Berlusconi n'est plus le chef du gouvernement, mais il est même devenu insignifiant ; Kadhafi est mort d'une façon atroce ; les naufragés sauvés au large de Lampedusa sont traités de mystificateurs parce qu'ils ont des portables, mais surtout parce qu'ils ne cessent d'arriver. Les êtres humains se refusent à reconnaître des limitations imposées aux déplacements plus importantes que celles imposées aux marchandises, qui voyagent à travers la planète sans plus aucune frontière ou presque. C'est certainement le début de quelque chose de complètement nouveau, mais de quoi ? Personne ne le sait.

Le regard d'Ilaria tombe sur le journal posé sur son bureau. Elle n'achète plus de quotidiens depuis des années, désormais elle lit les nouvelles uniquement sur Internet. Mais ce matin, quand elle a vu ce titre en première page, elle s'est arrêtée devant le kiosque à journaux et, incrédule, a senti le besoin de tenir dans ses mains le papier imprimé. Elle voulait être sûre qu'elle n'avait pas imaginé cette absurde nouvelle.

LE MONUMENT À RODOLFO GRAZIANI INAUGURÉ À AFFILE

Et en dessous, en plus petit : « Le sanctuaire a été financé par des crédits de la région du Latium. Protestations des principales organisations antifascistes. »

Les hôpitaux ferment, les handicapés n'ont pas de pension,

les routes ont plus de cratères que la Lune et des dizaines de milliers d'euros sont alloués pour honorer le boucher d'Addis-Abeba, l'exterminateur de la Cyrénaïque, le bourreau de Salò. Ilaria ne trouve pas de mots à la hauteur de son indignation.

Elle s'oblige à reposer le journal et à se remettre à écrire.

La mort d'un presque centenaire est un événement tant attendu par tout le monde, depuis si longtemps, que lorsqu'il arrive on ne sait plus quoi éprouver. Elle, du moins, a sans doute déjà fait son deuil dans les dernières et lentes années où Attilio Profeti était encore là, si l'on peut dire. Sa tristesse d'orpheline et la fin de la très longue vie de son père se sont consumées en même temps ; des bougies jumelles arrivées au même moment à la fin de leurs mèches.

Ilaria laisse échapper un sourire en imaginant Attilio Profeti qui déclame à son propre enterrement : « Je vous préviens ! L'Église ne tolère pas une ombre de liberté ! » Or, les enterrements ne se font pas pour les morts, mais pour les vivants – et des années de soins, de couches et de démence ont donné le droit à Anita de choisir comment célébrer celui de son mari.

Ilaria se remet à écrire.

« Merci d'être venus saluer mon père. Il serait heureux de nous voir réunis pour lui, même si c'est évidemment parce que nous sommes tous plus jeunes. Si aujourd'hui il y avait ici un ami de son âge ou pire quelqu'un de plus âgé, je ne crois pas qu'Attilio le prendrait bien. Pas du tout. Mais vous avez tous eu la délicatesse de naître après 1915. Je veux vous en remercier de sa part. Aujourd'hui, nous pouvons donc reconnaître officiellement qu'Attilio Profeti a gagné le concours. »

Ilaria lève les yeux. De l'autre côté de la cour, à la fenêtre d'en face, un jeune à la peau couleur brique pose un PC sur le rebord avec précaution.

En effet, son père a battu un tas de gens à ce concours. Le colonel Kadhafi, pour n'en mentionner qu'un, beaucoup plus jeune que lui. « *Sic transit gloria mundi* » : c'est ainsi que son bon ami Silvio, celui du baisemain, a commenté les images de la foule qui, en préambule au lynchage du père de la Libye, lui enfilait un bâton pointu dans le derrière comme une nouvelle fourche Caudine. Attilio Profeti a aussi battu Meles Zenawi, le leader de l'Éthiopie, chouchou de l'Occident et responsable des massacres d'Addis-Abeba de 2005, mort d'un cancer il y a quelques jours. Il avait cinquante-sept ans, quarante de moins que lui – une belle différence, une indiscutable revanche sur le commanditaire de l'assassinat de Shimeta, fils de son fils et d'Abeba. En revanche, Mengistu Hailé Mariam est toujours vivant, lui qui a fait assassiner près d'un demi-million de personnes et qui passe maintenant une sereine vieillesse en exil au Zimbabwe. Mais il faut dire que, en ce qui concerne le concours, sa durée de vie n'est pas un échec : Attilio Profeti avait presque vingt ans de plus que lui, ils ne concouraient donc pas dans la même catégorie. Berhanu Bayeh aussi est vivant, mais peut-être lui arrive-t-il de regretter de ne pas avoir été fusillé, puisqu'il est toujours enfermé dans l'ambassade italienne avec deux autres anciens ministres du Derg. En vingt ans, sa seule occupation a été le poker, avec pour enjeu une pomme, deux cigarettes, et le droit de choisir la musique à écouter sur son vieux magnétophone.

« Je tiens pourtant à vous dire tout de suite que si j'avais dû vous parler de lui il y a deux ans, j'aurais dit des choses différentes. Jusqu'alors, je croyais le connaître plus ou moins, comme tout enfant adulte connaît un père âgé, je savais que je ne savais pas tout sur lui. Ce n'est pas plus mal pour un enfant, au contraire : quand on est encore jeune, en savoir trop sur ses propres parents peut être une lourde condamnation. Mais j'étais adulte l'après-midi où est arrivé Senay – le Cadeau. »

Une voix traverse la cour et Ilaria lève les yeux. Le jeune homme sur l'appui de fenêtre est en train de parler à haute voix avec l'écran de son PC ; il rit, gesticule avec animation. Skype, tissu conjonctif des affections au temps des migrations. Qui sait à quel abonné il est en train de faucher sa bande passante pour voir le visage de parents lointains qu'il ne pourra peut-être plus jamais embrasser. Elle se demande soudain si ce n'est pas à elle. Depuis des jours, Internet est très lent.

Elle relit ce qu'elle a écrit. Elle tient ses mains à quelques centimètres du clavier, on dirait une pianiste qui attend d'attaquer à nouveau après un intermède de l'orchestre. Quand elle recommence à taper, elle avance sans s'interrompre, ignorant l'air imprégné de *Persécution Banglà.*

« On dit que lorsqu'un homme meurt, c'est toute une bibliothèque qui prend feu. Des livres conservés dans celle de mon père avant l'incendie qui les a dévorés, je sais maintenant que j'en ai lu peu et sans doute pas les plus importants. Il y en a d'autres, tellement d'autres, que je n'ai jamais pris dans mes mains ; dont je n'ai pas déchiffré le titre au dos. C'est peut-être ça le mystère de son prochain : personne ne peut lire toute la bibliothèque de l'autre, pas même celle de celui qu'il aime le plus. Je pense que même lui, Attilio Profeti, ne les avait pas tous lus. “Enfer” était le nom de l'endroit où l'on conservait les livres interdits dans les bibliothèques. Il y a peut-être un enfer dans chaque bibliothèque humaine, des étagères plus ou moins grandes, mais toujours bien cachées, où est conservé ce qu'il n'est pas supportable de lire mais qui ne peut pas non plus être brûlé – ou pas encore. Je crois que mon père, comme toutes les personnes qui traversent les guerres, avait des pièces entières en lui pleines de livres qu'il n'a jamais plus ouverts. Et nous qui sommes venus après, et qui n'avons pas vu ces guerres, même si nous avions lu ces livres, nous n'aurions pas su les comprendre : ils étaient écrits dans une langue qui nous est inconnue, véhicule d'expériences trop lointaines.

« Se rendre compte qu'on ne connaît vraiment personne, pas même ceux qui nous ont donné la vie, est une pensée austère et solitaire. Mais pour moi, il est plus douloureux d'imaginer que mon père percevait peut-être en lui des couloirs où il ne parvenait même pas à entrer. Qui sait si la sénilité, la démence de l'extrême vieillesse n'est pas cela aussi : une façon de rendre tolérable la souffrance causée par son propre mystère. »

Ilaria pose les mains sur ses genoux. La lumière du jour a baissé jusqu'à s'évanouir et elle ne s'en est pas aperçue. La fenêtre d'en face est de nouveau fermée, le garçon et son PC ne sont plus là. Il fait presque nuit. Les voisins ont fini de cuisiner et une vague odeur salée entre par la fenêtre. La mer n'est pas loin de Rome. Immobile à son bureau, le reflet bleuté de l'écran éclaire son visage.

La cérémonie est terminée. Ilaria a finalement décidé qu'elle ne lirait rien et a laissé la tribune à Emilio. Il a parlé de son père Attilio Profeti avec beaucoup d'humour et d'affection, et à la fin tout le monde riait en reniflant, les yeux rouges.

Les épouses d'Attilio Profeti (ou plutôt les deux connues jusqu'à présent – personne ne se risque à exclure de futures surprises posthumes) sont assises sur un banc de part et d'autre de la nef, chacune à côté de ses propres enfants. Attilio junior est près de Senay qui, depuis deux ans, travaille avec lui sur la *Chance* – qu'il n'ait pas le bon sang n'a plus d'importance pour personne. Martina, l'auxiliaire de vie moldave, pleure, elle, parce que le « grand-père » est mort, mais aussi parce qu'à partir d'aujourd'hui elle n'a plus ni travail ni maison ni permis de séjour. Anita a toujours oublié de lui faire des papiers en règle.

Marella a le visage dans son mouchoir et Ilaria lui entoure les épaules d'un bras. Mère et fille s'approchent du catafalque et elles effleurent le bois d'une caresse, l'une après l'autre. À l'intérieur, les atomes dont fut composé Attilio Profeti sont déjà en train de s'amalgamer à d'autres molécules de structure différente.

Six hommes vêtus de gris s'approchent du cercueil. Ils s'apprêtent à le hisser sur leurs épaules pour le porter jusqu'au corbillard sur le parvis. Mais un homme très âgé s'approche. Il marche avec difficulté, s'appuyant au bras d'une jeune fille qui montre d'évidentes traces de sang africain : un front très haut, une bouche magnifique, des cheveux mi-frisés mi-crépus. Le vieil homme lève une main qui semble plus antique que l'église, il fait signe aux employés des pompes funèbres d'attendre. Ceux-ci reculent d'un pas, l'air contrit.

« Qui est-ce ?, murmure Ilaria à sa mère qui hoche la tête, perplexe.

— Je ne sais pas. »

Le vieil homme avance doucement. Il pose sa main sur le cercueil et reste un long moment silencieux. La jeune fille le soutient patiemment, attendant qu'il ait fini.

« Mais bien sûr... C'est Carbone ! chuchote Marella. Son camarade de régiment, l'*ensablé*. Il envoyait toujours une bouteille à Noël, il disait que papa l'avait sauvé. Il était un peu plus vieux que lui. »

Quand l'homme détache enfin sa main, du regard la jeune fille donne son assentiment aux hommes en gris. Ils s'approchent, soulèvent le cercueil et commencent à parcourir la nef à pas lents en direction de la porte centrale. Le premier à les suivre est le vieil homme, appuyé sur sa petite-fille, ou arrière-petite-fille. Ilaria s'approche de lui.

« Monsieur Carbone, bonjour. Je suis Ilaria Profeti. Attilio était mon père. »

Carbone la regarde, les yeux rouges.

« Chère...

— Monsieur Carbone, il faut que je vous demande une chose. Mon père avait une enveloppe à l'en-tête de votre garage d'Addis-Abeba. Il l'a gardée tout ce temps. Il ne l'a jamais jetée. Il y avait des photos à l'intérieur... »

Carbone la regarde avec l'attention impuissante de celui qui s'efforce de comprendre une langue dont il ne parle que quelques mots.

« Je crois qu'elles montraient les effets de l'ypérite. »

Carbone la fixe sans rien dire.

« Le gaz. Pourquoi étaient-elles dans cette enveloppe avec votre nom ? Qu'était l'"Opération Maladie de Hansen" ? Qu'est-ce que mon père avait à voir là-dedans ? »

Carbone lève une main et effleure son visage d'une caresse

qui sent la cire. « Ton papa était un homme qui avait beaucoup de chance », dit-il. Puis il regarde autour de lui, vacille et ajoute en s'adressant à la jeune fille : « J'ai soif. »

Celle-ci sourit à Ilaria en haussant ses sourcils bien soignés. « Il est très fatigué. Je regrette, nous devons partir. Mes condoléances pour votre père. »

Ils s'éloignent. Carbone marche avec peine, la force de gravité revendique chacun de ses pas. La jeune femme et lui mettent une éternité pour faire quelques mètres. Ils franchissent le seuil de l'église, silhouettes tremblotantes à contre-jour. « Il doit avoir au moins cent ans », pense Ilaria.

Elle fait claquer sa langue. Elle est aussi déçue qu'un supporter après un penalty raté.

« Zut alors, papa. Tu n'as pas gagné le concours. »

NOTE

Excepté les figures historiques comme Lidio Cipriani ou Rodolfo Graziani, les personnages de ce roman ne correspondent pas à des personnes ayant réellement existé. En particulier, Piero Casati est un personnage de pure invention. Dans la réalité, le 5 avril 2011, quand il fut demandé au Parlement italien d'avaliser ou de rejeter la thèse de la défense de Silvio Berlusconi au sujet de l'histoire de la prostituée mineure, les députés de la majorité gouvernementale ont voté pour à l'unanimité et aucun n'a donné sa démission.

REMERCIEMENTS

On pourrait décrire ce roman comme la somme des innombrables actes de gentillesse, d'hospitalité et de générosité – de temps, d'informations, d'encouragements, de conseils et de réflexions – de la part de toutes les personnes qui m'ont aidée. Mon premier remerciement va à Claire Sabatier Garat, qui m'a comprise et soutenue dans ce projet depuis le début sans jamais me presser, de même que Marco Vigevani. Et à Sabrina Varani, la meilleure compagne de voyage qu'on puisse souhaiter.

En Italie/Europe, merci à Gobe/Sintinew pour ses leçons d'amharique et ses récits sur le *sortir* ; à Alberto Melandri pour les cartes postales d'Hereford ; à Aster Carpanelli et Eugenia Cerio Rossi pour les histoires de vie métisse ; à Angela Maria Müller du Hiob Ludolf Center of Ethiopian Studies de l'université de Hambourg ; à Daniele Serafini, directeur du musée Baracca de Lugo ; à Giorgio Manzi, directeur du musée d'Anthropologie de l'université de la Sapienza ; à Angelo Romano pour l'ethnographie de l'Esquilin ; à la chef de gare Paola Guerra pour ses secrets sur comment *faire marcher le train* ; à l'historien Matteo Dominioni qui a découvert et raconté le premier le massacre de Zeret ; aux avocates Alessandra Ballerini et Michela Porcile de Gênes et Paola La Rosa de Lampedusa ; au commissaire-adjoint Mauro Longo du service immigration du commissariat de Gênes ; à Giovanna Trento pour les histoires de *madamato* ; à Gianluca

Gabrielli pour l'étude sur l'imaginaire colonial italien dans les textes scolaires ; au généticien Guido Barbujani pour son explication sur une inanité pernicieuse, le concept de race appliqué aux humains ; à Gabriella Guido pour la documentation sur les CIE ; à Maria Bellucci et Fabrizio Caccia pour les récits inédits sur la visite de Kadhafi à Rome ; à Angela Cossiri pour m'avoir parlé du droit à l'oubli au moment où j'en avais besoin ; à Paolo Piacentini pour la lampe frontale, à Eleonora Pellegrini pour les bâtons de trek, à Silvana Gandolfi pour la terrasse sur la mer, à Paolo Roversi pour les mots d'Italo Marighelli, à Gianluca Mariotti pour le premier tirage et mille autres choses, à Marzio Marzot pour les livres, à Kai-Uwe Schulte-Bunert pour les conversations sur le pouvoir que tout photographe exerce sur ceux qu'il photographie, à Matteo Pascoletti pour ses notes éclairantes, à Arianna Curci pour son attention passionnée pour le texte. Et puis aussi à Claudio Nistri de l'Hôtel Ala d'Oro de Lugo, Igiaba Scebo, Dagmawi Yimer, Luca Fornari, Pier Paolo Mariotti, Luisella Aliprandi, Roberto Riccardi, Pier Luigi Valsecchi, Giovanni Fasanella, Andrea Branchi, Massimo Livadiotti, Josephine Condemi, Elly Schlein, Franco-Maria Negri.

Merci en outre : à l'Archivio della Società Geografica Italiana di Villa Celimontana ; à l'Archivio delle Memorie Migranti et à son directeur, Sandro Triulzi, comme aussi à Giusy Muzzopappa et au reste de l'équipe ; à l'Archivio dei Diari de Pieve S. Stefano ; à la Biblioteca dell'Istituto Nazionale di Statistica ; à la Biblioteca di Storia Contemporanea di Palazzo Caetani ; à l'Istituto per l'Oriente Carlo Alfonso Nallino. À la Biblioteca Nazionale di Castro Pretorio, je voudrais remercier en particulier une bénévole qui m'a aidée dans mes recherches bibliographiques compliquées avec une grande compétence d'archiviste, bien qu'elle travaillât sans être payée dans l'espoir d'être un jour engagée – j'ignore malheureusement son nom.

En Éthiopie, merci à Alessandro Ruggera, directeur de l'Institut culturel italien d'Addis-Abeba, et à sa formidable assistante Linda Le Piane ; à Carmine Panico pour ses conseils sur l'architecture coloniale fasciste ; à sœur Gemma et aux sœurs comboniennes pour leur hospitalité dans la mission de Lideta, et à Giacomo Ferrari qui me les a présentées ; pour les témoignages des Italiens et des métis en Éthiopie, à Enzo Rao, Alberto Varnero, Adriana Molinari, Mario Capussi et sa fille Jolanda, à Linda, grande patronne du restaurant homonyme au Circolo Juventus ; à Ato Muluneh Haile du Red Terror Museum pour les histoires de détention et de torture durant le Derg, y compris la sienne ; au professeur Abebe Haregwan pour l'or et la cire dans la langue amharique et à Daniele Castellani, directeur de l'école italienne d'Addis-Abeba, qui m'a adressée à lui ; à l'historien Shiferaw Bekele pour l'accréditation à la National Library of Ethiopia ; à l'interprète Tewodros Selamnety pour la précision avec laquelle il a traduit aussi ce qui est dit par les esprits et les *zahar*; à Elefinesh Tegeni, fille d'un rescapé du massacre de Zeret, qui m'a guidée de façon intrépide à l'intérieur de la grotte ; à Senayit Tefera et Danginet Ayalew, fils de résistants ; à Ian Campbell, qui depuis des décennies parcourt les rues d'Addis-Abeba avec sa Mercedes verte et en connaît tous les secrets ; à Richard et Rita Pankhurst pour leur accueil chaleureux dans une famille qui a marqué le XXe siècle ; à Shimeta Ezezew pour m'avoir emmenée – à temps – chez les anciens *arbagnoch* Abuhay Tefere et Ato Channe : « Quand j'étais jeune, je me suis battu contre ton peuple et aujourd'hui tu viens chez moi pour m'écouter. Quel heureux jour ! Dimanche prochain, après la messe, je le raconterai à tout le monde. »

Composition : IGS-CP à L'Isle-d'Espagnac (16)
Achevé d'imprimer
par CPI Firmin-Didot
à Mesnil-sur-l'Estrée, en février 2019
Dépôt légal : février 2019
Numéro d'imprimeur : 151470

ISBN : 978-2-07-278171-1/Imprimé en France

331633